Goede Tijden, Slechte Tijden

Roman

goede tijden
SLECHTE TIJDEN

Roman

Susan Stam

REALITY BITES

Breda, 2010

COLOFON

Eerste druk, september 2010, Reality Bites Publishing B.V.

© & ™ 2010 Goede Tijden, Slechte Tijden Licensed by RTL Nederland
B.V. en Grundy/Endemol Nederland V.O.F.

Auteur: Susan Stam
Eindredactie: Reality Bites Publishing B.V.
Drukwerk: Spider Graphics B.V.
Omslagontwerp: Sascha Witte, Reality Bites Publishing B.V.
Omslagfoto: Nick van Ormondt
Binnenwerk: Reality Bites Publishing B.V.
ISBN: 978-94-90783-17-4

Reality Bites Publishing B.V.
www.realitybites.nu

Op 1 oktober 1990 om 19.00 uur zendt RTL Veronique de eerste aflevering van de eerste Nederlandse soapserie uit: Goede Tijden, Slechte Tijden. Een primeur voor Europa. 5 afleveringen per week, 24 minuten drama per dag. Geïnitieerd door televisiepionier Joop van den Ende, die hierin wordt bijgestaan door Olga Madsen en een hele nieuwe generatie televisiemakers en acteurs.

Goede Tijden, Slechte Tijden is gebaseerd op de Australische soapserie The Restless Years, waarvan de scripts door Olga Madsen, Rogier Proper en Cobi Peelen zijn vertaald. In Amerika trekken de dagelijkse soaps vanaf 1956 vele miljoenen kijkers. Nu is Nederland aan de beurt. Loopt het Nederlandse publiek warm voor de eerste officiële soapserie van eigen bodem? 1 oktober1990 weten we het antwoord op die vraag.

We hebben onze weg moeten zoeken naar de kwaliteit die past bij een dagelijkse soapserie. En die hebben we gevonden.

(Joop van den Ende, 1990-1991)

Felroze druppels nagellak vallen uit het flesje dat ze tussen haar knieën geklemd houdt op haar nieuwe jeans. Ze heeft het niet door. Ze propt watten tussen de tenen van haar linkervoet die ze onhandig, want dat flesje moet rechtop blijven, op het dashboard heeft geplaatst. Ze is boos. Nog steeds. Niet omdat ze niet bij haar oma wil logeren, integendeel, oma Poedel (als je haar kapsel ziet, weet je waarom Kris haar zo noemt) staat in de top drie van de liefste, bijzonderste, grappigste mensen die ze kent. Ze is kwaad omdat ze het gevoel heeft dat haar ouders iets voor haar achter houden. Nee, ze voelt het niet. Ze wéét het. En met haar zestien jaar is ze geen klein kind meer en wil ze ook niet zo behandeld worden. Ze willen haar gewoon weg hebben. En haar broertje ook. Maar die had geen andere plannen. Of hij nou bij zijn beste vriendje Donkey Kong speelt of op zijn eigen kamer maakt hem geen bal uit. Kris echter zou met Céline en die twee jongens die ze op zeilkamp hadden ontmoet naar de film gaan. Daar verheugt ze zich al twee weken op. Ze wist vijf dagen geleden al wat ze aan zou doen en heeft de helft van haar maandgeld besteed aan de kapper. (Die haar overigens een vreselijk permanent heeft aangepraat, waardoor ze nu zelf op een poedel lijkt.) Ze had er zin in, totdat haar moeder opeens aankondigde dat het niet door kon gaan. 'Papa en ik leggen het later uit, schat. Maar nu hebben we even een paar dagen nodig voor onszelf.'

Een paar dagen voor henzelf. Kris kijkt naar haar vader, die zijn ogen strak op de weg gericht houdt. Alsof haar vader zit te wachten op een paar dagen alleen met zijn vrouw. Die weet niet hoe snel hij 's ochtends naar zijn werk moet vertrekken en heeft elke avond wel een andere reden om het laat te maken en niet thuis te eten. Wat ook niet zo gek is. Zo vrolijk is haar moeder de laatste tijd niet. Zuchtend maakt ze ontbijt, steunend komt ze terug van de supermarkt en vloekend wast ze af. Ze vraagt nooit meer of het leuk was op school. En ze geeft papa geen kus meer als hij naar zijn werk gaat of terugkomt. Kris denkt zelfs dat haar vader en moeder niet meer samen slapen. Ze ziet haar vader steeds vaker 's ochtends de logeerkamer uit sluipen. Dus waarom die twee in godsnaam tijd samen willen doorbrengen... Kris hoopt maar dat het een goed teken is. Een soort nieuw begin. Ze herinnert zich nog dat haar vader haar moeder vroeger altijd optilde als ze hem plaagde. Dan zette hij haar op de kast en mocht ze er pas vanaf komen als ze hem om genade had gesmeekt en tien kusjes gaf. En op vakantie in Spanje, een paar jaar geleden, was Martijn bij Kris in de tent gekropen, omdat hij bang was geworden van de vreemde geluiden die er uit de tent van hun ouders kwamen. ('Ik denk dat er een beest zit, Kris, ik hoor allemaal gegrom.') Samen met haar kleine broertje ging Kris poolshoogte nemen. Het was maar goed dat ze de tent niet helemaal open ritste, zodat Martijn de aanblik van hun vrijende ouders bespaard bleef. Kris vraagt zich af of haar ouders nu nog wel eens vrijen. Ze kan het zich nauwelijks voorstellen.

Omdat haar moeder geen ander antwoord gaf dan dat ze het later zou uitleggen, omdat Kris zag dat de net geopende fles wijn al bijna leeg was en ze wist hoe onredelijk driftig haar moeder dan kon worden én omdat oma haar sudderlapjes beloofde, belde Kris haar date met pijn in haar hart af en laat ze zich nu door haar vader naar haar oma in Alkmaar brengen.

Haar vader zegt niet veel tijdens de bijna één uur durende rit. Hij luistert naar het journaal op de radio. Vraagt of ze weet wie Nelson Mandela is en of ze niet blij is dat hij is vrijgelaten. Natuurlijk weet ze dat. Ze zit in 4 HAVO, dat wordt er echt wel ingestampt. Maar daar wil ze helemaal niet over praten. Ze wil weten waarom hij er zo moe uit ziet. Waarom hij voortdurend irritant met zijn vingers op het stuur trommelt. En waarom die dikke ader in zijn nek zo angstaanjagend klopt. Het herinnert haar aan haar wiskundeleraar, die een paar weken eerder zomaar uit het niets voor de klas in huilen was uitgebarsten. Nou ja, niet helemaal uit het niets. Hij werd best wel gepest door de kinderen uit haar klas. Best wel erg. Ook door haar. Het was ook een enge man. Kris huivert als ze denkt aan het moment dat hij haar, toen ze in de brugklas zat, een keer aansprak in het fietsenhok. Hij bood aan haar bijles te geven. Hij stond heel dicht tegen haar aan. Ze kon zijn knoflookadem ruiken. Hij zei dat ze prachtig haar had en dat hij dacht dat ze later een heel mooi meisje zou worden. Ze wilde geen bijles. Had het ook niet nodig. Ze had het vervelend gevonden, hij bleef maar doorpraten, terwijl zij naar tennisles moest. Céline, die op een andere school zat, zei: 'Volgende keer moet je hem gewoon in zijn ballen trappen, Kris!'

Dat nam ze zich voor. Er kwam gelukkig geen volgende keer.

Afgezien van het incident in het fietsenhok: als je leraar bent, weet je dat je niet met een zelfgebreide trui met een afbeelding van Calimero moet aankomen. En dat je de mee-eters op je neus eens in de zoveel tijd moet uitknijpen. Hij dwong geen respect af en daarom zat iedereen in de les altijd wat anders te doen dan dat wat de meester van hen verlangde. Paul, de grootste etterbak uit de klas, heeft het zelfs gepresteerd om zijn geodriehoek vast te smelten op de stoel van meester Spock. (De man had vreemdsoortige puntjes aan zijn oren. Ze staken parmantig door zijn haar heen. Alle jongens uit haar klas waren fan van Star Wars, vandaar dat dit al snel zijn bijnaam werd.)

Meester Spock rook wel wat (logisch, gesmolten plastic) en hij moet wat hebben gezien, maar hij hield zijn mond. Dat was best slim, nu ze er over nadacht. Meester Spock wist ook wel dat het Paul geen flikker uitmaakte als hij de les werd uitgezet. Hij zou toch van school af gaan. Dus meester Spock hield zijn mond. Tot hij drie lessen later opeens, midden in de les, begon te huilen als een klein jongetje wiens autootje is afgepakt. Met tranen en snot en onsamenhangende zinnen.

'Waarom willen jullie het niet begrijpen?'

'Zonder wiskundige kennis…'

'Help me nou. Help me nou.'

Zulke dingen. Kris vond het eigenlijk wel zielig. Heel even speelde ze met de gedachte om op te staan en meester Spock een knuffel of zo te geven, maar dat was maar heel even. Ze had het hele jaar uit de beruchte roddelrubriek van de schoolkrant weten te blijven en dat wilde ze graag zo houden. Bovendien herinnerde ze zich het fietsenhok. Ze wilde niet dat hij dacht dat ze bijles wilde ofzo. Dus ze bleef zitten. En keek toe hoe hun huilende meester zijn tas pakte, zijn jas van de stoel griste en de klas uitliep. Achteruit. Dat was het raarste. Hij liep achteruit. Bleef hen aankijken, terwijl hij steeds dichter bij de deur kwam. Verwijtend. Vol onbegrip. En met een kloppende ader in zijn nek. Toen hij bij de deur was, deed hij die open en rende de gang in. Alsof hij achterna werd gezeten. En voor het eerst die dag was iedereen in de klas doodstil.

De dag erna meldde de rector dat meester de Bruin (zoals hij echt heette) niet meer terug zou keren naar school. Ze kregen een nieuwe lerares. Zonder mee-eters. Waar het om ging was dat haar moeder, die de vrouw van meester de Bruin kende, haar had verteld dat de meester zwaar overspannen was. Hij schijnt sindsdien in bed te liggen. Met de gordijnen dicht. En een heleboel wiskundeboeken vol ingewikkelde vraagstukken die hij gefrustreerd, want vergeefs, op probeert te lossen. Okay, dat laatste had Kris er zelf bij verzonnen, maar dat van het overspannen zijn was echt waar.

Kris kijkt naar haar vader, terwijl ze de straat van oma inrijden. Die wallen, die ader, dat onverwachte weekend.

'Ben je overspannen?'

Haar vader trekt een raar gezicht. Kris vermoedt dat hij een glimlachje bedoelt, maar het lijkt meer op een soort verwrongen grimas van iemand die op dat moment allesbehalve lachen wil.

'Wat is dat nou weer voor vraag?' zegt haar vader binnensmonds. Hij wil het antwoord liever niet horen. Dat hoeft ook niet, want op dat moment zet hij de auto stil en wordt haar portier opengetrokken.

'Wijffie, wat ben je mager!'

Kris wordt zo onstuimig door haar oma uit de auto getrokken dat ze niet eens de tijd krijgt om zich te realiseren dat haar flesje nagellak op de autostoel belandt en ze met watten tussen haar tenen op de koude stoeptegels terechtkomt. Oma Poedel smoort haar in een innige omhelzing. Kris ruikt dat ze net boterkoek heeft gebakken. Dat hoopte ze al. Oma laat haar na enkele seconden los en kijkt naar haar vader, die ook uitstapt. Hoewel oma's stem zangerig en meisjesachtig is, klinkt ze nu net zo verwijtend als de blik die ze haar schoonzoon toewerpt.

'Als je voortaan zegt dat je er om drie uur bent, kom dan ook om drie uur.'

Haar vader kan zijn ergernis nauwelijks verhullen.

'Je lijkt je dochter wel.'

Oma begint hard te lachen.

'Dat mocht ze willen!'

Kris kijkt naar haar oma en verbaast zich er over dat ze toch weer geschokt is, zoals elke keer als ze haar oma een tijdje niet heeft gezien. De vierdubbele onderkin, het vet op haar armen, dat zelfs deinend beweegt als oma ze stilhoudt. Haar immens grote, brede gestalte. Zoals altijd probeert ze zich een voorstelling te maken van het enorme naakte lijf van haar oma en zoals altijd schudt ze dat beeld weer heel snel van zich af. Oma lijkt het niets uit te maken. Geamuseerd onder de blik van haar kleindochter pakt ze een flinke rol vet op haar buik vast en schudt hem schommelend heen en weer.

'Zoals je dode opa altijd tegen me zei: hoe meer van jou, hoe beter. Ik heb boterkoek gebakken.'

Haar vader pakt haar weekendtas uit de kofferbak en zet hem op de stoep, naast oma. Nu pas ziet Kris het: haar oma heeft de gympen waar ze al drie maanden voor aan het sparen is. De spierwitte, halfhoge Nikes staan belachelijk onder het kleurige, gebatikte gewaad, maar wat zijn ze supergaaf.

'Oma, waar heb je die vandaan?! In Utrecht zijn ze allemaal uitverkocht!'

'Tja, kind. Ik heb het al zo vaak tegen je moeder gezegd: kom terug naar Alkmaar. Maar ja…'

Oma werpt haar vader een blik toe die Kris niet helemaal kan duiden. Haar vader kennelijk wel, want hij zegt, behoorlijk nijdig voor zijn doen: 'Als Mirjam terug wil, moet ze dat vooral doen. Maar ik ga niet mee.'

Snel geeft haar vader haar een kus.

'Veel plezier, schat.'

Als hij het portier aan de passagierskant dicht wil doen, ziet hij de gemorste nagellak op de bekleding van zijn auto. Kris ziet het nu ook en maakt zich op voor een fikse uitbrander.

'Beetje aceton, even laten inwerken en voorzichtig wrijven met een vochtige, schone theedoek. Spoelen met water en als het droog is weer opruwen met een zachte borstel.'

Haar oma glimlacht naar haar vader met het zelfvertrouwen van iemand die weet waar ze het over heeft. Dat weet ze ook. Sinds de dood van opa runt ze de stomerij-wasserette die ze samen hadden in haar eentje. Kris kijkt naar de ingang van de zaak, waar met koeienletters op het raam staat: GEEN VLEK TE GEK, BIJ STOMERIJ VAN DER PEK.

Kordaat pakt oma haar tas op en slaat haar arm om haar heen.

'Wens je vader maar succes, kind. Hij zal het nodig hebben.'

Gealarmeerd kijkt Kris naar haar vader, ze had dus toch gelijk, ze houden iets voor haar achter.

'Hoezo heb je succes nodig? Jij en mama willen er toch juist een paar toffe dagen van maken?'

Haar vader geeft geen antwoord. Hij stapt in de auto, terwijl hij tegen oma zegt: 'En bedankt.' Hij start de motor en rijdt weg.

'Waar heeft hij succes bij nodig?' wil Kris nu van haar oma weten. Haar oma kijkt haar even kort aan.

'Je vader en moeder gaan dit weekend met elkaar praten. Over hoe het gaat. Of eigenlijk, dat het zo niet langer gaat.'

Kris voelt hoe haar hart een fractie sneller begint te kloppen en een lichte paniek zich van haar meester maakt.

'Gaan ze scheiden?'

Na een fractie van een seconde van twijfel, glimlacht oma geruststellend.

'Natuurlijk niet, liever. Die twee hebben gewoon een crisis. Dat komt in de beste families voor. Als je eens wist hoe heftig de ruzies tussen mij en je opa vroeger waren…'

'Papa en mama hebben nooit ruzie. Ze praten nauwelijks met

elkaar.'

Haar oma duwt Kris al pratend zachtjes richting de ingang van de stomerij, waar boven ze woont.

'Dat gaan ze dus nu doen. Praten. Het komt wel goed, lieffie. Gaat dat zo, op blote voeten? Niet te koud? En wat wil je? Thee of koffie of …'

Oma geeft Kris een ondeugende glimlach. '… Zullen we stiekem alvast een piña colada met jus nemen? Door jou ben ik verslaafd geraakt.'

Kris doet alsof ze hevig verontwaardigd is als ze zegt: 'Oma! Ik ben nog maar zestien!'

Oma opent de deur van de stomerij en door het plotselinge lawaai van de drogers, de wasmachines, de radio en de aanwezige klanten kan Kris niet meer verstaan wat ze zegt. Het zal vast iets zijn in de trant van: 'Je moeder zou ook eens wat lol moeten maken in haar leven,' want dat hoort Kris haar oma vaak tegen haar moeder zeggen. En misschien heeft ze daar ook wel gelijk in.

Kris loopt achter haar oma aan door de wasserette, naar het stomerijgedeelte, waar alle gereinigde kledingstukken (voornamelijk mantelpakken en kostuums) in plastic zakken aan een ovalen rek hangen, dat met een druk op een knop in beweging gezet kan worden. Haar favoriete speelgoed toen ze klein was. Genietend snuift ze de vertrouwde geur van wasverzachter op, terwijl oma de deur naar het trapgat voor haar opent. Kris grinnikt als ze achter het monsterlijke achterwerk van haar oma naar boven loopt.

'Nog drie boterkoeken en je komt vast te zitten in het trapgat.'

Haar oma draait zich hijgend van de inspanning om en geeft Kris een plagerige tik tegen haar hoofd.

'Nog één zo'n brutale opmerking en ik vertel je moeder dat je stiekem hebt staan roken op de bruiloft van je neef.'

Kris is verbijsterd.

'Hoe weet jij dat?'

Ze had samen met Céline in de kelder van het kasteeltje waar de trouwerij was twee haaltjes genomen van een gestolen mentholsigaret, een Belinda. Vervolgens had ze zoveel parfum opgespoten om de geur te maskeren, dat ze ervan overtuigd was dat de parfumlucht meer schade aan haar longen had aangericht dan die hele sigaret.

Oma draait zich grinnikend om en loopt puffend verder de trap op.

'Ik weet alles, kindje.'

Het gekke is dat Kris gelooft dat dat zo is.

De boterkoek is nog warm en precies nat genoeg. De keuken ruikt naar het vlees dat waarschijnlijk al uren staat te sudderen. Kris vraagt zich af of het mogelijk is dat haar oma sinds de laatste keer dat ze hier was nog meer recepten aan de muur heeft geprikt. De roze tegeltjes zijn nauwelijks nog te zien. Overal hangen knipsels, recepten, foto's en visitekaartjes. Niet dat er geen kleur meer is in de keuken. Of in de rest van het huis. Oma houdt van kleur. Van alle kleuren, behalve de onopvallende. Het liefst met patroontjes. Bloemetjes, hartjes, sterretjes. Elk voorwerp in het huis straalt vrolijkheid uit. Het huis is zoals haar oma. Blij. Bruisend. Het leven omarmend. Kris kijkt naar een foto van haar moeder, die aan de muur hangt in een kitscherig nepgouden lijstje. Haar moeder, die toen een jaar of dertig geweest moet zijn, zit op de kast. Lachend. Een felblauwe jurk aan, die Kris zich nog herinnert van vroeger. Haar vader staat bij de kast, zijn armen gespreid naar haar moeder, alsof hij zegt: 'Spring maar, ik vang je op.'

Geen kloppende ader te zien. Plotseling voelt Kris zich een beetje verdrietig.

Die middag eten ze appeltaart op een terras op het Waagplein in het nazomerzonnetje. Oma koopt de door Kris zo felbegeerde, maar in heel Utrecht uitverkochte Nikes voor haar. Kris biecht op dat ze best wel een beetje verliefd is op Arjan, de jongen van het zeilkamp, maar dat hij zoent alsof zijn tong een boormachine is. Oma vertelt dat ze sinds kort een minnaar heeft. ('Ach, niets bijzonders, we eten af en toe een hapje samen en hij neemt chocolaatjes voor me mee uit België. En hij zoent goddelijk.') Oma's nieuwe minnaar Ralph is een gepensioneerde kok (perfect voor oma), wiens kleindochter in Brussel woont, vandaar. Ze slenteren door de Langestraat langs de winkels, waar Kris een nieuwe beha, een schooltas en buttons koopt (van MC Hammer, Patrick Swayze en Sinaed O'Connor), terwijl oma uitrust op de trappen van het stadhuis. Ze eten een ijsje en liggen in een deuk als oma met succes haar praatzieke buurvrouw in de slagerij ontwijkt, maar een minuut later frontaal op haar botst in de V&D.

Beladen met tasjes en suf geluld door de buurvrouw (over haar zoon die denkt dat hij homo is, over haar hondje dat blind wordt, over haar huis dat ze maar niet verkocht krijgt) komen ze thuis, waar oma de rode kool opzet en Kris met Céline belt, om de laatste nieuwtjes door te nemen. Céline gaat die avonds naar de film met háár zeilkampverovering en twijfelt tussen Flatliners en Ghost. Ze is stikjaloers op de nieuwe gympen van Kris. Dat dan weer wel.

Dansend op de nieuwe CD van Milli Vanilli, waar haar oma om onverklaarbare redenen dol op is, doen ze na het eten samen de afwas.

'Ik hoop dat mama en papa eruit gaan komen,' zegt Kris, haar ogen gericht op het paarsoranje gestippelde vlabakje, dat ze aan het afdrogen is.

'Ik hoop het ook, moppie.'

Kris zet het bakje in de kast. Ze gaat aan de keukentafel zitten en kijkt naar haar oma, die de afwasteil opbergt in het propvolle gootsteenkastje.

'Je zei vanmiddag dat je alles weet. Als je alles weet, hoef je niet te hopen. Dan weet je het.'

Oma kijkt om. Ze ziet dat Kris terneergeslagen is en gaat naast haar zitten. Ze legt haar hand (met vingers als braadworstjes) op Kris' arm.

'Ik weet dat je moeder erg ongelukkig is. Ik weet dat je vader nooit thuis is en het hele huishouden aan je moeder overlaat. Ik weet ook dat je moeder de laatste tijd niet de leukste vrouw is om mee getrouwd te zijn.'

Oma aait Kris even over haar hoofd.

'En dat ze niet de leuke moeder is die ze vroeger was. Dat weet ik allemaal. Maar ik weet niet hoe dit afloopt. Ik weet niet hoeveel moeite je vader en moeder nog willen doen om hier samen uit te komen.'

Kris zwijgt. Nu ze voor het eerst hardop hoort hoe groot de problemen van haar ouders zijn, is ze opgelucht. Ze vermoedt al zo lang dat er veel meer speelt dan haar ouders doen voorkomen. Maar ze is ook bang. Wat gaat er gebeuren? Hoe gaat haar leven eruitzien? Mama trekt het nu al niet om alles alleen te doen, maar wat als ze er straks écht alleen voor staat? Wat dan?

'Houdt mama nog van papa?'

Hier moet oma even over nadenken.

'Dat weet ik niet. Ik denk dat ze dat zelf ook even niet weet.'

'En papa?'

'Ik praat natuurlijk vooral met je moeder. Mannen zijn over het algemeen niet zo dol op hun schoonmoeder. Maar laatst, toen ik voor jou belde, kreeg ik hem aan de telefoon. Hij vond het lastig om er over te praten. Dacht natuurlijk dat ik aan de kant van mijn dochter sta.'

Kris kijkt oma aan en vraagt: 'Is dat zo?'

'Ze is mijn dochter. Ik wil dat ze gelukkig is. Maar tegelijkertijd weet ik ook dat Nico de eerste man in Mirjams leven was aan wie ik mijn kind blind toevertrouwde. Je kunt je dat nu niet meer voorstellen, maar die twee waren zo…'

Oma's ogen beginnen te stralen en ze kijkt naar de foto van Kris' moeder die op de kast zit.

'Zo ontzettend verliefd. Zo goed voor elkaar. Ik had een prachtig huwelijk met je opa, maar als ik naar die twee keek… Ik was soms bijna jaloers.'

Kris merkt dat ze blij wordt van de woorden van haar oma. Het zou belachelijk zijn als haar ouders uit elkaar gingen. Onmogelijk. Haar oma staat op en geeft haar haar beruchte smoorknuffel.

'Ik hoop met je mee.'

Dan vult oma een fluitketel met water en zet hem op het fornuis.

'Genoeg gepiekerd. We gaan er een leuke avond van maken. Over tien minuten begint een nieuwe serie, waar ik heel veel over heb gelezen. Die gaan we samen kijken.'

Kris grinnikt en pakt een koekje uit de trommel.

'Daar had Céline het ook al over. Een soort Nederlandse The Bold and the Beautiful.'

Oma grijnst. 'Laat dat nou net mijn lievelingsserie zijn.'

'En As The World Turns en General Hospital en Days of our Lives.
Je bent gewoon een televisiejunk. Dat je nog tijd hebt om te wer-
ken.'
Oma lacht en kijkt op de klok.
'Showtime.'

```
De tijd van onbezorgdheid is voorbij.
Vandaag begint de lange weg naar mor-
gen.
Je dromen komen als een vlinder vrij.
Niet langer in geborgenheid verborgen
```

'Wat een suf liedje,' moppert Kris, terwijl ze haar nieuwe Nikes
uitschopt en haar voeten op oma's salontafel legt.
'Wel leuk gedaan, zo met die foto's die levend worden. Oh en kijk,
die vrouw zat ook in eh…' Oma knipt met haar vingers.
'God, hoe heette die serie nou?'

```
Goede Tijden, Slechte Tijden
Een dag die als een nacht verschijnt
Goede Tijden, Slechte Tijden
Liefde leidt je tot het eind
Goede Tijden, Slechte Tijden
Nee, het leven spaart je niet
Goede Tijden, Slechte Tijden
Soms geluk en soms verdriet
```

'Marlous Fluitsma. Ze speelde in De Fabriek.' Oma begint de be-
gintune van De Fabriek te neuriën.
'Stil nou. Ik dacht dat jij dit zo graag wilde zien?'
Oma duwt een punt boterkoek in Kris' mond en neemt er zelf ook
nog maar eentje.

INT. HUIZE ALBERTS / KEUKEN

ER WORDT EEN GLAS SINAASAPPELSAP INGESCHONKEN.
DE RADIO STAAT AAN: HET OCHTENDNIEUWS.

ARNIE (IN SHIRT MET JOGGINGBROEK) ZET HET PAK
SAP TERUG IN DE KOELKAST. HIJ ZET HET DIENBLAD
MET DE TWEE GLAZEN OP HET AANRECHT.

'Val je op zulke types?' vraagt oma, terwijl ze naar de jongen op de
televisie knikt.
'Hallo, hij is net twee seconden in beeld!'

EXT. SCHIPHOL

EEN VLIEGTUIG VAN DE KLM LANDT.

INT. SCHIPHOL / AANKOMSTHAL

BIJ EEN TELEFOONCEL WACHT LAURA GESPANNEN OP
HAAR BEURT. ER STAAN NOG ENKELE WACHTENDEN VOOR
HAAR. ROBERT KOMT AANLOPEN. OOK HIJ IS GESPAN-
NEN.

                    ROBERT
        Wat sta je hier nou te doen?

                    LAURA
        Wat denk je? Zorg jij nou maar voor de
        bagage. Ik bel onze zoon vast.

Oma geeft Kris een enthousiaste stomp, die helaas voor Kris net
iets te hard aankomt.
'Au!'
'Die vrouw! Sprekend je moeder! Dat haar, die lichte ogen…'
Kris kijkt nog eens beter.
'Ze kleedt zich ook net zo stijf als mijn moeder. Wat een tuttebel.'

                    ROBERT
        Je gaat hem toch niets vertellen, hè?
        Wacht in godsnaam tot we thuis zijn.

LAURA

Oh ja? Jij wilt hem natuurlijk liever
zelf de vernieling in helpen. Als man
tot man.

Oma zegt genietend, met een mond vol boterkoek: 'Ha. Dat begint meteen goed! Wedden dat die jongen die dat heerlijke ontbijtje aan het klaarmaken hun zoon is? Ben benieuwd wat ze hem te vertellen hebben.'

Kris grinnikt: 'Dat hij hun zoon niet is? Dat hij een tweelingbroer heeft die eigenlijk zijn vader is?'

Kris doet er het zwijgen toe als ze op televisie ziet dat Arnie een slaapkamer in loopt. Er ligt een meisje te slapen. Hij kust haar wakker.

ARNIE

Goedemorgen.

LINDA

Hallo… Hoe laat is het?

ARNIE

Half acht.

LINDA

(KREUNEND)
Ah nee… Het is niet waar.

ARNIE

Kom op, Linda. Ik heb ontbijt voor je
gemaakt.

LINDA

Ik heb geen zin in ontbijt. Ik wil
slapen.

LINDA DRAAIT ZICH OM.

'Wow, zij is wel echt mooi. Zulk haar wil ik ook,' verzucht Kris. Haar oma, die gebiologeerd naar het scherm staart, kijkt even opzij. 'Zulk haar héb je. Maar jij wilde per se op mij lijken, met dat rare permanentje van je.'

Ze kijken verder. Naar Arnie, die ruzie met Linda krijgt omdat hun amoureuze weekend in duigen valt door de vervroegde thuiskomst van Arnies ouders. Naar Helen Helmink, die te horen krijgt dat ze ongeneeslijk ziek is. Ze grinniken als Laura tipsy wordt omdat ze midden op de dag aan het drinken is en Kris flapt eruit dat Laura inderdaad erg veel op haar moeder lijkt. Ze heeft niet door dat oma hier een beetje van schrikt. Ze lachen om Mirjam, die zich vreselijk aanstelt omdat ze haar teen gestoten heeft. Oma herinnert Kris aan de keer dat ze een muggenbult had en ervan overtuigd was dat het kanker was. Kris meent dat je beter een keer te veel dan een keer te weinig naar de dokter kunt gaan. Als Peter Kelder voor het eerst in beeld komt, heeft Kris weer alle aandacht voor de beeldbuis.

'Dát. Dat vind ik nou een lekker ding.'

Maar haar oma ziet meer in dokter Simon. Terwijl ze kibbelen over welke man de ideale partner zou zijn, klinkt er van beneden, uit de wasserette, een hard, snerpend signaal.

'Verdorie,' moppert oma, 'Niet nu.'

Kris kijkt haar vragend aan: wat betekent die piep?

'Het programma is afgelopen, ik moet de machine uitzetten, anders kan hij oververhit raken.'

Terwijl oma naar de televisie blijft kijken, staat ze langzaam op.

```
INT. HUIZE ALBERTS / WOONKAMER


ARNIE ZIT OP DE BANK IN DE KAMER.
LAURA STAAT ACHTER HEM, HAAR HANDEN OP ZIJN
SCHOUDERS. ZE LEEST OVER ZIJN SCHOUDER MEE IN
HET SCHOOLBOEK, DAT HIJ IN ZIJN HANDEN HEEFT.
ALS ROBERT DE KAMER IN KOMT LOPEN, KIJKT LAURA
HEM VERWIJTEND AAN EN LOOPT DAN EEN STUKJE VAN
ROBERT EN ARNIE WEG.
```

ROBERT

Hé Arnout!

ARNIE SPRINGT OP EN OMHELST ZIJN PA.

ARNIE

Hé pa! Welkom thuis!

Oma staat nu, maar kan zich niet van de beelden op de televisie losmaken. Ze mompelt:
'Nou, kom op. Zeg die jongen wat jullie te zeggen hebben, dan weet ik dat ook en kan ik die verrekte machine uitzetten.'
Kris grinnikt: 'Wat zei ik? Televisiejunk.'

ROBERT

Ja, hoe vind je die? Dat was deze keer wel een hele korte vakantie. Maar het enige goede van thuiskomen is dat ik jou weer zie.

LAURA KAN EEN CYNISCHE SNEER NIET ONDERDRUKKEN.

LAURA

En Stephanie natuurlijk.

'Ha!' roept oma. 'Daar zullen we hem krijgen. Het bommetje!'

ARNIE EN ROBERT KIJKEN NAAR LAURA. ARNIE VER-BAASD, ROBERT VERWIJTEND.

ROBERT

Jij kan ook niet wachten, hè?

ARNIE

Hoezo Stephanie?

Laten we het daar tijdens het eten
over hebben.

ARNIE

Nee, dat wil ik niet. Laten we het er
nu maar over hebben, dan zijn we ervan af.

ARNIE KIJKT VAN ROBERT NAAR LAURA.

ARNIE

Het is niet gelukt, hè? De grote ver-
zoening.

Kris' vrolijke bui slaat in één klap om. Ze wordt duizelig. Voelt
tranen opkomen. Kijkt naar het gekwetste gezicht van Laura. De
ongelovige blik van Arnie. De stelligheid van Robert als hij zegt:

ROBERT

Arnout, je moeder en ik hebben besloten te gaan scheiden.

Kris springt op en rent naar de deur. Oma, die nog steeds staat,
gaat zo op in de scène, dat ze niet eens doorheeft dat haar kleindochter overstuur de kamer uit rent.

De piep in de verlaten wasserette is verlammend hard. Terwijl de
tranen over haar wangen stromen, zoekt Kris koortsachtig naar de
herkomst van het snerpende geluid. Ze gaat alle machines af, drukt
op elke knop die ze ziet. Het is donker. Ze kan de lichtknop niet
vinden. En ze wordt gek van het lawaai. Net als ze op wil geven,
ziet ze in een hoek een machine staan, waar een rood lampje knippert. Ze loopt er heen en geeft er met haar vuist een klap tegen.
De stilte daalt keihard op haar neer.
Kris probeert haar paniekerige gedachten te ordenen, maar de ang-
stige flitsen blijven door haar hoofd heen schieten. Haar ouders

gaan scheiden. Bij wie moet ze wonen? Heeft haar vader een ander? Of haar moeder? Zij gaat over twee jaar het huis uit, maar haar broertje... Jezus, haar kleine broertje! En dan moet mama werken. Maar ze drinkt de hele dag. Kan ze daar wel mee ophouden? En het huis? Wie krijgt het huis? Ze wil niet van school. En de auto? Wie krijgt de auto? Zullen ze nu ruzie hebben? Moet ze getuigen in de rechtbank? Voor wie moet ze zijn? Wiens kant moet ze kiezen?

Zonder zich ervan bewust te zijn loopt Kris naar haar favoriete plekje in de wasserette. Het rek met de gestoomde kleding. Hier zat ze vroeger uren te spelen, veilig verstopt tussen de plastic kledingzakken, terwijl haar oma aan het werk was. Vroeger. Toen haar vader en moeder elke maand een weekend samen weg gingen en zij en Martijn bij haar oma gingen logeren. Toen haar vader en moeder lachend en stralend thuiskwamen na zo'n weekend, zich verheugend op de blije gezichten van hun kinderen als die hun cadeautjes uitpakten. Kris laat zich tussen de in plastic gehulde kleding zakken. Ze huilt. Alles wordt anders en ze kan er niets tegen doen.

Na een tijdje, ze heeft geen idee hoe lang, hoort ze een deur open en dicht gaan. Oma. Wat moet ze zeggen? Dat ze niet naar huis wil? Dat ze niet wil horen wat ze zojuist op de televisie heeft gehoord? Kon ze hier maar altijd blijven zitten. Er klinken voetstappen. Ze komen dichterbij. Kris komt overeind. Ze wankelt even, haar been is stijf na het langdurige zitten in de verkrampte houding. Ze zoekt steun met haar hand. Voor ze zich kan realiseren dat ze het bedieningspaneel van het kledingrek heeft ingeschakeld met deze beweging, beginnen de kledingstukken als een razende rond te bewegen. Er klinkt een schreeuw en een doffe bons. Kris zet geschrokken het apparaat uit en komt uit haar schuilplaats. Ze ziet niemand.
'Oma?'
Een kreun klinkt. Kris loopt om het kledingrek heen en ziet daar een jongen op de grond liggen. Bewusteloos. Of dood.

Oh. Mijn. God.

Enkele seconden blijft ze doodstil staan. Dan neemt ze een sprint naar de deur en rent de trap op. In de kamer klinkt de eindtune van Goede Tijden, Slechte Tijden. Haar oma staat nog steeds voor de tv.

'Ik heb iemand vermoord!'

Oma kijkt verbaasd om naar Kris, die totaal in paniek de kamer in rent. Kris grijpt de arm van haar oma vast.

'Ik heb iemand vermoord.'

Oma blijft kalm. Ze pakt de afstandsbediening en zet de tv uit.

'Wie dan? En waarom?'

'In de wasserette. Ik… Ik dacht dat jij het was, maar ik deed iets stoms en toen begon het rek te draaien en ik hoorde een gil en toen… Hij is dood.'

'Wie?'

Hoe kalmer oma blijft, des te hysterischer Kris wordt. 'Weet ik veel wie?!'

'Nou… Dan moeten we maar eens gaan kijken.'

Haar oma waggelt met haar dikke benen naar de deur. Kris blijft staan. Ze is te bang. Misschien is het een inbreker en doet hij alleen maar alsof hij dood is, zodat hij hen kan grijpen. Maar dan kan ze haar oma niet alleen laten gaan. 'Wacht!'

Kris grijpt een pook uit de bak naast de open haard en rent achter haar oma aan.

Ze heft de pook als ze ziet hoe haar oma de jongen helpt om overeind te komen.

'Oma, pas nou op!'

Met alle moed die Kris in zich heeft loopt ze naar haar oma en de jongen toe. Ze kijkt zo dreigend mogelijk als ze zegt: 'Laat haar los. Nu. Anders sla ik je neer.'

Oma begint hard te lachen. De jongen kijkt haar geringschattend aan.

'Alweer?'

'Mick, dit is mijn kleindochter, Kris. Kris, dit is Mick. Hij huurt de zolderkamer.'

'Oeps.'

Kris weet niets anders te zeggen. Ze staart naar de jongen, bij wie zich een flinke buil op zijn voorhoofd manifesteert. Hij staart terug.

'Waarom deed je dat?'

'Wat?'

'Ik kreeg opeens een klap van een voorbijvliegend herenkostuum. Vloog zo met m'n kop tegen de punt van de kassa. Niet echt tof.'

Met een pijnlijk gezicht wrijft hij met zijn hand over de buil.

'Sorry.'

Kris merkt dat haar stem nauwelijks geluid produceert. Ze schraapt haar keel en probeert het opnieuw. 'Je leeft nog.'

Mick grijnst. Hij heeft mooie tanden.

'Maar hij is wel een paar minuten bewusteloos geweest. Dat betekent hoogstwaarschijnlijk een hersenschudding.'

Oma haakt haar arm door die van Mick.

'We gaan naar de eerste hulp.'

Oma kijkt Kris aan. 'Ga jij maar lekker slapen, meissie. Het kan wel even duren voordat we terug zijn.'

Mick maakt zich lachend los uit oma's greep.

'Da's heel lief van u, maar ik ben prima in orde. Op die bult na. Maar goed, daar bouw ik wel een mooi verhaal omheen over een stoere vechtpartij ofzo.'

Mick knipoogt olijk naar Kris, die hier pardoes verlegen van wordt. Niet blozen, niet blozen, niet blozen, prent ze zichzelf in. Maar ze voelt de rode gloed over haar gezicht heen trekken. En ze ziet dat hij het ziet. Weer een grijns. Weer die tanden. Ze voelt zich opeens een klein meisje. Hij is groot. Maar niet té. Breed. Maar niet té. Warrige krullen die net te lang zijn. Aaargh! Waarom valt ze altijd op jongens die eruit zien alsof ze twee weken geleden naar de kapper hadden moeten gaan? En die schoenen. Daar moet hij wat aan doen.

'Kinderen, wat gaan we doen?'

Oma kijkt geamuseerd van Mick naar Kris. Mick maakt zijn blik los van die van Kris. Hij houdt een plastic tasje omhoog. 'Ik ga mijn nasi eten voordat het koud is. En dan pitten. Morgen vroeg een voetbaltraining.'

Hm, denkt Kris. Nog sportief ook.

Oma blijft bezorgd.

'Weet je zeker dat ik niet even een dokter moet bellen? Ik wil niet op mijn geweten hebben dat je morgen dood in je bed ligt '

Mick lacht. 'Dan neem ik jullie geheim mee mijn graf in en zal de moord voor altijd onopgelost blijven...'

Mick loopt naar de trap. Daar draait hij zich nog even om. Hij kijkt Kris aan.

'Hoe lang blijf je logeren?'

'Eh... Twee dagen.'

'Dan zie ik je vast nog wel.'

Oma zet de pook terug in de bak. 'Die vrouw die in De Fabriek speelde, ze heet in de serie volgens mij Helen Helmink, die deed net een zelfmoordpoging.' Oma pakt een doosje Belgische bonbons uit de kast en gaat naast Kris zitten. 'Ze zal morgen wel gered worden. Beetje raar om iemand meteen dood te laten gaan in de eerste aflevering.'

Kris blijft voor zich uit staren, terwijl haar oma haar tanden in een bonbon zet. De likeur waarmee de bonbon gevuld is, druipt over haar kin.

'Ik vind het een goede serie. Voor zover ik dat nu kan beoordelen. Leuk, veel jongeren, spannende verhalen. Ik ga morgen weer kijken'

'Ik niet.'

Oma kijkt Kris verbaasd aan.

'Hoe kun je nou kijken naar twee mensen die gaan scheiden, als je eigen dochter in precies dezelfde situatie zit? Hoe kun je daar naar kijken?!'

Er valt een hele lange stilte.

'Deze mensen hebben de beslissing al genomen,' zegt oma dan.

'Mijn ouders nemen de beslissing nu. Op dit moment.'

Oma probeert Kris de rest van de avond te laten geloven dat een scheiding niet onafwendbaar is. Dat haar ouders die beslissing niet over één nacht ijs zullen nemen. En dat, in het ergste geval, een scheiding niet het einde van de wereld hoeft te betekenen. Ze voert Kris bonbons met likeur en piña colada met jus. Ze maakt grappen, waar Kris normaliter de slappe lach van zou krijgen, maar waar ze nu alleen maar geïrriteerd van raakt. Oma probeert Kris tegen te houden als die haar ouders wil bellen, omdat ze niet een hele nacht in onzekerheid wil blijven, maar trekt de telefoon niet uit haar handen als Kris toch belt. Ze troost Kris als het antwoordapparaat aan staat en ze niet weet wat ze in moet spreken. En lang nadat de avond is overgegaan in de nacht, stopt oma Kris in. Ze drukt een kus op haar voorhoofd en blijft bij haar kleindochter zitten tot ze eindelijk in slaap valt.

Haar hand slaapt. Ze trekt hem onder haar heup vandaan en laat het bloed er langzaam weer doorheen stromen, terwijl ze slaap-dronken glimlacht als ze van beneden de vertrouwde geluiden hoort. Het ronkende gesuis van de drogers. De piep die aangeeft dat het wasprogramma is afgelopen. Gekletter van serviesgoed. Het ontbijt staat bijna klaar. Zal ze opstaan? Of zal ze wachten tot ze geroepen wordt? Ze is nog niet uitgeslapen. Waarom is ze nog zo moe?
En dan, plotsklaps, weet ze het weer. Haar ouders. De scheiding. Het loodzware gevoel. Ze wil niet opstaan. Maar ze moet plassen. Ze strekt haar benen... Shit! Wat is dat tegen haar been?
Kris opent haar ogen. En kijkt tegen een paar harige, bleke tenen met slordig afgescheurde nagels aan. Tussen de twee grootste tenen ziet ze een rood pluisje. Kris knippert verdwaasd met haar ogen. Kijkt dan gespannen een stukje verder dan de tenen. En ziet een gespierde kuit, waar haar arm liefdevol omheen ligt.
Kortsluiting in haar hoofd. Van wie zijn die tenen? Is ze wel bij oma? Heeft ze het allemaal gedroomd? Waar is ze? En met wie?
Haar gedachten worden onderbroken door een rochelend snurk-geluid. Kris komt geschrokken overeind, springt als een speer uit bed en probeert de situatie te overzien. Nog erger dan ze dacht. Die warrige, bleekblonde krullen. Een tattoo op zijn schouder. (Waarom zet iemand in godsnaam een afbeelding van een groene deux chevaux op zijn lijf?) Die enorme bult op zijn voorhoofd, die gisteren nog blauw was, maar nu paars rood. De eigenaar van de tenen is Mick.

Kris rent in blinde paniek de kamer uit, de trap af. Ze vlucht de badkamer in, draait de deur op slot en gaat op het roze gehaakte hoesje zitten, dat haar oma ter decoratie (tenminste, daar gaat Kris vanuit, welk doel hebben die dingen anders?) over het wc-deksel heeft getrokken. Het is wel lekker warm aan haar billen. Gealarmeerd door die gedachte kijkt ze naar zichzelf in de spiegel. Ze heeft slechts een minuscuul hemdje met dito slipje aan. Oh god. Zo heeft ze bij hem in bed gelegen. Hoe heeft dit kunnen gebeuren? Ze denkt na, laat haar geheugen op volle toeren werken, maar kan zich helemaal niets meer herinneren.

'Krissie?!'
Kris hoort de stampende voetstappen van haar oma, die de trap oploopt. Oma hijgt zwaar als ze met haar piepstemmetje roept: 'Ben je wakker? Kom je ontbijten?'
Kris probeert zo neutraal mogelijk te klinken.
'Ik kom, oma. Even plassen.'
De voetstappen stampen verder, de trap weer af. Kris trekt de wc door, zonder op te staan, om haar smoesje kracht bij te zetten. Ze moet een plan maken. Ze durft de badkamer niet uit. Ze kan hem nu niet onder ogen komen. Maar hij woont hier. Ze kán hem niet ontwijken. Dan denkt ze aan de dag ervoor. Haar briljante actie. Not. Het ontwaken in zijn bed. En ze weet dat ze hem nooit meer wil zien. Ze schaamt zich te diep. Ze moet hier weg.
Ze grist oma's appeltjesgroene peignoir van een haakje en trekt hem over haar ondergoed aan. Heel voorzichtig opent ze de deur van de badkamer. Ze kijkt om een hoekje. Niemand te zien. Zo snel als ze kan, rent ze naar de logeerkamer, waar ze had moeten slapen. Ze trekt lukraak wat kleren aan, voor het eerst in haar leven maakt het haar niet uit of het een geslaagde combi is of niet. Ze propt al haar spullen in de tas, neemt niet eens de moeite om hem dicht te ritsen en rent zo geruisloos mogelijk de trap af. Als hij nog maar even blijft slapen…
In de keuken sluit ze de deur en gaat er tegen aan staan, zodat er niemand (Mick) binnen kan komen. Haar oma, die eieren voor een omelet staat te kloppen, is verbaasd.
'Ben je al aangekleed, lieverd?'

'Ik ga naar huis,' zegt Kris. Ze hoopt op een nonchalante manier die geen argwaan wekt. Helaas. Oma gooit het eimengsel in de pan en draait zich om naar Kris.

'Omdat je bij Mick in bed hebt geslapen?'

Kris hapt naar adem. 'Hoe weet je dat?'

'Hij kwam om een uur of twee naar me toe. Zei dat je aan het slaapwandelen was. Je zocht wc-papier. In zijn kledingkast. Voordat hij doorhad wat er gebeurde, kroop je bij hem in bed. We hebben geprobeerd je wakker te maken, maar je lag zo diep te pitten.'

Kris slaat haar handen voor haar gezicht. Ze wil onzichtbaar worden. Verdwijnen. Onder de grond zakken en daar voor altijd blijven. De schaterlach van haar oma klinkt.

'Lieffie, het was juist ontzettend grappig!'

'Grappig? Wakker worden met de teen van een wildvreemde vent praktisch in je mond is niet grappig, oma! Waarom heb je hem niet in míjn bed laten slapen? Waarom heb je hem bij me laten liggen?' Tranen van woede en frustratie lopen over haar wangen. Ze duwt oma, die haar liefdevol wil omhelzen, van zich af. Oma blijft echter kalm.

'Ik wist niet dat je het zo erg zou vinden. Het bed was groot genoeg. En Mick... Ik heb zijn ouders goed gekend. Mick is de betrouwbaarste jongeman die ik ken.'

'Ik had alleen maar ondergoed aan!'

'Het zal vast niet de eerste keer zijn dat een jongen je in je ondergoed ziet.'

Dat is het wel. Kris denkt aan Paul, haar laatste vriendje. Die het met haar uitmaakte omdat ze niet meteen met hem naar bed wilde. Ze wilde wel, maar ze durfde niet. Hij had al zoveel ervaring en bovendien... Ze wist niet of ze wel echt verliefd was. Céline vindt haar te kieskeurig. Zegt dat ze 'het' gewoon een keer moet doen. Dat het niets bijzonders is. Maar Kris vindt het wel iets bijzonders. Althans, ze wíl graag dat het bijzonder is. Vooral de eerste keer.

'Geloof me, Kris, als jullie later getrouwd zijn, zullen jullie dit verhaal op elke verjaardag, op elk feest opnieuw vertellen.'

Oma draait de omelet om.

'Als we later getrouwd zijn? Wie?' stamelt Kris beduusd.

'Jij en Mick. Ik zag het meteen.'

Kris wil verontwaardigd reageren, maar voelt dan een bonk tegen de deur, waar ze nog steeds tegen aan staat. Van schrik doet ze een stap opzij. Tot haar afgrijzen komt Mick binnen. Fris gedoucht.

'Hé Doornroosje!'

Mick grijnst. 'Hoewel die volgens mij niet snurkte.'

Oma lacht ook plagend.

'En ze sliep in een baljurk. Niet in haar ondergoed.'

'Jullie zijn echt stom!'

Kris rent de keuken uit. Het gelach van oma en Mick hoort ze nog als ze de trap afrent.

Zonder jas is het koud buiten. Rillend gaat Kris op de vensterbank van de wasserette zitten. Een vrachtwagen baant zich met moeite een weg over de smalle gracht, rakelings langs geparkeerde auto's. Een moeder, met achterop de fiets een zingend meisje, komt voorbij. Was ze ook nog maar zo klein. Ze schrikt op als de deur van het naastgelegen huis opengaat. Die buurvrouw. Daar heeft ze echt geen zin in. Ze hoort haar kwebbelende stem al.

'Dat ik dit nog mag meemaken. Jullie weten niet hoe gelukkig jullie me maken.'

'Dat is geheel wederzijds.'

Kris schiet omhoog. Die stem. Haar vader?

Met stomme verbazing ziet Kris hoe haar ouders het huis van de buurvrouw uitkomen. Haar vader heeft zijn arm om de schouders van haar moeder heengeslagen. Haar moeder. Wat is er gebeurd? Ze heeft haar haren opgestoken, dat doet ze al jaren niet meer. Ze heeft make-up op! En die stoere laarzen, Kris wist niet eens dat haar moeder zulke hippe dingen had. Haar vader kust haar moeder op haar mond. Lang. Te lang. Kris staart naar haar ouders, die in niets lijken op de ouders waar ze gisteren afscheid van heeft genomen. Nu pas ziet Kris' moeder haar. Ze loopt stralend naar haar toe en omhelst haar. Zoals een moeder haar dochter omhelst. Zoals haar moeder haar al heel lang niet meer heeft omhelst.

'Kris! We hebben zulk goed nieuws!'

Met pretlichtjes in haar ogen draait haar moeder zich naar haar vader toe.

'Mag ik het vertellen, Nico? Please?'

Haar vader knikt en schenkt haar moeder een verliefde glimlach. Zijn ze stoned ofzo?

'Je weet dat papa en ik... Dat we niet meer zo gelukkig waren de laatste tijd.'

Kris knikt. Bang voor wat er komen gaat. Wil ze dit wel horen?

'Nou, ik zat gisteren naar die nieuwe serie te kijken...'

'Goede Tijden, Slechte Tijden?'

Haar moeder knikt.

'En ik was in shock. Die twee, die Robert en Laura, dat waren je vader en ik. Ik werd er zo verdrietig van. En zo boos. Wat er met die twee gebeurde, wilde ik niet laten gebeuren. Opeens wist ik het heel zeker. Dus ik ben naar je vader toe gegaan, die zat natuurlijk weer in zijn klushok, en we hebben de hele nacht gepraat...'

Haar vader slaat zijn arm om haar moeder heen en kust haar bij haar oor.

'En nog wat andere dingen gedaan...' mompelt hij.

Kris is verbijsterd als ze ziet hoe haar moeder als een klein, verliefd meisje giechelt en haar vader een kus geeft.

'We gaan opnieuw beginnen. We gaan het helemaal anders doen.'

Kris kijkt op als ze lawaai hoort. De buurvrouw haalt het TE KOOP-bord van de gevel af.

'We gaan in Alkmaar wonen. Naast oma. Hoe vind je dat?'

Voordat Kris kan antwoorden, wijst haar moeder naar het raam van oma's keuken.

'Maar je moet me eerst vertellen wie dat extreem knappe joch is, die naar je staat te gluren.'

Kris kijkt omhoog. Weer die grijns.

Ze draaien om elkaar heen als twee hitsige tortelduiven.

(Kim Verduijn, 1991-1992)

'**A**merika?'
Céline, die achter het fonkelnieuwe bureau van Kris zit, bladert door een stapel brochures, terwijl ze een sigaret opsteekt. Kris zit op haar bed, gefixeerd op haar kookwekker. Ze heeft haar voeten op een krukje gelegd, haar benen zijn ingesmeerd met ontharingscrème, waarvan ze de bijsluiter in haar handen houdt.
'Doe het raam open, muts, je weet dat je nooit meer mag komen logeren als mijn moeder er achter komt dat je stiekem rookt.'
Overdreven zuchtend komt Céline uit haar stoel omhoog en loopt naar het raam. Ze zet het open en gaat eruit hangen, haar hoofd in de richting van oma's huis.
'Hoe laat komt hij? Die Mick?'
'Geen idee. Maakt het uit?'
Céline laat het raam wijd open staan en ploft naast Kris neer op het bed, waar ze op haar rug gaat liggen en haar vriendin onderzoekend aan kijkt.
'Het maakt jou uit.'
'Gelul!'
Kris maait met een verontwaardigd zwiepende beweging de kookwekker van het bed. Hij stopt met tikken, maar geen van de meisjes heeft het door.
'Ik heb hem acht maanden niet gezien en wat mij betreft plakt hij er nog lekker wat maandjes achter aan in India.'
Céline komt overeind en loopt met een triomfantelijk lachje naar Kris' bureau, waar ze onder de stapel brochures een velletje papier vandaan haalt, dat ze voor Kris' ogen heen en weer wappert.

'Waarom heb je dan zijn vluchtgegevens op je bureau liggen?'

Verdomme, denkt Kris. Ze had moeten weten dat Céline door haar spullen ging snuffelen. Dat doet ze altijd. Ontkennen heeft geen zin, Céline kent haar beter dan wie dan ook, hoe irritant dat soms ook is.

'We hadden het over Amerika.'

Céline gooit haar peuk uit het raam en roept 'Sorry' naar de voorbijganger die de sigaret kennelijk bijna op zijn hoofd kreeg.

'Je gaat een jaar als au pair naar Amerika. En dat heb je besloten zonder aan mij te vragen wat ik ervan vind.' Céline doet quasibeledigd, maar Kris weet dat ze het wel degelijk meent. Verontschuldigend zegt ze:

'Ik heb alleen de aanmeldingsformulieren ingevuld. Lien, jij weet al vanaf je derde dat je schoonheidsspecialiste wil worden…'

'Visagiste,' benadrukt Céline.

'Ik weet het gewoon echt niet. Over een paar maanden doe ik examen en dan? Toen kwam mama met het idee om als au pair een jaar naar het buitenland te gaan, kan ik een jaar nadenken over wat ik wil, beetje reizen. Het leek me wel wat.'

'Je haat kinderen.'

'Ze haten mij, dat is heel wat anders.'

'Au pairs worden uitgebuit.'

'Dan stap ik op het eerste vliegtuig terug. Hé, hoe lang moet dat spul er ook alweer op blijven zitten?'

'Acht minuten, hoezo?'

Kris pakt de kookwekker, ziet dat hij stilstaat en springt op.

'Shit, daarom brandt het zo! Het zit er al minstens een kwartier op!' Kris grist een handdoek van een stoel en begint de crème van haar benen af te wrijven.

'Dat moet je met dat spateltje doen, anders trek je de haartjes niet mee. Kom.'

Kris laat zich door Céline op een stoel zetten en kijkt kreunend (niet alleen van de pijn, maar ook door de ellendige aanblik van haar twee vuurrode onderbenen) toe hoe haar vriendin de verschroeide haartjes van haar benen verwijdert.

'Dit is een teken. Ik ga het niet doen vanavond.'

'Je gaat het wel doen,' zegt Céline vastberaden. 'Vanavond ga je seks hebben. Met Michel.'

Michel. Na de verhuizing naar Alkmaar, nu twee maanden geleden, was hij de eerste op haar nieuwe school die zich aan haar
voorstelde. Ze was nerveus geweest. Kende natuurlijk niemand en
had zich die dag tig keer omgekleed. In Utrecht had ze haar plek
verworven, ze had vriendinnen, was populair. In Alkmaar... Ze
kende alleen oma. Waren de kinderen op haar nieuwe school allemaal polderboertjes, zoals Céline fijntjes had vastgesteld na een bezoek aan de nieuwe woonplaats van haar vriendin. Zouden ze haar
zien als het stadse juffie? Zou ze wel nieuwe vrienden maken? Zou
ze haar oude vrienden blijven zien? Hoe spannend de verhuizing
haar aanvankelijk had geleken, ze ging er steeds meer tegen op zien
naarmate de datum dichterbij kwam. Haar ouders hadden nauwelijks aandacht voor haar of Martijn. Die waren op miraculeuze
wijze veranderd in twee verliefde tortelduiven, die het ene na het
andere romantische uitje ondernamen. En als ze niet lagen te knuffelen, waren ze aan het klussen in het nieuwe huis. Godzijdank had
ze Mick sinds die dag niet meer gezien. Hij besloot om wat voor
reden dan ook om ontwikkelingswerk te gaan doen in India en
was al maanden weg toen Kris en haar ouders in het nieuwe huis
trokken. Hoewel Kris bleef volhouden dat ze hem echt nooit meer
wilde zien, maakte haar hart toch een explosief sprongetje toen
ze van oma hoorde dat hij een ansichtkaart had gestuurd, waarop
hij schreef dat hij zijn oude kamer bij terugkomst graag weer zou
willen huren, als hij nog beschikbaar was. En beschikbaar was hij.
Die kamer dan. Maar Kris niet meer. Ze had sinds een paar weken
vaste verkering met Michel.
Michel.

Hij reed bijna over haar tenen met zijn Zundapp in de fietsenkel-
der van school. Trok zijn helm af en riep: 'Jij bent Linda!'
Ze wist meteen dat hij Linda Dekker bedoelde, het was immers
haar bedoeling geweest om op haar te lijken. Met een foto van
Linda in haar hand was ze een paar weken ervoor naar de kapper
gegaan, die haar poedelcoupe subiet omtoverde in de blonde lok-
ken van de door Kris aanbeden Linda. Ze was dus uitermate in

haar nopjes toen deze gehelmde knul haar de bevestiging gaf dat haar gedane moeite niet voor niets was geweest. En toen hij zijn helm afzette, bleek hij best een goede kop te hebben, een beetje bleek gezicht, in vergelijking met zijn donkere haren, maar met een sexy stoppelbaardje zoals George Michael.

'Ik dacht dat alleen vrouwen en meisjes naar Goede Tijden, Slechte Tijden keken.'

'Klopt. Maar aangezien ik drie zussen, een moeder en een homoseksueel tennismaatje heb, ontkom ik er niet aan.'

Kris lachte. Hij ook. En stak zijn hand uit.

'Michel.'

'Kris.'

'Je bent het dus niet echt?'

Kris schudde haar hoofd en probeerde te verbergen dat ze zich behoorlijk vereerd voelde met het compliment. Maar het werd nog beter.

'Ik vind jou mooier. En in elk geval nu al een stuk aardiger.'

Vanaf dat moment waren ze samen. Hij introduceerde haar in de klas. Liet haar kennismaken met het Alkmaarse nachtleven, dat helemaal niet zo polderploerterig was als ze had gevreesd. Drie dagen na hun kennismaking zoenden ze op een schoolfeest in de Bergermeermin en twee dagen na die zoen zat ze met zijn moeder en drie zussen op de bank Goede Tijden, Slechte Tijden te kijken. Hij was attent (schilde haar appel in de pauze met een speciaal voor dat doel meegebracht zakmes), grappig (schreef haar uit naam van Joop van den Ende een brief, waarin haar de rol van nieuwe bitch in GTST werd beloofd. Ze trapte er nog in ook. Etterbak), romantisch (organiseerde voor haar zeventiende verjaardag een picknick op het strand, waarbij hij ook haar hele vriendenclub uit Utrecht had uitgenodigd) en stoer (een eigenschap die hij zelf op nummer één zou zetten).

Vandaag is het zover. Ze gaat seks hebben. Voor het eerst in haar leven. Met Michel. Dankbaar kijkt ze naar Céline, die haar benen insmeert met een verkoelende lotion. Ze zijn nog wel vuurrood, maar doen in elk geval geen pijn meer.

'Volgens mij moet ik de rest doen met mijn scheerapparaatje.'

Céline kijkt op.

'Welke rest?'

'Nou eh...'

'Je oksels?'

'Ja. En eh…'

Céline begint hard te lachen.

'Nog preutser dan een non! En dat wil zich vanavond overgeven aan woeste, wilde, geile seks!'

'Jezus, Lien. Moet het hele huis het weten?' sist Kris geïrriteerd. Céline ziet nu dat Kris zich echt ongemakkelijk voelt en wordt weer serieus.

'Sorry.'

Céline kijkt op haar horloge. 'We hebben nog vier uur. Ik stel het volgende voor: jij gaat de badkamer in met je scheerapparaat. Daarna douchen. Heb je al uitgekozen wat je aan gaat doen?'

Kris pakt een plastic tasje van C&A en haalt er een witte, kanten body uit. Céline bekijkt het. Met een uitgestreken gezicht probeert ze de drukknoopjes uit, waarmee je het kruis van de body open kunt maken.

'Handig', zegt ze droog. Kris kan niet anders dan een nerveus lachje uitstoten.

'Jij gaat de badkamer in, ik ga een doos scoren. Daarna bakken we de taart, kijken we GTST en lever ik je af.'

De meiden geven elkaar een highfive, waarna Kris zich terugtrekt in de badkamer en Céline op zoek gaat naar een geschikte doos.

Twee uur later openen ze vol verwachting de springvorm van de net uit de oven gehaalde chocoladetaart. De taart ruikt heerlijk, ziet er ook prachtig uit, maar zodra hij van zijn metalen vorm wordt verlost, druipt de nog vloeibare inhoud als stroperige vla over het aanrecht.

'Shit.'

Kris en Céline kijken elkaar aan en zeggen gelijktijdig: 'Oma.'

'Ik vind het een totaal onzinnig plan, maar als je het per se door wilt zetten…'

Oma Poedel bindt een keukenschort om haar kaftan met

papegaaienprint en steekt haar handen in een beslagkom, waar ze met ferme slagen in begint te kneden.

Kris, die in een grote kartonnen doos zit, wordt onzeker van oma's opmerking. Céline zegt zo overtuigend mogelijk: 'Kris, Michel heeft het zelf tegen je gezegd: hij wil alleen jou voor zijn verjaardag. Nou, je geeft hem dus wat hij het liefste wil!'

Céline werpt een waarschuwende blik op oma, in de hoop dat zij Kris niet nog onzekerder zal maken, waarna ze tegen Kris vervolgt: 'Dat is niet onzinnig, dat is superromantisch.'

Kris stapt uit de grote doos.

'Hij past. Ik moet er alleen niet te lang inzitten, dan krijg ik mezelf niet meer uit de kreukels.'

Oma gooit de bal deeg op het met bloem bestrooide aanrecht en begint het met een deegroller te bewerken.

'Mick komt vandaag thuis. Was je dat vergeten?'

Kris trekt een 'daar gaan we weer'- gezicht naar Céline, die zich grinnikend tot oma wendt. 'Nee, hoor. Dat is ze niet vergeten. Integendeel.'

Oma en Céline wisselen een blik van verstandhouding, waar Kris zich wild aan ergert.

'Wat willen jullie nou? Ik heb een vriendje! Ik ben hartstikke verliefd op Michel en jullie lopen alleen maar domme grappen te maken over een vervelend joch dat ik niet eens ken!'

'Waar je alleen maar een nacht mee hebt geslapen,' lacht Céline.

Oma bekleedt de taartvorm met het deeg en begint aan de vulling van geplette hazelnoten, pure chocola en vanille-roomcrème.

'Ik ga die doos versieren. En als jullie zo irritant blijven doen, kunnen jullie vertrekken.'

Oma begint haar schort demonstratief uit te doen.

Kris zegt gehaast (en een beetje bedremmeld): 'Als de taart in de oven staat.'

Een voorbijrijdende automobilist remt af, draait zijn raampje open en fluit goedkeurend naar Kris, die in een voortuintje van een nieuwbouwhuis achter de bosjes haar kleren uittrekt.

Kris schaamt zich dood.

'Snel. Die doos in.'

Céline haast zich naar de voordeur van het huis en zet daar de mooi versierde doos neer. Boven op de doos heeft Kris met merkstift geschreven: Niet optillen! Openmaken!

Kris, rillend van de kou in haar sexy bodystocking, tilt de taart uit de tupperware bak. Er ligt een marsepeinen roos op en met zilverglazuur staat er op geschreven: KLM. Zo snel ze kan klimt ze in de doos, terwijl ze probeert de taart niet van het zilverkleurige plateau te laten glijden. Godzijdank rijdt de automobilist nadat zijn veelbetekenende blikken niet worden beantwoord door. Kris werpt een snelle blik op het raam. Michels moeder heeft zich aan haar belofte gehouden om de gordijnen dicht te doen, zodat de verrassing niet wordt weggegeven voordat hij compleet is.

'Heb je tape? '

Céline tovert een grote rol tape uit haar jaszak.

'Daar ga je. Weet je zeker dat hij alleen is?'

'Dat heeft zijn moeder me beloofd. Dus ja. Ik weet het zeker.'

Céline drukt een snelle kus op de zorgvuldig opgestoken haren van Kris.

'Ik zal aan je denken als ik zo in de trein naar Utrecht zit. Heel veel plezier. En denk er aan: het is niet eng, het is leuk!'

Kris haalt diep adem als Céline de doos boven haar hoofd dicht doet. Ze hoort het afrollen van het tape. Ze is bloednerveus. Hoopt dat Michel het leuk zal vinden. Niet stom of kinderachtig. En aan wat er komen gaat, moet ze al helemaal niet denken. Ze vindt het spannend, maar ook doodeng. Heeft elk meisje dat? Shit, ze heeft geen condooms bij zich. Die had ze klaar gelegd, voor het geval dat Michel ze niet zou hebben, maar ze heeft ze op haar nachtkastje laten liggen. Wat stom. Maar aan de andere kant: Michel heeft al twee vriendinnetjes gehad. En hij weet dat zij ook wel… Hij zal toch wel…

Haar gedachten worden onderbroken door Céline, die een korte klop op de doos geeft.

'Okay, helemaal klaar. Ik ga nú aanbellen!'

Kris haalt diep adem als ze de voetstappen van Céline hoort.

Niet stressen. Denk aan iets anders, maant ze zichzelf. Ze forceert haar gedachten naar een moment eerder die avond. Oma had

boerenkool gemaakt. Voor Mick, maar die was nog steeds niet gearriveerd. Haar ouders hadden een 'intensiveer je relatie'–weekend en dus keken zij, Céline en oma met een bord boerenkool op
schoot naar Goede Tijden, Slechte Tijden. Voor de eerste keer die
dag dacht ze niet aan de stap die ze die avond zou nemen. Aan
het onverbiddelijke einde van haar jaren als klein meisje. Het was
zo'n spannende aflevering. Annette, die al maanden rouwt om het
verlies van haar verdronken liefde Simon, besluit om op wereldreis
te gaan. Maar wat ze niet weet, is dat Simon nog leeft. Hij is zelfs
heel dicht bij haar in de buurt. Maar hij lijdt aan geheugenverlies.
Hij weet niet meer dat hij dokter is, niet dat Linda zijn zus is en
niet dat hij op het punt stond om met Annette te trouwen. Wat
was Kris kwaad toen Simon ineens dat ongeluk kreeg. Ze geloofde
zo heilig in hun liefde. Voelde bijna de pijn van Annette.
Kris hoort het gerinkel van de deurbel, waar Céline op dat moment op drukt. Haar hart gaat als een razende tekeer. Ze hoort
Céline snel weg rennen.
Dit is het moment. Ze trekt de aansteker onder het schouderbandje van haar body vandaan en steekt de sterretjes aan die op de taart
staan. Rustig blijven, niet panieken.
Ze denkt weer aan Simon en Annette. Op het moment dat Annette voor de laatste keer de deur van het huis waar zij en Simon zo
gelukkig waren achter zich dicht wil trekken, stond Simon opeens
voor haar neus. Ze keken elkaar aan… En toen kwam de aftiteling.
Morgen moet ze echt kijken. Ze wil weten hoe het…

'Hey! Cool! Groot cadeau, man! Zal ik zeggen dat het van mij is?
Geef je die platenbon maar terug!'
Een lachsalvo klinkt. Van jongens. Een heleboel jongens.
Kris' handen beginnen te trillen. Hij is dus níet alleen. En ze kan
geen kant op. Ze probeert iets te bedenken, iets waardoor ze de
ramp kan voorkomen die haar te wachten staat. Maar ze voelt dat
er aan de doos getrokken wordt.
'Wow, zwaar gevaarte! Voelt als een paar kratjes bier!'
Ze kent de stem niet. Het maakt ook niet uit. Ze wil roepen dat
ze de doos niet moeten optillen, maar voordat ze haar mond open
kan doen, hoort en voelt ze gescheur. De bovenkant van de doos

wordt er met grof geweld vanaf getrokken en omhoog getild.

Daar zit ze. Met haar taart vol brandende sterretjes. In haar lingerie.

Om haar heen staan minstens tien aangeschoten, bij nader inzien: dronken vrienden van Michel. Jongens die bij haar op school zitten. De school waar ze zich net een plekje heeft verworven. Ze doet haar ogen dicht. Dit kan niet waar zijn. Een nachtmerrie.

De jongens joelen en fluiten.

'Geil grietje, Michel!'

'Tof verjaardagscadeau!'

'Lekkere taart!'

Voordat ze het doorheeft wordt de taart uit haar handen gegrist. Van schrik opent ze haar ogen weer. Een van de jongens scheurt een stuk van de taart af en propt het in zijn mond. Een andere jongen pakt een stuk en gooit het naar iemand anders. Voor ze het weet ontstaat er een taartgevecht. Met haar taart. Waar ze met oma zo haar best op heeft gedaan. Kris vergeet even dat ze bijna naakt is en staat op. De jongens joelen weer.

'Het feestje is afgelopen!'

'Het feestje voor Michel begint nu pas!'

Kris kijkt naar Michel, die zich op de schouders laat slaan door zijn vrienden, terwijl hij onhandig gebaart naar Kris dat hij het ook even niet meer weet. Hij is dronken. Hij waggelt naar haar toe en opent zijn armen.

'Krissie...'

Kris duwt hem van zich af, vernederd en kwaad.

'Je zei dat je alleen zou zijn.'

'De boys hadden een surprise. Sorry...'

Michel wil haar weer omhelzen, maar Kris deinst achteruit, waarbij ze struikelt over de resten van de kartonnen doos. Ze valt. En wordt op het laatste moment opgevangen. Weer gejoel.

'Goeie timing! Je lijkt James Bond wel!'

'En James krijgt het meisje!'

'En het meisje wil James! Altijd!'

'Kappen nou!'

Kris kijkt om naar degene die haar vastheeft. Mick. Wat doet hij hier? Is de wereld gek geworden? Ze kijken elkaar aan. Dan worstelt Kris zich los en rent weg. Dan maar half naakt. Dan maar drie kilometer naar huis lopen.

'Wacht! Krissie! '

Kris hoort Michel met dubbele tong roepen, maar rent door. Ze heeft het koud. Ze heeft klodders chocoladetaart in haar haren. Ze schopt haar hoge hakken uit en loopt op blote voeten verder. Ze trapt in iets scherps. Een pijnscheut trekt vanuit haar voet omhoog. Ze rent door.

Tot ze plotseling wordt vastgegrepen. Ze gilt.

'Rustig. Rustig!'

Kris kijkt om.

'Hier…'

Mick slaat zijn jas om haar heen. Kris is volkomen uit het lood geslagen.

'Onvolwassen pubers.'

Kris heeft geen energie meer om te praten. Geen puf meer om te protesteren als Mick voor haar knielt.

'Klim op mijn rug.'

Ze klimt op zijn rug. Dan komen de tranen. Ze is blij dat hij haar gezicht niet kan zien. Ze huilt niet mooi. Niet zoals op televisie, waar de tranen prachtig naar beneden rollen, zonder uitgelopen mascara, zonder gezwollen oogleden en roodgevlekte wangen.

Gelukkig zegt hij niets. Hij loopt en hij loopt, met haar op zijn rug. Ze komen langs de Molen van Piet. De wieken draaien in de kille avondlucht.

'Dat zie ik voor het eerst. Dat de molen draait.'

Kris wil zeggen dat de molen wel vaker draait, maar haar keel zit op slot. Ze lopen verder. En komen uiteindelijk aan bij het huis van Kris. Behoedzaam laat Mick haar van zijn rug glijden.

'Het laatste stukje moet je zelf doen.'

Ze knikt, niet wetend wat ze moet zeggen. Ze ontwijkt zijn blik. Schrikt van zichzelf als ze voelt dat ze wil dat hij haar armen om haar heen slaat.

'Zijn je ouders nog op? Kun je naar binnen?'

Kris probeert uit alle macht weer even helder na te denken. Ze heeft geen sleutels bij zich. Zou bij Michel slapen. Martijn.

'Mijn broertje is thuis.'

Mick drukt op de bel.

'Hij is mijn neef. Michel. Zijn achttiende verjaardag. Ik dacht: ik ga meteen als ik geland ben even langs. Heb ik dat gehad. Ik wist niet dat… Hebben jullie verkering?'

Kris knikt.

'Was het leuk in India?'

Jezus, wat een stomme vraag.

'Ja. Heel leuk. En heftig.'

De deur gaat open. Het slaperige hoofd van haar broertje kijkt haar verdwaasd aan.

'Oh. Hoi.'

Martijn laat de deur open staan en vertrekt weer.

Kris kijkt naar de grond.

'Dit was de ergste dag van mijn leven.'

Mick legt zijn hand op haar hoofd. Onhandig aaiend maakt hij onbedoeld klitten in haar haren.

'Ik zou… Ik wilde… Hij wilde alleen mij voor zijn verjaardag, dus ik dacht… Maar ik had nog nooit… Dit leek me het moment…' stamelt Kris. En ze begint weer te huilen. Nu heel hard. Met snot en slijm en harde gierende uithalen. Mick zegt niets. Hij pakt haar alleen maar vast. Trekt haar dicht tegen zich aan. Drukt een kus op haar voorhoofd. En pakt na een tijdje haar hoofd tussen zijn handen vast.

'Niet denken dat je een stomme trut bent.'

'Hoe weet je dat ik dat denk?'

Mick glimlacht en aait even zacht met zijn vinger over haar wang, die nat is van haar tranen.

'Kijk in de spiegel en je weet het.'

'Ik kijk nooit meer in de spiegel.'

Kris wil naar binnen lopen, maar dat wordt haar belet door Mick, die haar hand vastpakt.

'Je gaat zo een hele lange douche nemen. En tegen jezelf zeggen: ik ben blij dat het zo is gegaan. Dit was niet het moment. Ik hoef nergens spijt van te hebben. Hij wel.'

Kris stoot een bitter lachje uit.

'Makkelijk gezegd.'

'Makkelijk gedaan. Michel is mijn neef en hij is okay, maar jij... '
Mick zoekt even naar woorden. 'Jullie moeten niet samen zijn.'
Kris is verward.

'Waarom niet?'

'Omdat...'Mick kijkt haar aan. Die ogen. Die grijns. 'Dit lijkt me geen moment om naar complimentjes te vissen.'

'Ik wil het weten.'

'Je gaat met mij trouwen.'

Kris stoot een ongelovig lachje uit, om haar nervositeit te verbergen.

'Dat heb je zeker van oma?'

'Je oma weet alles.'

'Zegt ze.'

'Hoop ik. Jij niet?'

Nog nooit heeft iemand zo lief en intens naar haar gelachen. Nog nooit heeft ze zich zo dichtbij iemand gevoeld. Zich nauwelijks bewust van wat ze doet, pakt ze zijn hand en legt hem tegen haar wang. Ze sluit haar ogen. En voelt hoe Mick heel zacht zijn lippen op de hare drukt. Ze opent haar ogen weer.

'Je smaakt zout.'

'Ik heb gehuild.'

'En je ruikt naar chocola.'

Dan kust hij haar weer. Langer. Intenser. Ze voelt hoe hij zijn armen om haar heen slaat en haar tegen zich aan drukt. Ze legt haar hand in zijn nek en laat haar vingers door zijn krullen gaan. Haar hele lijf wil in hem opgaan. Zo voelt het dus. Zijn jas schuift van haar schouders af en valt op de grond. Ze staat praktisch naakt voor hem en het kan haar niets schelen. Als ze zijn mond maar op de hare blijft voelen, zijn warme handen op haar blote huid.

In de verte klinkt een kerkklok. Wat gelach van mensen die uit één van de cafés op het Waagplein komen. Een brommer. Het geluid komt dichterbij. Wordt te hard om te negeren.

'Kris?!'

Met tegenzin maakt Kris zich los en kijkt om. De brommer remt met een slip vlak voor haar neus. Michel. Verbijsterd kijkt Michel van zijn neef naar zijn vriendin. Kris realiseert zich wat hij gezien moet hebben. Michel trekt de helm van zijn hoofd. Hij rolt van de brommer af op de grond.

'Ik wilde mijn excuses aanbieden, maar… Jezus! Trut!'

Michel start zijn Zundapp weer.

'Michel, alsjeblieft! Ik… Wacht even!' roept ze geschrokken uit.

'Wachten? Waarop? Tot mijn neef je geneukt heeft?'

Michel draait zijn brommer om en rijdt keihard weg. Zijn helm ligt nog op straat. Voordat Kris iets kan zeggen, ziet ze een auto de hoek om komen. Michel ziet hem te laat. En rijdt veel te hard. Hij knalt op de auto, wordt van zijn brommer gelanceerd, belandt op de motorkap en valt dan op straat. Daar blijft hij roerloos liggen.

Ze voelt een hand op haar schouders.

'Kom, je oma is er om je naar huis te brengen.'

In shock kijkt Kris de verpleegster aan.

'Je kunt niets voor hem doen. Wij zorgen voor hem. Slaap is nu het beste medicijn. Voor jou ook.'

Kris staat op en kijkt naar Michel. Hij heeft een gipskraag om zijn nek, zijn wervels zijn door de klap verschoven. Er zitten vier metalen pinnen in zijn rechterbeen en hij heeft een zware hersenschudding. Kris kan nog steeds nauwelijks bevatten wat er allemaal is gebeurd. De ouders van Michel zijn net weg. Ze durfde zijn moeder niet aan te kijken, toen die haar bedankte omdat ze met Michel mee was gegaan in de ambulance. Kris buigt zich voorover en drukt voorzichtig een kus op Michels gehavende hoofd.

'Slaap lekker,' fluistert ze.

Ze komt overeind en ziet dat zijn oogleden trillen. Heel langzaam opent Michel zijn ogen. Hij knippert tegen het felle licht in de ziekenhuiskamer en glimlacht dan zwakjes naar Kris.

'Jij ook welterusten.'

Kris vecht tegen haar tranen. Hoe kan hij zo lief zijn, terwijl zij hem keihard bedonderd heeft? Het is háár schuld dat hij dat ongeluk heeft gehad. Dat weten ze allebei.

'Kris?'

Kris kijkt Michel vragend aan.

'Ben je verliefd op hem?'

Ja, flitst het door haar hoofd. 'Nee,' zegt ze.

Michel is zichtbaar opgelucht. Hij steekt zijn hand naar haar uit.

'Dan hebben we allebei een stomme fout gemaakt vanavond.

Zullen we het daar maar op houden?'

Kris weet dat ze tegen hem liegt, weet dat ze het niet waar kan maken, weet dat een relatie tussen hen na vanavond niet meer gaat werken, maar ze kan het niet over haar hart verkrijgen om hem nu die klap te geven. Dus ze pakt zijn hand en zegt: 'Ja.'

Gelukkig weet oma wanneer ze geen vragen moet stellen. Zwijgend zit Kris naast haar in de auto. De straten zijn uitgestorven, de stad is donker en stil, terwijl haar wereld op zijn kop staat. Als oma de auto voor hun huizen parkeert, blijft Kris zitten. Ze kijkt oma niet aan, als ze zegt: 'Wil je tegen Mick zeggen dat ik het heel erg vind, maar dat hij geen contact met me moet zoeken? Ik wil hem niet meer zien. Het kan niet.'

DEKKER / SLAAPKAMER

ANNETTE ZIT RECHTOP IN BED, VECHTEND TEGEN DE SLAAP. ANGELA ZIT NAAST HAAR.

ANNETTE
(VERDRIETIG)
En jij bepaalt dat ik Simon niet meer
mag zien?

ANGELA
Ik ben zijn therapeute.

ANGELA ZIET DAT ANNETTE WANHOPIG IS.

ANGELA
Hij lijdt aan geheugenverlies.

'Had ik dat maar,' mompelt Kris, die met een bord spaghetti op schoot voor de buis zit. Haar moeder, met een bord sla (ze wil haar lijf weer 'in balans' krijgen) kijkt even opzij naar Kris. 'Ga je zo nog naar het ziekenhuis?'
'Dat doe ik toch elke dag?'

ANGELA

We moeten heel voorzichtig blijven.
Stapje voor stapje stukken uit zijn
verleden ophalen. Vooral niets over-
haasten.

ANNETTE

U begrijpt het niet. Ik hou zielsveel
van hem! Ik zou hem nooit kunnen kwetsen!

ANGELA

Niet met opzet misschien. Het gaat
ook niet om kwetsen, het gaat om de
verwarring die bij hem kan ontstaan
als alles te snel gaat. Het risico is
te groot. Blijf voorlopig maar even
bij hem uit de buurt. Voor zijn eigen
bestwil.

**ANNETTE VINDT HET VRESELIJK MOEILIJK, MAAR DENKT
AAN SIMON. ZE KNIKT.**

ANNETTE

Okay. Als u denkt dat dat beter is…

'Dat is toch ook wat,' zegt haar moeder. 'Vind je je grote liefde
eindelijk terug, mag je hem niet zien. Afschuwelijk lijkt me dat.'
Haar moeder weet niets van Mick af. Heeft geen flauw benul van
het feit dat haar dochter in eenzelfde soort situatie zit als Annette.
Degene waar je verliefd op bent binnen handbereik, maar niet samen kunnen zijn.

ANNETTE BEGINT TE HUILEN.

ANNETTE

Toen ik hem zag… Ik wilde hem zo graag

in mijn armen nemen, maar…
      (ZE SLIKT EEN BROK IN HAAR KEEL
      WEG)
Hoe ik me in heb kunnen houden…

ANGELA
Je moet geduld hebben. Hij leeft. Dat
is in ieder geval iets om dankbaar
voor te zijn.

Kris staat op. Ze zet haar bord in de afwasmachine en trekt haar jas aan.
'Ik ben om negen uur thuis.'
Als ze haar fiets losmaakt, kan ze het niet laten naar het zolderraam van oma's huis te kijken. Er brandt licht. Hij is thuis. Wat zou hij aan het doen zijn? Van oma begreep ze dat hij volgend jaar gaat studeren in Amsterdam. Medicijnen. Zal hij dan daar gaan wonen? Dan ziet ze hem nooit meer. Maar dat is ook wat ze wil. Wat ze van zichzelf móet willen. Als hij weg is, wordt het misschien makkelijker.
Op de fiets naar het ziekenhuis, probeert ze uit te rekenen hoe vaak ze deze route de afgelopen weken heeft afgelegd. Ze heeft nog geen dag overgeslagen. Michel zegt dat hij de hele dag niets anders doet dan uitkijken naar haar komst. Noemt haar zijn beste medicijn. Over een week mag hij naar huis. Dan kan hij in een rolstoel naar school, want zijn been is opnieuw geopereerd en hij moet nog zeker vier weken gips. Daarna revalideren.
'Hoe hou je het vol?' had Céline haar afgelopen weekend gevraagd. Ze kon er eigenlijk geen antwoord op geven. Ze wist het niet. Ze doet het gewoon. Overdag naar school, 's middags huiswerk, 's avonds na Goede Tijden, Slechte Tijden naar het bezoekuur. Alleen 's nachts. Ze wou dat ze die dromen kon stopzetten. Dromen waarin ze de kus herbeleeft. Waarin ze door een rechter wordt veroordeeld voor poging tot moord op Michel. Waarin ze vrijt met Mick. Ze wordt er gek van. Maar het wordt altijd weer ochtend en er komt altijd weer het moment dat ze op de automatische piloot kan overschakelen. Diep in haar hart weet ze wel dat ze dit eindig is.

Dat ze het niet vol gaat houden. Maar ze hoopt dat het belachelijk overheersende gevoel voor Mick op den duur verzacht, naar de achtergrond kan verdwijnen. Rationeel gezien is het heel makkelijk. Ze kent hem niet. Misschien laat hij vieze stinkscheten na het eten. Misschien heeft hij vreselijke vrienden. Misschien eet hij zijn oorsmeer op. Misschien is hij wel helemaal niet verliefd op haar. En maakt het uit? Ze kan Michel nu niet in de steek laten. Mick is zijn neef. Ze hebben het nooit meer gehad over de zoen, waarbij Michel hen betrapte. Michel gaat ervan uit dat ze weer zijn vriendinnetje is en zij is diep in haar hart blij dat hij door zijn verwondingen niet in staat is om seks met haar te hebben. Maar dat moment gaat natuurlijk komen.

Kris schudt deze gedachte, waar ze lichtelijk van in paniek raakt, van zich af. We zien het wel. Doorgaan. En ze loopt voor de zesenzestigste keer het ziekenhuis in.

DEKKER / WOONKAMER

ANNETTE KIJKT SIMON SMEKEND AAN.   TRANEN STAAN IN HAAR OGEN.

                    ANNETTE
        Je kunt me niet zomaar wegsturen.

                     SIMON
        Wat moet ik anders? Je houdt dingen
        achter. Ik vertrouw je niet.

ANNETTE NEEMT EEN BESLISSING.

                    ANNETTE
        Goed. Ik zal je de waarheid vertellen.
        En in godsnaam, geloof me.

ANNETTE GAAT NAAR HEM TOE EN NEEMT ZIJN HANDEN IN DE HARE.

Kris zit op het puntje van haar stoel. Zweetdruppeltjes banen zich een weg over haar rug. Het is eindelijk lente geworden en dit is de warmste dag tot nu toe. De drie zussen van Michel zitten naast haar op de bank. Er wordt hevig geprotesteerd als Michel een krakende zak chips openmaakt. Niemand wil dit moment missen.

ANNETTE

We hielden van elkaar, Simon. We stonden op het punt om te gaan trouwen. Ik
mocht het niet vertellen van je therapeute, maar dat is de zuivere waarheid. Probeer het je alsjeblieft te
herinneren.

**EVEN LIJKT HET EROP DAT SIMON HET ZICH DAADWER-
KELIJK HERINNERT, MAAR DAN RAAKT HIJ IN PANIEK.**

SIMON

Nee!

ANNETTE

Simon…

SIMON

Waarom doe je me dit aan?

ANNETTE

Omdat ik van je hou! Probeer het je te
herinneren. In godsnaam!

**ANNETTE WIL SIMON AANRAKEN, MAAR HIJ DUWT HAAR
VAN ZICH AF.**

SIMON

Ga weg! Ga weg en kom nooit meer terug!

Kris is blij als ze ziet dat twee zussen van Michel snotterend aan het huilen zijn, terwijl de aftiteling begint. Zo hoeft ze zich niet te schamen voor haar eigen tranen.

'Hallo dames! Komen we even terug op aarde? De patiënt wil een biertje.'

Michel kijkt hoofdschuddend naar de huilende meisjes op de bank. 'Kom op. Die twee spelen een rol en dat doen ze niet eens zo goed. Geheugenverlies, hoe verzin je het? En jullie maar janken…'

'Het gaat niet om het geheugenverlies. Het gaat erom dat Annette dolgraag weer samen wil zijn met Simon, maar dat niet kan. Dat is toch afschuwelijk?'

Kris staat op en loopt naar de keuken om een biertje voor Michel te pakken. Het ergert haar dat hij er zo denigrerend over doet. Ze weet dat ze onredelijk is, niet iedereen hoeft zich zo te laten meeslepen door een televisieserie. Ze weet ook dat dat niet het enige is waar ze zich de laatste tijd aan ergert als het om Michel gaat. Ze is gewoon niet meer verliefd op hem. In het begin, net na het ongeluk, had ze nog heel veel medelijden met hem. Voelde ze zich schuldig. Vond het daarom niet moeilijk om bij hem te zijn. Maar nu…

Kris slaakt een gilletje als ze van achteren wordt beetgepakt. Michel is met zijn rolstoel de keuken in gereden en trekt haar bij zich op schoot. Hij kust haar in haar nek.

'Ik heb een verrassing voor je, pop.'

Vragend kijkt Kris hem aan.

'Volgende week mag mijn gips eraf. Dus gaan wij volgend weekend naar de caravan van mijn ouders in Bakkum. Een heel weekend samen.'

Hij aait Kris over haar wang, naar beneden, haar decolleté, nog verder… Kris kijkt naar de hand van Michel die in haar T-shirt verdwijnt en probeert zijn aanraking fijn te vinden. Ze dwingt zichzelf om te glimlachen en hem terug te kussen.

'Dat eh… Dat lijkt me super. Een heel weekend samen.'

Kris komt thuis. Ze heeft tegen Michel gezegd dat ze vroeg weg moest, een smoes verzonnen om maar onder zijn aanrakingen uit te komen. Haar vader en moeder zitten op de grond, gekleed in badjassen, met gestrekte benen en hun voetzolen tegen elkaar. Het ruikt naar wierook en ze hoort vreemde geluiden.

'Didgeridoo. Van de Aboriginals,' zegt haar moeder met een zoetsappige glimlach.

Aha. Een nieuwe ontwikkeling.

'En wat doen jullie dan? Aboriginaltje spelen?'

'Flauw,' glimlacht haar moeder. 'Papa en ik nemen bewust even de tijd voor elkaar.'

'Normale mensen gaan dan uit eten. Of naar de bioscoop ofzo.'

'Wij maken echt contact. We stemmen onze aura's weer op elkaar af.'

Kris trekt haar jas uit en ziet nog net voordat ze naar haar kamer gaat dat haar vader en moeder overdreven liefdevol naar elkaar glimlachen. Alles beter dan die kilte die er nog geen jaar geleden tussen hen hing, maar het begint nu wel pathetische vormen aan te nemen. In haar kamer sluit ze de deur, schopt haar schoenen uit en belt Céline. Ze vertelt over Michels voorstel. Vraagt wat Céline ervan vindt.

'Dat weet je.'

'Jij vindt dat ik niet moet gaan.'

'Yep.'

'Voor het ongeluk vond je hem nog geweldig.'

'Ik vind het nog steeds een lekker ding, maar ik weet dat je niet verliefd op hem bent.'

Er valt een lange stilte.

'Ben je er nog, Kris?'

'Ja.'

'Ik mis je. En jij mij ook, zo te horen.'

'Ik weet gewoon echt niet wat ik moet doen.'

'Kom morgen naar me toe. Na school. Gaan we de stad in. Dronken worden. Een oplossing bedenken.'

En dat was het beste wat Céline had kunnen zeggen.

ANNETTE KIJKT SIMON AAN. ZE IS GEBROKEN VAN VERDRIET.

Dus ik kom afscheid nemen. Ik zal je
niet meer lastig vallen. Ik wil alleen
nog maar zeggen…

ANNETTE KIJKT EVEN NAAR ANGELA, DIE NAAST SIMON ZIT. HAAR STEM TRILT.

ANNETTE
… Dat ik jullie al het geluk van de
wereld gun. Samen.

ANNETTE HEEFT HAAR EMOTIES NIET MEER IN BEDWANG. ZE DRAAIT ZICH OM EN VLUCHT DE KAMER UIT.

SIMON
(ROEPT)
Annette!

ANGELA GAAT OP ZOEK NAAR HAAR TAS.

ANGELA
We kunnen haar zo niet laten gaan.

SIMON KIJKT ANGELA ANGSTIG AAN.

ANGELA
Het is levensgevaarlijk als ze in deze
toestand achter het stuur kruipt.

SIMON EN ANGELA RENNEN DE KAMER UIT, ANNETTE ACHTERNA.

Kris pakt zonder dat ze het door heeft de hand van Céline vast.
Ze eten chinees uit plastic bakjes, die de op de salontafel hebben
uitgestald. Ze zitten naast elkaar op de grond.
'Ik weet zeker dat dit het moment wordt.'

'Welk moment?' zegt Céline met volle mond.
'Weet ik veel. Dat er iets gebeurt.'

WEG / INT. AUTO ANNETTE

ANNETTE RIJDT ALSOF DE DUIVEL HAAR OP DE HIELEN
ZIT. DE TRANEN STROMEN OVER HAAR WANGEN. ZE IS
FINAAL IN DE WAR. DAN KOMT ER EEN SCHERPE BOCHT
IN DE WEG. ANNETTE RIJDT TE SNEL EN HEEFT DE
AUTO NIET MEER ONDER CONTROLE. ZE RUKT UIT ALLE
MACHT AAN HET STUUR. PIEPENDE REMMEN KLINKEN. DE
AUTO BOTST TEGEN EEN BOOM.

'Nee!'
Kris slaat haar hand voor haar mond.
'Als ze dood is, ga ik die stomme schrijvers vermoorden!'

WEG / EXT. + INT. AUTO ANNETTE

ANNETTE LIGT BEWUSTELOOS MET HAAR HOOFD OP HET
STUUR.

DE AUTO VAN SIMON EN ANGELA STOPT MET PIEPENDE
REMMEN ACHTER HAAR. SIMON SPRINGT UIT DE AUTO.

                    SIMON
         Mijn tas, Angela.

ANGELA KIJKT SIMON STOMVERBAASD AAN.

                    SIMON
         Ik ga vast kijken hoe ernstig het is.

SIMON RENT NAAR DE ZWAAR GEHAVENDE AUTO VAN AN-
NETTE. ANGELA AARZELT, MAAR GAAT HEM ACHTERNA.
SIMON BUIGT ZICH BEHOEDZAAM OVER ANNETTE.

> **SIMON**
>
> Op het eerste gezicht lijkt het mee
> te vallen. Een paar schrammetjes en
> blauwe plekken. Maar niets gebroken,
> godzijdank.

'Alsof hij dat zo snel kan zien!' grinnikt Céline.
'Hou je mond!' Kris is gespannen.
'Hij heeft zijn geheugen terug! Hij weet weer dat hij dokter is!'

> **SIMON**
>
> Mag ik mijn tas?

ANGELA STAART HEM AAN.

> **ANGELA**
>
> Je hebt je tas niet bij je…. Dokter
> Dekker.

NU DRINGT OOK TOT SIMON DOOR WAT ER AAN DE HAND IS. HIJ HEEFT DOOR DE SCHOK ZIJN GEHEUGEN TERUG.

Kris stopt een hap babi pangang in haar mond. 'Nou, nu klopt het dus niet meer.'
Een beetje bevreemd kijkt Céline haar aan, zich afvragend wat Kris met die opmerking bedoelt.
'Klinkt misschien stom, maar ik voelde me een beetje Annette.'
'Mick?'
Kris knikt.
'Maar bij hen…' Kris wijst naar de televisie. '… Brengt het ongeluk geluk. Bij ons was een ongeluk juist het einde van ons geluk.'
'Je weet helemaal niet hoe het afloopt. Misschien heeft Simon zijn geheugen wel terug, maar is hij niet meer verliefd op Annette. Of misschien wil Annette hem niet meer als blijkt dat…'
Céline stopt met praten als ze ziet dat haar vriendin niet meer luistert. Ze staart naar het televisiescherm.

ALBERTS / SLAAPKAMER ANNETTE

ANNETTE LIGT SLAPEND OP BED. SIMON SLUIPT STIL-
LETJES NAAR BINNEN EN WERPT EEN TEDERE BLIK OP
ANNETTE. ALS HIJ DE KAMER WEER WIL VERLATEN,
HOORT HIJ ACHTER ZICH HAAR STEM.

ANNETTE
(LANGZAAM UIT EEN DIEPE SLAAP ONT-
WAKEND)
Help me, Simon.

SIMON GAAT OP HET BED ZITTEN EN NEEMT HAAR HAND
IN DE ZIJNE. ZE OPENT HAAR OGEN, MAAR ZE HERKENT
HEM NOG NIET. ZE IS NOG TE VERSUFT.

ANNETTE
Simon, help me.

SIMON
Ik ben hier, Annette. Rustig maar.

ANNETTE VERKEERT NOG HALF ONDER INVLOED VAN HET
SLAAPMIDDEL DAT SIMON HAAR HEEFT GEGEVEN.

ANNETTE
Waar is Simon? Wat is er gebeurd?

SIMON
Het is in orde, Annette. Alles komt
goed. Je hebt een ongeluk gehad. Je
hebt geslapen en ik ben hier.

ANNETTE KOMT LANGZAAM MAAR ZEKER BIJ HAAR POSI-
TIEVEN. ZE TILT MET ENIGE INSPANNING HAAR HOOFD
OP. ALS ZE SIMON ZIET, GELOOFT ZE HAAR OGEN
NIET.

ANNETTE

Simon? Oh god…

ZE OMHELZEN ELKAAR HARTSTOCHTELIJK.

'Verdomme, ik zit tegenwoordig elke avond te janken.'
Kris pakt een servet van de Chinees en veegt haar tranen weg.
'Ik zei het toch? Bij Simon en Annette komt het goed.'

SIMON MAAKT ZICH EVEN LOS UIT DE OMHELZING EN KIJKT ANNETTE VERLIEFD IN DE OGEN. DAN KUST HIJ HAAR VOORZICHTIG. DE KUS WORDT STEEDS HARTSTOCHTELIJKER. DAN TREKT SIMON ANNETTE TEGEN ZICH AAN.

SIMON

Ik ben het. Ik ben het echt. En ik hou
van je.

SIMON EN ANNETTE ZIJN DOLGELUKKIG.

Zodra de eindtune klinkt, staat Céline op, zet de televisie uit, gooit de jas van Kris naar haar toe en pakt een bos sleutels uit een la.
'We gaan.'
'Waar naar toe?' Kris moet nog even verwerken wat ze zojuist op televisie heeft gezien.
'We gaan het lot een handje helpen.'

Kris aarzelt als Céline de deur van de Mercedes voor haar openhoudt.
'Geen gemaar. Mijn ouders komen pas vannacht thuis en ik heb mijn rijbewijs.'
'Al drie dagen.'
'Instappen.'
'We zouden uitgaan.'
'Gezellig. Als jij in zo'n bui bent, begin je na twee wijntjes te huilen en stop je pas weer als je ladderzat bent.'

Kris weet dat ze gelijk heeft. Ze stapt in.

'It's my life' van Dr. Alban knalt keihard uit de speakers.

Céline weigert te zeggen waar ze heen rijden. Maar als ze de afslag Alkmaar / Den Helder neemt, kan ze het wel raden.

'Ik doe het niet.'

Céline zwijgt.

'Zo makkelijk gaat het niet. '

Weer zegt Céline niets.

'Hij heeft vast al een ander.'

Na nog wat onbeantwoorde opmerkingen, laat Kris het er maar bij. Het is lastig om een gesprek te voeren met iemand die vastberaden is niets te zeggen.

Ze rijden na een tijdje de straat in. In de wasserette brandt nog licht.

'Oma is nog aan het werk.'

Céline parkeert de auto en loopt naar de wasserette. Ze opent de deur en roept: 'Oma Poedel?' Kris besluit ook maar uit te stappen. Oma komt aan kuieren. Ze grijnst als ze Céline ziet.

'Ha, het skeletje! Da's een poos geleden.'

'Ik ga het helemaal goed maken. Kris vertelde me over een waanzinnig Mexicaans restaurant hier in de buurt.'

Alleen al bij de gedachte aan het restaurant beginnen de ogen van oma te stralen.

'Kind, dat was fenomenaal. Ik heb er laatst gegeten met Ralph, mijn vriendje, nou, die is echt wel kritisch, maar zelfs hij was diep onder de indruk. Ze hebben er tequila-ijs!'

Céline lacht, terwijl Kris zich afvraagt wat haar plan is.

'Dat wil ik proeven. Kom, we gaan. Ik trakteer.'

Oma is een beetje verbouwereerd en kijkt naar Kris.

'Nee,' zegt Céline resoluut. 'Kris gaat niet mee. Die heeft andere dingen te doen. Waar ze een beetje privacy bij nodig heeft, als u begrijpt wat ik bedoel. '

Céline geeft oma een vette knipoog. Oma schiet in de lach.

'Jij bent de slimste beste vriendin van de wereld.'

Oma steekt haar dikke arm door die van Céline. 'Die kant op.'

'Wacht!' Kris houdt oma en Céline staande. 'Is hij wel thuis? Wat moet ik tegen hem zeggen?'

'Hij is thuis,' zegt oma.

'En je weet dondersgoed wat je moet zeggen,' zegt Céline.

Kris kijkt oma en Céline na tot ze de straat uit zijn. Ze kan nog terug. Maar wat dan? Naar Bakkum met Michel? Uiteindelijk zal de relatie met hem toch stranden. Of ze moet de rest van haar leven een toneelstukje willen blijven opvoeren. Nee, dat wil ze niet. Ze krijgt buikpijn bij de gedachte dat ze Michel moet vertellen dat ze niet verder met hem wil, maar het alternatief is erger. Kris kijkt langs de gevel omhoog. Het licht in Micks kamer brandt. Het raam staat open. Hij heeft 'Tears in Heaven' opstaan. Haar lievelingsnummer. En dan, alsof er plotseling een knop in haar hoofd wordt omgezet, stapt ze de wasserette in.

Als ze de fles koude wijn nog langer in haar hand houdt, vriezen haar vingers er af. Hoe lang staat ze al op de overloop naar zijn deur te staren? En waarom? Dit is toch wat ze wil? Wat ze al wil sinds de kus op straat? Zoals Simon en Annette naar elkaar keken, zo wil zij toch dat Mick naar haar kijkt?

'Ja,' fluistert ze. En met de hand waarin ze twee glazen vasthoudt klopt ze kort op de gesloten deur.

'Kom maar binnen, oudje!'

Hij denkt dat ze oma is.

'Eh... Ik ben oudje niet,' zegt ze aarzelend

Ze wacht af. Dan klinken er voetstappen. De deur gaat open. Mick kijkt haar aan. Met die ogen. Die meer verward, dan aangenaam verrast naar haar kijken.

'Oh...' zegt Mick.

'Ja. Ik eh... Ik ben het.'

Mick lacht. Gelukkig. 'Dat zie ik.'

Verdorie, Céline had geen gelijk. Ze weet helemaal niet wat ze moet zeggen. Ze staat hem al een minuut stompzinnig aan te staren. Maar ja, híj zegt ook niets.

'Mooi liedje had je op staan. Eric Clapton. Echt mooi.'

Mick laat zich niet afleiden.

'Je wilde me nooit meer zien.'

'Nee.'

'Heb je je bedacht?'

'Ja.'

'Waarom?'

Hij kijkt haar aan. Uitdagend. Geamuseerd. En lief. Opeens is ze niet nerveus meer. Weet ze dat hier zijn, nu op dit moment, met hem, wel eens het belangrijkste moment uit haar leven zou kunnen zijn. Ze glimlacht stralend, zet de wijn en de glazen op het bureau neer en pakt zijn hand vast.

'Omdat je gelijk had die avond. Ik ga met jou trouwen. Dat is ons lot.'

Mick schiet in de lach.

'En als je al een ander hebt, heeft ze pech, dan maak je het maar uit,' ratelt Kris door.

Mick wordt serieus.

'Ik heb geen ander.'

Kris kijkt hem aan. Ze vindt dat ze eerlijk moet zijn. Dat wil ze ook.

'Ik wel. Nog wel.'

'Dat weet ik. Ik huur een kamer bij je oma. De discretie zelve.'

Kris glimlacht. Mick ook. De stilte lijkt een eeuwigheid te duren.

'Kus me dan,' zegt Kris.

'Wil je dat?'

'Ja, natuurlijk!' Maar dan bedenkt ze zich opeens dat hij haar misschien helemaal niet wil kussen. Dat hij misschien wel helemaal niet zo smoorverliefd is als hij.

'Maar alleen als jij dat ook wilt,' vervolgt ze dus haastig.

Zijn antwoord is duidelijk. Hij trekt haar naar zich toe en kust haar. Niet voorzichtig, zoals de eerste keer. Hij kust haar alsof hij niets liever wil dan dat: haar kussen. Precies zoals zij het voelt. Ze slaat haar armen om hem heen, snuift zijn geur op, voelt hem weer tegen zich aan en weet dat ze Céline eeuwig dankbaar zal zijn. Ze voelt de gespannen spieren op zijn rug, voelt hoe zijn hand onder haar T-shirt glijdt en heel zacht over haar rug aait. Ze krijgt kippenvel en moet daarom lachen. Hij kijkt haar aan.

'Wat is er?'

'Ik ben blij.'

'Ik ook.'

Hij streelt haar wang en laat zijn vinger heel zacht over haar lippen gaan.

'Ik ken je niet eens.'

'Ik jou ook niet.'

Hij pakt haar hand en trekt haar mee naar zijn bed. Ze gaan liggen. Kris op haar rug, hij half over haar heen gebogen. Terwijl zijn hand onder haar shirt haar blote buik streelt, weer kippenvel, geeft hij haar kusjes over haar hele gezicht.

'Wat is je lievelingskleur?'

'Blauw,' zegt Kris. 'Maar dat staat me eigenlijk niet.'

'Wat vind je het leukste vak op school?'

'Geschiedenis.'

'Waarom?'

'Omdat die leraar fantastisch kan vertellen.'

'Van wie heb je dat uiterst charmante talent om jezelf in de nesten te werken? Je vader of je moeder?'

Kris weet het niet. Ze trekt een peinzend gezicht, waar hij om moet lachen.

'Het is niet charmant, het is irritant en ik ben heel hard met mezelf aan het werk om de meest georganiseerde, gedisciplineerde, verzorgde vrouw ter wereld te worden.'

Mick snoert haar de mond met een kus.

'Niet doen. Niet met jezelf aan het werk gaan.'

Daar is hij weer. Die grijns.

'In elk geval niet als je met mij wilt trouwen.'

'Geen bruiloft zonder ring.'

Kris wil haar onberingde hand in een quasituttig gebaar aan hem laten zien, maar haar schakelarmbandje blijft in zijn krullen steken.

'Au!'

Kris wil de armband lostrekken, maar doet hem alleen nog maar meer pijn. Hij wil hem zelf losmaken, maar verliest daarbij zijn evenwicht en valt naast het bed. Er blijft een pluk haar in haar armband achter.

Kris kijkt over de rand van het bed.

'Oh, sorry! Heb je pijn?'

Mick begint hard te lachen.

'Zei ik nou net een minuut geleden dat ik je onhandigheid

charmant vond?'

Kris, opgelucht dat hij niet boos is, moet ook lachen. Mick klimt
weer op het bed. Hij begraaft zijn gezicht in haar haren.

'Wil je dit echt?'

Omdat ze bang is dat haar stembanden door de heftigheid van
het moment alleen maar piepende geluiden zullen voortbrengen,
knikt ze. Met volle overtuiging.

Ze praten, ze zoenen, ze lachen, ze vertellen elkaar over hun leven. Ze vrijen, tasten elkaar af, spreken hun verbazing uit over de
overrompelende aantrekkingskracht die ze naar elkaar toe voelen.
Doen gekscherend over de term soulmates, maar weten nu dat het
bestaat. Als de zon opkomt en de straatgeluiden door het openstaande raam de kamer in komen, de wasmachines beneden hun
zoemende werk hervatten, laat Kris Mick bij haar naar binnen komen. En het is precies zoals ze hoopte dat het zou zijn.

'Waarom heb je een groene auto op je schouder laten zetten?'

Kris sponst de rug van Mick af. Ze heeft geen idee hoe laat het is.
Ergens halverwege de middag, denkt ze. Ze hebben nauwelijks geslapen, maar nog nooit heeft ze zoveel energie gehad. En zo weinig
gêne. Wat het is weet ze niet. Benoemen hoeft ook niet. Ze wil
alleen dat ze zich vanaf nu altijd zo zal voelen.

'Vind je het goed als ik je dat een andere keer uitleg?'

'Nee.'

Mick draait zich om en kust haar, terwijl de warme stralen van de
douche over hen heen stromen.

'Het is een lang verhaal.' Hij glimlacht. 'En ik heb honger. We
gaan ontbijten. Op een terras in de zon. En daarna sleep ik je weer
mee mijn hol in.'

Hand in hand lopen ze de wasserette in, op weg naar buiten.

'Als ze een stomme opmerking maakt, wurg ik haar,' fluistert Kris,
die haar oma goed genoeg kent om te weten dat die opmerking er
geheid gaat komen, maar wel vanuit louter goede bedoelingen. Gelukkig is oma met een klant bezig, die een berg kleding op de toon-
bank legt. Kris en Mick komen er van af met een veelbetekenende

blik, die van de klok (één uur 's middags!) naar hun handen gaat, die elkaar nog steeds vasthouden. Snel trekt Kris Mick mee naar buiten. Terwijl ze met hun ogen staan te knipperen tegen het felle zonlicht, horen ze de stem van Kris' moeder.

'Lekker geslapen, schat?'

Kris kijkt omhoog. Haar moeder hangt uit het raam. Aan de lach van haar moeder te zien, heeft oma het verhaal in geuren en kleuren verteld.

Haar moeder richt zich nu tot Mick.

'Als jij de oorzaak bent van die blos op de wangen van mijn kind, denk ik dat het tijd wordt dat wij eens behoorlijk aan elkaar voorgesteld worden.'

Kris schaamt zich dood.

'We gaan ergens ontbijten,' bijt ze haar moeder toe.

'Daarna kom ik netjes uw hand schudden, mevrouw,' zegt Mick charmant.

Haar moeder lacht, veel te overdreven naar Kris' smaak. Heeft Mick die uitwerking op alle vrouwen?

'Daar hou ik je aan, jongen. Oh Kris, er is post voor je!'

Haar moeder gooit een envelop uit het raam, die op straat terechtkomt. Ze knipoogt naar Mick en sluit dan het raam. Kris kan nog net voorkomen dat een fietser over de envelop heen rijdt. De brief is aan haar gericht. Ze opent hem. Haalt er een brief uit, waar een vliegticket aan vast zit geniet. Ze leest de brief. De blos op haar wangen trekt weg.

'Wat?'

Mick komt naast haar staan.

'Slecht nieuws?'

Kris kijkt hem aan, totaal beduusd door de inhoud van de brief. De brief die ze had verwacht, maar die helemaal uit haar gedachten was verdwenen.

'Ik zit over drie weken in het vliegtuig naar Michigan. Er is een gezin voor me gevonden.'

Mick kijkt haar niet begrijpend aan.

'Ik ga een jaar als au pair werken.'

Ik kan geen afscheid nemen.
Ik word al emotioneel bij het zien
van de voordeur.

(Barbara Fischer, 1992-1993)

20 augustus 1992
Ergens boven de oceaan.

Liefste Mick,

Geen zorgen. Ik heb gedaan wat je zei: een flesje wijn besteld bij de stewardess en het in één keer leeg gedronken. Na het tweede flesje, dat inmiddels bijna leeg is, merk ik niet meer dat mijn dikke buurman onophoudelijk aan zijn behaarde navel zit te krabben (en nee, ik wil er niet over nadenken waarom hij daar zo'n jeuk heeft!) en dat mijn slapende, keurig uitziende buurvrouw de hele tijd stille, stinkende windjes laat.

Mijn tranen zijn gedroogd, maar als ik er aan denk dat ik je een heel jaar niet ga zien, krijg ik pijn in mijn buik. Die gedachte laat ik dus maar even niet toe. Liever denk ik aan de afgelopen weken. Aan oma, die op mijn verjaardagsfeest (dat ook mijn afscheidsfeest was) met dat opvoedboek aankwam. Alsof ik die Amerikaanse kindjes ga opvoeden! Dat doen hun ouders maar. Ik ben er om leuke dingen met ze te doen. (Jaja, ik hoor het je zeggen: 'en poepluiers verschonen, papjes koken, 's nachts je bed uit om nachtmerries te bezweren…')

En ik denk aan papa en mama, die me dat mooie plakboek gaven. Ik heb er net weer doorheen gebladerd. Alles zit er in. Foto's, mijn geboortekaartje, het geboorteverslag, mijn eerste knutselwerk, een briefje waarop ik mijn vaders handtekening had vervalst om een dag te kunnen spijbelen, echt alles. Zo raar, om 18 jaar van je leven in je handen te houden. Ik vond het echt heel bijzonder. Weet je wat ze op de laatste bladzijde hebben geschreven?

'Nu ben je achttien en sla je je vleugels uit. Zo hoort het ook. Maar weet dat je altijd naar het nest kunt terugkeren, dat je altijd ons kind zal blijven en dat we altijd onvoorwaardelijk van je blijven houden. No matter what.'

Vind je dat niet superlief?

Oh, ik krijg eten geserveerd. Zo terug.

Ben ik weer. Zo grappig. De windjeslatende mevrouw gaat op bezoek bij haar dochter, die in Amerika woont en weet je wat ze voor haar heeft meegenomen? Een hele doos vol videobanden van GTST. Zelfs ver over de landsgrens zijn er dus verslaafden! En ja, dit kun je opvatten als een weinig subtiele hint. Ik zou zo'n doos dolgraag krijgen. Maar vooralsnog neem ik genoegen met een wekelijkse update. Nog drie uur en dan landen we. Detroit. Die vrouw van het bemiddelingsbureau zei dat we dan nog iets van drie uur in de auto moeten rijden. Ik ben nu al bekaf. En zo vreselijk zenuwachtig. Ik heb echt geen idee waar ik terecht ga komen. Ik weet alleen dat er drie kinderen zijn, dat het een klein dorpje is en dat de vrouw des huizes ziek is. Wat zal ze hebben? Als ze maar niet doodgaat terwijl ik er ben. Of is dat een hele egoïstische gedachte? Ja hè? Oh, wat ga ik het missen om tegen je aan te kletsen. Zodra ik in de buurt van een telefoon ben, bel ik je. Wil je me nog wel even schrijven hoe het ook alweer precies zit met het tijdsverschil, want dat ben ik nu al weer vergeten. Lieverd, ik ga proberen nog even te slapen. Ik hoop dat Michel en jij je gedragen op de familiedag die je morgen hebt. Hij is nog steeds boos. En terecht. Ik ga me de rest van mijn leven kapot schamen. Maar ik ga er nooit spijt van hebben. Als je dat maar weet!

Welterusten. Kus op je neus.

Kris.

22 augustus 1992
Bronson, Michigan

Lieve Mick,

Oh mijn god, waar moet ik beginnen?

Bij het begin maar, anders wordt het zo lastig lezen voor je, haha.

Nadat ik net was ingeslapen werden we al gewekt. Ontbijt. En dat terwijl mijn lichaam nog op standje avondeten staat. Best vreemd. Ik moest vreselijk nodig plassen, dus ik wurmde me langs mijn dikke buurman (die volgens mij niet geheel per ongeluk mijn billen aanraakte, viespeuk) en ging naar de wc. Zit ik net lekker te plassen (er moesten drie flesjes wijn uit), komt dat vliegtuig opeens in een luchtzak terecht! (Dat is me later verteld, ik wist niet eens dat dat woord bestond, jij?) Gevolg: ik vloog omhoog en weer omlaag en pieste mijn hele broek kleddernat. Nee, dat is NIET grappig! Gelukkig had ik een spuitbus deodorant in mijn tas, waar ik mijn broek mee heb ingespoten, maar ik voelde me echt zo lullig toen ik met die kletsnatte broek door het gangpad terug moest lopen.

En die vieze buurman bleef maar kijken en grijnzen.

De landing ging wel goed, geloof ik. Het was donker en ik zat niet bij het raam, dus ik kon niet veel zien van de omgeving. Toen een uur in de rij voor de douane, waar een Amerikaanse politieman bijzonder geïnteresseerd was in het cadeautje dat je voor me in de koffer had gestopt. Ik moest het ter plekke uitpakken. Heel grappig, Mick. Heel attent om een blootfoto van jezelf (in 'volle' glorie nog wel) in een gouden lijstje aan me mee te geven. Ik kan je vertellen dat elke medewerker van het vliegveld van Detroit inmiddels weet hoe jij er in je nakie uitziet!

Toen ik in de aankomsthal kwam, was het eerste wat ik zag een man met een cowboyhoed (zo'n echte, van ruw, uitgedroogd leer), die een groot bord met mijn naam erop omhoog hield. Kon niet missen. Ik liep naar hem toe en stelde me voor. Hij zei zijn naam en ik verstond het alleen maar omdat ik via het bemiddelingsbureau wist hoe mijn gastgezin heette, ze spreken hier geen Amerikaans, maar een soort onverstaanbaar dialect. Maar hij leek me aardig. Niet heel oud, ik denk vijfendertig ofzo. En best (sorry!) een lekker ding om te zien. Heel stoer. Bruin. Gespierd. Echt een cowboy. Hij heeft ook zo'n auto. Een groot ding, dat onder de modder zit. Ik vroeg hem of hij een cowboy was, maar ik verstond het antwoord niet. Nadat we het vliegveld afreden zette hij muziek aan en hebben we geen woord meer gewisseld. Beetje vreemd, maar ik was zo moe, dat ik het niet erg vond. Ik heb wat liggen dutten en na een paar uur zette hij de muziek af en zei dat we er waren. Ik keek om me heen, maar het was aardedonker. In het licht van de koplampen zag ik dat we niet meer op een verharde weg reden, maar op een modderige zandweg. Het regende.

De auto stopte voor een groot donker, vrijstaand huis. En toen ik uitstapte, Mick… Ik kan het niet eens beschrijven. De stank! Onvoorstelbaar. Een soort strontlucht, maar dan nog veel penetranter, ik kon bijna niet ademhalen. Waar was ik beland? Maar de man (die Jack blijkt te heten) pakte mijn koffers uit de auto en liep naar het huis. Help. Ook binnen hing die afgrijselijke lucht, wel iets minder, maar ik dacht meteen: 'Moet ik hier een jaar gaan wonen?' Het enige voordeel was, dat de pieslucht van mijn broek niet meer opviel.

Jack deed niet eens een lamp aan, in het pikkedonker liep ik achter hem aan, hopend dat ik me nergens aan zou stoten, of zou struikelen ofzo. Je kent me. Pas toen we bij een kamer kwamen, die blijkbaar de mijne was, deed hij een licht aan. Dat viel mee. Best een grote kamer. Een soort hemelbed, heel Amerikaans. Een oude, krakende linnenkast, waar beddengoed en handdoeken in lagen, die volgens mij muf en vochtig roken, maar ach… Niets dringt meer tot mijn neus door in die stank. Jack zei dat de hele familie sliep en vroeg of ik nog wat wilde eten of drinken, maar ik was zo moe, dat ik zei dat ik liever eerst wilde slapen. Hij wenste me welterusten en vertrok. Ik heb je tip opgevolgd en de deur op slot gedraaid. Ik wilde niet slaapwandelend in een verkeerd bed belanden. Of een varkensstal.

Toen ik net wakker werd, ik heb gelukkig nog een paar uurtjes geslapen, hoorde ik geen onweer meer, maar een heel ander geluid. Ik keek weer naar buiten. Varkens. Ze lopen overal. Het zijn er duizenden. Waar ben ik in godsnaam beland? Ik heb net een douche genomen en ben aangekleed, maar ik zit er zo tegenaan te hikken om naar beneden te gaan. Moet ik de rest van de familie ontmoeten. De kinderen. Die zieke vrouw. En al die varkens… Ik haat beesten!

Wish me luck. Ik mis je nu meer dan ooit. Reken er maar op dat ik heel snel weer thuis ben!

Kus op je oorlel.
Kris.

Alkmaar,
19 augustus

Lieve Krissie,

Vandaag ben je achttien jaar geworden. Vanavond hebben we feest. Over twee dagen vertrek je. En ik mis je nu al. Raar toch? Dat we elkaar nauwelijks een maand kennen en dat ik er nu al niet aan twijfel dat we na jouw jaartje babysitten doorgaan met waar we over twee dagen mee ophouden. Soms word ik er ook een beetje zenuwachtig van. Jij bent net achttien, ik net twintig, hoe vaak hoor je nou dat mensen die elkaar zo jong hebben leren kennen de rest van hun leven samen blijven? Want dat is wel waar ik van overtuigd ben. Dat we elkaar niet meer los gaan laten. Noem het naïef. Of doodgewoon stom. Ik weet het. En jij ook. Dat is het belangrijkste.

Ik heb je beloofd dat ik goed op oma Poedel zal passen. Ik gooi er nog een paar andere beloftes tegenaan:

Ik beloof dat ik je minstens een keer per week een brief zal schrijven.

Ik beloof dat ik je plaat van Bryan Adams niet kapot zal draaien.

Ik beloof dat ik mijn borsthaar nooit meer zal scheren. (Maar dan moet jij niet meer zo demonstratief een artikel over meisjes die van onbehaarde borstkassen houden op mijn bureau leggen, ik dacht echt dat het een hint was…)

Ik beloof dat ik geen gevaarlijke dingen zal doen tijdens mijn ontgroening.

Ik beloof dat ik niet ga flauwvallen tijdens mijn eerste practicum.

Ik beloof dat ik je armbandje in elk geval zal omhouden tot je weer bij me bent.

Ik beloof dat ik je ga vertellen waarom ik een tattoo van een groene auto op mijn schouder heb laten zetten.

Ik beloof (op jouw verzoek) dat ik elk meisje dat ik tegen kom op de universiteit binnen drie zinnen laat weten dat ik een vriendin heb.
Ik beloof dat ik over een jaar op je sta te wachten op Schiphol en ik beloof dat ik je dan nooit meer zo lang weg laat gaan.

Nu ga ik die strakke spijkerbroek aan doen die jij zo mooi vindt en dan haal ik je op voor het feest.
Sorry dat ik je al heb geschreven voordat je überhaupt weg bent, niet denken dat ik een zielige sukkel ben die niet zonder je kan, maar ik dacht dat het leuk was als je daar aan komt en er ligt meteen een brief van het thuisfront.

Dag mooi, lief meisje.
Liefs, Mick.

PS: ja ja, ik beloof ook dat ik je elke week een samenvatting zal geven van GTST, maar of ik het op kan brengen om het elke avond voor je op te nemen... Ik doe mijn best!

22 augustus 1992
Bronson, Michigan.

Darling!

Ik heb net een varken geaaid. Haha! Zonder handschoenen. Nou ja, ik heb hem niet echt geaaid. Ik wilde naar de auto lopen, waar ik gisteravond mijn rugzak in had laten staan, maar dat beest stond in de weg. Eerst een beetje met mijn voet geprobeerd hem opzij te duwen, maar hij bleef stokstijf staan. Ondertussen zakten mijn voeten steeds verder weg in de modder (en varkensuitwerpselen, gadver!) dus ik móest wat doen. Nou, toen heb ik hem dus met mijn hand opzij geduwd. Alleen aaien klinkt aardiger en ik wil dat je me aardig vindt, dus... Gelukkig had ik van die vochtige doekjes in mijn rugzak zitten en kon ik meteen mijn handen schoonmaken.
Bedankt voor je lieve brief! Hij hangt aan het prikbord boven het bureau op mijn kamer, naast je naaktfoto, waar ik een klein wit

wattenpluisje ter hoogte van je kruis op heb geplakt. Er wonen hier tenslotte minderjarige kinderen, hihi.

Over de kinderen gesproken: de kleinste, Joey, is echt om op te vreten. Hij is anderhalf en waggelt met zijn kromme beentjes overal doorheen. Zelfs door de varkens. Volgens mij was de klik wederzijds, want sinds ik de keuken inliep vanochtend loopt hij me overal achterna. Zo schattig, zo'n klein ventje dat dan roept: 'hungry hungry!' Dan duwt hij me naar de keukenkast en moet ik alles aanwijzen, hij schudt zijn hoofdje net zo lang tot ik aanwijs wat hij wil en zegt dan met een superstoute grijns: 'Yes.' Hij noemt me 'Kiss'.

De middelste, Tony, is een kopie van zijn vader. Loopt de hele dag met een cowboyhoed op, rijdt op zo'n groot paard zonder zadel en mag van zijn vader al met de tractor over het hele erf rijden. Hij is nog maar acht! Hij is nog een beetje stug, maar volgens mij gaan we elkaar wel mogen.

Alleen met de oudste, Charlene, kan het nog wel eens lastig worden. Ze is veertien en heeft tot nu toe alleen nog maar haar naam tegen me gezegd. Ze zat aan de ontbijttafel maar naar haar bord te staren, knikte of schudde haar hoofd als ik iets vroeg en als ze dacht dat ik het niet zag, keek ze me vijandig aan. Ik kan me ook wel voorstellen dat ze denkt dat ze helemaal geen au pair nodig heeft (toen ik veertien was, vond ik mezelf ook een hele juffrouw), maar volgens Jack moet ik haar elke dag van en naar de schoolbus brengen, haar huiswerk overhoren en 's avonds checken of ze het licht wel om haf negen uitdoet. Geen wonder dat ze mij ziet als een soort horrorversie van Mary Poppins. Ik ga proberen om de regels wat soepeler te krijgen voor haar, dan zal ze me vast wel aardig gaan vinden.

Wat wel een beetje vreemd is, is dat ik de moeder tot nu toe nog helemaal niet heb gezien. Volgens Tony slaapt ze elke dag tot in de middag, volgens Jack doet ze dat alleen maar als ze een slechte nacht heeft gehad. Toen ik aan Jack vroeg wat voor ziekte ze heeft, zei hij dat hij me dat later wel zou vertellen, als de kinderen er niet bij zijn. Het zal dus wel een erge ziekte zijn. Heb ik weer.

Morgen is het weekend voorbij. Dan moet ik ontbijt maken, de kinderen aankleden, de kinderen naar de schoolbus brengen, behalve Joey natuurlijk en dan kan ik iets leuks gaan doen met Joey, tot de schoolbus 's middags weer langskomt. Dan helpen met huiswerk

maken (ik vraag me af hoe, met mijn HAVO-Engels), koken (gelukkig heeft oma me dat basiskookboek mee gegeven en gelukkig heb
ik op het laatste moment besloten dat toch in mijn koffer te doen)
en de kinderen naar bed brengen. Oh ja, en ik moet de was doen.
Valt best mee dus. Ik hoef geen boodschappen te doen. Het ligt hier
zo afgelegen dat ze alles met de auto doen. Jack gaat één keer in
de week naar een supermarkt in het dichtstbijzijnde dorp: 18 miles
away! Je hoeft dus niet bang te zijn dat ik hier een knappe jongen
tegenkom, schatje.

Ik ga verder met mijn verkenningstocht. Ik vind het spannend en leuk
en ben eigenlijk best wel benieuwd naar alles wat er komen gaat.
Maar ik mis je wel.

Kus op je navel.
Kris.

Amsterdam, 1 september 1992,

Ha lieffie!

Ja, je leest het goed! Amsterdam! Nou ja, Amsterdam… Kun je de Bijlmermeer eigenlijk wel Amsterdam noemen? Ik zit hier met een stuk of
dertig andere eerstejaarsstudenten te wachten in een muf kamertje
vol muizenkeutels en zonder daglicht. Een voor een worden we in de
naastgelegen kamer geroepen voor een gesprek met een ballotage-
commissie, waarna we te horen krijgen wie zich de trotse huurder van
deze tien vierkante meters mag noemen. Wat doe ik hier? En waarom?
Ik wil niet weg bij oma. Maar ik word nu al gestoord van dat heen en
weer gereis met de trein, die altijd overvol en vertraagd is. Ik hoop dus
maar dat mijn frisgewassen poloshirtje en sokloze bootschoenen (van
Arnie afgekeken) de studentencommissie overtuigen van mijn stu-
dententalent. Absurd dat ik hoop dat ik vierhonderdvijftig gulden per
maand mag betalen om hier te wonen en bovendien vier keer per week
de keuken te soppen, maar ik hou mezelf maar voor dat dit het leven is
waar ik voor heb gekozen.

Ze roepen op alfabetische volgorde af, ik heb dus nog wat tijd te doden.

Ik moest erg lachen om de beschrijving van je eerste ritje op de rug van een paard. Was het echt zo erg? Kun je inmiddels wel weer met je benen bij elkaar lopen, of blijven ze voor altijd in de O-stand staan? En lieve schat, paarden poepen nu eenmaal. Het was een brok pure natuur dat die knol op je roze laarsjes deponeerde en ik weet zeker dat hij het niet expres deed.

Is Charlene inmiddels al een beetje ontdooid? Zoals je het beschrijft denk ik dat het niet alleen ligt aan de puberteit of het feit dat ze jou niet mag. Ze lijkt me best eenzaam. Het is toch vreemd dat een meisje van haar leeftijd helemaal nooit iets onderneemt met vriendinnen? Dat ze geen hobby's heeft? Dat ze alleen maar op haar kamer muziek zit te luisteren en uren in die paardenstal doorbrengt? Ik heb zelfs een beetje medelijden met haar, ook al maakt ze jou het leven zuur. Denk je niet dat het ook met haar moeder te maken heeft? Zo'n vrouw die niet naar haar kinderen omkijkt en de hele dag over de maïsvelden uit zit te staren lijkt me niet de ideale moeder voor een puberend meisje. Voor niemand trouwens. Ben je er al achter wat ze mankeert? Klinkt als een zware depressie ofzo. Maar om die diagnose te kunnen stellen moet ik nog flink wat jaartjes in de collegezaal doorbrengen.

Lieffie, als ik jou was, zou ik proberen om Charlenes gedrag niet al te persoonlijk op te vatten. Laat je lekker knuffelen door Joey, hoewel die snotkusjes me minder fijn lijken en die poepluiers vol niet verteerde maïskorrels 's nachts mijn dromen beheersen!

Dan nu het gedeelte van de brief die echt je interesse heeft: de update! (Ik hou nu wel mijn hand om mijn schrijfblok heen, ik schaam me dood, ook al is Goede Tijden, Slechte Tijden hartstikke populair onder studenten, die zelfs weddenschappen uitschrijven over wat de cliffhanger zal zijn. Hebben ze nou echt niets beters te doen?)

Intens dramatisch: Simon is naar Birma gevlogen om op zoek te gaan naar zijn kersverse bruid Annette, die zoals je weet vermist was. Ze blijkt te zijn doodgeschoten door rebellen. (Echt jammer, want die actrice was de enige reden waarom ik nog met enig plezier naar die serie van jou kon kijken!) In elk geval, Simon is diepbedroefd terug gekomen en het lijkt er vooralsnog niet op dat hij hier ooit over heen gaat komen. Grappig: Linda geeft haar carrière als model op en wil nu zangeres worden. Ze heeft een plaatje opgenomen met een vage producer, waarvan iedereen nu al weet dat het een engerd is, maar ja… Ze besluit naar Amerika te gaan, wat uitmondt in een breuk tussen haar en Arnie. Beetje vergezocht: in mijn vorige brief schreef ik al dat Laura het leven zonder haar dochter Lotje niet aan kan, waardoor ze een baby van een andere vouw heeft gestolen. Nou, ze heeft behoorlijk met dat arme kindje gezeuld, is uiteindelijk op de vlucht gegaan voor de politie en de media (die er door de moeder zijn bij gehaald) en in een strandhuisje beland. Arnie begrijpt op een gegeven moment dat zijn moeder de babykidnapper moet zijn en komt er achter waar ze is. Net op het moment dat hij het strand oploopt, doet Laura een zelfmoordpoging door (ietwat pathetisch) met haar kleren aan de zee in te lopen. Gelukkig redt Arnie haar net op tijd en wordt de gestolen baby weer netjes bij haar moeder afgeleverd… (Ik zou zeggen: koppel bedroefde Laura en bedroefde Simon aan elkaar en laat ze een liefdesbaby verwekken. Als ik mijn studie niet meer volhoud, kan ik altijd nog soapschrijver worden.)

Best wel zielig: die jongen waar Céline zo bij loopt te kwijlen, Mark de Moor (Tim Immers heet hij volgens mij in het echt), gedraagt zich al een tijdje als een lul. Hij komt zijn afspraken niet na, is bot, laat zijn meisje zitten op een afspraakje etc. Nu blijkt eindelijk waarom: zijn moeder is alcoholist. Hij wil haar voor iedereen verborgen houden, omdat ze hem al zo vaak voor schut heeft gezet als ze weer eens dronken was. Hij wil natuurlijk dat ze stopt met drinken en dat belooft ze ook elke keer, maar ze kan de verleiding niet weerstaan. Best een goed verhaal dit. Wordt tenminste niet zo zoetsappig ongeloofwaardig geschreven. En de timing was ook net goed. Ik was die Mark helemaal zat, met zijn arrogante gedrag. Nu blijkt dat hij daar een reden voor had. Vind ik hem toch weer een beetje sympathieker.

Ik haat je omdat je me dwingt om elke dag naar die stomme serie van je te kijken. Ik ga aan Céline vragen of ze het van me over wil nemen.

Ze zijn nu bij de N, ik zit hier nog wel even. Ik ga mijn studieboeken openslaan, om de indruk te wekken dat ik de ijverigste student ben van allemaal.
Ik probeer je dit weekend te bellen. Ik wil heel graag je stem even

horen. Nog maar 11 maanden totdat ik dat goddelijke geultje tussen je lip en je neus weer kan kussen. Ik weet niet of ik het zo lang volhoud. Misschien word ik wel je kerstcadeautje! (laat ik me afleveren in een kartonnen doos, die je dan natuurlijk optilt, terwijl er levensgroot NIET OPTILLEN op staat en dan… Au! Niet slaan!)

Liefs,
Mick.

PS: JA JA JA!!! Ik heb de kamer! Zit nu in de trein vreselijk op te zien tegen het gesprek dat ik straks met je oma moet voeren, maar ben wel echt heel erg blij dat ik over een maand in de stad ga wonen waar ik de komende zes jaar (waarschijnlijk langer, maar daar denk ik nu even niet aan) dag en nacht aan het studeren ben. Ik maak foto's van mijn nieuwe hok en ik hou van je en ik ben superblij!

Bronson, Michigan
15 september 1992

Mijn grote schat, wat een goed nieuws!

Ik ben zo blij voor je dat je je eigen plek hebt gevonden in Amsterdam. De Bijlmermeer zegt me niets, maar ik ben dan ook nog maar een keer of vijf in Amsterdam geweest.

Ik baalde vreselijk van dat gedoe met Charlene afgelopen weekend. Ik wist echt niet dat ze jou aan de telefoon had. Ik hoorde alleen dat ze opnam en zei dat ik druk bezig was. Wat ook zo was, ik was Joey's zoveelste luier aan het verschonen, maar dat had zij ook even van me kunnen overnemen. We hadden dus een mega-clash. Ik was echt heel boos op haar. Zij bepaalt niet wanneer ik met mijn vriendje mag praten. Ik probeer dit weekend met Jack mee te rijden naar de stad, waar ik een telefoonkaart kan kopen en jou kan bellen, want ik wil Jack niet opzadelen met een torenhoge telefoonrekening.

Goed nieuws: ik weet wat July (de moeder) mankeert. Slecht nieuws:

ze is manisch depressief. Door jouw beschrijving van Mark de Moor en zijn drankzuchtige moeder, kreeg ik meteen het gevoel dat zoiets ook wel eens bij Charlene zou kunnen spelen. Ik heb dus rechtstreeks aan Jack gevraagd of July alcoholiste is. Hij vertelde me dat ze al haar hele leven depressieve periodes heeft, maar dat het na de geboorte van Joey verergerd is. Ze slikt medicijnen die haar emoties onderdrukken, hetgeen verklaart waarom ze nergens op lijkt te reageren. Ik vroeg aan Jack waarom ze geen therapie krijgt, maar dat vindt hij onzin. Bovendien: ze mag zelf geen autorijden en hij heeft echt geen tijd om haar twee keer per week naar het ziekenhuis in de stad te rijden. Dat begrijp ik allemaal wel, maar ik vind het echt zo zielig! Voor haar natuurlijk, maar ook voor de kinderen. Nu begrijp ik waarom Charlene zich zo weinig bezighoudt met kleine Joey. Door zijn komst is ze haar moeder kwijt.

Na de ruzie die ik met Charlene had over jouw telefoontje, stoof ze haar kamer in en twee seconden later klonk die keiharde rotmuziek weer. (Guns 'n Roses, 24 uur per dag, ik word gek!) Toen het eerste nummer was afgelopen daalde er een weldadige stilte neer in het huis. Daardoor hoorde ik Charlene huilen. Heel hard. Het tweede nummer begon. 'Sweet child O mine'. Opeens had ik zo'n medelijden met haar. Door de muziek. Door wat jij schreef. Door dat verhaal over Mark de Moor met zijn moeder. Dus ik heb op haar deur geklopt en gevraagd of ik mocht binnen komen.

Mick, ik ben zo blij dat ik dat heb gedaan. Alles kwam eruit. Haar moeder, die zo is veranderd sinds de geboorte van Joey. Die in een manische periode in haar nakie in de regen op het schoolplein ging dansen, waardoor Charlene uitgelachen werd door al haar klasgenoten. Die een uur voor het feestje van Charlenes verjaardag alle gasten afbelde omdat ze 'not in the mood' was. Die de vader van Charlenes beste vriendin ervan beschuldigde haar verkracht te hebben, terwijl hij haar juist probeerde tegen te houden toen ze in een kroeg op de bar ging staan om een striptease te doen. Die daarna door de huisarts (die ook de plaatselijke veearts is) volgepropt werd met medicijnen en veranderde in een zombie.

Charlene schaamt zich dood voor haar moeder. En is bang dat ze zelfmoord zal plegen. Dat heeft ze drie maanden geleden ook al een keer gedaan, door slaappillen te slikken. Jack en de huisarts deden het af met 'it was a mistake', maar Charlene weet zeker dat haar moeder niet verder wil leven.

Ik heb haar getroost en naar haar geluisterd en ik wil haar zo graag helpen, maar ik heb geen idee hoe. Kan ik tegen Jack zeggen dat hij een specialist moet inschakelen? Kan ik zelf proberen met July te praten? En hoe kan ik Charlene ervan overtuigen dat ze haar eigen leven niet moet stil zetten omdat haar moeder ziek is?

Ik heb nu het plan om voor Charlenes 15e verjaardag (volgende maand) een surpriseparty te organiseren, maar ik heb geen idee of ze dat leuk vindt, of juist heel boos wordt. De eigenaar van de bowling-baan annex feestzaal in het dorp verderop vindt het prima als we zijn tent gebruiken voor het feest, dus Charlene hoeft niet bang te zijn dat haar moeder de boel zal verpesten. En ik hoop dat ze hierdoor misschien weer haar vrienden terugkrijgt. Zal ik mijn plan doorzetten? Wat vind jij?

Kus op de moedervlek op je linkerdijbeen.
Kris.

Amsterdam
30 september 1992

Gekke, lieve Kris,

Ah, wat was het fijn om vanmiddag je stem te horen! Belachelijk gewoon, hoe erg ik je mis. Ik hoop zo dat ik word aangenomen bij dat koeriersbedrijf, dan kan ik met kerst misschien wel naar je toe komen. Maar eerst verhuizen. Ik neem elke dag een doos mee in de trein en morgen helpt je vader me om de grote spullen te verhuizen. Ik was trouwens helemaal vergeten te vertellen dat je vader en moeder van plan zijn om de wasserette van oma over te nemen. Of hadden ze dat zelf al gezegd? Ik ben zo trots op je dat je dat feest voor Charlene toch doorzet. Zoals ik al zei: ik denk echt dat je haar hier een groot plezier mee doet. Ik wist niet dat mijn onhandige Kris ook nog eens een therapeutje in de dop was. Geweldig hoe je de voormalig beste vriendin van Charlene laatst met een smoes naar de boerderij hebt gelokt en de twee meiden hebt herenigd. Ook al hoor je nu twee gillende meiden met Axl Rose meeb-lèren, in plaats van één, haha! Charlene is je dankbaar, je trommelvlie-zen waarschijnlijk niet.

En wat fantastisch dat je je eerste rijles hebt gehad en over drie maan-den al examen mag doen. Ik ga van de week voor je uitzoeken of je een Amerikaans rijbewijs mag omzetten in een Nederlands rijbewijs, maar dat lijkt me niet echt een probleem, toch?

Over July: ik vind het lastig. Ik denk niet dat je het buiten Jack om moet doen. Maar aan de andere kant: als je al contact hebt gehad met die specialist en die man heeft aangegeven dat hij haar kan en wil hel-pen… Dan moet je je niet door Jack laten tegenhouden. Ik begrijp echt niet waarom hij zo angstig is om July te laten onderzoeken. Bang om in de medische mallemolen terecht te komen? Of bang om zijn 'oude' vrouw weer terug te krijgen? Ik hoop het eerste.

Vanavond ga ik met Céline naar de film. Ze heeft een hele stapel video-banden voor je (ja, van GTST), die ik morgen met deze brief zal posten. Nu mijn tentamen leren, tussen de verhuisdozen.

Ik hou van je en omhels je dwars over die verrekte oceaan tussen ons in heen.

Mick.

'Dit is het antwoordapparaat van Gerard, Frank Jan, Bart, Rogier en nieuwkomer Mick. Wij zijn dronken. Laat dus wat achter na de piep…'

'Hallo? Dit is Kris met een boodschap voor Mick. Mick, wil je alsjeblieft even wat van je laten horen? Ik zag op het nieuws dat er een vliegtuig was neergestort op een flat in de Bijlmermeer en… Liever, laat alsjeblieft weten of je okay bent. Alsjeblieft.'

'Oma? Met Kris.'

'Krissie, meisje! Wat fijn om je stem te horen! Hoe is het met je?'

'Ja goed. Ik wil alleen… Ik maak me zo'n zorgen om Mick. Ik kan hem niet bereiken en dat vliegtuig is neergestort en hier zie ik de hele tijd die afgrijselijke beelden op televisie…'

'Is er een vliegtuig neergestort? Waar?'

'Op de Bijlmermeer. Op een flat. Waar Mick woont.'

'…'

'Oma?'

'Ik ben er nog. Ik zet de televisie aan.'

'Maar jij weet dus niet waar Mick is?'

'Nee schat. Hij is een week geleden verhuisd.'

'Dan ga ik snel verder bellen.'

'Mama?'

'Kris! Dat is toevallig! Ik had het net met papa over je! Die cursus bewustwording van je bovennatuurlijke gaven werkt! Nico, hoor je dat? Het is Kris en we hadden het net over haar!'

'Mama, heb jij wat van Mick gehoord?'

'Eh… Wat zou ik van hem moeten horen dan?'

'Of hij nog leeft, verdomme! Ik probeer hem al twee dagen te bereiken, maar ik krijg hem niet te pakken. Is hij dood? Is hij bij die vliegramp omgekomen?'

'Overdrijf toch niet altijd zo, schat.'

'Mama, ik weet dat je niet altijd met beide benen op de grond staat, maar het kan je toch niet ontgaan zijn dat er een hele flat in de Bijlmer met de grond gelijk is gemaakt. Precies daar waar Mick woont.'

'Niet zo pinnig, schat. Natuurlijk weet ik dat.'

'Waar is Mick?!'

'Gil niet zo, Krista. Je weet dat ik daar migraine van krijg.'

'Krista?'

'Ja.'

'Waarom gooide je de hoorn erop?'

'Omdat ik me zorgen maak, mam. En jij hebt het alleen maar over dingen die op dit moment echt totaal niet belangrijk zijn.'

'Je gaf me de kans helemaal niet om te vertellen dat je vader Mick zo gaat ophalen.'

'…'

'Krista?'

'Ophalen? Hij leeft dus nog?'

'Natuurlijk. Hij is een weekend gaan zeilen met zijn huisgenoten. Op Texel. Of was het nou Terschelling? Nico, waar zit Mick nou? Op Texel of Terschelling? '

'Het maakt niet uit waar, mam. Dank je wel. Dank je wel. '

'Schatje, waarom moet je nou zo huilen?'

Bronson, Michigan
6 oktober 1992

Mick, je bent een lummel en een ploert en als ik niet zo dol op je was had ik je nu gedumpt! Waarom heb je me niet verteld dat je ging zeilen? En dat die stomme flat waar je woont helemaal niet in de Bijlmermeer is, maar daar alleen maar vlakbij? Weet je wel hoe bang ik ben geweest?!

Ik ga je een maand niet schrijven of bellen en ik ga het hele weekend Goede Tijden, Slechte Tijden kijken en verliefd worden op Tim Immers.

Kus op je kont.
Kris.

Amsterdam, 15 oktober 1992

Voor mijn driftige Kris, die gelukkig nooit lang boos blijft.

Ik heb net je brief gelezen over Charlenes feest. Ik wou dat ik erbij was geweest. Moest ze echt zo hard huilen (van blijdschap, hoop ik) toen jullie daar aankwamen en ze al haar vrienden zag? En wat geweldig dat haar klasgenoten zo'n groot spandoek hadden gemaakt. Jammer dat de verf nog nat was en jij er net tegenaan moest lopen met je nieuwe, dure, witte jurk, maar zo te lezen heeft dat de feestpret niet bedorven. Ik moest je van oma doorgeven dat je de vlek moet deppen met een mengsel van terpentine en water, daarna weken in lauwwarm water en het dan op 40 graden moet wassen met een heel klein beetje bleek-middel.

Ik heb me suf gelachen om je beschrijving van die jongen waar ze blijkbaar zo verliefd op is. Spoot het pus echt uit zijn puisten toen hij haar eindelijk durfde te kussen? Of was dat een mij inmiddels welbekende 'Kris-beschrijving?'

En potverdorie, wist je dan niet dat je in Amerika onder de 21 niet mag drinken? Je mag van geluk spreken dat die agent Jacks broer was. Kijk je een beetje uit, lief? Ik wil je wel graag heel terugkrijgen en met je dronken kop een tractor besturen en verdwalen in de maïsvelden is dan niet echt een slim plan.

Wat spannend dat je volgende week naar het ziekenhuis in Detroit gaat met Jack en July. Ik denk dat hij overstag is gegaan omdat hij heeft gezien hoe Charlene is opgeleefd na het feest en jouw inzet. Maar uit wat je schreef, kreeg ik ook een beetje het gevoel dat Charlene hem erg onder druk heeft gezet. En terecht. Ik hoop voor jullie allemaal dat die arts wat voor haar kan doen. Prachtige uitdaging. Daarom ben ik medicijnen gaan studeren. Hoewel het smerig tegenvalt. Vooralsnog alleen maar heel veel theorie die ik in mijn kop moet stampen.

Vandaag ben ik met Céline, die jou misschien nog wel meer mist dan ik, langs de rampplek gelopen. De puinhoop is onvoorstelbaar. Het vliegtuig is dwars door een flat heen gegaan. Ze weten nog steeds niet hoeveel doden er precies zijn, omdat er een heleboel mensen woonden die niet officieel ingeschreven stonden. Het lijkt er in elk geval op dat het er meer dan veertig zijn. Als je ervoor staat, is het zo onwerkelijk. Moet je je voorstellen dat je huis in één keer helemaal weggeslagen is. En de huizen er vlak naast... Er zijn continu interviews met mensen op tv, die daar woonden. Die de klap hoorden. Die uit het raam sprongen om aan de brand die ontstond te ontkomen. Ik kan er bijna niet meer naar kijken. Dat zoiets ergs zo dicht bij huis kan gebeuren. Céline moest huilen. Toen kwam er een oude, Surinaamse vrouw naar haar toe, die vroeg of ze een kopje soep wilde. Die vrouw was haar huis kwijt, haar dochter ligt zwaargewond in het ziekenhuis, maar ze had toch soep gemaakt voor alle hulpverleners die puin aan het ruimen waren. Ik heb haar een vreselijk dikke knuffel gegeven.

Die geef ik nu ook aan jou.

Het spijt me dat je zo bang bent geweest. Maar het stelt me ook op een vreemde manier gerust. Het betekent dat je nog steeds bij me wilt zijn.

Ondanks de afstand. Dat wil ik ook. Nog steeds. Steeds meer.
Mick.

Bronson, Michigan
30 oktober 1992

Ik ben blij, blij, blij! We komen net terug uit het ziekenhuis, waar we
een tweede afspraak met dokter Lewis hebben gehad. Het is gelukt.
July wordt morgen opgenomen op de psychiatrische afdeling, waar
ze voorlopig drie maanden zal verblijven. Ze krijgt nieuwe, speciaal
op haar aangepaste medicatie en gaat in dagbehandeling. De prog-
nose is, voor zover ik het heb begrepen, hartstikke goed. Natuurlijk
zal ze de rest van haar leven medicijnen moeten slikken en een zo
regelmatig mogelijk leven moeten hebben, maar alles, echt alles is
beter dan de toestand waarin ze nu verkeert. En een regelmatig leven
heb je wel op die boerderij…
Jack is helemaal opgefleurd sinds we de vorige keer uit het ziekenhuis kwamen. Hij had de hoop al opgegeven dat hij zijn vrouw ooit
zou terugkrijgen. En ook de kinderen zijn door het dolle heen. Tony
helpt zowaar een handje mee in het huishouden, om het te leren
voor als ik weg ben en zijn moeder het weer alleen moet doen. Charlene probeert weer contact te zoeken met July, ze leest haar haar
favoriete boeken voor en laatst heeft ze de nagels van haar moeder
gelakt. En kleine Joey geeft zijn snotkussen niet meer aan mij, maar
aan zijn mams, die er nog niet echt op reageert, maar ik hoop zo uit
de grond van mijn hart dat dat over drie maanden anders is. Ik gun
het dit gezin echt.

Iets anders: je hebt je belofte verbroken. Je hebt me al meer dan een
maand geen update gegeven. Ik zal me beraden op een gepaste straf.
Gelukkig heb ik nog een hele doos videobanden staan (ondanks jou,
dankzij Céline) waardoor ik inmiddels weet dat Arnie verliefd is op
Roos (die nieuw is), maar Peter er met haar vandoor gaat. En dat Simon volgens mij verliefd gaat worden op Janine, die hem misschien
wel zijn verdriet om Annette laat vergeten. En Suzanne zit in een

rolstoel! Dat is ook wat! Ha ha, ik begrijp soms wel waarom je er niet elke dag naar kunt kijken, maar ik vind het gewoon heerlijk om de levens van al die mensen te volgen. En trouwens, ik leer er ook nog wat van, door dat Mark-verhaal begreep ik opeens wat er met Charlene aan de hand was. Maar ja, misschien was ik daar ook wel achter gekomen zonder GTST. Ik gebruik het nu gewoon als smoes om lekker verder te kijken!

Nu ga ik joyriden op een wilde hengst. (geintje.)
Kus op je harige, grote teen.
Kris.

Amsterdam
5 januari, 1993

Toen ik vroeg 'Who wants to go TP?' keken mijn huisgenoten me wat glazig aan. Ze hebben nog een kater van het oud en nieuwfeest dat ze hier hebben gegeven, waarvan de resten in de vorm van ontelbare lege bierflessen, beschimmelde huzarensalade en in plastic champagneglazen uitgedrukte peuken de stille getuigen zijn. Ze dachten dat ik leed aan een ernstige vorm van jetlag toen ik ze uitlegde wat dat betekende. Ik denk dat je erbij moet zijn geweest om de lol ervan in te zien. Kan me best voorstellen dat het vreemd klinkt dat het in Michigan een favoriete bezigheid is van de jongeren om stiekem, zo snel mogelijk het huis van een leraar of buurman in te pakken met wc-papier, zonder dat de bewoners het merken. Het blijven vreemde mensen, die Amerikanen. Maar wat heb ik gelachen.

Ik deed net mijn koffer open en ik moest bijna janken. Je geur was opeens overal. Correctie: niet jouw geur, maar de geur van de varkens, die ik vanaf nu voor altijd met jou zal associëren. Waarvoor dank.
Lieve Krissie, ik vond het geweldig om twee volle weken bij je te zijn. De blik op je gezicht, toen ik opeens de stal in kwam lopen waar jij en Charlene die knol aan het poetsen waren, zal ik nooit vergeten. Beloof me alsjeblieft dat als ik je ooit ten huwelijk vraag, dat je dan precies zo kijkt. Dan hoef je niet eens 'ja' te zeggen.

Het is zo raar om weer in Nederland te zijn. Ik vraag me af hoe dat voor jou zal zijn, over een paar maanden. Het is net alsof ik een tijdje op een andere planeet heb gezeten. En dat is het eigenlijk ook, Bronson, Michigan. Een andere planeet.

Jack, met wie ik op kerstavond zo dronken ben geworden dat we dachten dat het een goed plan was om midden in de nacht alvast een varkentje te vangen dat we de volgende avond konden oppeuzelen. Het was maar goed dat Tony tractor kan rijden en jij had geleerd hoe je een varken uit de modder trekt, anders hadden we daar waarschijnlijk nu nog met onze snufferds in die drek gelegen.

En die kalkoen die je de dag erna had klaargemaakt, was net zo lekker als een vers stukje piggymeat. Ook al was de linkerkant een tikkeltje verbrand.

Charlene die met zoveel toewijding elke dag de puisten van haar vriendje insmeert met slakkenslijm. En verdomd, het lijkt nog te werken ook.

Joey, die vlerk die besloot tussen ons in te komen liggen op de eerste avond. Ik had je verdorie vier maanden niet naast me gevoeld, komt dat jochie binnen met zijn teddybeer! 'Wanna sleep with you, Kiss…'

Nou, dat wilde ik ook, etterbak! Gelukkig sliep hij de nacht daarna heerlijk door. In zijn eigen bed.

Tony, die maar niet begreep dat ik op die jaarmarkt geen zin had om op een wilde stier te gaan zitten. Man, dat joch doet het gewoon en sleept nog de eerste prijs binnen ook! Ik zou zeggen: maak je niet druk om zijn gespijbel, hij heeft sowieso een prachtige carrière in het verschiet.

En jij, mijn mooie vriendinnetje. Onze eerste kerst samen. Ons eerste oud en nieuwfeest. Toen ik je om twaalf uur kuste, voelde je toen dat ik er even doorheen zat? Nam je me daarom mee naar buiten? Het spijt me dat ik net dat ene, bijzondere moment moest uitkiezen om je de herkomst van mijn tattoo te vertellen. Maar het was precies tien jaar geleden dat mijn ouders bij een auto-ongeluk omkwamen en ik weet nog zo goed dat ik toen dacht: 'Er komt ooit een moment dat ik er aan kan denken zonder een gat in mijn buik te voelen. Dat ik voel dat ik gelukkig ga worden.'

En dat moment gaf jij me. Precies tien jaar later. Nu weet je waarom die groene eend op mijn schouder staat. Mijn vaders trots. En zijn ondergang.

Je reageerde zo lief. Precies goed. Ik ben altijd bang dat mensen me als een zielenpietje zien, zo'n jongetje van tien dat zijn ouders kwijt is geraakt. Ik mis ze ook wel, natuurlijk, maar dankzij mijn oom en tante heb ik het wel (daar komt die vreselijke uitdrukking:) een plekje kunnen geven. Daar ben ik ze nog elke dag dankbaar voor. Ik kan niet wachten om je aan ze voor te stellen. Zij ook niet trouwens.

We zijn op de helft, schat. En ik hou het nog wel even vol omdat ik met eigen ogen heb gezien dat die familie jou daar harder nodig heeft dan ik. Wat doe je het goed met ze. Ik kreeg er bijna zin in om ons eigen gezinnetje te stichten. Maar laten we daar nog maar even mee wachten. Jij gaat eerst Joey zindelijk maken en Charlene uitleggen hoe ze condooms moet gebruiken en je rijbewijs halen en dan July over een maand ophalen uit het ziekenhuis.

Ik ben supertrots op je en ik hou van je.
Mick.

'Hallo Frank Jan, met Kris. Is Mick er?'
'Die ligt in bed te stinken met een huppelkutje.'
'Grappig.'
'Ik haal hem even.'

'Kris?'
'Ik sta in Londen. Over drie uur zie ik je weer!'
'Eh ja... Dat weet ik. Dat heb je me honderd keer geschreven en gisteren heb je me nog gebeld en...'
'Sliep je?'
'Ja.'
'Met een huppelkutje?'
'Met wel vijf.'
'Heb je wel tegen haar gezegd dat je bezet bent?'
'Oeps. Vergeten. Ga ik nu meteen doen.'
'Mooi zo. Mijn telefoonkaart is op. Als je je verslaapt, wil ik je nooit meer zien! En poets je tanden, anders kus ik je niet! Tot straks!'

***Het lijkt mijn specialiteit om allerlei dingen
te doen die tegen mijn gevoel indruisen.***

(Simon Dekker, 1993-1994)

Ze haalt even diep adem, om haar opkomende zenuwen te bedwingen. Dan geeft ze haar zwaar beladen bagagekar een duw om de laatste meter tot de schuifdeuren af te leggen. De deuren gaan open. Ze ziet een heleboel mensen, onbekende gezichten, kinderen met ballonnen, reisleiders die naambordjes omhoog houden.

Dan ziet ze het. Een belachelijk spandoek. Beschilderd met kleurige bloemen, fluorescerende sterren, lachende gezichtjes en de woorden: WELKOM THUIS, KRIS!

Dat moet oma zijn.

Een gil ontsnapt uit haar mond als ze haar ontvangstcomité onder het spandoek ziet staan. Haar vader (help, hij heeft zijn bakkebaarden laten staan!), haar moeder (die tien kilo lijkt te zijn afgevallen, wat haar tien jaar jonger maakt), oma (dik als altijd, hand in hand met een bijna net zo corpulente man die niemand anders dan haar goed verborgen gehouden minnaar Ralph moet zijn), haar broertje Martijn (die opeens puber-af is en verdorie een stuk wordt), Céline (die zo enthousiast staat te zwaaien dat ze niet doorheeft dat ze de vrouw naast haar bijna bewusteloos slaat) en Mick. Mick, die er net zo uitziet als al die momenten dat ze aan hem dacht. Die als enige in het gezelschap niet als een malloot staat te gillen en te zwaaien, maar haar tevreden toelacht, zijn handen in de zakken van zijn driekwart skatebroek. Kris lacht naar hem terug en laat dan de chaotische, emotionele, hysterische omhelzingen over zich heen komen. Als iedereen haar heeft gekust en heeft gezegd hoe geweldig ze eruit ziet en hoe blij ze zijn dat ze weer terug is en dat ze echt alles moet vertellen over haar reis... Als dát achter de rug is, draait Kris zich om naar Mick. Stralend. Hij opent zijn armen en zij loopt er in. Ze horen het gefluit en gejoel van de rest van het gezelschap niet. Ze voelen alleen elkaar. En hij hoort alleen haar stem, die zegt: 'Ik ben weer thuis.'

Terwijl ze genieten van een door Ralph bereide oer-Hollandse lunch (hij heeft niet gelogen toen hij zei dat hij chef-kok was), pakt iedereen de cadeautjes uit die Kris voor ze heeft mee genomen. Een hele doos vol bakmixen voor oma (brownies, cheesecake, muffins), de nieuwste cd van Mariah Carey, die in Nederland nog niet in de winkels ligt, voor Céline. Een fotoboek over de route 66 voor haar vader, die het in zijn hoofd heeft gehaald om zijn motorrijbewijs te halen en die route te rijden met haar moeder achterop. Een yogamatje met een print van de Amerikaanse vlag voor haar moeder. 'En deze is voor jou.'
Kris kijkt Mick verliefd aan, terwijl ze hem haar cadeautje geeft. Hij pakt het uit. Niemand begrijpt het, maar hij wel.
'Een groene miniatuur. Die heb ik nog nooit gezien.'
'Ik heb hem speciaal voor je laten verven.'
Mick kijkt naar de kleine, groene, Deux Chevaux die hij in zijn handen houdt. Hij knippert met zijn ogen om niet te laten merken dat deze vochtig zijn geworden.
Kris zegt onzeker: 'Het is niet echt typisch Amerikaans. Helemaal niet, eigenlijk. Maar ik zag hem, en ik dacht... Ik bedoel, ze vonden het niet erg om hem in een andere kleur te spuiten, dus...'
'Je had me geen mooier cadeau kunnen geven.'
Kris en Mick kijken elkaar aan. Dan doorbreekt Mick de stilte door te grijnzen.
'Hoewel... Dat ik straks eindelijk weer naast je in bed kan kruipen is misschien nog wel een veel beter cadeau!'

En dat doen ze. Na een dag lang meer gepraat te hebben dan ze in tijden heeft gedaan, volgegeten met haring, erwtensoep en stroopwafels, ploft Kris naast Mick op haar bed. Beneden horen ze oma, Ralph en haar ouders lachen, een beetje aangeschoten van de jenever, die Ralph zelf blijkt te stoken.

'Wat een leuke man. Maar hij wordt wel oma's dood. Ze eet en drinkt meer dan ooit.'

Mick lacht. 'Jouw oma is onverwoestbaar.'

Dan kust hij haar. Een kus waarmee hij duidelijk wil maken dat er voor vandaag genoeg is gepraat. Dat oma er niet meer toe doet, dat haar ouders er niet meer toe doen, dat het hem niet uitmaakt dat Céline in de logeerkamer er naast ligt en waarschijnlijk alles hoort. Hij kust haar en trekt haar kleren uit en kust haar weer en trekt zijn eigen kleren uit. Hij legt haar op het bed en blijft haar kussen, terwijl hij haar zwijgend, maar steeds hartstochtelijker, steeds intiemer de bevestiging geeft dat haar afwezigheid zijn liefde voor haar alleen maar heeft aangewakkerd.

Als Kris wakker wordt, herkent ze meteen het geluid van de wasmachines, de geur van het ouderwetse stijfsel, dat oma gebruikt om te strijken. Wat een verschil met die mestlucht, waar ze een jaar lang in heeft gewoond. Glimlachend draait ze zich op haar zij en ziet Mick naast zich liggen. Nog in diepe slaap. Geen wonder. Ze vielen pas om zes uur in slaap. Tussen het vrijen door vertelde Mick over zijn nieuwe beste vriend Maarten, met wie hij samen nachtportier is in een lowbudgethotel op de Amsterdamse wallen. Kris moet weer lachen als ze denkt aan alle avonturen die Mick daar heeft beleefd. Kris imponeerde op haar beurt met haar rijbewijs en het certificaat dat ze kreeg toen ze haar computercursus, die ze samen met Charlene deed, met een vette voldoende had afgerond. Volgens Mick is Nederland nog lang niet zover op dat vlak als Amerika en kan Kris goud geld verdienen met haar kennis, maar Kris heeft andere plannen. Ze weet eindelijk wat ze wil doen met haar leven. En zodra ze daar aan denkt, springt ze uit bed. Ze heeft veel te doen vandaag.

'Verdomme!'

Haar moeder, die bezig is om de ontbijttafel te dekken, kijkt haar vragend aan. Kris smijt de hoorn van de telefoon op de haak. 'Bij alle luchtvaartmaatschappijen zijn de selectieprocedures net voorbij.'

'Kris, je weet hoe vaak ik tegen je heb gezegd dat ik niet wil dat er in dit huis wordt gevloekt. Er komen allemaal negatieve energieën vrij, terwijl ik juist zoveel moeite doe om die buiten te sluiten.'

Kris slikt haar sneer in en ploft neer op een stoel.

'Nu moet ik een half jaar wachten.'

'Waarop, lieverd?' Haar moeder zet een schaal met... Hm... Met wat eigenlijk? Het ziet eruit als een soort geprakte banaan met stukken spek erin. Zouden ze over hun vegetarische fase heen gegroeid zijn?

'Heb je gisteren dan niet geluisterd? Ik wil stewardess worden. Maar nu blijkt dat de selectieprocedure vorige week was en er is pas een nieuwe over een half jaar.'

Kris baalt er echt van. Ze had het helemaal uitgedacht. Zij verdient het geld met het maken van verre, spannende reizen, terwijl Mick zijn studie afmaakt. Van haar salaris zouden ze een huisje kunnen huren, hij zou met haar mee kunnen reizen als hij vrij was en ze zou altijd een interessant verhaal hebben als ze thuiskwam van een exotisch oord.

'Dat komt eigenlijk fantastisch uit.'

Verbijsterd staart Kris haar moeder aan. Een positieve instelling is benijdenswaardig, maar niet als je alles alleen nog maar relativeert en je je niet meer kan inleven in het leed van een ander.

'Ik begrijp niet hoe je dat kan zeggen. Heb ik gisteren niet verteld hoe ontzettend graag ik dit wil?'

'Lieverd, we zijn dolblij dat je je richting hebt bepaald, maar wat is nou een half jaar?'

Voordat Kris hier verontwaardigd op kan reageren, gaat haar moeder glimlachend naast haar zitten en zegt:

'Je weet dat je vader en ik de wasserette van oma gaan overnemen.'

Kris knikt en kijkt haar moeder afwachtend aan.

'Om dat financieel allemaal rond te krijgen, is het noodzakelijk dat je vader het eerste half jaar blijft werken bij Noordzaan.'

Kris heeft geen idee waar dit heen gaat. Wat heeft de belachelijk veeleisende baan van haar vader bij een internationaal verhuisbedrijf in godsnaam te maken met haar droom om stewardess te worden?

'We hebben het er over gehad om iemand in te huren om mij te helpen in de wasserette, maar nu jij een half jaar te overbruggen hebt...'

Haar moeder kijkt haar veelbetekenend aan.

'Wat vind jij?'

Céline denkt na. Ze fietsen door de weilanden op de weg van Alkmaar naar Bergen. Mick vond het jammer dat hij weg moest, maar hij had een college dat hij niet kon missen. Nadat ze hem op het station hadden afgezet, besloten Kris en Céline door te fietsen naar het strand, om op een terras optimaal te genieten van deze zeldzaam mooie zomerdag.

'Als je er echt geen zin in hebt, moet je het niet doen,' antwoordt Céline na een tijdje, een tikje vertwijfeling klinkt in haar stem door.

'Maar...?'

Céline kijkt even naar Kris.

'Maar het is makkelijk geld verdienen. Je hoeft niet ver te reizen. Je krijgt dubbel uitbetaald als je avond- of weekenddiensten draait en je hoeft niet te solliciteren op een totaal oninteressant baantje bij vunzige, kwijlende mannetjes, die verwachten dat je je honderd procent voor hen inzet.'

Het laatste gedeelte van de zin spreekt Céline met zoveel afkeer uit, dat Kris gealarmeerd raakt.

'Je nieuwe baas? Is het een engerd?'

Céline grinnikt. Een lichtrode gloed verschijnt op haar wangen.

'Integendeel. Maar die daarvoor was een eersteklas kwal.'

Céline zet een akelig stemmetje, met zwaar Utrechts accent op.

'Wijffie, ik verwacht natuurlijk wel dat je die mooie benen van je laat zien op de werkvloer. En wat extra klusjes, in de vorm van eh... Hand- en spandiensten voor mij persoonlijk, worden uiteraard rijkelijk beloond.'

'Gadver!' Kris trekt een vies gezicht. 'Wat een engerd!'

'Ik heb vriendelijk bedankt voor de baan.'

'Ja. Tuurlijk. Maar volgens mij moet je me nóg iets schokkends vertellen.'

Céline kijkt Kris aan, licht buiten adem omdat ze tegen de helling van een duin opfietsen.

'Je bent verliefd op je nieuwe baas.'

'Ik weet het niet, Kris, het was gewoon zo maf! Ik zag hem tijdens mijn sollicitatiegesprek en het was BOEM!'

Om het heftige gevoel te onderstrepen, maakt Céline een maaiende beweging met haar armen, waardoor ze bijna het dienblad met koffie en tosti's uit de armen van de ober maait. Ze giechelt als een klein meisje. Vol verwondering kijkt Kris naar haar mooie, nuchtere vriendin, die blozend nog mooier wordt, maar al haar nuchterheid lijkt te zijn kwijtgeraakt.

'Sorry! Ik ben verliefd, daar komt het door.'

De ober, een jongen die zijn zomer overduidelijk op het strand had doorgebracht, knipoogt naar Céline.

'Maakt niet uit, hoor. Dat effect heb ik wel vaker op de vrouwtjes.'

Céline en Kris kijken elkaar aan en proberen vergeefs niet in lachen uit te barsten. De ober lacht mee, in de vaste overtuiging dat de meisjes zo lachen omdat hij dat effect nou eenmaal heeft op de vrouwtjes, en vertrekt met de mededeling dat hij helaas niet mag flirten met zijn klanten.

'Helaas? Ik word al onpasselijk als ik er aan denk naast die gespierde gladjakker wakker te worden.'

Kris knikt beamend.

'En die baas van jou... Die is niet gespierd?'

Weer die gelukzalige glimlach.

'Geen idee. Ik heb hem nog niet bloot gezien. Maar dat gaat vast niet lang duren.'

'Ik wil het horen. Vanaf het begin. Inclusief details.'

Céline doet een schep suiker in haar koffie. En nog een. En nog een. Als ze de vierde schep in het cappuccinoschuim wil gooien, pakt Kris haar hand vast.

'Vier scheppen?'

Céline is even van haar a propos.

'Vier?'

'Jij bent echt verliefd.'

En Céline begint te vertellen. Over haar moeder, die haar alles gunde, maar die de particuliere visagie-opleiding waar Céline haar zinnen op had gezet niet kon betalen. Over de afspraak dat Céline de helft van het cursusgeld zelf zou ophoesten. Maar de leuke baantjes lagen niet voor het oprapen. Over de prijs die ze had gewonnen door mee te doen aan een slagzinnenwedstrijd van een cosmeticamerk. Ze won een dag kuren in een nieuw schoonheidsinstituut, bij de Maarsseveense Plassen. Het was een bijzondere dag. En als klap op de vuurpijl zag ze het hangen voor het raam bij de uitgang.

Wij zijn op zoek naar een part time receptioniste. Melden bij de balie.

'Voor ik het wist had ik een afspraak met de baas. Met mijn hoofd nog vuurrood van alle maskers en drie uur sauna, zat ik daar in mijn joggingpak. Tegenover hem. En wat ik zei, het was meteen...' Céline fluistert en maakt een piepklein gebaar met haar armen, om niet nog een keer de aandacht van de ober te trekken.
'Boem.'
'Bij hem ook?'
'Nou, hij was natuurlijk heel zakelijk. Ging in op de werkzaamheden, de verschillende werktijden, wat ik zou verdienen... Ik kwam thuis en ik dacht: ik heb geen reet verstaan van wat hij zei. Alleen maar dat ik de baan had. En dat hij zich erop verheugde met me samen te werken.'
Kris neemt de laatste hap van haar tosti en kijkt verlekkerd naar de onaangeroerde tosti van haar vriendin, die koud aan het worden is in de snel koeler wordende zeelucht. Zonder iets te zeggen schuift Céline het bord naar Kris toe, die gretig aanvalt.
'Dat was drie weken geleden. En eergisteren... Ik draaide een extra lange dienst, zodat ik gister vrij kon nemen om jou op te halen, en toen ik klaar was, ging ik me bij hem afmelden. Hij stond achter de bar in de sauna, die uitgestorven was op dat uur en vroeg of ik wat wilde drinken. Nou, en toen... Gebeurde het. Hij kuste me. ' Céline begint nerveus te ratelen.
'En nu ben ik nog verliefder dan ik al was en baal ik dat hij niet belt, maar morgen moet ik weer werken en zie ik hem toch weer en wat als hij denkt dat ik een of andere slet ben die met jan en alleman staat te -'
'STOP!'
Céline stokt onmiddellijk. Niet alleen door Kris' schreeuw, maar

ook door de begeleidende klap op haar hoofd.

'Wat is het probleem?'

'Geen probleem.'

'Hij is je baas.'

'Dan zoek ik een ander baantje.'

'Is hij knap?'

'Heel. Donkere ogen, kortgeknipt haar dat een beetje grijs wordt aan de slapen en -'

'Ho even. Je zegt geen probleem. En je zegt grijze slapen. Hoe oud is deze meneer?'

Céline zegt het zo nonchalant mogelijk: 'Een jaar of veertig. Denk ik.'

En ze kijkt Kris afwachtend aan. Kris weet niet wat ze moet zeggen.

Wat ze denkt? (Wat moet een vent van veertig met een meisje van twintig? Hij had je vader kunnen zijn. Heeft hij kinderen? Wat is er leuk aan een man die over een paar jaar bejaard is?)

Of wat ze denkt dat Céline graag wil horen van haar beste vriendin? (Wow, spannend, een man met ervaring! Liefde laat zich niet door leeftijd leiden. Trek je niets aan van wat anderen zeggen, als je verliefd bent, ben je verliefd.)

'Kris?'

Kris weet dat ze niets voor Céline kan verbergen. Dus zegt ze: 'Wow, spannend. Een man die je vader had kunnen zijn.'

'Maar die het niet is.'

Kris schudt haar hoofd. Dat moest er nog maar bij komen.

'Maar goed, jullie hebben gekust. Dat betekent nog geen relatie.'

'Nee,' zegt Céline stralend. 'Maar ik voel dat dat het wel wordt. Geraldo en ik zijn voor elkaar gemaakt. Dat weet ik gewoon.'

Céline slaat een arm om de schouders van Kris heen en geeft haar een kus op haar wang.

'Niet zo zorgelijk kijken, mieppie. Ik weet wat ik doe.'

Mick ziet het probleem niet, als Kris hem 's avonds in een Amsterdamse pizzeria vertelt over Célines nieuwste verovering.

'Klinkt in elk geval een stuk stabieler dan haar vorige lover. Dat was een aan wiet verslaafde taxichauffeur, die na een week verkering haar badkamer onderkotste en van haar verwachtte dat ze het opruimde. En oh ja, hij had ook een voorkeur voor seks als Célines moeder thuis was. Wilde het liefst een triootje met dochter en moeder.'

Verbijsterd kijkt Kris hem aan.

'Hoe weet je dat allemaal?'

'Ik heb gedaan wat je vroeg. De honneurs waargenomen toen jij in Amerika zat.'

Als Mick ziet dat Kris er nog steeds niet gerust op is, legt hij liefdevol een hand op haar arm.

'Deze man heeft een eigen bedrijf, duikt er niet meteen halsoverkop bovenop en als je Céline mag geloven is hij heel populair onder zijn klanten en zijn werknemers. Zo slecht kan hij niet zijn. Ook al is hij in jouw ogen een vieze kinderlokker.'

'Dat heb ik niet gezegd.'

'Maar dat dacht je wel.'

Kris stopt koppig een hap tiramisu in haar mond. Ze vindt het niet leuk als Mick haar doorheeft.

'We hebben nog vijftien minuten om thuis te komen.'

Mick kijkt haar even hoopvol aan.

'Of heb je je bedacht en besteed je liever een hele avond aan mij?'

'Nee!' zegt Kris fel. 'Ik heb een jaar niet gekeken!'

DE ROZENBOOM / RESTAURANT

LINDA (STIJLVOL GEKLEED EN OPGEMAAKT) KOMT HET RESTAURANT IN EN KIJKT ZOEKEND OM ZICH HEEN. ZE HEEFT EEN GROTE MAP BIJ ZICH. ALS ZE FRITS ZIET ZITTEN, KIJKT ZE VOOR DE ZEKERHEID IN DE SPIEGEL EN LOOPT NAAR HEM TOE.

'Waarom is ze zo opgetut? Heeft ze een oogje op Frits?'

Kris zit op de versleten, naar verschraald bier ruikende bank in de woonkamer van Micks studentenhuis. Alle bewoners kijken mee, een blikje bier in de hand, een bord vaag uitziende pasta met prut op schoot. Kris is blij dat ze al gegeten heeft.

'Frits gaat haar helpen haar eigen bedrijf op te zetten,' zegt Mick.

'Een eigen bedrijf? Maar ze was toch model?'

Gerard: 'Ja, maar dat doet ze ook nog.'

Frank Jan: 'Niet. Niet meer sinds ze door die enge ouwe vent te grazen is genomen.'

Bart: 'En ze heeft een megaschuld, toch? Door die mislukte coke-deal?'

Kris begrijpt er helemaal niets meer van. Mick lacht en trekt haar bij zich op schoot.

'Jij wilde dit per se zien, schat.'

LINDA LEGT HAAR HAND OP FRITS' SCHOUDER. HIJ
KIJKT OM.

                    LINDA
        Daar ben ik dan.

                    FRITS
        Achttien minuten te laat.

                    LINDA
        Maar nu geheel de jouwe. En...

LINDA LEGT DE MAP VOOR FRITS OP TAFEL. FRITS
SCHUIFT EEN TIKKELTJE GEIRRITEERD ZIJN GLAS WIJN
OPZIJ OM TE VOORKOMEN DAT HET OMVALT.

                    LINDA
        Het heeft even geduurd, maar volgens
        mij heb ik het nu helemaal te pakken.
        Het heeft stijl, het is hip, maar niet
        té, en exclusief, zonder onbetaalbaar
        te zijn. Ik presenteer: de LindaLook.

LINDA GAAT VERWACHTINGSVOL TEGENOVER FRITS ZIT-
TEN EN NEEMT EEN SLOK UIT ZIJN GLAS WIJN, TER-
WIJL HIJ DE MAP OPENSLAAT.
EEN SCHETS VAN EEN VROUW IN EEN LANGE AVONDJURK

IS TE ZIEN.

                    LINDA
            (ENTHOUSIAST)
        Het topstuk. Twintig meter pure zijde.
        En als je iets minder gekleed wilt,
        kun je...

LINDA LAAT EEN ANDERE TEKENING ZIEN: DEZELFDE
JURK, MAAR DAN MET ULTRAKORTE ROK.

                    LINDA
        De rok eraf ritsen.

'Pfff, wat vernieuwend. Zo'n jurk had ik al toen ik drie was. Maar wat is dit? Gaat ze opeens modeontwerpster worden?'
Kris neemt een slok bier en trekt een gezicht: waarom vinden mensen dit lekker?
Gerard: 'Daar lijkt het wel op.'
Frank Jan: 'Slim bedacht van die Joop.'
Bart: 'Precies. Wedden dat je al die ontwerpen over een week in de winkel kunt kopen? Sterk staaltje marketing.'
Rogier: 'Ik vind het leuk. Weer eens wat anders dan dat modellengedoe.'
Gerard, Frank Jan, Bart, Mick: 'Homo!'
Kris lacht en nestelt zich tegen Mick aan, terwijl ze verder kijkt.

LINDA WORDT STEEDS NERVEUZER ALS FRITS DOOR DE
REST VAN HAAR SCHETSEN HEEN BLADERT, MAAR BLIJFT
ZWIJGEN.

                    LINDA
        En? Wat vind je? ,

FRITS SLAAT DE MAP DICHT. HET IS DUIDELIJK DAT
HIJ NIET ERG ONDER DE INDRUK IS. HIJ PROBEERT
DIT ECHTER TE VERBERGEN. HIJ FORCEERT EEN LACH-
JE.

FRITS

Veel potentie. Wat je net zelf al zei.
Stijlvol. Hip. Betaalbaar.

LINDA

Maar?

FRITS

Niks maar. Ik ga er mee aan de slag.

LINDA IS VERHEUGD. ZE WENKT DE OBER, DIE NAAR HEN TOE KOMT.

LINDA

Mag ik een fles van uw beste champagne?

DE OBER KNIKT EN LOOPT WEG. LINDA KIJKT FRITS STRALEND AAN.

LINDA

Ik wist dat je het goed zou vinden. Ik
had er zelf ook zo'n goed gevoel over.
Eindelijk kan ik iets echt heel goed.
En helemaal zelf.

FRITS GLIMLACHT WEER, MAAR IS HET NIET HELEMAAL MET LINDA EENS.

Gerard: 'Nou, duidelijk. Dat wordt weer een drama voor Linda. Hangt aan haar kont.'
Bart: 'Die overigens goddelijk is.'
Frank Jan: 'Ik zou het wel weten als ik Frits was.'
Frank Jan staat op en maakt overdreven neukbewegingen met zijn heupen. Mick slaat zijn handen voor Kris' ogen, die ze lachend weghaalt.
'Jullie zijn vreselijk.'
Rogier: 'Ik vind het sneu. Linda heeft er echt heel erg haar best op gedaan.'

Gerard, Frank Jan, Bart, Mick: 'Homo!'

NAAI-ATELIER

**FRITS LACHT INNEMEND ALS HIJ DE HAND SCHUDT VAN
FATIMA, EEN TURKS MEISJE VAN BEGIN TWINTIG, DAT
SCHUCHTER NAAR DE GROND KIJKT TIJDENS DE BEGROE-
TING.**

>   FRITS
> Aangenaam. Frits van Houten. Ik heb
> niets dan goeds over je gehoord.

>   FATIMA
> Fatima Yilmaz.

**FRITS LOOPT DOOR HET ATELIER HEEN, DAT KLEIN,
BEDOMPT EN ROMMELIG IS. OVERAL LIGGEN STOFFEN,
STAAN NAAIMACHINES EN AAN DE MUUR HANGEN VER-
GEELDE FOTO'S UIT MODETIJDSCHRIFTEN VAN ENKELE
JAREN GELEDEN.**

>   FRITS
> Je hebt begrepen waarvoor ik kom?

**FATIMA LOOPT NAAR EEN TAFEL, WAAROP DE MAP MET
DE ONTWERPEN VAN LINDA LIGT. ZE SLAAT HEM OPEN.**

>   FATIMA
> Ja. Deze ontwerpen.

**FRITS LOOPT NAAR FATIMA TOE EN BEKIJKT DE ONT-
WERPEN MET EEN SCEPTISCHE BLIK.**

>   FRITS
> Duidelijk gevalletje van wel willen,
> maar niet kunnen.

                         FATIMA
              (BESCHEIDEN)
          Daar heb ik geen oordeel over.

FRITS KIJKT HAAR AAN.

                          FRITS
          Dat vraag ik ook niet van je. Mijn
          vraag aan jou is: kun jij deze ont-
          werpen zo bewerken dat de ontwerpster
          zich er nog steeds in kan herkennen,
          maar de kleding ook verkoopbaar wordt?

FATIMA KIJKT NAAR DE ONTWERPEN.

                          FRITS
          Met verkoopbaar bedoel ik: een commer-
          cieel succes.

**FATIMA KIJKT FRITS NU VOOR HET EERST RECHT IN DE
OGEN AAN.**

                         FATIMA
          Daar ga ik mijn uiterste best voor
          doen.

                          FRITS
          Dat wilde ik horen. Je weet wat het je
          oplevert als je aan mijn wensen vol-
          doet.

**FRITS LOOPT NAAR DE DEUR. FATIMA KIJKT HEM NA.
ZODRA HIJ WEG IS, MOMPELT ZE:**

                         FATIMA
          Een fooi. Dat is wat ik van je krijg.
          Een ander strijkt met de eer en ik

MAAR FATIMA GAAT TOCH AAN DE SLAG. ZE PAKT EEN ONTWERP UIT DE MAP EN LEGT HEM OP HAAR NAAITAFEL. ZE BEGINT VERWOED TE SCHETSEN.

'Ach gossie. Onderdrukking van de allochtone medemens. En dat op een commerciële zender. Politiek correct, hoor.'
Iedereen kijkt verbaasd naar Rogier, die opstaat en duidelijk beledigd de kamer uit loopt, terwijl hij roept:
'Dit gaat te ver! Dit grenst aan puur racisme!'
'Wat is er met hém aan de hand?' wil Gerard weten.
Mick, Frank Jan, Bart: 'Homo!'

'Kris? Ik heb een probleem.'
Kris, die thuis aan haar Amerika-plakboek werkt en eigenlijk te moe is om te praten, gaat meteen rechtop zitten als ze Célines stem aan de andere kant van de telefoonlijn hoort.
'Geraldo?'
'Nee. Nou ja... Eigenlijk wel.'
'Vertel.'
Kris moet de hoorn een stukje van haar oor afhouden als Céline een gil slaakt:
'We hebben het gedaan! We hebben gisteren samen gegeten en daarna vroeg hij of ik met hem mee naar huis wilde, maar we hadden zo ontzettend veel zin in elkaar dat we een hotelkamer hebben genomen!'
Voordat Kris kan reageren, of zich überhaupt een mening over deze ontwikkeling heeft kunnen vormen, dendert Céline door.
'Het was fantastisch. Hij was zo lief en zo lekker, ik barst bijna uit elkaar, zo godvergeten leuk vind ik hem! Zelfs toen hij vanochtend een zachtgekookt prutei naar binnen werkte en het eigeel over zijn kin droop vond ik hem nog sexy!'
'Nou... Dan eh... Dan ben je inderdaad echt verliefd.'
'Je moet hem zien. Ik ben zo benieuwd wat je van hem vindt!'
Kris denkt na, maar herinnert zich dan opeens:
'Lien, je belde me omdat je een probleem had.'

'Ja. Shit. Echt een groot probleem. Ik ben zo'n rund. Waarom zeg ik ja als ik er geen ene flikker verstand van heb?'
'Waarvan?'
'Computers.'
Kris voelt de bui al hangen.
'Geraldo moet onverwacht voor zaken naar het buitenland. Hij was helemaal opgefokt, omdat hij net een nieuwe folder wilde laten maken deze week en degene die dat normaliter voor hem doet met hem mee op zakenreis gaat. Voor ik het wist flapte ik eruit: dan doe ik dat toch?'
Kris zwijgt. Ze weet waar dit heen gaat.
'Maar toen dacht ik: jij hebt net die cursus gedaan...'

Na een uur in de trein, een keer overstappen op Amsterdam Centraal, twee verschillende bussen en een half uur lopen, staat Kris voor de imposante ingang van schoonheidsinstituut Beauté. Het is donker, logisch, het is tien uur 's avonds, maar zowel de oprijlaan als de gevel zijn sfeervol verlicht. Kris aarzelt of ze moet bellen, maar als ze de deur nadert, gaan deze met een zacht zoevend geluid open. Ze loopt naar binnen. Alles is van roze marmer. Er klinkt zachte pianomuziek, die een stuk sjieker klinkt dan die van Richard Clayderman, die haar oma vaak in de wasserette op heeft staan. Een grote hal, waarin de glimmend roze ontvangstbalie meteen de aandacht trekt. Een vrouw, die Kris onmiddellijk doet denken aan haar galabarbiepop van vroeger, glimlacht haar onnatuurlijk witte tanden bloot.
'Goedenavond. Waar kan ik u mee van dienst zijn? Onze schoonheidssalon is helaas gesloten, maar de sauna is open tot middernacht, evenals ons Turkse stoombad en de zoutwatertanks.'
'Eh... Ik heb een afspraak met Céline. Céline Zwart.'
'Ah! Céline, ons zonnetje in huis. Ik ga haar even voor je bellen.'
Terwijl de barbiepop Céline belt, valt Kris' oog op een ingelijste foto van Céline, in een poloshirt met het bedrijfslogo erop. Het onderschrift van de foto is: onze medewerkster van de maand: Céline Zwart.
Op de een of andere manier krijgt Kris het een beetje benauwd van deze plek.

'Mooi hè?'

Céline kijkt tevreden haar kantoor rond. Inderdaad mooi. Groot. Sfeervol. Als je tenminste van roze en zilver houdt. Zelfs Céline past in het plaatje, in haar roze poloshirt, met zilveren logo. Kris kijkt eens beter naar haar vriendin.

'Heb jij nou foundation op?'

'Ja! Iedereen die hier werkt krijgt een eigen make-upadvies van onze schoonheidsspecialiste. De producten die ze ons aanraadt, krijgen we met korting, want Geraldo vindt dat we er zo representatief mogelijk uit moeten zien.'

'Ik vind je mooier zonder.'

'Nee, joh. Mijn huid is heel erg vlekkerig. En zo zie je die rottige sproetjes tenminste niet meer.'

Het is Kris nooit opgevallen dat Céline een vlekkerige huid had en ze vond die sproetjes juist charmant, maar ze besluit er niet op in te gaan en wijst op de fonkelnieuwe computer, die op het glazen bureau staat.

'Gaan we het daarop doen?'

'Als je hem aan de praat krijgt.'

Kris loopt naar de computer, drukt aan de achterkant van de kast op een knop en de computer begint met een zoemend geluid op te starten. Kris lacht als ze het stomverbaasde gezicht van Céline ziet. 'Hoe kun je je baas nou beloven om folders te ontwerpen op de computer als je niet eens weet hoe je het ding aan moet zetten?'

Drie uur later zet Kris de computer uit, terwijl Céline vergenoegd de folder uit de printer haalt.

'Dit is echt... Hier kun je rijk mee worden, Kris.'

'Niet als jouw naam er onder staat.'

Céline kijkt schuldbewust naar de folder, waar onder aan staat: Ontwerp: Céline Zwart. Kris trekt haar jas aan en gooit Célines jas naar haar toe.

'Kom, ik wil mijn loon incasseren: shoarma van Abdul!'

VAN HOUTEN / KANTOOR

LINDA STAAT VOOR EEN REK MET KLEDING EN BEKIJKT

ZE. FRITS KIJKT VANAF EEN AFSTANDJE TOE.

> LINDA
>
> Mooie stof. Die ritssluiting zou ik iets langer maken. En dit...

LINDA HAALT EEN LANGE AVONDJURK UIT HET REK EN VOELT KRITISCH AAN DE STOF.

> LINDA
>
> Dit zou zijde moeten zijn.

> FRITS
>
> Het is viscose geworden.

> LINDA
>
> Ik had het decolleté ook veel dieper getekend.

> FRITS
>
> Het valt je dus eindelijk op?

LINDA KIJKT VRAGEND OM NAAR FRITS, DIE GEAMU-SEERD LACHT.

> FRITS
>
> Elk ontwerp is een tikje anders dan hoe jij het had bedoeld.

LINDA VINDT DIT NIET LEUK OM TE HOREN.

> LINDA
>
> Wat bedoel je? Waarom heb je dingen veranderd? Je vond het toch goed?

> FRITS
>
> Nu is het nog beter. En daar gaat het toch om?

LINDA WORDT KWAAD EN BEGINT ELK KLEDINGSTUK TE ONDERZOEKEN.

'Daar zou ik ook boos om worden.'
Céline veegt een klodder knoflooksaus van haar kin en neemt een nieuwe hap shoarma.
'Dan had ze niet met Frits in zee moeten gaan. Die heeft nog nooit iets oprechts gedaan.'
Céline kijkt lachend naar haar vriendin, die in kleermakerszit naast haar op de grond zit te eten.
'Je hebt het een jaar niet gevolgd en toch weet je alles wat er gebeurd is.'
'Je hebt me banden opgestuurd.'
'Ja, dertig afleveringen. Hoeveel worden er per jaar uitgezonden? Tweehonderd ofzo?'
'Volgens mij meer. Stil, daar heb je Martine.'

LINDA EN FRITS HEBBEN NIET DOOR DAT MARTINE OM DE HOEK VAN DE OPENSTAANDE DEUR KIJKT. ZE WIL AANKLOPPEN, MAAR BEDENKT ZICH ALS ZE FRITS EN LINDA ZIET.
LINDA IS WOEDEND.

                    LINDA
        Wie heb je met zijn poten aan míjn
        werk laten zitten? En waarom heb je
        niet tegen me gezegd dat je het ken-
        nelijk niet goed genoeg vond?

                    FRITS
        Linda, zo werkt het nu eenmaal in de
        wereld. Iedereen heeft zijn eigen kwa-
        liteiten. Jouw naam staat er onder,
        jouw gezicht is er aan verbonden. Het
        is en blijft jouw kledinglijn.

FRITS PAKT EEN JURK VAN HET REK.

MARTINE BEGINT SLUW TE GLIMLACHEN ALS ZE HOORT
DAT FRITS VAN EEN ANDERE ONTWERPSTER GEBRUIK
HEEFT GEMAAKT.

                    FRITS
        Kun jij in alle oprechtheid zeggen dat
        je dit niet goed vindt? Dat je dit
        niet beter vindt dan je eigen ontwerp?

LINDA WIL ZICH NIET LATEN KENNEN, MAAR KRIJGT DE
KANS NIET IETS TE ZEGGEN, WANT MARTINE KLOPT AAN
EN DOET ALSOF ZE PAS NET AAN KOMT LOPEN.

                    MARTINE
          (TEGEN FRITS)
        Sorry, ik ben aan de vroege kant.
          (TEGEN LINDA)
        Ha Linda! Leuk om jou weer eens te
        zien. Hoe is het met je?

ZONDER OP ANTWOORD TE WACHTEN, LOOPT MARTINE
DOOR NAAR HET KLEDINGREK. ZE DOET ALSOF ZE HEVIG
ONDER DE INDRUK IS.

                    MARTINE
        Allemachtig.

LINDA WORDT ONZEKER.

                    MARTINE
        Frits, je had me verteld dat ze goed
        was, maar dít... Dit is fenomenaal!

FRITS GRIJNST TEVREDEN EN KIJKT NAAR LINDA: ZIE
JE WEL?
LINDA IS NOG NIET OVERTUIGD.

Deze rok, oh die jumpsuit! Linda, je
hebt je talent gevonden. Wat een indrukwekkende collectie.

MARTINE KIJKT NAAR LINDA.

Mijn complimenten. Wie heeft je ge-
adviseerd? Dat moet iemand zijn die
jarenlange ervaring heeft.

**LINDA KIJKT EVEN NAAR FRITS, DIE ZELFINGENOMEN
NAAR MARTINE GLIMLACHT.**

Niemand. Linda heeft dit helemaal alleen gedaan.

**MARTINE DOET ALSOF ZE ONDER DE INDRUK IS EN
KIJKT VRAGEND NAAR LINDA. LINDA ZET ZICH OVER
HAAR LAATSTE RESTJE TWIJFELS HEEN EN KNIKT. DAN
ZEGT ZE VOL OVERTUIGING:**

Klopt. Dit is mijn werk. Helemaal alleen van mij.

FRITS IS TEVREDEN.
**LINDA EN FRITS ZIEN NIET DAT OOK MARTINE INTENS
TEVREDEN IS...**

'Nou. Jij bent Fatima. Ik ben Linda.'
Céline kijkt Kris lachend aan.
'Jij doet het werk, ik strijk met de eer.'
'En dat doe ik alleen maar omdat ik hoop dat die stomme Geraldo
zo van je onder de indruk is dat hij ter plekke voor je op zijn

knieën gaat en je ten huwelijk vraagt.'

Heel even bespeurt Kris een zweem van ongemak bij Céline.

'Wat?'

'Niets.'

'Wel. Ik zag het.'

Geërgerd staat Céline op.

'Er is niets, zei ik toch?'

Céline staat op en zet de videorecorder uit.

'Wacht. Ik wil nog verder kijken. Je had toch twee afleveringen opgenomen?'

Kris begrijpt niets van de plotselinge omslag van Céline, die nukkig zegt: 'Ik ga pitten. En jij gaat de laatste trein naar Alkmaar missen als je nog langer blijft kijken.'

'Ik kan toch wel hier blijven slapen?'

Céline haalt haar schouders op.

'Je weet alles te vinden. Welterusten.'

Céline loopt naar de slaapkamer, die zo klein is, dat er alleen een bed in past. Maar Céline heeft tenminste haar eigen huisje. Midden in het oude centrum van Utrecht. Zal ze dat aan blijven houden als ze straks echt een relatie met die Geraldo krijgt? Of zal ze bij hem gaan wonen? Hij heeft vast een decadent, sjiek huis, in de stijl van zijn bedrijf. Kris hoopt maar dat Céline niet halsoverkop in een relatie met deze man duikt. Op de een of andere manier heeft ze er een unheimisch gevoel over. Haar vriendin valt normaliter op de wat ruigere jongens, jongens die gitaar spelen, die eruit zien alsof het ze geen bal uitmaakt hoe ze eruit zien. Dat ze dan nu verliefd wordt op een man die een schoonheidsinstituut heeft, een man die verstand heeft van foundation... Ze hoort dat Céline onder de douche stapt. Dat doet ze altijd voordat ze gaat slapen. Ze beweert dat ze anders nachtmerries krijgt. Kris kijkt naar de videorecorder: zal ze nog één aflevering...?

NAAI-ATELIER

IN HET ATELIER BRANDT EEN LICHTJE. FATIMA ZIT ACHTER DE NAAIMACHINE. DE HUID VAN HAAR HANDEN IS KAPOT, ZO HARD HEEFT ZE GEWERKT. ZE KIJKT OP

ALS ZE DE DEUR HOORT OPENGAAN.
MARTINE KOMT BINNEN. FATIMA KIJKT OP.

FATIMA
We zijn gesloten, mevrouw.

MARTINE
Dat mag ik hopen. Het is midden in de
nacht.

**MARTINE LOOPT NAAR FATIMA TOE. ZE LEGT EEN KRAN-
TENARTIKEL VOOR HAAR NEER. OP DE VOORPAGINA
STAAT EEN FOTO VAN EEN STRALENDE LINDA, MET OP
DE ACHTERGROND HET LOGO VAN LINDALOOK. DE KOP
LUIDT:**
'LINDA DEKKER: EEN NIEUWE STER IN MODELAND!'
FATIMA KIJKT ER NAAR.

FATIMA
Wat eh... Wat wilt u dat ik hiermee
doe?

MARTINE
Deze vrouw
        (MARTINE TIKT MET VINGER OP FOTO
        LINDA)
gaat heel veel geld verdienen.

**FATIMA ZWIJGT. MARTINE KIJKT HAAR INDRINGEND
AAN.**

MARTINE
Met ontwerpen die van jou zijn.

FATIMA
        (OPGELATEN)
Nou... Ik... Ik naai alleen de kleren

die zij heeft ontworpen, hoor.

                    MARTINE

Dat is onzin. En dat weet jij net zo
goed als ik.

MARTINE STOPT DE KRANT WEER IN HAAR TAS.

                    MARTINE

Jij hebt meer talent in je pink, dan
zij in haar hele lijf. Ik wil wedden dat je er hoegenaamd niets voor
krijgt. En ik bied je honderdduizend
gulden per jaar als je voor mij komt
werken.

**FATIMA KAN HAAR OREN NIET GELOVEN. MARTINE ZIET
HET EN GLIMLACHT TEVREDEN.**

                    MARTINE

Ik kom morgen weer langs. Dan wil ik
graag horen wat je hebt besloten.

MARTINE VERTREKT.

'Ik denk dat jij dat wel kunt vergeten.'
Kris kijkt om en ziet Céline staan. Ze heeft haar pyjama aan en het
natte haar hangt in slierten om haar onopgemaakte gezicht.
'Hallo sproetjes. Blij dat jullie je niet meer verstoppen.'
Céline glimlacht. Ze gaat naast Kris op de bank zitten.
'Sorry. Ik deed net een beetje bot, maar...'
Céline zoekt naar woorden.
'Ik weet het al een tijdje en ik had het je eerder moeten vertellen,
maar ik was bang dat je –'
Kris onderbreekt Céline als ze op de televisie Frits het naaiatelier
van Fatima ziet inkomen.
'Wacht even, eerst deze scene.'

Ongelovig over zoveel toewijding aan de serie, schudt Céline glimlachend haar hoofd.

FRITS KOMT HET NAAI-ATELIER BINNEN. HIJ TREFT
FATIMA, DIE OP HAAR GEMAK EEN BROODJE ZIT TE
ETEN, TERWIJL ZE DE KRANT LEEST. OP DE WERKTAFEL
LIGT EEN HELE STAPEL KLEDING DIE DUIDELIJK NOG
AFGENAAID MOET WORDEN.

                    FRITS
          Je zou een uur geleden leveren.

FATIMA IS BANG VOOR FRITS, MAAR HOUDT ZICH
GROOT.

                    FATIMA
          Ik wil eerst een gesprek hebben over
          mijn salaris.

                    FRITS
          Daar zijn we het toch over eens ge-
          worden?

                    FATIMA
          Nee. U heeft een bedrag genoemd en
          ik moest dat maar pikken. Maar nu de
          LindaLook-collectie zo'n groot succes
          is, wil ik er meer aan overhouden.

FATIMA GAAT STAAN EN SLAAT HAAR ARMEN OVER EL-
KAAR, OM DE INDRUK TE WEKKEN DAT HET HAAR MENENS
IS.

                    FATIMA
          En anders zoekt u maar iemand anders.

FRITS LACHT SCHAMPER EN DOET DENIGREREND.

FRITS

Waar dacht je aan? Helft van de winst?
Misschien een luxe penthouse? Liever
wat juwelen?

FATIMA LAAT ZICH NIET UIT HET VELD SLAAN.

FATIMA

Honderdduizend. Per jaar.

FRITS BEGINT HARD TE LACHEN.

FRITS

Je bent gek.

FATIMA

Ik heb een ander aanbod. Als u me niet
hetzelfde biedt, bent u me kwijt.

**PLOTSELING IS FRITS NIET MEER GEAMUSEERD. HIJ
LOOPT DREIGEND NAAR FATIMA TOE.**

FRITS

Wie?

FATIMA

Dat maakt niet uit.

**FATIMA WORDT BANG ALS FRITS PLOTSELING EEN GROTE
SCHAAR VAN TAFEL PAKT EN HAAR STRAK AANKIJKT,
TERWIJL HIJ DE SCHERPE PUNT VAN DE SCHAAR LANGS
DE BLOTE HUID VAN HAAR ARM LAAT GLIJDEN.**

Kris en Céline kruipen tegen elkaar aan op de bank en kijken ge-
spannen naar de televisie.
'Wat is het toch een engerd!'
Kris schreeuwt: 'Laat je niet door hem tegenhouden, Fatima!'

Céline lacht, maar is ook heel benieuwd hoe het afloopt.
De meisjes kijken verstoord op als de telefoon begint te rinkelen.
'Niet opnemen, het is veel te spannend.'

FRITS

Je hebt een deal met mij. En ik hou er
niet van als mensen hun afspraken niet
nakomen. Sterker nog: ik toleer dat
niet. Als je wilt weten wat mijn me-
thode is om onbetrouwbare medewerkers
weer loyaal te laten worden, moet je
vooral op dat andere aanbod ingaan.

**FRITS HAALT DE SCHAAR VAN FATIMA'S ARM AF EN
KNIPT ER VLAK VOOR HAAR GEZICHT MEE IN DE LUCHT.**

'Dit is het antwoordapparaat van Céline, spreek wat in na de piep.'

FRITS

Als je dat niet ziet zitten, stel ik
voor dat je over precies vierentwintig
uur met het gevraagde materiaal op de
proppen komt. Zo niet: weet ik jou te
vinden en je lieve vadertje ook.

**FRITS VERLAAT HET ATELIER. FATIMA BLIJFT ANGSTIG
ACHTER.**

'Céline? Schatje, met mij.'
Kris kijkt Céline aan. 'Is dat hem?'
Céline knikt, ze staat op om op te nemen, maar Geraldo praat
verder op het antwoordapparaat. 'Ik mis je. En ik heb goed nieuws:
mijn vrouw gaat volgende week twee dagen naar een vriendin, dus
kunnen we eindelijk weer een hele nacht met elkaar doorbrengen... Bel me. Ik ben morgen weer thuis.'
Céline blijft stokstijf staan, haar rug naar Kris gekeerd. De pieptoon klinkt. Geraldo heeft opgehangen.

Kris staart naar de lachende Snoopy op de achterkant van Célines pyjama. De pieptoon stopt. De stilte duurt lang.

'Zijn vrouw?'

Céline knikt. Ze durft Kris nog steeds niet aan te kijken.

'En dat wist je? Dat hij getrouwd was?'

Céline knikt weer.

Kris staat op en loopt naar Céline toe. Ze pakt haar bij haar armen vast en schreeuwt boos:

'Wat ben je aan het doen? Een getrouwde vent! En je loopt er over te liegen tegen mij! Ik ben verdomme van elke scheet die je laat op de hoogte, maar hier over lieg je!?'

Céline kan haar tranen niet inhouden en zegt snikkend: 'Ik wilde het net vertellen, toen...'

Céline wijst op de televisie. 'Maar jij wilde die scene nog zien.'

Kris laat Céline los. Ze loopt heen en weer door de kamer en probeert te bedenken wat ze voelt, wat ze wil, wat ze moet doen. Opeens weet ze het. Ze loopt naar Céline toe en probeert zich niet te laten intimideren door haar tranen die blijven stromen.

'Weet je nog? Je was elf. En je kwam met je koffer bij ons aan de deur. Je zou naar je vader gaan. Het eerste weekend na de scheiding. Je wilde niet. Want 'zij' zou er ook zijn.'

Céline huilt zwijgend verder.

'Weet je nog hoe je haar noemde, Lien?'

'Papa's heks,' zegt Céline zacht.

'Je wilde dat ze dood ging. Je hebt maandenlang gefantaseerd over manieren om haar uit de weg te ruimen. Je moeder huilde aan één stuk door en als ze niet huilde was ze dronken. Zelfs nu, na tien jaar, is je moeder nog verbitterd. Kunnen je ouders niet samen op je verjaardag komen. Heb je nog steeds een gruwelijke hekel aan je vaders heks.'

Céline krimpt ineen op de bank en slaat haar armen om haar hoofd heen. Ze wil het niet horen.

'Céline, verdomme! Je hebt altijd beweerd dat je never nooit iets met een getrouwde vent zou beginnen! En wat doe je nu?!'

Plotseling heft Céline haar hoofd en kijkt Kris fel aan.

'Geraldo heeft geen kinderen. Ik word niemands heks!'

'Nee? Hoe denk je dat zijn vrouw over jou zal denken als het uitkomt? Dat schattige piepjonge meisje dat mijn echtgenoot zo gelukkig maakt?'

Kris gaat naast Céline zitten. Ze probeert rustig te worden.

'Je weet niet half hoe bijzonder je bent, Lien. Je bent mooi en lief en grappig... En ik weet dat je tot nu toe niet echt geluk hebt gehad in de liefde, maar... Dit is toch niet de oplossing?'

'Dat is het misschien wel,' zegt Céline, terwijl ze haar ogen opslaat naar Kris.

'Geraldo heeft alle schijn tegen en ik begrijp dat je zo reageert, maar...'

Céline zoekt even naar de goede woorden. Het maakt Kris razend om haar vriendin zo naïef te zien, zo goedgelovig, maar ze realiseert zich dat ze moet luisteren naar haar kant van het verhaal.

'Wil je het horen?'

Céline kijkt haar bijna smekend aan, zo graag wil ze Kris uitleggen hoe ze in deze relatie staat. Kris knikt.

'Ik wist van het begin af aan dat hij getrouwd was. Zijn vrouw werkt ook in het bedrijf. Dus toen hij liet merken dat hij me leuk vond, dacht ik meteen: ga weg, engerd.'

Céline lacht, om de sfeer goed te houden lacht Kris halfslachtig met haar mee.

'Maar we werkten heel nauw samen en als snel vertelden we elkaar dingen die... die je alleen met vrienden bespreekt. Ik over de scheiding van mijn ouders en de rottige relatie waar ik toen in zat.'

'De aan wiet verslaafde taxichauffeur, waar Mick me over vertelde.'

Céline knikt.

'En Geraldo over zijn jeugd, zijn beste vriend die plotseling aan een hartaanval overleed, zijn vorige baan waarin hij overspannen was geraakt. Hij had een hele heftige periode achter de rug en leefde op de een of andere manier niet meer met zijn vrouw.'

'Goeie smoes om vreemd te gaan.'

'Maak het alsjeblieft niet zo goedkoop.'

De tranen schieten weer in Célines ogen.

'Dat is het niet.'

Kris gebaart dat het haar spijt, maar heeft steeds meer moeite om haar neiging om Céline heel hard heen en weer te schudden te onderdrukken.

'Hij heeft een midlifecrisis gehad. Wist totaal niet meer welke kant hij met zijn leven op wilde. Toen kwam dit bedrijf op zijn pad. En ik. '

Céline straalt als ze verder vertelt.

'We kunnen samen uren de slappe lach hebben. Hij huilde toen hij me kwam vragen of ik wist dat Kurt Cobain dood was. Hij houdt van Chinees, maar niet van pizza, precies zoals ik. Hij... Ik kan uren doorgaan over alles wat we hetzelfde hebben, maar waar het op neer komt is... Hij maakt me blij. Echt blij.'

Voor het eerst sinds ze de boodschap van Geraldo op het antwoordapparaat hoorde, voelt Kris haar boosheid minder worden. Begint ze licht te twijfelen of haar eerste reactie wel de juiste was. Alleen maar door de gezichtsuitdrukking van Céline. Niet dromerig. Niet stralend verliefd. Maar, zoals haar moeder het zou verwoorden, helemaal in balans met zichzelf. Op haar plek. Blij, zoals Céline net zelf zei.

'En misschien loopt het allemaal anders, misschien blijven we niet samen, misschien kiest hij toch voor zijn vrouw, maar weet je? Dan heb ik in elk geval ervaren hoe het ook kan voelen. Om samen met iemand te zijn. Echt samen. Snap je?'

Kris kan niet anders dan knikken. Ze weet immers zelf zo goed hoe dat voelt. Céline aarzelt heel even, maar omarmt haar dan. Samen huilen ze. En lachen ze. En drinken ze hoofdpijnwijn tot 's morgens de wekker gaat en Céline naar haar werk moet.

EETCAFÉ DE CACTUS

LINDA ZIT AAN EEN TAFELTJE. ZE KRIJGT EEN KOP KOFFIE VAN ANITA.

> **ANITA**
> Alsjeblieft. We hebben zelfgemaakte notentaart, zin in?

> **LINDA**
> (ARROGANT)
> Zal wel moddervet en mierzoet zijn,

          dus nee, dank je.

**BELEDIGD LOOPT ANITA TERUG NAAR DE BAR, WAAR
STAN ZIT.**

                    ANITA
          Ze komt hier bijna nooit, maar áls ze
          er is, kan ik niet wachten tot ze weer
          vertrekt. De diva.

**STAN REAGEERT NIET. ZIJN AANDACHT IS GEVESTIGD
OP EEN MEISJE DAT BINNEN KOMT EN SCHICHTIG OM
ZICH HEEN KIJKT: FATIMA. STAN IS OP SLAG VER-
LIEFD OP HAAR.
FATIMA LOOPT NAAR LINDA TOE.**

                    FATIMA
          Jij bent Linda.

                    LINDA
          Dan moet jij Fatima zijn.

**FATIMA KNIKT VERLEGEN. LINDA GEBAART DAT ZE MOET
GAAN ZITTEN, HETGEEN FATIMA DOET.**

                    FATIMA
          Ik heb je alleen maar op foto's ge-
          zien. En op TV, tijdens de presentatie
          van de LindaLook. In het echt ben je
          nog veel mooier.

**IETS BETERS HAD ZE NIET TEGEN LINDA KUNNEN ZEG-
GEN. LINDA GLIMLACHT TEVREDEN.**

                    LINDA
          Dank je. Waar wilde je me over spre-
          ken?

FATIMA

Ik eh... Ik weet niet of je weet dat...
Ik ben degene die jouw ontwerpen altijd...

FATIMA ZOEKT NAAR WOORDEN.

LINDA

Vervolmaakt.

FATIMA KNIKT.
**LINDA BEKIJKT HET MEISJE, DAT TOTAAL NIET MODI-
EUS GEKLEED GAAT.**

LINDA

(VERBAASD)
Ben jij dat?

FATIMA KNIKT WEER.

LINDA

Oh... Nou... Ik kan alleen maar zeggen
dat je heel goed werk verricht. Dat
vindt meneer Van Houten ook.

FATIMA'S GEZICHT BETREKT.

FATIMA

Daar wilde ik het met u over hebben.

**LINDA KIJKT HAAR VRAGEND AAN. FATIMA KIJKT EVEN
ANGSTIG OM ZICH HEEN OM ZICH ERVAN TE VERGEWIS-
SEN DAT NIEMAND MEELUISTERT.**

FATIMA

Ik heb een ander aanbod gekregen. Om
onder mijn eigen naam te werken. Maar

meneer Van Houten... Hij dwingt me om voor hem te blijven werken. Hij heeft zelfs gedreigd om mijn vader te vermoorden.

LINDA IS STOMVERBAASD.

                    FATIMA
En dat andere aanbod... Ik weet niet of ik haar, die Martine Hafkamp, wel kan vertrouwen.

                    LINDA
Martine Hafkamp? Die moet je zeker niet vertrouwen.

                    FATIMA
            (WANHOPIG)
Maar meneer Van Houten betaalt me nauwelijks genoeg om elke dag eten te kunnen kopen. Ik werk dag en nacht en...

FATIMA BEGINT TE HUILEN.
LINDA DENKT NA.
STAN, AAN DE BAR, ZIET FATIMA HUILEN EN PAKT EEN STAPEL SERVETTEN VAN DE BAR. HIJ LOOPT NAAR FATIMA TOE EN GEEFT ZE HAAR. ZE GLIMLACHT EVEN DANKBAAR NAAR HEM EN DROOGT HAAR TRANEN DAN. ALS STAN WEER BIJ DE BAR KOMT, WENDT HIJ ZICH TOT ANITA.

                    STAN
Dat is haar. Dat is de vrouw van mijn dromen.

ANITA GRINNIKT.

ANITA

Zo te zien maak jij haar ook dolgelukkig.

ONDERTUSSEN KIJKT LINDA FATIMA AAN.

LINDA

Weet je? Ik heb opeens een fantastisch
idee.

LINDA IS ENTHOUSIAST.

LINDA

We hebben Frits en Martine helemaal
niet nodig. Jij en ik zijn LindaLook.
Ik ben het gezicht en doe de zakelijke
kant. Jij bent een kei van een ontwerper en doet jouw ding. We gaan samen
verder. Hoe vind je dat?

FATIMA KAN HET NAUWELIJKS GELOVEN.

FATIMA

Meen je dat? Kan dat zomaar?

LINDA

Natuurlijk kan dat! Van de opbrengst
van de eerste collectie kan ik mijn
lening aan Frits terugbetalen en heb
ik nog voldoende geld over om jou te
betalen een tweede collectie te ontwerpen.

FATIMA IS OPGELUCHT.
LINDA STEEKT HAAR HAND UIT.

LINDA

Deal?

FATIMA SCHUDT LINDA'S HAND.

FATIMA

Deal.

'Heb je het gezien?'

Céline gilt door de telefoon.

Kris zet net de televisie uit en gebaart naar haar vader en moeder dat ze zo echt de afwas gaat doen.

'Moet je nou echt elke keer aan mij vragen of ik het gezien heb? Ik kijk elke dag!'

'Weet je wat ik heb gedaan? Na die laatste scene met Fatima en Linda?'

'Nou?'

'Geraldo opgebeld en hem verteld dat jij al een paar maanden alle folders ontwerpt.'

'Sukkel!'

'Waarom? '

'Nou, omdat... Je wilde toch dat hij dacht dat je heel goed op de computer was? Dat hij onder de indruk van je was?'

Célines lachje is veelzeggend.

'Geloof me, schat, dat is hij ook wel zonder die stomme folders.'

'Dat mag ik hopen. Jullie zijn al... Hoe lang samen? '

'Bijna vier maanden. En nee, niet beginnen over zijn vrouw. Ik wilde het over iets anders hebben.'

'Waarover?'

'Geraldo biedt je een baan aan. Folders ontwerpen. Alle computers programmeren en een reserveringssysteem aanleggen. Dat kun je toch wel?'

'Eh... Ja. Maar als het goed is, begin ik over twee maanden aan die stewardessenopleiding.'

Kris had al het geld dat ze in de wasserette verdiende opzij gelegd, om de dure opleiding te kunnen volgen. Ze leerde er veel meer dan tijdens een interne training bij een van de luchtvaartmaatschappijen en bovendien hielpen ze je aan het einde van de opleiding bij het vinden van een baan.

'Je kunt dit in de avonduren doen. En je verdient er genoeg mee om je tijdens die opleiding in leven te houden. Kun je ook ophouden in de wasserette.'

Als Céline het bedrag noemt wat Geraldo haar maandelijks bereid is te betalen, realiseert Kris zich dat ze hier met geen mogelijkheid nee op kan zeggen. Céline is opgetogen en wil dat ze de volgende dag meteen langskomt. Waarop Kris aangeeft dat ze de volgende dag om vier uur een selectiegesprek heeft voor de stewardessenopleiding. Waarop Céline zegt dat ze dan 's morgens naar de schoonheidskliniek kan komen en dat zij haar op tijd naar Amsterdam zal brengen voor het gesprek. Doorslaggevend is de belofte van Céline dat ze haar piekfijn zal opmaken voordat Kris naar het gesprek gaat. Als ze de telefoon na een uur neerleggen, heeft Kris zoals zo vaak de onbedwingbare behoefte om bij Mick te zijn. Ze geeft haar broertje vijf gulden om de afwas te doen en stapt op de fiets naar het station.

Het onweert buiten. Af en toe wordt de kamer verlicht door de lichtflitsen. Kris ligt met haar hoofd op Micks blote schouder en trekt de deken over zich heen. Ze liggen al uren in bed. Te vrijen. Te kletsen. Kris weet dat ze moet slapen. Ze wil de volgende dag niet met wallen onder haar ogen op het gesprek aan komen. Plotseling schiet ze overeind.

'Wat?'

Ook Mick, die lag te soezen, gaat geschrokken rechtop zitten.

'Mijn nagels. Ik had mijn nagels moeten lakken.'

Mick begrijpt niet waar Kris het over heeft.

'Je moet verzorgde handen hebben. Als stewardess. Dus ik wilde mijn nagels doen. Helemaal vergeten. Shit. Shit. Shit.'

'Céline gaat je morgenochtend toch helpen met make-up? Kan die niet meteen je nagels doen?'

Natuurlijk kan ze dat, denkt Kris opgelucht. Ze glimlacht naar Mick en gaat weer liggen.

'Ik wil het gewoon echt niet verknallen.'

'Lieve schat, ik ben nog nooit een stewardess tegengekomen die zo grappig, lief en mooi was als jij.'

'Je liegt.'

'Nee. Ik heb het alleen voor het gemak maar even niet over het feit dat ik ook nog nooit een stewardess ben tegen gekomen die zo vreselijk klungelig is als jij.'

Mick zet een hoog stemmetje op.

'Nog een kopje koffie, meneer? Oeps! Sorry. Doekje erbij?'

Kris stort zich lachend op Mick en slaat hem overal waar ze hem kan slaan. Mick laat het even lachend over zich heen komen, maar pakt dan met een onverwachte beweging haar beide polsen vast en legt haar op haar rug, met haar handen boven haar hoofd.

'Wat denk je nou, kleintje? Dat je sterker bent dan ik?'

'Laat me los!'

'Want anders...?'

'Anders ga ik... Eh.... Aangifte doen bij de politie. Seksuele inti-midatie.'

Mick grinnikt.

'Dan moet er wel seks aan te pas komen. Maar dat kan geregeld worden.'

Mick smoort haar de mond met een kus. Kris stribbelt vanuit het spel eerst nog een beetje tegen, maar geeft zich dan met graagte aan haar veroveraar over. Mick voelt dat ze geen weerstand meer biedt en laat haar polsen los. Hij kust haar in haar nek, precies op het plekje onder haar oor waar ze zo gevoelig is, terwijl zijn hand haar warme borst omvat, die onmiddellijk op zijn aanraking reageert. Kris kreunt zachtjes en streelt Mick over zijn rug, zijn billen... Ze voelt hoe hij op haar rolt, voelt hoe hij langs haar dijen de weg vindt naar...

'Krissie?' Micks stem klinkt gesmoord.

'Niet praten. Niet stoppen,' fluistert Kris.

'Heb je je pil wel genomen'

Weg is de hartstocht.

'Oeps.'

'Sukkel.'

'Straks, okay? Eerst...'

Kris slaat haar armen weer om Mick heen. Maar Mick houdt af. Hij stapt uit bed en loopt naar de badkamer.

'Ik ken jou. Straks val je als een blok in slaap en kan ik weer een pak condooms aanschaffen voor de komende weken. Je vergeet hem elke dag, Kris!'

Kris kijkt Mick na, die bloot de kamer uit loopt. Wat is het toch een mooie jongen. En slim. En lief. Een onverwachte warme golf schiet door haar lichaam. Ze houdt van hem. Ze houdt echt van hem.

Ondanks het gebrek aan slaap en de zenuwen die door haar lijf gieren als ze denkt aan het gesprek dat ze straks moet gaan voeren met de selectiecommissie, voelt Kris zich geweldig als ze de oprijlaan van het schoonheidsinstituut op loopt. De zon schijnt. Alles staat in bloei. Er zit een vrolijk liedje in haar hoofd dat er maar niet uit wil en dat er ook niet uit hoeft. Ze voelt dat ze voortdurend glimlacht en realiseert zich dat mensen die haar zien waarschijnlijk zullen denken dat ze een of andere drugs heeft gebruikt. Het kan Kris niet schelen. Er hangt iets in de lucht en ze is blij. Domweg blij.

Een vochtig, koel aanvoelend goedje wordt over haar gezicht gesproeid.

'Eerst de poriën een beetje openzetten.'

'Dat klinkt vies, Lien.'

'Ik moet bekennen: die van jou zíjn ook behoorlijk vies.'

Ze lachen. Kris ligt heerlijk achterover in de behandelstoel, onder een warme, fris ruikende handdoek. Op haar ogen ligt een masker, volgens Céline smelten haar wallen daar binnen een half uur mee weg. Op de achtergrond klinkt zachte muziek. Door het open raam komt daar het getjilp van vogeltjes bij.

'Je zou me overhoren.'

Kris hoort Céline zuchten, terwijl er een dikke laag lobbige crème op haar gezicht wordt gesmeerd.

'Kris, het zit echt wel goed met je talenkennis en je algemene kennis en je topografische kennis. Het gaat er nu om dat je lekker in je vel zit en dat ook uitstraalt en als je zo blijft beppen kan ik je insmeren met de duurste troep, maar ontspan je niet.'

Kris hoort dat Céline haar hoofd nu heel dicht bij het hare brengt.

'Dus: Ontspan. Nu. Dat is een bevel.'

Kris wil glimlachen, maar de crème, die hard begint te worden, belet haar dat.

'Dit moet twintig minuten intrekken. Ik ben zo terug.'

Kris hoort hoe Céline de kamer uitloopt. De deur wordt zacht dichtgetrokken. Een gevoel van rust daalt over haar neer. Ze luistert naar de muziek, verdrijft elke gedachte aan het aanstaande gesprek uit haar hoofd en dommelt langzaam weg in een roes tussen slapen en waken in.

'Haha, dacht ik al. In slaap gevallen'

Kris hoort de stem van heel ver weg komen en het duurt even voordat ze beseft waar ze is. Een mannenstem klinkt.

'In jouw handen komt iedereen tot rust.'

'Slijmbal.'

'Waarom glunder je dan zo?'

Kris steekt haar hand op om te laten merken dat ze wakker is. Het masker op haar gezicht is nu zo hard geworden dat ze haar mond niet eens meer kan opendoen, zelfs als ze dat zou willen. Ze voelt de handen van Céline op haar wangen.

'Welkom terug op deze wereld. Ik ga het masker er voor je afhalen. Waarschuwing: Geraldo staat naast me.'

Kris steekt haar duim op, om aan te geven dat het goed is.

'Zo zwijgzaam is ze normaal niet, hoor,' hoort ze haar vriendin zeggen.

'Dat weet ik ook wel, mop.'

Mop, hij noemt haar mop, denkt Kris. En zijn stem klinkt als die van een oude man. Maar dat is hij natuurlijk ook. Veertig is oud. In haar ogen.

'Komt ie,' zegt Céline en onmiddellijk daarna voelt ze een weldadige vochtige handdoek op haar gezicht. Met zachte, maar trefzekere halen verwijdert Céline het hard geworden masker van haar gezicht.

'Wow, je hebt weer het huidje van een babytje.'

Er wordt een heerlijk geurende crème op haar gezicht gesmeerd. Dan haalt Céline voorzichtig de pads van haar ogen af.

'Nog even dicht houden. Er zit nog wat spul.'

Ook haar ogen worden schoongemaakt.

'Klaar. Niet schrikken.'

Kris opent voorzichtig haar ogen. Hoe bedoelt ze? Niet schrikken? Ze knippert even tegen het felle zonlicht dat door het raam op haar gezicht valt. Dan ziet ze Céline, die naast haar staat en glimlachend op haar neer kijkt.

'Op het punt van uiterlijke verzorging nemen ze je nu meteen aan.'

'Je gaat haar toch nog wel opmaken?'

Kris kijkt naar de richting van waar de stem vandaan komt. De man die Geraldo moet zijn, staat voor het raam en door het tegenlicht ziet ze alleen zijn silhouet. Hij komt dichterbij, met uitgestoken hand.

'Hallo, Kris. Ik ben Geraldo. Geraldo de Bruin. Maar wij kennen elkaar natuurlijk al.'

Kris stopt ter plekke met ademhalen. Ze kijkt verbijsterd naar Céline, die verliefd naar de man glimlacht. Dan kijkt ze weer naar de man.

'Meester Spock?'

De glimlach van Geraldo verdwijnt. Het is hem. De man waar haar beste vriendin haar hart aan heeft verloren, de getrouwde man die Kris uiteindelijk heeft geaccepteerd omdat hij Céline zo gelukkig maakte, die man is haar oude wiskundeleraar. Meester Spock. Van het fietsenhok. Céline schatert het uit.

'Wat een toeval, hè?'

Maar Kris kan niets uitbrengen. Ze staart naar de man die een metamorfose heeft ondergaan. Hij draagt een hip, roze overhemd, is zonnebankbruin, zijn haar perfect geknipt en gekleurd en alle mee-eters zijn verdwenen. Die kloppende ader in zijn nek ook. Maar hij is het. Onmiskenbaar.

'We kwamen er laatst achter, toen hij vertelde wat voor werk hij vroeger deed. Ik dacht: ik vertel het je niet van tevoren, dan konden we de verbaasde blik op je gezicht zien.'

Geraldo zwijgt.

Kris zwijgt ook. Ze denkt aan haar jaar in de brugklas. Dat jaar waarin ze zo onzeker en bang was door de intimidatie van haar leraar. Ze had zoveel steun aan Céline gehad. Céline die het ook walgelijk vond, zo'n oude vent met zo'n jong meisje. En nu...

'Gelukkig zijn we er allebei op vooruitgegaan,' zegt Geraldo, terwijl hij zijn ogen verlekkerd over Kris' lijf laat gaan.

Kris kan alleen maar denken aan haar vriendin in bed met deze man. Céline die zich door hem laat kussen. De man die 's nachts bij haar vriendin doucht na het vrijen en dan terugkeert naar zijn vrouw. Zijn vrouw die met haar moeder op yoga zat. Ze wil hier niet zijn. Dit is onmogelijk. Dit is erger dan ze ooit had kunnen denken. Kris staat op, sleurt de handdoek die om haar heen lag half met zich mee, tot hij op de grond valt als ze vlakbij de deur is. 'Kris? Wacht! Wat ga je doen?'

Kris rent en rent en rent. De kamer uit, de roze marmeren gang door, langs de receptie, over de oprijlaan. Alles staat nog steeds in bloei en de zon schijnt nog steeds stralend, maar Kris merkt er niets meer van. Ze kan alleen maar denken: weg van hier. Weg.

Hoe ze naar Amsterdam is gegaan, weet ze niet meer. Hoe ze de weg naar het opleidingsinstituut heeft gevonden weet ze ook niet meer. Maar nu zit ze tegenover de commissie en voelt ze geen zenuwen meer. Ze voelt helemaal niets. Beduusd en verward en verdoofd. Aan de blikken die de mensen tegenover haar haar toewerpen te zien, merkt ze dat ze er op z'n zachtst gezegd niet representatief uitziet, zoals werd vereist. Het kan haar ook niet schelen. Maar ze moet er misschien wel iets over zeggen, anders denken ze dat ze er altijd zo uit ziet.

'Het spijt me, ik zie er misschien een beetje vreemd uit, maar het is zo: mijn beste vriendin is in opleiding voor visagiste en die zou me opmaken, want ik wilde er natuurlijk op mijn allerbest uitzien voor dit gesprek, maar toen deed ze mijn oogmasker af en zag ik wie haar vriendje was... Sorry, beetje vaag verhaal, maar...'

Kris ziet dat de commissie haar verhaal niet volgt en probeert het nog een keer.

'Mijn beste vriendin, Céline, heeft een verhouding met haar baas. En dat wist ik, ik wist ook dat hij getrouwd was, maar daar had ik me al bij neergelegd. Ik bedoel, niet dat ik het okay vind om een relatie te beginnen met een getrouwde man, dat zou ík nooit doen en ik dacht zij ook niet, maar...'

Kris komt er niet meer uit. Ze vecht tegen haar tranen als de woede en het onbegrip zich weer meester van haar maken.

'Het blijkt meester Spock te zijn. Mijn vriendin doet het met meester Spock. '

Er valt een lange, beklemmende stilte. Kris ziet dat een van de commissieleden een aantekening maakt op een formulier. Een kruis. Hij zet een kruis bij haar naam. Verdomme, ze verpest het! Ze haalt diep adem, probeert te kalmeren en tovert dan een zo breed mogelijke glimlach op haar gezicht.

'Sorry. Ik liet me gaan. Jullie zitten hier natuurlijk niet om... Waar het om gaat is: ik wil stewardess worden. Dolgraag. En ik heb alles in huis om dat te bereiken.'

Mick staat voor de deur, geleund tegen de auto van haar vader, die ze vandaag mochten lenen. Na het gesprek zouden ze naar het strand rijden om uit te waaien en te lunchen in de zon. De zon die zo fel schijnt, dat het pijn doet aan Kris' ogen. Ze trekt de deur van het instituut achter zich dicht en loopt naar Mick.

'Hey schoonheid! Ik hoop dat ze door die wallen heen konden kijken. Zou Céline je niet opmaken?'

Zonder iets te zeggen, stapt Kris in de auto op de passagiersstoel. Mick voelt nu dat er wat aan de hand is. Hij gaat naast haar zitten.

'Krissie? Wat is er?'

'Ik wil hier weg.'

Kris trekt het portier dicht.

'Ging het niet goed?'

Kris schreeuwt. 'Hoorde je me niet? Ik wil hier weg!'

Mick begrijpt dat hij nu niet tegen haar in moet gaan en start de auto. Hij rijdt de gracht af en zet koers naar de snelweg. Pas als ze Amsterdam uitrijden, durft hij weer iets tegen Kris te zeggen.

'Wat is er?'

Kris kijkt hem aan. 'Céline is... Die man met wie ze... Dat is mijn oude wiskundeleraar. De meest walgelijke man op aarde, daar ligt Céline elke nacht... Stop!'

Kris begint te kokhalzen.

Snel zet Mick de auto langs de kant van de weg. Kris opent het portier net op tijd en geeft over in de berm. Dan begint ze te huilen. Hartverscheurend en ontroostbaar. Mick loopt om de auto heen. Hij trekt zijn T-shirt uit en veegt daarmee het braaksel van haar gezicht af. De auto's razen langs hen heen met een oorverdovend lawaai. De zon schijnt genadeloos warm op hun hoofden. En Kris kijkt Mick aan en zegt: 'Ze heeft keihard tegen me gelogen, Mick. Ik ben mijn allerbeste vriendin kwijt. Dit komt nooit meer goed.'

Dat is het leven.
Van de ene hel naar de andere.
En onderweg pluk je een klaproos en denk je
stom genoeg dat het allemaal wel meevalt.

(Dian Alberts, 1994-1995)

'Kris? Met mij... Céline. Als je thuisbent, wil je dan alsjeblieft de telefoon opnemen? (...) Okay. Je bent er niet. Of je wilt me niet spreken. Ik eh... Ik mis je. En ik begrijp niet zo goed waarom je zo boos bent. Of misschien ben je wel niet boos, maar... Weet ik veel, bezorgd ofzo. In elk geval denk ik dat we moeten praten. We hebben elkaar al bijna drie maanden niet gesproken en dat vind ik wel genoeg. Jij ook? Ik hoop het. Bel me alsjeblieft.'

De piep van het antwoordapparaat klinkt. Kris doet alsof ze de vragende blik van haar moeder niet ziet en gooit een klont boter in de koekenpan die ze tijdens het afluisteren van Célines boodschap op het vuur heeft gezet.

'Waarom bel je haar niet?'

'Hier hebben we het al honderd keer over gehad, mam.'

Kris werpt een korte blik op haar moeder, die achter een indrukwekkend aantal kunstig neergelegde tarotkaarten zit.

'Ik heb De Gehangene voor je getrokken.'

'Goh. Interessant,' merkt Kris niet geheel zonder cynisme op.

'Dat is het zeker.'

Haar moeder bestudeert haar tarotboek en kijkt dan naar Kris, terwijl ze de getrokken kaart van de tafel pakt en hem vasthoudt alsof het een eeuwenoud juweel is.

'Die kaart geeft aan dat je vastgelopen bent. Stagnatie. Uitstel. Dat klopt. Wat betreft Céline, wat betreft die opleiding. Toch?'

Kris zucht. Als haar moeder een nieuwe hobby heeft, gelooft ze daar zo heilig in dat het geen enkele zin heeft om haar te wijzen op het feit dat een hobby niet meteen een levensovertuiging hoeft te zijn. Toch doet ze een dappere poging.

'Stagnatie. Uitstel. Kom op, mam. Dat is op elk mens van toepassing. '

'Luister.' Haar moeder leest vòor uit het boek.

'Pas wanneer je in staat bent om de dingen opnieuw te bekijken, zul je een oplossing voor het probleem vinden. Geduldig bezig blijven met het probleem, de confrontatie aan gaan.'

Kris breekt een ei boven de pan, dat meteen sissend stolt in de hete boter.

'Nou, ik ben de confrontatie aangegaan. Ik heb de opleiding een brief geschreven met het verzoek een tweede kans te krijgen.'

Haar moeder kijkt haar met een haast lachwekkende bezwerende blik aan, alsof ze een of andere goeroe is.

'Nu Céline nog.'

Wat zijn sommige mensen toch smerig. Kris trekt haar neus op en probeert niet te kijken naar de onderbroeken met overduidelijke bruine remsporen, die ze in de wasmachine stopt. Nog maar een paar weken, dan houdt papa eindelijk op met zijn andere baan en kan zij stoppen. Maar ja, om wat te doen? Ze zal toch een andere baan moeten zoeken. Of een andere opleiding kiezen. Weer welt de boosheid in haar op als ze denkt aan het gesprek dat ze zo verknald heeft. Ze sluit de deur van de wasmachine en gooit een schep extra wasmiddel in het bakje, zodat ze straks niet nog een keer naar die vreselijke vlekken hoeft te kijken. Ze komt overeind en kijkt om zich heen. Sinds oma met pensioen is, ziet de wasserette er een stuk minder gezellig uit. Haar moeder heeft alle snuisterijen verwijderd, alle kaarten die oma van vaste klanten kreeg, zelfs de bonte muur, waarop kinderen met vingerverf mochten schilderen tot hun ouders klaar waren, is opnieuw gewit. Er staan nieuwe machines, alles is beter georganiseerd en de boekhouding wordt eindelijk regelmatig gedaan, maar toch... Het is niet meer de plek uit haar jeugd. Kris verheugt zich op het etentje dat ze straks met oma gaat hebben. Sudderlapjes. Maar eerst: aan het werk. Ze steekt de stekker van een strijkbout in het stopcontact en wacht tot hij heet genoeg is om de drie wasmanden vol strijkgoed aan te kunnen.

'Post!'

Kris kijkt om. Haar moeder, nog steeds in haar ochtendjas, kan haar opwinding nauwelijks verhullen als ze haar dochter de brief overhandigt met het logo dat ze inmiddels heel goed kent: dat van de stewardessenopleiding. Even heeft ze hoop, hoop dat haar smeekbrief het juiste effect heeft gehad, maar meteen drukt ze dat gevoel weg. Uitgaan van een afwijzing zal haar behoeden voor een grote teleurstelling.

'Maak nou open!'

Haar moeder grist de brief uit haar handen en opent hem. Ze begint voor te lezen.

'Naar aanleiding van uw brief gedateerd...blablabla... kunnen wij U melden dat wij U bij wijze van hoge uitzondering in de gelegenheid zullen stellen om nogmaals een selectiegesprek met ons te voeren.'

Kris staart haar moeder aan. Krijgt ze echt een tweede kans?

'Waanzinnig! Kris! Je mag het nog een keer proberen!'

Haar moeder pakt een notitieblok en begint te schrijven, terwijl ze doorratelt.

'Plan van aanpak. We hebben twee weken de tijd. Manicure, pedicure, schoonheidsspecialiste. Oh ja, kapper. Natuurlijk. Wat heb je aan nette kleding in je kast hangen? Misschien moeten we wat kopen. Twee weken. Je Engels. Je moet je Engels opfrissen. En je Frans. Dat moest toch ook? Ik ga een boek kopen.'

Terwijl haar moeder een strak tijdschema in elkaar draait, pakt Kris de telefoon en belt Mick, die pas nadat ze is opgehouden met gillen begrijpt dat hij haar kan feliciteren.

Ze loopt door de hoge deuren van het statige grachtenpand naar buiten. In tegenstelling tot de vorige keer schijnt de zon niet. Het is ijzig koud en het motregent. Maar Mick staat er wel. Behoedzaam, ze is niet gewend om op hoge hakken te lopen, loopt ze het trappetje af, stapt op de stoep en blijft pardoes met haar hak tussen twee tegels haken. Voor ze het weet, ligt ze op de grond, haar panty gescheurd, haar hak afgebroken en haar hand vol in een hondendrol.

'Sufferd!'

Mick staat al naast haar en helpt haar overeind. Ze kijkt even naar de bruine derrie die tegen haar handpalm aan gekleefd zit, maar kan zich er nauwelijks druk om maken.

'Ik ben door. Ik begin over een week aan de opleiding.'

Mick is net zo blij als zij. Ze wil hem om zijn nek springen, maar hij weert haar af, zijn blik gericht op de hondenpoep. In een lunchroom op de hoek van de straat wast ze haar handen, drinken ze koffie, eten ze een tosti, vertelt Kris over het gesprek, nemen ze nóg een kop koffie en fantaseert Kris over haar toekomst in de lucht en in verre landen, die haar na de opleiding van vier maanden te wachten staat. En nemen ze tenslotte een glas wijn. Om te proosten op haar toelating. En nog eentje, om te proosten op het fantastische cijfer dat Mick voor een tentamen had. Die middag verzinnen ze nog minstens tien andere redenen om te proosten en belanden nog voor het avondeten in bed. Te dronken om het woord romantiek zelfs nog uit te spreken...

SUZANNE / WOONKAMER

OP DE BANK LIGT DE PASGEBOREN GUUSJE, GEWIKKELD IN EEN BLAUW DEKENTJE, TE SLAPEN. SUZANNE ZIT OP DE GROND NAAST HEM EN AAIT HEM ZACHTJES OVER ZIJN WANGETJE.

SUZANNE

Mijn ventje. Mijn stoere, lieve, mooie, kleine ventje.

SUZANNE KIJKT OP ALS HELEN DE KAMER IN KOMT LO- PEN.

'Ah, daar hebben we die ouwe taart ook weer,' zegt Gerard, terwijl hij een biertje opentrekt.

'Het wordt wel steeds gezapiger. Baby's, ouwe taarten, lesbiennes, gadverdamme,' vindt Frank Jan.

'Dat Laura verliefd is geworden op Tessel vind ik juist het beste verhaal van dit seizoen,' verdedigt Rogier zijn lievelingsserie.

'Homo!' Kris slaat van schrik haar hand voor haar mond, riep ze dat echt? Maar gelukkig besteedt niemand er aandacht aan, gewend als ze zijn aan de plagerijen richting Rogier.

Ze kijkt naar Mick, die met zijn hoofd op haar schoot ligt en fluistert plagerig in zijn oor.

'Lief hè? Zo'n kleintje. Zullen wij er ook eentje maken?'

Mick kijkt haar aan. 'Zullen we daar mee wachten tot je kunt koken? Baby's kunnen doodgaan door voedselvergiftiging.'

Iedereen lacht. Kris ook.

HELEN GEEFT EEN FLESJE MELK VOOR GUUSJE AAN SU-
ZANNE.

                    SUZANNE
        Dank je wel. Hij is alleen net in slaap
        gevallen.

                     HELEN
        Slaap is net zo belangrijk als melk.
        Hij wordt wel wakker als hij honger
        heeft.

SUZANNE KNIKT. ZE KIJKT VERLIEFD NAAR HAAR ZOON.
HELEN GAAT NAAST GUUSJE OP DE BANK ZITTEN, VOOR-
ZICHTIG OM HEM NIET WAKKER TE MAKEN.

                     HELEN
        Wat doe je het goed met hem, Suzanne.

EEN BEETJE BEVREEMD, MAAR OOK ONTROERD KIJKT SU-
ZANNE NAAR HELEN.

                    SUZANNE
        Waarom zeg je dat?

HELEN

Omdat ik me, toen je me vertelde dat
je je kind in je eentje ging krijgen,
best wel zorgen heb gemaakt. Wat doe
je je kind aan? Wat doe je jezelf aan?

HELEN LEGT HAAR HAND EVEN OP SUZANNES SCHOUDER
MET EEN LIEF GEBAAR.

HELEN

En nu... Als ik jullie zo samen zie...
Dan weet ik dat het helemaal goed gaat
komen.

SUZANNE KIJKT NAAR GUUSJE.

SUZANNE

Ja. Dat weet ik ook. Er is niets dat
me liever is dan dit mannetje.

SUZANNE KIJKT GLIMLACHEND NAAR HELEN.

SUZANNE

Diep in mijn hart ben ik zelfs wel
blij dat ik hem met niemand hoef te
delen.

HELEN EN SUZANNE LACHEN.

Die nacht kruipt Kris dicht tegen Mick aan en probeert zich niets
aan te trekken van het lawaai dat zijn inmiddels dronken huisgenoten in de aangrenzende huiskamer maken. Ze slapen inmiddels
al bijna twee maanden samen in het smalle eenpersoonsbed. Kris
was het zat om elke ochtend tussen alle forensen in de trein te zitten en ze hebben afgesproken dat gedurende haar opleiding, die
vier maanden duurt, doordeweeks bij Mick zal slapen. Gezellig.
Eigenlijk veel te gezellig.

'Mick?'

Mick slaapt al bijna en knort als antwoord.

'Als ik slaag en een baan krijg, zullen we dan samen een huisje zoeken?'

Mick draait zich op zijn zij en kijkt haar aan.

'Dat kan ik niet betalen.'

'Maar ik dan wel.'

'Ik vind het een rotidee om jou alles te laten betalen.'

'Ik niet.'

Mick glimlacht en kust haar.

'Heeft mevrouw behoefte aan een intensivering van haar relatie?'

Kris begrijpt niet waar hij op doelt.

'Eerst begin je over kindjes maken, dan over officieel samenwonen...'

Kris giechelt.

'Vergeet de vaste baan niet met uitstekende pensioenregelingen.'

'Heb ik nu al zin in. Met jou biljarten in het bejaardenhuis.'

'Ik biljart nooit meer.'

'Zou ik ook maar niet doen, nadat je met je keu een gat hebt gestoken in de pooltafel van mijn stamcafé. Ik kan me daar nooit meer laten zien.'

Er valt een korte stilte, waarin Mick waarschijnlijk terugdenkt aan het moment dat hij de eigenaar van het café moest vragen of hij goed verzekerd was. En Kris aan een eerder moment in hun conversatie.

'Over samenwonen...'

Mick trekt zijn kussen onder zijn hoofd vandaan en legt het over haar gezicht, terwijl hij roept: 'Hou op over samenwonen en baby's! We zijn zelf de puberteit pas net ontstegen!'

Kris smeekt om genade en Mick laat het kussen los. Hij wordt weer serieus:

'Eerst gaan we allebei afstuderen, werken, wereldreizen maken, trouwen, ons eerste huis kopen, en dan.... Dan mag je de pil door de plee spoelen. '

'Shit!'

Kris springt uit bed en mompelt terwijl ze naar de badkamer loopt: 'De pil. Bijna vergeten.'

De dag breekt aan dat Kris zeker weet dat ze alles wat ze moet weten in haar hoofd heeft, dat ze alles wat ze heeft geleerd in de praktijk kan brengen. Dat ze moet bewijzen wat ze in huis heeft. Ze weet precies hoe ze met een agressieve passagier moet omgaan, heeft haar EHBO-diploma gehaald, kan zich voor het eerst in haar leven perfect opmaken en heeft uren voor de spiegel gestaan om haar haren in een perfecte knot te draaien. Ze kent de trucjes om om te gaan met onregelmatige diensten en tijdsverschillen, kan zich uitstekend redden met de Engelse taal en zelfs haar Frans en Duits zijn het HAVO-niveau ver ontstegen. Ze kan op de kaart aanwijzen waar Honduras ligt, kan zonder rekenmachine de dollar omrekenen naar de gulden en weet onder alle omstandigheden een stralende glimlach op haar gezicht te toveren. Ze heeft geoefend om in een noodsituatie kalm te blijven, om koffie te schenken in plastic bekertjes op een wankel dienblaadje en na een praktijkdag op Schiphol, waar alle leerlingen een kijkje achter de schermen mochten nemen, weet ze het nog steeds zeker: dit is wat ze wil.

Aan het einde van deze dag staat Kris op de haar inmiddels zo bekende stoep voor het opleidingsinstituut naar een papiertje in haar hand te staren. Ze is geslaagd. En ze heeft een afspraak bij de KLM. Een sollicitatiegesprek. Wat komt haar droom opeens dichtbij.

Ze voelt zich alsof ze er al bij hoort. De stewardessen die, gekleed in hun hemelsblauwe uniformen, voorbijlopen. De flarden van gesprekken die ze opvangt. Over shoppen in Londen, die ene piloot die elke stewardess bij haar billen grijpt, het perfecte merk foundation en het geklaag over de nieuwe maandroosters, die kennelijk net zijn uitgegeven. Ze zit op haar stoel en geniet van elk moment, ook al zit ze er nu al ruim een uur. Zodra ze zich dat realiseert, bekruipt haar een gevoel van onbehagen. Ze is door alle testen heen gekomen. De uitslag van het medische onderzoek, waar ze nu op zit te wachten, werd door de vrouw van personeelszaken slechts een formaliteit genoemd. Een standaardprocedure. Maar waarom duurt die formaliteit zo lang? Zullen ze iets gevonden hebben? Iets dat ze niet weet? Dat haar bloed niet goed is? Of dat ze een tumor in haar hoofd heeft die op ontploffen staat? Dat ze in het plasje dat ze moest inleveren hebben gezien dat ze de laatste tijd wel erg veel alcohol drinkt?

De stralende lach van de verpleegster die haar de test heeft afgenomen en nu op haar af loopt, stelt haar echter onmiddellijk gerust.

'Kris, loop je even met me mee?'

Kris loopt mee, zich bewust van haar houding, stevig op haar hooggehakte schoenen, schouders ontspannen en een zelfverzekerde glimlach op haar gezicht. Zelfverzekerd, maar niet arrogant. Ze heeft keihard gewerkt om zo ver te komen en vandaag is het payday!

'Nou, alles ziet er prima uit. Je bent hartstikke gezond. Ik stuur het rapport naar de afdeling personeelszaken en dan zul je binnenkort uitgenodigd worden voor de interne opleiding.'

Kris moet zich inhouden om de vrouw niet om haar hals te vliegen.

'Nog één klein dingetje: de KLM heeft een speciale regeling voor stewardessen die tijdens hun zwangerschap aan het werk blijven, ben je daarvan op de hoogte?'

Kris glimlacht, ze kan niet wachten dit kantoor te verlaten en Mick te bellen en haar ouders en oma.

'Eh... Nee. Maar tegen de tijd dat dat relevant is, zal ik me daar in verdiepen.'

De gezichtsuitdrukking van de vriendelijke verpleegster verandert van zorgzaam in zorgelijk. Ze kijkt op het papier dat voor haar op het bureau ligt. Dan heft ze haar hoofd en kijkt Kris aan.

'Uit zowel je bloedonderzoek, als de urinetest is gebleken dat je zwanger bent.'

Kris stoot een nerveus lachje uit.

'Dat kan niet.'

De verpleegster kijkt weer op het formulier en knikt: het kan wel. Het is zo. Kris kan de vrouw alleen maar aan staren, haar gedachten niet meer te controleren, het gevoel alsof ze in een diep, zwart gat wordt gezogen. Zwanger. Niets is wat het was. Alles is anders. Ze is zwanger.

De elegante blauwe uniformen veranderen in wazige, vormeloze vlekken door de tranen die ze weg probeert te drukken, terwijl ze zo snel mogelijk het pand probeert te verlaten. Het station. Welk perron? Waar gaat ze eigenlijk naar toe? Ze zou koken. Voor Mick en de jongens. Boodschappen doen in de supermarkt op het vliegveld waar ze geweldige, internationale spullen verkopen, de supermarkt waar ze uren in kan doorbrengen. Ze wil niet koken. Ze kan niet naar Mick. Ze moet... Ze wil... Eerstvolgende vertrekkende trein: perron 2, intercity, bestemming Utrecht. Ze heeft een doel.

Terwijl ze op de bel drukt, die zo vertrouwd hapert en pas na de derde keer drukken een schel geluid laat horen, dringt het pas tot haar door dat dit niet het goede moment is om de ruzie, die nu al tien maanden duurt bij de te leggen. Maar dan klinken de roffelende voetstappen op de trap, gaat de deur open en kijkt ze in het gezicht van haar lieve vriendin, die stomverbaasd terugkijkt.

'Hoi.' Meer kan Kris niet uitbrengen.

'Hoi.' Ook Céline weet zich even geen houding te geven.

'Ik ben zwanger.'

De stilte die valt maakt duidelijk dat Céline niet weet of ze Kris moet feliciteren, of troosten of moed inpraten. Het maakt duidelijk dat de vriendinnen te lang geen deel uit hebben gemaakt van elkaars leven.

'Sorry. Ik weet niet waarom ik hier ben. Ik... Sorry.'

Kris draait zich om en wil gehaast weglopen, maar hoort dan: 'Kris?!'

Ze blijft staan. En voelt de arm van Céline om haar schouders. Haar stem, die zacht zegt: 'Ik heb net thee gezet.'

'Hoe?'

'Weet ik veel! Ik ben gewoon een trut. Ik vergeet die stomme pil altijd.'

'Waarom gebruik je dan geen condooms?'

'Omdat... Ik kan niet tegen die rubberlucht. Doodt elk greintje zin in seks bij mij.'

Céline glimlacht en schenkt een kop thee in voor Kris, die haar hoge hakken uitschopt en de enorme blaar op haar voet bekijkt. Zonder iets te zeggen overhandigt Céline haar een naaisetje en een fles parfum.

'Hoe ben je er achter gekomen?'

Kris sprenkelt wat parfum op een naald om hem te ontsmetten en prikt de blaar door.

'Tijdens mijn sollicitatiegesprek. Bij de KLM.'

'Je hebt je opleiding dus toch gedaan.'

Kris knikt en drukt het vocht door het kleine gaatje dat de naald in de blaar heeft gemaakt.

'Gefeliciteerd. Wat goed van je.'

Céline zegt het kalm, maar er klinkt spijt door in haar stem. Spijt dat ze het niet heeft meegemaakt. Dat ze nu niet spontaan gillend kan juichen, zoals ze onder andere omstandigheden gedaan zou hebben. Ze vindt het lastig om in te schatten hoe ze zich moet gedragen en Kris voelt precies hetzelfde.

'En jij? Nog steeds visagie?'

Céline knikt.

'Tweede jaar nu.'

'Gaat snel, hè?'

'Ja.'

Ze nemen allebei een slok thee. Kris huivert als ze de chemische smaak proeft van de aardbeienthee waar Céline zo dol op is. Céline ziet het en lacht.

'Sommige dingen zijn hetzelfde gebleven.'

'Gelukkig wel.'

'Ik heb je gemist.'

Kris kijkt in de ogen die ze al vanaf haar vierde jaar kent en weet dat de beslissing om hier heen te komen de juiste was. Ze staat op, haar stoel valt om, haar blaar schuurt tegen de tafelpoot aan, maar het maakt niet uit als ze ziet dat Céline op precies datzelfde moment ook op staat. Ze omhelzen elkaar, beginnen te huilen en door elkaar heen te praten en binnen vijf minuten is alle spanning weg, heeft de onwennigheid plaatsgemaakt door hun intense gevoel van vriendschap voor elkaar.

'Ik weet dat je niet wilt dat ik deze vraag stel, maar wat ga je doen?'

Onder de onflatteuze TLverlichting in Abduls shoarmatentje valt het Kris op dat haar vriendin make-uploos is. Ze hebben nog helemaal niet gehad over Geraldo, maar ze bespeurt bij zichzelf dat ze stiekem hoopt dat de afwezigheid van de dikke laag foundation betekent dat de relatie inmiddels is beëindigd.

'Ik weet het niet. Ik weet pas sinds een paar uur dat het zo is en... Ik hoop eigenlijk dat het vanzelf weggaat. Als ik het er maar niet over heb, bestaat het ook niet.'

'Het is wel van Mick?'

Kris moet hier om lachen. Alsof ze ooit met iemand anders zou willen vrijen. Het komt niet eens in haar hoofd op.

'Hoe denk je dat hij reageert?'

'Hij zal er niet blij mee zijn.'

'Denk je dat? Of weet je dat?'

'We hebben elkaar al bijna twee weken niet gezien. Hij heeft drie bijbanen om zijn studie te bekostigen, zit midden in een zware tentamenperiode en zijn oom heeft een beroerte gehad, waardoor hij elk weekend naar zijn tante toe gaat om haar te helpen. Hij zit echt niet te wachten op de zoveelste stommiteit van mij.'

'Dat zou een leuke tweede naam zijn. Stommiteit. Steven Stommiteit.'

'Stacy stommiteit.'

'Serieus, Kris. Dit is niet... Als je nu niets doet, krijg je over zeven maanden, of weet ik veel hoe ver je bent, een kind. Er groeit een baby in je buik. Nu. Op dit moment.'

'Ach, baby. Mooi. Mooie mama, mooie baby.'

Beduusd kijken de meisjes naar Abdul, die twee broodjes shoarma op hun tafeltje neerzet en met een stralende lach zijn handen op Kris' buik legt. Haar eerste reactie is om zijn hand weg te duwen, maar ze weet ook wel dat Abdul het alleen maar goed bedoelt en ze laat het maar even gaan, terwijl ze de blik vangt van Céline, die oprecht met haar meeleeft.

'Gezegende vrouw,' knipoogt Abdul als hij zijn handen eindelijk van Kris' buik weghaalt en terugloopt naar de bar.

'Gezegend. Ik voel van alles. Maar niet dat ik gezegend ben.'

'Nee. Dat kan ik me voorstellen.'

In een onbewust gebaar legt Kris nu haar eigen handen op haar buik. Céline ziet het. Kris ziet dat ze het ziet, maar laat haar handen liggen.

'Het is nu pas voor het eerst, sinds ik het weet, dat ik besef dat ik...

Dat er echt een kindje in mijn buik groeit.'

En dat besef maakt Kris plotseling overstuur. Ze begint te huilen. Céline trekt het servetje onder haar broodje vandaan en geeft het Kris, om haar tranen te drogen.

'Luister, liefje. We gaan dit samen doen, okay? Ik ga je helpen. Wat je ook besluit te doen.'

'Ik wil dit besluit helemaal niet nemen!'

'Je zult wel moeten.'

Kris probeert te kalmeren.

'Hoe lang is het geleden dat je ongesteld was?'

Kris weet het niet. Haar gedachten vliegen alle kanten op. Een baby. Zwanger aan haar droombaan beginnen. Een mollig koppie dat naar Zwitsal ruikt. Mick die nog niet eens wil samenwonen, laat staan vader worden. Een dikke buik, steeds dikker. Zo'n klein kindje met het licht wippende neusje van Mick. Iets dat helemaal van hen samen is. Oma, die overgrootoma wordt. Radeloos gillend van de pijn weeën weg puffen met je benen in beugels. Haar moeder, woest omdat ze haar toekomst vergooit. Mick, woest omdat ze die verdomde pil nooit slikt. Mick. Mick. Mick.

'Kris?'

Kris kijkt naar Céline. Ze voelt een golf van misselijkheid opkomen door de lucht van het vlees onder haar neus en schuift het bord weg.

'Wanneer ben je voor het laatst ongesteld geweest?'

Kris pakt haar agenda. Ze bladert terug in de tijd. De laatste week van haar opleiding. De zeventigste verjaardag van oma. De open dag op Schiphol. De beroerte van Micks oom. Het eindexamenfeest dat haar broertje gaf, waarbij zijn beste vriendje haar dronken bekende verliefd op haar te zijn. Ja. Toen was ze ongesteld. Dat weet ze nog heel goed omdat ze geen tampons meer had en op het feestje alle meisjes langsging om te vragen of zij er eentje bij zich hadden. Uiteindelijk scoorde ze een maandverband, dat de hele tijd verschoof omdat ze die avond een string droeg.

'Zes weken geleden.'

'Dan ben je er dus vroeg bij.'

Kris knikt. Ontredderd, nu ze aan het einde van de dag die zo veelbelovend begon, opeens moet gaan nadenken over een abortus.

'Ik ben bang.'
'Ik ook.'

'Mick wil het waarschijnlijk niet. Die zetten we dus bovenaan de NEE-kolom.'
Céline schrijft op het vel papier dat tussen hen in op tafel ligt en dat ze in twee helften heeft verdeeld. Boven de ene helft staat: NEE. Boven de andere JA.
'En ik kan mijn baan bij de KLM wel vergeten.'
'Je zei vanmiddag dat er speciale regelingen zijn.'
'Ja, aan de grond blijven. En dan nog... Hoe ga ik dat doen als ik een kind heb en vijf dagen naar Kaapstad moet? Een au pair nemen ofzo?'
Werk, schrijft Céline in de NEE kolom.
'Wanneer ga je het er met Mick over hebben?'
'Vind je dat ik dat moet doen?'
'Hij is de vader.'
'Het is mijn schuld.'
'Jullie waren er als het goed is allebei bij toen het verwerkt werd.'
'Ik heb hem beloofd dat ik mijn pil zorgvuldiger zou slikken.'
'Hij kent je goed genoeg om te weten dat dat voor jou een onmogelijk waar te maken belofte is.'
'Jezus, als ik niet eens elke dag braaf een pil kan nemen, hoe moet ik dan in godsnaam een kind opvoeden?'
Céline glimlacht.
'Gewoon. Heel veel spiekbriefjes en nog meer hulptroepen.'
'Wat zou jij doen in mijn geval?'
'Ik zit in een hele andere situatie. Jij hebt een vaste relatie...'
In antwoord op de vragende blik van Kris zegt Céline: 'Het is uit. Hij is nooit van plan geweest bij zijn vrouw weg te gaan.'
'Wat erg voor je.'
'Ach, ik werd toch een beetje wee in mijn maag van dat zonnebank-luchtje dat altijd om hem heen hing,' houdt Céline zich groot. En om snel weer van het pijnlijke onderwerp af te wijken:
'Ik weet het niet, Kris. Ik weet bij god niet wat ik zou doen. Of wat ik je moet aanraden. Ik kan alleen maar zeggen dat ik denk dat je het er met Mick over moet hebben. En dat je alle kanten van de

zaak heel goed moet over denken voordat je een beslissing neemt.'

Wat voelt ze zich rot als ze Mick en zijn huisgenoten de smoes vertelt die ze samen met Céline heeft bedacht. Ellendig als Mick zo blij voor haar is dat de ruzie met Céline is bijgelegd, terwijl ze hem niet kan vertellen hoe rot ze zich voelt. Ze wil alleen met hem zijn, maar valt midden in een kaartspel dat de jongens aan het doen zijn en zodra Mick zijn gewonnen pot incasseert (zeven sigaretten, een blikje bier en een overgenomen corveetaak) zetten ze de televisie aan en heeft ze geen energie om weer een smoes te verzinnen waarom ze haar favoriete serie niet wil zien. Ze laat zich dus op de bank vallen en doet alsof ze kijkt. In gedachten zit ze echter niet op de bank, maar loopt ze achter een kinderwagen. Drinkt ze geen thee, maar zet ze haar lippen aan een volle fles wodka. Flitsen van pasgeboren baby's worden afgewisseld met bloederige foetussen die in een vuilcontainer worden gegooid. Ze ziet zichzelf over een jaar, vadsig, in joggingpak, het fruitprutje van haar kind tot onder haar oksels, terwijl ze in de verte Mick ziet lopen. Blakend, knap, een doktersjas aan, met zijn arm om een onberispelijke vrouw die duidelijk geslaagd is in het leven.

SUZANNE / WOONKAMER

SUZANNE LOOPT TELEFONEREND DOOR HAAR WOONKAMER, WAAR OVERAL BABYSPULLEN LIGGEN: SPEELGOED, EEN VIEZE LUIER, EEN WASMAND VOL NOG OP TE VOUWEN ROMPERTJES ETC.
SUZANNE PROBEERT TIJDENS HET GESPREK EEN VLEK VAN HAAR NETTE COLBERTJASJE TE VEGEN.

                    SUZANNE
        (IN TELEFOON)
    Dat begrijp ik, maar ik heb zo een
    vergadering die ik echt niet kan mis-
    sen en mijn oppas heeft twee minuten
    geleden afgebeld. Dus zou jij alsje-
    blieft...

SUZANNE LUISTERT NAAR DE STEM AAN DE ANDERE KANT VAN DE LIJN.

SUZANNE
(IN TELEFOON)
Goed. Duidelijk. Volgende keer beter.

SUZANNE VERBREEKT DE VERBINDING EN TOETST METEEN EEN ANDER NUMMER.

SUZANNE
(IN TELEFOON)
Janine? Met Suzanne. Ik hoorde net van
Daniel dat jij vrij bent vanmiddag en
ik vroeg me af of je een uurtje op
Guusje kon passen.

SUZANNE LUISTERT NAAR DE STEM AAN DE ANDERE KANT VAN DE LIJN EN PROBEERT DE OPKOMENDE PANIEK NIET IN HAAR STEM TE LATEN DOORKLINKEN.

SUZANNE
(IN TELEFOON)
En als ik hem naar je breng? Ik kan er
over een minuutje of tien zijn.

SUZANNE LUISTERT WEER.

SUZANNE
(IN TELEFOON)
Marieke? Maar dat is zelf nog een kind.

SUZANNE IS VERTWIJFELD.

SUZANNE
(IN TELEFOON)
Nee, tuurlijk, het is heel fijn dat ze

het wil doen, maar...

SUZANNE HAKT DE KNOOP DOOR ALS ZE GUUSJE VANUIT ZIJN KAMERTJE HOORT HUILEN.

SUZANNE
(IN TELEFOON)
Vraag haar maar of ze zo snel mogelijk
hierheen wil komen.

SUZANNE VERBREEKT DE VERBINDING EN HAAST ZICH NAAR GUUSJES KAMERTJE. HIERBIJ LOOPT ZE TEGEN EEN UITPUILENDE TAS BOODSCHAPPEN AAN, DIE OMVALT. EEN PAK MELKPOEDER, EEN KOMKOMMER EN EEN ZAK WASPOEDER VALLEN ERUIT.

SUZANNE
Stil maar, ventje. Mama komt er aan.

'Waarom willen die vrouwen ook altijd alles?'
Verbaasd kijkt Kris naar Frank Jan, die zich duidelijk ergert.
'Sorry, hoor. Maar ze willen én een kind én werken én een geëmancipeerde man die dat allemaal goed vindt en vijf keer per week kookt én sporten én uitgaan met vriendinnen. Dat kan gewoon niet allemaal!'
'Ik heb nog nooit zoveel woorden uit jouw mond horen komen,' grinnikt Mick.
'Je bent het toch met mee eens?'
Gespannen kijkt Kris Mick aan.
'Ik vind het helemaal niet verkeerd dat vrouwen nu veel meer kansen hebben dan vroeger. Maar ik vind wel, en elke psycholoog zou dat aan de dood van mijn ouders wijten, dat een moeder bij haar kind hoort te zijn.'
'Dus volgens jou mogen moeders niet werken?' Kris' stem klinkt scheller dan ze wil.
'Van mij mogen ze alles. Maar als het om míjn kinderen zou gaan... Ik zou een gezinsleven heel belangrijk vinden. Liefst geen crèche of

144

au-pair. Daarom is het volgens mij belangrijk dat vader en moeder allebei al een carrière hebben. Zodat ze niet meer zo hoeven te buffelen om te bereiken wat ze willen bereiken. Daar wordt een kind de dupe van.'

Mick slaat een arm om Kris heen en heeft niet door dat ze ineen krimpt.

'Moeder thuis, vader werken,' zegt Frank Jan.

'Seksist,' mompelt Rogier.

'Dat heeft niets met seks te maken, maar met rolverdeling en het verschil tussen man en vrouw,' weet Frank Jan te vertellen.

'Dat is wel waar. Ik zou doodongelukkig worden van thuis zitten met een baby. Maar Kris...'

Mick kijkt haar veelbetekenend aan.

Rogier kijkt Kris aan met een meelevende blik. 'Daar gaat je carrière.'

'Wat een onzin. Als Krissie tien jaar heeft gevlogen en geen 'have a nice flight' meer kan horen, is ze er zo klaar mee dat ze niets liever wil dan de hele dag luiers verschonen en mijn sokken wassen.'

De jongens lachen. Kris niet. Ze is geschokt door de uitspraken van Mick. Denkt hij er echt zo over? Want dat wil ze niet. Ze wil niet op haar eenentwintigste de hele dag thuis zitten met een baby, terwijl het echte, spannende leven van al haar vrienden pas net begint. Ze kijkt naar Mick, hij steekt de gewonnen peuk in zijn mond en maakt net als alle andere jongens een obsceen gebaar als Jessica Harmsen in beeld komt. Is hij er klaar voor om vader te worden? Kan ze dat haar kind aan doen? En wat is het alternatief? Wat als Mick het echt niet wil en ze het kind toch op de wereld laat komen?

SUZANNE / WOONKAMER

GUUSJE ZIT OP DE GROND, TE MIDDEN VAN AL HET SPEELGOED. SUZANNE GEEFT HEM EEN SOEPSTENGEL OM OP TE SABBELEN EN TREKT DAN HAAR JAS AAN. ZE IS GESPANNEN.
MARIEKE TREKT HAAR JAS UIT EN KIJKT VERTEDERD NAAR GUUSJE.

MARIEKE

Wat is het toch een schatje.

SUZANNE

(GEHAAST)

Ja, hè? Ik moet echt gaan. Bel me als er iets is. Mijn nummer ligt bij de telefoon. Er staat drinken voor hem in de koelkast en geef hem alsjeblieft geen snoep.

MARIEKE

Natuurlijk niet. Ik heb nog een zakje chips in mijn tas, dan mag hij daar wat van.

SUZANNE

Ook geen chips.

MARIEKE

Maak je geen zorgen!

SUZANNE IS ER NIET GERUST OP, MAAR KAN NIET AN-DERS DAN HAAR KIND EEN KUS GEVEN EN WEG GAAN. ZODRA SUZANNE DE DEUR UIT IS, GAAT MARIEKES MO-BIELE TELEFOON. ZE NEEMT HEM AAN.

MARIEKE

Hallo? (...) Hey bink van me! Lang niets van je gehoord! Je ruist heel erg. Wacht, ik loop even naar het raam, daar heb ik beter bereik.

MARIEKE LOOPT, ZONDER GUUSJE NOG EEN BLIK WAAR-DIG TE GUNNEN, MET DE TELEFOON AAN HAAR OOR NAAR EEN ANDERE KAMER. WE HOREN HAAR OP DE ACHTER-GROND VERDER KLETSEN, TERWIJL WE ZIEN HOE GUUSJE

**NAAR HET PAK WASPOEDER KRUIPT EN HET MET EEN
VINGERTJE OPEN PROBEERT TE MAKEN.**

'Nou, wel duidelijk wat de cliffhanger van vandaag wordt,'
verzucht Rogier.

'Dat krijg je er van, als je je werk belangrijker vindt dan je kind,'
weet Frank Jan stellig te melden.

'Ik ga naar bed.'

Tot ieders verbazing en nog het meest tot die van Mick, staat Kris
op en loopt naar de kamer van Mick.

'Kris, is er wat?'

Kris draait zich om en kijkt Mick aan. Ze is opeens doodmoe. Ze
schudt haar hoofd. Dan ziet ze Guusje weer op televisie en blijft
ondanks haar gevoel weg te willen nog even staan kijken.

SUZANNE / WOONKAMER

**MARIEKE KOMT MET EEN GLAS COLA EN DE TELEFOON
NOG AAN HAAR OOR DE KAMER INLOPEN.**

                    MARIEKE
            (IN TELEFOON)
        Nee, ik ben aan het oppassen. Super-
        zoet jongetje, Guusje. Hij is nu aan
        het...

**MARIEKE KIJKT DE KAMER ROND OM TE ZIEN WAAR
GUUSJE EIGENLIJK IS. DAN SLAAT ZE PLOTSELING
HAAR HANDEN VOOR HAAR MOND EN LAAT DE TELEFOON
UIT HAAR HANDEN VALLEN.**

                    MARIEKE
        Guusje! Guusje?!

**MARIEKE HURKT NEER BIJ GUUSJE, DIE LEVENLOOS OP
DE GROND LIGT, OVERAL LIGT WASPOEDER EN DOOR HET**

POEDER RONDOM ZIJN MOND EN HET SCHUIM TUSSEN
ZIJN LIPPEN WORDT DUIDELIJK DAT HIJ ERVAN HEEFT
GEGETEN. IN PANIEK PAKT MARIEKE DE TELEFOON VAN
DE GROND.

MARIEKE

Hij is dood! Guusje is dood!

Kris loopt naar Micks kamer. Ze pakt de telefoon uit haar tas en
belt Céline.
'Ik weet het. Ik weet wat ik moet doen.'

Natuurlijk wist ze het niet. De keuze waar ze voor stond was onmogelijk. Misschien wel onmenselijk. Maar ze dácht dat ze het
wist en ze maakte een afspraak met een abortuskliniek. Samen met
Céline ging ze er heen. De vrouw die haar te woord stond deed
haar denken aan oma. Maar oma zou dit werk nooit kunnen doen.
Oma is behoorlijk modern in heel veel opzichten, maar als het om
kinderen gaat... Oma vindt het ook belachelijk dat er zoveel kindjes worden 'geparkeerd' in een crèche, laat staan een zwangerschap
afbreken 'omdat het niet zo goed uitkomt.' Want dat is wat veel
mensen ervan zouden maken. En misschien is dat in haar geval
ook wel zo.
De vrouw in de kliniek deed haar aan oma denken, omdat ze zo
lief was. Omdat ze Kris het gevoel gaf dat ze er echt voor haar was.
Na het gesprek, dat bijna een uur duurde, voelde Kris zich veilig.
Veilig om de keuze te maken, niet bang om veroordeeld te worden.
Ze kreeg te horen dat ze vijf dagen bedenktijd moest nemen, voordat ze geholpen zou worden. Geholpen. Wat een vreemd woord
voor deze situatie.
Nu zit ze hier weer. Vijf dagen later. Vijf dagen, die ze voornamelijk bij Céline heeft doorgebracht. Gelukkig heeft Mick het zo
druk op de universiteit dat hij bijna opgelucht leek toen Kris zijn
spaarzame tijd niet kwam claimen. Ze heeft hem niets verteld.
Honderd keer overwogen, honderd keer besloten dat het tussen
hen in zou komen te staan. Ze is bang dat hij boos wordt. Ze is
bang dat hij er zo van in de stress schiet, dat hij het uitmaakt. Ze

is bang dat hij zal denken dat ze het express heeft gedaan. Dat hij zal denken dat ze een baby wil met hem. Ze is ook bang dat hij het kind zal willen houden. En ze is bang dat hij het kind per se wil laten weghalen. Diep in haar hart weet ze dat dit een te groot geheim is, maar ze wil zo ontzettend graag verder. Verder met hem. Met haar leven. Ze heeft een beslissing genomen. Ze moest wel. Ze moest de knoop doorhakken. Ze heeft getwijfeld. Ze heeft gehuild en ze is vreselijk boos op zichzelf geweest. Ze heeft in een kinderwagen gekeken en geprobeerd zich voor te stellen dat het haar eigen baby'tje was dat daar lag te slapen. Ze heeft op internet gezien hoeveel verschillende vormen van kinderopvang er zijn. Ze heeft interviews gelezen van moeders die alleen maar de voordelen benadrukken van het moeder worden op jonge leeftijd. Ze heeft vannacht verdomme in haar eigen babyboek zitten bladeren, in de hoop een doorbraak te forceren in haar voortdurende twijfel.

En toen heeft ze afscheid genomen. Ze heeft uitgelegd waarom, terwijl ze met haar handen over haar buik aaide. Ze heeft sorry gezegd. Ze heeft geprobeerd niet volledig in paniek te raken toen ze de hoop uitsprak, dat ze elkaar misschien ooit...

'Kris de Ridder?'

Ze voelt hoe Céline haar hand pakt en er even in knijpt. Célines hand voelt even klam aan als haar eigen hand. Ze staat op en kijkt Céline aan. Ze voelt hoe het bloed uit haar gezicht wegtrekt.

'Ik wacht op je.'

Kris knikt. Dan loopt ze achter de vrouw aan.

Ze sluit haar ogen. Probeert zich af te schermen van alles wat er gebeurt. Denkt aan dat vrolijke liedje van Marco Borsato, over dromen die bedrog zijn. Denkt aan de aflevering van gisteravond, waarin Guusjes leven wordt gered en Suzanne huilde van geluk. Ze denkt aan Mick, die ze vanavond weer gaat zien. Ze luistert niet naar de aanwijzingen die de arts aan de assistent geeft. Ze probeert niet te luisteren naar het zuigende geluid, dat soms hapert en dan weer hervat wordt. Ze concentreert zich keihard om niet te voelen wat er tussen haar benen gebeurt. Om er niet aan te denken. Ademhalen. Rustig blijven. Vijf minuten. Over vijf minuten kun je weer verder kijken dan deze dag. Over vijf minuten maakt je leven een doorstart. Vijf minuten.

En dan is het klaar. Staat ze weer in de gang. Een folder in haar hand over nazorg. Een handdruk van de mevrouw die met haar witte jas aan opeens niet meer zo op oma lijkt. De arm van Céline om haar heen, die haar zachtjes naar de uitgang duwt.
'Godzijdank, ze staan er niet meer.'
Céline doelt op de anti-abortusactivisten, die voor de deur stonden te demonstreren toen ze twee uur geleden aan kwamen. Ze duwden haar foto's van ongeboren foetussen in haar handen, noemden haar moordenaar. Céline schold ze uit en duwde ze opzij en loodste Kris zo snel als ze kon het gebouw binnen, waar ze de vorige keer een zo veilig gevoel had gehad. Céline had gelijk. Godzijdank waren ze er niet meer.
'Hé stelletje mutsen! Kijk uit!'
Céline kan Kris nog net wegtrekken voor de groep fietsers, die rakelings langs hen heen rijden op het fietspad dat direct aan de uitgang van de kliniek grenst.
'Lieffie!'
Kris merkt nauwelijks dat de stem haar bekend voorkomt, ze is verward en alles gaat in een waas aan haar voorbij. Pas als de fietser voor haar stopt en haar lachend aankijkt, ziet ze het.
'Wat doe jij nou hier?'
Mick kijkt naar het bordje boven de deur, dan naar de folder in Kris' hand, dan naar het krijtwitte gezicht van Kris. En vraagt het nog een keer, nu heel zacht, bang voor het antwoord: 'Wat doe jij hier?'

Wat moet ik dan?
Thuis zitten om alles te verwerken?
Ik ben geen levende blender.

(Jef Alberts, 1995-1996)

'Cinq, quatre, trois...'

Om haar heen beginnen mensen te joelen. Ze slaat de door oma gebreide sjaal wat dichter om zich heen. Champagnekurken vliegen al door de lucht. In de verte klinkt het geknetter van te vroeg afgestoken vuurwerk. De verlichtte cijfers van de gigantische, speciaal voor dit doel opgehangen, klok geven aan hoeveel seconden nog te gaan.

'Deux, un... Joyeux nouvel an!'

De nachtelijke lucht boven haar licht op, overal is vuurwerk te zien. Mensen gillen, klappen, drinken champagne uit flessen. De doorgaans zo chique Champs Elysees is nu één grote feestarena, met alleen maar uitbundige, dansende, dronken mensen. Er wordt een arm om haar heen geslagen.

'Happy new year, Kris!'

Kris laat zich zoenen door Anja, de purser van de vlucht die haar hier heeft gebracht en met wie ze over twee dagen terug zal vliegen.

'Snel mijn lief bellen.'

Anja pakt haar telefoon en drukt hem tegen haar hoofd, in de hoop nog iets te kunnen verstaan in het oorverdovende lawaai dat voorlopig niet zal ophouden.

Kris kijkt naar haar, hoe ze glimlacht als ze het nummer van haar lief intoetst, hoe ze verwachtingsvol wacht op verbinding.

'Waarom huil je?'

Lucas, met een fles champagne in zijn hand, veegt een traan van haar wang.

'Het is koud.'

Lucas aarzelt geen moment, trekt zijn jas uit en slaat hem om haar schouders. En flits van Mick, die een paar jaar geleden hetzelfde deed, op de avond van hun eerste kus, schiet door haar heen. Ze wendt haar blik af van die van Lucas en ruikt de geur van zijn jas. Zoetig, mannelijk.

'Hier.'

Lucas geeft haar de fles. Eigenlijk heeft ze vanavond al meer gedronken dan ze hebben kan, maar het is oud en nieuw. Oud en nieuw op de Champs Elysees in Parijs. De stad van de geliefden. Dit is één van die momenten waar ze van droomde toen ze besloot stewardess te worden. Een kosmopolitisch leven. Groots en meeslepend. Thuiskomen met jaloersmakende verhalen, die ze misschien later, als ze zelf oma is, zal bundelen ter lering en vermaak van de nieuwe generatie globetrotters. Maar nu heeft ze er eigenlijk spijt van dat ze zich door de crew heeft laten overhalen om haar dienst net als zij zo om te gooien, dat ze oud en nieuw in Parijs kunnen vieren. Ze had meteen terug moeten vliegen. Zoals altijd op korte vluchten.

Ze kijkt om zich heen. Anja staat nog steeds te telefoneren met het thuisfront. Ze geeft kusjes in de telefoon. De twee andere meisjes met wie ze hierheen is gevlogen staan te flirten met een groep Fransozen, nonchalant, maar onberispelijk gekleed, zoals Franse jongens horen te zijn. Ze voelt zich niet kosmopolitisch. Ze heeft het koud. Haar ogen prikken en ze weet dat ze terug moet gaan naar haar hotel, voordat ze weer een van die vreselijke huilbuien krijgt, die in frequentie maar niet af lijken te nemen, ook al beweert iedereen in haar omgeving dat het elke dag een stukje minder pijn zal doen.

'Denk je dat ik hier ergens een taxi kan krijgen?'

Kris probeert in de verte te kijken, op zoek naar een uitweg, weg uit de menigte, terug naar de veiligheid van het over haar hoofd getrokken dekbed.

'Ik weet wel zeker van niet.'

Lucas legt zijn hand onder haar kin en dwingt haar zo hem aan te kijken. Niet doen, denkt Kris. Geen vragen stellen. Niet nu.

'Je bent verdrietig. Je wilt overal liever zijn dan hier, tussen al die feestende mensen. Maar weet je?'

Lucas brengt zijn mond dicht bij haar oor, zijn stem geeft aangename trillingen door haar hoofd.

'Je bent hier. En het is oud en nieuw. En ik ben hier ook. We werken al een half jaar samen en ik heb je nog nooit voluit horen lachen. Mag ik een poging wagen? Gewoon, omdat het een bijzondere avond is?'

Kris kijkt hem in zijn ogen, die lief terugkijken. Ze ruikt zijn geur weer. Ze herinnert zich dat ze zich aan hem voorstelde. Nerveus voor haar eerste werkdag. De gezagvoerder op de vlucht naar Berlijn. 's Morgens heen, 's middags al weer terug. Zoals hij nu voor haar staat, lijkt hij minstens tien centimeter kleiner dan in zijn uniform. Wat wil hij van haar? Alle stewardessen lopen achter hem aan. Alsof hij haar gedachten kan lezen, zegt hij:

'Geen moeilijk gedoe. Gewoon samen lachen.'

Voordat ze haar twijfel kan formuleren, voelt ze hoe zijn warme hand die van haar pakt en haar door de menigte mee trekt. Anja kijkt hen stomverbaasd na. Kris maakt een verontschuldigend gebaar naar haar, alsof ze wil zeggen: ik kan er niets aan doen. Maar Anja steekt grijnzend haar duim op en hervat haar telefoongesprek.

Ze praten niet tijdens de wandeling die iets langer dan een kwartier duurt. Ze wijzen elkaar soms zwijgend op feestvierende voorbijgangers, ze horen hoe het vuurwerk langzaam verstomt en de straten waar ze doorheen lopen, worden steeds stiller. Ze zijn niet langer in het bruisende hart van de Franse hoofdstad. Lucas heeft haar hand nog steeds vast. Als ze een donker steegje passeren, trekt hij haar er in. Het is vreemd om hand in hand te lopen met iemand die niet Mick is. Ze lopen langs sekswinkels, die al lang gesloten zijn, langs louche etablissementen waar vergeelde foto's van topless danseressen in de vitrine hangen.

'Ik dacht dat je me wilde laten lachen.'

Lucas lacht.

'Hier word je niet echt vrolijk van, hè? '

Kris kijkt naar een meisje, dat praktisch in haar ondergoed een café uitstrompelt.

'Niet echt, nee.'

'Wacht maar. We zijn er.'

En Lucas blijft stilstaan voor een grote, donkere deur. Geen uithangbord. Niet eens een naamplaatje. Alleen een koperen klopper,
in de vorm van een scheef grijnzend clownshoofd. Lucas pakt de
klopper en klopt. Na een tijdje wordt de deur open gedaan. Een
kale, bruine man, die minstens twee meter dertig moet zijn, doet
open.
'Oui?'
'Deux personnes. J'ai une reservation. Lucas Brederode.'
De portier trekt een vel papier uit zijn binnenzak, terwijl Lucas
geruststellend naar Kris kijkt, die er opeens spijt van heeft dat ze
met hem mee is gegaan. Ze kent hem helemaal niet. Wat als dit een
soort SM-kelder is? Of een bordeel?
'Bien.'
De man opent de deur een stukje verder en Lucas trekt Kris mee de
hal in, die alleen verlicht is door druipende stompkaarsen die aan
de grove muur hangen.
'Het lijkt wel een kasteel.'
'Waarom fluister je?' Lucas vraagt het met een plagerige toon in
zijn stem.
Kris moet hem het antwoord schuldig blijven, ze weet het zelf ook
niet.
'Kom.'
Lucas haalt zijn jas van haar schouder en helpt haar haar eigen jas
ook uit te doen. De portier neemt hun jassen aan en knikt naar een
tweede, imposant uitziende deur.
'Bonne soiree.'
Lucas opent de deur.

De accordeon begeleidt een melancholische chanson. Het is aangenaam warm. Kris knippert met haar ogen, die moeten wennen
aan de schemer. Ze zijn in een zaaltje. Overal staan tafeltjes, waar
mensen in groepjes zitten te praten, drinken en naar de muziek
luisteren. De overheersende kleur is bordeaux rood. Veel pluche.
Veel fluweel. Veel kaarsen.
Kris voelt zich onmiddellijk op haar gemak. Sterker nog: ze voelt
een tevreden glimlach op haar gezicht, een warme tinteling in
haar buik. Hier is het leuk. Ze is blij dat ze hier is. Lucas ziet het

kennelijk, want hij aait haar met een lief gebaar over haar wang, voordat hij een stoel voor haar aanschuift bij een leeg tafeltje, waarop een bordje met zijn naam staat.

'Met wie wilde je hier naar toe gaan?' vraagt Kris, terwijl ze toekijkt hoe Lucas tegenover haar gaat zitten.

'Ik hoopte met jou.'

Kris kan het nauwelijks geloven. Lucas lacht.

'Serieus. Ik hoopte met jou, maar anders was Anja met alle liefde met me mee gegaan. Dit is mijn geheime adresje. Als ik in Parijs ben, probeer ik hier altijd naar toe te gaan. Als ik de volgende dag tenminste niet moet vliegen, want...'

Lucas gebaart naar de fles champagne, die in een koeler op hun tafeltje wordt gezet, door een serveerster, wiens glimlach bewijst dat Lucas hier inderdaad een graag geziene gast is.

Terwijl Lucas haar glas volschenkt, kijkt Kris genietend rond. Op het kleine ronde podium, in het midden van de zaal, zit een oude man op een kruk met zijn ogen gesloten te zingen, begeleid door een accordeonist. De aanwezige mensen zijn overduidelijk geen toeristen. Ze zijn van alle leeftijden en... Kris fluistert weer.

'Er zijn alleen maar mannen.'

'Scherp opmerkingsvermogen.'

Lucas heft zijn glas en tikt het tegen het hare.

'Op je lach.'

'Op het nieuwe jaar.'

'Heb je voornemens?'

'Wie niet?'

'Vertel.'

Kris neemt een slok en denkt na.

'Ik wil een huisje vinden. In Amsterdam. Mijn ouders zijn geweldig, maar mijn moeder is momenteel helemaal in de ban van Jomanda en ik ben het een beetje beu om ingestraald water te drinken.'

Lucas lacht. 'Mijn onderbuurvrouw heeft samenwoonplannen, ik zal eens informeren wat ze met haar etage doet. Misschien wil ze hem wel een tijdje onderverhuren. Je weet tenslotte nooit wat samenwonen met je relatie doet.'

'Laat haar in godsnaam die etage houden. Relaties knallen. Zo is het leven.'

Kris heeft meteen spijt van haar opmerking.

'Eh eh...,' Lucas schudt zijn geheven wijsvinger heen en weer. 'Niet vanavond. Morgen mag je je hele verbitterde, ongetwijfeld diep gekwetste hart bij me uitstorten, maar nu niet.'

Kris is hem dankbaar en neemt nog een slok. Tot haar verbazing is haar glas al bijna leeg. Lucas schenkt haar bij.

'Verder wil ik eindelijk iets aan sport gaan doen. Ik wil mijn oma meenemen naar New York en ik wil heel graag heel goed piano spelen, maar dat zal er waarschijnlijk niet van komen.'

'Niet als je er op die manier in staat, mevrouw.'

'En jij?'

'Ik wil een groter toestel vliegen. Ik wil leren koken. Ik wil mijn balkon duivenvrij maken voordat de lente aanbreekt en ik wil free-fighter worden.'

Hij grijnst naar Kris. 'Maar dat zal er waarschijnlijk niet van komen.'

Alsof ze elkaar al jaren kennen zitten ze te praten. De bodem van de fles champagne is in zicht en er staat een schotel verrukkelijke hapjes op tafel. Kris voelt zich vreemd opgelucht als Lucas geen homo blijkt te zijn, ondanks zijn keuze voor deze plek. Ze lacht om zijn verhalen over hun vak. Ze is ontroerd als hij haar vertelt dat hij van elke bestemming waar hij komt een klederdrachtpoppetje meeneemt voor zijn kleine nichtje. Ze dient hem van repliek als hij haar plaagt als ze een vette klodder saus op haar zijden jurkje morst en ze bekent hem, als de tweede fles voor de helft leeg is gedronken, dat ze een topavond heeft, met topgezelschap.

Dan gaan de lichten uit, klinkt er tromgeroffel, gevolgd door een swingende versie van het Franse volkslied en komen er vanuit alle hoeken plotseling prachtig uitgedoste travestieten te voorschijn.

'Wat is dit?' stamelt Kris.

'Dit is waarom ik zoveel van deze plek hou.'

Het is een geweldig spektakel. De artiesten die optreden verkleden zich na elke act, transformeren van Mariah Carey naar Mick Jagger en dansen en zingen de sterren van de hemel. Kris' handen doen pijn van het vele klappen, haar stem is schor en ze vergeet dat ze niet wilde huilen als twee van de artiesten een intens ingeleefde versie van 'My Endless Love' zingen, van Lionel Richie en Diana Ross. Lucas zet zijn stoel tijdens het lied naast die van haar en slaat een arm om haar heen. Ze legt haar hoofd op zijn schouder en zingt heel zachtjes mee, terwijl ze de warmte van zijn hand op haar knie voelt. Als het voltallige team uiteindelijk de zaal op zijn kop zet met het nummer 'The Show Must Go On' van Queen, legt Lucas haar uit dat ze altijd afsluiten met dit lied, als eerbetoon aan hun aan AIDS overleden collega's en vrienden. Dan valt het doek, verdwijnen de artiesten weer en blijft Kris overrompeld en diep onder de indruk staren naar de plek waar het net allemaal gebeurde. Als Lucas haar glas in haar handen duwt, zucht ze diep.

'Dit was het mooiste dat ik ooit heb gezien.'

'Vergeef me de banaliteit, maar vanavond was jouw lach het mooiste.'

Ze kijkt Lucas aan. Zijn hand ligt nog op haar been. Zijn arm nog om haar schouders. Ze verkeert nog in de roes van de magie van de avond en ze kust hem. Ze slaat haar armen om hem heen en ze kust hem. Zijn lippen zijn zacht, zijn mond smaakt zoetig van de tarte au poires die ze hebben gegeten. Ze kust hem omdat hij haar heeft doen ontwaken uit een lange, wanhopig lege gemoedstoestand, waardoor ze zich voor het eerst weer even Kris voelt. En ze kust hem omdat ze hem leuk vindt.

'Dit klopt echt niet! Het moet honderdzeventien zijn, ik weet het zeker.'

Maar na de zoveelste keer met de sleutel in het sleutelgat te hebben gemorreld, verschijnt er een chagrijnige dikke dame in een negligé dat sexy bedoeld is in de deuropening.

'Fuck off. It's five in the morning.'

De deur wordt voor hun neus dichtgeslagen.

'Oeps.'

Kris en Lucas onderdrukken hun gegiechel, om niet nog meer boze hotelgasten op hun dak te krijgen. Kris pakt haar telefoon uit haar tas, wat niet zo makkelijk gaat omdat ze daar een ritssluiting voor moet openmaken en haar coördinatie niet meer is wat het een paar uur geleden was. Met dank aan de champagne..

'Ik bel Anja. Ik slaap in de kamer naast haar. Zij weet welk nummer het is.'

Lucas pakt de telefoon af.

'Ik weet waar ik slaap. Jij slaapt bij mij. En ik beloof je dat ik geen misbruik van je deplorabele staat zal maken.'

'Dat je dat woord nog kunt uitspreken!'

Het maakt Kris allemaal niet uit. Ze is uitgelaten, opgewonden en gelukkig. Eigenlijk is het alleen maar geweldig dat er aan deze avond nog geen einde komt. Ze slaat haar armen om Lucas' nek heen, kust hem vol op zijn mond en zegt dan: 'Maak alsjeblieft misbruik van me. Van mijn deplo... Depli... Deplirobele... Nou ja. Die staat.'

De volgende dag weet ze niet meer dat ze dit gezegd heeft. Weet dus ook niet meer of hij op haar aanbod is ingegaan. De pijn in haar hoofd is bijna erger dan de aandrang om te plassen. Paniek maakt zich van haar meester als ze haar ogen eindelijk open durft te doen en Lucas naast zich ziet liggen. Naakt, voor zover ze kan beoordelen. Heel voorzichtig tilt ze het laken dat over hen heen ligt een stukje op. Okay. Dat valt tenminste mee. Hij heeft zijn boxershort aan en zij haar ondergoed. Nu plassen. Eerst plassen. Ze stapt uit bed, haar voet raakt iets dat koud en glad aanvoelt en voor ze doorheeft dat het een lege fles wijn is, rolt de fles onder haar voet vandaan en belandt zij, nogal hard, boven op het slapende lichaam van Lucas. Die natuurlijk prompt wakker wordt.

'Au.'

Maar hij lacht erbij.

'Sorry.'

'Hoe laat is het?'

'Daar ben ik nog niet mee bezig geweest. Ik moet plassen.'

'Ga dan.'

'Niet kijken.'

'Waarom niet?'

'Omdat ik geen kleren aan heb!'

'Pfff... Alsof ik je zo voor de eerste keer zie.'

Geschrokken kijkt Kris, die overeind probeert te komen, Lucas aan. Ze ligt nog steeds bovenop hem.

'Hebben we...?'

'Was het maar zo.'

Lucas zucht overdreven.

'Je kuste me en trok je kleren uit en kuste me weer en toen begon je te huilen en te praten en toen zijn we in slaap gevallen.'

'Echt?'

'Echt.'

Kris laat dit even op zich inwerken. Ze rolt van Lucas af en gaat naast hem liggen.

'Ik heb toch niet verteld over...'

Ze kan de naam niet uitspreken.

'Mick. Ja, je hebt verteld over Mick.'

Kris durft niet verder te vragen.

'Je hebt verteld over Mick, over hoe boos hij op je was nadat hij had ontdekt dat je zwanger was. Over hoe jullie het daarna nog even samen hebben geprobeerd, maar dat hij je niet meer kon vertrouwen. Het afscheid. Dat hij niet meer reageert op je telefoontjes. Zijn huisgenoot heeft laten zeggen dat je niet meer aan de deur moest komen.'

Heel langzaam en moeizaam begint het Kris weer te dagen. Komt de pijn waarmee de geweldige avond is geëindigd weer boven.

'Je hebt verteld over het zware gevoel waar je elke ochtend mee wakker wordt. De dromen over jullie baby die je een paar keer per week hebt. De spijt. Je verdriet. Je hebt alles verteld.'

Kris sluit haar ogen. De enorme kater voelt ze niet eens meer. Ze is weer leeg. Net als het moment dat ze op de Champs Elysees stond.

'Het spijt me. Ik wilde je avond niet verpesten.'

Lucas komt nu overeind. Op zijn elleboog steunend brengt hij zijn gezicht dicht bij het hare.

'Wil je dat nooit meer zeggen?'

Kris wil gaan huilen, wil tegen hem zeggen dat hij niet zo lief voor haar moet zijn, dat ze het niet verdient, maar:

'Ik wilde je zien lachen. Omdat ik zag dat je heel erg ongelukkig was. Ik heb je zien lachen. Maar dat wil niet zeggen dat ik je verdriet niet wil horen.'

Lucas geeft haar een kus op haar voorhoofd.

'Weet je nog wat ik gisteren tegen je zei?'

Kris voelt zich ellendig, maar ze weet het niet meer. Ze schudt haar hoofd.

'Het komt niet zo vaak voor dat je iemand tegen komt, waar je meteen een ongewoon sterk gevoel bij hebt. Ik ben daar zuinig op. Bij jou heb ik dat gevoel. En wat daar ook uit voortkomt, wat er ook gebeurt, ik wil op de een of andere manier deel blijven uitmaken van je leven.'

Kris kijkt hem aan. Ze probeert de juiste woorden te zoeken.

'Maar ik kan nu... Ik ben niet klaar om...'

Hij legt zijn hand op haar lippen.

'Dat weet ik. We zien het wel, Kris. Goed? We zien het wel.'

'Een piloot!' krijst haar moeder. 'Nico, hoor je dat? Kris heeft een piloot aan de haak geslagen!'

'Mam, alsjeblieft,' kreunt Kris, die er nu al spijt van heeft dat ze het haar moeder heeft verteld. Ze kijkt om hulp zoekend naar haar oma, die de tafel aan het afruimen is. Zoals tegenwoordig de traditie lijkt te zijn geworden, eten ze op vrijdagavond bij oma. Als Kris tenminste in het land is.

'Ten eerste,' zegt oma, 'heeft Kris niemand aan de haak geslagen, maar is er een manspersoon dat, geheel terecht, onder de indruk is van onze kleine meid. Ten tweede heeft Kris net heel duidelijk gemaakt dat ze nog lang niet toe is aan een relatie met deze meneer, maar dat ze blij is dat iemand haar weer heeft kunnen laten lachen.'

Oma kijkt streng naar Mirjam, Kris' moeder.

'Dus maak er niet meer van dan het is. Laat Kris en deze meneer, of hij nou piloot is of niet, in alle rust uitzoeken of er meer is dan elkaar laten lachen.'

Kris is oma dankbaar. Ze grist nog een radijsje uit de slabak, voordat oma hem leeg kiepert in de vuilnisbak. Op sommige momenten, zoals vanavond, weet ze niet of ze er goed aan heeft gedaan om haar ouders alles te vertellen. Haar moeder heeft in de eerste weken na de breuk met Mick voornamelijk gejammerd over hoe erg ze het vond dat Kris en Mick uit elkaar waren en hoe erg ze het vond dat Kris haar niet om hulp had gevraagd toen ze het zo hard nodig had. ('Ik had de kaarten voor je kunnen leggen, schatje. We hadden naar een healing in Tiel kunnen gaan.') Haar vader zweeg, zoals ze al had verwacht. Maar haar oma... Oma was geweldig geweest. In tegenstelling tot wat ze had verwacht, veroordeelde oma haar niet. Vond ze dat ze Mick wel bij haar zwangerschap had moeten betrekken, maar begreep ze ook waarom ze dat niet had gedaan. Begreep ze waarom de Kris de keuzes had gemaakt die ze had gemaakt. Waar haar moeder (natuurlijk vanuit goede bedoelingen) probeerde om Kris zo snel mogelijk op te beuren, liet oma haar verdrietig zijn en spijt hebben en rouwen om alles wat ze verloren had.

'Mam, ik wil alleen maar dat mijn meisje gelukkig is.'

Haar moeder is duidelijk een beetje gepikeerd door de reprimande van oma.

'Kijk naar haar, Mirjam. In vergelijking met een maand geleden is ze al zo opgefleurd. Er mogen alleen nog wat kilootjes bij, maar...'

Oma haalt een warme appeltaart uit de oven.

'Daar gaan we nu aan werken.'

Oma maakt een wegwezen-gebaar naar de vader en moeder van Kris.

'En nu opdonderen. Kris en ik moeten voor de buis. Ik heb niet voor niets een hele week GTST zitten tapen.'

DE ROZENBOOM / BADKAMER DIAN

DIAN EN FRITS ZITTEN IN BAD. NAAST HEN STAAT EEN BLAD MET HORS D'OEUVRES EN EEN FLES CHAMPAGNE. ZE HEBBEN ALLEBEI EEN GLAS IN HUN HAND EN PROOSTEN MET ELKAAR.

'Hè? Wat heb ik gemist?'

Kris is stomverbaasd om Frits en Dian in het bad te zien zitten.

'Ze hadden toch keihard ruzie?'

'Vorige week, toen jij in Londen zat, hebben ze elkaar weer gezien en sloeg de vlam weer in de pan. Dit is hun eerste afspraakje sinds de breuk.'

'En Hannie dan? Frits was toch met Hannie?'

'Dat was alleen maar om Dian jaloers te maken.'

Oma knipoogt naar Kris.

'Zou je ook nog kunnen doen. Zoenend met de piloot voor Micks deur gaan staan.'
'Dan is hij alleen maar blij dat hij definitief van me af is.'

> **FRITS**
> Waar ging je laatst met die fles wijn naar toe?

> **DIAN**
> Jaloers?

> **FRITS**
> (QUASIONSCHULDIG)
> Ik?

DIAN KIJKT HEM UITDAGEND AAN.

> **DIAN**
> Ja. Jij.

FRITS ZET ZIJN GLAS NEER EN PRIKT EEN OESTER AAN ZIJN VORK.

> **FRITS**
> Heb ik reden om jaloers te zijn?

> **DIAN**
> Wat denk je zelf?

FRITS GLIMLACHT ZELFVERZEKERD EN WIL DE OESTER IN DIANS MOND STOPPEN. DE OESTER VALT VAN DE VORK AF IN HET BADWATER.

> **DIAN**
> Gatver!

FRITS LACHT.

                    FRITS
    Gelukkig kunnen oesters zwemmen. Ik
    vind hem wel.

**FRITS STEEKT ZIJN HAND ONDER WATER EN ZOEKT DE
OESTER. HIJ RAAKT DAARBIJ DIAN AAN, DIE DIT NIET
ONPRETTIG VINDT.**

                    FRITS
    Ik geloof dat ik hier iets gevonden
    heb.

**FRITS KIJKT NAAR DIAN, DIE GENIETEND HAAR OGEN
SLUIT EN ZICH ZIJN AANRAKING LAAT WELGEVALLEN.**

Oma begint keihard te lachen.
'Dit geloof je toch niet?' Kris lacht zo hard dat de tranen in haar
ogen schieten.
'Is dit romantisch bedoeld ofzo?'
'Kennelijk.'

VAN HOUTEN / KANTOOR

**FRITS ZIT OP DE BANK. OP DE GROND STAAT EEN
SCHOENENDOOS. FRITS PROBEERT EEN PAAR NIEUWE
GYMPEN AAN.
HANNIE KOMT BINNEN. ZE GLIMLACHT GESPANNEN ALS
ZE FRITS ZIET.**

                   HANNIE
    Heb je even tijd?

                    FRITS
    Is het dringend? Want ik moet weg.

                   HANNIE
    Waar ga je heen?

Oma en Kris gillen tegelijk: 'Naar Dian!'
Kris denkt onwillekeurig terug aan alle avonden in het studentenhuis, waar ze samen commentaar leverden op de serie, avonden die
haar zo dierbaar waren.

                    FRITS

        Ik weet niet of ik je dat nu wel moet
        vertellen. Ik ben over een paar uur
        terug.

HANNIE VERBERGT HAAR TELEURSTELLING.
FRITS LOOPT NAAR DE DEUR. DAAR DRAAIT HIJ ZICH
NOG EVEN OM.

                    FRITS

        Loop ik niet voor gek met die schoe-
        nen?

                    HANNIE
            (GLUNDERT)
        Je ziet er juist fantastisch uit.

FRITS VERTREKT. HANNIE KIJKT HEM NA. DAN PAKT ZE
EEN FORMULIER VAN FRITS' BUREAU EN ZIET DAT ER
EEN LA EEN STUKJE OPENSTAAT. ZE WIL HEM DICHT
DOEN, MAAR ZIET DAN EEN DOOSJE LIGGEN. HANNIE
OPENT HET DOOSJE EN BEGINT STRALEND TE LACHEN.
ZE PAKT DE TELEFOON EN DRAAIT EEN NUMMER.

'Oh shit, zij denkt natuurlijk dat het voor haar is!'
Kris vindt het oprecht heel zielig voor Hannie.
'Dat arme schaap, elke gek kan toch zien dat hij niet verliefd op
haar is?' Oma schudt mismoedig haar hoofd.

                    HANNIE
        Je raadt het nooit!
            (PAUZE)

Nee, wat ik hier vind. Oh Esther, hij
is zo vreselijk hopeloos charmant.
    (PAUZE)
En hij is van mij. Ik weet het nu zeker.
    (PAUZE)
Ja, natuurlijk! Een ring. Hij heeft
een ring voor me gekocht!

**NU ZIEN WE PAS WAT ER IN HET DOOSJE ZIT: EEN
FONKELENDE DUUR UITZIENDE RING.**

'Nou, de cliff weten we al: Frits dumpt Hannie.'
Oma en Kris hebben de traditie uit het studentenhuis overgenomen: wie raadt wat de cliff gaat zijn, hoeft niet af te wassen.

BUITENOPNAME BIJ LUCHTBALLON

**NAAST EEN MAND VAN EEN LUCHTBALLON STAAT EEN IN-
STRUCTEUR. FRITS KIJKT IN DE MAND VAN DE BALLON
EN WENDT ZICH DAN TOT DE INSTRUCTEUR.**

INSTRUCTEUR
Maakt u zich geen zorgen. Ik heb het
nog nooit meegemaakt dat een vrouw nee
zegt als ze in de lucht ten huwelijk
wordt gevraagd.

FRITS IS TEVREDEN.

INSTRUCTEUR
U maakt er wel iets speciaals van.

FRITS
Dian is ook een speciale vrouw.

FRITS DROOMT EVEN WEG, MAAR ROEPT ZICHZELF DAN

TOT DE ORDE.

FRITS
(ZAKELIJK)
Goed. Als u me nu even uitlegt hoe
alles werkt... Dan kan er vanmiddag
niets meer mis gaan.

FRITS VERHEUGT ZICH OP HET AANZOEK.

'Nee, ik verander mijn voorspelling. Ik zeg dat de cliff wordt: net
op het moment dat Dian 'ja, ik wil' zegt, verschijnt Hannie ten
tonele.'
Kris is heel stellig: dat wordt het. Maar oma denkt hier anders over:
'Lieve schat, hij gaat haar in een luchtballon in de lucht ten hu-
welijk vragen. Hoe moet Hannie daar komen? Heeft ze vleugels?'
Kris werpt oma een nijdige blik toe, maar kan niet anders dan
toegeven dat oma hier een sterk punt heeft.
'Misschien verstopt ze zich in het mandje?'
Oma lacht.
'Natuurlijk, Kris. Ze verstopt zich in een mandje van anderhalve
vierkante meter.'

VAN HOUTEN / KANTOOR

**FRITS STAAT MET ZIJN RUG NAAR DE DEUR EN ZIET
NIET DAT HANNIE BINNENKOMT. ZE HEEFT EEN DIEN-
BLAD IN HAAR HAND.**

HANNIE
Alle post is de deur uit. Het antwoordapparaat staat aan. Precies zoals
je wilde.

FRITS
Fijn. Bedankt.

**FRITS DRAAIT ZICH OM EN ZIET BESCHUIT MET MUIS-
JES OP HET DIENBLAD LIGGEN.**

FRITS

'Wat is dat?'

Kris is ontsteld, Hannie zal toch niet...
'Oma, heb ik iets gemist?'
Oma antwoordt niet, ze gaat helemaal op in de scène.

FRITS

Wat is dat? Heeft een van je vriendinnen weer een kind gebaard?

HANNIE

Nee, niemand. Maar ik wist niet zo
snel... Ik bedoel, champagne is niet
zo goed nu.

**FRITS KIJKT HANNIE NIET-BEGRIJPEND AAN.
HANNIE LOOPT NAAR HEM TOE EN SLAAT HAAR ARMEN OM
HEM HEEN.**

HANNIE

Oh Frits, ik ben zo gelukkig! Ik wilde
het je de hele dag al vertellen, maar
je was zo druk.

**FRITS MAAKT ZICH LOS UIT HANNIES OMHELZING EN
KIJKT HAAR AAN.**

FRITS

Wat wilde je me vertellen?

HANNIE

We krijgen een baby, schat.

Kris slaat een hand voor haar mond. Dit had ze totaal niet verwacht. Ook oma zit ademloos te kijken. Voor het eerst in een uur tijd leveren ze geen commentaar.

                         FRITS
    Wie we?

                         HANNIE
    Wij. Jij en ik. Een kindje. Ik ben in
    verwachting.

FRITS IS GESCHOKT.

De aftiteling begint. De eindtune klinkt. Kris springt op en zoekt de afstandsbediening.
'Doorspoelen naar de volgende aflevering. Ik moet zien hoe dit afloopt. Waar is dat verdomde ding?'
Oma tast naast zich en haalt de afstandsbediening onder een van de vele plooien van haar rok vandaan. Hoewel, een rok kun je het nauwelijks noemen. Ze heeft twee felgekleurde sarongs aan elkaar genaaid en die om zich heen gedrapeerd. Ralph is er wild van. Kris moet zich elke keer dat ze oma in het gewaad ziet inhouden om geen opmerking over een indianentent te maken.
'Wil je niet eerst een kopje koffie, liever?'
'Nee, natuurlijk niet! Straks. Eerst zien hoe Frits reageert.'
Kris is niet meer enthousiast. Ze is verbeten. Zo geobsedeerd door het verhaal dat ze nauwelijks door heeft dat het wel een heel pijnlijk voor haar zou kunnen worden. Oma heeft dat wel door, maar kan Kris niet tegenhouden als die de afstandsbediening uit haar handen trekt en doorspoelt naar de volgende aflevering.
'Lieverd, komt dit niet een beetje te dichtbij?'
Kris luistert niet. Ze zet de videorecorder aan.

VAN HOUTEN / KANTOOR

HANNIE KIJKT FRITS AFWACHTEND AAN.

HANNIE

Ik overval je er een beetje mee, hè?
Je moet natuurlijk aan het idee wennen.

FRITS

Ik ben helemaal niet van plan om eraan
te wennen.

HANNIE SCHRIKT VAN DE HARDE TOON VAN FRITS STEM.

HANNIE

Natuurlijk wel. Je zult een superlieve
vader zijn.

FRITS

Hannie, ik weet niet wat je jezelf allemaal hebt wijsgemaakt, maar we weten allebei dat dit nooit de bedoeling
was.

HANNIE

Het is misschien wat vroeg, maar we
hebben nog maanden om –

FRITS

Het is geen kwestie van tijd. Het is
gewoon niet mijn bedoeling. Nu niet.
Nooit niet. Dus we zullen er iets aan
moeten doen.

HANNIE WORDT BANG.

HANNIE

Je wilt toch niet zeggen dat-

Neem vanochtend maar vrij en laat het
op kosten van de zaak weghalen.

HANNIE IS VERBIJSTERD.

Oma kijkt naar Kris, bang dat ze gaat huilen, of boos wordt, of
overstuur. Maar Kris blijft kalm. Ze voelt zich ook heel kalm als ze
de afstandsbediening pakt en de video uitzet.
Er valt een korte stilte. Dan staat Kris op.
'Zo. Klaar.'
Ze zegt het heel stellig. Niet hysterisch, niet gespeeld stoïcijns. Ze
zegt het stellig en rustig.
'Tijd om mijn leven weer op te pakken.'
Oma kijkt Kris vragend aan, wat bedoelt ze daarmee?
'Ik heb geen zin meer om bij alles wat ik zie of doe of meemaak aan
Mick te denken. Ik wil verder met mijn leven. '
Kris lacht. Ze voelt zich op een vreemde manier bevrijd. Ze weet
zelf ook niet zo goed hoe het komt, maar het voelt fijn. Ze is lich-
ter, in haar hoofd, in haar lijf, in haar hart. Oma ziet het en weet
dat ze zich geen zorgen hoeft te maken. Dit is de doorbraak waar-
van ze wist dat hij zou komen, maar waar ze wel heel lang op heb-
ben moeten wachten.
'Wow!'
Kris gilt en trekt oma uit de bank. Ze omhelst haar en probeert
zelfs een soort rondedansje, dat natuurlijk mislukt omdat het gewicht van oma dat niet toelaat.
'Ik ben blij, oma! Ik ben echt blij!'
En precies op dat moment gaat haar nieuwe telefoon. Ze herkent
het nummer van de beller niet en neemt op.
'Met Kris.'
'Kris, met Lucas.'
Stomverbaasd over de timing valt Kris even stil.
'Weet je nog? Van Parijs?'
'Ja, natuurlijk weet ik dat nog,' brengt Kris gehaast uit. Ze mimet
naar oma: 'Lucas'. Oma steekt beide duimen op en laat Kris dan
alleen in de kamer om koffie te zetten.

'Stoor ik?'

'Nee, ik zat met mijn oma tv te kijken.'

'Ah, oma Poedel.'

'God, ik heb je echt alles verteld.'

'En ik heb alles onthouden. Ook dat je een huis zocht. Weet je nog dat ik je vertelde over mijn onderbuurvrouw?'

'Ja. Gaat die sufferd zich toch in het ongeluk storten?'

Ze hoort Lucas aan de andere kant van de lijn lachen. En ze ziet opeens zijn gezicht weer voor zich.

'Ze gaat samenwonen. En jij mag haar woning onderhuren. Op één voorwaarde.'

'En die is?'

'Dat je vanavond met me uit eten gaat.'

En op dat moment weet Kris dat haar leven er echt anders uit gaat zien.

Ik vind het eng dat liefde je zo kwetsbaar maakt.

(Janine Elschot, 1996-1997)

'Dit is echt...'
Oma kijkt om zich heen, zoekend naar woorden om het adembenemende uitzicht dat ze heeft te beschrijven.
'Dit is de wereld op z'n mooist.'
Kris slaat een arm om haar heen. Samen kijken ze rond, terwijl het volkomen stil is om hen heen. Vanuit het raam van de cockpit kijken ze de heldere, donkere lucht in. Miljoenen sterren flonkeren, af en toe fladdert er een donzig wolkje voorbij en heel in de verte aan de horizon kleurt de lucht een warme kleur oranje: de zon komt op.
Kris zucht. Ze heeft hier al talloze keren gestaan, maar deze nacht is zeldzaam mooi. Alsof het vliegtuig waarin ze zich bevinden geruisloos door de lucht zweeft, onopgemerkt door al die slapende mensen op de aarde beneden hen. Kris voelt zich bevoorrecht. En als Lucas van achter de stuurknuppel naar haar omkijkt en haar een lieve glimlach schenkt, voelt ze zich ook gelukkig.
Ze kijkt naar oma, die een gaap onderdrukt.
'Over vier uur landen we in New York. Probeer nog wat te slapen.'
Oma knikt en laat zich met zachte hand door Kris naar haar stoel in de business class leiden. Kris installeert oma, geeft haar een flesje water en loopt dan samen met haar collega Anja een rondje door het vliegtuig. De meeste passagiers slapen. Sommige kijken naar de film. Een babytje laat een hongerhuiltje horen, maar zodra ze het door Kris opgewarmde flesje tegen haar lippen voelt, wordt het kindje weer rustig. Een rustige vlucht. Als Kris na een kwartiertje weer langs oma loopt, is die in een diepe slaap verzonken. Kris legt

liefdevol een dekentje over haar heen. Ze hoort iets vallen. Ze pakt het van de grond. Een strip aspirines. Alweer. Kris stopt de strip in oma's tas en neemt zich voor om in New York met oma te praten over de pillen, die ze in Kris' ogen wel erg vaak in neemt.

Dan loopt Kris naar de cockpit en neemt plaats naast Lucas.

'Ze slaapt.'

'Mooi. Dan kunnen wij in alle rust praten.'

'Waarover?'

Lucas haalt een document uit zijn tas. Een getekende plattegrond. Hij geeft het aan haar.

'Wat is dat?'

'Ik heb mijn goede vriend Anton eens naar ons huis laten kijken. Het is volgens hem doodeenvoudig om onze twee etages samen te voegen.'

'Samenwonen?'

Lucas barst in lachen uit.

'Daar hoef je niet zo benauwd bij te kijken, hoor!'

'Sorry,' mompelt Kris, die even moet wennen aan het idee.

'Je hebt sinds je verhuizing twee nachten in je eigen huis geslapen! En dat was omdat Céline kwam logeren en je het ongezellig voor haar vond om haar alleen te laten slapen.'

'Dat weet ik.'

Lucas, die Kris inmiddels heel goed kent en weet dat ze ondanks haar gebruikelijke impulsiviteit vaak wat tijd nodig heeft voor het nemen van echt belangrijke beslissingen, pakt het papier terug en drukt een kus op haar hand.

'Denk er over na, smurf.'

Zo noemt hij haar sinds hij haar voor het eerst in haar blauwe uniform zag.

Er staat een stevige wind, maar de lucht is helder blauw en het lentezonnetje is warm als je in de luwte zit. Op de boot is de luwte echter nauwelijks op te zoeken en dus geeft oma het op om haar warrige krullen nog enigszins in bedwang te houden.

Tussen de overwegend Japanse toeristen valt oma nogal op in haar net in Chinatown gekochte outfit: een met vuurspuwende draken bedrukte kingsize kimono. De knalgele sneakers die ze er onder aan heeft, vallen nauwelijks nog op. Snel maakt Kris een foto van oma met het Vrijheidsbeeld op de achtergrond. Ze komen nu bijna bij hun bestemming aan: Ellis Island.

Ongelooflijk hoeveel energie haar oma nog heeft. Kris is doodmoe na twee dagen sightseeing en shoppen en eten en nog meer sightseeing. Haar oma gaat echter maar door, vastbesloten om alles te halen uit de drie dagen die ze met haar kleindochter in The Big Apple doorbrengt. Kris glimlacht als ze denkt aan gisteravond, toen ze afscheid namen van Lucas, die terug moest vliegen naar Nederland. Oma gaf aan zich terug te trekken in de hotelkamer die ze deelt met Kris, zodat Kris en Lucas in alle privacy afscheid konden nemen. Net toen Kris en Lucas elkaar in een rustig plekje in de lobby uitgebreid aan het zoenen waren, hoorden ze van achter een plant een harde scheet. Kris schrok zich wezenloos, maar dat veranderde snel toen Lucas achter de plant dook en er oma er achter vandaan haalde, het schaamrood op de kaken.

'Sorry, kinderen.'

'Wat deed je daar, oma?'

'Ik eh... Ik zat vast. Met mijn haar in de plant.'

Kris en Lucas konden allebei zien dat oma loog, maar Lucas moest echt weg, dus lieten ze het voor wat het was. Pas later die avond, toen Kris oma vergezelde naar het dessertbuffet (waar oma voor de derde keer een bord vol schepte), vroeg ze oma wat ze nou achter die plant deed.

'Ik word er zo blij van dat je weer gelukkig bent.'

'Dus? Verstop je je achter een plant?'

Kris begreep er niets van. Oma zag het en glimlachte.

'Sorry. Lucas houdt van je. En dat vind ik heerlijk om te zien. Ik geniet een beetje mee van jullie geluk.'

Kris snapte er nog steeds weinig van.

'Okay okay,' gaf oma toe. 'Ik wilde zien of het voor jou wel echt is.'

'Of wat echt is?'

'Wat je voor Lucas voelt.'

'Wat is dat nou weer voor stomme opmerking? Natuurlijk is dat echt! Ik ga toch niet met iemand waar ik niet verliefd op ben? We denken er nota bene over om samen te gaan wonen.'

Kris reageerde heftig, misschien wel iets te heftig. Dat merkte oma ook, maar ze zei er niets van. In plaats daarvan sloeg ze haar arm om Kris heen en wees naar een grote berg slagroomsoesjes met gekleurd glazuur, die in de vorm van de Amerikaanse vlag zijn gelegd.

'Wil jij daar nog wat van?'

Kris grinnikte en pakte een opscheplepel.

'Nee, oma. Maar jij wel.'

Later, toen ze in het tweepersoons bed lagen dat voor driekwart door oma's slapende lichaam in beslag werd genomen, dacht Kris terug aan oma's opmerking. Ze wist diep in haar hart wel waarom oma soms haar twijfels had. Die heeft ze zelf ook wel. Niet vaak, maar heel soms bekruipt haar een ondefinieerbaar somber gevoel als ze met Lucas is. Het gekke is dat dat meestal gebeurt als ze het juist heel leuk hebben samen. Zoals het moment in de cockpit, toen hij haar vroeg samen te gaan wonen. Natuurlijk weet ze dat ze hem niet moet vergelijken met Mick. Dat is niet eerlijk. Met Mick was het anders. Ze was jonger. Mick was haar eerste echte vriendje. Zo ontzettend allesomvattend als je eerste serieuze verliefdheid, zo wordt het daarna nooit meer. En ze is echt heel dol op Lucas. Hij geeft haar een geborgen gevoel, hij zorgt voor haar. Hij is heel attent, betrouwbaar. En vrijen met hem vindt ze heerlijk, omdat haar plezier voor hem voorop staat. Hoewel hij wat haar betreft wel eens wat minder vrouwvriendelijk zou mogen zijn. Ze neemt zich voor om hem, als ze weer thuis zijn, over te halen om het een keer in de lift te doen. Of op het strand. Of desnoods op de keukentafel. Met die gedachte viel ze in slaap.

Ellis Island is net zo indrukwekkend als de folders hen deden geloven. Al die mensen, al die gezinnen met kleine kinderen, die hier aan kwamen in de hoop hun American Dream waar te maken. Immigranten die soms maandenlang op een boot hadden gezeten om hun bestemming te bereiken, die medepassagiers hadden zien doodgaan aan verschrikkelijke ziektes die uitbraken, omdat er zoveel mensen opeengepakt op een schip zaten. Mensen die al hun bezittingen hadden verkocht om hun ticket naar het beloofde land te kunnen maken en die geweigerd werden omdat ze ziek waren of omdat er een vermoeden van ziekte was. Om daar te staan, in dat gebouw vol historie, met op de achtergrond de skyline van New York, maakt zelfs oma even stil.

'Ik heb een verrassing voor je.'
Kris ligt plat op haar rug op het bed in de hotelkamer, haar benen omhoog tegen de muur, om haar voeten wat rust te geven na weer een hele dag lopen. Niet voor de eerste keer deze trip, bedenkt Kris zich hoe ongelooflijk het is dat oma dit allemaal volhoudt. Oma kiepert de inhoud van een plastic tasje op de sprei. Kris pakt een shirt met de tekst: I DID NOT HAVE SEX WITH THAT WOMAN.
'Voor Ralph gekocht. Die is weer begonnen met sigaren te roken na die affaire en wil nu dat ik de rol van Monica Lewinsky op me neem.'
'Oma, je hoeft me niet alles te vertellen!'
Kris gruwelt bij de gedachte aan oma, die met een sigaar... Nee. niet aan denken. Weg met dat beeld. Oma zoekt tussen de spullen.
'Potverdriedubbeltjes, waar is dat ding?'
'We moeten morgen een nieuwe koffer kopen, om al je souvenirs in te vervoeren.'
Terwijl oma verder zoekt, gaat Kris rechtop zitten en pakt er een ander shirt tussen uit. Hier staat met grote letters: DOCTOR FEELGOOD. Kris houdt het op naar oma, die prompt een schuldig gezicht trekt.
'Voor Mick. Toch leuk als hij dat onder zijn witte jas aan kan trekken?'
'Hebben jullie dan nog contact met elkaar?' Kris is verbaasd en eigenlijk niet zo heel erg blij met dit nieuws.
'Soms. Hij stuurt me wel eens een kaartje. En toen ik laatst met mijn vriendinnengroep die smartlappenworkshop ging doen, heb ik daarna een hapje met hem gegeten.'
'Waarom heb je me dat niet verteld?'
Kris kijkt oma verwijtend aan.
'Omdat ik dacht dat het voor jou misschien... Dan ga je vragen stellen, komt het weer in je hoofd. Net nu je eindelijk weer happy bent...'
Kris knikt. Ze is niet boos op oma. Maar jeetje, oma heeft Mick

dus gezien!

'Hoe gaat het met hem?'

Oma aarzelt even.

'Ik wil het echt weten. Ik heb al anderhalf jaar niets van hem gehoord.'

'Het gaat goed met hem. Hij gaat co-schappen lopen. Weet eindelijk wat hij voor specialisatie gaat doen. Interne geneeskunde. Zijn oom is vorig jaar overleden. Hij heeft zijn rijbewijs gehaald. Zijn haar is gemillimeterd en hij is dolblij dat de dienstplicht is afgeschaft, want daar had hij echt geen zin in.'

Oma dreunt de feiten op alsof ze een boodschappenlijstje voorleest, omdat ze niet weet wat voor uitwerking haar nieuws op Kris gaat hebben. Kris denkt lang na. Er schiet van alles door haar hoofd heen. Co-schappen, is hij al zover met zijn studie? En zijn mooie krullen er af, is hij gek geworden? Wat lief dat hij oma af en toe een kaartje stuurt. Wat is het lang geleden dat ik hem heb gezien. En natuurlijk:

'Heeft hij een nieuwe vriendin?'

'Ja. Een meisje van zijn studie.'

Dit komt harder aan bij Kris dan ze had gedacht. Natuurlijk is Mick niet alleen gebleven. Zij heeft toch ook een ander vriendje? Wat had ze dan gedacht?

'Maar dat is uit.'

Haar hart maakt een sprongetje en dat irriteert haar.

'Waarom?'

'Oh eh... Wat zei hij nou? Dat ze hem veel te veel claimde. Ze wilde te veel, te snel, te overheersend.'

'Dom van haar. Als Mick ergens een hekel aan heeft...'

Kris voelt opeens een ontzettende aandrang om verder te vragen. Ze snakt naar informatie over de jongen die ooit haar grote liefde was. Hoe zag hij er uit? Wat had hij aan? Wat at hij? Drinkt hij nog steeds bier met seven-up? Is zijn oom begraven of gecremeerd? Waar woont hij? Heeft Rogier eindelijk een vriendje? Weet hij dat Kris met Lucas is?

'Ah. Hebbes!'

Oma vist een envelop uit haar tas en kijkt Kris glunderend aan.

'Terwijl jij je siësta hield, luilak, heb ik twee uur in de rij gestaan op

Broadway. Met resultaat! We gaan vanavond naar....'

Oma doet een kek dansje en zingt dan: 'Chicago!'

'De musical?'

'Yes, my darling!'

Kris springt van het bed af en rukt de kaarten uit oma's handen. Ja, het is echt waar. Ze gaan naar een musical! Op Broadway!

'Dat stond al op mijn verlanglijstje vanaf mijn negende jaar.'

'Je achtste. Toen je van mij 'Singin' in the Rain' mocht zien.'

'En ik voor het eerste jaar op dansles zat.'

'Het eerste en het laatste jaar.'

'Ach, ik heb andere talenten.'

Kris omhelst haar oma.

'Dank je wel, dank je wel, dank je wel.'

Oma maakt zich los.

'Ik ga douchen en me voorbereiden op het moeilijkste moment van de dag: waar gaan we eten?'

Kris kijkt haar oma lachend na, hoe is het mogelijk dat iemand de godganse dag aan eten kan denken? Ze schrikt als ze ziet dat oma zich opeens vastgrijpt aan de deurposten van de badkamer.

'Oma?'

Oma geeft geen antwoord. Kris hoort dat ze zwaar en veel te snel ademt. Ze haast zich naar haar toe.

'Oma, wat is er?'

Oma's gezicht is knalrood. Er parelen zweetdruppeltjes op haar bovenlip. Ze praat zacht en moeizaam.

'Beetje benauwd. Zo weg.'

Kris laat zich niet geruststellen. Ze pakt oma beet.

'Kom, ga even zitten. Kun je dat?'

Oma schudt haar hoofd en probeert haar ademhaling weer onder controle te krijgen. Ze wrijft over haar borst.

'Wat is er toch?'

Kris wordt nu echt bang.

'Moet ik een dokter bellen? '

Oma schudt haar hoofd weer.

'Gaat wel weer.'

Oma geeft aan dat ze wil zitten en Kris ondersteunt haar zo goed en kwaad als het kan naar het bed. Daar hurkt ze voor oma neer.

'Blijf even rustig zitten. Ik ga de receptie bellen. Die weten vast wel hoe we aan een dokter kunnen komen.'

'Ik heb dit vaker. Geen zorgen.'

Oma is nog steeds benauwd, maar ademt nu iets rustiger. Ze kijkt Kris aan en glimlacht zwakjes.

'Ouderdom. En wellicht wat klootjes te veel.'

'Hoe vaak heb je dit?'

'Och, ik weet het niet. Een paar keer per week. Soms weken niet en dan opeens... '

Oma grijpt naar haar borst.

'Dan gaat het hier zo'n pijn doen. Maar dan hou ik me eventjes rustig en dan trekt het weg. Niets ergs dus.'

'Slik je daarom zoveel aspirines?'

'Zeg, je bent mijn moeder niet.'

'Oma, ik maak me zorgen.'

Oma heeft duidelijk geen zin in dit gesprek en zucht overdreven.

'Ik slik af en toe een pijnstiller omdat ik vaak hoofdpijn heb.'

'Ik heb je nooit over hoofdpijn gehoord.'

'Het gaat ook niet weg door er over te praten, schat. Daarom houden we er nu ook over op. We gaan onze feestavond niet laten bederven!'

Kris aarzelt, maar oma kijkt haar zo streng aan dat ze weet dat het geen enkele zin heeft haar zin nu door te drammen. Ze pakt oma's hand vast.

'Beloof je me dat je naar de dokter gaat zodra we weer in Nederland zijn?'

'Kind, ik weet nu al wat hij gaat zeggen: afvallen en rustiger aan doen.'

'Beloof het me.'

'Je bent soms net je moeder.'

'Beloof het me, oma!'

'Ik beloof het.'

JEF EN SYLVIA / WOONKAMER + HAL + KEUKEN

JEF ZIT AAN TAFEL TE WERKEN. KIM STAAT IN DE KEUKEN EEN BROODJE VOOR ZICHZELF TE SMEREN.

SYLVIA KOMT DE TRAP AF IN HAAR OCHTENDJAS. ZE ZIET ER BELABBERD UIT.

SYLVIA
Ik denk dat ik maar een dagje thuis blijf.

JEF KIJKT OP VAN ZIJN WERK. HIJ IS BEZORGD.

JEF
Heb je nu nog steeds hoofdpijn?

SYLVIA
Ja. De pijnstillers die je had gehaald helpen ook niet echt. Het is net alsof er iemand constant in mijn hoofd zit te zagen.

JEF
Zal ik de dokter bellen of hij even langs wil komen?

SYLVIA
Ben je gek. Die lacht je uit. Zo erg is het nou ook weer niet.

KIM KOMT DE KEUKEN UITLOPEN EN NEEMT EEN HAP VAN HAAR BROODJE. ZE HEEFT HET GESPREK GEVOLGD.

KIM
Ga dan morgen naar het spreekuur. Je hebt er al zo lang last van.

SYLVIA
Ik zie wel.

Nee, je gáát!

SYLVIA GLIMLACHT FLAUWTJES.

SYLVIA
Okay. Maar alleen om van jullie gezeur
af te zijn.

JEF EN KIM ZIJN TEVREDEN.

Kris pakt de telefoon die naast haar op de bank ligt.
'Bellen tijdens GTST, ten strengste verboden.' Lucas zegt het grappend, maar Kris kent hem inmiddels goed genoeg om te weten dat er wel degelijk een cynische ondertoon in zit.
Kris kijkt Lucas, die op het punt staat naar de sportschool te gaan, geïrriteerd aan. Het enige waarover ze fundamenteel van mening verschillen is haar lievelingsserie. Hij vindt het dom drama voor domme vrouwen en ergert zich regelmatig aan het halve uurtje per dag dat ze kijkt. Zij vindt het vervelend dat ze het gevoel heeft dat ze zichzelf moet verdedigen en hoort zichzelf steeds vaker oreren over kijkcijfers ('zijn die anderhalf miljoen kijkers dan allemaal domme koeien volgens jou?'), de maatschappelijke invloed ('toen Kim vegetariër werd, hebben duizenden schoolmeisjes haar voorbeeld gevolgd') en zijn Studio Sportverslaving ('alsof kijken naar een stel kerels die achter een bal aanhollen zo intellectueel is.') Kris toetst het nummer in van oma, terwijl ze snibbig zegt:
'Veel plezier met je squashvriendjes, ik hoop dat jullie een mooie discussie over een waardeloze soapserie op kunnen zetten tijdens het rondje bier in de pauze.'
'Doe niet zo flauw, Kris.'
Maar Kris antwoordt niet meer, want oma neemt de telefoon op.
'Oma, met Kris.'
'Zit je in het buitenland? Want je belt net tijdens de eerste helft van Goede –'
Kris onderbreekt oma en ziet in haar ooghoek dat Lucas de kamer uit loopt. Ze heeft er spijt van dat ze zo lullig deed en neemt zich

voor het straks goed te maken.

'Ik weet het, oma. Heb je Sylvia gezien?'

'Ja, vervelend dat ze telkens zo'n hoofdpijn heeft, hè?'

'Heel vervelend. Maar het herinnerde me wel aan de belofte die je me een paar weken geleden deed.'

Het blijft stil aan de andere kant van de lijn.

'Toen we in New York waren. Dat je naar de dokter zou gaan. Ben je al geweest?'

'Eh... Nee. Nou... De dokter was op vakantie.'

'Twee maanden lang?'

Het blijft weer stil.

'Morgen ga je. Ik check het.'

'Rotmeid. Nu ga ik snel verder kijken.'

'Ik ook. Dag lieve oma.'

Kris hangt op en schrijft in haar agenda: oma bellen: dokter.

ZIEKENHUIS / KAMER SPECIALIST

DOKTER WOLFMAN BLADERT DOOR EEN STAPEL PAPIEREN EN SCANS.
SYLVIA KOMT BINNEN. ZE IS NERVEUS.
WOLFMAN KIJKT OP.

WOLFMAN

Mevrouw Merx. Gaat u zitten.

SYLVIA GAAT ZITTEN.

SYLVIA

En? Weet u nu wat ik heb?

WOLFMAN

Uw huisarts heeft er goed aan gedaan u
door te verwijzen. Ik heb de uitslagen
van de tests zo nauwkeurig mogelijk
bekeken en vergeleken...

SYLVIA KIJKT WOLFMAN ANGSTIG AAN.

WOLFMAN
En ik moet u vertellen: wat ik gevonden heb is niet zo mooi.

Kris grinnikt om de taal die de dokter gebruikt en geeft in haar hoofd commentaar, zoals ze altijd deed met de jongens in het studentenhuis. In je eentje kijken is toch minder leuk dan met z'n allen. In haar hoofd hoort ze Mick zeggen dat de acteur die de arts speelt aan kleutertoneel doet. Hoort ze Rogier mompelen dat het echt heel erg is als een dokter slecht nieuws voor je heeft. Zullen ze nu met z'n allen kijken? Of zal die traditie sinds zij er niet meer bij is verwaterd zijn?

SYLVIA
Wat is het?

WOLFMAN
Er zit iets in uw hoofd dat er niet
hoort te zitten.

SYLVIA
(IN PANIEK)
Wat? Wat zit er in mijn hoofd?

WOLFMAN
We hebben een gezwel gevonden.

SYLVIA SLAAT VERSCHRIKT EEN HAND VOOR HAAR MOND.

SYLVIA
Oh nee!

WOLFMAN
We moeten nog een heleboel onderzoeken
doen.

SYLVIA

Kunt u het weghalen?

WOLFMAN

We zijn aan het onderzoeken wat we voor u kunnen doen. In de tussentijd zal ik u wat sterkere pijnstillers geven.

SYLVIA STAAT OVERSTUUR OP EN WIL WEGLOPEN. WOLF-MAN STAAT OOK OP EN HOUDT HAAR VAST.

WOLFMAN

Mevrouw, gaat u eerst even rustig zitten. Zo kunt u de straat niet op.

SYLVIA

Wat moet ik doen? Hoe lang heb ik nog?

WOLFMAN LAAT SYLVIA WEER ZITTEN.

WOLFMAN

U moet geen overhaaste conclusies trekken. Tegenwoordig, met alle nieuwe technologieën en medicijnen...

SYLVIA

Oh god. Ik ga dood, hè? Ik ga dood.

SYLVIA IS DOODSBANG.

Nog voordat de aftiteling is begonnen, gaat de telefoon en Kris weet al wie het is.

'Hahaha! Ik hoop dat ik nooit zo'n dokter tegen kom!'

'Ik hoop dat ik nooit een gezwel in mijn hoofd krijg,' zegt Céline.

'Zullen ze haar echt dood laten gaan?'

'Geen idee. Ze is volgens mij hartstikke populair, dus dat zou niet echt slim zijn.'

'Misschien wil die actrice er zelf mee stoppen.'

'Waarom zou ze? Ze heeft de leukste baan van de wereld!'

En zo kletsen Céline en Kris nog even door. Dan moet Kris op-hangen. Ze moet morgen al om vijf uur op het vliegveld zijn voor een vlucht naar Buenos Aires en ze wil haar tas inpakken voordat ze gaat slapen.

'Fijne vlucht, Krissie. Kus aan je kanjer en we zien elkaar dit week-end! Oh, herinner me er aan dat ik vertel over die goddelijke mas-seur die hier elke dag alle dames, inclusief mijzelf, het hoofd op hol brengt.'

Kris verbreekt lachend de verbinding. Ze is blij dat Céline het nooit meer over meester Spock heeft gehad. Althans, niet na die keer dat ze hem op straat was tegengekomen met zijn vrouw, die hoogzwanger bleek te zijn. Twee flessen wijn, een zak chips en een halve kilo chocola later besloot Céline hem definitief uit haar hoofd te zetten. En als die masseur in de salon waar ze nu werkte daar een handje bij kon helpen, vond Kris hem nu al leuk.

Aan: mirjamderidder@hotmail.com

Van: krisderidder@hotmail.com

Betreft: oma poedel

Ha lieve mama. Ik ben zo blij dat je eindelijk internet hebt en ik je kan mailen. Ik ben nu in Buenos Aires. Het is hier bloedheet, maar we hebben een leuke crew en zitten in een fantastisch ho-tel. Ik duik zo met een paar collega's het bubbelbad in, maar ik wilde even vragen of jij kunt checken of oma vandaag naar de dokter is geweest. Ik maak me een beetje zorgen om haar. Waarom gaat ze niet gewoon naar de dokter als ze zoveel last heeft van hoofdpijn en benauwdheid? In elk geval: wil je me dat laten weten?

Ik kom dit weekend waarschijnlijk even thuis. Céline wil stappen in Bergen, omdat daar zulke lekkere jongens rondlopen (ik zeg: verwende rijkeluiskindjes die het geld van hun paps omzetten in coke en foute merkkleding, maar goed...).

Mogen we dan bij jullie logeren?
Liefs, Kris.

PS: Ben je geslaagd voor je handleescursus?

Aan: krisderidder@hotmail.com
Van: mirjamderidder@hotmail.com
Betreft: Re: oma poedel

Dag lieve dochter van me. Je kunt me feliciteren: ik ben officieel handlezeres. Ik heb besloten nog geen praktijk te beginnen, omdat ik zo druk ben met de wasserette en ik bovendien nog twijfel of ik niet verder wil met de tarotkaarten. Nou ja, gelukkig ben ik nog jong en gezond en kan ik nog alle kanten uit. Natuurlijk is het prima als jij en Céline dit weekend komen logeren. Je vader en ik gaan ook uit. Naar een kinky party in Amsterdam! Ik heb een rubberen jumpsuit gekocht van dat vrouwtje dat altijd alleen maar zwarte kleding komt brengen, weet je wel? Zij blijkt die feesten te organiseren en heeft ook een winkel met allemaal fetisjspullen. Heel interessant om daar eens rond te neuzen. Misschien kun je me de sleutel geven van jouw appartement, dan kunnen je vader en ik daar slapen als het laat wordt.
Over oma: ze is naar de huisarts geweest, die kon niets bijzonders ontdekken, behalve een hoge bloeddruk, maar dat heeft ze al jaren. Ze heeft vrijdag weer een afspraak in het ziekenhuis, dan gaan ze haar bloed nakijken enzo. Maak je geen zorgen. Onkruid vergaat niet. Hoewel ik vannacht heb gedroomd dat ze opgebaard lag in de wasserette, heel bizar. Hoop dat je bubbelbad fijn was. Dag schat. Kus van je moeder.

'Mam, heb je dat echt gedroomd? Over oma?'
'Dat schreef ik toch?'
'Maar dat is... Dat is eng!'
Ze hoort haar moeders schelle schaterlach en houdt haar telefoon een stukje van zich af tot ze ermee is opgehouden.

'Wat ben je toch een raar kind. Ik heb zo vaak vreemde dromen.'

'Maar je zegt zelf altijd dat je voorspellende dromen hebt.'

'Soms, lieverd. Soms droom ik iets dat dan later gebeurt. Weet je nog dat ik had gedroomd dat ons huis wegspoelde door een ontzettende regenbui? '

Kris heeft dit verhaal al honderd keer gehoord.

'Nou, twee dagen later ging het dus opeens keihard regenen. Er was geen weerman die dat had voorspeld, hè? Geen enkele. Maar ik had het dus gedroomd.'

'En nu heb je dus gedroomd dat oma doodging.'

'Nou ja, dat weten we niet, hè? Ze zag eruit alsof ze sliep. Dus misschien sliep ze wel. Heel waarschijnlijk sliep ze. Die dokter heeft ook gezegd dat ze voorlopig nog geen kist hoeft te kopen.'

Weer die lach. Kris beseft dat ze van haar moeder in elk geval niet hoeft te verwachten dat ze haar zorgen om oma deelt. Dus luistert ze nog even beleefd naar haar moeders verhalen over de nieuwe vriendin die kinky party's organiseert en is ze haar broertje Martijn dankbaar als hij wil dat hun moeder ophangt, omdat zijn nieuwe vriendinnetje zou bellen en de lijn anders bezet is.

BUITEN OPNAME EXT. KANTOOR A A & F

SYLVIA ZIT IN HAAR AUTO EN HUILT. ZE TRACHT ZICHZELF ONDER CONTROLE TE KRIJGEN EN DROOGT HAAR TRANEN. ZE ZIET IN DE ACHTERUITKIJKSPIEGEL DAT HAAR MAKE-UP IS DOORGELOPEN EN HERSTELT DE SCHADE. DAN HAALT ZE DIEP ADEM EN STAPT UIT.

A A & F / KANTOOR ROBERT EN JEF

JEF ZIT TE WERKEN ACHTER DE COMPUTER ALS SYLVIA ZO ONOPVALLEND MOGELIJK BINNEN KOMT.

JEF

Hoe was het?

JEF LOOPT NAAR SYLVIA TOE.

SYLVIA

Ik ben helemaal binnenstebuiten gekeerd.

JEF

Ja, en? Toch niets ernstigs?

SYLVIA GAAT ZITTEN. ZE ONTWIJKT JEFS BLIK.

SYLVIA

Nee. Niets bijzonders.

**JEF IS OPGELUCHT, MAAR NIET HELEMAAL GERUSTGE-
STELD.**

JEF

Niets bijzonders? Maar waarom heb je
dan de hele tijd hoofdpijn?

SYLVIA

Dat vroeg ik die man ook. Maar hij
heeft allerlei tests gedaan en niets
kunnen vinden dat hem zorgen baarde.

JEF

Misschien heeft het iets met je leeftijd te maken. Hormonen ofzo?

**SYLVIA PERST ER EEN LACHJE UIT EN VERBERGT DAT
ZE ZICH ELLENDIG VOELT.**

SYLVIA

Daar ben ik veel te jong voor, Jef.
Het gaat vanzelf over, zegt hij.

JEF GEEFT SYLVIA EEN KUS.

Als je eens wist wat ik allemaal heb
zitten bedenken. Ik was echt zo bang
dat het iets ernstigs zou zijn.

**ZE OMHELZEN ELKAAR. EVEN TREKT ER EEN LICHTE
VLAAG VAN VERDRIET OVER SYLVIA'S GEZICHT, MAAR
ZE HERSTELT ZICH SNEL.**

Net op dat moment hoort Kris buiten de dichtslaande portieren
van een auto. Ze zet de video stop en loopt naar het raam. Céline,
die liggend op de bank chinees eet, moppert:
'Doe nou niet zo hysterisch. Ze komt zo echt wel. Ik wil verder
kijken!'
Kris loopt naar de deur.
'Het is oma. Ben zo terug.'
En weg is Kris.

'Oma, waar bleef je nou?'
Oma, die door Ralph uit de auto wordt geholpen, kijkt haar even
verbaasd aan.
'Ralph en ik hebben zalig gegeten in dat nieuwe restaurant in
Heiloo. Fantastisch. Ik had als entree een carpaccio, nou, ik heb
nog nooit zulk heerlijk, zacht vlees-'
Kris onderbreekt oma.
'Waarom nam je je telefoon niet op?'
'Oh, die ben ik helemaal vergeten weer aan te zetten. In het zieken-
huis moeten telefoons altijd...'
Oma stokt plotseling. Haar gezichtsuitdrukking wordt zorgelijk en
ze pakt Kris bij haar arm.
'Lieverd, er is toch niets gebeurd? Dat je me hier op staat te wach-
ten en me zo dringend wilde bereiken?'
'Ik wilde weten wat de dokter zei.'
Oma is zichtbaar opgelucht. Ze aait Kris over haar hoofd.
'Wat ben je toch een rare. Je moeder zei al dat je geobsedeerd was
door het idee dat er iets mis met me was.'
Kris kan geen geduld meer opbrengen en valt uit.

'Ik ben helemaal niet geobsedeerd, ik maak me gewoon zorgen. Oma, zeg het nou! Wat zei de dokter?'

Oma knijpt in de spekrollen op haar armen.

'Dokter De la Falva was heel streng. Ik ben te dik. Mijn bloeddruk is te hoog. En als ik niet wat minder ga eten loop ik de kans om suikerziekte te krijgen.'

Kris staart oma ongelovig aan.

'Alleen maar dat? Een te hoge bloeddruk?'

Oma knikt glimlachend.

'Maar waar komt die pijn op je borst dan vandaan? En die hoofdpijn? Ik bedoel, je zakte in New York bijna in elkaar!'

'Dat doet een te hoge bloeddruk met je, liefje.'

'Hebben ze foto's gemaakt? Bloed afgenomen? Heb je medicijnen gekregen? Waarom houden ze je niet een nachtje ter observatie?'

Oma legt haar hand tegen de mond van Kris, zodat ze niet langer door kan ratelen.

'Stop! Het lijkt wel alsof je wílt dat ik een enge ziekte heb! Ik vind dit al erg genoeg.'

Kris haalt oma's hand weg en realiseert zich dat ze inderdaad misschien een beetje doordraaft. Maar toch... Ze kent oma. Die zegt nog dat ze zich prima voelt als ze met veertig graden koorts in bed ligt. En toen opa doodging, hield ze zich ook groot. Zo groot dat het mensen verbaasde. En toen Kris op een avond onverwacht bij haar langs ging, trof ze oma huilend op de grond van de badkamervloer, radeloos van verdriet over haar overleden echtgenoot. Zo goed ging het dus niet met haar. Maar oma wil andere mensen niet opzadelen met haar sores. Oma staat altijd voor iedereen klaar, maar lost haar eigen problemen zo geruisloos mogelijk zelf op. Dus hoe kan Kris nu zeker weten of oma de waarheid spreekt?

Kris kijkt naar Ralph, die een krat boodschappen uit de kofferbak haalt.

'Was jij er bij? In het ziekenhuis? Bij het gesprek?'

'Nee, ik heb geluncht met mijn oud-collega's in het restaurant dat vroeger van mij was. Bovendien wilde je oma mij er helemaal niet bij hebben. '

'Natuurlijk niet,' zegt oma. 'Lig ik daar een beetje bloot te wezen op zo'n ijzeren tafel, dan hoef ik jou echt niet te zien, hoor.'

Ralph lacht. Oma ook. Kris niet. Ze is niet gerustgesteld. Sterker nog: ze is eigenlijk alleen maar bezorgder. Kris pakt een taartdoos, twee zakken chips, een pakje roomboter en een fles wijn uit de boodschappenkrat.

'Dit mag je dus niet meer.'

Kris loopt weg met de boodschappen en negeert de boze protesten die oma haar toeroept.

'Ik zeg niet dat je gestoord bent, ik zeg alleen maar dat je volgens mij een beetje overdrijft.'

'Jij was er niet bij toen ze die aanval kreeg, Céline. Het was echt heel eng en ik kan me niet voorstellen dat een arts dat afdoet met een bloeddruk die een tikkeltje te hoog is.'

'Kennelijk wel.'

'Ik denk dat ze er over liegt. Ik bedoel, mama heeft ook al gedroomd dat ze dood was, en ze wilde maar niet naar de dokter. Ik denk dat ze zelf al aanvoelde dat het ernstig was. Struisvogelpolitiek.'

Céline kijkt Kris aan en zegt dan, voorzichtig, om haar niet boos te maken: 'Je hebt net Sylvia gezien die erover loog. Dat betekent toch niet dat je oma dat ook doet?'

'Dat gevoel had ik al voordat ik Sylvia het zag doen!'

Céline ziet dat Kris niet van het idee af te brengen is en gooit het over een andere boeg.

'Okay, stel dat... Stel dat je oma erover liegt om niemand ongerust te maken. Dan is dat toch haar keuze?'

'Net zoals het haar keuze is om zich dood te eten? Sorry, maar daarvoor hou ik te veel van haar.'

'Wat wil je er aan doen?'

Kris denkt even na, terwijl ze haar haren borstelt en parfum opsprayt.

'Ik ga met die arts praten.'

Céline, die voorzichtig met haar lange nagels een panty over haar heupen trekt, vindt dit een bijzonder slecht idee, maar Kris is standvastig.

'Dat ga ik doen. Punt.'

'Kris! Telefoon!'

Haar broertje bonkt hard op de deur. Kris schrikt op uit een hele diepe slaap, veroorzaakt door een combinatie van te veel drinken, te laat naar bed en te wild gedanst. Ze moet echt iets aan sport gaan doen, ze heeft spierpijn in haar hele lijf. Na een avondje stappen!

'Kris!'

Kreunend komt Kris overeind en stapt haar bed uit. Céline slaapt dwars door het lawaai heen. Zij wel. Kris opent de deur. Haar broertje drukt haar de telefoon in handen en loopt weer terug naar zijn slaapkamer. Hij was nog later thuis dan zij en Céline en als ze het goed heeft gehoord (en het zich correct herinnert...) kwam hij niet alleen thuis. Ze kijkt naar haar telefoon. Het is Lucas.

'Ha schatje.'

Oeps. Haar stem klinkt wel heel verrot. En dat lawaai aan de andere kant van de lijn is niet fijn voor haar hoofd, dat bonkt en suist van de genuttigde alcohol.

'Waar ben je?'

'Thuis.'

Ze hoort aan Lucas' stem dat hij chagrijnig is.

'Waarom heb je zulke harde muziek aan?' vraagt ze.

'Dat heb ik niet. Dat zijn je ouders.'

Kris moet dit even verwerken. Haar ouders. Oh god ja, die zouden in haar appartement logeren vannacht. Na de kinky party.

'Maar het is... Hoe laat is het?'

'Tien uur 's ochtends,' gromt Lucas. 'Ze kwamen vannacht om vier uur thuis en sindsdien zijn ze aan het feesten. Ik heb geen oog dicht gedaan en ik moet straks vliegen. Ik flip hier echt van.'

'Eh... Kun je niet naar ze toe gaan? Vragen of ze wat zachter willen doen?'

'Denk je dat ik dat niet geprobeerd heb? Ik ben wel tien keer naar beneden gegaan. Ze doen niet open. De gordijnen zijn dicht, maar volgens mij zijn ze niet alleen. Zo klinkt het ook niet.'

Kris is geschokt. Niet alleen omdat haar ouders Lucas zoveel overlast bezorgen, maar omdat ze opeens het beeld voor zich ziet van haar ouders die na een kinky party behoefte hebben om verder te feesten met andere mensen. Dat rubberen pak van haar moeder. De leren broek van haar vader. Wat doe je na een kinky party? Een orgie bouwen.

'Gatverdamme.'

'Is dat alles wat je kunt zeggen?'

Lucas is nu echt kwaad.

'Ik moet echt nog een paar uur slaap pakken, Kris.'

'Okay, ik... Wacht. Ik stap op de trein en ik kom naar je toe.'

'Prima,' bijt Lucas haar toe. 'Als je er over een uur niet bent, bel ik de politie.'

Zonder dat hij Kris de kans geeft om nog iets te zeggen (bijvoorbeeld dat het redelijk overdreven is om de politie te bellen om je schoonouders te laten oppakken, die een feestje bouwen in het appartement van je vriendin) verbreekt Lucas de verbinding.

Kris kleedt zich razendsnel aan, krabbelt een briefje voor Céline en trekt dan de deur achter zich dicht.

Als ze haar fiets losmaakt om naar het station te gaan, ziet ze dat de wasserette nog gesloten is. Dat is vreemd. Oma zou de zaak openen en de honneurs waarnemen totdat haar ouders terug zouden zijn uit Amsterdam. Ze loopt naar de deur en kijkt naar binnen. Donker. Leeg. Ze drukt op de bel. Als er geen beweging te zien is, drukt ze er nog een keer op. Ze hoort dat er een raam wordt open gedaan op de eerste verdieping. Ralph steekt zijn slaperige hoofd naar buiten.

'Ha meissie!'

'Goedemorgen! Is oma vergeten dat ze de wasserette zou openen?'

'Nee, maar...' Ralph kijkt even achterom, Kris vermoedt dat hij een blik wisselt met oma.

'Je oma voelt zich niet zo lekker.'

Onmiddellijk rinkelen er duizenden alarmbellen in Kris' hoofd.

'Wat heeft ze? Heeft ze de dokter gebeld?'

'Zelfde klachten. Benauwd. Duizelig. Hoofdpijn. Het trekt nu weer een beetje weg, dus ik denk dat we over een half uurtje naar beneden gaan om te openen.'

'Geen sprake van! Ze gaat niet een hele dag werken als ze zich zo belabberd voelt. Zeg dat ze in bed gaat liggen en daar blijft, okay? En bel de dokter!'

Ralph knikt en werpt haar een handkus toe, voordat hij het raam weer dichtdoet. Kris loopt terug naar haar fiets. Ze kijkt op haar horloge. Als ze snel fietst kan ze de trein van kwart voor elf halen en is ze net op tijd in Amsterdam. Aan de andere kant, ze kan zich niet voorstellen dat Lucas echt de politie gaat bellen. En ze had voor vandaag andere plannen. Plannen die nu nog veel belangrijker zijn.

'Dokter De la Falva. Ik wil graag weten op welke afdeling hij werkt.'
De receptioniste bladert door een dikke map en gaat met haar knalblauw geverfde nagels tergend langzaam langs honderden namen.
'Hebben jullie geen computer waar dat in staat?'
'Ja, maar het systeem ligt plat omdat we aan het reorganiseren zijn.'
Kris zucht geërgerd. Ze weet dat het niet fair is, het meisje kan hier ook niets aan doen, maar de combinatie van haar zorgen om oma, de veel te korte nacht en de bonkende koppijn maken haar vandaag niet de vrolijkste persoon op aarde.
'Ah. Hebbes.'
Het meisje kijkt Kris een beetje opgelaten aan.
'Sorry, maar... Je make-up is een beetje doorgelopen.'
Kris wrijft onder haar ogen. Haar vinger is zwart. Vannacht vergeten haar make-up er af te halen en vanochtend niet eens in de spiegel gekeken. Nou ja, jammer dan. Ze hoeft vandaag geen schoonheidsprijs te winnen.
'Dokter De la Falva. Waar kan ik hem vinden?'
'Op de afdeling oncologie. '
Kris schrikt zich wezenloos. Zie je wel? Haar voorgevoel was juist. Oncologie. Kanker. Oma heeft kanker.
'Tweede verdieping, als je de lift uit komt, door de klapdeuren rechts. Maar als je geen afspraak hebt, denk ik niet dat ze je...'
Kris hoort niet meer wat het meisje zegt. Ze is al op weg naar de lift.

Klapdeuren rechts. Het bordje: oncologie. Ze is er. Het flitst door haar hoofd heen dat ze hier misschien wel heel vaak gaat komen om oma te bezoeken. Oma, die ziek in bed ligt. Kaal door de chemo. Mager door die rotziekte. Pijn. Bang. Kris klampt de eerste de beste verpleegster aan die ze ziet.

'Ik ben op zoek naar Dokter De la Falva. Die zou hier moeten zijn.'

'Klopt,' zegt de verpleegster, die volgens haar naambordje Fatima heet. 'Maar hij is momenteel in gesprek. Heb je een afspraak?'

'Nee, maar het is heel dringend. Echt heel dringend.'

Fatima aarzelt even. Maar het meisje dat tegenover haar staat ziet er erg overstuur uit.

'Hij heeft spreekuur. Kamer zeven. Als het echt zo dringend is, mag je er misschien wel even tussendoor.'

Kris probeert niet te kijken naar de wachtende mensen op de rijtje stoelen voor kamer zeven. Ze kan het niet aan om te zien hoe ziek ze zijn, om te zien wat oma te wachten staat. Wat is oma van plan? Hoe lang wil ze dit voor hen verborgen houden? Zal ze wel behandeld willen worden? Ze heeft ooit gezegd dat ze liever dood gaat dan dat ze overgeleverd aan wildvreemde mensen in het ziekenhuis belandt. Zal ze gewoon doorgaan met leven, totdat die ziekte haar zo heeft aangetast dat haar lichaam het begeeft?

De deur gaat open. Kris, die er naast staat, klampt onmiddellijk de dokter aan, die met loshangende jas en een dossier in zijn hand de ruimte inkijkt.

'Dokter De la Falva? Mag ik alstublieft heel even iets vragen?'

De dokter, die de pensioengerechtigde leeftijd al lang is gepasseerd, kijkt haar over de rand van zijn gouden brilletje aan. Als hij begint te praten, blijkt hij een zwaar accent te hebben. Zo te horen Spaans.

'Heeft u een afspraak?'

'Nee, anders zou ik niet vragen of ik u iets mag vragen.'

'Het spijt me, ik heb het te druk om mensen tussendoor te laten gaan. Ik loop al een uur achter.'

De dokter pakt zijn dossier en leest.

'Mevrouw de Vries?'

Een oude mevrouw, in peignoir, met een infuus in haar arm, die verbonden is met een standaard op wieltjes waar een druppelende zak vloeistof aan hangt, staat op.

'Dokter, het is maar heel even. Het gaat om mijn oma. Oma

poedel. Ik bedoel, mevrouw Bep van der Pek. Ze was gisteren bij u en ik moet weten wat ze mankeert.'

De dokter helpt de oude mevrouw zijn kantoor binnen en probeert niet te laten merken dat Kris hem irriteert.

'Ik mag geen patiëntengegevens aan derden verstrekken.'

'Ik ben geen derde, ik ben haar kleindochter! Haar eerste! Haar enige!'

Een andere patiënt, een man in trainingspak met een tatoeage van een slang die vanuit zijn shirt zijn nek in kronkelt, staat nu op.

'Je houdt de boel op, juffie. Ik zit hier al anderhalf uur te wachten.'

Kris duwt de slangenman van zich af als hij haar bij de dokter weg probeert te krijgen. Ze raakt nu echt overstuur.

'Mijn oma heeft kanker! Ze gaat dood! En ik moet weten wat ze precies....'

Kris stopt, omdat ze begint te huilen.

'Dan vraag je dat toch aan haar? Ze is toch bij de dokter geweest of niet dan?'

De slangenman posteert zich tussen Kris en de dokter.

'Ze wil het me niet vertellen!'

Kris grijpt de dokter, die een beetje terugdeinst, bij zijn arm.

'Mevrouw Bep van der Pek. Ze was er gister. Heel even maar.'

'Het spijt me. U kunt een afspraak maken, maar zonder toestemming van uw oma mag ik u geen informatie geven. Bovendien, als mevrouw kanker heeft, zoals u zegt, zal ze niet bij mij onder behandeling zijn.'

De dokter trekt zijn arm terug en loopt zijn kantoor in, de deur achter zich dichttrekkend. De slangenman, die ziet dat Kris achter de dokter aan wil, gaat pal voor de deur staan en maakt zich breed. Kris begint tegen zijn borstkas te slaan.

'Hij liegt! Die dokter liegt! Oma is gisteren bij hem geweest, dat heeft ze zelf gezegd! Waarom liegt iedereen? Wat is dit voor kutziekenhuis?'

'Wat is er hier aan de hand?'

'Een ietwat hysterische dame,' zegt slangenman.

'Kris?'

Ze draait zich met een ruk om. Het is Mick. Mick, in een witte jas, met een naambordje erop en een bekertje koffie in zijn hand.

Haar Mick.

'Mick?'

Hij pakt haar arm. Kijkt haar aan. Met die haar zo dierbare ogen. God, ze heeft hem gemist.

'Kom even mee.'

Dokter De la Falva werpt Mick een dankbare blik toe, als hij Kris met zich meevoert. Terwijl ze door de drukke, witte gangen lopen, herinnert ze zich hoe hij haar op het feestje van Michel, dat zo desastreus verlopen was, op zijn rug had meegenomen. Was dat het moment dat ze verliefd op hem werd? Ze kijkt naar hem. Hij is magerder geworden. Zijn haar is inderdaad geknipt, maar niet zo kort als ze na oma's woorden had gevreesd. Hij voelt dat ze naar hem kijkt en kijkt nu ook naar haar. Hij stoot een kort, geamuseerd lachje uit.

'Niets veranderd, hè?'

'Wie? Jij? Of ik?'

'Allebei. Hoewel je vroeger wat strakker in de make-up zat.'

'Ik ben gister uit geweest.'

'Ik zie het.'

'Ik had geen tijd om te douchen.'

'Ik ruik het.'

Ze komen aan bij een kamer. Er hangt een bordje op, dat duidelijk maakt dat het alleen voor personeel bestemd is. Hij zet haar op een stoel. Ze kijkt om zich heen. Best gezellig. Voor een ziekenhuis dan. En plotseling dringt het weer tot haar door. Oma. Mick zet een kop koffie voor haar neer. En voordat hij haar kan vragen waarom ze zo overstuur is, begint ze te vertellen. Onsamenhangend. Huilend. Gefrustreerd. Ze vertelt alles. Over oma's aanval in New York. Over de droom van haar moeder. Sylvia, die ook doodgaat en het niemand vertelt. Oma's verslag van haar ziekenhuisbezoek. Haar ouders die liggen te rollebollen met ze weet niet hoeveel andere mensen. Lucas, die de politie wil bellen. Mick luistert. Schenkt nog een kop koffie in. Geeft haar een doos tissues. Grinnikt als hij zich haar moeder in een rubber pak voorstelt. En fronst zijn wenkbrauwen heel even licht als hij de naam Lucas hoort. Tenminste, dat denkt Kris. Dat hoopt ze.

'En toen kwam ik dus hier. En toen zei die vrouw bij de balie beneden, die met die blauwe nagels, dat die dokter op oncologie werkte. Dan heeft ze dus kanker. Oma heeft kanker.'

'Dokter De la Falva is cardioloog.'

Mick zegt het droog, met een zweem van een glimlach om zijn mond.

'Cardioloog.'

Mick knikt.

'Bestaat er dan ook hartkanker?'

Nu lacht Mick hardop.

'Hij werkt niet op oncologie. Hij heeft alleen spreekuur op deze afdeling, omdat zijn afdeling gereorganiseerd wordt.'

Kris kan Mick alleen maar aan staren. Is dit goed nieuws? Als die dokter geen oncoloog is, heeft oma waarschijnlijk ook geen kanker. Maar een cardioloog...

'Dan heeft ze dus een hartkwaal. Daar ga je ook dood aan.'

'Dat hoeft niet. Bovendien zei je net zelf dat ze er maar één keer is geweest. Dat betekent niet dat ze onder behandeling staat.'

'Nee, natuurlijk niet. Ze wil niet behandeld worden.'

'Heeft ze dat gezegd?'

Kris zwijgt. Mick schudt zijn hoofd.

'Dat heb jij er van gemaakt.'

Kris knikt.

'Nog steeds niet geleerd om dingen met anderen te bespreken, voordat je conclusies trekt.'

Kris kijkt naar Mick en realiseert zich dat hij het over hun relatie heeft. Over het einde van hun relatie, om precies te zijn. Toen zij abortus pleegde, omdat ze ervan uit ging dat hij geen kind wilde.

'Sorry,' zegt ze met samengeknepen keel.

Er valt een lange stilte, waarin ze elkaars blikken ontwijken en proberen hun gedachten te ordenen. Dan staat Mick op. Hij loopt naar de deur.

'Ben zo terug.'

Kris blijft alleen achter. Ze is helemaal in de war. De laatste die ze had verwacht tegen het lijf te lopen was Mick. Hoewel... Het eigenlijk helemaal niet zo raar, hij wil per slot van rekening dokter worden en om hem dan in een ziekenhuis tegen te komen...

Wat zal hij van haar vinden? Ze heeft zichzelf weer eens onsterfelijk voor gek gezet door die dokter De la Falva zo lastig te vallen. Vroeger kon Mick altijd wel lachen om haar domme acties. Maar vandaag lachte hij niet om haar. Zal hij weer een nieuwe vriendin hebben? Vast zo'n fris uitziende verpleegster, die elke ochtend naar de sportschool gaat voordat ze monter aan haar werk begint. Nou, als Kris haar stewardessenpak aan heeft, ziet ze er ook fris en fruitig uit.

Kris staat op, geïrriteerd dat ze in haar hoofd de concurrentie aan gaat met een fictieve vriendin van haar ex-vriend. Waar is Mick eigenlijk naar toe? Ze gaat kijken of ze hem ziet en doet de deur van de kamer open.

'Kijk uit!'

De deur knalt tegen een verpleegster aan die een ondersteek in haar handen heeft, die door de klap van de deur uit haar handen vliegt en kletterend op de grond valt, waarbij de inhoud grotendeels over Kris heen wordt gesproeid. Kris voelt aan haar zeiknatte shirt en veegt een pluk druipend haar uit haar ogen, voordat ze hurkt om de ondersteek van de vloer te pakken.

'Sorry! Sorry! Wat erg!'

De verpleegster is van de schrik bekomen en neemt de ondersteek van Kris aan.

'Het maakt niet uit. Maar jij... Zal ik een doekje voor je pakken?'

'Nee, joh. Het is maar water. Droogt wel weer.'

'Het is geen water. Het is urine,' zegt Mick, die achter haar is komen staan. Met een ruk draait Kris zich naar hem om.

'Grapje.'

Mick schudt zijn hoofd. Hij kan zijn lachen nauwelijks in houden. Kris voelt zich diep ellendig. Waarom overkomt dit soort dingen haar nou altijd?

'Ik haal wat droge kleren voor je. Bij gevonden voorwerpen blijft altijd kleding liggen.'

De verpleegster kijkt naar Mick.

'Misschien kun jij haar even laten douchen in een lege kamer?'

Mick knikt. Hij gebaart met zijn hoofd dat Kris met hem moet meelopen. Met een sleutel opent hij een kamer en wijst haar op de douche.

'Heb je toch je douchebeurt vandaag.'

'Dank je. En sorry. Dat ik je zoveel last bezorg. Ik...'

Kris zoekt even naar woorden, maar besluit dan dat alles wat ze zegt toch nergens op slaat. Ze gebaart: ga maar weg. Dat doet Mick. Maar in de deuropening draait hij zich om. Kris, in de veronderstelling dat hij weg is, trekt het kletsnatte shirt over haar hoofd. Ze ziet niet dat Mick naar haar kijkt, met een blik vol liefde en herinnering.

'Je oma houdt niets voor je achter.'

Kris schrikt als hij er nog blijkt te zijn. Ze staat in haar beha voor hem.

'Ik mag dit eigenlijk niet doen, maar je was zo verdrietig en... Hou je wel je mond? Ook tegen oma?'

'Ja. Ja, natuurlijk. Vertel.'

'Ik heb even in het dossier gekeken. Je oma is doorverwezen omdat de huisarts zeker wilde weten dat het niets met haar hart te maken had. Er is een filmpje gemaakt, er zijn onderzoeken gedaan, maar je oma mankeert niets. Behalve dan die hoge bloeddruk, waar ze medicijnen voor heeft gekregen.'

Kris kan het nauwelijks geloven.

'Echt?'

Mick knikt. Kris is zo opgelucht dat ze niet meer helder nadenkt en Mick om de hals vliegt. Ze klampt zich aan hem vast.

'Dank je. Dank je wel.'

Mick deint een beetje terug, de stank, de nattigheid. Maar haar bijna naakte lijf weer in zijn handen, die kriebelende vingers met een haast vanzelfsprekend gebaar weer in zijn nek...

Kris voelt het ook. Zo vertrouwd. Zo opwindend. Zijn handen op haar vochtige lichaam...

Ze heft haar hoofd en kijkt hem aan. Hij doet hetzelfde. Ze zijn verward door de plotselinge heftigheid van het lichamelijke contact.

'Wat gebeurt er?' Ze fluistert bijna.

'Ik... Ik weet het niet.'

Mick maakt zich van haar los. Probeert zijn kalmte te bewaren.

'Ga maar douchen. Annemarie komt je zo schone kleren brengen. Misschien zie ik je straks nog wel even.'

Voordat Kris nog wat kan zeggen, is hij al weg. Kris wil hem achterna gaan, wil dat hij bij haar blijft, maar realiseert zich dat ze in haar halfnaakte toestand moeilijk de ziekenhuisgang op kan rennen.

Zuster Annemarie heeft er zelfs aan gedacht om een plastic tasje voor haar druipende kleren mee te nemen, dat ze nu bij zich draagt terwijl ze door de gang loopt, op zoek naar Mick. De nieuwe kleren zijn veel te groot en niet bepaald volgens de laatste mode, maar dat is wel het laatste waar ze zich nu druk om maakt. Mick is hier en hij voelde het ook, dat weet ze zeker. Ze moet bij hem zijn. Ze moet met hem praten. Wil hem aanraken. Hem horen zeggen dat hij haar net zo gemist heeft als hij haar. Ze neemt de lift en haast zich naar de balie, waar het meisje met de blauwe nagels glimlachend naar haar opkijkt.
'Zo. Een ware metamorfose.'
'Kun je voor mij nagaan waar Mick uithangt?'
Ze geeft het meisje alle informatie die ze heeft, maar dat blijkt niet nodig.
'Die is net de OK ingegaan.'
Kris kan haar teleurstelling nauwelijks verbergen.
'Oh. Wanneer komt hij terug?'
'Dat duurt nog wel even. Er staat zes uur voor de operatie ingepland en meestal lopen ze ook nog uit, dus...'
Kris denkt na. Zes uur wachten. Dat is wel heel erg veel. En ze moet vanmiddag vliegen, ze kan het niet maken om af te zeggen.
'Kun je een bericht voor hem achter laten?'
Het meisje knikt en pakt een pen en papier.
'Dat hij Kris moet bellen.'
Kris geeft haar telefoonnummer en verlaat het ziekenhuis, terwijl ze checkt of haar mobiele telefoon wel aan staat.

Ze komt gelijk thuis met haar ouders, die door een zwaar geïrriteerde Lucas uit zijn auto worden geholpen. Ze zijn duidelijk ladderzat. Er zit een scheur in haar vaders leren broek en haar moeder heeft de lange stewardessenjas van Kris aan over haar rubberen pakje.

'Ik dacht dat jij naar Amsterdam zou komen?'

Lucas bijt het haar toe, zonder haar aan te kijken. Niet alleen uit boosheid, hij moet al zijn aandacht bij haar moeder houden, die zich aan hem vastklampt en wankelend op haar hoge hakken naar de huisdeur strompelt.

'Er kwam iets tussen. Heb je de politie gebeld?'

'Op het moment dat ik dat wilde doen, kwamen ze bij me aan-kloppen. Of ik nog drank in huis had. Ik kon ze in deze staat niet naar huis laten gaan.'

Haar moeder giechelt. Haar vader probeert waarschijnlijk sorry te zeggen, maar er komt alleen maar een vaak soort gerochel uit zijn keel.

De huisdeur gaat open en Céline, die duidelijk net wakker is, loopt de stoep op. Ze is verrast door het bonte gezelschap dat ze aantreft. Lucas, die bijna gekeeld wordt door haar moeder, gebaart Céline opzij te gaan en als ze dat doet, sleurt hij haar moeder mee het huis in. Haar vader volgt, steun zoekend bij elke deurpost en muur die hij tegenkomt.

'Eh... Kun je me misschien uitleggen wat er allemaal aan de hand is?' Céline wrijft in haar ogen, nog niet helemaal wakker.

'Ik heb Mick gezien.'

Kris pakt Céline bij haar schouders vast.

'Ik heb Mick gezien en... Ik hou nog van hem.'

Céline kijkt Kris verward aan.

'En hij van mij. We voelden het allebei. Het komt weer goed. Ik zei het toch? Wij horen bij elkaar.'

Een mooier moment om opnieuw te beginnen kan ik me niet voorstellen.

(Daniel, 1997-1998)

Kris bergt haar telefoon op. Ze heeft nu geen zin om te bellen. Ze wil even niet praten. Niet horen zeggen dat het allemaal wel weer goed komt. Ze wil in haar nieuwe autootje stappen, muziek opzetten en zo snel mogelijk wegrijden.

Kris zingt mee met Volumia, uit volle borst en ontzettend vals. 'Hou me vast.' De tranen stromen over haar wangen en ze heeft moeite om haar aandacht bij de weg te houden. Niet de afslag missen nu.

Kris staat opeens vol op de rem als een haar passerende auto haar er met luid getoeter en opgestoken middelvinger op wijst dat ze hem rechts inhaalde. Gelukkig rijdt er niemand achter haar, dat was een behoorlijke botsing geworden. Met dat besef besluit Kris om er bij de het eerstvolgende tankstation af te gaan, een flesje water te kopen en even te kalmeren. Ze zet de radio uit.

Hij belde niet. Na hun ontmoeting in het ziekenhuis, nam hij geen contact met haar op. Eerst was ze teleurgesteld, ze had zich zo door haar romantische dromen laten meeslepen, dat het verhaal een heel eigen leven was gaan leiden in haar hoofd. Een leven waarin zij en Mick weer samen komen, een leven waarin Lucas niet boos of verdrietig is dat ze voor haar ex kiest, een leven waarin ze samen met Céline een bruidsjurk uitkiest, terwijl ze haar bezweert dat ze niet voor lul wil staan op haar vrijgezellenfeest.

Maar hij belde niet.

Zij wel. Ze liet talloze berichten voor hem achter. Op het antwoordapparaat van het studentenhuis, waar zijn naam nog steeds werd genoemd en waar hij dus waarschijnlijk nog woonde. In het ziekenhuis, waar ze haar na twee maanden wisten te vertellen dat zijn co-schappen waren beëindigd en ze niet wisten waar hij nu werkzaam was. De universiteit, waar ze minstens tien keer beloofden de boodschap aan hem door te geven. Ze had zelfs zijn tante gebeld, haar gecondoleerd met het verlies van haar man en het nieuwe mobiele nummer van Mick ontfutseld. Maar nadat ze dat nummer een keertje of vijftig had gebeld, kreeg ze opeens van een afstandelijke vrouwenstem te horen dat het nummer niet meer in gebruik was.

Céline foeterde haar uit, zei dat ze de hint nu maar eens moet vatten. Mick was niet geïnteresseerd. En Kris wist dat ze gelijk had, maar ze had zichzelf niet onder controle. Zo lang ze afleiding had, of als Lucas bij haar was, ging het prima. Maar als ze alleen was, of op een vliegveld moest wachten, of 's nachts lag te piekeren, dan deed ze het elke keer weer. Bellen.

Tot vandaag. Vandaag reed ze Amsterdam binnen, nadat ze drie dagen in Los Angeles had doorgebracht. Er was een verkeersomleiding en opeens reed ze langs Micks huis. Voordat ze goed en wel besefte wat ze deed, parkeerde ze haar auto, stapte uit en belde aan.

Hij deed open.

Hij deed open in zijn joggingbroek, met dat vale Levis-shirt dat ze hem had gegeven toen hij twintig werd. Een flesje water nonchalant in zijn hand. Op blote voeten. Hij deed open en hij keek niet blij.

'Wat doe je hier?'

De moed zakte Kris in haar schoenen. Wat deed ze hier? Beste vraag ooit en ze had er geen antwoord op. Behalve:

'Ik reed door je straat. En ik dacht: misschien is hij thuis.'

'Dat ben ik.'

Ze wist dat ze zich moest omdraaien en snel moest weglopen. Ze wist dat ze gekwetst zou gaan worden, ze zag het in de harde blik in zijn ogen, zijn afstandelijke lichaamshouding. Ze wist het, maar ze deed het niet. Ze bleef staan. En ze lachte vrolijk.

'Nou, vraag je me niet even binnen?'

'Wat kom je doen, Kris?'

'Gewoon... Wat ik zei. Even buurten.'

Weer wist ze er een lachje uit te persen, terwijl ze zich voelde alsof ze van binnen dood ging.

'Kom op, Mick. Doe niet zo naar tegen me. Wat is er nou met je?'

Mick sloeg zijn armen over elkaar.

'Wat er is? Dat je me al een half jaar stalkt. Dát is er. Je belt me thuis, je belt mijn werk, mijn opleiding, mijn tánte! Je spoort niet helemaal, Kris.'

Kris was stupéfait. Stalken? Dat doen enge mannen die hun ex-vrouw willen vermoorden. Of psychopaten die denken dat hun idool met hen wil trouwen. Maar zij, een stalker?

'Ik heb je een brief gestuurd, waarin ik heel duidelijk heb gemaakt dat ik geen contact met je wilde. Waarin ik heb uitgelegd waarom ik dat niet wilde. Maar jij... Je gaat gewoon door met je-'

'Wacht even,' onderbrak Kris hem. 'Een brief?'

Mick stootte een geïrriteerd lachje uit.

'Die heb je natuurlijk nooit gezien.'

'Nee, die heb ik inderdaad nooit gezien.'

'Anders had je me nooit zo vaak gebeld natuurlijk.'

'Dat hangt er vanaf wat er in stond.'

Heel even aarzelde Mick. Kris zag dat hij aan haar oprechtheid twijfelde. Dat hij dacht dat ze loog over die brief.

'Ik heb die brief echt nooit gezien, Mick. Vertel alsjeblieft wat er in stond.'

'Dat ik... Dat ik het ook een bijzonder moment vond in het ziekenhuis.'

Voor het eerst sinds ze weer oog in oog met hem stond, zag Kris de lieve Mick die ze kende weer even terug.

'Maar dat ik geen contact met je wil, omdat ik-'

'Schatje, wie is dat?'

Een zangerige stem, een vrouwenstem. Gevolgd door roffelende voetstappen op de trap, vanaf de derde verdieping, waar Micks kamer is. Kris kent elke kraak, elke bocht, elke afgebroken trap-trede.

'Omdat ik een relatie heb. Die ik niet op het spel wil zetten.'

Het eerste dat Kris van de vrouw bij wie de stem hoort zag, zijn haar schoenen die de trap af komen. Hooggehakte, duur uitziende lichtblauwe pumps. Mooie kuiten, die van die Hollandse fietskuiten, maar sexy, elegante benen. Shit, mooie knieën. Er zijn maar heel weinig vrouwen met echt mooie knieën, maar dit is er absoluut een van. Een kort, net niet te kort spijkerrokje. Belachelijk slanke taille. Borsten waar sommige vrouwen veel geld aan uitgeven, maar voor zover Kris het kon bepalen, zijn de appelronde, perfecte borsten waarvan ze de contouren door het flinterdunne hemdje heen kon zien honderd procent echt.

Zodra de vrouw onder aan de trap kwam en Kris zag, stopte ze.

'Zuster Annemarie.'

'Kris.'

Zuster Annemarie was niet blij Kris te zien en daaruit trok Kris de conclusie dat Mick haar na het ziekenhuisincident alles over Kris heeft verteld. Kris dacht aan alle boodschappen die ze voor Mick had achtergelaten, de talloze telefoontjes, de smeekbedes en wist: tussen haar en zuster Annemarie zal het nooit meer goed komen. Dat begreep ze ook wel. Stel dat een ex van Lucas hem zo bestookte, ze zou die griet opzoeken en haarfijn uitleggen dat ze met haar poten van Lucas af moest blijven.

Om de woedende blik van Annemarie te ontwijken, keek Kris hulpeloos naar Mick, die zich ontzettend opgelaten voelde.

'Kom je nou ook al aan de deur?'

Annemarie spuugde de woorden bijna in haar gezicht.

'Hij wil je niet. We krijgen morgen de sleutel van ons nieuwe huis, we gaan samenwonen. Ga verder met je eigen zielige leven en laat ons met rust.'

Om haar woorden kracht bij te zetten sloeg Annemarie demonstratief een arm om Mick heen. Kris knipperde met haar ogen, ze wilde niet laten zien hoezeer ze gekwetst was en wist de tranen op deze manier nog net binnen te houden.

'Ik begrijp het. Het spijt me.'

Ze keek naar Mick.

'Ik zal jullie niet meer lastig vallen.'

Kris draaide zich om en liep weg. Definitief weg uit het leven van Mick.

Er wordt op haar raampje geklopt. Kris veegt snel haar tranen weg en draait haar raampje naar beneden. Een kale, ruig uitziende man steekt zijn hoofd naar binnen.

'Ziet er niet best uit, moppie. Heeft hij je belazerd? Je moet die kerels ook nooit vertrouwen.'

De man lacht hard om zijn eigen grapje en ze ruikt zijn naar bier walmende adem.

'Maar wat het dingetje is: je blokkeert de weg een beetje. Dus als je een stukkie verderop gaat huilen, zouden mijn maten en ik je dankbaar zijn.'

Kris kijkt achterom. Achter haar auto, die ze inderdaad niet zo heel handig heeft neergezet, staan vijf joekels van vrachtwagens te toeteren. Ze hoort het nu pas.

'Sorry, ik... Ik was er even niet bij met mijn hoofd.'

'Nou, lieverd, dat zie ik. Hier.'

De man legt een visitekaartje op haar dashboard.

'Bel me maar als je getroost wil worden.'

Hij geeft haar een vette knipoog, slaat nog even ferm op het dak van haar auto en loopt dan terug naar zijn vrachtwagen.

Kris weet niet hoe snel ze de motor moet starten en weg moet rijden.

Gelukkig is Lucas niet thuis. Ze baalt ervan dat ze haar appartement tijdelijk aan haar collega Anja verhuurt, die door haar ex-vriendje op straat was gezet. Ze wil nu alleen zijn. Maar goed, voorlopig is ze dat ook even. Zo heeft ze tijd om uitgebreid met Céline te bellen, die eerst boos wordt op Mick (om zijn botte gedrag), dan op Annemarie (die zich er buiten had moeten houden) en tenslotte op Kris (omdat ze zich inderdaad als een stalker heeft gedragen en maanden geleden al had moeten inzien dat Mick geen contact met haar wilde).

Daarna troost ze Kris, zegt ze alle dingen die Kris wil horen, maar het enige dat Kris ervan onthoudt is: 'Je was niet gek. Mick gaf zelf toe dat hij het ook voelde. Hij heeft er alleen voor gekozen om niets met dat gevoel te doen.'

Dat klopte. Ze was niet gek. Ze voelde het goed, dat moment in het ziekenhuis. En het was misschien stom om zo lang achter hem aan te zitten, maar ze verlangde naar... Naar een afronding. Naar een vervolg op het gebeuren in die ziekenhuisdouche. Dat is nu gebeurd. Het is niet de afronding waar ze op had gehoopt, maar ze weet nu waar ze aan toe is.

Na Céline is haar moeder aan de beurt. Haar moeder, die meteen de tarotkaarten voor haar legt, terwijl ze aan de telefoon zitten. De kaarten, die (hoe verrassend) precies kloppen met haar situatie.

'Je staat op een kruising, je moet kiezen welke kant je op gaat. Volg je gevoel.'

Als ze haar gevoel volgt, gaat ze terug naar Micks huis, trapt ze de deur in, sleurt ze die Annemarie aan haar haren het bed uit waar zij zelf zo vaak met Mick heeft gelegen en smijt ze haar zo van de trap af. Als ze dan voor de deur blijft staan, gooit Kris ook nog een emmer water over haar hoofd heen. Zo.

Haar moeder is het met Kris eens dat ze haar gevoel misschien niet meteen moet volgen nu. Ze zegt vervolgens dat ze in de kaarten ziet dat Mick op zijn beslissing terug gaat komen, maar dat ze niet weet wanneer. Dat vertellen die stomme kaarten dan weer niet. En Kris wil het ook eigenlijk niet weten. Sinds de ontmoeting in het ziekenhuis heeft haar leven stil gestaan en dat moet nu veranderen. Ze moet inderdaad een keuze maken. Niet tussen Mick en Lucas, maar tussen met Lucas zijn of alleen zijn.

Na het gesprek met haar moeder, belt oma. Ze wil weten wat voor cadeau ze moet kopen voor de drieëntwintigste verjaardag van Kris. Als oma hoort wat er is gebeurd, is ze even stil.

'Oh oh...'

'Wat, oma? Wat oh oh?'

'Ik heb die brief.'

'Wat?!'

'Hij werd bij mij bezorgd en toen heb ik hem op de plank in de wasserette gelegd, weet je wel, waar ik alles neerleg dat ik niet moet vergeten. Ik wilde hem aan je geven, maar...'

'Je vergat het.'

'Ja. Oh, kindje, wat erg.'

Heel erg. Kris had zichzelf zoveel pijn kunnen besparen. Zoveel hoop. Zoveel telefoonrekeningen.

'Het spijt me.'

'Het is niet erg, oma. Kan gebeuren.'

Als Kris ophangt, voelt ze zich dood- en doodmoe. Zwaar. Leeg. Ze kijkt op de klok. Twee uur 's middags. Ze heeft de hele nacht gevlogen. Ze mag best even gaan liggen nu. En dat doet ze. Ze trekt haar kleren uit, zet haar telefoon uit en kruipt in haar ondergoed in bed. Er is nog genoeg tijd om over alles na te denken. Ze hoeft nu niets te beslissen. Eerst slapen.

LUDO / SLAAPKAMER

DANIEL KOMT BINNEN EN JANINE VALT HEM SNIKKEND OM DE HALS. DANIEL HOUDT HAAR TROOSTEND VAST.

> **DANIEL**
> Rustig maar. Wat is er gebeurd?

> **JANINE**
> Hij is weggelopen. Ik heb het allemaal stuk gemaakt.

> **DANIEL**
> Wat heb je stuk gemaakt?

> **JANINE**
> Alles. Ik ben zo stom geweest. Ik wil alleen maar dat hij van me houdt, maar in plaats daarvan haat hij me nu.

DANIEL DIRIGEERT JANINE NAAR DE BANK, WAAR ZE GAAN ZITTEN. JANINE KALMEERT EEN BEETJE.

> **DANIEL**
> Waarom denk je dat hij je haat?

JANINE

Ik ben zo onaardig tegen hem. Dat wil
ik niet en ik probeer het ook niet te
doen, maar soms dan... Dan heb ik mezelf niet in bedwang. Alsof ik wil dat
hij zich net zo rot voelt als ik.

Kris, die rechtop in bed een zak chips leeg zit te eten (omdat er
niets anders in huis was en ze na haar middagdutje geen zin had
om nog boodschappen te doen), zet de televisie wat harder. Wat
zei Janine daar? Alsof ze wil dat Ludo zich net zo rot voelt als zij. Is
dat wat zij ook doet met Lucas? Omdat zij zo ongelukkig is, doet
ze onaardig tegen Lucas. Alsof ze wil dat hij boos op haar wordt,
zodat ze hém de schuld kan geven.

DANIEL

Dat is niet eerlijk.

**JANINE SCHUDT HAAR HOOFD EN BEGINT WEER TE HUI-
LEN.**

DANIEL

Maar als je dat inziet, dan is er toch
niets aan de hand? Dan zeg je dat het
je spijt en dat je het vanaf nu anders
gaat doen.

JANINE IS VERTWIJFELD.

JANINE

Gaat dat zo makkelijk? Misschien ben
ik wel te ver gegaan. Ik ben niet meer
degene op wie hij verliefd is geworden.

DANIEL

Dat ben je wel. Je hebt nu alleen heel

moeilijk en dat weet Ludo. Echt.

JANINE GLIMLACHT VOORZICHTIG. DANIEL LACHT EN OMARMT HAAR.

Kris vraagt zich af of Janine echt denkt dat het weer goed komt. Het probleem van Janine ligt natuurlijk wel een beetje anders dan haar eigen probleem. Janine is niet diep in haar hart verliefd op een andere man. Janine heeft ernstige brandwonden, is zwanger én afhankelijk van de verzorging van Ludo. En bang dat hij er met een ander vandoor gaat omdat hij haar niet mooi vindt. Dat is niet het geval bij Kris. Ze weet zeker dat Lucas haar mooi vindt. En lief vindt. Ook al is ze soms onuitstaanbaar.

Al die maanden dat Mick in haar hoofd zat, al die leugens die ze Lucas heeft verteld. De keren dat ze hem afwees in bed. Dat ze niet met hem kon vrijen, omdat hij Mick niet was, wat ze hem natuurlijk niet kon vertellen. Hij klaagde niet. Hij bleef lief en begripvol. En op de een of andere manier irriteert haar dat mateloos. Werd hij maar een keer kwaad. Smeet hij maar eens een keer iets naar haar hoofd. Maar Lucas houdt zoveel van haar en heeft zoveel vertrouwen in hun relatie, dat hij incasseert en geduldig wacht op betere tijden.

Kris klimt uit bed en ziet dat het vol ligt met kruimels. Opstandig besluit ze ze niet weg te halen, hoewel ze weet dat Lucas een gruwelijke hekel heeft aan kruimels in zijn bed. Ze weet ook dat hij er waarschijnlijk niets van zal zeggen, maar zelf het bed gaat verschonen als hij straks thuiskomt. En dan opeens dringt het besef tot haar door dat ze hem geen eerlijke kans geeft. Ze schopt maar tegen hem aan en verwacht dat hij lief en aardig blijft. Maar als hij dat doet, gaat ze nog harder schoppen. Ze is een kreng. En dat moet gaan veranderen.

Lucas kan er niets aan doen dat ze nooit zo verliefd op hem is geweest als dat ze op Mick was. Lucas kan er niets aan doen dat Mick voor een ander heeft gekozen. Lucas houdt van haar. En het wordt hoog tijd dat ze hem daar eens voor gaat belonen.

Ze zet de videorecorder aan om de rest van de aflevering op te nemen en trekt dan razendsnel (ze heeft nog twee uur, leert een blik op de klok haar) het beddengoed van het bed, propt het in de wasmachine en haalt een schone set overtrekken uit de keurig geordende kast, waarin het altijd naar viooltjes ruikt. Als ze het bed heeft opgemaakt, pakt ze de stofzuiger. Ze zuigt, dweilt, sopt en stoft alsof haar leven ervan af hangt. Als het hele huis eruit ziet alsof het voor een woonmagazine gefotografeerd kan worden, heeft ze nog een half uur. Ze duikt de badkamer in. Ze onthaart, ze wast, ze scrubt, ze smeert haar hele lijf in met etherische olie, die volgens het flesje de gebruiker ervan in een staat van opperste erotische verrukking zal brengen. Precies wat ze nodig heeft. Maar het spulletje is wel kleverig en laat een lelijke vetvlek achter op dat sexy behaatje dat ze aan wilde trekken.

Klaar. Hoe lang heeft ze nog? Tien minuten. Zal ze het redden naar de avondwinkel? Ze besluit het te proberen. Ze rent de trap af en laadt zo snel mogelijk haar mandje vol met alle dingen waarvan ze weet dat Lucas ze heerlijk vindt. Het kost haar een kwart maandsalaris, maar je moet wat over hebben voor het goede doel. Eenmaal thuis sluit ze de gordijnen, steekt ze de kaarsen aan, trekt ze haar negligé over haar ondergoed aan en drapeert zich op de bank als een franse actrice in een jaren zestig film. Oeps, vergeten muziek aan te zetten. Ze springt snel op, zet de nieuwe cd van Erykah Badu op, waar Lucas zo dol op is en kruipt dan weer op de bank. Oeps. Telefoon uitzetten. Ze wil toch niet gestoord worden tijdens het liefdesspel (ze grinnikt in zichzelf om deze beschrijving) door een telefoontje van haar moeder, die weer wil klagen over het feit dat haar vader na zijn eerste ervaring met een kinky party heeft besloten er nooit meer naar toe te gaan, terwijl haar moeder de smaak juist te pakken heeft. Ze staat weer op en zet haar telefoon uit. He, wat is dat? Een berichtje.

U HEEFT 1 NIEUW BERICHT
VAN: LUCAS MOBIEL
Lieve smurf, vliegveld Wenen zit potdicht. Mist. We
mogen niet vertrekken. Overnacht dus hier. Slaap
lekker straks. Ik hou van je. Xxx

Ze smijt de telefoon op de bank. Daar staat ze dan. Opgepoetst en uitgedeukt. Klaar voor een nacht vol passievolle stomende seks met de man die, als ze heel eerlijk tegen zichzelf is, haar tweede keuze is. Ze voelt de boosheid weer opkomen. Die ongerichte, verwoestende boosheid op de hele wereld. Ze pakt haar telefoon en belt Céline.

'Lien, ik ga het uitmaken met Lucas.'

Ze hoort dat Céline de televisie zachter zet. Ze hoort ook dat Céline iets fluistert tegen iemand.

'Is je masseur daar?'

'Ja,' giechelt Céline.

'Zal ik ophangen?'

'Nee, hij gaat even douchen. Behoorlijk bezweet, na gedane arbeid.'

Weer die giechel. Kris wordt jaloers. Zij wil ook zo giechelen.

'Maar goed, wat zei je nou net, Kris?'

'Dat ik het uit ga maken met Lucas.'

'Dat heb ik je het afgelopen jaar elke week wel een keer horen zeggen, schat.'

'Dat weet ik, maar nu is het anders.'

'Omdat je weet dat Mick niet beschikbaar is?'

'Omdat ik weet dat ik het hem anders kwalijk ga nemen dat ik niet voor hem voel wat ik wel voor Mick voel.'

Céline zucht. Kris hoort haar een slok van iets nemen.

'Dat is wel heel ingewikkeld psychologisch, schat.'

'Ja, is het ook. Ik word gek van mezelf. Maar ik denk echt dat het voor iedereen beter is. Ik vind het alleen zo vreselijk zielig. Hij zal er kapot van zijn.'

'Weet je? Doe nog even niets. We gaan het hier morgen op je verjaardag over hebben. Ik kom wat eerder, help ik je met hapjes, kunnen we beetje lullen. Goed?'

'Dank je.'

'Ha! Ik heb een briljant idee. Ik duik ook de douche in! Toedeloe!'

Céline verbreekt de verbinding. Kris ploft op de bank neer, nog veel te wakker na haar middagdut om te gaan slapen. Ze zet de videorecorder aan, stalt alle gekochte lekkernijen voor zich uit en trekt een fles wijn open.

DE ROZENBOOM / BAR

BOWIEN EN LUDO ZITTEN AAN DE BAR.

> ### BOWIEN
> Kom, we nemen er nog een.
> (TEGEN DE BARMAN:)
> Nog twee whisky.

> ### LUDO
> Niet voor mij.

> ### BOWIEN
> (TEGEN DE BARMAN:)
> Twee whisky graag.
> (TEGEN LUDO:)
> Als je niet wilt, laat je hem maar
> staan.

DE BARMAN SCHENKT TWEE NIEUWE GLAZEN IN.

> ### LUDO
> Ik moet nog een heleboel doen vandaag.
> Jij niet?

> ### BOWIEN
> Het mooie aan ons werk is juist dat
> je de beste zaken doet, wanneer het
> lijkt alsof je alleen maar een aange-
> name conversatie voert.

> ### LUDO
> Maar ik neem aan dat je daarbij een
> doel voor ogen hebt.

**BOWIEN KIJKT LUDO DIEP IN ZIJN OGEN AAN. ER ONT-
STAAT EEN BROEIERIGE SFEER.**

                              BOWIEN
        Jawel. Maar je moet niet té doelgericht
        bezig zijn, want dan loop je de kans
        interessante mogelijkheden over het
        hoofd te zien.

**BOWIEN KNIPOOGT EN HEFT HAAR GLAS. LUDO LAAT
ZIJN GLAS STAAN.**

                              LUDO
        Ik heb mijn portie wel gehad.

                              BOWIEN
        In consumptieve zin? Of heb je genoeg
        van mijn gezelschap?

LUDO GLIMLACHT.

                              LUDO
        Als het aan mij lag, bleef ik nog wel
        even.

                              BOWIEN
        (FLIRTERIG) Ligt het niet aan jou dan?

LUDO TWIJFELT: WAT ZAL HIJ DOEN?

Kris schenkt zichzelf nog een glas in. Tot nu toe heeft ze altijd begrip gehad voor Janine, maar nu leeft ze helemaal mee met Ludo.
Natuurlijk gaat hij vreemd. Om dag in dag uit met een chagrijnige
vrouw te moeten leven, die pijn heeft en klaagt en niet wil vrijen.
Natuurlijk gaat een man dan op een goede dag vreemd.

DE ROZENBOOM / KAMER BOWIEN

**LUDO LIGT MET BOWIEN IN BED. DE STILLE GETUIGEN
VAN HUN VRIJPARTIJ LIGGEN ROND HET BED:**

KLEDING, EEN FLES CHAMPAGNE. LUDO STAART VOOR
ZICH UIT, TERWIJL BOWIEN MET HAAR HOOFD OP ZIJN
BORST LIGT.
ZE KREUNT VERGENOEGD. OPEENS KOMT LUDO BIJ ZIJN
POSITIEVEN. HIJ KOMT OVEREIND EN BEGINT ZICH AAN
TE KLEDEN. BOWIEN GAAT OOK ZITTEN.

BOWIEN
Ga je nu al weg?

LUDO
Dat heb je goed gezien.

BOWIEN
Oh, ben je er zo een? Eentje die er
meteen vandoor gaat als het erop zit?

LUDO
Je had toch niet verwacht dat ik meteen bij je in zou trekken?

BOWIEN
Dat is het andere uiterste.

LUDO GAAT DOOR MET HET AANTREKKEN VAN ZIJN KLE-
REN.

BOWIEN
Maar je bent ook een man van uiter-
sten. Of heb ik het mis?

LUDO KIJKT BOWIEN EVEN AAN. HIJ ZWIJGT.

BOWIEN
Heb je spijt?

LUDO

Nee... Ik had alleen niet zoveel moeten drinken.

BOWIEN

Zoveel kun je niet gedronken hebben.
Gezien je prestaties van daarnet...

LUDO GLIMLACHT.

LUDO

Zullen we niet gaan evalueren?

BOWIEN GLIMLACHT OOK.

BOWIEN

Ik vond het heerlijk.

LUDO

Ik ook.

**LUDO DRUKT EEN KUS OP HAAR MOND EN VERLAAT DE
HOTELKAMER.**

Kris maakt het laat. Ze drinkt de hele fles leeg en zingt om twaalf
uur 's nachts lallend 'happy birthday to me.'
Lucas belt om haar te feliciteren, maar ze neemt niet op. Ze heeft
zin om zich even onder te dompelen in haar verwarde gemoedstoestand. Ze valt uiteindelijk op de bank in slaap.

'Chips in bakken? Check. Bier koud? Check. Toastjes met brie?
Nee, doen we straks, anders worden ze slap. Wat nog meer?'
Met haar handen in haar zij kijkt Céline de kamer rond. Ze hebben slingers opgehangen. Ze hebben de wijnvlek op het kleed (die
Kris die nacht had gemaakt toen ze moest plassen en vergat dat
haar laatste glas wijn nog halfvol op de grond naast de bank stond)
bedekt met die lelijke leren poef van Lucas' oma. Ze hebben een

tafel gedekt voor hapjes, de meubels aan de kant geschoven, muziek uitgezocht en boodschappen gedaan.

'Zitten en alvast een glas wijn nemen.'

Céline steekt haar duim op: goed idee.

Terwijl Kris een fles wijn openmaakt, bekijkt Céline haar kritisch.

'Doe je dit aan?'

'Ja. Hoezo?'

'Ik vond dat flodderjurkje dat je vanochtend aan had veel sexyer voor een feest.'

'Dat is een ondergoedjurkje en het schijnt door.'

Céline grijnst.

'Je bent een oversekste wellusteling sinds die masseur je te grazen heeft genomen.'

Céline grijnst breder.

'Ik wil jouw leven,' kreunt Kris.

Céline wordt serieus. Ze pakt het glas aan dat Kris haar aanreikt.

'Heb je al bedacht wat je met Lucas gaat doen?'

Kris schudt haar hoofd.

'Heb je gisteren GTST gekeken? Dat Ludo vreemd ging?'

'Tuurlijk. Wat een lul. '

Kris vertelt maar niet dat ze het juist begreep.

'Ik dacht: hoe zou ik reageren als Lucas vreemd gaat?'

'Een knal voor z'n kop verkopen natuurlijk.'

'Niet dus. Ik zou het geloof ik niet zo heel erg vinden.'

Céline staart haar ongelovig aan.

'Ik zou het wel begrijpen. Ik ben echt niet leuk om mee samen te zijn.'

Ze krijgen de kans niet om er verder over de praten, want de bel gaat.

Een uur later is de kamer vol met mensen. Drinkende mensen, pratende mensen, lachende mensen, langzaam dronken wordende mensen. Haar vrienden, familie, collega's en de masseur van Céline, die inderdaad een uitzonderlijk goed gelukt manspersoon blijkt te zijn. En Lucas is er. Hij kwam vijf minuten geleden binnen met Anja in zijn kielzog, die op dezelfde vlucht uit Wenen moest werken. Lucas kuste haar en begon met zingen, waarop iedereen mee begon te brullen. Hieperdepiep hoera! En nu geeft hij haar zijn cadeau.

'Sorry, ik had vandaag de stad in willen gaan, maar we zaten nog in Wenen, dus... Ik moest daar wat uitzoeken. Anja heeft me gelukkig geholpen.'

Kris kijkt dankbaar naar Anja.

'Dan zal het vast een mooi cadeau zijn.'

Anja heeft namelijk wat mensen een goede smaak noemen. Ze ziet er altijd piekfijn uit, ook als ze niet moet werken. Nooit een haartje verkeerd, nooit een aan elkaar gekleefde wimper. Ze vloekt niet, ze drinkt nooit meer dan twee glazen alcohol op een avond, zit op tennis en golf en kan heerlijk koken. Zo is Anja.

Kris pakt het cadeautje uit. Het is een prachtige haarspeld, met ingelegde steentjes.

'Omdat je die van mij altijd zo mooi vindt, dacht ik...,' zegt Anja een beetje onzeker.

'Ik vind hem super. Wat een goed cadeau.'

Ze kust Lucas en dan natuurlijk ook Anja. Haar ouders arriveren en eisen meteen alle aandacht op. Terwijl haar moeder uitlegt hoe goed de helderziende is bij wie Kris bij wijze van verjaardagscadeau een reading mag laten doen, ziet Kris vanuit haar ooghoek dat Lucas Anja een glas wijn geeft. Ze gaan lachend op de bank zitten. Lucas schuift de poef opzij en werpt Kris een boze blik toe als hij de vlek ziet. Anja echter legt een kalmerende hand op zijn arm, staat op en loopt naar de keuken.

Kris wendt zich tot oma, die haar verrast met een nieuwe vouwfiets. Fantastisch cadeau, omdat haar vorige is gestolen en ze toen net haar auto had aangeschaft, waardoor ze het komende jaar geen enkele speling in haar budget zou hebben. Ze vindt het heerlijk om haar auto op het parkeerterrein neer te zetten, de fiets uit de kofferbak te halen en over het grote terrein van haar werkplek naar de vertrekhal te fietsen.

'Was het rode wijn?'

Kris kijkt om en ziet Anja staan, een emmer met een sopje en vier flessen agressief uitziend schoonmaakmiddel in haar handen.

'Die vlek op het kleed,' legt Anja uit.

'Ja. Rode wijn. Is Luuk erg boos?'

Anja glimlacht geruststellend.

'Ik maak hem wel weer aan het lachen.'

Anja loopt terug naar Lucas en Kris ziet dat ze met haar hand op zijn knie steunt als ze neer hurkt bij de vlek. Een haast vanzelfsprekend gebaar. En met eenzelfde gebaar legt Lucas zijn hand even op Anja's schouder, terwijl hij lacht om iets dat ze zegt. Het geniale plan plopt zo Kris' hoofd in. Ze loopt naar Céline, die op schoot zit bij haar masseur en trekt haar luid protesterende vriendin mee naar de keuken.

'Ik ga hem aan Anja koppelen.'

'Kris, wijsheid komt met de jaren, behalve in jouw geval. Waar heb je het over?'

'Lucas. Volgens mij vinden hij en Anja elkaar leuk. En als ik ze aan elkaar koppel, zal hij niet verdrietig zijn als ik het uitmaak, maar juist blij omdat hij dan bij haar kan zijn. Een win-winsituatie.'

Céline schiet in de lach.

'Hoeveel heb je gedronken?'

'Serieus, Lien! Het is toch een goed plan?'

Kris lacht met Céline mee, ze vindt het idee dat ze haar eigen vriendje aan een ander gaat koppelen ook best komisch.

'Kom op, Kris. Hoe wou je dat gaan doen? Hoe wou je Anja aan een man koppelen die samenwoont met een goede vriendin van haar? En hoe wou je Lucas zover krijgen dat hij überhaupt naar een andere vrouw kíjkt? Die jongen is totally verknocht aan jou!'

'Daar verzin ik wel wat op.'

Céline ziet dat Kris echt gelooft dat dit een uitstekende oplossing is voor haar probleem.

'Als je echt zeker weet dat je niet verder wilt met Lucas, moet je hem dat vertellen. Rechtstreeks, in zijn gezicht. Niet via allerlei achterbakse trucjes.'

Kris zucht.

'Ik kan het niet. Ik kan hem niet zoveel pijn doen.'

'Dat vind ik een behoorlijk egocentrisch argument.'

Kris weet dat Céline gelijk heeft. Op dat moment komt Anja de keuken in. Ze kiepert de inhoud van de emmer leeg in de gootsteen.

'Zo. Vlek weg. Lucas weer helemaal gelukkig.'

Kris knipoogt naar Anja.

'Dankzij jou.'

Kris negeert de waarschuwende blik die Céline haar toewerpt en glimlacht naar Anja.

'Lucas is leuk als hij happy is, hè? Die kuiltjes in zijn wangen, dat schattige babyblosje op zijn gezicht.'

Anja zet de emmer in het gootsteenkastje en komt dan overeind.

'Wat bijzonder dat je na twee jaar nog zo verliefd op iemand kunt zijn,' zegt ze. En dan loopt ze de keuken uit. Kris kijkt beteuterd. Céline geeft haar een speelse tik tegen haar hoofd.

'Zet dat idee uit je kop, muts. Ga feesten, dan slapen en morgen vertel je het hem.'

Om drie uur 's nachts besluit oma dat het zonde is om de half opgegeten en verpieterde slagroomtaart weg te gooien en gunt hem een tweede leven in haar maag. Kris is te moe om voor de zoveelste keer te beginnen over de hoge bloeddruk en overhandigt haar zuchtend een vork. Haar moeder zit op de grond en leest de handen van de Turkse eigenaar van de avondwinkel, die Kris had uitgenodigd, in de veronderstelling dat de beste man toch niet zou komen. Lucas ligt op de bank te slapen. Céline en haar masseur hadden behoefte aan meer privacy en zijn een half uurtje geleden vertrokken. Anja is keurig om half een naar huis gegaan.

Kris kijkt rond en trekt zich dan stilletjes terug in de slaapkamer. Zodra haar hoofd het kussen raakt, valt ze in slaap.

'Van wie heb je dat boek gekregen?'

Lucas, die in zijn boxershort de overblijfselen van het feest in ogenschouw neemt, houdt een boek omhoog. Hoe word ik echt gelukkig? is de titel.

'Van Céline.'

'Ben je niet gelukkig dan?'

Lucas vraagt het achteloos, schuift met zijn voeten wat op de grond liggend cadeaupapier opzij en pakt een halflege fles wijn op, waar peuken in drijven.

'Niet altijd,' zegt Kris voorzichtig. 'Niemand is altijd gelukkig.'

'Maar je kunt er wel naar streven om zo vaak mogelijk gelukkig te zijn, toch?'

'Je hebt het niet altijd zelf in de hand. Ik ga douchen.'

Lucas loopt naar de badkamer. Kris kijkt hem na. Er is iets met hem. Hij is afstandelijk. Heeft haar de hele ochtend al niet aangekeken. Moppert al een uur over de troep, maar steekt geen poot uit om haar te helpen met opruimen. Dat is niets voor hem. Zal hij iets vermoeden? Er gaat een schok door Kris heen als ze terugdenkt aan het gesprek met Céline in de keuken. Zal hij hen hebben gehoord? Nee, nee, dat kan niet. Dan zou hij daarna niet de hele avond met Anja hebben gepraat. Kris bindt een volle vuilniszak dicht en pakt een nieuwe. Tijdens het opruimen neemt ze zich voor vandaag Het Gesprek met hem te voeren. Ze raakt in paniek van het idee, de consequenties die het zal gaan hebben. Hoe zal hij gaan reageren? Zal hij boos worden? Of juist huilen? Zal hij een time out eisen? Of relatietherapie? En waar moet ze wonen? Hoe zal het op hun werk gaan als ze samen moeten vliegen? De vakantie die ze hebben geboekt, het bankstel dat is besteld, maar waarvan ze haar helft nog niet heeft betaald. Zijn ouders, die blij zullen zijn, zo'n geschikte kandidaat vonden ze Kris niet. Hun gezamenlijk vrienden, hun-

'Kris?'

Kris kijkt op.

'Je zou toch gaan douchen?'

'We moeten praten.'

'Waarover?'

'Over ons.'

Oh god, hij heeft het wél gehoord. Ze had ook niet zoveel moeten drinken, dan was ze veel zorgvuldiger geweest. Ze herinnert zich opeens ook dat ze het er met oma over heeft gehad, dat ze het uit wil maken. Terwijl Lucas nota bene in dezelfde kamer was. Wat gênant.

Lucas loopt naar haar toe. Heel even lijkt het erop dat hij haar wil aanraken, maar halverwege de beweging blijft zijn hand in de lucht zweven. Dan laat hij zijn arm weer langs zijn lijf vallen.

'Jezus, dit is moeilijk.'

'Het was niet de bedoeling dat je het hoorde. Sorry, dat was echt zo... Zo stom en ondoordacht en belachelijk respectloos van me.'

'Waar heb je het over?'

Lucas kijkt haar verstoord aan.

'Laat ook maar. Ik... ,' stottert hij en gooit zijn handen in de lucht in een machteloos gebaar. Jeetje, hij is bijna in tranen. Kris voelt de aandrang om hem te omhelzen, maar durft niet. Ze is bang voor zijn reactie.

'Ik ben verliefd op iemand anders,' gooit Lucas eruit.

Haar eerste reactie is een stom lachje, onmiddellijk gevolgd door een lange stilte. Ze staart hem aan en ziet in zijn ogen dat hij geen grap maakt.

'Sorry, ik heb er heel lang tegen gevochten en ik... Ik wilde het echt niet, maar het overviel me en ... Denk alsjeblieft niet dat het aan jou ligt.'

'Goh, hoe lang heb je over die zin nagedacht? Briljant,' sneert Kris cynisch.

Lucas zwijgt. Hij laat zich op de bank vallen en verbergt zijn hoofd in zijn handen. Bij Kris daalt het nieuws langzaam in. Lucas is verliefd op iemand anders. En dat vertelt hij haar op het moment dat ze het met hem wil uitmaken. Zij is ook verliefd op iemand anders. Maar die is niet verliefd op haar.

'Is het wederzijds?'

Lucas heft zijn hoofd en knikt.

'Hoe lang is het al aan de gang?'

'Al een tijdje. Dat we... Dat we verliefd zijn. Maar we hebben er niets mee gedaan, totdat... Tot eergisteren. Toen we noodgedwongen in een hotel moesten overnachten in Wenen.'

Kris loopt naar Lucas toe. Een angstig voorgevoel bekruipt haar.

'Wie is het?'

Lucas kijkt naar de grond als hij zegt: 'Anja.'

Terwijl anderhalf miljoen mensen kijken naar de scene waarin Ja-nine Ludo zijn slippertje vergeeft en ze elkaar de liefde verklaren, omhelst Kris Lucas voor de laatste keer. Dan loopt ze naar haar autootje, dat uit zijn voegen barst door al haar spullen en rijdt weg. Op de snelweg draait ze al haar raampjes open en laat de wind door haar haren waaien. Terug naar Alkmaar. Terug naar waar het allemaal begon. Het is goed zo.

Het kán aan mij liggen,
maar ik heb het gevoel dat er iets heel
vreemds aan de hand is.

(Helen Helmink, 1998-1999)

'Ja.... Ja.... Hm.... Pfffff...'
Met dat laatste geluid blaast Sonja een grote wolk Pall Mall-rook door haar mond naar buiten. Kris onderdrukt de neiging om demonstratief te hoesten en wappert zo nonchalant mogelijk de rook voor haar gezicht weg. Gespannen kijkt ze naar Sonja, die achter haar computer berekeningen maakt die lijken op de ingewikkelde meetkundige vraagstukken die meester Spock altijd maakte tijdens de lunchpauze. Dit is echter geen meetkunde, maar een berekening van de sterren en planeten die nu invloed zouden moeten hebben op het leven van Kris. Dan heeft haar moeder het maar makkelijk, die hoeft alleen maar wat kaarten te leggen. Of de lijnen van een handpalm te lezen. Ze zit hier nu al een half uur in de kleine ruimte, die niet alleen naar sigaretten ruikt, maar waar ook een bedwelmende, verstikkende geur van wierook hangt. Niet gek, als ze om zich heen kijkt ziet ze minstens tien brandende stokjes, waarvan het as op het smoezelige tapijt valt. De cadeaubon die ze voor haar verjaardag had gekregen van haar moeder staat garant voor een sessie van een uur, maar de klok tikt gestaag door en Sonja heeft nog niets van belang gezegd, behalve dat ze mag roken als ze wil. Maar dat wil ze niet.
'Ja, ja... Nou.... Je geboortedatum, daar kan ik niet zo heel veel mee... Maar als ik het bekijk in combinatie met Venus, dan....'
Plotseling draait Sonja haar stoel om, zodat ze recht tegenover Kris ziet. Ze kijkt haar aan. Kris onderdrukt een giechel. Deze vrouw, met haar duidelijk zelf geblondeerde haar en haar legging die onder de hondenharen zit, hoort eerder thuis in een viskraam op

de Albert Cuypmarkt, dan in deze kamer vol foto's van overleden mensen, tekeningen van sterrenstelsels en spirituele beelden.

'Heb je een specifieke vraag waar je antwoord op wilt hebben?'

Oh jee. Heeft ze dat?

'Nou, niet één bepaalde vraag. Niet dat ik wil weten of ik ga slagen voor mijn rijbewijs ofzo. Ik bedoel, dat heb ik al, maar bij wijze van spreken...'

Kris wordt een beetje zenuwachtig van de vrouw die haar maar aan blijft staren met priemende, zwaar opgemaakte ogen. Zal ze echt helderziend zijn? Dan ziet ze natuurlijk ook dat Kris haar eigenlijk helemaal niet serieus neemt.

'Ik heb best wel een heftig jaar achter de rug en...'

'Dat hoef je mij niet te vertellen, mop.'

Kris glimlacht nerveus.

'Nee. Nou. Dat scheelt dan weer. '

'Wil je weten of hij bij je terugkomt?'

Even is Kris van haar a propos. Maar meteen daarna bedenkt ze zich dat Sonja's suggestie een schot voor open doel is. Elk meisje van haar leeftijd heeft met liefdesverdriet te maken gehad en wil weten of het nog goed komt.

'Wie?'

'Je weet zelf over wie ik het heb.'

'Er zijn twee mannen in mijn leven geweest. Twee belangrijke mannen, bedoel ik.'

'Maar er is er maar één met wie ik een levenslange lijn bij je zie.'

Sonja kijkt weer even naar het beeldscherm van haar computer en wijst op een lijn die van de linkeronderkant van het beeld, naar de rechterbovenkant loopt.

'Zie je?'

'Heeft u het nu over Mick?'

'Heet hij zo?'

Kris aarzelt. Ze wil niet alles verklappen, dan maakt ze het te makkelijk voor deze vrouw, die toch alles zou moeten weten. Sonja merkt haar aarzeling op.

'Namen zeggen me niets. Namen zijn onbetekenend. Ik heb het over de jongen die je pad blijft kruisen. Met wie je die onbenoembare klik voelt.'

'Mick,' fluistert Kris met een brok in haar keel.

'Het is nog niet afgelopen.'

Haar hart maakt een sprongetje.

'Hoe bedoelt u?'

'Wat ik zeg. Het is nog niet afgelopen. Ik kan geen tijdsaanduiding geven, maar jullie zijn nog steeds verbonden met elkaar.'

'Hij is verliefd op iemand anders.'

'Klopt.'

Sonja glimlacht, maar lijkt afwezig.

'Ik voel jullie. Zo sterk.'

Sonja sluit haar ogen. Kris bespeurt een opkomend gevoel van ergernis bij zichzelf, waarom kan ze niet wat specifieker zijn? Tegelijkertijd is ze opgewonden. Stel dat deze vrouw écht weet waar ze het over heeft?

'Zoveel mensen maken keuzes op basis van ratio. Negeren hun intuïtie. Vergeten dat ze op zichzelf moeten vertrouwen. Moeten vertrouwen op het feit dat bij elke keuze het antwoord al klaar ligt. Je moet alleen de tekenen zien. '

Sonja opent haar ogen en kijkt Kris aan.

'Jij kunt dit ook.'

'Wat?'

'Wat ik doe. Zet je voelsprieten uit. Concentreer je op dingen die onbelangrijk lijken. Kijk naar mensen. Echt kijken. En naar jezelf.'

Sonja neemt een laatste teug van haar sigaret en drukt hem dan met een geroutineerd gebaar uit in de overvolle asbak.

'Je hebt er meer aanleg voor dan je moeder.'

'Dat mag ik hopen,' proest Kris het lachend uit. Sonja bekijkt haar met een onderzoekende blik.

'Geloof je er niet in?'

Nu voorzichtig zijn, denkt Kris, die toch nog steeds een beetje huiverig wordt bij het idee dat deze vrouw haar gedachten kan lezen, of in elk geval kan zien wat er in haar toekomst gaat gebeuren.

'Eh... Ik geloof wel dat er meer is tussen hemel en aarde en dat er mensen zijn die daar... Die een talent hebben om dingen op te pikken die andere mensen niet zien. Of weten. Of eh... Voelen.'

'Maar je hebt nog niet iets gehoord dat je kan overtuigen.'

Kris voelt zich bijna opgelucht als ze besluit om het gewoon toe te geven: 'Nee, eigenlijk niet.'

Sonja glimlacht en steekt een nieuwe sigaret op.

'Scepsis. Zit ook in je sterrenbeeld. Maar weet je?'

Sonja buigt zich naar haar toe en praat op een samenzweerderige toon.

'Binnen een half jaar zul je begrijpen wat ik bedoel met: het is nog niet afgelopen. Luister heel goed naar de signalen. Soms zijn het maar kleine dingen. Een vaag gevoel dat je bekruipt bij het horen of zien van iets. Een raam dat plotseling open waait. Een simpele verspreking kan al een teken zijn dat je iets moet doen met het gevoel dat je op dat moment hebt.'

Net als Kris wil vragen of dit betekent dat Mick en zij over een half jaar weer samen zijn (dit kan ze zich niet voorstellen, maar hoop doet leven), klinkt er een keiharde bel. De kookwekker die tussen de computer en de asbak staat gaat af. Sonja staat onmiddellijk op.

'Je uur is om. Als er over een half jaar niets is gebeurd, moet je een nieuwe afspraak maken. Honderd gulden per uur, contant afrekenen.'

Sonja opent de deur voor Kris.

'Oh, en wil je je auto volgende keer niet meer op die plek parkeren, maar gewoon hier in de straat? Ik krijg bonje met de buren als mijn klanten voor hun deur parkeren.'

Na een slap handje en een laatste wolk rook in haar gezicht daalt Kris snel de trap af en verlaat de kleine eengezinswoning. Als ze door de onbegrijpelijke wirwar van nieuwbouwhuizen probeert de straat te vinden waar haar auto geparkeerd staat, dringt ineens tot haar door dat Sonja onmogelijk kan weten waar ze haar auto heeft geparkeerd. Ze kijkt om. Sonja's huis, dat niet alleen makkelijk te herkennen is aan de vele dromenvangers en windvaantjes, maar ook en vooral aan de paars geverfde kozijnen, is vanaf hier niet te zien. Hoe kan die vrouw dan weten waar haar auto staat? Zal ze dan toch...?

'Mam, wil je me beloven dat je me voortaan gewoon weer een horloge of een boek voor mijn verjaardag geeft?'

Kris staat af te wassen, wat haar vaste taak is sinds ze weer in het ouderlijk huis woont. Terwijl ze aangekoekte linzen uit de pan

schraapt (haar ouders zitten in de biologische, onbespoten, vega-
nistische fase), kijkt ze even om naar haar moeder, die gebiologeerd
naar het beeldscherm van haar computer staart en een ontvangen
mail leest.
'Wat, schat?'
Kris maakt van de gelegenheid gebruik en opent de vuilnisbak,
waar ze de pan in kiepert en hem onder een paar oude kranten
bedekt. Anders is ze nog een uur bezig met dat ding. Ze koopt
morgen wel een nieuwe.
'Niets. Ik was niet zo onder de indruk van die Sonja. Da's alles.'
Als haar moeder hier zelfs niet op reageert, loopt Kris naar haar
toe. Ze leest over haar schouder ongemerkt mee.

Ik begrijp het, maar toch vind ik het ontzettend jammer dat je je
niet uit je burgerlijke leventje los durft te rukken om deze nieuwe
wereld te ontdekken. Je hebt zelf toegegeven dat je een heerlijke
avond hebt gehad, waarna je je als herboren voelde. Dat Nico zich
er niet prettig bij voelt, hoeft toch niet te betekenen dat jij je aan
hem aan moet passen?

'Is dat van je nieuwe vriendin?'
Haar moeder draait zich verschrikt om. Ze aarzelt even, maar
knikt dan.
'Ik had haar verteld dat ze ons niet meer moet uitnodigen voor
haar feesten. '
'Omdat papa het niet meer wil?'
'De eerste keer was hartstikke leuk, nou ja, dat weet je nog wel.'
Kris knikt en denkt terug aan de staat waarin haar appartement
verkeerde na de afterparty die haar ouders er hadden gehouden.
'Maar je vader... Ach, het is gewoon zijn ding niet en als hij er zo
ongelukkig van wordt, dan...'
Haar moeder glimlacht en haalt haar schouders op.
'Dan hoeft het van mij ook niet. Ik heb genoeg andere hobby's.'
Kris' blik dwaalt langs de boekenplank boven de computer, die
krom is getrokken onder het gewicht van dikke, stukgelezen boeken over Tarot, handleeskunde, astrologie, yoga, transcendente
meditatie, tantraseks en bloesemtherapie. Alles beter dan haar

moeder in een rubberpak dat haar tepels bloot laat op een feest waar je uit de toon valt als je je niet door een ander dan je eigen echtgenoot laat betasten. Kris geeft haar moeder een kus op haar hoofd.

'Wijs besluit, mam. En trek je niets aan van die vrouw, die is gewoon jaloers dat jij en papa zo'n gelukkig huwelijk hebben.'

En ik eigenlijk ook, denkt Kris terwijl ze naar de televisie loopt.

BEGRAAFPLAATS / GRAF STEF

HEDWIG STAAT BIJ HET GRAF VAN STEF. OP HAAR WALKMAN KLINKT DE MUZIEK, DIE GESPEELD WERD OP STEFS STERFBED. HEDWIG DRAAIT HET VOLUME ZACHT EN ZET HAAR KOPTELEFOON AF.

HEDWIG

Ik kan nooit verder luisteren dan tot hier. Dit was het moment waarop jij... Gek eigenlijk. Ik heb de rest van de muziek nooit gehoord. Ik weet niet hoe het afloopt. Dat weet jij alleen.

HEDWIG HURKT NEER BIJ DE STEEN EN VEEGT MET HAAR HAND WAT BLADEREN EN ROMMEL WEG.

HEDWIG

Het gaat echt heel goed. Ik ben hard aan het leren voor school. Oom Govert is heel lief voor me en Jessica heeft me uitgenodigd om een keer mee te gaan naar Frankrijk. Lekker stappen in hippe tenten. Stoer hè? Kim wil vast mee als ze dat hoort.

HEDWIGS GEMAAKTE OPGEWEKTHEID MAAKT PLAATS VOOR DROEFHEID.

Als Kim tijd heeft tenminste. Ze is
natuurlijk erg met Che bezig. Zo gaat
dat. Wij waren net zo erg, weet je
nog?

**HEDWIG STAAT OP. ZE GLIMLACHT DOOR HAAR TRANEN
HEEN.**

HEDWIG

Ik moet naar school. Je ziet het, ik
heb het druk. Ik ben geen moment alleen. Ik hoop dat jij dat ook niet
bent. Dag lieve Stef.

**HEDWIG LOOPT WEG OVER DE VERLATEN BEGRAAFPLAATS,
TERWIJL DE TRANEN OVER HAAR GEZICHT STROMEN.**

'Ik vind het echt zo zielig voor haar,' zegt haar moeder, die naast
Kris op de bank is komen zitten en haar een koektrommel voorhoudt. Omdat de chocoladekoekjes er niet bijzonder veganistisch
uitzien, neemt Kris er eentje.
'Ik vraag me nog steeds af waarom ze die Stef hebben laten dood-
gaan. Hij en Hedwig waren zo leuk samen! Echt een superstel. Ah
gadver, mama!'
Kris spuugt het koekje, dat keihard is en naar een soort zoute bak-
poeder smaakt, in haar hand en loopt ermee naar de vuilnisbak.
Een stukje van de pan steekt nog boven het vuil uit en snel drukt
Kris hem verder weg in de zak, voordat ze de restanten van het
koekje erop gooit. Dan ploft ze weer naast haar moeder.
'Stef dood, Arthur dood, nu gaan Jessica en Julian ook nog in
Frankrijk wonen... Ik voorspel dat er een flinke depressie voor
Hedwig aan zit te komen.'
Kris grinnikt en kijkt haar moeder aan.
'Had die Sonja toch gelijk, ik heb ook voorspellende gaven.'

ALBERTS / KEUKEN

TERWIJL OP DE ACHTERGROND DE GELUIDEN KLINKEN
VAN HET AFSCHEIDSFEESTJE VOOR JESSICA EN JULIAN
GAAT HEDWIG OP DE GROND TEGEN HET AANRECHTKASTJE
ZITTEN.
ZE STAART VOOR ZICH UIT EN VERBERGT HAAR GEZICHT
IN HAAR HANDEN. DAN BEGINT ZE MET SCHOKKENDE
SCHOUDERS TE HUILEN.

                    STEF
        Hoe vaak je het ook doet, het wordt er
        nooit gemakkelijker op, hè?

Kris houdt haar adem in. Ze stoot haar moeder aan, zonder haar
ogen van het beeld af te halen.
'Dat was de stem van Stef. Toch? Mam?'
'Ach, kind, die stemmen kan ik toch niet allemaal uit elkaar halen?'
Kris weet het zeker. Ze kijkt naar Hedwig, die nog niet door heeft
wat haar te wachten staat.

HEDWIG SCHAAMT ZICH VOOR HAAR TRANEN EN BEGINT
ONHANDIG MET HAAR MOUW HAAR GEZICHT DROOG TE VE-
GEN.

                    HEDWIG
        Wat?

                    STEF
        Afscheid nemen.

NU PAS KIJKT HEDWIG OP. ZE ZIET STEF OP HET AAN-
RECHT ZITTEN EN SCHRIKT ZICH WEZENLOOS. ZE KAN
NIETS UITBRENGEN.

                    STEF
        Ik heb nog nooit meegemaakt dat jij
        niet weet wat je moet zeggen.

HEDWIG SCHUDT HAAR HOOFD, ALSOF ZE WAKKER WIL
WORDEN, MAAR ALS ZE WEER KIJKT, IS STEF ER NOG
STEEDS.

HEDWIG
Stef... Je bent... Ga je zo weer weg?

STEF SPRINGT VAN HET AANRECHT AF.

STEF
Nee. Deze keer blijf ik.

HEDWIG
Hoe kan dat nou?

STEF
Ik blijf bij je. Tot je weer gelukkig
bent.

STEF LOOPT OP HEDWIG AF. HEDWIG LACHT, EERST ON-
WENNIG, VOORZICHTIG, MAAR DAN STRALEND GELUKKIG:
HAAR LIEFDE IS TERUG.

Haar moeder drukt haar een tissue in handen, die ze verontwaardigd afwimpelt.
'Hallo, zo sentimenteel ben ik nou ook weer niet.'
Maar de kraak in haar stem en de laagjes water in haar onderste
oogleden, die bijna overstromen, verraden haar. Haar moeder zegt
echter niets. Ze pakt alleen haar hand even vast en knijpt erin, zo-
als alleen moeders kunnen geruststellen door een simpel kneepje.
Dankbaar kijkt Kris haar aan, voordat ze opstaat.
'Het moet niet gekker worden. Spoken in GTST.'
'Ik ben wel heel blij dat ze ook aandacht besteden aan het spiri-
tuele.'
'Dat verbaast me niets, mam. Dat jij daar blij mee bent.'
Kris geeft haar moeder een kus.
'Ik ga slapen. Ik zal morgen zo zacht mogelijk doen, maar je moet

niet schrikken als je me al om een uur of vijf hoort. Ik moet om zeven uur op Schiphol zijn.'

'Waar ga je ook alweer naar toe?'

'Eh… Berlijn. Heen en weertje. Ik ben 's middags weer thuis. Maar misschien ga ik even langs Lien, laat ik wel weten, ik heb mijn telefoon bij me.'

'Je oplader ook dit keer?'

Kris grimast en knikt. Dan loopt ze de kamer uit. Half negen. Nog veel te vroeg om te slapen. Maar ze is moe en de wetenschap dat ze morgen zo vroeg op moet, maakt haar bij voorbaat al slaperig.

Ze kijkt om zich heen. Een rond huis. Dat heeft ze nog nooit gezien. Overal om haar heen zijn ramen. Ramen die uitkijken op grasvelden. Immense felgroene grasvelden tot aan de horizon. Overal waar ze kijkt. Het huis is leeg. De muren zijn wit. De vloer is wit. De lucht die ze inademt is zuurstofrijk en geurloos. Wat doet ze hier? Ze draait om haar as. Niets nieuws. Niets veranderd. En toch is ze onrustig. Net als ze bedenkt dat ze weg wil en op zoek gaat naar de deur, hoort ze het. Heel in de verte. Zwak, maar onmiskenbaar.

'Kris? Kris!'

Gealarmeerd draait ze rond. Kijkt ze door alle ramen. Alleen het gras. Het gras in de felle verblindende zon.

'Zoek me dan. Zoek me.'

Kris raakt in paniek. Ze zoekt naar hem. Ze zoekt Mick, die haar roept. Ze opent alle ramen, buigt over de kozijnen heen om te zien of hij daar is, maar alles wat ze ziet is dat gras, met de kleur die inmiddels pijn doet aan haar ogen.

'Kris?!'

Mick gilt dit keer. Ze hoort de angst in zijn stem. Het snijdt door haar lijf. Hij heeft haar nodig. Waar is hij? Verdomme, waar is hij? Dan schrikt ze plotseling wakker. Verdwaasd kijkt ze om zich heen. Wat hoort ze? Waar is ze? Als haar ogen aan het donker gewend zijn en haar gedachten weer een beetje geordend, weet ze dat ze thuis is. Dat het snerpende geluid van de wekker komt, die aan geeft dat ze moet opstaan, om te douchen, te ontbijten en de trein naar Schiphol te nemen.

Met het warme, stromende water van de douche stroomt ook het unheimische gevoel dat ze door haar droom heeft weg. Een nacht-merrie. Niet zo vreemd, als je bedenkt dat het nog maar een maand of drie geleden is allemaal. Kris glimlacht als ze denkt aan oma's raad: werken, werken en als je dan nog puf hebt, lol maken. Mat jezelf af, zodat je geen tijd hebt om te piekeren. Dus Kris werkt zich helemaal suf. Voor de KLM, voor de wasserette van haar ou-ders, voor Lien, die een surpriseparty voor de verjaardag van de masseur organiseert, voor oma, die nu elke dag een uur wandelt, maar daarna geen puf meer heeft om boodschappen te doen. Kris werkt en ploetert en stelt zich beschikbaar voor anderen en ver-baast zich er soms over hoe snel de uren wegtikken. Ze zit in een rollercoaster en ze is als de dood om eruit te stappen. Om die leegte weer te voelen. Ze wil niet eens een beetje afremmen, om te chec-ken hoe heftig de pijn nog is. Gewoon doorgaan. Niet voelen. En het gaat goed. Ze voelt zich sterk. Ze heeft 's morgens zin in de rest van de dag. Dat is al een hele winst vergeleken bij een paar weken geleden. En als Sonja gelijk heeft, dan komt ze Mick... Nee! Niet aan denken. Kris zet de douche op koud en laat de ijskoude straal over haar borsten sproeien. Dan blijven ze stevig. Ze weet niet eens zeker of het zo is en denkt elke morgen dat ze het er niet voor over heeft, dan maar hangtieten (niemand ziet ze toch...), maar toch doet ze het. Zoals haar moeder altijd zegt: wie mooi wil zijn, moet pijn lijden. Een uur later zit ze in de trein naar Schiphol, vliegt ze naar Berlijn en weer terug en is ze zo bekaf aan het einde van de dag, dat ze Céline afbelt en bij oma aanschuift voor een bord hutspot en haar dagelijkse portie soap.

HARMSEN / KAMER HEDWIG

HARMSEN BRENGT HEDWIGS GESTREKEN WASGOED. HIJ ZIET OP HAAR BUREAU EEN DAGBOEK LIGGEN. HIJ AAR-ZELT EVEN, LOOPT ERNAAR TOE, PAKT HET OP, MAAR BEDENKT ZICH EN LEGT HET TERUG WAAR HIJ HET VOND.
DAN ZIET HIJ DE BRIEFJES DIE ERNAAST LIGGEN. ZE ZIJN HALF DUBBELGEVOUWEN.

HIJ PAKT ER EENTJE EN LEEST: 'STEF, WAAR BLIJF
JE?'
HIJ LEGT HET GESCHROKKEN NEER, PAKT EEN ANDER
WAAR OP STAAT: 'STEF, IK BEN NAAR SCHOOL. ZIE IK
JE DAAR?'
HARMSEN WEET NIET WAT HIJ HIERVAN MOET DENKEN.

'Geloof jij er in?'
Als oma geen antwoord geeft, kijkt Kris haar aan en ziet dat oma
naar het portret van haar overleden opa kijkt, dat op een plekje
hangt tussen alle andere familiefoto's. Elke avond steekt oma het
kaarsje aan op het gifgroen geschilderde dressoirtje onder de foto's.
'Dat overledenen terug komen op aarde?'
Kris knikt.
'Ik heb opa nog vaak gezien. Niet zoals Stef verschijnt aan Hedwig,
maar wel... In mijn dromen. Of 's avonds, dat ik iets hoorde en uit
het raam keek en hem daar zag zitten, op zijn bankje bij het water. '
Oma staat op en loopt naar de foto. Ze praat er tegen.
'Ik weet het heus wel, hoor. Dat je me bespioneert. Gluiperd. '
Kris is geraakt als ze ziet hoeveel liefde er in oma's ogen staat als
ze naar haar overleden man kijkt. Oma legt haar hand even op de
foto. Dan, na een kort moment van stilte, loopt ze terug naar Kris.
Gaat ze weer naast haar zitten.
'Ik weet niet of het echt zo is. Misschien gebeuren dat soort dingen alleen maar, omdat we het ontzettend graag willen. Omdat de
dood zo moeilijk te bevatten is. Het idee dat het allemaal ophoudt
als ons hart ermee stopt, vind ik zo bizar...'
'Mick is bij een rituele crematie geweest, toen hij in India was.
Daar was hij zo van onder de indruk. Zij geloven dat het lichaam
vergankelijk is, maar je ziel onsterfelijk. Als iemand dood is, wordt
hij zo snel mogelijk gecremeerd en de as wordt dan met bloemen
in de rivier verstrooid. Om het lichaam aan de oerbron terug te
geven.'
Kris glimlacht bij de herinnering.
'Mick heeft me laten beloven dat ik zijn as naar India zou brengen
en in de Ganges zou verstrooien. Als het ooit zover komt dat hij
dood gaat.'

Oma legt haar hand troostend op Kris' been.

'Zal zuster Annemarie dat nu voor hem gaan doen?' vraagt Kris zich hardop af.

Oma weet niet wat ze hier op moet zeggen en besluit maar niets te zeggen. Ze kijken naar de reclame, zonder echt iets te zien.

'Ik droom de hele tijd over hem.'

Oma kijkt Kris vragend aan.

'Over Mick. Geen leuke dromen. Dat hij me nodig heeft. Dat ik naar hem toe moet, maar hem niet kan vinden. Heel naar.'

'Dat kan ik me voorstellen, liefje. Waarom heb je me daar niets over verteld? '

'Het is pas sinds een paar dagen. Mama denkt dat het de verwerking is van alles. Omdat ik overdag zo druk ben en geen tijd neem om er over na te denken, gaan mijn hersenen 's nachts aan de slag.'

Dan klinkt de tune van GTST weer.

HARMSEN / KAMER HEDWIG

HEDWIG ZIT OP BED MET HAAR DAGBOEK. ZE WIL SCHRIJVEN, MAAR HEEFT GEEN INSPIRATIE. INEENS KLINKT DE STEM VAN STEF.

STEF

Zal ik je iets te schrijven geven voor je dagboek?

HEDWIG

Nee.

STEF IS VERBAASD. HIJ LOOPT NAAR HEDWIG TOE EN GAAT BIJ HAAR BED STAAN.

HEDWIG

Ik heb niets aan je. Als je weer weg gaat, voel ik me dubbel zo lullig als daarvoor. En ik kan er met niemand over praten, want dan denken ze dat ik gek ben.

STEF

Dat zijn een hoop verwijten. Zal ik er
één voor één op ingaan, of…

**STEF ZET DE CD-SPELER AAN. ALS BIJ TOVERSLAG
KLINKT: I BELIEVE I CAN FLY. HEDWIG WORDT ER
DOOR GERAAKT. STEF HEEFT HET DOOR. HIJ REIKT
HAAR ZIJN HAND AAN.**

'R. Kelly. Zo'n mooi liedje. Ken je het?'
Oma antwoordt niet, ze staart naar Hedwig en Stef. Kris doet hetzelfde, terwijl ze in haar hoofd met het liedje mee neuriet. Ze zet
het volume van de televisie wat harder.

STEF

We hebben nooit samen kunnen dansen.

STEF

Ik heb er net zo naar verlangd als
jij. Het goeie aan nu is dat het kan.
Moppie? Wil je met me dansen?

**HIJ HOUDT ZIJN HAND NAAR HAAR UITGESTREKT, TER-
WIJL DE MUZIEK DOORKLINKT. HEDWIG KIJKT HEM AAN.
ZE HEEFT TRANEN IN HAAR OGEN.**

HEDWIG

Ik durf niet.

STEF

Jij? Hedwig de onverschrokkene?

HEDWIG LACHT NIET. ZE DURFT ECHT NIET.

STEF

Pak mijn hand.

HEDWIG KIJKT NAAR ZIJN HAND. BEVREEMD. DAN ZOEKT
ZE ZIJN OGEN.

                        HEDWIG
    Kan het?

                         STEF
    Als jij het wilt.

HEDWIG HOOPT HET, MAAR IS NOG NIET OVERTUIGD.
DAN NEEMT ZE EEN BESLISSING EN STEEKT ZE LANG-
ZAAM HAAR HAND UIT.
ALS ZE BIJNA STEF'S HAND RAAKT, AARZELT ZE NOG
EVEN, MAAR DAN RAAKT ZE HEM AAN.
TOT HAAR VERBAZING GEBEURT ER NIETS VREEMDS EN
RAKEN HUN VINGERS ELKAAR.
VOOR HEDWIG IS DIT IETS MAGISCH EN ALS IN TRANCE
STREELT ZE ZIJN HAND.
DAN TREKT STEF HAAR LANGZAAM OMHOOG.
ONWENNIG PAKT ZE OOK ZIJN ANDERE HAND.
VOORZICHTIG BEGINNEN DE TWEE TE DANSEN.
ZE KIJKEN ELKAAR AAN. HEDWIG LIJKT VERLEGEN.
STEF GLIMLACHT EROM.
HEDWIG GAAT DICHTER TEGEN HEM AAN DANSEN. HUN
GEZICHTEN VLAK BIJ ELKAAR. HEDWIG FLUISTERT:

                        HEDWIG
    Hier heb ik zo vaak van gedroomd.

                         STEF
    Weet ik.

HEDWIG RAAKT HIER OPNIEUW DOOR GEËMOTIONEERD. ZE
SLUIT HAAR OGEN EN GENIET.

De scene is afgelopen. Kris en oma zuchten tegelijkertijd dramatisch. Ze lachen en kijken elkaar aan. Dan lachen ze nog harder. Bij

allebei stromen de tranen over hun gezicht.

'Oma, dit loopt een beetje uit de hand.'

'Waarom? Beter janken om een ander, dan om je eigen ellende, toch?'

'Ik jank niet om een ander, ik jank omdat ik het zo mooi vind dat Hedwig en Stef elkaar weer gevonden hebben. En dat is absurd, want hij is dood en ze kunnen dus nooit meer samen komen.'

'Maar hij gaat haar helpen, hij gaat bij haar blijven tot ze weer gelukkig is. Nou sorry, maar...,' Oma veegt haar ogen droog met de mouw van haar vest. 'Dat vind ik zo mooi, zo ontroerend...'

Kris staat op.

'Ik heb chocola nodig.'

'Neem ook een fles bessenjenever mee.'

'Heb jij voor mij een fles Paris van Yves Saint Laurent? Zo'n kleine verpakking. Eau de parfum.'

Kris opent een laatje van haar trolley en speurt erin.

'Ik heb alleen de grootverpakking. 100 milliliter.'

Ze houdt het omhoog naar Anja's klant.

'I've only got this one. It'll be hundred twenty guilders.'

De klant aarzelt. Ongemerkt voor de twijfelende vrouw maakt Anja een gebaar naar Kris, alsof ze de klant wil wurgen. Kris houdt haar gezicht in de plooi en glimlacht allerliefst naar de klant.

'It's the most exclusive perfume we have. Real French.'

Daar zijn de Amerikanen altijd gevoelig voor. Dat iets uit Frankrijk komt. Alsof het dan chiquer is, of meer charme heeft. Maar het werkt. De vrouw knikt en pakt haar creditcard.

Dank je wel, mimet Anja naar Kris, die de fles parfum aan haar geeft.

Ze lopen verder door het gangpad, maar er wordt niets meer verkocht, omdat de meeste passagiers slapen op de negen uur durende vlucht naar Curaçao. Kris verheugt zich op de twee dagen die ze er door gaat brengen. Het hotel waar de KLM haar personeel onderbrengt is super de luxe, met een zwembad, een geweldig restaurant en gelegen aan het mooiste strand van het eiland. Ze heeft met Anja afgesproken te gaan duiken, dat hebben ze de vorige keer ook samen gedaan en hoewel Kris het doodeng vond om in zo'n andere wereld te komen, een wereld waar mensen voor haar gevoel eigenlijk helemaal niet thuishoren, heeft het diepe indruk op haar achtergelaten.

'Gaan we morgen nog duiken?'

'Tuurlijk gaan we dat doen. Na een lunch op het strand en een middagdut.'

'Wat hebben we toch een rotleven.'

Ze grijnzen naar elkaar en gaan op de stoelen voor personeel zitten om even te rusten voor ze het ontbijt weer moeten serveren.

'Wil je thee?'

'Lekker,' zegt Anja.

Kris pakt een thermoskan en zet thee. Ze bedenkt zich hoe bijzonder het is dat zij en Anja alleen maar betere vriendinnen van elkaar zijn geworden sinds Lucas Kris gedumpt heeft voor Anja. Natuurlijk was het raar in het begin, vooral Anja was bang dat Kris het haar heel erg kwalijk zou nemen. Maar toen Kris haar ervan verzekerde dat ze het toch al wilde uitmaken met Lucas en dat ze, hoe hilarisch, Anja en Lucas zelfs had willen koppelen, waren Anja's reserves al snel verdwenen. Nu was Lucas soms zelfs jaloers op de hechte band die de meisjes met elkaar hebben. Vorige week had hij tijdens een etentje zelfs gevraagd of ze het wel eens over zijn bedprestaties hadden. 'Natuurlijk,' had de licht aangeschoten Anja geroepen. 'Wat ik alleen niet begrijp is dat je het met Kris altijd alleen maar in bed deed, terwijl ik verdorie elke week de distels uit mijn kont moet plukken omdat je het weer -lekker in de open lucht- wilt doen.'

Kris heeft een half uur onder de tafel gelegen van het lachen om het verbouwereerde en in zijn mannelijkheid aangetaste gezicht van Lucas.

Als ze er aan terugdenkt moet ze weer grinniken.

'Wat?'

'Ik moest opeens weer denken aan die distels in je kont.'

'Dit weekend was het nog veel erger. We waren bij zijn ouders...'

Anja steekt haar tong uit, Kris knikt begripvol.

'En die hebben toch die schuur in de tuin?'

Kris knikt weer.

'Waar zijn vader klust,' beaamt ze.

'Waar zijn vader stiekem sigaren rookt en zich afrukt op de oude pornoblaadjes van zijn zoon.'

'Anja!' Kris schiet in de lach. Ongelooflijk hoe de eens zo keurige Anja veranderd is sinds ze een net zo keurig vriendje heeft. Die twee hebben elkaar helemaal gevonden en zijn allebei veel losser en vrijer geworden. Gelukkig maar.

'Stil nou, luister. We liepen een rondje om de vijver in de tuin, toen Luuk het in zijn hoofd kreeg om te vrijen in de schuur van zijn pa. Zo gezegd, zo gedaan, wij naar binnen. Hij trok mijn kleren al uit voordat ik de deur goed en wel dicht had gedaan en-'

'Wil ik dit echt horen?' onderbreekt Kris haar.

Anja trekt zich er niets van aan en vertelt verder.

'Hij zet me tegen die kast, weet je wel? Met al die bakjes? En begint me te... Nou ja, je weet wel. Waren we net lekker bezig, stort die hele kast in elkaar. Al die bakjes met spijkers op de grond. En ik ook.'

Anja staat op uit haar stoel, kijkt of niemand het ziet en trekt haar blauwe rok omhoog. Er zitten talloze kleine wondjes op haar billen. Kris slaat haar hand voor haar mond om een lach te onderdrukken, maar als ze ziet dat Anja het ook vreselijk grappig vindt, laat ze zich gaan.

'Wat erg! Wat grappig! Deed het pijn?'

'Ik heb drie dagen niet kunnen zitten. Maar het erge was, dat zijn vader op het lawaai af kwam en mij daar dus zag liggen. Op de grond. Bloot. Met Lucas die met een tangetje al die kloterige spijkertjes uit mijn kont trok.'

Ze trekken hun gezicht meteen in de plooi als de passagier van de fles parfum langskomt op weg naar het toilet. Anja schakelt professioneel over op een neutraler onderwerp, terwijl Kris doet alsof ze niest, om de tranen van het lachen in haar ogen te verklaren.

'Heb jij zin om met mij van dienst te ruilen? Ik moet over vier dagen naar Tanzania, maar ik zag dat jij dan naar Sint Petersburg moet. Lucas vliegt op die vlucht, dus ik dacht...'

'Hmmm.... Tanzania, drie dagen zon en zwembad en misschien een korte safaritocht, of een dag sneeuw en vrieskou in Sint Petersburg... moeilijke keuze...'

Anja lacht.

'Dank je wel!'

Ze kan hem zien. Ze kan hem zien in de verte, maar ze kan niet naar hem toe. Er staat een groot hek om het bos waar hij zich bevindt. Hij staat vastgebonden aan een boom. Uitgemergeld. Bleek. Bezweet. Hij roept naar haar. Ze kan hem niet verstaan, maar ze weet dat hij haar roept. Ze pakt het hek vast en begint te klimmen. Het ijzer is warm. Ze brandt haar handen. Maar hij heeft haar nodig en ze zet door. Ze verliest een schoen en staat met haar blote voet op een scherpe punt. Van schrik laat ze los en belandt op de grond. Als ze weer opkijkt, is Mick verdwenen. Alleen zijn schreeuw klinkt nog door de duisternis.

'Kris? Kris, wakker worden. We gaan landen.'

Het duurt langer dan normaal voordat Kris beseft dat het weer een stomme droom was. Terwijl ze controleert of alle bagagekasten dicht zijn en alle riemen vast, hoort ze Micks stem nog nagalmen in haar hoofd.

'Kris? Zit je te kijken?'

Kris klemt de telefoon onder haar kin, terwijl ze haar bikini in haar koffer stopt. Niet vergeten: zonnebrand.

'Nee. Ik moet over een kwartier de deur uit en ben mijn koffer aan het pakken.'

'Hotel Dendermonde staat in brand! Iedereen is gered, behalve Hedwig!' Céline klinkt opgewonden.

'Het lijkt wel alsof ze dood wil. Ze wil natuurlijk naar Stef. Oh wacht, het begint weer. Fijne reis, toedeloe!'

Céline hangt op. Kris mikt een fles zonnebrand in haar koffer, kijkt op de klok en rent dan naar de huiskamer om het laatste stukje mee te kijken.

HOTEL DENDERMONDE / LOUNGE

ER IS VEEL ROOK IN DE LOUNGE. HEDWIG SCHUIFELT LANGS DE BALIE EN STOOT EEN VAAS BLOEMEN OM. HET WATER KLETTERT OP DE GROND. HEDWIG DEPT EEN THEEDOEK IN HET WATER EN PROBEERT ER DOOR TE

ADEMEN. HET GAAT NAUWELIJKS. ZE IS UITGEPUT EN ZAKT DOOR HAAR BENEN. KRUIPEND PROBEERT ZE DOOR DE DICHTE ROOK DE UITGANG TE VINDEN.

> ### STEF
> Hedwig?!

HEDWIG KIJKT OM ZICH HEEN.

> ### HEDWIG
> Stef? Waar ben je? Ik ben zo bang!

STEF VERSCHIJNT EN KNIELT NAAST HAAR.

> ### STEF
> Rustig maar.

> ### HEDWIG
> Kom je me halen?

> ### STEF
> Je moet de andere kant op. De voordeur
> is geblokkeerd, Kom. Je kunt het best.

STEF PROBEERT HEDWIG OP TE HIJSEN, MAAR ZE ZAKT WEER IN ELKAAR.

> ### HEDWIG
> Ik ben duizelig. Ik moet even liggen.

> ### STEF
> Kom! Niet opgeven! Hedwig!

HEDWIG BLJFT LIGGEN. ZE KIJKT STEF, DIE ZICH OVER HAAR HEEN BUIGT, GLAZIG AAN.

HEDWIG

Het komt allemaal goed. We zijn weer
bij elkaar. Dat is het belangrijkste.

STEF

Nee! Hedwig!

**STEFS HOOFD IS VLAKBIJ DAT VAN HEDWIG. HEDWIG
GLIMLACHT NAAR HEM EN SLUIT DAN HAAR OGEN.**

'Schatje, je moet weg.'
Kris kijkt op de klok. Haar moeder heeft gelijk. En ze heeft haar
tas nog niet eens ingepakt.
'Heel even nog,' mompelt ze. 'Het is zo spannend. Fiets ik wat
sneller.'

HOTEL DENDERMONDE / LOUNGE

**RIK STROMPELT DOOR DE ROOK TERWIJL HIJ AF EN TOE
EEN PAAR TEUGEN ZUURSTOF UIT HET MASKER NEEMT.
OP MEERDERE PLAATSEN ZIJN NU VLAMMEN TE ZIEN.**

RIK

Hedwig?!

**RIK WERPT NOG EEN LAATSTE BLIK OP ZICH HEEN. ER
KLINKT ONHEILSPELLEND GEKRAAK. RIK KIJKT IN PA-
NIEK IN DE RICHTING VAN HET GELUID. BIJ HET KAN-
TOOR, DOOR DE ROOK HEEN, ONTWAART HIJ IETS KLEU-
RIGS OP DE GROND.**

RIK

Hedwig!

**RIK LOOPT HOESTEND NAAR DE BALIE. DAN ZIET HIJ
HEDWIG LIGGEN. HIJ KNIELT BIJ HAAR NEER EN PRO-
BEERT HAAR BIJ TE BRENGEN.**

RIK

Wakker worden. Ik ben er. Het is okay.

**RIK DUWT HET ZUURSTOFMASKER TEGEN HEDWIGS GE-
ZICHT. ER GEBEURT NIETS. RIK RAAKT IN PANIEK.**

RIK

Kom op! Ademen!

**DE ZUURSTOFFLES BLIJKT LEEG. RIK SMIJT HEM WEG
EN TILT HEDWIG OP. HIJ HOEST EN STROMPELT WEG
RICHTING UITGANG.**

'Gered door Rik. Ik voel een nieuwe romance.'
'Je weet helemaal niet of ze gered is, mam.'
'Schat, als je je baan wilt houden, moet je rennen. Ik sms je wel
hoe het afloopt.'

> U HEEFT 1 NIEUW BERICHT
> VAN: MAMA MOBIEL
> Hedwig leeft en heeft gezoend met haar redder Rik.
> Eind goed, al goed. X mama.

Kris klimt uit het zwembad en voegt zich bij de rest van de crew,
die in de cocktailbar zitten. Ze is moe van het uitstapje naar Zan-
zibar dat ze vandaag gemaakt hebben en neemt zich voor nog even
een dutje te doen voordat ze straks weer terugvliegen naar Amsterdam. Nederland. Opeens herinnert ze zich dat ze morgen het feest
van de masseur heeft, dat ze samen met Céline heeft georganiseerd.
En ze heeft helemaal nog geen cadeautje. Snel even langs de hotel-
shop, misschien dat ze daar iets hebben.

Een half uurtje later loopt ze haar hotelkamer in en legt ze het
handgemaakte, uit hout gesneden Afrikaanse masker in haar koffer, terwijl ze zichzelf inwendig vervloekt dat ze er niet eerder aan
heeft gedacht om een cadeau te kopen. In het hotel betaal je minstens vijf keer meer voor zo'n masker dan op een lokale markt.

Nou ja. Niet aan denken. Slapen. Ze zet haar wekker, trekt haar natte badpak uit en valt in slaap.

'Kris? Kris? Ik wacht op je.'
Ze loopt een donkere ruimte in. Het stinkt er vreselijk. Naar uitwerpselen. Dode dieren. Verbrand vlees. Ze is bang. Ze weet niet waar ze is. Ze weet niet wat ze aan zal treffen.
'Kris, ik hou het niet lang meer vol. Waar blijf je?'
'Ik kom! Ik ben er bijna!'
Als haar ogen aan de duisternis gewend zijn, ziet ze hem. Hij ligt op de grond. Zijn ogen zijn gesloten. Hij ademt niet. Oh God! Hij ademt niet meer!
Kris hurkt bij hem neer. Slaat hem in zijn gezicht.
'Mick?! Mick! Niet doen, Mick! Niet doodgaan!'
Ze kijkt in paniek om zich heen.
'Help! Iemand moet helpen!'
Maar er is niemand.

Met een schok wordt Kris wakker. Ze is bezweet en heeft het laken van zich afgetrapt. Ze pakt haar reiswekker om te kijken hoe laat het is, maar het display is zwart. Ze schudt er aan. Niets. De reiswekker die ze van Mick had gekregen, zijn cadeautje om te vieren dat ze was aangenomen bij de KLM. Hij is kapot.
Een akelig, onheilspellend gevoel bekruipt haar. Gedachten vliegen kris kras door haar hoofd heen. Micks wekker. De dromen. Sonja die zegt dat ze de tekenen moet zien. Dat ze ook de gave heeft. De dromen dat Mick haar nodig heeft.
Er wordt hard op haar deur gebonkt.
'Kris? De bus staat klaar!'
Kris springt op en begint als een gek al haar spullen in de koffer te proppen.
'Sorry, heb me verslapen. Vijf minuten!' roept ze.
Het gevoel laat haar niet los in de bus. Wat moet ze hiermee doen? Is dit inderdaad een teken? Maar ze kan hem niet bellen. Hij wil haar nooit meer zien. Als ze nu belt, dan... Dan zet ze zichzelf volkomen voor lul. Wordt hij nog bozer. Maar als ze niet belt, als ze niet weet of er iets met hem is, dan... Stel dat er wel iets is, dan zal

ze dat zichzelf nooit kunnen vergeven. Opeens weet ze het. Ze pakt haar telefoon en belt Rogier. Zijn vriend Rogier.

'Hallo?'

'Rogier? Met Kris. Weet je nog? Van Mick?'

'Ja, natuurlijk! Wat is dat voor ruis?'

'Slechte verbinding. Ik zit in Tanzania.'

'Oh.'

Aan zijn oh hoort Kris dat hij zich afvraagt waarom ze hem in godsnaam belt als ze in Tanzania zit.

'Luister, Rogier, het is heel stom, maar ik wil even weten of alles okay is met Mick.'

Hij is even stil.

'Rogier?'

'Ja, sorry, ik was even... Dit is zo weird.'

Kris' hart gaat sneller slaan.

'Wat?'

'Ik had Annemarie net aan de telefoon, weet je wel? Zijn vriendin?'

'Ja,' zegt Kris ongeduldig.

'Die was een beetje in paniek. Mick zit in Ghana, voor een of ander medisch project en ze probeert hem al een tijdje te bereiken, maar dat lukt niet echt.'

De bus stuitert op en neer op de slechte weg vol kuilen en hobbels, maar Kris merkt het niets eens.

'Wat is er met hem, Rogier?'

'Dat weten ze dus niet. Annemarie heeft met iemand van de organisatie gesproken en die zegt dat hij een paar dagen geleden naar een dorp is afgereisd om kinderen in te enten, maar dat hij gisteren terug had moeten komen. Het is echt heel vreemd dat je nu precies op dit moment belt.'

Dat is het helemaal niet, denkt Kris.

'Waarom gaan ze niet naar hem op zoek?'

'Ze hebben te weinig auto's. Als hij overmorgen nog niet terug is, sturen ze iemand die richting op. Maar maak je niet te veel zorgen, Mick redt zich wel. Die zit waarschijnlijk een vredespijp te roken met de medicijnman of zoiets.'

'Rogier. Voor welke organisatie werkt hij? Waar zit hij precies?'

'Eh... Geen idee. Dat weet Frank Jan waarschijnlijk wel. Die heeft daar ook gezeten vorig jaar.'

'Wil je het aan hem vragen? Ik bel je over een half uur terug, dan moet ik het weten, okay?'

De ontstellende drukte en het oorverdovende lawaai op het vliegveld overvallen haar. Ze loopt achter haar collega's aan naar de incheckbalie voor personeel. Ze is in shock. Kan niet helder denken. Denkt alleen maar aan Mick. Aan haar voorgevoel. Alsof iemand het van veraf regisseert draait ze haar hoofd naar links en ziet het. Op de monitor. KOTOKA, NOW BOARDING.

Kotoka. Het vliegveld van Ghana. Ze grist haar koffer en rent weg, haar verbijsterde collega's achterlatend.

Met de aanwijzingen van Rogier en de hulp van een naar zweet en alcohol stinkende taxichauffeur, in een gammele auto die een vreselijke ratel laat horen en er elk moment mee op lijkt te kunnen houden, arriveert Kris diep in de nacht op de dokterspost. Ze heeft het gevoel op de meest afgelegen plek van de wereld te zijn als ze uitstapt. Het is pikdonker. De sterrenhemel is onwaarschijnlijk mooi, maar Kris heeft er geen oog voor. Ze is dolblij dat ze al haar Amerikaanse dollars nog in haar portemonnee heeft zitten en geeft die aan de chauffeur, wiens grijns verraadt dat ze misschien een tikje te gul is.

'Good luck, lady.'

Kris knikt. Ze wacht tot ze de lampen van zijn auto niet meer ziet en loopt dan naar het gebouwtje. Het lijkt verlaten. Kris loopt er omheen. Het is aan alle kanten open. Ze stapt naar binnen in iets wat op een soort operatiekamer lijkt. Geen lichtknopje te bekennen. Ze loopt naar de ruimte er naast.

'Hallo? Is daar iemand?'

Na nog twee keer te hebben geroepen, klinkt er gestommel. Een gordijn wordt opengeschoven en een man in onderbroek verschijnt. Hij is ongeveer zestig jaar, schat Kris. Lange, witgrijze haren, wit krullend borsthaar. Een verwilderde blik in zijn ogen. Ze deinst een beetje achteruit als hij zijn zaklantaarn aanknipt en recht op haar gezicht schijnt.

'Who are you?'

'Eh... Kris, from Holland.'

'Oh, da's mooi. Ik ook.'

De man loopt met uitgestoken hand op haar af. Kris schudt hem terughoudend aan.

'Freddie. Uit Zaandam. Wat brengt jou hier? Ik verwacht geen vrijwilligers.'

'Ik eh... Ik ben een vriendin van Mick.'

Freddie begint hard te lachen en Kris is ontsteld als ze zijn verrotte gebit ziet.

'Zo, die knul heeft mazzel.'

'Ik ben niet zijn vriendin, maar gewoon... Een vriendin. Ik hoorde dat hij vermist was en ik was in de buurt, dus...'

'In de buurt? Hier? Hier is nooit iemand in de buurt.'

Nee, dat wist Kris ook wel, na die uren durende tocht.

'Is hij al terug?'

'Nee, we krijgen overmorgen een extra jeep, dan gaan we hem eens even oppikken. Waar hij ook zit.'

'U weet niet waar hij zit?'

'Zeg maar je, schatje. Aan formaliteiten hebben we niet zoveel hier. En nee, ik weet niet precies waar hij is.'

Freddie loopt naar een landkaart van het gebied, waar met rode stift kruisjes zijn gezet bij namen van verschillende dorpen in de omtrek.

'Dit zijn de dorpen die hij aan zou doen. Om kinderen in te enten. Blijven ze wat langer leven dan een half jaar. Maar in welk dorp hij precies is gestrand, geen idee...'

Freddie gaapt uitgebreid.

'Luister, we gaan even pitten, ik heb wel een matras voor je, schrik niet van de beesten, dat hoort erbij. Kun je me morgen helpen met het spreekuur, gaan we daarna een plan maken. '

'Dat is te laat!'

Kris schreeuwt het bijna.

'We moeten hem nú zoeken!'

'Scheetje, ik heb maar één auto tot mijn beschikking en die kan ik niet missen.'

Freddie wijst op een paar autosleutels dat op een tafel naast wat medische instrumenten ligt. Ze krijgt een plan. Ze laat zich door Freddie naar het matras voeren. Vraagt om een fles water. Vraagt om een zaklantaarn en wenst hem dan welterusten. Zodra ze zijn gesnurk uit de belendende kamer hoort, pakt ze haar spullen, grist de sleutels van de tafel, de kaart van de muur en loopt naar buiten. Zo zachtjes mogelijk opent ze het portier. Ze kijkt om zich heen hoe ze het snelst kan wegrijden en start de motor dan.

Het wordt langzaam licht. Kris is doodmoe, maar kan er geen seconde aan toegeven omdat de weg al haar aandacht opslokt. Beesten schieten voor haar wielen. Verraderlijke kuilen doemen plotseling vlak na een bocht op en de hitte is allesverzengend. Ze heeft geen idee waar ze is. Of ze de goede kant oprijdt. Ze weet alleen dat ze niet kan wachten tot overmorgen. Op een kruising tussen een zandweg en een modderweg die al in geen jaren meer door een auto lijkt te zijn bereden, stopt ze even om op de kaart te kijken. Moedeloos komt ze tot de conclusie dat ze maar een weg moet inslaan, maakt niet uit welke. Dan ziet ze in de verte een rookpluim boven de bomen uitkomen. Vuur. Daar moeten mensen zijn. Met hoop in haar hart rijdt ze in de richting van de rook. Na een uur rijden, over een afstand van nog geen twee kilometer, komt ze bij een nederzetting aan. Er scharrelen uitgemergelde kippen rond. Er staan wat hutjes rondom een open plaats waar een grote pan op het vuur hangt. Blote kindjes rennen af en aan en vrouwen doen hun was in een grote, smerig uitziende ketel.

Iedereen kijkt op als Kris de auto stopzet en uitstapt. Ze realiseert zich opeens hoe ze eruit moet zien, in haar hemelsblauwe uniform, waarvan ze het jasje weliswaar heeft uitgedaan, maar dat nog steeds een schril contrast vormt met de rest van de mensen hier.

Er komt een man op haar afgelopen. Hij blaft haar iets onverstaanbaars toe.

'Eh... Do you speak English?'

Er volgt een onbegrijpelijke woordenstroom. Kris denkt razendsnel na. Hoe moet ze duidelijk maken wat ze komt doen?

'Wait.'

Ze pakt haar tas en haalt haar agenda eruit. De pasfoto's die zij en Mick hebben laten maken op Gare du Nord toen ze een weekendje naar Parijs gingen zitten er nog in. Ze pakt de foto en laat hem aan de man zien. De man begint te lachen en trekt een voorbijlopend kind aan zijn armpje naar zich toe. Hij wijst op een minuscuul pleistertje op de arm van het kind. Inenting. Opgelucht realiseert Kris zich dat Mick hier dus niet zo lang geleden geweest moet zijn. Ze pakt snel de kaart en maakt met gebarentaal duidelijk dat ze wil weten waar Mick nu is. De man kijkt naar de kaart en gebaart dan met zijn handen: verderop.

'Thank you,' zegt Kris, ondanks het feit dat hij haar niet kan verstaan. Ze is hem ook dankbaar. Ze is weer een stukje dichterbij.

Na nog vier dorpen hebben aangedaan, waarbij Micks foto drie keer werd herkend, wordt het steeds moeilijker voor Kris om niet te wanhopen. Ze heeft dorst, honger en is doodmoe, maar haar angst om Mick overheerst. Het is midden op de dag, de zon staat pal boven haar en verblindt haar dwars door haar zonnebril heen. Daar. Een kindje. Kris stopt om het kindje te laten oversteken en ziet weer een wit pleistertje op het zwarte armpje. Ze rijdt stapvoets achter het kindje aan, dat naar haar lacht en plezier lijkt te hebben in de achtervolging. Na een kwartiertje komen ze bij een dorpje aan. Het is nog kleiner dan de voorgaande dorpen. Hooguit tien hutjes. Kris stapt uit. De foto van Mick al in haar handen. Maar dat is niet nodig. Ze ziet een jeep staan. Er lopen kippen op en er ligt een hond op de motorkap te slapen. Een jongetje zit achter het stuur en doet alsof hij rijdt. Mick! Hij moet hier zijn! Kris kijkt rond.

'Mick?' roept ze. 'Mick, ben je hier?'

Ze rent op een vrouw af, die met een baby op haar rug gebonden op het tumult af komt. Kris duwt de foto van Mick onder haar neus. De vrouw pakt haar arm vast en trekt haar mee naar één van de hutten. Kris houdt haar adem in als ze binnen loopt. Het is precies zoals in haar droom. De stank, de hitte, de geluiden, de duisternis. Ze hoort zacht gekreun.

'Mick?'

Ze haast zich in de richting van het geluid. Ze botst tegen iets, dat ze in het donker niet kan zien en valt met haar knie op iets scherps. Ze voelt het warme bloed langs haar benen stromen. De vrouw pakt haar weer vast en leidt haar naar het achterste gedeelte van de hut. Daar ligt hij. Op een doek. Op de grond.

Kris hurkt naast hem neer en probeert niet in paniek te raken bij de vreselijke aanblik van haar allergrootste liefde. Hij is lijkbleek, zweetdruppels druipen langs zijn gezicht en maken de vochtige plek op de doek onder hem steeds groter. Zijn handen trillen, in zijn lippen zitten diepe, bloedende kloven en hij ademt met een angstaanjagend, rochelend geluid. Zijn hele lichaam is in een soort bladeren gewikkeld. Een man die naast Mick zit, met alleen een doek om zijn middel gewikkeld, sprenkelt wat water over de bladeren en murmelt onverstaanbare dingen. Alsof hij een gebed opzegt.

'Mick, lieverd? Ik ben er. Hoor je me?'

Kris aait Mick over zijn gezicht. Jezus, het lijkt wel alsof zijn hoofd in brand staat, zo warm is hij. Ze pakt haar tas en haalt er de strip aspirine uit, die ze altijd bij zich heeft. Ze verpulvert drie pillen met de achterkant van haar borstel en gooit het poeder in het restant water dat in haar fles zit. Ze legt een hand onder Micks hoofd en tilt het een stukje op. Ze zet de fles aan zijn mond.

'Lieverd? Drink een beetje. De koorts moet omlaag. Hoor je me? Drink alsjeblieft een beetje.'

Mick opent zijn ogen even, hij kijkt haar met waterige koortsogen aan, maar lijkt haar niet te herkennen. Met trillende lippen opent hij zijn mond een heel klein stukje. Langzaam giet Kris druppel voor druppel het flesje water leeg in zijn mond.

'Goed zo. Goed zo, lieverd. '

Als de fles leeg is, valt Mick in slaap, terwijl Kris hem over zijn hoofd blijft aaien en hem koelte toewuift met de Cosmopolitan, die ze in haar tas vond.

Als hij diep in slaap is en de koorts een klein beetje lijkt te zakken (zijn handen trillen niet meer zo en zijn ademhaling wordt wat rustiger), probeert Kris de man die naast hem zit duidelijk te maken dat ze Mick naar haar auto wil brengen. Ze heeft het gevoel dat ze aan Hints meedoet, en als de situatie niet zo ernstig was zou ze de slappe lach krijgen door de gebrekkige communicatie, maar nu ergert het haar alleen maar. Ze staat op, loopt de hut uit en trekt de eerste de beste man die ze ziet aan zijn arm mee de hut binnen. Ze zet hem aan een kant van het kleed dat onder Mick ligt en zet de man die weer water over de bladeren sprenkelt aan de andere kant. Ze doet voor hoe ze Mick moeten optillen en eindelijk begrijpen ze het. Kris loopt voor hen uit naar de auto, waarvan ze de achterste portieren opent en de troep die op de bank ligt verwijdert. Dan gebaart ze de mannen om Mick op de achterbank te leggen.

'Voorzichtig,' gilt ze, als ze het naar haar gevoel te hardhandig doen. Mick lijkt niets te merken. Ook niet als ze een zachte kus op zijn voorhoofd drukt, voordat ze de portieren sluit en achter het stuur plaatsneemt.

> U HEEFT 1 NIEUW BERICHT
> VAN: CÉLINE MOBIEL
> Schatje, heb je vertraging ofzo? Hoe laat kom je op het feest? Heb je gezien dat Hedwig en Stef afscheid hebben genomen omdat Hedwig nu gelukkig is met Rik? Lag er wel een beetje dik bovenop, hè? Toch heb ik gejankt, jij? Kussie en tot straks!

Kris bergt haar telefoon op. De sms moet al een tijdje geleden zijn verstuurd, want ze heeft helemaal geen bereik hier. Ze kijkt even achterom naar Mick, die nog steeds ligt te slapen. Tenminste, ze hoopt dat hij ligt te slapen.

'Tuurlijk slaapt hij,' mompelt ze in zichzelf, terwijl ze voorzichtig probeert om elke hobbel, elke kuil te ontwijken om de tocht voor hem niet nog erger te maken. Ze kan wel huilen van opluchting als ze na uren rijden, vlak voor zonsondergang, het dak van de dokterspost eindelijk ziet.

'Verdomme, wat heb je me nou geflikt? Weet je hoe hard ik die auto nodig heb?'

Briesend van woede komt Freddie op haar aflopen.

'Die verdomde arrogante westerlingen ook altijd, die maar denken dat ze de hele wereld...'

Freddie stokt als hij Mick op de achterbank ziet liggen.

'Liesbeth?!'

Uit de dokterspost komt een blonde vrouw lopen, die Freddie vragend aankijkt.

'Roep iedereen. Nu. Mick is terug. Gevalletje ernstig.'

Kris kijkt toe hoe verschillende hulpverleners Mick uit de auto tillen. Ze drinkt gulzig van het water dat ze haar aanbieden. Ze laat zich ondersteunen door Freddie, die haar mee naar binnen neemt. Ze ziet hoe Freddie een infuus aansluit bij Mick, hoe Liesbeth zijn hartslag meet, zijn bloeddruk, zijn reflexen. Ze ziet hoe Liesbeth de bladeren van Micks lijf haalt, hoe mager en uitgemergeld hij is en ze ziet hoe langzaam iedereen de ruimte verlaat tot alleen zij en Freddie over zijn bij de slapende Mick.

Freddie geeft haar een aai over haar bol.

'Je bent een pain in the ass, maar je hebt zijn leven gered.'

Kris kan het nauwelijks geloven.

'Echt? Gaat hij het redden?'

'Zeker weten. Over een paar uur slaat de antibiotica aan, daalt de koorts en is hij weer terug op aarde.'

Freddie kijkt even over zijn schouder naar Mick.

'Hij had het niet overleefd. Nog twee dagen zonder behandeling.'

Freddie steekt zijn hand naar haar uit.

'Kom. Ik ga je wat te eten geven en dan denk ik dat je Klaas Vaak niet nodig hebt vandaag.'

Ze droomt. Ze droomt dat Mick en zij langs het strand lopen. Hun schoenen in hun hand, hun blote voeten verkoeling zoekend in de branding. Zijn hand in de hare. Zijn ogen die de hare zoeken en vol intense liefde naar haar kijken. Zijn mond die fluistert: 'Ik hou van je.'

Maar ditmaal weet ze dat het een droom is. Ze wordt wakker als het licht begint te worden en kijkt naar Mick, wiens gezicht een beetje meer kleur heeft dan gisteren en waarop geen zweet meer parelt. Een gevoel van rust daalt over haar neer. Rust dat ze het eindelijk los kan laten. Ze is niet meer met Mick. Ze heeft zijn leven gered en hij is nog steeds de persoon van wie ze het meest houdt op de hele wereld, maar ze zijn niet meer samen. Hij heeft zijn keuze gemaakt en ze wil niet dat hij die keuze zou veranderen uit schuldgevoel of misplaatste dankbaarheid. Hij heeft zijn keuze gemaakt en voor het eerst in hele lange tijd kan ze dat accepteren. Haar liefde voor hem is groter dan haar verlangen bij hem te zijn. Ze gaat naast hem zitten. Pakt zijn hand in de hare.

'Ik ben zo blij dat je er weer bent,' fluistert ze.

'Doe je voorzichtig?'

Dan kust ze hem heel zacht op zijn mond. Ze laat haar lippen een paar tellen op de zijne, voelt de vertrouwde mond, kijkt naar zijn lange, volle wimpers, die altijd heel licht trillen als hij diep slaapt. In haar hoofd en haar hart neemt ze afscheid. Dan loopt ze weg.

'Kan ik dan met je meerijden naar dat stadje? Dan neem ik daar een taxi naar het vliegveld.'

Freddie, die lege waterkannen in de jeep zet om ze in het stadje te vullen, kijkt om naar Kris.

'Weet je zeker dat je niet nog een paar dagen wilt blijven?'

'Als jij zeker weet dat het goed gaat komen met Mick, heb ik hier niets meer te zoeken.'

'Het was kiele kiele, maar het komt goed.'

Kris glimlacht. Dat weet ze wel.

'Freddie?'

'Ja?'

'Zou je alsjeblieft niet tegen Mick willen vertellen dat ik hier ben geweest?'

Freddie kijkt haar verbaasd aan.

'Waarom niet?'

'Lang verhaal. Maar het is heel belangrijk voor me.'

Freddie kijkt haar lang aan en ziet dat ze het echt meent.

'Ik hou mijn mond. Ik zal de anderen hier vragen hetzelfde te doen.'

'Dank je.'

Later, als ze afscheid nemen, vlak voordat Kris in de taxi stapt, die Freddie voor haar heeft geregeld, vraagt ze hem, terwijl ze hem een stukje papier in zijn handen drukt: 'Wil je me één plezier doen? Wil je Micks vriendin Annemarie bellen? Dit is haar nummer. Zeg haar dat hij terecht is en ze zich geen zorgen hoeft te maken.'

Freddie kijkt haar aan, pakt haar hand en drukt er een kus op.

'Wat hou je veel van hem.'

'Ja,' brengt Kris met een brok in haar keel uit. 'Daar zal ik nooit mee ophouden.'

Ik ben uitgejankt en bijgetankt.
Ready to rumble.

(Lucas Sanders, 1999-2000)

'Echt? Definitief? Niets meer aan te doen?'

Kris knikt en houdt haar glas op naar Anja, die de fles wijn leegschenkt.

'Echt. Definitief. Niets meer aan te doen,' zegt Kris, die een slok neemt op hetzelfde moment dat ze zich bedenkt dat ze overdag niet zou moeten drinken.

'Wat een eikels!'

Lucas is oprecht verontwaardigd.

'Luuk, ik heb mijn collega's in de steek gelaten. Ik ben niet op mijn werk verschenen. Zonder me af te melden. Vervolgens heb ik mijn KLM-pas gebruikt om de vlucht naar Ghana te nemen en heb ik bovendien een tweede dienst gemist, omdat ik te laat terug was in Nederland. Ik begrijp wel dat ze me niet de meest ideale werknemer vinden.'

'Maar om je dan meteen te ontslaan...' zegt Anja, die weer gaat zitten en een olijf in haar mond stopt.

'Niet meteen.'

'Nee, ze laten je eerst drie maanden in onzekerheid, dát is netjes,' gromt Lucas.

'Ze moesten het bespreken. Ik weet in elk geval dat de beslissing niet zomaar in een opwelling is genomen. En wat ik net zei: ik wás ook fout.'

'Met die fout heb je wel iemand leven gered,' meent Anja.

'Daar heeft de KLM geen boodschap aan...'

Kris lacht als ze ziet hoe boos Lucas en Anja zijn.

'Hey, kom op! Het is niet het einde van de wereld! Ik ben op de mooiste plekken geweest en ik had ook echt nog wel een paar jaar willen vliegen, maar het werk zelf...'

Kris haalt haar schouders op. Ze is blij om te merken dat ze echt meent wat ze zegt, dat ze zich niet sterker voordoet dan ze is. Toen ze hoorde dat ze geschorst was en misschien ontslagen zou worden, stortte haar wereld in, maar ze heeft aan het idee kunnen wennen en denkt nu dat ze dit misschien wel nodig had om en nieuwe start te maken.

'Ik vond het steeds lastiger om me in te houden bij de zoveelste hand op mijn kont, bij het zoveelste kotsende kind. Ik wil een baan waarbij ik 's avonds thuiskom en echt het gevoel heb dat ik trots op mezelf kan zijn.'

'Zoals?' wil Lucas weten.

'Dat weet ik nog niet. Daar ga ik de komende maanden eens heel goed over nadenken.'

'Terwijl je weer in de wasserette gaat werken.'

Kris knikt.

'Ik zal toch geld moeten verdienen.'

Ze staat op en pakt haar jas.

'Sorry, ik moet gaan. Zou nog even bij Rogier langsgaan.'

Ze kust Anja en Lucas en bedankt voor de heerlijke lunch en uit nogmaals haar bewondering voor de gedane verbouwing, waarbij ze hun twee appartementen hebben samengevoegd.

Terwijl Lucas de tafel afruimt, vergezelt Anja Kris naar haar vouw-fiets, die ze onder aan de trap heeft geparkeerd. Kris praat zacht, zodat Lucas het niet kan horen.

'En? Heb je een test gedaan?'

'Ja. Niets. Geen baby. En ik weet niet of ik daar verdrietig of blij om ben.'

Anja glimlacht.

'Je wil toch graag een kindje?'

'Dat dacht ik. Maar sinds Luuk en ik hebben besloten om ervoor te gaan, vind ik het opeens doodeng. Ik heb zo'n leuk leven, dat gaat allemaal veranderen.'

'Je weet wat ze zeggen,' grapt Kris en praat verder met een overdre-ven hysterische stem: 'Je krijgt er zoooveel voor terug.'

'Ja, hangtieten, een blubberbuik, je wordt dagelijks ondergekotst en hebt permanent poep onder je nagels.'

'Dat bedoel ik. Niet langer over nadenken. Ga er voor!'

Lachend zwaait Anja haar uit.

Zoals altijd als ze door Amsterdam fietst, betreurt Kris het dat ze hier niet meer woont. Vooral als het mooi weer is, zoals nu. De terrassen zitten vol, er varen bootjes door de grachten, er heerst een uitbundige, vrije sfeer die Kris nergens anders heeft ervaren. Ze besluit door het Vondelpark te fietsen, op weg naar Rogier, die een nieuw huis heeft gekocht waar hij met al zijn vrienden woont. Behalve Mick, die natuurlijk samenwoont met Annemarie. En Frank Jan, die net is verhuisd naar Oud-Zuid met De Diva, zoals Rogier en Kris de verloofde van Frank Jan noemen. Eigenlijk heet ze Eva, maar die naam is veel te lieflijk voor de vrouw die binnen no time de regie over Frank Jans leven heeft genomen, hem een baan heeft bezorgd in het bedrijf van haar welvarende pa, zijn haar heeft geknipt en geblondeerd, de retro- bakkebaarden waar hij zo trots op was heeft gereduceerd tot een verticaal hitlersnorretje en hem op rantsoen heeft gezet van maximaal vier biertjes per week. Maar ja, zoals Rogier altijd zegt: hij laat het gebeuren. Misschien is ze wel heel goed in bed, hoewel Kris het beeld van De Diva die haar zweep over de bleke billen van Frank Jan laat knallen niet uit haar hoofd kan zetten.

Kris ontwijkt ternauwernood een skater die haar van rechts inhaalt en zwaait lachend naar een groep jongens, die hun aandacht voor hun voetbalspel laten verslappen om naar haar te fluiten en te roepen dat zij wel scheidsrechter mag zijn. Gelukkig. Ze is nog niet te oud om nagefloten te worden. Ze gaat wat rechter op haar zadel zitten, spant haar buikspieren aan en fietst door. Zomer in Amsterdam.

Ze vraagt zich af of Mick op tijd terug zal zijn om nog van de nazomer te genieten. Rogier, die af en toe met hem mailt, zei laatst dat Mick er over denkt om zijn verblijf in Ghana met een half jaar te verlengen. Ongelooflijk, hij is er bijna doodgegaan en toch wil hij blijven. Kris begrijpt het wel. Ze heeft zelf gezien hoe hard het nodig is dat die mensen geholpen worden. En volgens Rogier is het voor Mick ook heel goed. Om op zichzelf terug geworpen te zijn, even los van alle drukte in Nederland. Rogier zegt dat hij serieuzer is geworden, anders in het leven staat. Dat kan natuurlijk ook niet anders, als je bijna bent dood gegaan zul je nooit meer dezelfde persoon worden. Kris ziet het bleke koppie van Mick in die Afrikaanse hut weer voor zich. Hij weet nog steeds niet dat zij hem net op tijd naar de dokterspost heeft gebracht. En Kris staat nog steeds achter haar beslissing om dat zo te willen houden. Het is een krankzinnig verhaal, met een happy end. Zo moet het blijven.

'Nee, jij moet eens een keer naar míj luisteren! Je huurt die kamer voor een prikkie en voor dat prikkie hoef je bijzonder weinig te doen of te laten. Het enige dat ik vraag is schoonhouden, niet smetvreesschoon, maar gewoon een beetje schoon en een beetje rekening houden met elkaar. Dat doe je niet. Dat wil je niet of dat kun je niet. Hoe dan ook:'

Kris kijkt met verbazing hoe de doorgaans zo kalme en redelijke Rogier een vuilniszak vol spullen de straat op dondert.

'Je kunt op zoek naar een andere kamer.'

De jongen tegen wie Rogier zo tekeer gaat, gaat nu dreigend vlak voor hem staan. Kris zet snel haar fiets tegen de gevel en loopt er naar toe. Misschien heeft Rogier haar hulp nodig.

'Dit kun je niet maken.'

'Jij kunt het niet maken om voor driehonderd gulden te bellen en de rekening te willen splitten. En je kunt het niet maken om te kotsen in de gootsteen en naar je werk te gaan zonder het op te ruimen. Zal ik nog even doorgaan?'

Graag, denkt Kris, die het wel amusant vindt. Maar de jongen pakt de vuilniszak, smijt hem over zijn schouder en loopt woest weg.

'Ik ga een advocaat op je af sturen.'

'Ik bén advocaat. Lul.'

Dat was zo. Rogier is een jaar geleden afgestudeerd en werkt als strafpleiter voor een gerenommeerd advocatenkantoor. Hij verdient bakken met geld en Kris heeft hem al een paar keer op televisie voorbij zien komen, als hij weer een spraakmakende crimineel bijstond in de rechtszaal.

'Je lust hem rauw,' grapt Kris.

'Ik lust hem helemaal niet rauw. Smeerpijp. Ik had hem veel eerder

op straat moeten zetten.'
'En nu?'
'Wat nu?'
'Nieuwe huurder zoeken?'
'Ik denk het. Of misschien ga ik die kamer wel als kantoortje in richten.'
Rogier kijkt haar, plotseling grijnzend, aan.
'Jij bent dakloos. Wil jij er niet in?'
'Ten eerste ben ik niet dakloos, maar woon ik bij mijn ouders...'
'Dakloos dus.'
Kris geeft hem een mep tegen zijn hoofd.
'Ten tweede is het sinds jaar en dag jullie regel dat er geen vrouwelijke huurders mogen komen.'
Kris somt de regel op: 'Ter bescherming van jullie vrijheid, ter bescherming van jullie studie, waarvan jullie niet afgeleid mogen worden en ter bescherming van de dame in kwestie, wiens tere gestel niet opgewassen is tegen zoveel rondvliegend testosteron.'
Rogier spreidt lachend zijn armen.
'Kom hier. Ik heb je veel te lang niet gezien.'
'Een week! We zijn vorige week nog samen naar Notting Hill geweest, remember?'
'God ja, voorspelbare film, voorspelbaar.'
'Maar Hugh Grant maakte een hoop goed!'
Kris laat zich door Rogier omhelzen, blij dat hun contact weer hersteld is sinds haar telefoontje uit Afrika. Haar moeder was trots op haar spiritueel begaafde dochter, haar oma was trots op haar heldhaftige optreden, Céline was trots op het feit dat ze zich niet had laten afschrikken door enge beesten en dito dorpsbewoners, die ze bosjesmannen noemde. En allemaal vonden ze het onbegrijpelijk dat Kris niet wilde dat Mick wist dat zij zijn redder in nood was. Behalve Rogier. Rogier stond haar op te wachten op het vliegveld, Rogier wist haar te vertellen dat Mick aan de beterende hand was en dat Annemarie naar hem onderweg was. Rogier heeft niets tegen Mick gezegd en zal dat ook niet doen. Omdat hij het begrijpt. Ze hebben hun vriendschap, die verwaterde toen Mick de relatie met Kris verbrak, weer opgepakt en zijn dol op elkaar.

Rogier gaat haar voor door de garage, die bij het pand hoort en een unicum is in Amsterdam. Er staat een auto met een groot dekzeil er overheen.

'Wat is dat voor ding?'

'Een Rolls.'

'Yeah right.'

'Echt.'

Rogier trekt het dekzeil er vanaf.

'Wow!'

Kris kan haar ogen niet geloven als ze ziet dat Rogier gelijk heeft. Een Rolls Royce. Een lichtroze Rolls Royce. Met roze velgen, lichtroze lederen bekleding en een dashboard dat wel van parelmoer lijkt te zijn gemaakt. Ze heeft nog nooit zo'n gave auto gezien, ook al is hij oud. Heel oud, als ze hem nader bekijkt. Er zitten overal roestplekjes, de banden zijn lek en het motorblok staat naast de auto in plaats van erin.

'Hoe kom je hier aan?'

'Wat moet ik ermee, kun je beter vragen.'

Rogier loopt om de auto heen en legt af en toe even liefkozend zijn hand op de carrosserie.

'Erfenis van mijn opa. Die hield nogal van uiterlijk vertoon. Het ding is stokoud en helaas niet echt mijn kleur.'

'Ik vind hem echt supercool. Als die motor er weer in zit, mag ik er dan een stukje in rijden?'

'Ik denk dat mijn opa je vanuit de hemel luid zou toejuichen. Dit was zijn grootste trots.'

'Waarom heeft hij hem aan jou gegeven?'

Rogier grimast. 'De kleur.'

Kris grinnikt.

'Wat ga je ermee doen?'

'Ik heb nog geen idee. Ik ben hem samen met Frank Jan aan het opknappen, want De Diva heeft besloten dat dit hun trouwauto wordt.'

'Nee! Gaan ze trouwen?'

Rogier knikt met een gezicht als een grafdelver.

'Vraag maar niet hoe hij haar ten huwelijk heeft gevraagd.'

'Hoe? Ik wil het weten! Hoe?'

'Hij is eerst naar zijn schoonvader toegegaan met een koffertje met al zijn papieren erin. Echt, Kris. Ik heb het gezien. Al zijn school-rapporten, zijn diploma's, zijn bankafschriften, zijn verklaring van goed gedrag, zelfs zijn zwemdiploma.'

'Dat geloof ik niet.'

'Hij heeft het gefilmd voor het nageslacht, geloof het maar.'

Kris begint hard te lachen. Die arme Frank Jan.

'Toen hij toestemming kreeg van zijn schoonvader, nadat hij be-loofd heeft om nooit vreemd te gaan, op straffe van onmiddellijke echtscheiding, heeft hij De Diva meegenomen naar de golfbaan, die hij voor de gelegenheid had afgehuurd. Met geld van zijn schoonpa, uiteraard.'

De manier waarop Rogier het verteld, laat weinig aan de verbeel-ding over: hij is het niet eens met de keuzes van zijn vriend. En hoewel Kris het bijzonder vindt, dit is het eerste huwelijk in haar vriendenkring, moet ze ook toegeven dat ze niet direct volschiet van ontroering bij het het idee van een huwelijk tussen deze twee mensen.

'En ach, toen kwam dat vliegtuigje, met dat doek er achter waarop stond: lieve Diva, wil je met me trouwen?'

'Lieve Diva? Echt?'

'Nee, maar ik weet niet meer hoe ze heet.'

'Eva.'

Er valt een korte stilte, als ze allebei proberen voor zich te zien hoe het aanzoek is verlopen.

'Was je erbij?'

'Nee. Alle collega's van haar vader, al haar vriendinnen van het corps, de voltallige schoonfamilie, maar wij niet. Alleen zijn vader en moeder.'

'Ik word er een beetje verdrietig van,' zegt Kris.

'Ik ook.'

Rogier geeft een tikje op de auto.

'Kom, we gaan naar boven. Ik heb mezelf behoorlijk uitgesloofd in de keuken, dus eten zul je! '

Kris vertelt maar niet dat ze net een uur geleden heeft geluncht.

JEF / WOONKAMER + KEUKEN

MORRIS IS IN DE KEUKEN HAPJES AAN HET KLAARMA-
KEN. CHARLIE KOMT BINNEN. ZE HAALT EEN ZAK CHIPS
UIT DE KAST EN DOET WAT IN EEN SCHAAL. ZE EET
ERVAN.

> ### CHARLIE
> Ze vinden je hapjes erg lekker. Ik
> moest zeggen dat de volgende schaal
> doormag.

> ### MORRIS
> Zeg ze dan maar dat ze nog even moeten
> wachten.

CHARLIE MERKT DAT MORRIS NORS IS.

> ### CHARLIE
> Zal ik je helpen?

> ### MORRIS
> Als je daar zin in hebt.

CHARLIE DOET EEN SCHORT OM. ZE ZIET DAT MORRIS
EEN VLEK OP ZIJN SHIRT HEEFT.

> ### CHARLIE
> Waarom doe je niet ook een schort om?
> Je verpest je shirt.

> ### MORRIS
> Dat is toch al verpest. En met een
> schort om lijk ik helemaal een mietje.

> ### CHARLIE
> Zit dat je nog steeds dwars?

MORRIS
Is dat zo gek?

CHARLIE
Wat is er erg aan dat een paar mensen denken dat jij homo bent?

MORRIS
Niets. Behalve dan dat Hedwig erbij hoort. En dat ik de kans niet krijg om te bewijzen dat het niet zo is.

CHARLIE
Dat hoeft toch ook niet? Er is niets mis met homo's.

MORRIS
Dat zeg ik ook niet. Ik wil alleen niet worden aangezien voor iets dat ik niet ben.

ZE GAAN EVEN ZWIJGEND VERDER MET HAPJES MAKEN.

CHARLIE
Je moet je niet zo onzeker laten maken door wat anderen denken. Het gaat erom dat jij weet wat je wilt. En als je met een meisje zoent, weet je dat toch?

MORRIS AARZELT.

MORRIS
Zover is het nog nooit gekomen.

CHARLIE KIJKT MORRIS VERBAASD AAN.

CHARLIE

Heb jij nog nooit met een meisje ge-
zoend?

MORRIS VOELT ZICH OPGELATEN.

MORRIS

Niet echt, nee.

CHARLIE

Wel met een jongen?

MORRIS WORDT KWAAD EN VERHEFT ZIJN STEM.

MORRIS

Nee! Natuurlijk niet!

MORRIS IS GEFRUSTREERD.

Kris schopt haar schoenen uit en kijkt opzij naar Rogier, die zijn
in beige bermuda gestoken benen over elkaar heen heeft geslagen.
'Heb jij dat vroe-'
In plaats van haar zin af te maken, laat Kris ongewild en geheel
ongepland een harde boer.
'Kris! Botte boerin die je bent!'
Uit schaamte slaat Kris een hand voor haar mond en ze voelt haar
wangen rood kleuren, maar ze moet tegelijkertijd heel hard lachen.
'Sorry! Maar het is jouw schuld. Je hebt veel te veel en veel te lekker
gekookt, waardoor ik me...'
Kris laat weer een onderdrukte boer. Rogier trekt een verafschuwd
gezicht, maar kan niet verbergen dat hij het heel grappig vindt.
'Het vrouwenverbod geldt definitief niet meer voor jou. Je bent
gewoon een halve vent.'
'Ik kan er niets aan doen.'
'Dat kunnen wij ook nooit.'
'Kom je hier wonen?'
Kris ziet dat Rogier serieus is en denkt na over de mogelijkheid.

Het vooruitzicht weer in Amsterdam te wonen maakt haar blij, in dit prachtige huis, tussen haar vrienden. Maar hoe moet ze dat doen met haar werk in de wasserette? En, belangrijker, hoe zal Mick reageren als hij er achter komt dat zij haar intrek heeft genomen bij zijn beste vrienden?

Alsof Rogier haar gedachten kan lezen, zegt hij: 'Dit is míjn huis en ik bepaal wie er komt wonen. Ik zou het echt heel gaaf vinden als je hier intrekt en als Mick moeilijk gaat doen, is dat zíjn probleem.'

'Mick heeft me al beschuldigd van stalkerij. Ik wil niet dat hij denkt dat... Dat ik hier ga wonen om dichterbij hem te zijn ofzo.'

'Hoeveel jaar is dat geleden?'

Kris probeert te tellen.

'Mick is doorgegaan met zijn leven. Doe jij dat alsjeblieft ook.'

'Dat doe ik ook, Rogier!'

'Ja? Hoe lang is het geleden dat je flink hebt gesekst?'

'Dat is een zeer onbeleefde vraag.'

'Waar je het antwoord niet eens op weet.'

Kris realiseert zich dat Rogier gelijk heeft. Nee, dat is niet waar! Ze heeft een maand geleden nog staan zoenen in een kroeg. Maar toen was ze dronken. En ze zou niet meer weten met wie het was of hoe de knul in kwestie eruitzag.

'Trouwens, moet jij nodig zeggen,' schiet Kris in de verdediging. 'Hoe lang heb jij al geen seks gehad?'

'Vannacht nog.' Rogier zegt het met enige trots. 'En het was goede seks ook.'

Kris kijkt naar Morris op de televisie en herinnert zich dan wat ze Rogier wilde vragen toen ze die boer liet.

'Hoe kwam jij er eigenlijk achter? Dat je homo was?'

'Mijn studievrienden gilden het tien keer per dag tegen me.'

Kris lacht.

'Ik was zestien. We kregen een nieuwe gymleraar en voor ik het wist stond ik elke dag uren voor de spiegel voordat ik naar school ging. Ik schrok me wild toen ik er achter kwam dat ik verliefd op hem was. Het was nooit in me opgekomen dat ik op mannen zou kunnen vallen.'

'Je bent ook niet een... Standaard homo,' zegt Kris voorzichtig, om hem niet te beledigen. Maar Rogier lacht erom.

'Wat is een standaard homo? Wat is een standaard hetero? Ik vind het niet zo belangrijk om uit te stralen dat ik een behaarde borst geiler vind dan een stel goede tieten.'

Kris doet alsof ze gechoqueerd is.

'Gebruik je dit soort taal ook tegen je cliënten?'

'Natuurlijk. Ik zou niet weten waarom niet.'

Kris slaat een arm om hem heen en kust hem op zijn wang, plotseling overspoeld door een warm gevoel van vriendschap voor Rogier.

'Als je nou ooit besluit dat je een stel goeie tieten wilt uitproberen…'

'Dan ben jij de eerste met wie ik ga experimenteren.'

Rogier kust Kris ook. Dan kijkt Kris weer naar de televisie.

'Is hij homo?' Kris wijst op Morris. Rogier schudt beslist zijn hoofd.

'No way.'

BODEGA DE KONING

HEDWIG STAAT ACHTER DE BAR OP TE RUIMEN. MORRIS KOMT BINNEN, ZIET HEDWIG EN LOOPT NAAR DE BAR.

MORRIS

Hallo.

HEDWIG KIJKT VERRAST OP.

HEDWIG

Hé Morris.

MORRIS GAAT ZITTEN. HEDWIG SPOELT SNEL EN HANDIG GLAZEN.

HEDWIG

Zeg het maar.

MORRIS

(NERVEUS)

Kan ik even met je praten?

HEDWIG

Eh… Natuurlijk. Maar ik weet niet of
dat nu zo-

MORRIS

Het duurt niet lang.

**HEDWIG AARZELT EVEN, MAAR LAAT DE GLAZEN DAN
STAAN EN GAAT BIJ MORRIS STAAN. MORRIS KIJKT
EVEN OM ZICH HEEN OF NIEMAND HEM HOORT. DAN
WENDT HIJ ZICH TOT HEDWIG.**

MORRIS

Ik wil dat je weet dat het niet zo is.
Het is een misverstand.

HEDWIG

Wat?

MORRIS

Jij denkt dat ik op jongens val. Maar
dat is helemaal niet zo.

**HEDWIG BUIGT ZICH NAAR HEM TOE EN GLIMLACHT
LIEF.**

HEDWIG

Mij maakt het niets uit, hoor. Ik vind
je leuk zoals je bent.

MORRIS

Maar ik ben niet zoals jij denkt.

HEDWIG
Ik denk juist dat jij heel leuk bent.

MORRIS IS GEFRUSTREERD. HIJ KIJKT WEER EVEN OM ZICH HEEN OF NIEMAND HEM HOORT EN PRAAT DAN OP GEDEMPTE TOON VERDER.

MORRIS
Het gaat er niet om of ik leuk ben. Het gaat erom of ik homo ben.

HEDWIG
Alsof die niet leuk kunnen zijn!

MORRIS WORDT ENIGSZINS WANHOPIG.

MORRIS
Ja, natuurlijk wel. Maar als ik het niet ben, ben ik het niet.

HEDWIG
Je hoeft je tegenover mij echt niet anders voor te doen dan je bent, lieve Morris.

ER KOMEN TWEE KLANTEN AAN DE BAR STAAN. HEDWIG MAAKT EEN VERONTSCHULDIGEND GEBAAR NAAR MORRIS EN GAAT DE KLANTEN HELPEN. MORRIS BAALT.

'Daar heb jij geen last van,' merkt Kris op. 'Dat iedereen meteen ziet dat je homo bent. Eerder andersom.'
Kris denkt aan Céline, die helemaal van slag was toen ze Rogier ontmoette. ('Wat een ontzettend lekker ding!') En nog meer van slag toen ze van Kris begreep dat hij homo was. ('Dit is een zwarte dag voor alle vrouwen op aarde…')
'Daar heb ik ook heel bewust voor gekozen.'
Dit verbaast Kris. Als ze íemand kent die volledig zichzelf is, die

zich nooit anders voordoet dan hij is, is het Rogier.

'Waarom?'

Rogier denkt hier even over na.

'Ik wil er niet op beoordeeld worden. Niet op mijn werk. Niet in mijn privéleven. Ze zeggen altijd wel dat Nederland zo'n tolerant land is en dat is het ook in heel veel opzichten, maar er is een hele grote bevolkingsgroep die nog steeds denkt dat homofilie een ziekte is. Dat we aids verdienen. Dat we 'te genezen' zijn.'

'Daar trek je je toch niets van aan?' zegt Kris verontwaardigd.

'Als je er dagelijks mee geconfronteerd wordt, kun je moeilijk doen alsof het niet bestaat.'

'Maar dan moet je dus de rest van je leven een rol spelen?'

Rogier lacht en aait Kris over haar bol.

'Gelukkig ben ik niet iemand die de behoefte voelt om me in het roze te steken met pauwenveren op mijn hoofd en een gouden string tussen mijn billen. Maar ik geef toe: ik zal niet zo snel met een vriendje hand in hand op straat lopen. Of in het openbaar zoenen. Behalve dan in de speciaal voor onze bedreigde soort bestemde cafés. '

De laatste zin zegt Rogier gekscherend met een grijns op zijn gezicht.

'Daar moet je niet over nadenken. Meteen doen,' zegt haar moeder beslist. Kris kijkt naar haar vader, benieuwd naar zijn mening. Hij kijkt even op van zijn krant.

'Tja kindje, je bent vijfentwintig. Ik vind het heerlijk om je weer even thuis te hebben en ja mag zo lang blijven als je wilt, maar ooit zul je je toch op jezelf moeten gaan wonen. En dan is dit een prachtige kans.'

'Ik kan dan alleen niet meer in de wasserette werken,' brengt Kris voorzichtig uit, bang dat ze haar ouders hiermee in de problemen brengt. Maar tot haar verbazing, begint haar moeder opgelucht te lachen.

'Dat komt alleen maar goed uit. Je vader en ik kunnen het werk prima aan met z'n tweetjes.' Kris' moeder kijkt verheugd naar haar echtgenoot. 'Als we Kris geen salaris meer hoeven te betalen, hebben we wat meer financiële armslag. Dan kunnen we misschien volgend jaar een camper kopen.'

Haar vader kijkt bezorgd maar Kris.

'Maar hoe ga jij dan in je levensonderhoud voorzien?'

'Ik vind wel wat. Desnoods ga ik tijdelijk in een café werken ofzo.'

BERICHT VERZONDEN.
AAN: ROGIER MOBIEL
Vanaf nu noem ik je huisbaas. Wanneer kan ik er
in?

Rogier: 'Dit is de voicemail van…'

Gerard: 'Gerard,'

Bart: 'Bart,'

Rogier: 'Rogier,'

Kris: 'En Kris.'

Iedereen lacht om de lage mannenstem die Kris op zet. Rogier probeert zijn gezicht in de plooi te houden als hij verder inspreekt: 'Wij hebben andere dingen te doen, bel dus later terug. Piep.'

Ze geven elkaar een high five, waarbij Kris vergeet dat ze een bitterbal in haar hand heeft, die prompt geplet wordt en in stukken op de nieuwe laminaatvloer uiteenvalt.

'Da's een mooi begin, Kris,' zegt Bart.

'Ik zeg: drie avonden corvee, of een striptease!' meent Gerard opportunistisch.

'Dat soort seksuele toespelingen wil ik dus niet hebben, mannen!' Rogier probeert er zo streng mogelijk bij te kijken.

Kris, Gerard en Bart: 'Homo!'

'Hallo, dit is Alexandra van Maasdijk met een boodschap voor Kris de Ridder, die eh… Zo te horen andere dingen te doen heeft. Ik hoop niet al te veel, want naar aanleiding van het gesprek dat we vanmiddag hebben gehad, wil ik je meedelen dat ik je graag voor de baan wil hebben. Bel je me even als je dit hoort?'

Het wordt een prachtige nazomer en Kris geniet van elke dag. Van maandag tot vrijdag werkt ze als hostess voor het evenementenbureau van Alexandra. Ze geniet van de afwisseling. De ene keer ontvangt ze buitenlandse hoogwaardigheidsbekleders die ze wegwijs maakt in de stad, de andere keer promoot ze een nieuwe geurlijn op een internationale beurs. Ze merkt dat ze profijt heeft van haar werk als stewardess en haar talenkennis en gelukkig wordt dat ook opgemerkt door Alexandra, die haar al snel meer verantwoordelijkheden geeft. Geen dag is hetzelfde en Kris is zowel verrast als verheugd om te merken dat ze het reizen en haar werk als stewardess geen seconde mist. Op maandagavond gaat ze naar de sportschool met Anja (waarbij ze zo snel mogelijk hun rondje martelapparaten afwerken, zodat ze die heerlijke maaltijdsalade met peer en blauwe kaas kunnen eten, waar ze het allemaal voor doen), op woensdagavond gaat ze naar de bioscoop met Rogier (die hiervoor zelfs zijn beroemdste cliënten en zijn goddelijkste scharrels afzegt) en op vrijdag komt Céline en maken ze de stad onveilig (waarbij Céline haar hele avond besteedt aan het vinden van een nieuwe man voor Kris en Kris haar hele avond besteedt aan het afkeuren van deze heren). In het weekend geniet ze van de stad, brengt ze oma en haar ouders een bezoek en helpt ze Rogier en Frank Jan om de Rolls Royce in orde te maken voor de bruiloft, die nu steeds dichterbij komt.

'En dit is Machteld van der Zee, onze weddingplanner.'
Kris schudt Machteld (die qua onberispelijkheid een zus van Anja in haar pre-Lucastijdperk had kunnen zijn) de hand, terwijl ze zenuwachtig toekijkt hoe De Diva de Rolls Royce inspecteert. Rogier geeft Kris een geruststellende knipoog en opent de portieren voor De Diva, die zorgelijk naar binnen kijkt.
'Machteld, denk je dat mijn sleep hier wel in past?'
Machteld heeft haar notitieblokje al bij de hand. 'Dat gaan we checken, Eva.'
De Diva kijkt naar Rogier, die er in zijn met olie en roze lak besmeurde kleding nogal verwilderd uitziet.
'Wat doe jij aan op mijn bruiloft?'
'Op júllie bruiloft? Mijn chauffeurspak,' zegt Rogier alsof het de normaalste zaak van de wereld is dat hij met zoveel dedain wordt behandeld. 'Strak, met gouden pailletten, overhemd open tot mijn navel en uiteraard mijn bijbehorende spiegelbril.'

Kris kan een nerveuze giechel niet onderdrukken als ze naar het gezicht van De Diva kijkt, die bijna moet overgeven door de ingehouden gevoelens van afschuw.

'Wat?' bijt ze Kris toe.

'Eh... niets. Sorry. Rogier maakte natuurlijk een grapje. Hij komt keurig in pak. Desnoods strijk ik zijn overhemd. Dat kan ik goed. Ik heb namelijk jaren in een wasserette -'

'Ik wil het over de vrijgezellenavond hebben,' onderbreekt De Diva haar bits. 'Ik wil weten wat er gaat gebeuren.'

Rogier en Kris wisselen een blik. Ze hebben de avond ervoor de hele vrijgezellenavond in elkaar gedraaid. Rogier is getuige voor Frank Jan en heeft de organisatie ervan op zich genomen, maar toen hij Kris vertelde dat hij Frank Jan wilde laten karten en daarna op een diner in een vijfsterrenrestaurant wilde trakteren, greep Kris in.

'Frank Jan is geen cliënt, Rogier. Hij is een van je beste vrienden en hij gaat trouwen met de stijfste hark van Nederland, dus alsjeblieft: gun die jongen een avond waar hij de rest van zijn leven op kan teren.'

Zo gezegd, zo gedaan. Onder bezielende leiding van Kris maakt Rogier een nieuw plan. Frank Jan wordt eerst getrakteerd op een Thaise massage op de Wallen, waarbij er twee dames over zijn rug gaan lopen, daarna een boottocht door Amsterdam waarbij een travestiet hem smartlappen over het getrouwde leven toe zal zingen. Voorts een diner in de Jordaan bij Koos, die authentiek Nederlandse gerechten serveert in huiskamerstijl (waarmee Koos bedoelt dat hij uitstekend rode kool met appeltjes uit blik kan opwarmen, de sudderlapjes al een week sudderen en je ze zonder kunstgebit in kunt fijnmalen in een setting van een piepklein, bedompt kamertje met bladderend behang uit de jaren dertig, stoelen met leuningen die met Velpon gerepareerd zijn en de intens verzengende geur van oud frituurvet, waarin Koos zijn originele zelfgedraaide kroketten klaarmaakt. Maar het bier is koud, Koos lekker zichzelf in al zijn Jordanese nuchterheid en het voedsel dat hij serveert een uitermate goede bodem voor alle alcohol die de rest van de avond nog genuttigd zal worden). Na het diner zakken ze in de roze limo af naar de Bananenbar, om Frank Jan nog even te laten proeven van alle banaliteiten die hij de rest van zijn huwelijkse leven met De Diva zal moeten ontberen. Dit alles durft Kris natuurlijk niet tegen De Diva te zeggen en dus kijkt ze, heel laf, naar Rogier, die in De Diva's ogen alles heeft geregeld. En godzijdank laat Roger zien waarom hij zo'n voortreffelijke advocaat is. Hij heeft zichzelf volledig onder controle en perst er een zelfverzekerde glimlach uit. 'De vrijgezellenavond zal volledig in het kader van jullie planning zijn.'

'En wat kan ik me daarbij voorstellen?' De Diva heeft duidelijk weinig vertrouwen in de getuige van haar aanstaande echtgenoot. Maar Rogier blijft zijn rol met verve spelen.

'De gebruikelijke, doch toepasselijke lichamelijke in- en ontspanning, gevolgd door een stukje cultuurbeleving, een culinaire verkenningstocht, waarna we afsluiten met een afzakkertje in een passend etablissement.'

Wow. Kris kan hem wel zoenen. De Diva niet, maar ze neemt genoegen met zijn uitleg, want ze slaat haar perzikkleurige pashmina shawl om haar schouder en kijkt Rogier nog eenmaal aan.

'Ik vertrouw erop dat Frank Jan uitgerust en onbesmet zijn jawoord zal uitbrengen en ik geef jou de verantwoordelijkheid daarvoor.'

Gelukkig ziet De Diva niet dat Rogier de hoffelijke buiging die hij na deze woorden maakt nog een keer herhaalt als ze uit het zicht verdwenen is, maar dan met een gebaar alsof hij zijn kont afveegt.

'Ga nou mee.'

Rogier, die lichtblauwe, bij zijn overhemd passende sokken aantrekt, kijkt naar Kris, die in haar joggingpak languit op de bank ligt, de afstandsbediening, een fles cola light en een zak paprikachips binnen handbereik.

'Geen zin. Echt niet. Het leuke gedeelte, de massage en de boottocht hebben jullie al gehad net en bovendien moeten er op de vrijgezellenavond van de bruidegom alleen maar mannen zijn. En voor die van De Diva ben ik helaas niet uitgenodigd.'

'High tea in het Americain en daarna een schoonheidsbehandeling in een privékliniek. Botoxparty! Wordt vast gezellig,' snoeft Rogier, die opstaat en zichzelf goedkeurend in de spiegel bekijkt. Kris moet om hem lachen. Hij verkleedt zich soms wel drie keer op een dag. Wat hij aanhad, was prima, maar toch wilde hij zich per se verkleden voor de diner. De ijdeltuit.

'Laatste kans, Kris.'

'Ik ga echt niet mee. Echt niet.'

Rogier kijkt via de spiegel naar haar en trekt een verleidelijk gezicht.

'Ook niet als ik je de Rolls laat besturen?'

Kris lacht. 'Na de bruiloft neem ik de Rolls mee voor een weekendje Antwerpen met Lien, remember? Dan kan ik er nog lang genoeg in rijden.'

Rogier zucht overdreven.

'Okay. Dan ga ik maar.'

Hij geeft Kris een kus.

'Heel veel plezier. En neem een taxi terug als je te veel gezopen hebt!'

'Laat ik die Rolls lekker op het Leidseplein staan, dat zal hij wel overleven…' merkt Rogier cynisch op, terwijl hij de deur opent, checkt of hij alles bij zich heeft, Kris nog een kushandje toewerpt en dan vertrekt.

Zodra de deur achter hem dichtvalt, zet Kris de televisie aan. Ze moet haar moeder nog bellen (dat ze dit weekend niet thuiskomt, omdat ze de bruiloft heeft), Céline (of ze dat geweldige jurkje mag lenen voor de bruiloft) en Anja (om haar te feliciteren met de positieve zwangerschapstest), maar dat doet ze allemaal later wel. Ze trekt de zak chips open en gaat er lekker voor zitten.

SCALA / FOYER

ANITA STAAT ACHTER DE BAR. DE ACTEURS ZITTEN ALLEMAAL OM DE TAFEL. ZE HEBBEN LEESREPETITIE. PEGGY, DE REGISSEUR, STAAT MET DE TEKST IN HAAR HANDEN.

PEGGY

Ik wil de spanning voelen. De romantiek. Jullie klinken als een stel oude wijven.

**ALEX EN MORRIS WISSELEN EEN BLIK. MORRIS IS GE-
SPANNEN.**

Kris graait in de zak chips en heeft medelijden met Morris. Heeft
hij eindelijk een rol bemachtigd in een toneelstuk, is het in Romeo
en Julius, waarin hij een homo moet spelen. En zijn tegenspeler
heeft in de vorige aflevering bekend dat hij verliefd op Morris is.
Wat zal er gebeuren? Zullen de makers van de serie Morris dan
toch homo maken? Nee, dat zou wel heel erg ongeloofwaardig zijn.
Zoals Rogier altijd zegt: je wordt geen homo, je bent het.

                    PEGGY
        Alex, pak hem even terug bij tekst:
        'Alleen nog even dit…'

ALEX LEEST VOOR, MAAR HOUDT ZICH DUIDELIJK IN.

                    ALEX
            (ALS JULIUS)
        Alleen nog dit, lieve Romeo. Dat moet-

                    PEGGY
            (GEËRGERD)
        Ja, stop maar. Wat zei ik nou net?

ALEX ONTWIJKT PEGGY'S BLIK.

                    PEGGY
        Alleen al die woorden 'lieve Romeo'.
        Daar moet passie uit spreken. Je wilt
        hem. Hij is je prins op het witte
        paard.

**MORRIS SLAAT ZIJN OGEN NEER ALS ALEX NAAR HEM
GLIMLACHT.**

PEGGY

We oefenen dit straks verder in de
zaal. Eerst de rest van de tekst nu.
Morris?

**MORRIS KIJKT IN ZIJN TEKST. HIJ VOELT ZICH OPGE-
LATEN.**

MORRIS

Nu komt dus die zoenscène. Ik vraag
me af of het niet leuker is als we
daar iets anders van maken. Een soort
stoeierig vechten, zoals jongens vaak
doen.

ALEX KIJKT OP. PEGGY KIJKT MORRIS STRENG AAN.

PEGGY

Waarom?

MORRIS

Dan eh… Dan doen ze het tegenovergestelde van wat ze eigenlijk willen,
dus dan maak je het indirect duidelijk. Zoenen lijkt me zo… Expliciet.

PEGGY GLIMLACHT.

PEGGY

Jij wilt dus een partijtje vechten
terwijl Julius op het balkon staat en
jij op een wankele ladder? Het is geen
western.

MORRIS
(ONGEMAKKELIJK)
Zo bedoel ik het niet.

PEGGY

PEGGY

Ik waardeer je inbreng, maar de zoen
gaat door.

MORRIS BAALT, MAAR ZWIJGT.

PEGGY

Kunnen we door?

ALEX

Wat mij betreft wel.

**ALEX EN PEGGY KIJKEN NAAR MORRIS. MORRIS KNIKT,
MAAR IS VERRE VAN BLIJ MET DE SITUATIE.**

Shit, de telefoon gaat. Ze heeft geen zin om op te nemen. Iedereen
die haar kent weet dat ze rond dit uur niet moeten bellen. Geluk-
kig, hij stopt. En gaat meteen daarna weer over. Iemand is hard
op zoek naar contact. En waarom staat die stomme voicemail niet
aan? Zuchtend staat Kris op en neemt de telefoon op.
'Hallo?'
Na een korte stilte klinkt er: 'Eh… Hallo. Met Annemarie van der
Steen. Ik ben op zoek naar Rogier.'
Annemarie. Dé Annemarie. Zuster Annemarie. Micks Annemarie.
Kris' hart slaat over en ze voelt dat ze begint te blozen.
'Die eh… Die is er niet.'
'Oh.'
Een ongemakkelijk stilte valt. Kris vraagt zich af of Annemarie
weet wie ze aan de telefoon heeft. Heeft ze haar naam gezegd? Nee.
Nee, ze dacht van niet.
'Hoe laat komt hij thuis?'
'Laat, denk ik. Heel laat. Eigenlijk vroeg. In de ochtend, bedoel
ik.'
God, wat zat ze te bazelen!
'Kun je aan hem doorgeven dat hij me terug moet bellen? Het is
dringend.'
'Ja, zal ik doen. Annemarie van der Steen, was het?'

Alsof ze dat niet wist.

'Klopt, hij heeft mijn nummer.'

'Ik geef het door.'

'Bedankt. Dag.'

Kris legt de telefoon neer en zet de voicemail aan. Ze haalt even diep adem. In. Uit. In. Uit. Okay. Ze heeft het er goed vanaf gebracht. Waarvoor zou Annemarie Rogier nodig hebben? Wordt ze aangeklaagd door een ontevreden patiënt wiens billen niet schoon genoeg waren? Kris grinnikt even in zichzelf, maar meteen daar achteraan denkt ze: iets met Mick. Het zal toch niet iets met Mick zijn? Ze neemt een slok cola, verslikt zich, sproeit de cola over Rogiers onberispelijke witte leren bank en vervloekt zichzelf. Met de mouw van haar joggingpak veegt ze het plasje cola weg en gaat weer zitten. Er is niets met Mick. In elk geval niets ernstigs. Dan zou Annemarie Rogier op zijn mobiel bellen. En Kris zou er van gedroomd hebben ofzo. Niets aan de hand, spreekt ze zichzelf in haar hoofd toe. Zitten en kijken. Je hebt al tien minuten gemist.

SCALA / REPETITIERUIMTE

MORRIS EN ALEX STAAN OP HET TONEEL. PEGGY STAAT AAN DE ZIJKANT MET DE TEKST IN HAAR HAND. MEDE-STUDENTEN KIJKEN TOE, NET ALS ANITA EN PHILIP. ANITA STEEKT ONGEMERKT VOOR DE REST HAAR DUIM OP NAAR MORRIS.

>MORRIS
>
>Heeft mijn hart ooit liefde gekend? Tot dit moment heb ik nooit ware schoonheid aanschouwd.

HIJ NEEMT ALEX SIERLIJK IN ZIJN ARMEN.

>MORRIS
>
>Mijn lippen staan gereed om als twee blozende...

MORRIS KIJKT EVEN VRAGEND NAAR PEGGY, DIE HEM AANVULT.

> **PEGGY**
>
> Als twee blozende pelgrims.

MORRIS LAAT ALEX LOS.

> **MORRIS**
>
> Kunnen we dat niet veranderen, die blozende pelgrims? Ik krijg dat echt mijn strot niet uit.

> **PEGGY**
>
> Heus wel. Gewoon doorspelen.

MORRIS PAKT ALEX WEER VAST EN HERHAALT ZIJN LAATSTE ZIN.

> **MORRIS**
>
> Mijn lippen staan gereed om als twee blozende pelgrims mijn ruwe aanraking te verzachten met een kus.

ANITA, PHILIP EN PEGGY KIJKEN GESPANNEN TOE. ALEX KIJKT MORRIS AFWACHTEND AAN. MORRIS AARZELT HEEL EVEN...

Kris zit op het puntje van haar stoel en vergeet zelfs dat Annemarie gebeld heeft. Zal Morris het doen? Zal hij zijn tegenspeler kussen? Hij vindt het vreselijk dat hij altijd voor homo wordt aangezien en nu moet hij ook nog met een man kussen. Met een man die verliefd op hem is nota bene. Maar ja, wat Anita in de vorige scene zei is wel waar: Morris wil acteur worden. Dan moet hij zich wel kunnen inleven in allerlei verschillende personages. Nou, kom op! Dit duurt te lang, Morris!

DAN VAT HIJ MOED EN ZOENT ALEX OP ZIJN MOND. ANITA IS OPGELUCHT. DAARNA VERVOLGENDE DE

JONGENS HUN TEKST TERWIJL ZE ELKAAR AANKIJKEN.

MORRIS

Uw lippen hebben mijn zonde weggeno-
men.

ALEX

Zijn mijn lippen dan nu vol zonde?

MORRIS

Vol van de zonde van mijn lippen. Oh,
zoete dwaling, geef me mijn zonde terug.

HIJ KUST ALEX NOG EEN KEER, NU ZONDER TE AARZE-
LEN. DE KUS DUURT LANG EN DWINGT RESPECT AF BIJ
DE STUDENTEN EN BIJ PEGGY, DIE TEVREDEN TOE-
KIJKT.
MORRIS IS OPGELUCHT.

Ook Kris is opgelucht. En zelfs een beetje trots op Morris. Wat zal
Rogier balen dat hij dit heeft gemist! Zit hij in dat café tussen al die
hardcore hetero's die smerige drankjes drinken uit de navels van de
bardames. Ze hoopt voor hem dat hij morgen vroeg genoeg wakker is om de herhaling te zien. Maar de kans daarop is klein. Als
Rogier gaat stappen, is hij meestal niet thuis voor de zonsopgang.

SCALA / FOYER

MORRIS KOMT DE FOYER IN LOPEN. ALEX LOOPT ACHTER
HEM AAN EN NEEMT LACHEND AFSCHEID VAN EEN MEDE-
STUDENT. DAN LOOPT HIJ NAAR MORRIS TOE, DIE AAN
EEN TAFELTJE IS GAAN ZITTEN. HIJ GAAT NAAST HEM
ZITTEN.

MORRIS

Dat was een leuke repetitie.

ALEX

Een leuke jongen, zul je bedoelen.

MORRIS BEGRIJPT HEM NIET. ALEX KNIKT NAAR DE MEDESTUDENT DIE AAN DE BAR STAAT. MORRIS WEET NIET HOE HIJ MOET REAGEREN.

ALEX

Kijk niet zo onnozel. Wie weet is dit wel dé manier om van me af te komen.

MORRIS VOELT ZICH ONGEMAKKELIJK.

ALEX

Niet dat ik daarop uit ben, hoor. Mijn beste vrienden zijn hetero's. Die kunnen best aardig zijn.

MORRIS LACHT.

MORRIS

Nou, dat valt me van je mee.

ALEX MAAKT AANSTALTEN OM OP TE STAAN. MORRIS AARZELT.

MORRIS

Nog even over dat kerstdiner. Bij mij thuis. Mijn moeder zou het leuk vinden als je komt.

ALEX IS VERRAST.

ALEX

Je moeder?

MORRIS

Ja, ze vroeg me of ik je uit wilde
nodigen.

ALEX IS VERTWIJFELD.

ALEX

Maar wil jij dat ook? Ik bedoel, straks
begint Jef weer met z'n vervelende
toespelingen op het feit dat jij ook…

MORRIS IS VERONTWAARDIGD.

MORRIS

Dat kan me geen barst schelen.

ALEX

Maar mij wel. Ik wil niet dat jij je
weer rot voelt daardoor.

MORRIS

Daar is echt wel meer voor nodig.

ALEX KIJKT HEM VERRAST AAN.

MORRIS

En als jij een echte vriend bent, help
je me door dat opgeprikte dinergedoe
heen.

ALEX

Oh, gaat het daarom?

MORRIS

En omdat ik het heel leuk vind als je
komt.

Dat wilde ik even horen. Vriend.

**DE MANNEN GEVEN ELKAAR EEN HIGHFIVE. ZE ZIJN OP-
GELUCHT DAT DE LUCHT TUSSEN HEN GEKLAARD IS.**

Tring! Tring!

Het penetrante geluid van de rinkelende telefoon dringt heel langzaam tot Kris' slapende brein door. Ze opent haar ogen en kijkt op
de wekker. Vijf uur 's nachts. Wie haalt het in godsnaam in zijn
hoofd om om vijf uur 's nachts te bellen? Ze stapt uit bed. Loopt
de huiskamer in en gaat op de tast in het donker op zoek naar de
telefoon. Ja. Daar. Tussen de kussens op de bank. Waar ze hem
heeft achter gelaten na het gesprek van bijna twee uur met Céline
eerder die avond.

'Hallo?'

'Kris? Met Rogier.'

Rogiers stem klinkt heel zwakjes.

'Ben je dronken ofzo?'

'Nee, ik… Ik ben in het ziekenhuis. OLVG. Sorry dat ik je wakker
maak, maar kun jij –'

'In het ziekenhuis?' onderbreekt Kris hem geschrokken, plotseling
klaarwakker. 'Waarom?'

'Ik eh… Aanvaring met wat dronken gasten. Komt goed. Maar
wat ik wilde vragen-'

'Aanvaring? Als in vechten?'

'Zoiets. Zij. Niet ik.'

'Ben je gewond?' Kris knipt een lamp aan en pakt haar tas en haar
autosleutels, terwijl ze verder telefoneert.

'Een beetje. Maar de Rolls staat nog op het Leidseplein en al die
jongens zijn te dronken om te rijden, dus…'

'Ik ben onderweg, Rogier.'

Ze rent de kamer in, zich niet bewust van de bevreemde blikken
die mensen haar toewerpen. Zich er niet van bewust dat ze er een
tikje vreemd uitziet in haar pyjama, met een dikke laag babyzalf op
haar gezicht, omdat haar huid de volgende ochtend dan zo lekker

zacht is. Haar ongekamde haren wapperen alle kanten op en de nep-Louis Vuittontas, die ze op een markt in Indonesië heeft gekocht, hangt aan haar schouder als een vlag op een modderschuit.

'Rogier!'

Rogier kijkt op. Kris staat meteen stokstijf stil. Ze slaat ontsteld een hand voor haar mond.

'Wat… Wat is er gebeurd?'

Rogiers hele gezicht is gezwollen en blauw en bebloed. Zijn lip is gescheurd. Er zit een dik verband om zijn neus en een dokter staat een wond aan zijn voorhoofd te hechten. Als hij grijnst, moeizaam omdat hij veel pijn heeft, ziet ze dat er twee tanden missen. Kris loopt naar hem toe, wil hem aanraken, maar durft het niet, uit angst hem pijn te doen.

'Ze hebben me te grazen genomen.'

'Wie ze? Waarom?'

'Ze zitten nu op het politiebureau. Gerard en Bart zijn mee. Kunnen getuigen. Ik maak ze af in de rechtszaal.'

'Maar waarom? Waarom hebben ze je zo… Zo toegetakeld?'

Rogier kan zich niet langer groot houden. Zijn ogen vullen zich met boze tranen.

'Opa's auto. Roze. Homokleur. Sommige mensen haten ons.'

Kris begint te huilen. Van medelijden om Rogier, boosheid, onmacht. Wat voor eikels doen dit? Rogier ziet dat ze het moeilijk heeft en raakt haar even aan.

'Hé… Het komt goed. Ze lappen me op. En dan pak ik die gasten keihard aan.'

'Het is zo oneerlijk,' huilt Kris. 'Je tanden, God, je mooie tanden… En je neus. Wat is er met je neus?'

'Gebroken.'

'Wat een klootzakken! Heb je veel pijn?'

Rogier schudt zijn hoofd en kijkt even naar de arts, die klaar is met hechten.

'Daar hebben ze hier hele fijne pilletjes voor.'

De arts knikt en glimlacht naar Kris.

'Het ziet er altijd erger uit dan het is. Over een maand zie je er niets meer van. Hoewel ik denk dat je aan deze wond…' De arts wijst naar de wond op zijn hoofd. '…Wel een klein litteken overhoudt.

En misschien je lip. Maar we doen ons best om je er weer zo gaaf mogelijk uit te laten zien. Ik ga een kamer voor je regelen.'

Rogier knikt. De arts vertrekt. Kris weet niet wat ze moet zeggen. Samen zwijgen ze. In shock. Na een tijdje zegt Rogier: 'Wil jij de auto terug naar huis rijden? Als ik hem daar laat staan, dan weet ik zeker dat ik hem zwaar beschadigd terug vind.'

'Ja. Natuurlijk,' zegt Kris. 'Hoe lang moet je in het ziekenhuis blijven?'

'Hopelijk maar één nachtje. Ze willen zeker weten dat ik geen inwendige bloedingen heb enzo.'

Rogier ziet dat Kris angstig naar zijn lichaam onder het laken kijkt. 'Ze hebben me flink te grazen genomen.'

'Wat kan ik nog meer voor je doen? Moet ik wat spulletjes halen? Je ouders bellen?'

'Nee. Ik ga zo onder zeil. Hadden ze ook een pil voor. Als je de auto wilt ophalen en misschien Gerard en Bart op het politiebureau wilt oppikken ben je een engel.'

'Ik bel je morgenochtend. Zodra je naar huis mag, kom ik je halen.'

'Maar dan wel in je eigen auto. Dat roze ding zet ik morgen te koop.'

Twee dagen lang verzorgt Kris Rogier vol toewijding en liefde. Twee dagen lang moet ze zich vreselijk inhouden om niet de hele dag te vloeken en te tieren, zo boos is ze op de daders. Na twee dagen ziet Rogiers gezicht er nog erger uit dan toen het net was gebeurd, maar heeft hij van de tandarts twee tijdelijke tanden gekregen totdat zijn nieuwe tanden er zijn en kan hij weer zelfstandig in en uit bed komen. Zijn hele lichaam zit onder de blauwe plekken, die in de loop van de tijd diep paars van kleur worden. De politie is langs geweest. Ze kwamen met z'n tweetjes. Kris was geschokt toen ze het hele verhaal met al zijn gruwelijke details hoorde. Volgens de politie hadden de daders drugs gebruikt, waardoor ze opgefokt waren. Ze hadden al een strafblad voor geweldpleging. Een van hen is ooit misbruikt in zijn jeugd. Ze zeiden het alsof dat zijn laffe daad goed maakte. Na twee dagen is Kris murw geslagen door alle hevige emoties en ploft ze op de bank neer, naast Rogier die voorzichtig vanwege zijn lip tomatensoep uit een rietje drinkt.

'Morgen is de bruiloft.'

Rogier knikt.

'Ga je?'

'Natuurlijk. Ik ben de getuige.'

'Ik breng je wel. Zal ik kijken of ik in het ziekenhuis een rolstoel kan lenen?'

'Heeft Bart al geregeld.'

Hier kijkt Kris van op. Ze voelt zich zelfs een beetje gepasseerd. Bart heeft zijn gezicht de afgelopen dagen nauwelijks laten zien (druk op zijn werk, maar dan nog…) , maar hij mag Rogier wel vergezellen naar de bruiloft. Rogier ziet kennelijk aan haar dat ze ontstemd is.

'Jij krijgt het erebaantje.'

Kris kijkt hem vragend aan.

'Ik kan het niet. Dus jij moet het bruidspaar rijden. In de Rolls.'

'Ogen dicht. Niet knipperen.'

Kris voelt de warme, licht naar speculaas geurende adem van Céline in haar gezicht.

'Je hebt van mijn koekjes gegeten.'

'Je naam stond er niet op. Stil zitten.'

Kris voelt het mascaraborsteltje langs haar wimpers gaan. Ze haalt even diep adem, maar stokt halverwege omdat ze geen enkele ruimte heeft in de strakke jurk van Céline, die tien kilo lichter is dan zij.

'Misschien moet ik toch iets anders aan doen. Ik kan hier helemaal geen adem in halen. En als ik achter het stuur zit, moet ik wel een beetje bewegingsvrijheid hebben.'

'Zeur niet. Die jurk staat geweldig. Dan adem je maar een paar uur niet.'

Kris wil lachen, maar houdt zich in, wetende dat ze dan waarschijnlijk over haar hele gezicht mascarastrepen zal hebben en ze heeft geen zin en geen tijd om weer een uur onder handen genomen te worden door Céline.

'Klaar.'

Kris opent haar ogen. Céline houdt haar een spiegel voor. Kris staart naar zichzelf. Is zij dat? Haar ogen hebben een zacht parelmoerkleurige glans, die geleidelijk donkerder wordt in haar buitenste ooghoeken. Haar wimpers lijken wel vijf centimeter lang en haar mond... Ze lacht naar zichzelf.

'Wat heb je met mijn mond gedaan? Ik lijk wel... Een negerin.'

Ze tuit haar lippen. Céline lacht.

'Komt uit Amerika. Alle actrices gebruiken het. Als je dat spulletje op je lippen smeert, zwellen ze een beetje op. Mooi hè?'

Kris staat op en gaat voor de grote spiegel staan. Haar haren zijn licht gekruld en opgestoken, waarbij Céline zorgvuldig wat plukjes los heeft getrokken die nu rond haar hoofd dansen. De lichtroze jurk is loeistrak, maar ze moet toegeven: niet té strak. Het bustier duwt haar borsten een stukje omhoog, waardoor ze een voluptueus decolleté heeft, haar taille zit zo strak ingesnoerd dat ze wel een Barbie lijkt en haar benen lijken door de hoge hakken die ze draagt twee keer langer dan ze in werkelijkheid zijn.

'Wow.'

Céline glimlacht.

'Ik weet het. De rest van de wereld moet het nog ontdekken, maar ik kan wonderen verrichten.'

Céline staat op.

'Je moet gaan. Ik ga me ook even optutten en dan zie ik je daar.'

Kris kijkt in de achteruitkijkspiegel naar De Diva, die met haar zorgvuldig opgemaakte gezichtje strak voor zich uit kijkt. Dan glimlacht ze naar Frank Jan, die van de zenuwen niets kan uitbrengen en een beetje bleek om zijn neus ziet.

'Jullie zien er prachtig uit. Het weer werkt helemaal mee en het wordt een fantastische dag.'

Het bruidspaar blijft onbewogen op de achterbank zitten.

'Zal ik een muziekje opzetten?'

Omdat niemand iets zegt, neemt Kris aan dat het goed is als ze dat doet. Ze had er al rekening mee gehouden en de nieuwe Knuffelrock-CD in de nieuw ingebouwde cd-speler gedaan.

De eerste klanken van Sacrifice van Anouk klinken. In de spiegel ziet ze De Diva een beetje ontdooien en met de tekst mee murmelen. Frank Jan pakt haar hand vast. Tevreden glimlachend rijdt

Kris de snelweg op, nog tien minuutjes, dan zijn ze bij het kerkje in Durgerdam, waar de huwelijksvoltrekking zal plaatsvinden.

Toen ze een uurtje geleden arriveerde bij het huis van De Diva's ouders, een gigantische villa in Loenen aan de Vecht, was Frank Jan er nog niet. Toen hij aan kwam en de bruid in een wolk van witte tule de trap in de marmeren hal afdaalde, moest Kris toch een traantje weg pinken. Ook al mocht ze deze vrouw niet, ook al zou ze nooit zo willen leven als zij, ook al had ze Frank Jan een lievere vrouw gegund... Deze twee mensen gaan vandaag trouwen. Deze twee mensen beloven elkaar vandaag om de rest van hun leven bij elkaar te blijven. Ze geloven er heilig in dat dát is wat ze willen en delen dat gevoel vandaag met honderden gasten. Kris was ontroerd en een tikkeltje melancholisch. Zou zij ook ooit haar bruidegom begroeten? In een prachtige jurk, met pareltjes in haar haren (bij nader inzien, ze wilde geen parels zoals De Diva, ze wilde bloemetjes. Madeliefjes.) en het vooruitzicht op een super-romantische huwelijksnacht met champagne en zalm (ze lust geen oesters) en verse aardbeien en een bubbelbad met haar geliefde en Mick, die haar dan... Stop!

Concentreer je op de weg, spreekt ze zichzelf toe. Maar het beeld van Mick, die onder aan de trap in zijn smoking staat en vol liefde naar haar glimlacht als ze in die jurk de trap afdaalt laat haar niet meer los. Totdat ze de dijk oprijdt en in de verte al een mensen me-nigte ziet wachten op het bruidspaar. Ze zet de muziek uit. Kijkt even achterom en neemt gas terug.

'Zijn jullie er klaar voor?'

De Diva slaakt een diepe zucht en kijkt dan (godzijdank) stralend naar haar aanstaande echtgenoot.

'Helemaal,' zegt ze uit de grond van haar hart.

Langzaam rijden ze naar het kleine dorpskerkje, dat versierd is met witte ballonnen. De ouders van de bruid staan vooraan. Die men-sen er naast moeten de ouders van Frank Jan zijn. Ze ziet Rogier, in zijn rolstoel, trots kijken naar zijn auto. Ze ziet Céline ergens achter aan staan en lacht: ze heeft toch die belachelijk hoge hakken aangedaan, waardoor ze nu boven iedereen uittorent. Haar mooie vriendin. Mensen komen in beweging. Er lopen wat mensen naar de auto toe om de deur open te maken en de bruid te helpen uitstappen. Daar is Bart, met zijn nieuwe vriendinnetje, dat hij zijn sproetenkopje noemt. En…

Ze staat opeens vol op de rem. Dit kan niet. Knipper met je ogen. Ze doet het. Kijkt weer. Mick.

In smoking.

Glimlachend naar haar. Vol liefde.

Is hij terug? Het telefoontje van Annemarie flitst door haar hoofd heen. Ze is vergeten het aan Rogier door te geven. Dit moest het nieuws zijn. Mick is terug.

'Eh… Kris? Waarom stoppen we?'

Kris schrikt en zet de auto weer in beweging, waarbij ze bijna de vader van de bruid omver rijdt. Ze ziet Mick hoofdschuddend lachen. Naar haar. Niet naar hem kijken. Niet doen. Maar ze doet het toch. En ziet nog net dat Annemarie een arm om hem heen slaat en hem liefdevol een kus op zijn mond geeft.

Daarna gaat alles in een roes voorbij. De kerk is overvol, niet iedereen past erin. Kris offert zich met liefde op om buiten te wachten tot de ceremonie voorbij is. Alles beter dan samen met Mick en zijn vriendin in die kerk te zitten kijken naar een huwelijksvoltrekking. Van een huwelijk komt een huwelijk, denkt ze alleen maar. En terwijl ze buiten wacht, probeert ze zichzelf voor te bereiden op het nieuws dat Mick en Annemarie gaan trouwen. Céline, die zich ook heeft opgeofferd, zo goed kent ze Frank Jan niet, rookt de ene sigaret na de andere, terwijl ze maar door blijft ratelen over dat ze Kris heeft geprobeerd te waarschuwen dat Mick er was, maar dat haar telefoon uit stond. Over hoe geweldig Mick eruit zag en dat hij meteen vroeg hoe het met Kris ging. Dat ze heeft gezegd dat Kris helemaal gelukkig was en het ene vriendje na het andere had en dat ze was weggegaan bij de KLM omdat ze het vliegen saai vond worden. Bla bla bla. Céline tettert door en Kris ziet alleen maar Mick voor zich. In zijn smoking. Hij zag er inderdaad fantastisch uit, maar Kris kan alleen maar zijn lach voor zich zien. De lach, die onbetwist voor haar bestemd was. Ze moet weg. Ze kan dit niet aan. Maar Céline herinnert haar aan haar taak vandaag. Ze kan er niet tussen uit knijpen. Dus stelt ze zich verdekt op als de bruiloftsgasten naar buiten komen, onder de indruk van de ceremonie. En wacht ze tot de laatste gasten de boot op zijn ge-gaan, die hen naar het Amstel-hotel zal varen, waar het diner is. In de Rolls, op weg naar het hotel, probeert Kris te bedenken hoe ze zich moet gedragen, wat ze kan doen om hem te ontwijken en wat ze tegen hem zal zeggen als ze onverhoeds oog in oog met hem komt te staan. Ze bedenkt het, ze repeteert het in zichzelf, ze parkeert de Rolls op het terrein, sluit hem af. En blijft dan staan. Verlamd door de zenuwen. Jezus, wat is dit? Waarom reageert ze zo ontzettend heftig? Ze is geen klein kind meer! Mick en zij zijn al jaren uit elkaar en dat heeft ze geaccepteerd. Natuurlijk was het gek om hem weer te zien, vooral na het avontuur in Ghana, maar moet ze daar nu echt zo spastisch over doen?

Een sigaret. Ze heeft een sigaret nodig. Daar. Bij de ingang. Een man staat met zijn rug naar haar toe en steekt duidelijk een sigaret aan. Ze rookt niet. Ze rookt nooit. Maar dit ogenblik vraagt om een sigaret.

'Pardon? Zou ik misschien een sigaret van u mogen lenen?'

De man draait zich om. Mick. Met pretoogjes glimlacht hij naar haar, terwijl hij de rook uit blaast.

'Lenen?' vraagt hij geamuseerd.

'Jij rookt helemaal niet,' is het enige dat ze uit kan brengen.

'Jij ook niet.'

Ze staren elkaar aan. De wereld om hen heen vervaagt. Zij ziet hem en hij ziet haar. Dan, na een stilte die gevoelsmatig eeuwig duurt, houdt hij haar zijn sigaret voor. Ze pakt hem aan, waarbij haar hand heel licht die van hem raakt. De blonde donshaartjes op haar arm gaan onmiddellijk overeind staan. Ze ziet dat hij het ziet. Nerveus neemt ze een trekje en inhaleert veel te diep. Ze begint hard te hoesten. Hij lacht.

'Sufferd.'

Alle momenten waarop hij haar liefkozend zo genoemd had, schie-ten door haar hoofd heen. Toen ze na een avond stappen haar oog make-up verwijderde met nagellakremover. Sufferd. Toen ze haar nieuwe telefoon uit de verpakking haalde en hem prompt uit haar handen liet vallen, waardoor hij in gruzelementen lag. Sufferd. Toen ze tijdens een vrijpartij stil probeerde te zijn om Micks huisgenoten niet wakker te maken en ze op het hoogtepunt keihard op haar tong beet, die een groot bloedend gat vertoonde. Sufferd. Toen ze een mail naar Anja met lullige roddels over haar bazin bij de KLM per ongeluk aan al haar collega's had verzonden. Sufferd. En toen ze voor het eerst 'ik hou van je' tegen hem zei, terwijl ze zich had voorgenomen te wachten tot hij het tegen haar zei. Sufferd.

Ze veegt de tranen uit haar ogen weg en geeft de sigaret terug. Hij trapt hem uit met zwarte, glimmende schoenen, die helemaal niet bij hem passen.

'Dus je bent weer terug.'

'Zoals je ziet.'

Ze moet zichzelf onder controle krijgen nu. Moet doen alsof ze het leuk vindt om hem te zien, maar meer ook niet. Ze kan hem niet als een straalverliefde bakvis aan blijven staren. Dus ze recht haar rug en kijkt hem aan.

'Je ziet er goed uit, Mick.'

Zijn ogen glijden langs haar lichaam.

'Jij ook, Kris.'

En dan, onverwacht en serieus, zegt hij: 'Ik weet dat jij het was.'

Kris zakt bijna door haar benen en stoot een hysterisch lachje uit.

'Waar heb je het over?'

'In Ghana. In die tent. Jij hebt me daar weggehaald.'

'Niet.'

'Wel.'

'Je was buiten bewustzijn,' flapt ze er in haar zenuwen uit.

En Mick glimlacht naar haar. Hij pakt haar handen vast en drukt er een kus op. Eerst op haar rechterhand. Dan op haar linkerhand. De warmte van zijn lippen, de zachtheid van de aanraking...

'Dank je wel,' Mick fluistert bijna.

Wat moet ze zeggen? Graag gedaan? Ik zou het zo weer doen?

'Hoe weet je het?'

'Ik droomde over je. Ook toen ik al lang weer hersteld was. Je bleef maar aan mijn bed zitten. Toen versprak Freddie zich een keer. Had het over een blond grietje dat zijn auto had gestolen. Ik wist meteen dat mijn droom echt was. Dat je er echt was geweest. Alles viel op zijn plek.'

Hij heeft haar handen nog steeds vast. Kris kijkt er naar. Wat een vertrouwd beeld. Wat een vertrouwd gevoel.

'Hoe wist jij het?'

Kris kijkt Mick aan. Ze glimlacht.

'Ik droomde over je.'

'Echt?'

Kris knikt. Ze glimlachen naar elkaar en even, heel even lijkt het net alsof er in de tussentijd niets is gebeurd. Lijkt het net alsof ze weer samen zijn. Kris en Mick. Mick voelt het ook. Dat ziet ze. Dat voelt ze.

'Ik word hier een beetje bibberig van,' zegt ze.

Mick omhelst haar.

'Niet doen. Niet nodig.'

Hij houdt haar zo stevig vast dat ze haar armen niet kan losmaken om ze ook om hem heen te slaan. Ze ruikt zijn geur. De geur die haar zo lief is…

'Waarom heb je niets gezegd? Waarom ben je niet gebleven?'

Hij laat haar los.

'Ik… Ik wilde niet dat je zou denken dat ik je weer stalkte. En ik dacht dat je meer behoefte zou hebben aan je vriendin. Dus heb ik tegen Freddie gezegd dat hij haar moest bellen.'

Ze kan Annemaries naam in Micks bijzijn merkwaardig genoeg niet uitspreken. Mick legt zijn handen aan weerszijden van haar gezicht.

'Je bent ongelooflijk.'

Die avond, in bed, zou Kris nog uren liggen piekeren wat hij daar precies mee bedoelde, maar nu weet ze niet wat ze terug moet zeggen.

'Vrienden?'

Mick vraagt het als een klein jongetje dat dolgraag een boezemvriend wil hebben en ze is zo vertederd dat ze lachend ja wil zeggen. Maar als de betekenis ervan tot haar doordringt, krijgt Kris twijfels. Ze besluit eerlijk te zijn.

'Ik weet niet of ik dat kan.'

'Dat weet ik ook niet. Of ík dat kan.'

Hij grijnst naar haar.

'Maar ik ken een meisje, een meisje dat heel speciaal voor me is, en die heeft ooit tegen me gezegd: wat er ook gebeurt, hoe de dingen ook lopen, ik zal altijd bij je in de buurt zijn.'

Kris is getroffen, omdat hij na al die jaren nog exact weet wat ze tegen hem had gezegd. En omdat het waar was. Ze zal altijd bij hem in de buurt zijn.

'Weet je nog wat ik daarop heb geantwoord?'

Kris knikt.

'Als je er niet bent, zal ik net zolang naar je zoeken tot ik je gevonden heb.'

Mick knikt. En dan vraagt hij het weer.

'Vrienden?'

'Vrienden.'

De betovering van het moment wordt verbroken door Bart, die naar buiten komt rennen en Mick aan zijn mouw trekt.

'Ben je hier, man?! We staan allemaal op je speech te wachten!'

Voordat Mick nog wat tegen Kris kan zeggen, wordt hij mee naar binnen getrokken. Kris kijkt hem na tot hij verdwenen is en bidt, hoopt en smeekt dat ze sterk genoeg zal zijn om een vriendschap aan te gaan met de liefde van haar leven.

Ergens schuilt dat romantische meisje nog in me, onder die olifantenhuid.

(Anita Dendermonde, 2000-2001)

Nickname: Sufferdje
Leeftijd: 25 jaar
Opleiding: HAVO, hostessopleiding
Kinderen: nee
Burgerlijke status: Single
Geïnteresseerd in: (aankruisen, meerdere antwoorden mogelijk)
0 Relatie
0 Vriendschap
0 Huwelijk
0 Vrijblijvende contacten
0 Anders, nl....

Kris kijkt om naar Céline, die alle kleren uit haar kledingkast trekt en ze op een berg op het bed gooit. Zelfs de lade waar haar ondergoed in zit, haar sokkenmandje en de vuilniszak met kleding van haar middelbare schooltijd waar ze nog steeds geen afstand van kan nemen, worden niet gespaard. Céline heeft een missie en dat zal Kris weten.
'Wat moet ik invullen bij – geïnteresseerd in -? '
'Hangt er vanaf wat de opties zijn. '
Céline loopt naar Kris toe en kijkt over haar schouder mee naar het computerscherm.
'Relatie,' zegt Céline stellig.
'Maar dat klinkt zo zielig. Alsof ik een muurbloempje ben dat niet gelukkig kan zijn zonder een relatie.'

'Schat, dit is een datingsite. Mensen die zich hier op inschrijven zijn niet op zoek naar iemand om op woensdagavond mee te bridgen.'

Kris schuift het toetsenbord van zich af en staat op.

'Wat?'

'Dat is precies waarom ik hier eigenlijk geen zin in heb. Om op internet als een wanhopige vrijgezel op zoek te gaan naar de ware. Mensen die zich hier inschrijven zijn allemaal... Daar moet wat mis mee zijn. Anders waren ze al lang onder de pannen, toch?'

Kris pakt een appel van de fruitschaal en zet haar tanden erin. Voordat ze kan doorbijten, zegt Céline heel zacht, maar niet mis te verstaan: 'Gif.' Kris loopt zuchtend met de appel naar de kraan en wast hem grondig schoon. Céline gaat met een sprongetje op het aanrecht zitten, dat grotendeels in beslag wordt genomen door kruidenplantjes, recepten die met plakband op de tegeltjes zijn geplakt, vijf verschillende soorten olijfolie en een bak met aarde waarvan het de bedoeling is dat er tomaten in gaan groeien. Sinds Kris zich heeft voorgenomen een perfect huisvrouwtje te worden voor haar, nog onbekende, aanstaande echtgenoot, is de keuken veranderd in een experimenteel laboratorium, zoals Rogier het (treffend) omschrijft. Kris vindt het wel gezellig. Die keuken was veel te modern en steriel om zich in thuis te voelen. Ze zou het liefste een keuken willen zoals oma. Later als ze groot is...

'Wat is er dan mis met jou?'

Kris, die net een grote hap van de appel neemt, kijkt haar vriendin niet-begrijpend aan.

'Waarom heb jij nog geen leuk vriendje? Waarom zat je een minuut geleden een profiel in te vullen op een datingsite?'

'Omdat dat van jou moest!' Kris is verontwaardigd. Dit was oneerlijk.

'Als ik tegen je zeg dat je eh... Die fles olijfolie met truffels in je haar moet smeren, doe je het dan ook?'

'Maak je punt, Lien,' zucht Kris.

'Op je werk ontmoet je veel mannen, soms zelfs leuke, maar daar mag je niets mee beginnen, omdat je aan het werk bent. In de kroeg zit je alleen maar te kletsen met je eigen vriendenclubje en daar laat je niemand tussen komen. Waar wil je je ridder dan ontmoeten? In de supermarkt?'

'Dat schijnt een uiterst lucratieve single-ontmoetingsplek te zijn, hoor,' mompelt Kris.

'Maar je gaat nooit naar de supermarkt. Niet sinds je op die kookcursus zit met Rogier en jullie alleen nog maar vers van de boer en de scharrelslager afnemen.'

'Daar is toch niets mis mee?'

Céline springt van het aanrecht af.

'Nee. Maar als je een man wilt, zul je daar wel een beetje moeite voor moeten doen.'

Kris loopt terug naar haar kamer, gevolgd door Céline.

'Misschien wil ik wel helemaal geen man,' zegt ze koppig. Nu begint Céline hard te lachen.

'Yeah right. Jij droomt al van een bruiloft vanaf het moment dat je kon lopen. Op je derde wilde je met je vader trouwen, op je vierde met Johan van de buren en op je vijfde met mij. We hebben ons jawoord minstens duizend keer geoefend, je weet precies hoe je jurk eruit gaat zien en my god, Kris! Je hebt me al officieel met tranen en al gevraagd of ik getuige wil zijn!'

Kris schiet in de lach.

'Het enige wat je nog nodig hebt is een bruidegom. En het klinkt heel hard, maar Mick wordt het definitief niet.'

De lach van Kris verstomt. Dat klinkt inderdaad hard. Ze weet het wel en ze accepteert het, maar als ze het Céline zo hardop hoort zeggen…

'Tijd dus om iemand te vinden die jouw hartje net zo snel kan laten kloppen als dat ingedutte doktertje van je.'

'Mick is niet ingedut!'

'Nee, hij bruist van de energie. Maandagavond schoonouderavond. Dinsdagavond squash-avond. Woensdagavond gezellig-met-Annemarie-op-de-bank-film-kijk-avond. Gaat hij mee stappen met zijn vrienden? Nee. Komt hij op de proeverijen die jij en Rogier hier geven? Nee.'

'Dat is niet zo gek. Hij is de eerste keer gekomen en toen heb ik Annemarie bijna vergiftigd met die zelfgeplukte champignons.' Kris krimpt weer ineen van schaamte als ze aan het incident terugdenkt.

'Had ze maar geen vegetariër moeten worden. En weet je? De oude Mick zou zich daar helemaal suf om gelachen hebben.'

Dat was waar.

Sinds de bruiloft had ze Mick een paar keer gezien. Meestal op feestjes, of verjaardagen van gemeenschappelijke vrienden. Omdat Annemarie het moeilijk vindt dat Mick contact heeft met zijn ex-vriendinnetje, beperken ze zich op dat soort gelegenheden tot wat beleefd gebabbel. Hoe gaat het op je werk? Nog steeds happy in je huis? Dat soort algemeenheden. In het begin had Kris daar heel veel moeite mee, maar nu vindt ze het juist wel prettig. Ze heeft zich erbij neergelegd dat Mick altijd een heel speciaal plekje in haar hart zal hebben en ze weet dat het gevoel dat ze voor hem heeft elk moment weer zal kunnen oplaaien. Ze weet diep in haar hart dat dat bij hem ook het geval is. Door hoe hij soms naar haar kijkt, als hij denkt dat ze het niet door heeft, door het lachje dat om zijn mond verschijnt als hij haar ziet. Dus is het zaak òm een beetje afstand van elkaar te houden. Dat maakt het makkelijker.

'Waar denk je aan?'

Céline kijkt haar onderzoekend aan. Kris voelt de aandrang om haar een knuffel te geven, geraakt als ze is door de oprechte en volledig belangeloze zorg van Céline. En waarom ook niet? Ze heeft een gaaf huis, ze heeft lieve vrienden, haar ouders zijn eindelijk uit hun spirituele fase, haar werk is te gek... Waarom niet? Ze loopt op Céline af, pakt haar stevig beet en omhelst haar alsof haar leven ervan afhangt.

'Wat doe je?' Céline gilt, overdonderd door dit plotselinge gebaar.

'Ik omhels je!' Kris gilt net zo hard.

'Waarom?'

'Omdat ik van je hou!'

Kris geeft Céline overal kusjes. Op haar gezicht, in haar nek, op haar haren. Céline probeert Kris van zich af te slaan.

'Doe normaal! Je bent gek!'

'Gek is leuk!'

Kris is zo onstuimig dat zij en Céline op het bed vallen, bovenop de berg kleren. Kris voelt opeens een snerpende pijn in haar dijbeen.

'Au!'

'Wat?'

Kris heeft geen idee wat de pijn veroorzaakt en rolt van de berg kleren af. In haar dijbeen, dwars door haar spijkerbroek steekt een broche. Céline begint keihard te lachen.

'Dit is definitief een teken, Kris!'

Kris lacht met Céline mee. Ze weet precies wat Céline bedoelt. Toen Kris helemaal in puin lag na de abortus en de breuk met Mick, gaf oma haar de broche. Oma had hem weer van haar oma gekregen en was ervan overtuigd dat de drager van de broche binnen vier weken het geluk zou vinden. Waarom was Kris nog steeds een beetje onduidelijk en ze geloofde ook helemaal niet in dat soort dingen, maar oma had erop gestaan dat Kris de broche van haar over zou nemen. Natuurlijk had ze het ding nooit gedragen. Het was afzichtelijk. Een grote groene steen, in de vorm van een eng beest (een schorpioenachtige spin ofzo), met een zwarte veer erin, een rafelige gouden (waarschijnlijk nep) rand eromheen en om het af te maken een grote roze diamant (waarschijnlijk nep), die licht leek te geven in het donker.

Dat ding steekt nu in haar been. Kris trekt hem er, au, uit.

'Hoe lang duurde het ook alweer volgens je oma?'

Terwijl Kris haar spijkerbroek uittrekt om de schade te bekijken, pakt Céline de broche.

'Mijn over-over-over-overgrootmoeder droeg hem en raakte binnen een maand zwanger. Op haar drieënveertigste. Haar dochter droeg hem en het rieten dak van haar stolpboerderij fikte af na twee weken. Waarna ze prompt smoorverliefd werd op de dakdekker, met hem trouwde en dat zestig jaar heeft volgehouden. Háár dochter droeg hem en werd op miraculeuze wijze gered nadat ze met haar paard in een sloot was beland en mijn oma kreeg hem in de oorlog van haar moeder en precies twee weken later ontmoette ze mijn opa, die een verzetsheld was en op zoek was naar een schuilplaats. Ze redde zijn leven door hem in de stomerij van haar ouders te verbergen en trouwde met hem zodra de bevrijding een feit was.'

Céline zucht diep. Ze is dol op dit soort verhalen. Verhalen die eindigen op lang en gelukkig.

'Het kan geen kwaad,' zegt Céline. 'Je bent er niet voor niets net in gaan zitten.'

En Céline speldt de broche op bij Kris.

'Ik ga hier echt niet mee lopen. Dat ding is lelijk,' protesteert Kris.
'Dat ding is retro en retro is hip en je gaat hem de komende vier weken elke dag dragen.'

Céline maakt een bezwerend gebaar naar de broche en roept dan met een akelige heksenstem: 'Kom maar, geluk, kom maar deze kant op!'

Prompt gaat de deur open. Rogier komt binnen, hij gooit zijn beide handen in de lucht en roept:

'Elf maanden cel en tienduizend gulden smartengeld! Die fuckers denken de volgende keer wel na voordat ze iemand een mep verkopen.'

Kris springt op.

'Echt waar? Is het gelukt? Wow! Rogier, ik ben zo supertrots op je!'

Rogier was die ochtend voor zijn doen behoorlijk gespannen. Vandaag stonden de jongens terecht die hem in elkaar hadden geslagen. Aanvankelijk wilde hij zijn eigen verdediging doen, maar zijn partner vond het raadzamer om het van hem over te nemen. Rogier had echter de hele zaak zelf voorbereid en de uitspraak van de rechter was beter dan hij zelf had verwacht.

'Nu kun je je bedrijfje echt van de grond krijgen, Kris.'

Rogier kijkt haar lachend aan.

'Ik word je investeerder. Je hebt tien mille startkapitaal.'

Kris kan het nauwelijks geloven.

'Maar heb je dat geld zelf niet nodig?'

'Weet je hoeveel ik verdien?'

Kris schudt haar hoofd. Maar ze weet het wel. Laatst had Rogier een bankafschrift op tafel laten liggen en eh... Nou ja... Als iemand dat zo open bloot op tafel legt... Kris wist niet dat er 'gewone' mensen waren die zoveel verdienden. En als Rogier wilde investeren, dan... Kris kijkt verheugd naar Céline.

'Pink Rolls is een feit!'

Na de bruiloft van Frank Jan was Céline heel dronken geworden en Kris had haar, nadat ze het bruidspaar naar hun hotel had gebracht, opgehaald en thuisgebracht. In de Rolls Royce kwam Céline op het idee om een limousineservice te beginnen. Bruiloften, feesten, premières. Kris was meteen enthousiast, want hoewel ze haar werk als hostess hartstikke leuk vond, koesterde ze al heel lang de wens om iets voor zichzelf te beginnen. De vrijheid, het contact met de klanten, de afwisseling, dat vond ze allemaal terug in het idee dat uit het benevelde brein van Céline was ontsproten. Ze begreep echter al snel dat ze er zonder startkapitaaltje niet zou komen. Ze had geld nodig om reclame te maken, om de auto te verzekeren en verder op te knappen, om haar ondernemersdiploma te halen. Toen de bank haar niets wilde lenen, omdat ze nog maar een half jaar als hostess werkte en dat onvoldoende garantie gaf, kon ze niet anders dan haar plan in de koelkast te zetten. Tot nu.

'Ik geloof dat ik die broche nog maar even op houd…'

Terwijl ze plannen maken voor de limousineservice en fantaseren over toekomstige klanten van Kris (die allemaal rijk, charmant en vooral mannelijk waren), mesten de meiden Kris' kledingkast van boven tot onder uit. Elk kledingstuk wordt aan een keuring van Céline onderworpen.

'Kleur van dood vlees. Weg.'

'Gat onder de oksel. Weg.'

'Palomino? Dat is de kinderlijn van C&A! Waarom heb je dit in godsnaam bewaard? Weg.'

'Denk jij dat het je flatteert als je een broek aan hebt die drie centimeter te kort is? Weg.'

'Geel is niet jouw kleur. Weg.'

'Een vleeskleurige onderbroek? Libidokiller. Weg!'

'Hoeveel paar enkele sokken heb je? En hoe lang bewaar je die al? Weg.'

'Die riem past nog net om je bovenarm, darling. Weg.'

Aan het einde van de middag had Rogier een goddelijke maaltijd bereid en keek Kris naar haar klerenkast die drie lege planken en minstens dertig lege kleerhangers vertoonde. Alle afgedankte kleding zat in twee grote vuilniszakken, die Céline die avond nog naar het Leger des Heils wilde brengen, omdat Kris ze anders weer uit zou pakken. En ook daar had Céline gelijk in. Kris zag nu al op tegen zaterdag, als ze met Céline een nieuwe garderobe gaat aanschaffen. Ze kent haar vriendin. Kris gaat voor goedkoop en comfortabel en is al snel tevreden. Céline daarentegen wil elk aan te schaffen kledingstuk niet alleen passen, maar ook in het daglicht bekijken (wat al veel alarmsystemen op hol heeft doen slaan). Céline kan werkelijk een uur doen over het uitzoeken van een shirtje voor onder haar nieuwe colbert, een shirtje waarvan je alleen het randje ziet, als je goed kijkt tenminste.

Maar eerlijk is eerlijk, de kledingstukken die ze tot nu toe onder Célines supervisie heeft gekocht, zijn stuk voor stuk haar lievelingskleren geworden. Een nieuwe look, een nieuwe man, is Célines credo. Kris grinnikt in zichzelf als ze bedenkt dat Céline zich ongeveer elk jaar een nieuwe look aan meet, maar ondertussen al bijna vijf jaar gelukkig is met haar masseur. Haar spreuk gaat dus niet altijd op...

SCALA / WOONRUIMTE

ROOS ZIT VOOR DE TV EN KIJKT ADEMLOOS NAAR TELEVISIEDOKTER GIJS, DIE RECHT IN DE CAMERA KIJKT EN CHARMANT GLIMLACHT.

> **GIJS**
>
> Vandaar het gezegde dat de ogen de spiegel van de ziel zijn.

ROOS KNIPPERT EVEN VERLEIDELIJK MET HAAR OGEN NAAR HET SCHERM EN MOET OM ZICHZELF LACHEN.

> **GIJS**
>
> En met diezelfde ogen kunt u mij elke dag zien in Middag Magazine. Voor de drukbezette mensen onder u: het programma wordt elke avond na het late journaal herhaald. Pas goed op uzelf en tot morgen.

DE TUNE VAN HET PROGRAMMA KLINKT. ROOS STAART DROMERIG NAAR HET SCHERM.

Rogier: 'Ze is verliefd!'

Céline: 'Op iemand van de tv. Het blijkt in het echt vast een griezel te zijn.'

Kris: 'Ik hoop het niet.'

Rogier en Céline kijken naar Kris.

Kris: 'Na de dood van Arnie is ze nooit meer echt gelukkig in de liefde geweest. Het was altijd wel leuk, maar tijdelijk. Roos heeft recht op een nieuwe liefde. Met de hoofdletter L.'

Céline: 'Dat klinkt haast alsof je het over jezelf hebt, Krissie.'

Kris doet er wijselijk het zwijgen toe.

SCALA / WOONRUIMTE

ROOS ZIT (MOOI AANGEKLEED EN OPGEMAAKT) OP DE
BANK EN KIJKT IN DE TV-GIDS DIE ZE IN HAAR HAND
HOUDT. DE TV STAAT UIT. ZE LEEST HARDOP VOOR.

                    ROOS
        Met elke middag de rubriek van onze
        tv-dokter Gijs Bentz van den Berg.
        Gijs Bentz van den Berg. Gijs…

ROOS GLIMLACHT, MAAR SCHRIKT OP ALS ZE IEMAND
HOORT AANKOMEN. ZE LEGT DE GIDS SNEL WEG. ANITA
KOMT BINNEN. ZE IS VERBAASD.

                    ANITA
        Wat zie jij er opgedoft uit.

                    ROOS
            (STRALEND)
        Ik heb zo een afspraak.

                    ANITA
        Je ziet eruit alsof je net terugkomt
        van een afspraak. Een hele spannende
        afspraak. Je gloeit helemaal.

303

ROOS GLIMLACHT.

ROOS

Ik ben ook tot over mijn oren verliefd.

ANITA IS BEZORGD.

ANITA

Roos, ik weet dat we het hier al eerder over hebben gehad, maar… Ik denk
niet dat Rik verliefd op je is. Ik
weet het eigenlijk wel zeker.

**ANITA WACHT GESPANNEN DE REACTIE VAN ROOS AF.
TOT HAAR VERBAZING BEGINT ROOS TE LACHEN.**

ROOS

Maar ik ben ook niet verliefd op Rik.
Ik ben verliefd op de man van mijn
dromen.

ANITA BEGRIJPT ER NIETS VAN.

ANITA

Wie dan? Ken ik hem?

**ROOS ZUCHT VERLIEFD EN BESLUIT HET OP TE BIECH-
TEN.**

ROOS

Op Gijs. De tv-dokter.

ANITA

(STOMVERBAASD)
Die van Middag Magazine? Ken je die
dan?

ROOS

Nee. Hij weet niet eens dat ik besta.
Maar daar gaat zeer binnenkort veran-
dering in komen.

ANITA GAAT NAAST ROOS ZITTEN.

ANITA

Wacht even. Je bent verliefd op een
onbekende man die op televisie wat bazelt over blaren en amandelen?

ROOS

Ja.

ANITA

En dat moet ik serieus nemen?

ROOS ZWIJGT EN STAAT BOOS OP.

ROOS

Waarom ben je niet blij voor me?

ANITA

Omdat… Hoe zie je het voor je? Dromen
over je dokter met een videoband van
zijn stomme programma onder je kussen?

ROOS IS BELEDIGD.

ROOS

Wat ga jij doen? Voor de zoveelste
keer in je eentje naar bed?

**ROOS LOOPT DE KAMER UIT. ANITA BLIJFT VERBIJS-
TERD ACHTER.**

'Ik begrijp Anita wel. Als jij zoiets zou doen, Kris, zou ik ook denken dat je gek bent,' zegt Céline.

Kris is verontwaardigd.

'Hallo?! Wie had er hier haar kamer volhangen met posters van Richard Gere en was er heilig van overtuigd dat jullie ment to be waren?'

Rogier lacht.

'Ik had mijn kamer volhangen met Sabrina. Weet je wel, van dat clipje in het zwembad, met die grote jetsers?'

Rogier houdt zijn handen voor zijn borst alsof hij vreselijk grote borsten heeft, terwijl hij op en neer deint en zingt: 'Boys, boys, boys...'

Céline lacht en zingt met hem mee. Kris niet. Die kijkt mokkend voor zich uit.

'Kom op, Kris,' probeert Céline. 'We hebben allemaal onze idolen gehad. Maar dat is niet de realiteit. Roos is gewoon gekwetst en eenzaam en-'

'Roos gelooft gewoon nog in liefde op het eerste gezicht. En toevallig deel ik dat helemaal met haar.'

Kris ziet (gelukkig) niet dat Céline en Rogier een ietwat bezorgde blik met elkaar uitwisselen. Dan staat Céline op. Ze steekt haar hand uit naar Kris en trekt haar overeind.

'Kom. We gaan op zoek naar jouw liefde op het eerste gezicht.'

> **Hobby's:** koken (nog niet zo goed, maar wel fanatiek), computer (websites maken), Rolls Royce rijden, (salades) eten in de sportschool, fietsen in Amsterdam in de zomer.
> **Karakter:** optimistisch, grappig (zegt mijn beste vriendin), lief (zegt mijn beste vriend), onhandig (zeg ik zelf) en impulsief (zeggen mijn ouders.)
> **Uiterlijk:** niet belangrijk. (ik ben haar beste vriendin en kan haar er niet van overtuigen dat het wel belangrijk is, maar ik kan jullie verzekeren dat ze geen meisje is dat je op straat zomaar voorbij loopt. Als je van slank, blond, stoute oogjes en een rond kontje houdt.)

'Dat is gemeen!'

Kris verwijdert de tekst die Céline net heeft ingetypt.

'Slank, blond… daar komen alleen maar engerds op af.'

'Ik val ook op slank en blond,' zegt Rogier, die de meiden van achter zijn krant gadeslaat. Kris duwt Céline weg van achter het toetsenbord en gaat zelf weer zitten.

> **Is op zoek naar:** een jongen tussen de 25 en de 30 jaar, die nu al een leuk leven heeft, geen complexen heeft, niet tussen zijn tenen pulkt en het liefst niet van koken houdt, omdat ik het irritant vind als iemand de hele tijd in mijn potten en pannen roert. Als je een prins bent is dat okay, als je maar niet van mij verwacht dat ik de hele dag naar het Nederlandse volk ga wuiven, want ik zwaai alleen maar naar mensen die ik ken.

'Dit slaat nergens op,' zegt Céline. 'Hiermee schrik je alle leuke mannen af.'

'Laat me,' wimpelt Kris haar af. 'Dit is míjn advertentie, ik doe het op míjn manier.'

En voordat Céline haar kan tegen houden, drukt Kris op: VER-ZENDEN.

De contactadvertentie van Kris staat op de site.

Fluitend komt ze de volgende dag thuis. Drijfnat, omdat ze haar paraplu onderweg ergens heeft laten staan. Maar dat, noch het feit dat ze tot twee keer toe in de verkeerde metro is gestapt en ze in de tram maar net kon voorkomen dat haar portemonnee uit haar tas werd gestolen, noch het feit dat ze die ochtend voor een halflege klerenkast stond en geen idee had wat ze aan moest, noch het feit dat ze uitgerekend die dag ongesteld is geworden en geen tampons bij zich had waardoor ze haar spijkerjas maar om haar middel heeft gebonden om de bloedvlek in haar broek te verhullen, kan haar goede humeur verpesten. Ze staat sinds twee uur ingeschreven bij de Kamer van Koophandel. Ze heeft een afspraak bij de garage om de hele auto te laten nakijken. Martijn, die op zoek was naar een afstudeerproject voor zijn grafische opleiding, gaat een logo en een huisstijl ontwerpen voor haar limoservice én ze heeft een winkeltje op de markt gevonden waar ze verse Thaise basilicum verkopen. Kris is vrolijk en niets of niemand kan daar nog iets aan veranderen.

Ze gooit haar spijkerjas van haar middel af, loopt naar de wc, terwijl ze de bebloede broek van haar kont afstroopt en besluit haar onderbroek weg te gooien. Ze grinnikt als ze oma's priemende ogen voor zich ziet, oma die voor elke vlek een oplossing heeft. Maar Kris heeft helemaal geen zin om deze vlek op te lossen. Ze wil een tampon in, een joggingbroek aan en een glas koude, witte wijn. Dat heeft ze wel verdiend.

Als dat allemaal is geregeld, gaat ze achter haar computer zitten om te zien voor welke evenementen Alexandra haar heeft geboekt. Halleluja, zeventien nieuwe mails! Kris scrollt langs de inkomende mailtjes en komt er achter dat er eentje is van Alexandra, twee van bedrijven die penisverlenging en hot asian babes aanbieden en vijftien reacties op haar advertentie. Die was ze eigenlijk alweer helemaal vergeten. Ze neemt een slok wijn en opent haar persoonlijke mailbox op de datingsite.

> Hallo sufferd, ik ben geen prins, werk in de vleesverwerkende industrie. Ik houdt niet van koken, maar gelukig doet mijn moeder dat voor me. Ik ben 48 jaar. Maar ik sie er jonger uit. Mein vorige vriendin heb het uitgemaakt omdat ze een ander heb onmoet, dus nu wil ik een niewe.

Help! Wat moet ze hier nou mee? Snel drukt ze op de knop. Delete.

> Hallo mevrouw sufferd. Ik zou graag in je potje willen roeren.

Gadverdamme! Delete.

> Lieve sufferd, wat een origineel profiel heb je. Jammer dat je er geen foto bij hebt. Ik ben een geslaagde zakenman van 30 jaar en op zoek naar de liefde van mijn leven. Ik woon in Amsterdam (grachtengordel) en ben in alle opzichten

een rijk man. Ik ben wat vrouwen betreft niet zo kritisch, maar ik hou wel van donkere vrouwen met kroeshaar, die op Mariah Carey lijken, maar dan donkerder. Als je van die goedgevulde lippen hebt, ben ik helemaal blij.

Hm… Begon redelijk goed, maar ze gelooft niet dat ze zijn type is. Trouwens, een man die zegt niet kritisch te zijn, maar wel aankomt met zo'n eisenpakket, kan niks zijn. Delete.

Grappig meisje, ik denk niet dat ik je type ben, maar ik mail je toch, omdat ik het zo grappig vind dat je als hobby Rolls Royce rijdt. Ik ben namelijk ooit aangereden door een Rolls Royce en zit sindsdien in een rolstoel. Bij dat ongeluk heb ik ook een hersenbeschadiging opgelopen, waardoor ik snel dingen vergeet, zoals het gas uitzetten als ik heb gekookt of naar de wc gaan als ik aandrang voel. Ik ben op zoek naar een zorgzaam meisje, dat me kan helpen mijn leven draaglijk te maken.

Oh, dat is echt heel erg zielig. Die moet ze in elk geval een mailtje terugsturen.
Kris klikt op de link die naar de advertentie van de jongen doorverwijst. En ziet meteen zijn profielfoto. Een jonge knul, jaar of achttien, petje achterstevoren op zijn hoofd, flesje bier in zijn ene hand en een opgestoken middelvinger is alles wat ze van zijn andere hand ziet. Geen rolstoel te bekennen. Zijn nickname is: zielige tutjes, ik ga jullie neuken!
Snel klikt ze de pagina weg. Delete.

Lieve (ik ga er vooralsnog even vanuit dat je dat bent) Sofie, zo noem ik je in gedachten, omdat ik sufferd een te denigrerende nickname vind voor een meisje dat zo origineel is als jij. Ik zag dat je je pas gisteren hebt ingeschreven op deze site. Wat dat betreft kunnen we handen schudden: ik ben ook een nieuwkomer hier. Waarom, vraag je je af? Je gaat er waarschijnlijk vanuit dat ik dik, lelijk, kaal en een potentiële seriemoordenaar ben, die in het 'normale' leven geen meisje kan krijgen. Net zoals ik er vanuit ga dat er ook iets behoorlijk mis moet zijn met jou. Want leuke, knappe, slimme meisjes hebben over aandacht toch niet te klagen? Toch zit ik hier en jij daar, aan de andere kant van de glasvezelkabel en hebben we nu contact. Of in elk geval een soort van. Vergeef me dat ik niet zoveel over mezelf vertel, maar het gevoel dat ik mezelf moet verkopen stuit me nogal tegen de borst. Toch ben ik nieuwsgierig naar je. Ik weet niet waarom. En nu pieker ik me dus al een uur suf over welke eindzin ik zal schrijven en ik weet het nog steeds niet. Wat vind jij?

Groet van geen prins, maar een ridder in opleiding.

Kris leest het mailtje nog een keer. En nog een keer. Met een glimlach op haar gezicht. Ze weet niet waarom, maar iets in de manier van schrijven, in zijn woordkeuze intrigeert haar. Maakt haar nieuwsgierig. En voordat ze het weet zit ze een berichtje terug te typen.

Geachte ridder Frank. Heeft je ridderleraar je niet geleerd dat je nooit je eigen naam moet gebruiken bij dit soort dingen? Ik weet nu al dat je Frank Greef heet, dat je 30 jaar bent, dat je in Den Haag woont en dat je een hotmailadres hebt. Kortom: als ik seriemoordenaar was in plaats van schuchtere jonkvrouw zou ik je zo thuis op kunnen wachten. In een moderne tijd als deze kunnen ridders niet voorzichtig genoeg zijn. Tja, ridder Frank, daar zijn we dan. Twee eenzame (Ben ik dat? Ben jij dat?) mensen die argwanend en sceptisch afwachten wat internet hen brengen zal. Als de verwachtingen laag zijn, is de teleurstelling klein. Kunnen we dat dan in elk geval afspreken? Geen verwachtingen?

(Heb nu ook eindeloos over een afsluitende zin nagedacht, maar besloten dat we dat fenomeen met ingang van nu ook afschaffen. Geen eindzinnen meer.)

Groet van Jonkvrouw Sofie.

Verzenden. Zo. Klaar. Kris grinnikt in zichzelf als ze een gevoel van opwinding bij zichzelf bespeurt. Wat een onzin. Je verheugen op een mailtje van een totaal onbekende jongen, van wie ze helemaal niets weet, behalve een paar inhoudsloze regels op een pagina op een datingsite. Wacht even! Ze heeft nog helemaal niet naar zijn profiel gekeken! Lekker slim weer. Snel klikt ze op zijn naam en wacht ongeduldig tot de pagina geladen is. Ja! Een foto! Langzaam wordt de foto zichtbaar. Shit. Een foto van een ridder in harnas. Alsof ze daar wat wijzer van wordt. Ze bestudeert de foto toch, op zoek naar een glimp van Frank. Zal hij het zijn in dat harnas? Dan heeft hij een leuke lach. Dat kan ze nog net zien tussen het ijzeren masker door. En hij ziet er breed uit, gespierd. Maar ja, elke schlemiel die zo'n harnas aantrekt zal er waarschijnlijk mannelijk en gestroomlijnd uitzien. Even verder kijken. Wat heeft hij allemaal opgeschreven over zichzelf? Hobby's: vechten met lans (ha ha, hij is echt grappig), kastelen bezoeken, draken verslaan, paardrijden (consequent is hij wel, dat moet ze toegeven) en alles dat met de middeleeuwen te maken heeft.

Wat zoekt hij in een vrouw? Ze moet veroverd willen worden (welke vrouw wil dat niet?). Ze moet zichzelf goed kunnen vermaken als hij op kruistocht is (wat bedoelt hij daarmee? Dat ze moet borduren ofzo?), ze moet de gedragscodes van ridders respecteren. (Gedragscode? Oh kijk, da's makkelijk: hij heeft het uitgeschreven.).

De ridderlijke waarden zijn: Barmhartigheid. Nederigheid. Eer. Opoffering. Godvrezendheid. Trouw. Rechtschapenheid.

Kris leunt achterover in haar stoel. Hij heeft er een hele studie van gemaakt. Wel origineel. En eigenlijk best grappig. Maar ook irritant. Ze is gewoon benieuwd naar wie deze Frank is, maar hieruit kan ze helemaal niets opmaken. Ja, dat hij humor heeft. Maar verder?

Ze staat op en loopt naar de keuken, waar ze het restje wijn van gisteravond inschenkt en ondanks haar voornemen om voor de zomer vier kilo af te vallen, een stuk roquefort met wat toastjes op een bordje legt. Ze legt aan zichzelf een belofte af dat ze straks alleen nog maar een salade gaat eten. Zonder mayonaisedressing, maar op z'n Frans: met olie en azijn.

Kris zet de tv aan en ploft op de bank neer. Ze heeft vandaag zoveel geregeld, dat ze zonder schuldgevoel een avondje voor de buis mag hangen. Jammer dat de rest van haar huisgenoten er niet zijn, dan hadden ze nog een potje kunnen trivianten straks, maar ze zijn met z'n allen naar een concert van Public Enemy in Paradiso. Kris mocht mee, maar van hiphop muziek wordt ze altijd zo opgefokt, dat ze besloot haar kaart af te staan aan haar broertje, in ruil voor de ontwerpen voor haar limo-service. Ze zet de televisie aan.

EXT. TELEVISIE-STUDIO

BIJ DE INGANG VAN DE STUDIO STAAT EEN GROEPJE MENSEN, VOORNAMELIJK DAMES VAN MIDDELBARE LEEF- TIJD, DAT ONMISKENBAAR EEN DAGJE UIT IS. ROOS ARRIVEERT OP DE FIETS. ZE HEEFT ZICH GEHAAST EN IS BUITEN ADEM. ZE ZET HAAR FIETS WEG (ZON- DER HEM OP SLOT TE ZETTEN), HAALT EEN SPIEGELTJE UIT HAAR TAS EN CHECKT HAAR MAKE-UP EN KAPSEL. ALS ZE HAAR VERWAAIDE HAAR HEEFT GEFATSOENEERD, LOOPT ZE NAAR DE INGANG VAN DE STUDIO EN ZOEKT EEN STRATEGISCHE PLEK UIT.
ZE ZORGT ERVOOR DAT ZE NIET TE DICHT BIJ DE AN- DERE VROUWEN KOMT TE STAAN EN KIJKT GESPANNEN NAAR DE INGANG. HET WACHTEN LIJKT EINDELOOS TE DUREN.
TOT ER OPEENS ENIGE ONRUST ONTSTAAT. EVEN LA- TER KOMT GIJS, VROLIJK PRATEND TEGEN DE PORTIER, NAAR BUITEN. ALLE DAMES JOELEN. ROOS STAAT AAN DE GROND GENAGELD. ZE KIJKT ADEMLOOS TOE HOE GIJS ZWIERIG EEN PAAR KEER ZIJN HANDTEKENING ZET OP PAPIERTJES EN BLOCNOOTJES DIE HEM DOOR DI- VERSE DAMES ONDER DE NEUS WORDEN GEHOUDEN. HIJ ZWAAIT LINKS EN RECHTS NAAR ZIJN FANS EN LOOPT DAN DOOR, IN DE RICHTING WAAR ROOS STAAT.
ROOS KIJKT HEM RECHT IN HET GEZICHT. ZE HAALT DIEP ADEM EN DOET EEN PAAR PASSEN IN GIJS' RICH- TING. GIJS LIJKT NAAR HAAR TE LACHEN.

ROOS STRAALT EN LOOPT DE BREEDUIT LACHENDE GIJS
TEGEMOET. ZE IS SMOORVERLIEFD. GIJS KOMT MET
UITGESTREKTE ARMEN OP HAAR AF.

GIJS
Hallo! Wat een aangename verrassing!

ROOS WIL HEM IN DE ARMEN VALLEN, MAAR STOKT ALS
GIJS EEN VROUW, DIE VLAK ACHTER HAAR BLIJKT TE
STAAN OMHELST. ZE ZIET BEDREMMELD HOE GIJS VRO-
LIJK AFSCHEID NEEMT VAN DE VROUW EN EEN STUKJE
VERDEROP IN ZIJN AUTO STAPT. ROOS KIJKT DE AUTO
NA TOT HIJ UIT HET ZICHT VERDWENEN IS. ZE IS
DIEP TELEURGESTELD.

Kris pakt de telefoon om Céline te bellen en met haar te delen hoe
zielig ze het vinden voor Roos dat haar Grote Liefde voor haar in
elk geval geen liefde op het eerste gezicht lijkt te voelen, maar dan
bedenkt ze zich dat Céline bij haar schoonouders aan het eten is.
Oma bellen? Nee, het gaat verder. Roos komt thuis. Zal Anita lief
voor haar zijn? Kris besluit oma later op de avond te bellen.

SCALA / WOONRUIMTE

ROOS ZIT OP DE BANK. ZE IS VERDRIETIG. ANITA
STAAT BIJ HET KEUKENBLOK EN KIJKT NAAR HAAR.

ANITA
Jij ook thee?

ROOS SCHUDT HAAR HOOFD.

ROOS
Je vindt dat ik me aanstel, hè?

ANITA ZWIJGT EN VULT DE KETEL.

ROOS

Rik ook.

ANITA

We hebben er een paar grapjes over gemaakt. Dat moet toch kunnen?

ROOS

Die grapjes doen pijn.

**ANITA DRAAIT ZICH OM. ZE PRAAT INGEHOUDEN, MAAR
STELLIG.**

ANITA

Weet je wat mij pijn doet? Dat die
leuke, vrolijke vriendin van me als
een dood vogeltje op de bank zit te
kniezen om een debiele tv-dokter die
haar niet eens ziet staan.

**ROOS STAAT OP, GEKWETST, EN LOOPT WEG RICHTING
HAAR SLAAPKAMER.**

ANITA

Waarom loop je nou weg?

ROOS BLIJFT STAAN.
ER VALT EEN KORTE STILTE.

ROOS

Je hebt gelijk.

ANITA KIJKT ROOS VRAGEND AAN.

ROOS

Ik ben gek. Maar toch kan ik er niet
tegen als je zo over hem praat.

ANITA

Ik heb geen hekel aan hem. Ik ken hem
niet eens. Maar als ik jou als een
hondje achter hem aan zie rennen… Daar
ben je gewoon te goed voor.

ROOS GAAT WEER OP DE BANK ZITTEN.

ROOS

Ik kan het niet helpen.

ANITA GAAT NAAST ROOS OP DE BANK ZITTEN.

ANITA

Wat heb je dan toch met die Gijs?

ROOS ZOEKT NAAR WOORDEN. ZE IS EMOTIONEEL.

ROOS

Het is een gevoel. Ik kan er niets aan
doen. Ik moet er aan toegeven.

ANITA

Maar je kent hem niet. Je hebt nog
nooit met hem gepraat.

ROOS KIJKT ANITA AAN. ZE IS GEESTDRIFTIG.

ROOS

Ik ken hem wel. Ik voel hoe lief hij
is. Ik kan het zien aan zijn ogen. Hoe
hij kijkt als hij iets vertelt. Als ik
zijn stem hoor, word ik rustig.

ANITA

Ja. Zo rustig dat ik er bang van word.
Heb je er al aan gedacht dat er een

grote kans is dat hij al een relatie
heeft?

ROOS

Ik heb van alles bedacht. Maar ik moet
naar hem toe. Ik moet hem zien. Wat
jullie ook zeggen. Wat mijn verstand
ook zegt.

ANITA IS BEZORGD.

ANITA

En als hij je nou weer niet ziet staan?

ROOS

Ik moet het proberen, Anita. Anders
zou ik mijn hele leven blijven twijfelen. Begrijp je dat?

**ANITA AARZELT NOG EVEN, MAAR ZIET DAN HOE BE-
LANGRIJK HAAR STEUN VOOR ROOS IS. ZE OMHELST
HAAR.**

ANITA

Ik begrijp het niet helemaal, maar ik
ga je helpen. Okay?

ROOS KNIKT. ZE IS BLIJ MET ANITA'S STEUN.

Pling. Pling. Pling.
Wat is dat nou weer? Kris kijkt om zich heen. Rogier heeft zoveel apparaten in zijn huis staan, dat Kris, die er toch al een paar
maanden woont, zich nog regelmatig vergist. Zo heeft ze laatst de
verwarming aangezet, terwijl ze de rolluiken naar beneden wilde
laten, heeft ze ijsblokjes geprobeerd te crushen in een dressingsha-
ker op batterijen, die prompt kapot was en heeft ze Rogier uit zijn
bed gegild, toen ze onder de douche stond en er opeens allemaal

stoom uit minuscule gaten in de muren kwam. Wist zij veel dat hij een Turks stoombad in de badkamer had. Ze kijkt naar de dikke map met gebruiksaanwijzingen van alle apparaten in huis, die hij haar na het laatste incident had gegeven, maar die ze nog steeds moest doorspitten. Ze hoopt maar dat ze het irritante pling pling geluid snel kan lokaliseren en oplossen. Zuchtend staat ze op. Gelukkig is het commercial break. Ze loopt door de kamer, op haar gehoor afgaand. Daar. Uit die richting. Shit, als het maar niet die stomme muziekinstallatie is, waar ze nog nooit een cd in heeft kunnen krijgen. (Simpelweg omdat ze geen gleufje ontdekt waar ze de cd in kan stoppen, de installatie is ruim een meter hoog en er branden voortdurend lichtjes en metertjes, maar Kris is nog altijd blij dat ze haar aftandse gettoblaster bij de verhuizing niet heeft achtergelaten in Alkmaar, zoals ze aanvankelijk wilde.) Ze opent de kast waar de installatie staat. Veel lichtjes, maar geen pling pling. Ze sluit de kast weer en kijkt speurend rond. Dan ziet ze het. Het beeldscherm van haar computer is uit de slaapstand en er flikkert een schermpje dat ze nog nooit heeft gezien. Ze loopt er naar toe.

FRANK WIL MET JE CHATTEN.

> **Frank zegt:** Hallo jonkvrouw Sofie. Geen verwachting, maar wel even praten?

Help. Wat is dit? Kan dat ook via die site? Snel scant ze het verzoek om te chatten en komt er achter dat je op de site inderdaad kan chatten met de mensen die online zijn. Ze had niet uitgelogd. Stom. Wat nu?
Opeens vindt ze het heel eng. Berichtjes sturen is veilig, maar chatten voelt als… Als iets veel intiemers. Alsof je echt met elkaar praat. Oh! Hij schrijft weer wat!

> **Frank zegt:** Leg je borduurwerkje even opzij om van de geneugtes van de moderne tijd te genieten.

Kris grinnikt en denkt er niet langer over na.

Sufferd zegt: Sorry. Ik stond op de uitkijktoren van mijn kasteel om uit te kijken naar de ridder die de draak kan verslaan die me hier gevangen houdt.

Frank zegt: Voordat het nieuwe jaar aanbreekt zal de draak verslagen zijn. Dat is een belofte.

Onwillekeurig legt Kris haar hand even op de broche, die ze trouw elke dag opspeldt. Over drie weken zal het oud en nieuw zijn. Zal de broche dan toch, wederom, haar krachten bewijzen? Binnen vier weken, had oma gezegd. Het zou zomaar kunnen.

Sufferd zegt: Doe dan wel je harnas aan. De draak zal deze jonkvrouw niet zonder slag of stoot overleveren.

Frank zegt: Hoe harder de strijdt, des te zoeter de overwinning uiteindelijk zal smaken.

Sufferd zegt: Wie ben je, Frank?

Frank zegt: Daar zul je heel snel achter komen.

Sufferd zegt: Wil ik dat wel?

Frank zegt: Vertrouw op mij. Ik zorg ervoor dat je dat wilt.

Zo. Die is behoorlijk zeker van zijn zaak. Zal het een player zijn? Veroveren om te veroveren en daarna weer snel de benen nemen? Ach, wat maakt het ook uit. Hij weet niet wie ze is en zij weet niet wie hij is, maar dit is best vermakelijk.

Sufferd zegt: Ik zou zeggen: de strijd is begonnen!

Frank zegt: Als je kamermeisje vanavond de gordijnen van je hemelbed sluit, zullen je laatste gedachten voordat je naar dromenland vertrekt aan mij gewijd zijn.

Sufferd zegt: Dat klinkt een tikkeltje arrogant.

Frank zegt: Een ridder zonder zelfvertrouwen sneuvelt in zijn eerste gevecht.

Sufferd zegt: Wat doe je in het dagelijks leven, ridder Frank?

Frank zegt: Om te kunnen overleven in deze materialistische tijd, waarbij de ruilhandel is vervangen door banken en pinautomaten, ben ik werkzaam als geschiedenisleraar, terwijl ik probeer te promoveren.

Sufferd zegt: Laat me raden. Op de Middeleeuwen?

Frank zegt: Uw intelligentie doet me huiveren.

Kris lacht hardop. Dit is best leuk! Maar dan hoort ze de tune van GTST. Aaargh. Wat moet ze doen? Heel snel rent ze naar de tv en zet de videorecorder aan. Het enige apparaat in huis dat ze wél begrijpt. Dan grist ze haar wijn en het bordje met kaas van de tafel en rent terug naar de computer.

Het is drie uur in de ochtend als ze de computer eindelijk, met tegenzin, uitzet. Ze heeft kriebels in haar buik. Ze heeft het gevoel dat ze een avond met Frank in de kroeg heeft gezeten en een ontzettend leuk, geanimeerd, diepgaand gesprek met hem heeft gehad. Ze hebben het gehad over hun jeugd, hun angsten, hun dromen. Over verloren liefdes en de definitie van vriendschap. Over of het nou wel of niet exhibitionistisch is om naar Big Brother te kijken, over de voordelen van een automaat ten opzichte van een auto met versnellingspook en over de plannen van Kris om haar eigen bedrijf te starten. Frank is geïnteresseerd, stelt goede vragen en schrijft foutloos en aanstekelijk. En hij blijkt een vooruitziende blik te hebben. Als ze om half vier eindelijk het licht uitdoet, zijn haar laatste gedachten over hem. Voor het eerst in hele lange tijd, voelt Kris het weer borrelen in haar onderbuik en heeft ze ontzettend veel zin om te weten hoe dit af gaat lopen.

Ze wordt wakker door het kabaal van de thuiskomende mannen. Ze kijkt op de klok. Zeven uur. Dan zijn ze dronken. En dat zijn ze. Als Kris slaperig de kamer inloopt, wordt ze uitbundig begroet door Rogier, Frank Jan (die haastig en lallend vraagt of ze hier niets over tegen Eva wil zeggen, die denkt dat hij op een congres in Keulen zit), Bart en Gerard, die luidkeels protesteren over het feit dat ze de laatste fles wijn helemaal zelf heeft opgedronken. Na een verhitte discussie over wie er waar op zoek gaat naar alcohol, weet Kris de mannen over te halen om te gaan slapen.

Zodra de rust is wedergekeerd in de huiskamer, zet Kris haar computer aan. Teleurstelling als er geen nieuw bericht is van haar ridder, die natuurlijk nog lekker ligt te slapen. Zal hij ook aan haar

gedacht hebben voordat hij in sliep? Zal hij dezelfde, vreemde opwinding voelen die zij ook voelt en waardoor ze zeker weet dat
ze de slaap niet meer kan vatten. Ze zet een pan op het vuur en
breekt er drie eieren boven. Door haar uren durende chatsessie met
Frank heeft ze gisteren helemaal niets gegeten en rommelt haar
lege maag. Als de eieren klaar zijn, nestelt ze zich met het bord
op schoot voor de televisie. Fijn de laatste helft van GTST kijken.

SCALA / WOONRUIMTE

ROOS LIGT IN HAAR JOGGINGPAK OP DE BANK EN KIJKT
NAAR DE TV, TERWIJL ZE CHIPS EET. ER KLINKT GE-
ROEZEMOES UIT DE FOYER BENEDEN.
ANITA KOMT AANLOPEN. ZE BLIJFT STAAN ALS ZE ROOS
ZIET.

ANITA
Heb je je nog niet omgekleed?

ROOS KIJKT ANITA EVEN AAN EN DAN WEER NAAR DE
TELEVISIE.

ROOS
Ik ga niet. Dat heb ik al gezegd.

ANITA
Je moet!

ROOS BLIJFT NAAR DE TV KIJKEN. ANITA PAKT ROOS'
BENEN EN ZET ZE OP DE GROND.

ANITA
Kom op, trek een jurk aan, zet een
lach op en kom. Ik wil zo graag dat je
bij de première bent.

320

ROOS

Slijmen is nooit je sterkste kant geweest.

ANITA

Alsjeblieft?

ZUCHTEND STAAT ROOS OP EN LOOPT NAAR DE DEUR. ANITA IS VERBAASD.

ANITA

Je gaat toch niet zo? Je moet je wel
even omkleden.

ROOS BLIJFT STAAN EN KIJKT ANITA KOPPIG AAN.

ROOS

Moet dat echt?

ANITA

Ja. Dat moet echt.

MET GROTE TEGENZIN SLENTERT ROOS NAAR HAAR SLAAPKAMER. ANITA KIJKT HAAR NA, IS TEVREDEN EN RENT DAN NAAR BENEDEN.

Heel even vergeet Kris haar eigen beslommeringen op romantisch gebied en dompelt zich onder in de verliefdheid van Roos en haar vriendin Anita, die als verrassing heeft geregeld dat Roos haar tv-dokter eindelijk in levende lijve kan ontmoeten. Kris gelooft heilig in het sprookje en weet nu al dat ze woest zal worden als dit een grote domper voor Roos wordt. Roos en haar dokter zijn voor el-kaar geschapen. Roos is er zo heilig van overtuigd... En Roos weet hoe het voelt, echte liefde, zielsverwantschap, voor elkaar gescha-pen en al die andere, poëtische termen die er in de loop der eeuwen voor zijn bedacht. Roos weet het. En Kris ook.

SCALA / FOYER

ANITA KOMT AANLOPEN EN ZIET DAT GIJS ZIJN JAS
AANTREKT. ZE SCHRIKT EN GRIJPT RIK VAST.

ANITA
Hij gaat weg! En Roos is er nog niet!

ANITA LOOPT NAAR GIJS.

ANITA
Waarom gaat u al in de pauze weg? Vindt
u de voorstelling niet mooi?

GIJS
Ja, prachtig. Maar ik heb nog een andere afspraak. In elk geval bedankt
voor de uitnodiging. Ik hou me aanbe-
volen voor de volgende keer.

GIJS GLIMLACHT NAAR ANITA EN VERTREKT. ANITA
KIJKT HEM MOEDELOOS NA. ALS ZE ZICH OMDRAAIT,
ZIET ZE ROOS DE FOYER IN KOMEN LOPEN.

ANITA
Waar bleef je nou? Nu is hij weg!

ROOS
Wie?

ANITA
Gijs! Jouw Gijs! Rik en ik wilden je
verrassen, maar… Ik leg het later uit.
Misschien kunnen we hem nog inhalen.

ANITA TREKT DE OVERROMPELDE ROOS MEE NAAR DE
UITGANG. ALS ZE DE GANG OPLOPEN, BLIJFT ROOS
STOKSTIJF STAAN. DAAR STAAT GIJS. TE KIJKEN NAAR

EEN POSTER VAN EEN VOORSTELLING. HIJ DRAAIT ZICH OM.

GIJS
(TEGEN ANITA)
Mag ik je nog wat vragen? Heb je hier nog kaarten voor?

HIJ WIJST OP DE POSTER. ANITA DUWT ROOS NAAR VOREN.

ANITA
Daar gaat zij over. Roos Alberts.

GIJS STAART ROOS AAN. ROOS STAART GIJS AAN. GIJS IS DIRECT ONDER DE INDRUK VAN ROOS. HIJ GLIMLACHT NAAR HAAR. ROOS IS IN DE WAR. ANITA LOOPT NAAR RIK EN ZE KIJKEN VAN EEN AFSTANDJE TOE. ROOS EN GIJS BLIJVEN ELKAAR AAN STAREN. ROOS IS IN DE WAR.

ROOS
Er eh.. Voor die voorstelling zijn er nog plaatsen genoeg.

GIJS IS OOK IN DE WAR.

GIJS
In dat geval: zou jij met mij naar die voorstelling willen gaan?

ROOS KAN HET NAUWELIJKS GELOVEN.

Ja! Kris kan zich nog maar net bedwingen om op te springen en te juichen als een voetbalsupporter wiens club een winnend doelpunt heeft gescoord. Gijs heeft het ook! Gijs voelt de klik ook! Kris kan opeens niet wachten tot het weer acht uur 's avonds is en ze kan zien hoe het afloopt. Een blik op de klok leert haar echter dat ze als de donder onder de douche moet springen om op tijd in het Hilton-hotel te zijn, waar ze als gastvrouw deelnemers aan een medisch biologisch congres zal ontvangen en vertroetelen. Op weg naar de douche nog even snel haar mail checken. Yes!

Jammer, niet van Frank. Ze leest het. Hans de Wit heeft via via gehoord dat ze in een roze Rolls Royce haar diensten aanbiedt en wil haar vragen om een bruidspaar vanaf hun woning in Scheveningen naar hun trouwlocatie (een kasteel in Noord-Brabant) te rijden. Kris slikt even als ze ziet wat hun budget is (het dubbele van wat ze zelf zou durven vragen) en slikt nog een keer als blijkt dat de trouwerij al over twee dagen is. Maar euforie overwint: ze heeft haar eerste betaalde opdracht binnen! Vreemd genoeg voelt ze de aandrang om te gaan zitten en haar succesje aan Frank te mailen. De tijd dringt echter en ze rent naar de badkamer.

Het bruidspaar had geen slechtere dag uit kunnen kiezen. Het regent, het stormt en om elf uur 's ochtends (als Kris ze volgens afspraak op komt halen) is de lucht nog zo pikdonker dat Kris haar grote lichten aan moet doen om de weg te kunnen zien. Voordat ze uit de auto stapt en bij het appartement aan de boulevard aanbelt, werpt ze nog een snelle inspectieblik in de spiegel. Ze heeft die ochtend met door de telefoon ingesproken hulp van Céline geprobeerd haar wallen weg te schminken, maar de chatsessies met Frank tot diep in de nacht hebben onuitwisbare sporen nagelaten. Ze is uitgeput, heeft de afgelopen drie dagen bij elkaar nauwelijks meer dan tien uur geslapen, maar de energie die ze krijgt van haar 'gesprekken' met hem en de enorme kick die ze krijgt van het onbekende avontuur dat ze met hem is aangegaan zorgen ervoor dat ze haar vermoeidheid vergeet en haar niet-virtuele leven gewoon kan blijven volhouden. Gisteravond vroeg hij haar zichzelf te beschrijven. Ze bood aan een foto van zichzelf op te sturen (Céline had toevallig net een supermooie foto van haar gemaakt die ze had gescand), maar hij weigerde. Als de tijd rijp is, schreef hij. Ze vond het heerlijk dat hij zo goed wist wat hij wilde en hoe hij het wilde. Hoewel ze moest toegeven dat ze nu wel heel erg nieuwsgierig werd en al had geprobeerd uit te vogelen waar hij woonde. Gewoon, om een keertje aan de overkant van de straat te kunnen posten en hem even te zien. Maar zoals hij zei: die tijd gaat er komen. Dit was voorspel. Ondanks haar verzoek om geen hoog gespannen verwachtingen te hebben, waren haar eigen verwachtingen inmiddels tot het kookpunt gestegen.

Ze doet nog wat lippenstift op en laat de claxon van de Rolls dan zijn karakteristieke geluid maken. Ready to roll…

Het bruidspaar gaat zo in elkaar op (Kris zal later aan Céline vertellen dat ze niet eens heeft gezien of de bruid zich mooi had opgemaakt, omdat de mond van de bruid vastgeplakt leek te zijn aan die van de bruidegom), dat Kris zich gelukkig helemaal op de weg kan concentreren. Het is noodweer en hoewel haar ruitenwissers op de hoogste stand staan, kan ze niet meer dan twee meter voor zich uit zien. De bruid ziet er mooi uit, niet traditioneel wit, maar in een soort middeleeuwse jurk, met een korset en wijd uitlopende mouwen. De bruidegom heeft zijn stijl op die van haar aangepast. Toen Kris ze aan zag lopen, moest ze even glimlachen. Frank en zij hielden nog steeds hun spel van ridder en jonkvrouw vol en het zou een supergoede mop zijn als ze zo'n soort jurk aan zou doen op hun eerste date. Nu even goed opletten. Oh, gelukkig. Er staat een bordje. Ze zijn er nu bijna. Kris kijkt even achterom naar het innig kussende bruidspaar.

'We zijn er over een halve kilometer, dus als jullie nog iets willen doen ofzo…'

De bruidegom kijkt haar stralend aan.

'Dank je wel, maar alles dat we nu nog willen doen is ja tegen elkaar zeggen.' En hup, daar kleven de monden weer tegen elkaar.

Ondanks het vreselijke weer staat er een hele rij gasten te wachten voor de ingang van het indrukwekkende kasteel. Kris rijdt de auto tot aan het bordes en is blij als er twee mannen, die als lakei verkleed zijn, met grote paraplu's aansnellen om het bruidspaar de auto uit te helpen. Kan zij lekker blijven zitten. Het bruidspaar zal op het kasteel overnachten, dus heeft ze met Céline afgesproken om naar Utrecht te komen en te gaan winkelen. Ze moet alleen ontzettend nodig plassen. Zou dat hier kunnen? Ja, natuurlijk kan dat hier. Ze wacht tot het bruidspaar en alle gasten naar binnen zijn en stapt dan uit de auto. Nu pas ziet ze dat er aan weerszijden van de imposante toegangspoort van het kasteel twee ridders in harnas staan. Kippenvel kruipt over haar hele lichaam. Haar blik wordt gezogen naar de ridder aan de linkerkant van de poort. Het zal toch niet...? Om niet tot op haar ondergoed nat te regenen, rent ze snel tot onder de poort. De ridders geven geen krimp. Zullen er wel echte mensen in zitten? Of zijn het poppen?

'Sorry, maar zijn er hier ook toiletten?'

Ze vraagt het aan de ridder aan de rechterkant. Die reageert helemaal niet. Ze kijkt vragend naar de ridder aan de linkerkant. En met een heel klein gebaar, wijst hij: rechtdoor.

Met bonzend hart rent ze naar de WC. Terwijl ze haar blaas leegt, probeert ze zichzelf tot kalmte te manen. Haar fantasie neemt nu echt een loopje met haar. Met opgeheven hoofd en zelfverzekerde tred loopt ze terug naar haar auto. Balorig steekt ze haar hand op naar de ridders.

'Pas maar op, straks roesten jullie weg in die regen!'

Dan rijdt ze weg.

Na een middag shoppen, waarbij ze al het geld dat ze vandaag heeft verdiend heeft uitgegeven, ploft ze neer op Célines bank en neemt het aangeboden glas koude witte wijn gretig aan.

'Mag ik even mijn mail checken?'

Céline, die het hele verhaal over Frank tot in elk detail kent en net zo opgewonden is als Kris, zet haar computer aan. Kris logt in. En krijgt bijna een hartverzakking.

> **Frank zegt:** Dat paarse jurkje stond je fantastisch. Je bent nog mooier dan ik had gehoopt. Hoop dat je me de roestplekjes op mijn harnas niet kwalijk neemt als we elkaar op 31 december 2000 om precies 24.00 uur op Schiphol ontmoeten. Zorg dat je drie dagen vrij bent en je paspoort bij je hebt.

'Lien!!!!!!' Kris gilt. Ze is in alle staten. Hij was het! Ze voelde het! En het was waar!

Céline komt aan rennen, haar wijn gutst aan alle kanten over haar glas heen.

'Wat? Wat is er?'

'Kijk dan! Hij heeft me gezien! Hij was het, die ridder, wat ik vertelde. Het was Frank!'

Céline leest en gilt dan ook.

'Wat spannend en wat romantisch! Ik wil dit ook!'

'Ik wil dit helemaal niet,' zegt Kris. 'Ik word hier bloednerveus van. Schiphol? Waarom moet ik mijn paspoort mee?'

'Hij neemt je mee naar het buitenland. Oh, Kris! Dit is echt geweldig!'

'Ik ken hem helemaal niet!'

'Maar je bent nu al verliefd op hem, zonder dat je hem gezien hebt. Dat is toch bijzonder?'

Dat moest Kris wel beamen. Maar toch…

'Ik vind het oneerlijk. Hij heeft mij gezien, maar ik hem niet.'

'Ga even opzij,' zegt Céline terwijl ze een stoel pakt en naast Kris gaat zitten.

'Wat ga je doen?'

Céline begint te typen.

> **Sufferd zegt:** Je hebt bewezen een echte ridder te zijn. Maar ben je ook mijn ridder op het witte paard? Gelijkwaardigheid is belangrijk. Jij hebt mij gezien. Ik wil jou zien voordat ik op Schiphol in het diepe spring.

Céline kijkt Kris vragend aan. 'Doen?'

'Doen,' zegt Kris schoorvoetend. Céline drukt op verzenden. Ze hoeven niet lang op antwoord te wachten.

> **Frank zegt:** Ben je al thuis?
> **Sufferd zegt:** Om ongeveer tien uur. Hoezo?
> **Frank zegt:** Zorg dat je er bent.
> **Sufferd zegt:** Hoezo?
> **Frank zegt:** Niet bang zijn.

FRANK IS OFFLINE.

'Shit!'

Céline lacht, maar Kris is nu echt bloednerveus.

'Straks komt hij naar mijn huis. Dat kan niet. Hij weet niet waar ik woon. En al die jongens zijn er. En ik heb een pukkel op mijn neus. Ik wil hem niet zien. Ik vind het veel te spannend. Dit kan ik niet aan. Lien, wat moet ik doen?'

'Darling, we gaan eerst even shoarma eten bij Abdul, jij zonder knoflooksaus…'

Céline lacht hard om haar eigen grap.

'En dan ga ik met je mee naar Amsterdam om te kijken wat er gebeurt. Ik hoef morgen pas om tien uur te beginnen in de salon. Ik zorg ervoor dat er niets gebeurt dat je niet wilt.'

Céline geeft haar een knipoog.

'Maar ik denk zomaar dat er een heleboel gaat gebeuren dat je wél wilt.'

Ze zijn om negen uur thuis. Godzijdank zijn de jongens er niet. Kris trekt haar werkkleding uit en kiest samen met Céline een outfit uit, die nonchalant is, maar toch sexy en vrouwelijk. Ze scheert haar benen, haar oksels, de paar zwarte haren op haar grote teen en ze camoufleert voor de tweede keer die dag haar wallen. Dan gaat ze naast Céline op de bank zitten. Kwart voor tien. Bloednerveus.

'Heeft Rogier GTST opgenomen?'

Kris gebaart dat ze het niet weet. Céline checkt de videorecorder en ziet dat er een band in zit. Ze zet hem aan.

'Zo. Beetje afleiding.'

DE ROZENBOOM / HAIRSTUDIO

DE DEUR VAN DE KAPSALON GAAT OPEN. OP DE GROND LIGGEN WAT BRIEVEN EN REKENINGEN. ROOS KOMT BINNEN EN RAAPT ZE OP. DAN VALT HAAR BLIK OP EEN ROOS BIJ DE INGANG. ZE IS VERBAASD EN KIJKT OP HET KAARTJE DAT ER AAN HANGT. ER STAAT ALLEEN EEN LETTER. 'I'.

                    ROOS

    I?

VERDEROP LIGT NOG EEN ROOS. EN NOG EEN. ZE LOOPT
NAAR DE VOLGENDE ROOS EN BEKIJKT HET KAARTJE. K.

                    ROOS

    I...K... Ik.

ROOS IS GEAMUSEERD. ZE LOOPT SNEL NAAR DE VOL-
GENDE ROOS. NU PAS ZIET ZE DAT ER OVERAL IN DE
STUDIO ROZEN LIGGEN. ZE SNELT VAN BLOEM NAAR
BLOEM EN GRIST ER DE KAARTJES VANAF.

                    ROOS

    Ik... H.O.U. Hou. V.A.N. van J.O... Ik hou
    van jou.

ROOS DANST DOOR DE KAPSALON VOL ROZEN. ZE IS
DOLGELUKKIG.

'Wel een beetje cliché, die rozen,' zegt Kris, maar de blos op haar
gezicht verraadt dat ze het wel degelijk superromantisch vindt. Cé-
line ziet het ook.
'Zie je? Het bestaat! Klik! Het is er. Meteen. Liefde.'
Céline slaat een arm om Kris heen. Kris werpt een blik op de klok.
Tien voor tien. Ze kan nauwelijks nog ademhalen van de zenuwen.
'Ik ben hier niet voor in de wieg gelegd.'
'Nog heel even…,' stelt Céline haar gerust. 'Dan zul je het weten.'

EXT. BOOT

ROOS EN GIJS LIGGEN OP HET DEK VAN DE ZEILBOOT
IN ELKAARS ARMEN TE ZOENEN. ZE ZIJN OVERDONDERD
DOOR HUN VERLIEFDHEID.

ROOS

Wat gebeurt er met ons?

GIJS

Ik weet het niet. Toen ik je zag in dat theatertje... Ik geloof dat ik meteen van je hield.

ROOS KUST HEM. ZE BEGINNEN TE VRIJEN. ROOS FLUISTERT IN ZIJN OOR.

ROOS

Heeft deze prachtige boot van jou een bed?

GIJS GLIMLACHT VERLIEFD EN KNIKT. HIJ GAAT MET ZIJN VINGER LANGS HAAR LIPPEN.

GIJS

Maar voordat ik je daar mee naartoe neem, wil ik je wat vragen. Je moet me alleen beloven dat je er niet van schrikt.

ROOS

Dat is nu al te laat.

GIJS

Zie je wel? Ik pak het helemaal ver-keerd aan.

ROOS IS TELEURGESTELD.

ROOS

Laat maar. Ik had het kunnen weten.

GIJS

Wat?

ROOS

Het was allemaal veel te mooi.

GIJS

Je weet helemaal niet wat ik je wil
vragen.

ROOS

Of ik het niet erg vind dat je een gezin met kleine kinderen hebt. Of een
besmettelijke ziekte. Of dat je op
mannen valt. Ik wil het niet weten,
Gijs.

GIJS

Dat was mijn vraag ook helemaal niet.

HIJ PAKT HAAR BEET EN KIJKT HAAR AAN.

GIJS

Ik wilde je vragen of je mijn vrouw
wilt worden. Ik wil met je trouwen,
lieve Roos.

ROOS IS TOTAAL OVERDONDERD.

Precies op het moment dat Roos JA zegt, gaat de deurbel.
'Jij doet open,' zegt Kris.
'Dat is echt heel laf,' zegt Céline.
'Ik durf niet,' zegt Kris.
'Je moet,' zegt Céline als de deurbel voor een tweede keer gaat.
Met lood in haar schoenen en misselijk van de zenuwen loopt Kris
de trap af. Door de garage waar de Rolls staat naar de deur. Heel
voorzichtig opent ze hem. En ziet….

Niets.

Wat is dit? Ze steekt haar hoofd om de hoek. Links. Rechts. De straat is verlaten. Is dit een stomme grap ofzo? Dan, net als ze deur dicht wil doen, ziet ze het. Op de stoep voor haar deur. Een rieten mand. Met een in cellofaan verpakte fles champagne. Een bos rode rozen. En een … Ze kan het niet goed zien. Ze pakt de mand op. Er zit een rol in. Het lijkt wel een perkamentrol. Met een rode strik er omheen. Ze rent naar boven.

'Lien! Kijk!'

Ze zet de mand op de tafel neer. Lien pakt meteen de fles champagne.

'Wow, dat is een fles van minstens vijftig gulden, Kris!'

Kris pakt de rozen. Er zit geen kaartje aan. Het zijn er tien. Dan pakt ze de perkamentrol en trekt de strik uit het rode lint. Ze vouwt hem open. Een zwart-wit foto van een knappe knul, met iets te lang (yes!) haar, die met dromerige ogen de lens in kijkt. Heel integer. Heel natuurlijk. Ridder Frank. Haar ridder Frank. Onderaan de foto staat met zwierige letters geschreven:

Een roos voor elke dag dat we elkaar kennen. Ik drink om precies elf uur vanavond een glas champagne, doe jij dat ook? Dit ben ik. En ik sta 31 december op je te wachten. Alsjeblieft. Ik versla je draak. Kom je?
Frank.

Kris zuigt de foto in zich op. Leest de tekst letter voor letter. En grijnst dan.

'Dit is best cool.'

Céline grijnst ook.

'Dit is supercool.'

Om precies elf uur schenken ze een glas champagne in. Ze proosten. Kris voelt een lichte teleurstelling als Frank de hele avond niet online is, maar prent zichzelf met hulp van Céline in dat dat allemaal bij het verleidingsspel van Frank hoort. Ze drinken de fles leeg, bekijken de foto duizend keer en komen duizend keer tot de conclusie dat Frank een mooie jongen is. Waggelend van de bubbels kruipen ze in Kris' bed en belooft Kris voor de zoveelste keer dat ze echt, echt, echt naar de date met Frank op Schiphol zal gaan.

De dagen vliegen voorbij. Kris werkt hard, er zijn ontzettend veel borrels en recepties rond kerst en oud en nieuw. Martijn heeft een prachtig logo ontworpen voor haar bedrijf en de wallen van Kris hebben inmiddels haar wangen bereikt. De chatsessies met Frank zijn het belangrijkste onderdeel van haar leven geworden, het middelpunt van haar dagelijkse bestaan. Ze is ervan overtuigd dat zij met Frank, vanaf de magische datum 31 december 2000, een stel gaat vormen. Een gelukkig stel. Een stel dat voor elkaar gemaakt is. Daarom kost het haar ook geen enkele moeite om alle uitnodigingen voor oud- en nieuwfeesten af te slaan. Zij gaat het grootste feest van iedereen tegemoet. Zelfs als Rogier een feest organiseert, waarbij al haar vrienden zullen komen, voelt ze geen enkele twijfel. Dit is wat ze gaat doen. Dit is haar duik in het diepe. Dit is misschien wel haar lotsbestemming.

30 december. Kris wordt door Rogier gedwongen haar troep uit de kamer te verwijderen ('Zo niet, laat ik iedereen die op het feest komt, je chatsessies met die ridder van je lezen...').

Ze gaat helemaal mee in de feeststemming, staat zelfs een paar uur in de keuken om haar befaamde guacamole te maken en ze knipt talloze cijfers 1 en 2 en 0 uit goudkleurig karton omdat Rogier het in zijn hoofd heeft gehaald om een slinger ter ere van het jaar 2001 te maken. Ze heeft haar kleren voor de volgende dag al klaar liggen, ze heeft haar paspoort verlengd (ook al was het nog vier maanden geldig), ze heeft een nieuw, hip koffertje gekocht en ze is klaar voor de trip met haar nieuwe, grote liefde. Met de hoofdletter L.

INT. KERK

ROOS EN GIJS ZITTEN IN DE STOELEN VOOR DE PAS-
TOOR. ROOS' HART BONKT. GIJS PAKT ROOS' HAND
VAST. DE PASTOOR STAAT VOOR HEN.
AANWEZIGE GASTEN ZIJN ONTROERD EN PINKEN EEN
TRAANTJE WEG.

PASTOOR

Liefde op het eerste gezicht. Roos en
Gijs wisten het vanaf het moment dat
ze elkaar zagen en zijn hier nu om
die liefde te bezegelen. Ik kan niet
anders zeggen dan dat ik trots ben om
deze bijzondere mensen met hun bijzondere relatie te mogen trouwen.

**ROOS EN GIJS KIJKEN ELKAAR AAN. ROOS PROBEERT OM
HAAR HARTSLAG TE KALMEREN, DOOR RUSTIG IN EN UIT
TE ADEMEN.**

Rogier: 'Waarom hoor ik de hele tijd haar hartslag?'
Gerard: 'Had je gister moeten kijken, lul. Ze heeft een pil geslikt
op haar vrijgezellenfeest. XTC, volgens mij. Van die maffe Laura
en Cleo gekregen. Daar heeft ze nu een beetje last van.'
Bart: 'Als dat maar goed gaat...'
Céline: 'Natuurlijk gaat dat goed! Dit is de romance van de eeuw!
Er zitten nu vast en zeker miljoenen mensen te kijken. Als ze dat
fout laten aflopen, dan...'
Kris: 'Dan ga ik echt nooit meer naar die serie kijken!'

PASTOOR

Dan zijn we nu toe aan het officiële
gedeelte. Mag ik het bruidspaar ver-
zoeken om te gaan staan?

**ROOS EN GIJS STAAN OP.
ROOS KIJKT OM ZICH HEEN. ZE SCHRIKT ALS ZE ALLE
AANWEZIGE MENSEN HEEL WAZIG ZIET.**

PASTOOR

Willen jullie elkaar de rechterhand
geven?

334

ROOS EN GIJS GEVEN ELKAAR HUN RECHTERHAND. ROOS'
HART BEGINT STEEDS HARDER TE BONKEN. HET GELUID
VAN HAAR HART OVERSTEMT DE TEKST VAN DE PASTOOR.
ROOS KNIJPT EVEN HAAR OGEN DICHT EN OPENT ZE DAN
WEER. TOT HAAR OPLUCHTING ZIET ZE WEER SCHERP.
GIJS GLIMLACHT NAAR HAAR. ZE GLIMLACHT TERUG.

                    PASTOOR
        Gijs Nicolaas Sebastiaan Bentz van den
        Berg, neemt u tot uw wettige echtgeno-
        te Rosalinde Anna de Jager en belooft
        u trouw tot de dood u scheidt? Wat is
        hierop uw antwoord?

                    GIJS
        Ja. Niets liever.

GIJS TILT DE SLUIER VAN ROOS OMHOOG. ROOS' GE-
ZICHT IS BEZWEET. GIJS SCHRIKT ALS HIJ ZIET HOE
BLEEK ROOS IS. HIJ WIL HAAR KUSSEN.

Céline: 'Godver, het gaat echt niet goed met haar.'
Kris: 'Stil!'
Gerard: 'Zeg ja. Zeg ja. Zeg ja.'

                    PASTOOR
        U mag uw bruid pas kussen als zij het
        jawoord heeft uitgesproken.

DE GENODIGDEN BEGINNEN TE LACHEN. OOK ROOS GLIM-
LACHT. GIJS HANGT DE SLUIER TERUG.

                    GIJS
        Sorry. Ik kan niet wachten.

ROOS LACHT, MAAR HAAR HART BEGINT WEER SNELLER
TE BONKEN.

Rosalinde Anna de Jager, neemt u tot
uw wettige echtgenoot Gijs Nicolaas
Sebastiaan Bentz van den Berg en belooft u trouw tot de dood u scheidt?
Wat is hierop uw antwoord?

**ROOS' HART BONKT NU HEEL HARD. ROOS SLUIT HAAR
OGEN ONDER HAAR SLUIER. ZE KNIJPT HARD IN GIJS'
HAND.**

PASTOOR

Wat is hierop uw antwoord?

**ROOS HART SLAAT OP HOL. FLITSEN VAN HOOGTE-
PUNTEN UIT ROOS' LEVEN SCHIETEN VOORBIJ. HAAR
LIEFDE VOOR ARNIE, HAAR WANHOOP ALS ZE HOORT DAT
HIJ IS VERONGELUKT. HAAR VRIENDSCHAP MET ANITA,
HAAR LIEFDE VOOR GIJS. DAN VALT AL HET GELUID
WEG. HET BEELD WORDT ZWART. ROOS VALT NEER OP
DE GROND VOOR HET ALTAAR EN BLIJFT BEWEGINGLOOS
LIGGEN.**

Iedereen is stil. Iedereen blijft stil. Rogier zet de televisie uit. Kris
staart naar het zwarte scherm. Céline pakt haar hand.
'Dit is geen leuke cliff,' zegt Gerard.
'Dit is de stomste cliff aller tijden,' zegt Bart.
'Ze is toch niet echt dood?' Kris vraagt het met benepen stem. Ze
weet het antwoord eigenlijk al. Ze springt op. Plotseling woedend.
'Waarom kan het nooit eens goed aflopen? Waarom moet alles al-
tijd kut eindigen?'
Stilte. Iedereen is aangeslagen. Door de beelden op tv. Door de uit-
val van Kris. Niemand weet wat hij moet zeggen. Kris loopt naar
haar kamer. Ze hoort Céline nog bezwerend zeggen:
'Laat haar maar even, Rogier.'
In haar kamer gaat ze op haar bed liggen. Geen verwachtingen.

Ammehoela. Iedereen heeft verwachtingen. Iedereen heeft dromen. Roos had dromen. Van Arnie. Die doodging. Van Gijs. Maar op het moment suprême valt ze neer. Dood. Is dat het leven? Is dat waarom we hier zijn? Om te hopen, op te krabbelen, weer te hopen en weer teleurgesteld te worden? Wat leren we daarvan? Wat heeft het in godsnaam voor zin?

Pling pling.

Kris aarzelt. Heeft even geen zin om te dromen. Is bezig met de realiteit. Maar dan kan ze haar nieuwsgierigheid niet bedwingen en loopt naar de computer.

> **Frank zegt:** dat was heftig. Hoop dat je je morgen door me laat troosten. Ik zal van je dromen. Voor de laatste keer. Morgen ben je bij me.

Elke vezel in haar lijf voelt dat ze getroost wil worden. En dan doet ze wat ze tot nu toe voor iedereen verborgen heeft gehouden. Ze print het adres van Frank uit. Ze heeft een paar weken geleden alle universiteiten in de omgeving van Den Haag gebeld, gedaan alsof ze uitgever was en geïnteresseerd in Franks scriptie. Ze vond de juiste universiteit die haar het adres gaf. Nu pakt ze het papier uit de printer, trekt haar jas aan en loopt zonder iets te zeggen door de volle huiskamer naar buiten.

Nummer drie. Ze kijkt op de print en ze kijkt naar het huisnummer. Een doodgewone nieuwbouwwoning in een buitenwijk van Den Haag. Niets romantisch of ridderachtigs aan. Tegenvaller. Niet door laten beïnvloeden. Nummer drie. Niet over nadenken. Gewoon doen. En ze drukt met haar vinger op de bel. Bij nummer drie.

Het duurt lang. Te lang. Ze drukt nog een keer op de bel. Dan hoort ze voetstappen. Haar hart bonkt net zo snel als dat van Roos. Er klinkt gemorrel aan de deur. Dan gaat de deur open. Het bekende gezicht van de foto. Frank. Hij kijkt verrast. Maar niet overdonderd.

'Sofie.'

'Kris.'

Hij glimlacht. En doet een stap naar voren. Hij komt ongeveer tot aan haar kin. Zal niet langer dan een meter zestig zijn. Kris glimlacht, maar de sprankeling ontbreekt. Haar gevoel, dat zo tot een climax was opgebouwd. ontbreekt. Waar is de magie?

'Je hebt me gevonden.'

Kris kan alleen maar knikken.

'Dat was niet de bedoeling, jonkvrouw.'

Hij lacht zo lief naar haar. Kris dwingt zichzelf om het een kans te geven. Te hoge verwachtingen. Grote teleurstelling. Niet leven in een droom. Leef in de realiteit.

'Sorry,' zegt ze.

Hij lacht. En spreidt zijn armen. Doen, Kris. Gewoon doen. Kris laat zich door hem omhelzen.

'Kom…'

Hij gebaart haar binnen te komen. Kris volgt hem. De trap op. Een witte, steriele trap. En nog een. En nog een. Ze voelt de onaangename spanning die tussen hen in hangt. Hoopt dat die verdwijnt. Hoopt dat de intimiteit van hun chatsessies terug zal keren. Hij opent de deur van zijn appartement. Het is er donker. Er branden talloze kaarsen. Kris' ogen moeten wennen aan de duisternis.

'Ben je net thuis?'

'Waarom vraag je dat?'

'Het is hier zo donker.'

Hij lacht. De lach van de foto. Maar hij geeft geen gevoel van herkenning. Eerder een gevoel van: wie ben jij?

'Ik ben een ridder. In de middeleeuwen bestonden er geen gloeilampen.'

Kris glimlacht, hoewel ze op dit moment het liefst de deur uit zou willen rennen, in haar auto zou willen stappen en wegrijden. Heel ver weg van hier. Maar dat kan niet. Ze is hier en ze weet dat wat ze voelde echt was. Dat gevoel moet ze terug proberen te krijgen. Ze kijkt om zich heen. Het appartement kan niet langer dan twee jaar oud zijn, maar de muren zijn ruw, alsof ze met de hand gemetseld zijn. Er is geen lamp te bekennen. Overal staan en hangen stompkaarsen, waarvan het kaarsvet druipend en knetterend op de grond valt.

'Kan ik je een glas wijn aanbieden?'

'Graag.'

En dat ziet ze het pas. Frank heeft een soort lange, beige onderbroek aan. Een verschoten geelachtig hemd. In de hoek van de kamer hangt zijn harnas. En een lans. Overal foto's van een ridder op een paard (Frank?) in harnas, met een lans stekend naar de vijand. Foto's van kastelen. Schilderijen van veldslagen. Koperen potten aan de muur. Overal gedroogde rozen. Aan de muur, op de vensterbank, op de grond. Op de verschoten houten tafel een tinnen kroes. Een zelfde tinnen kroes die hij haar nu voorhoudt. Hij is gek.

'Proost. Op ons.'

'Op onze date.'

'Ik kan het nu wel verklappen. We gaan naar Ierland. Naar het grootste ridderfestijn ooit gehouden in Europa. Drie dagen leven zoals ze in de middeleeuwen leefden. Is dat niet fantastisch?'

Frank, ridder Frank, houdt haar zijn kroes voor en wil met haar proosten. Ze voelt zich misselijk worden.

'Sorry. Mag ik even… Waar is het toilet?'

Hij wijst.

'Ik zal even licht voor je maken.'

En hij loopt voor haar uit naar het toilet en opent de moderne deur, die met plakplastic is verworden tot een toegang van een grot. Hij steekt de stompkaars aan die op de spoelbak staat en grijnst naar haar.

'Geen gat in de vloer, zoals vroeger. Sorry. Het blijft behelpen. '

Ze vlucht naar binnen. Weer overal gedroogde rozen. Ze trekt haar onderbroek naar beneden en wil gaan zitten om te plassen, maar ziet dan dat er een roos in de toiletpot ligt. Shit. Wat moet ze doen? Geheel oneerbiedig over de roos heen plassen en hem doortrekken, met het risico dat de pot verstopt raakt? Of de roos er met haar handen uit vissen (jakkie!), plassen en dan de roos weer terugleggen? Ze denkt aan Frank. Aan Frank die zo leuk leek, maar die de ridderfascinatie wel heel erg ver doorvoert in zijn leven. Te ver. En ze piest over de roos heen, trekt hem door, opent de wc-deur en maakt dat ze wegkomt. Dromen is okay. Maar leven in een droom is onrealistisch.

Om twaalf uur, op 31 december 2000 is ze dronken. Eigenlijk ladderzat. En vastberaden om nooit meer via datingsites haar geluk te zoeken. En Middeleeuwen-moe. En dolgelukkig met al haar vrienden om zich heen. Helemaal klaar voor de nieuwe eeuw. Ze telt luid schreeuwend met iedereen de laatste seconden weg van 2000. Op naar 2001. Een nieuw begin. Nieuwe kansen. En terwijl ze zich bij nul laat omhelzen door Céline, die verdorie bijna haar tong in haar mond steekt, vangt ze de blik op van Mick. Mick. Die een net zo dronken Annemarie om zijn hals heeft, maar naar haar lacht. Naar haar. Laat dat nieuwe jaar godverdomme maar komen. Kris is er helemaal klaar voor.

(Die nacht zoent ze per ongeluk met Bart, wiens sproetenkopje er vandoor is met een bloembollenboer, probeert ze te paaldansen met de standaard van een speaker en kan Rogier haar val net breken en laat ze Mick, die net zo dronken is, beloven dat hij haar anonieme zaaddonor zal zijn als ze op haar dertigste nog steeds niet aan de man is. Maar dat weet ze de volgende dag niet meer. En hij ook niet. Dus dat telt niet...)

Misschien willen we wel te veel.
Ik bedoel, niemand is perfect.

(Linda Dekker, 2001-2002)

AAN: ANJA MOBIEL
VAN: KRIS MOBIEL
Hoop dat je een goede vlucht terug hebt gehad. Ik
zie je over drie dagen. Probeer er wat vrije dagen
aan vast te plakken. Het is hier goddelijk! XXX

Kris bergt haar telefoon op en gaat weer met gesloten ogen liggen. het enige geluid dat ze hoort is het gekabbel van de zee tegen de rotsen en een enkele zeemeeuw. Er waait een zacht briesje en ze ruikt de typische franse geur van de saucisson sec die ze op de boerenmarkt in Gogolin heeft gekocht. Hoogseizoen aan de Cote d'Azur is vreselijk, maar de lente is goddelijk. Ze neemt zich voor iets voor Anja te kopen, omdat ze heeft geregeld dat Kris mee kon vliegen naar Cannes. Ze zijn een paar dagen samen geweest, maar vanochtend is Anja vertrokken. Ze moest weer werken. Over drie dagen komt ze Kris weer ophalen. Kris heeft een scooter gehuurd en is langs de kustlijn gaan rijden. Ze heeft koffie gedronken in het haventje van Port Grimaud, ze heeft een schoftig dure bikini gekocht op de flaneerboulevard van Saint Tropez en nu ligt ze op een rots bij Cap Camarat. Ze heeft net een duik genomen in ze Middellandse Zee die, anders dan in de zomer, nog heerlijk fris is. Stom dat ze haar snorkel niet heeft meegenomen. Het water is hier zo helder. Ze laat zich door de zon opdrogen en voelt hoe haar hele lichaam zich door de weldadige warmte ontspant. Dat had ze ook wel nodig. Ze heeft de afgelopen zes maanden keihard gewerkt. Omdat de limoservice nog niet zo goed loopt als ze had gehoopt, moest ze haar baan als hostess aanhouden om het financieel allemaal rond te kunnen breien. Het geld dat Rogier heeft geïnvesteerd is opgegaan aan reclame en onderhoud van de auto, die toch wel erg krakkemikkig bleek te zijn, maar ze heeft zichzelf een jaar gegeven om het bedrijfje rendabel te maken. Ze weet zeker dat het haar gaat lukken. Maar nu even niet aan denken. Nu even genieten van de vrije dagen, de zon, de heerlijke rosé uit de Provence en plateaux fruits de mer, die ze elke avond op een van de charmante terrassen in de buurt bestelt. In de verte klinkt een motor. Vast een bootje. Het geluid komt steeds dichterbij. Nieuwsgierig komt Kris overeind en zet haar zonnebril op. Een prachtig zeiljacht, met beschaafde afmetingen gaat voor anker in de kleine baai waar Kris ligt te zonnen. Haar blik kruist die van de man die achter het roer staat. Typische Fransman, voor zover ze dat van deze afstand kan zien. Gedrongen, maar goed onderhouden lichaam. Bronskleurige teint. Een smetteloze witte bermuda en ze durft er haar Rolls om te verwedden dat hij donkerblauwe bootschoenen aan heeft. Hij ziet dat ze naar hem kijkt. En zwaait naar haar. Glimlachend zwaait ze terug. En gaat weer liggen.

Toch ligt ze niet meer zo ontspannen als een paar minuten geleden. De aanwezigheid van de man met zijn boot maakt haar onrustig. Ze kijkt op het horloge, dat ze in haar strandtas heeft gedaan. Drie uur. Ze moet zo weg. De scooter moet om 5 uur terug zijn bij het verhuurbedrijf en Kris schat in dat ze zeker anderhalf uur over de terugreis zal doen. Haar billen worden ook een beetje gevoelig van dat liggen op die harde rots. Kris komt weer overeind. Ze is bezweet. De druppeltjes glijden langs haar lichaam naar beneden. Ze heeft vreselijk veel zin in een laatste duik in de zee, voordat ze weer op de scooter stapt. Net op dat moment duikt de man van de boot af, het kristalheldere water in. Kris aarzelt. Ze is hier helemaal alleen. Misschien is het wel een engerd. Kan ze niet beter wegrijden en elders nog even gaan zwemmen? Maar als ze ziet dat de man van de kust af zwemt en duikbril opzet, is ze gerust: hij is er om vissen te bekijken, niet om eenzame vrouwen te belagen. Voorzichtig klimt Kris over de gladde rotsen naar de meest geschikte plek om de zee in te gaan.

Plons. Kris komt boven water en strijkt de lange slierten nat haar uit haar gezicht. Céline zal wel woest zijn als ze er achter komt dat Kris haar haren helemaal niet tegen de zon en de zee heeft beschermd, waardoor de zorgvuldige coupe soleil die Céline bij haar heeft aangebracht, nu is veranderd in een dikke bos stug, bleekblond haar. Ze zwemt een paar slagen en kan zich dan toch niet bedwingen om even in de richting van de man te kijken. Hij snorkelt. Prima.

Kris zwemt in de richting van een rotspartij, die een paar meter uit de kust boven het water uitsteekt. Als ze een zeemeermin was, zou ze die rots uitkiezen om een paar uur per dag te genieten van de mooie wereld boven water. Ze giechelt als ze aan zichzelf denkt met zeemeerminnenstaart en herinnert zich dat ze vroeger met Céline in het zwembad altijd speelde dat ze zeemeerminnen waren. Haar vader speelde dan de koning Neptunus.

Kris is nu bijna bij de rotspartij en voelt onder water al de stenen onder haar voeten. Behoedzaam schuifelt ze stapje voor stapje verder, zich aan de glibberige stenen vasthoudend met haar handen, terwijl ze met haar voeten voorzichtig de stenen onder water aftast. Ze heeft geen waterschoenen aan en de stenen kunnen verraderlijk scherp zijn. Au! Ze zet haar voet op een scherpe punt, verliest haar evenwicht en valt. Ze gilt. Een stekende pijn in haar billen. Wat is dit? Als het maar niet zo'n vis is, die steekt. Of een kwal. Nee, zo voelt het niet. Het voelt alsof... Heel voorzichtig komt ze overeind, bang om weer uit te glijden. Ze ziet dat de man zijn duikbril op zijn voorhoofd zet en naar haar kijkt. Hij heeft haar natuurlijk horen gillen.

'Ça va?'

Dat is dan wel weer aardig.

'Oui. Oui, ça va,' roept ze terug.

Maar het gaat helemaal niet. Als Kris weer stevig op haar benen staat en haar hoofd bijna verdraait om te kijken wat er zo'n pijn doet, schrikt ze zich wild als er een megagrote, zwarte zee-egel in haar kont vastgeprikt zit. Dwars door haar nieuwe bikini heen, waar al talloze bloedvlekjes op zichtbaar worden. Niet in paniek raken nu. Niet kijken naar de man, die zoals ze vanuit haar ooghoek ziet, toch haar kant op begint te zwemmen. Heldhaftig zijn, laat zien hoe stoer je bent. Ze pakt de egel aan een grote stekel, die niet in haar bil zit, beet en geeft er een korte, stevige ruk aan. Au! Bedremmeld kijkt ze naar het beest dat ze in haar hand heeft. Een halve zee-egel. Een zee-egel met maar een paar stekels. Alle andere stekels zitten nog in haar billen. Verdomme, verdomme, verdomme. Ze vecht tegen de tranen van pijn en boosheid. Waarom heeft zij dit weer?

'Oh lala, pas bien ça.'

'Nee, dat is inderdaad niet bien,' snauwt Kris tegen de man die nu vlak naast haar in het water staat. Ze draait zich van hem af, zodat hij haar billen niet kan zien. En zodat zij zijn lach wél kan zien, die een stel stralend witte (die moeten gebleekt zijn) kaarsrecht naast elkaar staande tanden ontbloot.

'Ah, een Nederlandse. Mooiste vrouwen van de wereld.' Hij zegt het met een zwaar (en Kris moet toegeven erg charmant) Frans accent. Ze kijkt naar hem. Zijn bruine gezicht met donkerbruine, bijna zwarte ogen, omlijst door vrolijke lachrimpeltjes. Zijn markante neus. Zijn volle lippen, een tikkeltje uitgedroogd door de zon. Sproetjes rond zijn neus. Ze schat dat hij rond de veertig moet zijn en is tot haar ergernis licht teleurgesteld. Veertig vindt ze echt te oud.

'Blijf hier wachten. Ik haal de boot.'

Pardon? Wat is hij van plan?

'Dat hoeft niet. Ik zwem gewoon terug naar mijn spullen.' Ze wijst naar haar spullen. 'En dan ga ik even langs een dokter, denk ik.'

Ze zet een stoer bedoelde lach op, maar de gedachte aan het zwemmen met die stekels in haar bil maakt haar bijna aan het huilen. De man kijkt haar aan. Pedant.

'Denk je dat je scooter kunt rijden met dát?' Hij wijst onbeschaamd op haar achterwerk. Snel werpt Kris een blik op de kustlijn. Vanaf deze plek is haar scooter helemaal niet te zien.

'Hoe weet je dat ik op een scooter ben?'

'Ik zat naast je op het terras in Port Grimaud. Toen je boos was dat de koffie zo duur was en je niet begreep waarom je scooter wel startte, maar niet weg reed.'

Hm. Dat was niet zo'n slimme actie. Ze was het slot vergeten van het wiel af te halen en kwam daar pas na een kwartier proberen weg te rijden achter. De man steekt zijn hand naar haar uit.

'Ik ben Jean Marc. Ik ben geen seriemoordenaar, geen verkrachter en geen hitsige Fransoos.'

Onwillekeurig moet Kris lachen. Hij ziet er wel uit als een hitsige Fransoos.

'Ik ga je helpen, goed?'

'Hoe dan?' Kris vraagt het vertwijfeld.

'Ik vaar mijn boot hier naar toe. Ik heb een EHBO-setje aan boord. Met een pincet en ontsmettingsmiddel. Goed?'

Kris beseft dat ze geen andere keuze heeft. Die stekels moeten eruit en een pincet is wat ze daarbij nodig heeft. Ze steekt dus haar hand uit en schudt die van Jean Marc.

'Kris. Die vandaag grossiert in domme acties.'

Hij lacht, zet zijn duikbril op en duikt het water in.

'Zo terug,' roept hij haar toe, terwijl hij met ferme slagen naar zijn boot zwemt.

Kris laat zich door hem aan boord trekken. De boot is ruim, luxueus en ziet er fonkelnieuw uit. Jean Marc legt een dikke handdoek op de witte leren bank en pakt het EHBO-trommeltje uit een kastje onder het stuur.

'Hier. Kom maar liggen.'

Ja dag. Dit klusje gaat ze lekker zelf doen. Ze gaat geen wildvreemde vent stekels uit haar kont laten trekken. Ze kijkt om zich heen. Is er een plek waar ze het kan doen, zonder dat hij haar ziet?

'Als je het liever zelf wilt doen… Beneden hangt een spiegel.'

Hij laat haar het trapje zien, dat ze afdaalt, terwijl ze de pijnscheuten die dit in haar billen veroorzaakt probeert te negeren. Ze betreedt een grote, ruime kamer. Overal hangen kunstwerken en er staat een grote eettafel. Wat moet het geweldig zijn om een boot als deze te hebben. Met vrienden de wereldzeeën bevaren. Eten koken in deze geweldige keuken met uitzicht op de zee. Van de zon genieten op het dek. De mooiste baaitjes uitzoeken en 's avonds van de zonsondergang genieten met een koud glas rosé. Nieuwsgierig snuffelt ze rond, met het perfecte excuus dat ze op zoek is naar een spiegel. Ze opent een deur. De slaapkamer. Wow. Een kingsize tweepersoonsbed, met een klamboe eromheen, zijden lakens. Een groot ligbad dat aan het voeteneinde staat. Kun je zo vanuit je bed het bad instappen, wat decadent! Ze ziet overal kaarsen staan, natuurlijk, het blijft een Fransman en met een boot als deze zal hij ongetwijfeld veel meisjes zijn slaapkamer in kunnen sleuren. Dan ziet ze de spiegel. Strategisch opgesteld naast het bed. Zodat je jezelf kunt zien als je aan het vrijen bent. Dat lijkt haar best vreemd. En best opwindend. Ze schudt de gedachte van zich af en loopt naar de spiegel. Ze bekijkt haar achterwerk. Ziet er echt niet best uit. Dat bikinibroekje kan ze weggooien. Maar eerst moet het uit. Ze werpt een blik over haar schouder om te zien of Jean Marc haar niet begluurt en trekt dan met een van pijn vertrokken gezicht haar bikinibroekje uit. Ze pakt het pincet uit de zeer goed geoutilleerde medicijndoos en zet haar tanden op elkaar. Ze moet zich in een ingewikkelde bocht wringen om erbij te komen. De stekels zitten bovendien best diep in haar billen. En het zijn er minstens dertig. Ze verrekt haar schouder door de onmogelijke houding die ze aan heeft genomen en moet dan aan zichzelf bekennen dat dit niet gaat lukken. Maar wat dan? Ze kan geen kant op met die dingen in haar kont en ze moeten er ook niet te lang meer in blijven zitten, want de wondjes beginnen te kloppen. Ze heeft geen zin om ook nog allemaal ontstekingen te krijgen. Ze haalt diep adem. Er zit niets anders op dan in te gaan op Jean Marcs aanbod haar te helpen. Wat maakt het ook uit? Ze ziet hem toch nooit meer. En ze loopt het trapje op naar het dek, waar Jean Marc een fles wijn ontkurkt en een bord met allerlei hapjes klaar heeft gezet in de schaduw van een wit doek dat hij over de boot heen heeft gespannen. Kris voelt zich vreselijk naakt en absoluut onaantrekkelijk als ze met haar onderlijf geheel bloot het dek opstapt.

'Wil je me toch even helpen?'

Gelukkig doet Jean Marc alsof het de normaalste zaak van de wereld is om stekels uit de billen van een wildvreemde vrouw te peuteren en neemt het pincet van haar over.

'Ga maar liggen.'

Gegeneerd gaat Kris op haar buik op de bank liggen. Jean Marc zet een glas rosé voor haar neer en de schaal met hapjes (olijven, knoflookworstjes, stukjes gemarineerde inktvis, cashewnoten) binnen handbereik.

Om de aandacht van haar billen af te leiden neemt Kris een grote slok van de heerlijke wijn en vraagt dan: 'Hoe komt het dat je zo goed Nederlands spreekt?'

'Mijn moeder was Nederlandse. Maar sinds haar dood, nu tien jaar geleden, heb ik het eigenlijk nauwelijks nog gesproken.'

'Heb je ook in Nederland gewoond?'

'Nee. Mijn vader vond het er te koud en het eten vies.'

Kris glimlacht. Daar kon ze zich wel iets bij voorstellen. Als je woont in een omgeving als deze, gewend bent aan de Franse keuken…

'Au!'

'Je m'excuse. Dat was nummer één. '

'Hoeveel nog te gaan?'

'Laat ik dat maar niet zeggen.'

Kris voelt zijn warme handen op haar blote billen. Zijn adem tegen haar rug. Wat een absurde situatie. Dat had ze vanmorgen ook niet kunnen bedenken. Shit! Opeens denkt ze aan de scooter die terugmoet. Als ze te laat is, moet ze een hele dag extra betalen.

'Hoe lang is het rijden van hier naar Cannes?'

'Dat hangt er vanaf. Zeker een uur.'

Kris baalt. Dat gaat ze dus nooit redden.

'Waarom wil je dat weten?'

'Ik moet mijn scooter om 5 uur terugbrengen, anders moet ik bijbetalen.'

'Waar heb je hem gehuurd?'

'Eh… Op de boulevard. Bij mijn hotel. Rood uithangbord. Ze hebben er ook alleen maar rode scooters.'

'Pierre. Blijf liggen.'

Terwijl ze nog een slok neemt, ziet ze hoe Jean Marc zijn telefoon pakt en een nummer toetst. Het is echt een mooie man om te zien. Oud, maar knap. In rap Frans (wat is dat toch een sexy taal) praat Jean Marc enkele minuten in de telefoon en klapt hem dan dicht.

'Geregeld. Je mag hem morgen terugbrengen zonder bij te betalen.'

'Echt? Wat fijn! Dank je wel.'

Dat is een hele zorg minder. Ze kan het zich echt niet permitteren om nog veel meer geld uit te geven dan ze al gedaan heeft. En alles is hier zo vreselijk duur. Wat lief dat hij dat meteen regelt. Hoe feministisch ze ook is, ze vindt het heerlijk om zich af en toe een echt meisje te voelen. Een meisje waar voor gezorgd wordt. Door een man die weet wat hij doet. Ze neemt nog een slok wijn en legt dan haar hoofd neer op de handdoek. Ze sluit haar ogen, terwijl Jean Marc zijn werkje hervat. Ze zeggen allebei een hele tijd niets. Kris raakt gewend aan het gevoel van de stekels die vakkundig door Jean Marc uit haar billen worden getrokken. Aan het met alcohol doordrenkte watje waarmee hij na elke verwijderde stekel het wondje dept. Aan zijn zachte handen, die hij op haar billen legt om tegendruk te geven, waardoor hij de stekels makkelijk met het pincet kan pakken. Aan zijn zachte geneurie, het tikkende geluid van de zeilen tegen de mast. Ze is rozig door de wijn en de zee en de zon en…

'Kris? Kris?'
Ze wordt langzaam wakker. Ze voelt hoe Jean Marc haar zacht over haar armen kriebelt om haar zachtjes wakker te maken. Mmm… Wat een zalig gevoel. Even komt ze in de verleiding om zich slapende te houden, maar zodra ze zich ten volle realiseert dat ze zich door een wildvreemde man op een boot op zee laat liefkozen, doet haar overeind schieten. Ze ligt onder een dun, satijnen laken, dat hij over haar heen gelegd moet hebben toen ze in slaap was gevallen. Dankbaar dat ze zich niet weer in al haar naaktheid aan hem moet vertonen slaat ze het laken verder om zich heen.
'Klaar. Alle stekels zijn eruit.'
'Ik eh… Dank je wel. Ik was in slaap gevallen.'
'Dat is het leven hier. Wij houden altijd een siësta. Ik heb ook even gerust.'
'Hoe laat is het?'
Terwijl ze het vraagt hoort ze haar maag knorren. Ze heeft sinds haar ontbijt niets meer gegeten.
'Half acht.'
'Zo laat?'
Jean Marc knikt glimlachend.
'Had ik je wakker moeten maken? Heb je een afspraak?'
Kris schudt haar hoofd.

'Mag ik je dan vragen om me deze avond gezelschap te houden?'
Dat accent... Die lachrimpeltjes... De herinnering aan het gekriebel in haar nek. Op een prachtige boot in de Middellandse Zee,
met de leukste Fransman die ze ooit heeft ontmoet... Ze heeft
niets te doen, hoeft aan niemand verantwoording af te leggen.
Waarom niet?
'Dat lijkt me leuk,' zegt ze met een stralende glimlach. Zonder iets
te zeggen staat hij op en pakt zijn telefoon weer. Het enige dat Kris
uit het gesprek kan opmaken is dat hij ene Marie Louise opbelt en
het over Saint Tropez heeft.
God, hij is natuurlijk getrouwd. Hij belt nu gewoon met zijn
vrouw om te zeggen dat hij wat later komt. Terwijl hij door telefoneert, loopt hij naar het ruim. Kris bedenkt hoe ze zal zeggen dat
ze toch niet mee wil en overweegt zelfs om het water in te springen
en naar de kant te zwemmen, waar haar spullen nog liggen. Dan
komt hij weer boven. Hij heeft zijn gesprek beëindigd en geeft haar
een wikkeljurk in een prachtige kleur blauw.
'Dat zit vast wat comfortabeler dan een laken. '
'Is hij van je vrouw? Van Marie Louise?'
Kris flapt het eruit voordat ze er erg in heeft. Jean Marc kijkt haar
even onthutst aan en begint dan te lachen.
'Ma chère Kris, Marie Louise is mijn tante, die een restaurant heeft
in Saint Trop', waar we zo ons diner gaan ophalen.'
Oh. Nou... Dat kon ze toch ook niet weten? Ze kijkt naar de jurk
in haar handen.
'En die is van mijn dochter Lila,' leest hij haar gedachten.
Dus wel getrouwd met kinderen.
'Haar moeder en ik zijn al zeven jaar uit elkaar.'
Bedremmeld kijkt Kris naar hem op. Hij lacht om haar beteuterde
gezicht.
'Je bent grappig. En niet zo'n goede speurneus.'
Hij trekt zijn flippers aan en zet zijn zwembril weer op. Dan klimt
hij op de rand van de boot.
'Wat ga je doen?'
'Je spullen halen. Naturellement.'
Als ze de haven van Saint Tropez invaren en Jean Marc door alle
havenmeesters en booteigenaren vol respect wordt begroet, als Kris

kijkt naar de jurk die ze aan heeft (die bij nadere inspectie van Chanel bleek te zijn), als er een ober op de kade staat te wachten, die Jean Marc een compleet diner voor twee personen overhandigd en hem de groeten van zijn tante doet, als Kris de jaloerse blikken opmerkt die de voorbijlopende toeristen haar toewerpen, als Jean Marc haar bedankt voor haar gezelschap en haar belooft dat hij haar een onvergetelijke avond gaat bezorgen... Op al die momenten voelt Kris zich op en top vrouw. Begeerd en begeerlijk. En dat gevoel wordt alleen maar sterker naarmate de avond vordert.

Ze zeilen langs de kustlijn en Kris staat achter het roer, haar wapperende blonde haren in de wind en een glas rosé binnen handbereik. Jean Marc zit op de punt van de boot, zijn ogen gesloten, van de zon te genieten. Af ent toe kijkt hij achterom. Naar haar. Soms lief. Soms bevreemdend intiem. Soms geamuseerd. En soms ronduit uitdagend.

Jean Marc wijst haar op de villa's, die alleen maar vanaf het water te zien zijn. Daar woont Brigitte Bardot. Daar is het vakantiehuis van Jacques Chirac. In dat huis woonde Catherine Deneuve en er gaan geruchten dat die zwaar beveiligde villa met privéstrand momenteel gehuurd wordt door Jack Nicholson.

'En dat is mijn huis.'

Kris kijkt naar het idyllische houten strandhuis, gelegen onder palmbomen, het zwembad met buitenbar nog net te zien en ze kijkt Jean Marc ietwat ongelovig aan. Aan zijn blik kan ze echter aflezen dat hij geen geintje maakt. Poeh.

Jean Marc neemt het roer over en laat de zeilen vieren als ze op de plek van bestemming aankomen. Een inham tussen twee rotsen die ver in zee doorlopen. Een klein ovaalvormig, verlaten strandje. Hier kun je duidelijk alleen met een boot komen. Kris valt stil, diep onder de indruk van de overweldigende natuur. De wijngaarden tot aan de horizon, de rotspartijen die steil in zee duiken, de palmbomen, de olijfbomen.

'Een mooie plek om te dineren.'

Kris kan alleen maar knikken.

De pastis met foie de canard op toast.
De bouillabaisse.
De daube de boeuf avec ratatouille.
De tarte tatin.

Kris stopt het laatste stukje tarte tatin in haar mond en volledig verzadigd staart ze naar de kustlijn, die in al zijn schakeringen roze is gekleurd door de zon die aan het ondergaan is.
'Mooi?'
Jean Marc zit naast haar en legt een hand op haar been. Kris legt haar hand op die van hem, ze voelt zich volledig vrij, volledig los van haar wereld.
'Ongelooflijk.'
Ze kijkt hem aan, met rode wangen van de zon en de wijn. Hij slaat zijn arm om haar heen. Kris weet wat er komen gaat. Het hangt al de hele dag in de lucht.

Hij beweegt zijn hoofd dichter naar dat van haar, maar kust haar niet, zoals ze verwacht, zoals ze hoopt, op haar mond. Hij begraaft zijn hoofd in haar nek, onder haar haren en terwijl hij met zijn hand weer in haar nek begint te kriebelen, precies zoals een paar uur daarvoor, laat hij zijn lippen langs haar hals glijden. Heel zacht. Dan wat harder. Soms bijt hij licht in haar vel, om meteen daarna zijn warme tong langs de plek te laten gaan. Kris wil zijn mond op de hare voelen, heeft een onstuitbare drang om hem te kussen, zijn licht naar wijn smakende tong tegen de hare te voelen. Maar hij doet het niet. Kris legt haar hand in zijn nek en streelt hem. Hij zakt af van haar hals naar haar decolleté, waar hij talloze kusjes achterlaat, terwijl zijn vingers over haar jurk via haar rug naar haar borsten bewegen. Ze voelt hoe haar tepels stijf worden. Met zijn vinger gaat hij langs de rand van de diep uitgesneden jurk. Haar hele lichaam reageert. Ze pakt zijn hand en wil hem op haar borst leggen, zo graag wil ze het, maar hij geeft tegendruk. Kijkt haar aan.
'Je mag stop zeggen.'
'Dat wil ik niet,' zegt ze schor.
'Dat hoopte ik al.' Hij lacht, zacht en opgewonden. 'Ma petite

Néerlandaise.'

Dan kust hij haar. Eindelijk. Zijn lippen zacht en vol en lichte druk uitoefenend op die van haar. Ze voelt hoe zijn tong eerst haar lippen verkent, voordat hij stukje bij beetje bij haar naar binnen glijdt. Verdomme, deze man weet wat hij doet. Ze zoenen. Ze zoenen eindeloos en ze voelt zijn handen overal, behalve op de plekken waar ze hem nu eigenlijk het liefste zou willen hebben. Maar dat weet hij en dat stelt hij uit. Tergend lang. En het is zo fijn om hier te zijn, zo fijn om te weten dat het nog lang niet ophoudt, zo fijn en makkelijk om zich volledig aan hem over te geven, dat Kris van elk moment, van elke seconde intens geniet.

Ze voelt hoe haar lippen opzwellen door zijn kussen, hoe haar huid bij elke aanraking van hem gevoeliger wordt, hoe haar hartslag versnelt en hoe onbedaarlijk sexy ze zich voelt.

Eindelijk beweegt zijn hand zich naar het schouderbandje van haar jurk en laat het over haar schouders glijden. Ze houdt haar adem in als zijn hand het bandje volgt en heel licht haar borst omvat. Heel even maar. Ze moet zich inhouden om hem niet te smeken om die jurk van haar af te stropen, maar net als ze zich niet langer denkt te kunnen beheersen, neemt hij haar tepel in zijn mond. Zijn tong gaat plagend langs die zo gevoelige plek. Zijn warme hand omvat nu haar hele borst en ze duwt haar lichaam tegen hem aan. Meer. Hij legt haar op haar rug neer op de bank. Zijn hand nog om haar borst, zijn andere hand die het andere schouderbandje naar beneden duwt. De zon gaat nu onder.

Ze trekt zijn gezicht naar zich toe, wil weer gekust worden, wil eeuwig door hem gekust worden. Hij blijft haar echter aankijken, zijn gezicht vlakbij het hare en trek dan de jurk in één soepele beweging van haar lichaam af.

Kris kijkt naar hem als hij zijn ogen over haar lichaam laat gaan. Over de harde tepels van haar kleine ronde borsten. Over haar gebruinde buik, over haar venusheuvel, waar een streepje schaamhaar te zien is. Haar lange, gewelfde benen. In zijn ogen ziet ze dat hij haar net zo mooi vindt als ze zich op dit moment voelt.

'Tu es tellement belle,' verzucht hij.

Eindelijk. Zijn handen op haar lijf. Zijn handen die niet lijken te weten wat ze het eerst moeten beroeren. Zijn vingers die heel zacht over haar tepels kietelen, waarna ze meteen een plagerige route naar de binnenkant van haar dijbenen afleggen. Ze trekt hem tegen zich aan. Wil hem voelen. Wil hem net zo veel genot schenken als hij haar geeft, maar wordt afgeleid door de overweldigende gevoelens van begeerte die hij in haar losmaakt. Zijn vingers langs haar schaamhaar. Naar beneden. Ze duwt haar heupen tegen zijn vingers aan. Kom. Je weet waar je zijn moet. En hij weet het. Hij beweegt zijn vinger heel langzaam. Ze voelt een siddering door haar lijf gaan als hij meteen het juiste plekje weet te vinden. Hij blijft haar aankijken, terwijl hij haar heel behoedzaam, maar heel doelgericht geeft waar ze zo naar verlangt. Ze kreunt. Ze kronkelt tegen zijn hand aan en laat hem voelen hoe ze het wil. Hij begrijpt haar zonder woorden, leest haar lichaam met zijn vingers en kust haar als ze haar hoogtepunt bereikt.

Ze voelt zich niet opgelaten. Of verlegen. Ze voelt geen enkele behoefte om haar blote lichaam te bedekken. Ze neemt de koffie aan die hij haar aanbiedt en knikt als hij vraagt of ze er een eau de vie bij wil hebben. Ze proosten, dicht tegen elkaar aan. Ze kussen en Kris huivert als hij een drupje eau de vie in haar navel schenkt en het oplikt. Ze wil hem. Ze kust hem. Haar hand sjort aan de riem van zijn bermuda. Haar mond beroert zijn oorlelletje als ze de broek van hem aftrekt. Ze voelt hoe stevig zijn billen zijn. Op zijn licht behaarde borstkas verschijnen wat zweetdruppeltjes. Langzaam laat ze haar hand naar beneden glijden. Ze glimlacht naar hem als ze voelt dat hij net zo opgewonden is als zij. Ze plaagt hem. Laat hem smachten. En pakt hem dan vast. Ze hoort hem diep zuchten. Trekt hem op zich. En leidt hem naar de plek. Terwijl hij in haar glijdt, pakt hij haar gezicht vast. Kijkt haar aan. En begint dan heel langzaam te bewegen. Ze voelen elkaar feilloos aan, alsof ze dit al honderden keren hebben gedaan. Hij weet precies wat ze nodig heeft en haar lichaam sluit volledig op het zijne aan. Laat dit voor altijd duren.
De drie dagen die volgen gaan als in een roes voorbij. Ze zeilen, ze eten in de meest exquise restaurants, ze zwemmen, ze liggen tot diep in de nacht op het privéstrandje bij zijn huis en ze vrijen. En

vrijen. En vrijen.

Een nieuwe wereld gaat voor Kris open. Een wereld waarin ze zich geen zorgen maakt over haar al dan niet te blubberige buikje, een wereld waarin ze zich niet schuldig, maar juist vrouwelijk voelt als de man voor haar betaalt, een wereld waarin zon, zee, wijn en seks de hoofdingrediënten zijn. Ze leert hoe ze kreeft moet eten, hoe ze in plaats van een mes een stuk stokbrood moet gebruiken, hoe ze een orgasme kan uitstellen en hoe heerlijk het is om in de volle zon een ijsblokje langs je tepels te laten glijden. Ze komt er achter dat Jean Marc niet alleen een bijna volwassen dochter heeft, maar ook een zoon van twintig. Dat hij zijn geld verdient met de verkoop van huizen aan de Cote d'Azur aan de rijken van deze wereld. Dat hij zesenveertig is en dat hij smoorverliefd is op haar. Kris.

Maar aan alles komt een einde. Ze moet terug naar Nederland. Terug naar haar echte leven. Ze krijgt alleen maar meer respect voor Jean Marc als hij haar niet tegen probeert te houden. Hij begrijpt het. Hij begrijpt haar. En laat haar beloven terug te komen naar hem. In de zomer. Als ze vakantie heeft. Ze nemen afscheid in de wetenschap dat ze elkaar heel snel terug gaan zien. Een laatste blik. Een laatste aanraking. Au revoir.

Het valt haar zwaarder dan ze had verwacht. De terugkeer naar haar leven. Ze moet keihard werken om haar maandelijkse lasten op te kunnen hoesten. Ze moet met pijn in haar hart toegeven dat de limoservice niet van de grond komt. Ze staat op beurzen met een beleefde glimlach zakenmannen te ontvangen, terwijl ze met haar hoofd in Zuid-Frankrijk is. Zuid-Frankrijk, waar Jean Marc op haar wacht. Haar een leven biedt zoals ze dat hier nooit zal krijgen. Ze hoeft alleen maar ja te zeggen.

Zelfs Goede Tijden, Slechte Tijden kan haar minder boeien dan vroeger. Ze baalt van het verhaal waarin Jef zich aangetrokken voelt tot Isabella, de vriendin van zijn stiefdochter Charlie. Ergert zich aan de manier waarop oudere mannen die vallen op jongere vrouwen worden neergezet als pedofielen.

JEF & BARBARA / WOONKAMER + KEUKEN + HAL

JEF KOMT UIT DE KEUKEN MET EEN FLES WIJN. HIJ
PEUTERT HET FOLIE ERAF.

                    JEF
        Ik wil nog wel een glaasje. Jij?

ISABELLA REAGEERT NIET. JEF ZIET DAT ZE OP DE
BANK IN SLAAP IS GEVALLEN. OP HAAR BUIK LIGT
EEN OPENGESLAGEN LEERBOEK. JEF KIJKT NAAR HAAR.
HIJ LOOPT NAAR HAAR TOE, ZET DE FLES NEER, GAAT
NAAST HAAR ZITTEN, PAKT HET BOEK EN LEGT HET OP
TAFEL.
ISABELLA BEWEEGT IN HAAR SLAAP, WAARDOOR HAAR
ARM OVER JEFS BENEN GLIJDT. JEF VOELT ZICH ONGE-
MAKKELIJK. HIJ KIJKT NAAR DE ARM EN WIL HEM WEG-
LEGGEN, MAAR HIJ KAN ZICH NIET BEHEERSEN EN HIJ
BEGINT DE ARM TE STRELEN.
JEF KIJKT VERTEDERD NAAR ISABELLA, TERWIJL HIJ
HAAR ARM BLIJFT STRELEN.
DAN OPENT ISABELLA HAAR OGEN. ZE KIJKT JEF AAN.
JEF SCHRIKT.

                    JEF
        Sorry.

ISABELLA GLIMLACHT LIEF NAAR HEM. JEF VOELT ZICH
HOOGST ONGEMAKKELIJK.

                    JEF
        Het komt door de wijn. En zo…

                  ISABELLA
        En zo?

ISABELLA KIJKT VERLEIDELIJK. JEF STAAT GEHAAST
OP.

Het zal niet meer gebeuren.

JEF HAAST ZICH NAAR BOVEN, TOT TELEURSTELLING VAN ISABELLA.

In de supermarkt in de rij voor de kassa: 'Wat een viespeuk, die Jef. Als het mijn dochter was, zou ik hem in elkaar meppen.'
In de wachtkamer bij de dokter: 'Wat moet dat jonge meissie met die ouwe vent? Zal wel op zoek zijn naar een vaderfiguur.'
In de trein, op weg naar Alkmaar: 'Als die twee een relatie met elkaar krijgen, haak ik definitief af. Ik word er onpasselijk van.'
Zelfs haar huisgenoten.
Gerard: 'Als ik Jef was, zou ik ook voor Isabella gaan in plaats van die suffe Barbara. Maar van haar begrijp ik het niet. Dat meisje kan elke vent krijgen die ze wil!'
Rogier: 'Beetje vergezocht, dit. Alsof zij op Jef zou vallen. Die krijgt z'n 65+ pas bijna.'
Bart: 'Oude snoeperd!'
Dan kijken ze allemaal naar haar, wachtend op een reactie, zoals ze dat gewend zijn. Pas als Kris zwijgt, realiseren ze zich dat Kris het zich persoonlijk aantrekt. En maken ze het alleen maar erger.
Gerard: 'Er is natuurlijk wel een verschil tussen oud en oud.'
Rogier: 'En jij bent zelf een stuk ouder dan die Isabella.'
Bart: 'Franse mannen schijnen tot op hoge leeftijd hele goede minnaars te zijn.'
Rogier: 'En anders stap je gewoon over naar zijn zoon!'
Hard gelach.
Kris vecht tegen haar tranen.

CATCH & MATCH / ALBERTS & ALBERTS

LAURA EN ISABELLA ZITTEN ACHTER HUN COMPUTER. LAURA STAAT OP.

LAURA

Als jij begint met het invoeren van de

namen, dan doe ik later de rest wel.

ISABELLA
Ga je weg?

LAURA
Ik heb een afspraak.

LAURA VERTREKT.
ZODRA ZE WEG IS, STAAT ISABELLA OP EN LOOPT NAAR JEF, DIE IN HET AANGRENZENDE KANTOOR ZIT TE WER- KEN.

ISABELLA
Laura is weg. Ze komt niet meer terug vandaag.

JEF
Oh.

ISABELLA LEUNT TEGEN JEFS BUREAU. VLAK VOOR HEM.

ISABELLA
Je hebt het verteld. Van ons.

JEF
Ja, sorry. Stom van me. Ik dacht dat ze het wist.

ISABELLA
Geeft niet.

JEF KIJKT ISABELLA AAN.

ISABELLA
Nu hoeven we tenminste niet meer stie- kem te doen.

ISABELLA KIJKT JEF AAN EN KNOOPT HAAR BLOESJE
LOS.
JEF KIJKT NAAR HAAR. HIJ IS OVERDONDERD.

                    JEF
        Wat doe je?

                  ISABELLA
        Iets dat we allebei willen.

ISABELLA TREKT HET BLOESJE OVER HAAR SCHOUDER EN
LAAT HET ZAKKEN. ZE BLIJFT JEF AANKIJKEN. HET
BLOESJE VALT OP DE GROND. ISABELLA STEEKT HAAR
HAND UIT NAAR JEF. JEF AARZELT, MAAR PAKT DAN
HAAR HAND.

                    JEF
        Isabella…

                  ISABELLA
        Ja?

JEF KIJKT HAAR AAN.
ISABELLA BRENGT HAAR GEZICHT DICHT BIJ DAT VAN
JEF. JEF HEEFT HET MOEILIJK.

                  ISABELLA
        (ZACHT)
        Zeg het dan….

JEF TREKT ISABELLA NAAR ZICH TOE EN KUST HAAR.
ISABELLA GAAT OP JEFS SCHOOT ZITTEN. TERWIJL ZE
HEM BLIJFT KUSSEN, MAAKT ZE EEN PAAR KNOPEN VAN
ZIJN OVERHEMD OPEN.

                    JEF
        Dit kan niet.

ISABELLA LUISTERT NIET EN TREKT ZIJN OVERHEMD
UIT ZIJN BROEK. JEF DUWT HAAR MET ZACHTE HAND
VAN ZIJN SCHOOT AF.

JEF

We moeten hiermee ophouden.

JEF IS VASTBERADEN.

Bart: 'He hè, eindelijk verstandig!'
Gerard: 'Wijsheid komt met de jaren.'
Rogier: 'Jongens...'
Rogier kijkt verontschuldigend naar Kris. Kris zwijgt, staat op en
beent de kamer uit.

'Maar ben je verliefd, Kris?'
Kris hoort dat Céline aan de andere kant van de telefoonlijn een
sigaret opsteekt en op de bank ploft. Ze denkt na over de vraag. Is
ze verliefd?
'Ja. Daar was ik dat zeker. Maar nu... Hier... Alles lijkt anders.
Alsof het een hele mooie droom was. Snap je?'
'Ik denk het. Jullie zijn natuurlijk ook maar drie dagen samen ge-
weest.'
'Als je het weet, dan weet je het. Ook al na drie dagen.'
'Maar je weet het niet. '
Kris schudt haar hoofd. Ze weet het niet.
'Als ik nu zie hoe iedereen reageert op Jef en Isabella... Zo zullen
ze ook over mij en Jean Marc praten. '
'Als dat het enige is waar je je zorgen over maakt, wat anderen
van jullie denken, dan zeg ik: veeg je reet af met de meningen van
anderen en ga een paar weken naar hem toe. Gewoon, om elkaar
beter te leren kennen. '
Kris denkt hier over na. Ze denkt hier al weken over na. Jean Marc
belt elke dag en vraagt elke dag opnieuw wanneer ze komt. Hij
kan vanwege zijn werk niet naar haar toekomen, althans voorlopig
niet. En hij mist haar. En zij hem. En alles er omheen. Ze komt er
niet uit. Als hij niet dat waanzinnige huis zou hebben, als hij niet

elke avond in een ander restaurant kon eten, als hij niet zijn boot en zijn cabrio en zijn zwembad in de tuin had… Zou ze dan ook zo verliefd op hem zijn?

'Kris?'

'Ja, ik ben er nog.'

'Ik hak de knoop door. We voeren nu al weken elke dag hetzelfde gesprek en ik kan niets anders bedenken dan: neem vrij, koop een ticket en ga het onderzoeken.'

'Ik heb er geen geld voor.'

'Hij heeft geld zat.'

'Ik wil niet op zijn zak teren.'

'Dan blijf je lekker hier zitten mokken tot hij genoeg heeft van je twijfel en de handdoek in de ring gooit.'

Kris glimlacht. Céline weet haar altijd weer op het goede spoor te brengen.

'Je hebt niets te verliezen. En een heleboel te winnen. Go for it.'

Drie dagen later kijkt ze uit haar vliegtuigraampje naar de kustlijn, waar bootjes varen en de zon schijnt op alles badgasten, die verkoeling zoeken in het water. Ze ziet Cannes al liggen. De daling is ingezet. Daar, in dat gebouw, staat Jean Marc op haar te wachten. Ze is bloednerveus. Bang dat het tegen zal vallen. Bang dat hij haar niet meer leuk vindt. Of zij hem. Maar ze denkt aan de woorden van Céline: 'Je hebt niets te verliezen.' En dat is zo.

De deuren gaan zoevend open. Kris strijkt haar nieuwe jurkje (H&M, maar het ziet er veel chiquer uit) glad en duwt haar bagagekar door de uitgang. Kijkt om zich heen. Daar staat hij. Hij lacht naar haar en spreidt zijn armen. Ze laat de kar voor wat hij is en rent naar hem toe. Als ze zijn armen om zich heen voelt, weet ze dat ze geen spijt zal krijgen van haar beslissing.

'Bonjour, ma petite Néerlandaise…'

Uw blanke hals als van een zwaan zo rank,
met u wil ik samen zijn, op een parkbank.

(Govert Harmsen, 2002-2003)

'Dit is echt het toppunt van decadentie.'

'Wat?' Kris zegt het met ingehouden lach, omdat ze dondersgoed weet waar Céline het over heeft.

'Dit.'

Céline gebaart om zich heen. Kris probeert het huis, waar zij al zo aan gewend is geraakt, door de ogen van Céline te zien. De serre, waar ze zitten op comfortabele loungebanken, is aan twee kanten volledig open en geeft uitzicht op de zee, het privéstrand en het zwembad, waarin Kris' ouders op luchtbedden liggen te dobberen. De palmbomen wuiven zachtjes heen en weer in het verkoelende briesje, dat een verademing is na de hittegolf van de afgelopen weken. Op een zonnebed aan de rand van het zwembad, in de schaduw van een rieten parasol, ligt oma een middagdutje te doen. Heel in de verte ziet Kris het felgekleurde zeil van Martijns surfplank over de witgekopte golven heen racen.

De rest van het huis doet niet onder voor de luxueuze omgeving. De zeven slaapkamers, die allemaal een eigen badkamer hebben. De royale keuken, met openslaande deuren naar de tuin, waar een vier meter lange tafel staat, zodat ze al hun gasten een plek kunnen bieden. De entree, met zijn koele, marmeren vloer. Alles in stijl. Niet te poenerig of te modern, maar sfeervol en 100% Mediterraan, zoals oma uitriep toen ze twee dagen geleden arriveerde.

Kris is zo blij om hen allemaal weer te zien. Zoals ze Céline net heeft geprobeerd uit te leggen, heeft ze hen wel gemist, maar meer een gemis zoals je wel eens hebt als je op vakantie bent. Je weet dat je snel weer terug bent en al je geliefden weer gaat zien. Maar de vakantie van Kris werd eerst verlengd met een week, toen met een maand en inmiddels zit ze hier al bijna vier maanden. En haar werelden zijn nog steeds strikt van elkaar gescheiden. Haar wereld in Amsterdam, in Nederland, en haar wereld hier. Ze heeft enorme behoefte om die twee werelden samen te brengen, om de kloof minder groot te maken.

'Ben je van plan hier te blijven?' Céline stelde deze vraag toen Kris had dit allemaal had proberen uit te leggen.

'Daar ben ik nog niet uit,' had Kris in alle eerlijkheid geantwoord. 'Misschien nog wel een tijdje.'

Céline glimlachte verdrietig. 'Ik ben echt blij voor je,' zei ze terwijl ze gehaast een traan weg veegt. 'Het is hier fantastisch en ik kan me voorstellen dat je leven hier geweldig is. Ik bedoel, op een jacht naar een restaurant op Corsica varen is heel wat anders dan de tram nemen naar Abduls Shoarmatent.'

'Het is anders, maar het één is niet beter dan het ander,' zegt Kris zo overtuigend mogelijk. Maar ze weet dat het wél anders is. Ze weet dat ze Nederland altijd zal missen, maar dat ze hier... Dat ze hier heel gelukkig zou kunnen zijn. Het leven in de zon, de Bourgondische inslag van de mensen hier, de lunches met wijn en drie gangen die uren kunnen duren, de wandelingen door de Provence die ze een paar keer per week in haar eentje maakt.

Na vier maanden is ze de taal al bijna meester, voornamelijk omdat ze Jean Marc dwingt om Frans met haar te praten. Hij is een uitmuntende leraar, met een aanstekelijke liefde (zoals alle Fransen hebben) voor zijn taal, zijn land, zijn cultuur.

En hij wil dolgraag dat ze blijft. Stiekem is ze in haar hoofd al bezig om te bedenken wat ze dan met haar leven zou willen doen. Niet zoals de meeste vrouwen hier kindjes maken, een au pair nemen, drie uur per dag aan hun uiterlijk werken en de rest van hun tijd socializen. Dat zou ze nooit volhouden. Ze heeft Jean Marc al gepolst of hij het erg zou vinden als ze een baan neemt indien ze besluit hier te blijven en tot haar opluchting (de Franse mannen hebben immers een macho-imago en de algehele opvatting is nog steeds dat een vrouw thuis moet zijn voor man en kinderen) stond hij daar heel positief tegenover.

Kris schenkt nog een pastis in voor Céline en doet er een scheutje

water en een paar ijsklontjes in. Céline neemt meteen een slok.
'Waarom ontdek ik deze godendrank nu pas? Mijn halve leven is voorbij en ik wist niet eens van het bestaan af!'
Kris lacht. Ze moet denken aan de oude mannetjes in het dorpscentrum, die bij de Bar Tabac 's morgens om 10 uur al aan de pastis zitten. En Céline maar denken dat het een heel mondain drankje is.
'Ik zal een paar flessen voor je inslaan, kun je die mee naar huis nemen.'
'Pfff. Alsof dat in de auto van je pa past.'

Kris herinnert zich de aankomst van haar familie, die Céline een lift hadden aangeboden.
Oma nam meer dan de helft van de achterbank in beslag, waardoor Martijn en Céline bijna bij elkaar op schoot zaten. Martijns surfplank op het dak, zijn waveboard, oma's matras (die ze altijd mee neemt op vakantie) en…
'Wat is dat voor ding?' Ze vroeg het aan Céline.
'Je moeders draagbare massagetafel.'
'Massagetafel? Wat moet mama met een massagetafel?'
'Ze heeft het plan om de stranden langs te gaan om klanten te werven. Ze doet tegenwoordig aan Shiatsu-massage,' zei Céline met een uitgestreken gezicht.
'Oh? Wat leuk,' zei Kris, alsof het de normaalste zaak van de wereld was dat ze niet wist waar haar moeder zich tegenwoordig mee bezig hield. De realiteit kwam echter best hard bij haar binnen. Dat is haar voorland als ze besluit hier te gaan wonen. Dat iedereen in Nederland zijn leven voortzet, zonder haar. Dat er dingen gebeuren waar ze niet bij is. Dat er in haar leven ontwikkelingen zijn die ze niet kan delen met de mensen die haar zo lief zijn.
'Mademoiselle Kris? '
Kris schrikt op uit haar gedachten en kijkt om.
'Michel. Vous êtes trop tôt!'
Kris staat op. Céline kijkt haar vragend aan. Kris knikt naar de man, die in de deuropening staat. Michel is geheel in het wit gekleed en heeft een dood beest in zijn hand.
'Michel is kok in het restaurant van de tante van Jean Marc.

Hij gaat voor ons koken vanavond.'
Céline lijkt haar niet te horen. Ze staart vol walging naar het dode beest.
'Ik denk dat het lapin wordt. Konijn. Heerlijk. Ik ga hem even op weg helpen. Zo terug.'
Kris negeert het gekokhals van Céline, die totaal in shock is door de aanwezigheid van een kok (een privékok!!) en het dode beest en loopt met Michel naar de keuken.

Als Michel haar zijn plan voor die avond heeft verteld en het konijn begint te stropen, loopt Kris niet meteen terug naar Céline, hoewel ze niet kan wachten om de videobanden van GTST te bekijken die ze voor haar mee heeft genomen. Ze wil heel even alleen zijn. Zich heel even mentaal voorbereiden op de avond. Ze loopt de trap op naar de slaapkamer van haar en Jean Marc. De grootste slaapkamer van het huis. De airco staat op de zachtste stand aan (anders krijgt ze zulke droge ogen) en het is haar lievelingsplek in het huis. Maar vanavond lijkt alles anders. Vanavond bekijkt ze alles door de ogen van haar familie. Het huis is even niet meer de plek van la petite Néerlandaise en haar Franse amant, maar de plek waar Kris uit Holland, met haar vouwfiets en haar verslaving aan shoarma en blokjes jonge kaas met mosterd, tegenwoordig verblijft.
Toen haar oma arriveerde, keek ze nauwelijks rond. Ze vroeg waar het toilet was en toen ze ervan af kwam, wilde ze weten of Kris die billenwasser (het bidet) wel eens gebruikt, want het water was veel te koud. Kris moest lachen, maar werd er tegelijkertijd onzeker van: oma komt nooit ergens zonder uitgebreid haar mening te geven. Waarom hield ze zich nu zo op de vlakte? Gelukkig was oma wel heel blij haar te zien en kneep ze goedkeurend in Kris' billen, die iets voller zijn geworden door het culinaire leventje dat ze hier leidt.
En dan haar vader… Haar vader stapte uit de auto, gaf haar drie kussen, keek om zich heen en zei toen: 'Zo.' Alleen maar dat. Zo.
Haar moeder was gelukkig iets enthousiaster en dat had alles te maken met het feit dat het hele huis Feng Shui bleek te zijn ingericht. Kris deed maar alsof ze er alles vanaf wist en ze de interieurarchitect zelf de opdracht te geven, zo blij was ze met de openlijke

goedkeuring van haar moeder.

Martijn riep alleen maar: 'Vet!' Toen trok hij zijn broek uit, rende naar het strand en dook in zee, waar hij drie uur bleef.

En Céline. Lieve Céline. Die knuffelde Kris eerst heel uitgebreid en voor haar doen behoorlijk emotioneel. Daarna pakte ze Kris' hand en gaf haar de opdracht: 'Ik wil dat je me alles laat zien.' En dat had Kris gedaan. Céline had gegild en ge-oohd en ge-aahd, ze maakte meteen overal foto's van ('voor het thuisfront') en kon niet geloven dat ze een eigen, marmeren badkamer had, met een jacuzzi. Kris had die kamer speciaal voor Lien gereserveerd, wetende hoe heerlijk ze het vond om urenlang te badderen. Toen liepen ze terug naar de rest van het gezelschap en bleef Céline plotseling staan.

'Is dat hem?'

Céline wijst op een makelaarsblad, dat op een tafeltje bij de voordeur ligt. Jean Marc poseert voor zijn kantoor in Saint Tropez. Lachend. Gebruind. Trots.

'Ja.'

Céline pakt het blaadje en kijkt heel lang naar de foto.

'Hoe vind je hem?'

'Mooie man. '

Kris verbaast zich erover dat ze zo opgelucht is over het positieve oordeel van haar vriendin.

'Je zou echt niet zeggen dat het een man van middelbare leeftijd is.'

Kris wil ontsteld reageren, maar ziet dan dat Céline een grapje maakt.

'Trut!'

'Wanneer gaan we hem ontmoeten?'

Nu dus. Over een uur. Kris baalde vreselijk toen Jean Marc haar liet weten dat hij een paar dagen naar Marseille moest voor zijn werk, maar besloot er geen halszaak van te maken toen ze merkte dat Jean Marc het net zo vervelend vond. Uiteindelijk was het ook niet zo erg. Ze hadden hier twee geweldige dagen beleefd en de sfeer was een stuk relaxter dan bij aankomst, toen iedereen een beetje onwennig tegenover elkaar stond. Haar vader en moeder hadden al twee keer een tochtje op de scooter gemaakt, die Jean

Marc voor Kris had gekocht, Martijn heeft in een nachtclub een meisje uit Bordeaux ontmoet, dat net zo'n surffreak is als hij en sinds die ontmoeting hebben ze hem nauwelijks nog gezien. Oma heeft op de lokale markt uren staan twijfelen over welke worst, welk kaasje, welke olijven en welk soort brood, tot Kris er genoeg van had en haar hele auto volgooide met alle etenswaren waar oma zin in had. Sindsdien is oma continu aan het eten. Ze heeft de tijd van haar leven.

Kris glimlacht naar haar eigen spiegelbeeld en staat op van het bed. Ze hoeft zich geen zorgen te maken. Ze weet zeker dat iedereen Jean Marc leuk en charmant en knap gaat vinden en dat hij op zijn beurt dol zal zijn op haar familie. Het komt goed. Het komt helemaal goed. En ze rent de trap af, ploft weer naast Céline neer, neemt een slok pastis en zet de televisie aan, terwijl ze zich bedenkt dat ze vanavond aan Jean Marc moet vragen wanneer die monteur nou langskomt met de schotel, zodat ze eindelijk haar eigen Nederlandse televisiezenders kan ontvangen.

SINGAPORE / CEL

MICKEY ZIT NAAST RIK OP DE GROND.

> ### RIK
>
> Ik ben blij dat Anita door is gegaan
> met leven. Dat was wat ik hoopte dat
> zou gebeuren.

MICKEY KNIKT.
RIK KIJKT HEM AAN.

> ### RIK
>
> En ik ben blij dat ze met jou is. Hoe
> vreemd dat ook mag klinken uit mijn
> mond.

MICKEY GLIMLACHT, MAAR VOELT ZICH OPGELATEN. ER VALT EEN STILTE. EEN BEWAARDER RAMT MET ZIJN

STOK TEGEN DE TRALIES. MICKEY GEBAART DAT HIJ ER
AAN KOMT.

MICKEY
De tijd zit erop. Kan ik nog iets voor
je doen, voordat ik weg ga?

'Wat is dit? Ik begrijp er niets van! Zit Rik nog steeds in die cel? Ik dacht dat hij vrijgelaten zou worden!'

Kris baalt dat ze zoveel afleveringen heeft gemist. Céline zet de videorecorder stil om Kris bij te praten.

'Rik heeft levenslang gekregen. Anita besloot toen om in Singapore te gaan wonen, zodat ze hem elke dag kon bezoeken. Maar Rik wilde niet dat zij haar hele leven voor hem zou opgeven. Toen brak er een brand uit in de gevangenis. Riks celgenoot kwam om het leven. En Rik heeft zijn identiteit aangenomen. Anita denkt dus dat Rik dood is.'

Kris moet dit allemaal even verwerken.

'En Mickey dan? Wat doet die hier?'

'Mickey heeft Anita getroost, toen ze terug kwam naar Nederland. En hij heeft haar geholpen met de baby van Rik, Rikki. Hij was nog altijd verliefd op haar en zij is opnieuw verliefd geworden op hem.'

'Maar wat doet hij dan bij Rik in Singapore? Hoe weet Mickey dat? '

'Door zijn werk. Hij moest een stuk voor de krant schrijven en zag toen op een recente foto van de gevangenis Rik staan. Hij is erheen gevlogen om het te onderzoeken et voila!'

Kris zucht. Goed verhaal. Beetje ingewikkeld, maar wel goed. Ze glimlacht als ze ziet dat oma, in badpak, met een grote sarong omgeslagen, naar de meisjes toe waggelt.

'Ik kom met jullie mee kijken. Zal ik even wat te knabbelen scoren voor erbij?'

Zonder antwoord af te wachten waggelt oma verder, naar de keuken. Kris en Céline glimlachen naar elkaar. Dan laat Céline de videoband verder lopen.

RIK KIJKT MICKEY AAN.

> **RIK**
>
> Vertel Anita niets.

MICKEY HEEFT HET MOEILIJK.

> **RIK**
>
> Dat is beter voor haar. Beter voor
> Rikki.

> **MICKEY**
>
> Ik denk niet dat ze dat met je eens
> zou zijn.

RIK KIJKT MICKEY INDRINGEND AAN.

> **RIK**
>
> Ik kan het niet meer. Jij moet het
> doen. Maak haar gelukkig.

> **MICKEY**
>
> Ik wil niets liever.

> **RIK**
>
> Dat weet ik. Zorg voor haar.

MICKEY ZOEKT NAAR WOORDEN.

> **MICKEY**
>
> Ze is je niet vergeten, Rik. Jij bent
> nog steeds haar grote liefde.

RIK ZWIJGT. HIJ VECHT TEGEN ZIJN VERDRIET.

Kris slikt. Ze voelt dat Céline naar haar kijkt en ze kijkt even terug. Ze weet wat Céline denkt. Datgene waar ze zelf nu ook aan

denkt. Gelukkig komt oma op dat moment terug uit de keuken met een schaal vol lekkernijen. Kris schuift op om plaats voor haar te maken.

MICKEY

Elke avond, voor het slapen gaan, vertelt Anita Rikki over jou. Zodat zij
weet wie haar vader was.

RIK GLIMLACHT.

MICKEY

Is. Sorry.

RIK SCHUDT ZIJN HOOFD.

RIK

Was.

DE BEWAARDER KOMT WEER BIJ DE DEUR EN OPENT HEM. MICKEY ZIET HET EN STAAT OP.

MICKEY

Ik moet gaan.

MICKEY VOELT ZICH ONGEMAKKELIJK, HIJ WEET DAT HET AFSCHEID DEFINITIEF ZAL ZIJN. RIK PAKT HEM BIJ ZIJN ARM.

RIK

Beloof me dat je haar gelukkig gaat
maken.

MICKEY KNIKT.

RIK

En dat je haar nooit, nooit zult

vertellen dat ik nog leef.

                    MICKEY
        Nooit.

**ZE KIJKEN ELKAAR LANG AAN. DAN KNIKT RIK EN
WENDT ZICH AF.
MICKEY GAAT WEG.
RIK PAKT DE FOTO VAN ANITA EN RIKKI DIE HIJ VAN
MICKEY HEEFT GEKEKEN UIT ZIJN ZAK EN KIJKT ER
NAAR. ZACHTJES BEGINT HIJ TE HUILEN.**

'Dit is zo oneerlijk!' Kris kan zich niet inhouden. 'Rik en Anita
horen bij elkaar!'
Oma legt haar mollige hand op Kris' been.
'Het is soap. Die komen ook wel weer bij elkaar.'
'In soap wel, ja,'flapt Kris eruit. Waarom zegt ze dat nou? Nu den-
ken oma en Céline vast dat ze het over zichzelf heeft. Terwijl ze
hartstikke gelukkig is met Jean Marc. Ze kijkt op haar horloge.
Nog een half uur.
'Doen we nog een aflevering?'

SCALA / WOONRUIMTE

CROSS CUT

SINGAPORE / KANTOOR

**ANITA EN MICKEY ZITTEN AAN DE ONTBIJTTAFEL. ER
KLINKT EEN HUILGELUIDJE UIT DE BABYFOON. MICKEY
STAAT OP.**

                    MICKEY
        Blijf maar zitten. Ik ga.

**MICKEY VERTREKT NAAR DE SLAAPKAMER. ANITA STAAT
OP OM KOFFIE IN TE SCHENKEN.**

RIK ZIT IN HET KANTOOR. ER STAAT EEN BEWAKER
ACHTER HEM. HIJ TOETST EEN NUMMER IN OP DE
TELEFOON EN HIJ WACHT GESPANNEN.

ANITA HOORT MICKEY'S MOBIELE TELEFOON OVERGAAN,
MAAR ZE ZIET HEM NIET. ZE VOELT IN MICKEY'S
JASJE, DAT OVER EEN STOEL HANGT. ZE HAALT DE TE-
LEFOON ERUIT. ZE KIJKT NAAR HET SCHERM, WAAROP
STAAT: PRIVÉNUMMER. ANITA KIJKT NAAR DE DEUR EN
ROEPT:

ANITA

Telefoon!

MICKEY REAGEERT NIET. UIT DE BABYFOON KLINKT EEN
LIEDJE UIT EEN MUZIEKDOOSJE.

MICKEY

(DOOR BABYFOON)
Kun je niet slapen, meisje? Zal ik een
liedje voor je zingen?

MICKEY'S TELEFOON BLIJFT RINKELEN. ANITA BESLUIT
OP TE NEMEN.

ANITA

Toestel van Mickey Lammers, met Anita
de Jong-Dendermonde.

RIK SCHRIKT ALS HIJ ANITA'S STEM HOORT.

ANITA

Hallo?

RIK HEEFT HET MOEILIJK.

Is daar iemand? Hallo?

RIK STAAT OP HET PUNT IETS TE ZEGGEN. HIJ BE-DENKT ZICH. HIJ KRIJGT TRANEN IN ZIJN OGEN.

ANITA IS VERBAASD.

ANITA

Hallo?

RIK KAN HET NIET MEER AAN EN HANGT OP.

Niemand zegt wat. Kris staart naar het scherm, waar een andere scene begint, maar denkt alleen maar: 'Ze hadden elkaar aan de telefoon. Waarom heeft Rik niets gezegd? Wat een verdrietig verhaal…'

'Bonsoir!'

Oma, Céline en Kris draaien hun hoofd naar de deur, waardoor Jean Marc met een charmante glimlach naar binnen komt lopen. Kris lacht en wordt overvallen door een gevoel van trots: wat is hij toch knap! Hij loopt op hen af. Kris staat op en laat zich door hem omhelzen.

'Ma petite Néerlandaise. Ik heb je gemist.'

Met genoegen ziet Kris dat Célines mond bijna openvalt, terwijl ze toekijkt hoe Jean Marc Kris een lange kus op haar mond geeft. Als Jean Marc haar loslaat, kijkt Kris naar oma, die aanstalten maakt om op te staan.

'Nee, blijft u zitten. Alstublieft. U moet oma Poedel zijn.'

Oma en Céline lachen. Om de woorden en om het accent waarmee hij 'poedel' zegt.

'Helemaal correct, meneer,' zegt oma.

Jean Marc doet alsof hij beledigd is.

'Meneer? Meneer? S'il vous plait, noemt u mij Jean Marc. '

Jean Marc steekt zijn hand uit en schudt die van oma.

'Ik hoop dat u me vergeeft dat ik pas nu kon komen.'

'Nou, eerst was ik een beetje pissig,' zegt oma naar waarheid. 'Maar het was ook heerlijk om Kris een paar dagen voor onszelf te hebben.'

Jean Marc glimlacht naar oma, knipoogt naar Kris en wendt zich dan tot Céline, die nog steeds zit te staren. Terwijl hij Céline een hand geeft, steekt oma haar beide duimen op naar Kris. Ze vindt hem dus leuk. Kris voelt een zware druk van haar schouders vallen.

'Céline. Prachtige naam. Mijn oma heette zo. De mooiste vrouw van Saint Tropez.' Hij grijnst. 'Zestig jaar geleden dan.'

Céline lacht, maar volgens Kris heeft ze geen woord verstaan van wat Jean Marc zei, zo diep onder de indruk is ze.

'Dank je wel dat je bent gekomen. Kris heeft je vreselijk gemist.'

En om zijn charmeoffensief te vervolmaken drukt Jean Marc een kus op Célines hand. En voor het eerst in haar leven, ziet Kris haar vriendin blozen.

Terwijl ze met Jean Marc naar het zwembad loopt om haar ouders aan hem voor te stellen, kijkt Kris om. Oma en Céline staan druk met elkaar te praten. Uit de gebaren die ze maken en de gezichten die ze trekken, maakt Kris op dat Jean Marc een verpletterende indruk op ze heeft achtergelaten. Mooi zo.

Nu haar ouders nog. Waar zijn die eigenlijk? Het zwembad lijkt leeg. Terwijl haar vader en moeder een kwartiertje geleden nog aan het zwemmen waren. Kris' aandacht wordt getrokken door een ritselend geluid uit de buurt van het groepje olijfbomen, dat aan de rand van het zwembad staat. Ze loopt er naar toe, gevolgd door Jean Marc.

'Dat zullen toch niet weer die honden van de buren zijn, hoop ik,' mompelt hij. De waakhonden van de buren ontsnappen tegenwoordig wel erg vaak en hun favoriete tijdverdrijf is dan om te zwemmen in Jean Marcs zwembad. Kris durft niet op te biechten dat ze de honden regelmatig een worstje geeft als Jean Marc er niet is.

Weer geritsel. Nu een giechel. Van haar moeder. En net op het moment dat Kris zich realiseert dat dit misschien niet het meest geschikte moment is om haar ouders aan Jean Marc voor te stellen, ziet ze ze. Mon Dieu.

De bleke, ietwat slappe billen van haar moeder ziet ze het eerst. Haar moeder zit op haar knieën voor haar vader, die tegen de grootste olijfboom aan staat geleund. De trots van Jean Marc. Nog in de grond gezet door zijn opa. Haar vaders zwembroek ligt op de grond tussen de lavendelbloemen. Haar vader heeft zijn ogen gesloten. Genietend van de…

'Mam!'

Kris grist een handdoek, die slordig op de grond ligt en gooit hem over haar moeders naakte lijf heen. Haar moeder schrikt. Haar vader zo mogelijk nog meer. Kris durft niet om te kijken. Prevelt een schietgebedje dat Jean Marc het niet heeft gezien. Dit kan niet zijn kennismaking met zijn schoonouders zijn. Dit kan niet. Nee.

'Schat, ik… Jullie zaten tv te kijken. Dus we dachten…'

Haar moeder kijkt hulpeloos naar haar vader, die zijn zwembroek van de grond grist en hem haastig aantrekt. Haar vader zegt niets. Haar moeder kijkt naar iets, of iemand, achter Kris en perst er een glimlachje uit. Nee, denkt Kris. Nee.

'Dit eh… Dit was niet de bedoeling,' stamelt haar moeder. Kris kijkt om. Nog geen meter achter haar staat Jean Marc. In zijn smetteloze pak, dat hij altijd naar zijn werk aan heeft. Met zijn smetteloze witte overhemd. Zijn onberispelijke kapsel. En deze man glimlacht geruststellend naar haar moeder. Haar moeder, die net een beschamende pornoshow heeft opgevoerd in zijn tuin.

'Het spijt ons,' zegt hij innemend, terwijl hij zijn arm om Kris heen slaat. 'We hadden jullie niet mogen storen.'

En met zachte dwang trekt hij Kris met zich mee. Terug naar het huis. Kris heeft zich zelden ellendiger gevoeld.

'Sorry,' snottert ze. 'Normaal doen ze dit nooit. Nou ja, misschien wel, maar niet in het openbaar.'

'Chérie, het is toch fantastisch dat twee mensen, die zo lang bij elkaar zijn, nog zo van elkaar kunnen genieten?' Hij kust Kris zacht op haar mond en kijkt haar aan. 'Ik hoop dat wij over twintig jaar ook nog zo vol passie voor elkaar zullen zijn. '

Kris ziet dat hij het meent. En is hem intens dankbaar voor zijn begrip en zijn relativeringsvermogen en zijn humor.

'Maar ik denk zo dat dat wel gaat lukken.'

Ze lacht naar hem en kust hem. Zich niets aantrekkend van de blikken die oma en Céline hun vanuit het huis toewerpen.

'Ik hou van je. Je t'aime,' zegt Kris. En dat is ook echt zo.

Haar ouders laten zich niet zien. Kris ziet dat ze op het strand staan te kijken naar de surfkunsten van haar broertje, ze zijn natuurlijk bloedzenuwachtig om naar het huis terug te komen. In de keuken meldt Michel dat ze over een uur aan tafel kunnen. Jean Marc gaat douchen en moet nog een paar telefoontjes afhandelen. Dus besluiten Kris, Céline en oma om nog een stukje GTST te kijken. Natuurlijk niet nadat Céline haar om de nek vloog, zodra Jean Marc de kamer verliet.

'Jezus, Kris! Hij is een soort… een soort God!'

'Alain Delon, daar lijkt hij op,' meent oma.

'Hij is rijk, hij is knap, hij is super charmant, ik ben zo jaloers op je!'

'Zo op het eerste gezicht lijkt hij inderdaad redelijk perfect,' zegt oma behoedzaam. Om er meteen met een grote grijns aan toe te voegen: 'God, als ik toch wat jonger was…'

Kris voelt zich in de zevende hemel en zet het genante incident met haar ouders uit haar hoofd. Ze vindt het vooral vervelend voor hén, maar ja… Als je in de buitenlucht gaat vrijen, moet je er rekening mee houden dat je betrapt kunt worden.

SCALA / WOONRUIMTE

HET IS DONKER IN HUIS. ANITA KOMT BINNEN MET TWEE GROTE TASSEN.

EEN SPOTJE IS OP DE MUUR GERICHT, WAAROP EEN GROOT PAPIER HANGT, MET EEN PIJL EROP GETEKEND EN HET WOORD: TREKKEN. DE PIJL WIJST NAAR EEN LOSHANGEND DRAADJE.

ANITA ZET DE TASSEN OP DE GROND EN LOOPT, EEN BEETJE VERBAASD, NAAR HET DRAADJE. ZE KIJKT ZOEKEND ROND, MAAR ZIET NIETS OF NIEMAND. NA ENIGE AARZELING BESLUIT ZE AAN HET DRAADJE TE TREKKEN.

ANITA WORDT BEDOLVEN ONDER HONDERDEN ROZENBLAAD-
JES.

MICKEY VERSCHIJNT NU IN DE DEUROPENING. ANITA
ZIET ALLEEN ZIJN SILHOUET OMDAT ACHTER HEM LICHT
BRANDT. ZE KIJKEN ELKAAR AAN.

                    ANITA
        Heb jij dit gedaan?

                    MICKEY
        Ja .

MICKEY DRUKT OP EEN KNOP VAN DE AFSTANDSBEDIE-
NING. ROMANTISCHE MUZIEK KLINKT.

                    ANITA
        Jij bent hier binnen gekomen, terwijl
        ik boodschappen deed en je hebt dit
        hele…

ANITA WIJST NAAR HET TOUWTJE EN DE ROZENBLAAD-
JES.

                    ANITA
        … Gedoe georganiseerd?

MICKEY ZEGT NIETS. HIJ PAKT DE STEKKER VAN EEN
VERLENGSNOER.

                    ANITA
        Kun je me vertellen waarom?

MICKEY DOET DE STEKKER IN HET STOPCONTACT. EEN
GROOT HART DAT HIJ VAN KERSTLAMPJES HEEFT GE-
MAAKT LICHT OP.

MICKEY

Omdat ik van je hou.

**ANITA STAART MICKEY AAN. ZE WEET NIET WAT ZE
MOET ZEGGEN. MICKEY LOOPT NAAR ANITA TOE. HIJ
GAAT VOOR HAAR STAAN EN LAAT ZICH DAN LANGZAAM
OP ÉÉN KNIE ZAKKEN, TERWIJL HIJ HAAR AAN BLIJFT
KIJKEN.**

MICKEY

Lieve Anita, wil je met me trouwen?

ANITA IS MET STOMHEID GESLAGEN.

'Nee, nee, nee, Rik leeft nog!'
Kris leeft zich helemaal in.
'Maar die komt nooit meer vrij. Mickey is goed voor haar. Ja, ja, ja! Zeg ja!'
Céline vindt dat Anita wel moet Mickey moet trouwen. Als Kris haar een beetje bozig aankijkt, zegt ze: 'Ja, sorry hoor. Maar Rik heeft gedaan alsof hij dood was! Dat vind ik echt heel erg…'
'Hij deed het voor Anita,' zegt oma. 'Hij wilde niet ze haar hele leven op hem zou blijven wachten. Als dat geen echte liefde is…'

'Pap, stel je niet zo aan. Het is gebeurd, Jean Marc kon er om lachen en we gaan nu gewoon met z'n allen eten en doen alsof er niets is gebeurd.'
Kris zit op het bed in de logeerkamer waar haar ouders verblijven. Ze kijkt naar haar vader, die op het balkon staat en al een half uur niets heeft gezegd. Haar moeder, die zich aan het opmaken is, zegt: 'Laat hem maar. Dan eet hij lekker niet.'
Haar moeder werpt haar een schalkse blik toe via de spiegel. 'Ga ik fijn naast die lover van jou zitten en informeren of hij niet nog een oudere broer heeft.'
Met een ruk draait haar vader zich om.
'Hoezo ouder? Die Jean Marc is vier jaar jonger dan ik. Of ga je je dochter achterna? Een man pakken die twintig jaar ouder is?'

Kris is gekwetst. Ze staat op en loopt naar haar vader.

'Is dat het probleem, pap? Dat hij ouder is?'

Zwijgend draait haar vader zich weer om, vastberaden om zich niet meer te laten kennen dan hij al heeft gedaan. Kris geeft op.

'Prima. Wij gaan over tien minuten aan tafel. Als je niet komt, stel ik voor dat je morgen een hotel zoekt.'

Nijdig beent Kris de kamer uit.

'Santé!'

'Cheers!'

'Proost!'

Oma, Céline, Kris, Martijn, Jean Marc en Kris' moeder heffen hun glazen, die gevuld zijn met champagne. Kris kijkt verguld om zich heen. Alles is perfect. Ze hebben de grote eettafel op het strand gezet, waar de zon al laag staat, maar waar het nog steeds behaaglijk warm is. Op tafel staan manden met stokbrood, karaffen water, bakjes olijven en pistachenootjes en de wind neemt af en toe de heerlijkste geuren mee uit de keuken, waar Michel zich uit de naad aan het werken is. Met hun blote voeten in het zand, iedereen mooi aangekleed, iedereen vrolijk. Wat een avond…

En de avond wordt nog beter als ze haar vader aan ziet komen lopen. Ook hij heeft zich mooi aangekleed. Zijn humeur is duidelijk nog niet verbeterd, maar hij heeft de stap genomen om toch te verschijnen en daar is Kris al heel blij mee. Ze schuift de enige lege stoel, die naast haar, voor haar vader opzij.

'Kom hier zitten, pap. Wil je ook een glaasje bubbels?'

'Ik neem wel water,' zegt haar vader. En dan, zonder hem aan te kijken, steekt hij zijn hand uit naar Jean Marc.

'We zijn nog niet officieel aan elkaar voorgesteld. Nico de Ridder.'

'Nee, daar kwam iets tussen,' grapt Jean Marc. 'Jean Marc Mancy.'

Iedereen gniffelt. Waar Kris voor het eerst in haar leven discreet bleef en niemand iets over het olijfboomincident heeft verteld, vond haar moeder het kennelijk zo grappig, dat ze het vijf minuten in geuren en kleuren aan het gezelschap heeft uitgelegd.

Jean Marcs opmerking valt niet goed bij haar vader, ziet Kris, terwijl ze een glas water voor hem inschenkt. Haar vader slaat geïrriteerd een mug weg.

'Ik word gek van die beesten. Heb je zo'n poenerig huis, zit je de hele dag tussen de insecten.'

Kris kijkt verschrikt naar Jean Marc, die gelukkig net doet alsof hij het niet heeft gehoord. Haar moeder werpt haar vader een vermanende blik toe.

'Loop niet zo te zeiken en wees dankbaar voor wat je hebt,' zegt Martijn. Iedereen kijkt hem verbaasd aan. Hij maakt een verontschuldigend gebaar.

'Zei je vroeger ongeveer drie keer per dag tegen ons, pa. Kom op. We zitten hier toch geweldig?'

Haar vader kijkt gelaten naar het tafelkleed. Kris heeft bijna medelijden met hem. Ze weet dat hij zich nog steeds schaamt voor het incident. Haar vader, die nooit in de schijnwerpers wil staan, die altijd het juiste probeert te doen en die het verrekte moeilijk vindt om zijn ongelijk te erkennen. Ze zet zich over haar boosheid heen en slaat een arm om hem heen.

'Ik heb speciaal voor jou foie gras gehaald vanochtend. En weet je? We hebben net met elkaar afgesproken dat we morgen gaan varen. Ga jij lekker je hengel uitgooien, terwijl de dames bakken op het dek. Goed plan?'

'Goed plan,' gromt haar vader.

Dan komt Michel het strand oplopen met een megadienblad dat hij hoog boven zijn hoofd houdt. Céline buigt zich naar Kris toe. 'Die Michel… Is die vrij?'

'Getrouwd, drie kinderen,' geeft Jean Marc geamuseerd antwoord. Céline kijkt teleurgesteld. Kris geeft haar een schop onder tafel. 'En jij hebt de masseur!'

Ze eten. Ze praten. Ze drinken nog meer bubbels. Met bruinverbrande gezichten van de zon vertellen ze Kris alle roddels uit Nederland. De zon gaat steeds lager staan en Jean Marc steekt de fakkels aan, die hij her en der in het zand heeft geplaatst. Zelfs haar vader ontspant en neemt dankbaar haar (expres) niet opgegeten stuk foie gras aan. Als het hoofdgerecht arriveert, kijkt Céline even bedrukt naar het heerlijk geurende stuk vlees op haar bord.

'Is dat hett konijntje?'

Kris knikt en kijkt streng. 'Eerst proeven, daarna pas zeggen dat je het niet lekker vindt.'

'En dat uit jouw mond,' proest haar moeder het uit en kijkt dan Jean Marc met een flirterig (Mam!) lachje aan.

'Kris heeft tot haar vierde jaar alleen maar vanillevla en vissticks gegeten, iets anders kreeg ik er niet in.'

'Bij mij at ze altijd alles,' zegt oma vergenoegd.

'Ja, omdat jij overal drie scheppen suiker in gooit,' antwoordt haar moeder. Kris lacht met de rest mee en neemt een hap van haar konijn. Verrukkelijk. Mals. Vleugje kaneel. Gemarineerd in rode wijn. Ze neemt zich voor om Michel te vragen of ze en paar avonden mee mag draaien in het restaurant. Gewoon, om van hem te leren. Ze mist haar kookavondjes met Rogier.

'Au!'

Kris grijpt naar haar mond. Iedereen kijkt haar verschrikt aan.

'Shit, wat is dit?'

Kris spuugt haar stukje vlees zo damesachtig mogelijk uit in haar servet.

'Er zit iets heel hards in mijn vlees. '

Céline, die net haar eerste hap wilde nemen, legt haar vork snel terug op haar bord. Kris haalt de boosdoener uit haar mond. Ze heeft niet door dat Jean Marc op staat. Ze bekijkt het stukje, waarvan ze aanneemt dat het een botje is. Het blijkt een witgouden ring te zijn. Met een joekel van een diamant. Bedremmeld kijkt Kris er naar. Ze ziet niet dat naast haar Jean Marc op één knie gaat zitten.

'Een ring? Hoe krijgt een konijn in godsnaam een ring in zijn maag? Jean Marc, hoe kan…'

Nu pas ziet ze het. Begrijpt ze het. De tranen van ontroering in de ogen van haar moeder. Céline, die een arm om oma heen slaat.

'Lieve, lieve Kris. Ma petite Néerlandaise. Dit had ik al willen doen op het moment dat ik je voor het eerst zag, op die rots. Ik ben blij dat ik gewacht heb. Nu is iedereen waar je om geeft bij je als ik je de belangrijkste vraag stel die ik ooit heb gesteld:

Kris staart Jean Marc aan. De fakkels verspreiden een flikkerend licht over zijn gezicht en weerkaatsen in het diamant.

'Wil je me de gelukkigste man op aarde maken door met me te trouwen?'

Kris stoot een lachje uit. Ze zenuwen gieren door haar keel. Haar hart klopt als een bezetene en ze voelt dat haar wangen dieprood kleuren.

'Echt?"Dat is alles wat ze kan uitbrengen. Jean Marc knikt. Kris kijkt de tafel rond. Aan alle gezichten is te zien dat ze ja moet zeggen. Behalve haar vader, wiens gezicht geen enkele emotie laat zien.

'Nou, schiet op. Mijn konijn wordt koud,' bromt Martijn, die een hekel heeft aan alles wat neigt naar sentiment. Kris kijkt naar Jean Marc. Stralend.

'Ja. Dat wil ik heel graag.'

Hij omhelst haar. De tranen komen. Iedereen omhelst haar. Jean Marc schuift de ring aan haar vinger en de rest van de avond is er nog maar één gesprekonderwerp: de bruiloft.

Het wordt laat. Heel laat. Ze zwemmen in het maanlicht, openen nog een fles champagne en Céline en Kris hebben al een schets gemaakt van de jurk die Kris op haar bruiloft zal dragen. Het wordt al bijna licht als Céline, Kris, Jean Marc en Martijn (die verguld is omdat Jean Marc morgen met hem gaat waterskiën) naar hun slaapkamers lopen.

Ze kan niet slapen. Ze kijkt naar Jean Marc, die in het donker naast haar ligt en aan zijn zachte gesnurk te horen al heel diep slaapt. Ze gaat met hem trouwen. Hij wil met haar trouwen. Dit wordt haar huis. Dit wordt haar leven. Wat zal ze haar familie en haar vrienden missen. Maar Céline heeft beloofd om elke vakantie langs te komen. En ze kan natuurlijk zelf ook vaak naar Nederland. Ze voelt in het donker aan de ring aan haar vinger. Haar jeugd is voorbij. Dit is het begin van een heel ander, nieuw leven. Ze gaat trouwen. Jeetje…

Na een uur ligt ze nog wakker. Ze heeft dorst. Ze kruipt stil uit bed en loopt naar de keuken, waar ze een flesje mineraalwater üit de koelkast haalt. Ze hoort gerommel in de kamer. Komen die honden van de buren nu ook al 's nachts? Ze loopt de kamer in en ziet dat het niet de honden zijn, maar haar vader. Hij zit op het terras en kijkt naar de zee, die oranje gekleurd is door de opkomende zon. Kris loopt naar hem toe. Ze gaat naast hem zitten.

'Kon je ook niet slapen?'

Haar vader schudt zijn hoofd.

'Spannend allemaal, hè?'

Haar vader knikt.

'Wat vind je van Jean Marc?'

Haar vader denkt even na. Dan kijkt hij haar aan.

'Aardige jongen. Man. Hij is dol op je. En hij heeft zeker wat te bieden.'

Haar vader gebaart om zich heen.

'Ik kan me voorstellen dat je je hier fijn voelt.'

Kris knikt glimlachend. Er valt een korte stilte.

'En Mick?'

Kris schrikt.

'Hoezo Mick?'

'Is hij helemaal uit je hoofd en uit je hart?'

Kris wil meteen ja zeggen, maar realiseert zich dat ze dan zou liegen.

'Nee. Ik denk ook niet dat dat ooit zal gebeuren. Maar weet je?'

Ze kijkt haar vader aan, wordt een beetje emotioneel.

'Het zit er gewoon niet meer in. Mick voelt niet voor mij wat ik voor hem voel, dus…'

'Dus ga je voor minder.'

Fel schudt Kris haar hoofd.

'Jean Marc is geen tweede keuze. Met Jean Marc is het anders dan met Mick. Maar dat betekent niet dat ik niet van hem hou.'

Haar vader kijkt haar onderzoekend aan.

'Ik moet verder met mijn leven, pap. Ik kan niet de rest van mijn leven zitten wachten op een jongen die mij niet wil. Dat kan ik niet, daar word ik doodongelukkig van.'

Haar vader slaat een arm om haar heen. Zelden is ze zo ontroerd geweest door een aanraking als nu, op dit moment.

'Ik begrijp het, schat. Ik begrijp het.'

Haar vader geeft haar een kus op haar voorhoofd.

'Je hebt een goede keuze gemaakt.'

De weken daarna gaan razendsnel voorbij. Als Jean Marc thuiskomt van zijn werk, zit Kris hem op te wachten met lijsten van nieuwe dingen die besproken moeten worden, folders van cateraars, gastenlijsten, locaties en logistieke problemen. Na een paar weken discussiëren besloten ze in Frankrijk te gaan trouwen, met een Nederlands sprekende ambtenaar. Gewoon, op hun eigen strand. Michel doet de catering en Jean Marc heeft het nabijgelegen hotel afgehuurd voor alle Nederlandse gasten. Een dag voor de bruiloft zullen twee bussen vanuit Nederland de gasten van Kris ophalen in Nederland, om hen een dag na de bruiloft weer terug te brengen. Céline vliegt een paar keer over om samen met Kris de couturier uit te leggen hoe de jurk eruit moet zien en ze maken een plan voor de dag. Kris heeft het nog nooit zo druk gehad. Regelmatig verzucht ze dat ze niet begrijpt dat sommige mensen hun bruiloft organiseren en ook nog een baan hebben. Jean Marc neemt haar veel uit handen en neemt haar mee op een boottocht als hij merkt dat ze aan het doordraven is. Hij heeft haar eindelijk voorgesteld aan zijn twee kinderen, die in Amerika bij hun moeder wonen. Ze zijn aardig, maar een tikkeltje afstandelijk en het is duidelijk dat ze hun vader de laatste paar jaar nauwelijks hebben gezien. Kris ergert zich een beetje als ze Jean Marc voor de zoveelste keer zijn creditcard ziet trekken, terwijl de verwende nesten niet eens de moeite willen nemen om voor de bruiloft uit Amerika over te komen. Kris ziet dat dit Jean Marc verdriet doet.

Dit is echter de enige schaduw over hun geluk. Rogier en Céline zijn ontroerd als Kris vraagt of ze haar getuigen willen zijn. Rogier belooft haar om in de Rolls naar Frankrijk te rijden, zodat hij het bruidspaar van het strand naar de feestlocatie (een superhippe strandclub in Ramatuelle) kan vervoeren, na afloop van de ceremonie. Martijn benoemt haar tot Zus van het Jaar als ze hem toestemming geeft om een paar van zijn vrienden naar de bruiloft mee te nemen en oma is voor het eerst in haar leven naar een grotematenwinkel gegaan, om er die dag piekfijn uit te zien.

De huwelijksreis is geboekt (naar Martinique, yeah!). De laatste pasafspraak van haar jurk is geweest. De manicure is geweest. De pedicure is geweest. De ringen zijn uitgezocht en Jean Marc heeft ze opgehaald. Alle Nederlandse gasten zijn gearriveerd en genieten van de luxe van het hotel. En volgens het weerbericht wordt het een stralende, zonnige dag.

Céline en Kris zitten onderuitgezakt op de bank en kijken naar de ravage om hen heen. Overal staan dozen wijn en champagne. Op het strand worden stoelen klaargezet voor de ceremonie. Bloemisten lopen af en aan met boeketten in witte vazen en het hele huis geurt naar de bouillon, die Michel al aan het trekken is ter voorbereiding op hun bruiloftsmaal.

'Zijn we niets vergeten? Moeten we nog wat doen?'

Kris kijkt om zich heen. Alles lijkt geregeld te zijn. Ze schudt haar hoofd.

'Volgens mij zijn we helemaal klaar.'

'Zullen we dan…?'

Céline kijkt met een schuin oog naar de televisie. Grijnzend pakt Kris de afstandsbediening.

TROUWZAAL

HARMSEN

Dames en heren. Geachte aanwezigen.
Mickey en Anita gaan trouwen. Het is
voor mij een geweldige eer dat te mogen doen. Meneer van Dijk is er gelukkig bij om erop toe te zien dat alles
volgens de regels gebeurt.

DE AMBTENAAR KNIKT.
ANITA KIJKT NAAR MICKEY. ZE LACHEN NAAR ELKAAR.

HARMSEN

Voor de meeste van de aanwezigen is
Anita een heel belangrijke persoon in
hun leven. Die geven we niet zomaar
weg aan de eerste de beste.

ER WORDT GELACHEN.
ANITA KIJKT NAAR MICKEY. ZE IS TROTS.

HARMSEN

Mickey, waarom wil jij met Anita trouwen?

MICKEY LACHT EVEN LIEF NAAR ANITA.

MICKEY

Ik had altijd het gevoel dat ik redelijk gelukkig was, als verstokte vrijgezel. Totdat Anita weer in mijn leven
kwam. Of ik eigenlijk in haar leven.
Toen bleek dat er een zoveel groter
gevoel van geluk bestond en dat gevoel
wil ik nooit meer kwijt.

MICKEY KIJKT NAAR ANITA.

MICKEY

Ik begrijp door jou pas wat het is om
echt van iemand te houden.

ANITA IS ONTROERD.

HARMSEN

En Anita? Wat vind jij in Mickey?

ANITA

Mickey heeft mijn leven gered. Hij
heeft mij de liefde in mijn leven terug gegeven. Op een moment dat ik het
heel erg moeilijk had. Ik ken niemand
met zoveel geduld, begrip, toewijding
en gevoel. Hij is het beste dat me
ooit is overkomen.

**MICKEY IS ONTROERD. HIJ KNIJPT IN ANITA'S HAND.
ZE HOUDEN VAN ELKAAR. ER VALT EEN STILTE.**

**OOK HARMSEN MOET EEN BROK IN ZIJN KEEL WEGSLIK-
KEN.**

HARMSEN
Ik geloof niet dat iemand hier bezwaar
tegen kan hebben, toch?

**RIKKI LAAT EEN KIRREND GILLETJE HOREN UIT DE
REISWIEG. DE AANWEZIGEN ZIJN VERTEDERD. ANITA
OMHELST MICKEY EN SLUIT HAAR OGEN VAN ONTROE-
RING.**

HARMSEN
Dan wilde ik nu maar…

DE AMBTENAAR KNIKT. TER GOEDKEURING.

HARMSEN
Mickey Lammers, neem jij Anita Dendermonde tot jouw vrouw en zul je haar
steunen en respecteren? Wat is daarop
jouw antwoord?

MICKEY KIJKT ANITA IN DE OGEN.

MICKEY
Ja.

HARMSEN RICHT ZICH TOT ANITA.

HARMSEN
Anita Dendermonde, neem jij Mickey
Lammers tot je wettige echtgenoot en
zul je hem steunen en respecteren? Wat
is daarop jouw antwoord?

ANITA KIJKT NAAR MICKEY. ZE ZIET IETS IN HAAR

OOGHOEK EN KIJKT. STEFANO HOUDT EEN MINISPANDOEK OMHOOG WAAROP 'JA' GESCHREVEN STAAT. ZE LACHT EN KIJKT WEER NAAR MICKEY.
DAN OPEENS GAAT DE DEUR VAN DE TROUWZAAL OPEN.
IEDEREEN KIJKT OM, MICKEY EN ANITA OOK.
RIK VERSCHIJNT IN DE DEUROPENING. HIJ STAART ANITA AAN.
ANITA IS GESCHOKT.

Het blijft heel lang stil. Tot nadat de aftiteling is afgelopen, de muziek verstomt en de irritant harde reclame begint. Kris zet de televisie uit. Ze durft Céline niet aan te kijken, maar stelt dan de vraag die al de hele dag op haar lippen brandt.
'Is Mick gekomen?'
Ze heeft zijn uitnodiging honderd keer in een envelop gedaan. Er honderd keer weer uitgehaald. Uiteindelijk besloot ze dat ze de keuze om wel of niet te komen bij hém zou neerleggen en snel, voordat ze weer op haar besluit zou terugkomen, heeft ze de envelop gepost. Mick en partner.
'Nee,' zegt Céline.
'Dat is misschien maar beter ook.'
'Ja.'
Maar ze is toch teleurgesteld. Ze had hem zo graag willen zien. Hem zo graag laten zien hoe ze hier leeft. Dat ze gelukkig was. Het is misschien beter, maar het voelt niet zo.

Het is een sprookje en zij is de prinses. Op het strand wapperen honderden witte ballonnen. Staan overal vazen met witte rozen. Alle gasten zijn prachtig aangekleed en de stapel cadeaus op de speciaal daarvoor bestemde tafel groeit en groeit. Aan de arm van haar vader loopt Kris op blote voeten door het warme zand naar Jean Marc, die onder het witte baldakijn op haar wacht. Een gitarist tokkelt de bruiloftsmars op zijn gitaar. Haar vader, die een persoonlijke speech houdt, Jean Marc die haar de liefde verklaart, de ambtenaar die een grappige, ontroerende speech houdt in zowel het Nederlands als in het Frans.
Vlak voordat Kris 'Ja' zegt, kijkt ze even over haar schouder.

Iedereen is er. Behalve hij. Dat is de enige seconde twijfel die ze die dag heeft. Stralend geeft ze Jean Marc haar jawoord. Hij kust haar. Iedereen applaudisseert en ze worden bedolven onder en laag witte rozenblaadjes als ze naar de bruidstaart lopen.

Aan het einde van de dag is iedereen vrolijk door de champagne. Er zwemmen gasten in de zee, er springen kinderen in het zwembad. Er wordt luid gelachen als Kris de honden van de buren een stuk taart voert en aan Jean Marc bekent dat het haar schuld is dat ze altijd komen. De DJ laat zachte loungemuziek horen en iedereen is het er over eens dat dit de bijzonderste bruiloft is die ze ooit hebben mee gemaakt.

Het diner, aan lange tafels op het strand is een voortzetting van het gevoel van liefde dat in de lucht hangt. Michel heeft zichzelf overtroffen en de tafels zitten vol met verzadigde, van culinaire vervoering verzuchtende gasten. Na het diner worden alle gasten naar het hotel vervoerd, om zich om te kleden voor het feest.

Kris is blij om even een moment alleen te kunnen zijn, trekt haar bruidsjurk uit en laat zich op het bed vallen. Jean Marc komt uit de badkamer. Hij heeft gedoucht en slechts een handdoekje om zijn middel. Glimlachend kijkt Kris naar hem.

'Bedankt dat je me de mooiste dag van mijn leven hebt gegeven. '

'Bedankt dat jij me de mooiste vrouw van mijn leven hebt gegeven.'

Jean Marc gaat naast haar liggen en kust haar. En dan, heel teder en heel intens, bedrijven ze de liefde met elkaar.

Met de roze Rolls die wordt bestuurd door Rogier, die zich voor de gelegenheid (en geheel tegen zijn karakter in) in een roze kostuum heeft gehesen, wordt het bruidspaar naar de strandtent gereden, waar alle gasten hen al op staan te wachten. Kris heeft een spectaculaire jurk aan in een lichte, lila kleur, hakken waar ze nauwelijks op kan lopen, maar die ze straks toch gaat uitschoppen. Ze worden door iedereen gefeliciteerd, ze drinken nog meer champagne en obers gaan met schalen rond, waarop Nederlandse hapjes (bitterballen, blokjes kaas, haring) en Franse hapjes liggen. Precies om tien uur wordt de dansvloer geopend en worden Kris en Jean Marc geacht dat te doen. Jean Marc, die dansen haat, heeft zich na urenlange smeekbedes over laten halen, maar wel als eis gesteld dat het een langzaam nummer zou zijn. Zo geschiedde. Als de eerste klanken van 'She' van Charles Aznavour klinken, neemt Jean Marc haar in zijn armen. Onder luid gejuich schuifelen ze over de dansvloer. Kust hij haar ten overstaan van de gasten, die nog harder juichen. Dit is geluk. Als de laatste klanken van het lied klinken, opent ze haar ogen. En ziet hem. Mick.

De wereld staat even stil.

'Sorry, ik kom zo bij jullie.'

Kris baant zich een weg door alle bruiloftsgasten, op zoek naar Mick. Zo plotseling als hij opeens aan de rand van de dansvloer stond, zo plotseling was hij weer verdwenen.

'Ja, mooi, hè? Ga lekker dansen, ik kom zo terug.'

Net als ze de moed wil opgeven, ziet ze hem. Hij staat op het strand bij de vloedlijn. Zijn broek opgestroopt, het zeewater kabbelt om zijn blote voeten. Ze pakt snel twee glazen champagne van een dienblad en loopt naar hem toe. Alsof hij voelt dat ze er aan komt, draait hij zich om. Hun ogen laten elkaar niet los, terwijl Kris dichterbij komt. Als ze voor hem staat, weet ze niets te zeggen. Ze geeft hem het glas champagne.

'Ik ben dus te laat,' zegt hij na een tijdje.

'Te laat waarvoor?'

'Om bezwaar aan te tekenen tegen je huwelijk. '

Kris kijkt hem aan. Hij glimlacht om duidelijk te maken dat het een grap was, maar zijn glimlacht is niet echt. En de grap niet grappig. Hij tikt zacht zijn glas tegen het hare.

'Gefeliciteerd, Krissie.'

'Dank je wel.'

Ze kan haar ogen niet van hem afhouden. Hij ziet er zo moe uit.

'Je ziet er moe uit.'

'Ik heb de hele dag gereden. Ik was gisteren aan het verhuizen, dus ik kon niet met de bus mee.'

'Fijn dat je er toch bent. '

Mick knikt. Hij wrijft over zijn ogen. Hij maakt een ongelukkige indruk.

'Is Annemarie er ook?' Ze vraagt het luchtig, alsof ze het echt leuk zou vinden als zijn vriendin er is.

'Nee,' zegt hij. 'Daarom moest ik verhuizen. We zijn uit elkaar.'

Twee exen onder één dak, dat is vragen om moeilijkheden...

(Robert Alberts, 2003-2004)

'Atout a l'heure, Kris.'

Kris legt de telefoon neer en glimlacht in zichzelf, terwijl ze snel de restanten van de lunch opruimt. Ze moet alweer opdraven. De tweede keer. Druk voor de tijd van het jaar, hoewel ze in de zomer soms acht tot tien keer per dag werd gebeld. En dat allemaal dankzij dat ene telefoontje van een goede vriend van Jean Marc, die arts is in het ziekenhuis van Nice. Hij had een gewonde Nederlandse toeriste op de snijtafel en was op zoek naar een tolk. Fransen spreken over het algemeen zeer slecht Engels, Nederlanders over het algemeen zeer slecht Frans. Nadat Kris, die inmiddels vloeiend Frans spreekt, te hulp was geschoten en de gewond geraakte toeriste precies had verteld wat ze mankeerde en haar gerust kon stellen door de woorden van de arts te vertalen, werd ze steeds vaker gebeld. Door huisartsen (die aan de lopende band te maken kregen met hulp zoekende toeristen), door de politie (meestal drugszaken of overlastbezorgers) en door de ziekenhuizen in de omgeving.

Ze deed het gratis. Ze had geen geld nodig. Zelfs Jean Marc hoefde voor het geld niet meer te werken. Kris vond het simpelweg fijn om zich nuttig te maken. Om mensen gerust te kunnen stellen, op weg te helpen in een vreemd land. Dus legt ze nu een briefje neer voor Jean Marc, dat ze misschien wat later thuis komt, dat er eten in de koelkast staat en dat ze van hem houdt.

Terwijl ze op de kustweg rijdt, op weg naar het ziekenhuis, valt het haar op hoeveel restaurants er al gesloten zijn. Het winterseizoen is aangebroken. Ze kan nu ongestoord naar Cannes rijden, zonder in de ellenlange files te raken, die typerend zijn voor de zomer. Saint Tropez zal over een paar weken weer toebehoren aan zijn inwoners. En hoewel Kris het fijn vindt om even af te zijn van de eindeloze stroom toeristen, die zich de supermarkten, de stranden en haar mooie woonplaats toe-eigenen, ziet ze ook op tegen de winter. Saint Tropez in de winter is niet helemaal haar ding. Ze kan niet zwemmen. Haar baantje staat in de slaapstand. Jean Marc zal weer willen skiën, zoals hij altijd doet in het wintersportseizoen. Kris heeft het geprobeerd, heeft er vorig jaar talloze dure privélesuren aan besteed, maar moest tot de conclusie komen dat ze skiën niet leuk vindt, wintersport zwaar overschat vindt en dat haar lichaam niet gemaakt is om het voortdurend koud te hebben. Helaas hebben haar pogingen om Jean Marc over te halen dit jaar eens te gaan backpacken in Thailand of diepzeeduiken in Mauritius nog geen gunstig resultaat opgeleverd.

Het enige lichtpuntje in de lange winter is haar reis naar Nederland, waar ze de kerstdagen en oud en nieuw met haar vrienden en familie zal doorbrengen. Nog maar drie weken, dan zal ze vertrekken. Jean Marc, die na drie bezoeken dol is op het kneuterige landje van zijn vrouw, zal helaas niet mee kunnen komen. Zijn kinderen komen over uit Amerika en die heeft hij al meer dan een half jaar niet gezien. Gelukkig vond hij het geen probleem dat Kris er niet bij zou zijn. Ze verheugt zich op het traditionele kerstdiner bij oma en de etentjes bij Rogier in Amsterdam. Waar Mick ook bij zal zijn.

Mick. Die nu in haar oude kamer in Rogiers huis woont. Die afgestudeerd is en dokter voor zijn naam mag zetten. Die op haar bruiloft zo dronken was geworden, dat hij de microfoon had gegrepen en tot hilariteit van alle aanwezigen 'She's out of my life' van Michael Jackson had gezongen. Vals. Die de dag erna met een grote bos bloemen en verontschuldigingen langs was gekomen en die daar zowaar zelfs het hart van Jean Marc mee had gestolen. Die op het boottochtje, waar Jean Marc hem voor had uitgenodigd, uitgebreid had verteld waarom zijn relatie met Annemarie op de klippen was gelopen. Ze wilden kinderen. Maar Annemarie raakte niet zwanger. Ze kwamen in de medische mallemolen terecht en omdat men bij hem niets afwijkends kon vinden, werd besloten Annemarie vol te proppen met hormonen. Dat was het begin van het einde. De stemmingswisselingen, de teleurstelling elke maand, de pijnlijke onderzoeken, op kraambezoek moeten bij kennissen bij wie het wél meteen lukte. De seks op commando. Annemaries angst dat Mick zijn heil zou zoeken bij een vrouw die wél vruchtbaar was. De spanningen liepen te hoog op. De liefde raakte ondergesneeuwd. En op een dag besloten ze dat ze hier niet gelukkig van werden.

De dag voor de bruiloft van Kris.

Als een zware donderwolk die elk moment tot uitbarsting kon komen, hing de abortus van Kris over Micks verhaal heen. Ze durfden er allebei niets over te zeggen, maar ze wisten van elkaar dat ze er aan dachten. Alles in Kris wilde Mick troosten. Wilde hem de liefde geven die hij zo verdiende. Maar ze was net de dag ervoor getrouwd. Het was onmogelijk. Dus gaf ze hem alle vriendschap die ze hem kon bieden. Met ongelooflijk veel pijn in haar hart.

Ze zijn nu een half jaar verder. Ze hebben veel contact. Mick is okay. Hij woont te midden van al zijn vrienden, die het hem gelukkig niet kwalijk nemen dat hij hen in de tijd met Annemarie een beetje heeft verwaarloosd. Ze heeft hem sinds de bruiloft niet meer gezien, waardoor de schok van het moment op de dansvloer, toen ze hem zag, is vervaagd tot een liefdevolle herinnering. Ze heeft het zelfs aan Jean Marc verteld. Dat Mick altijd bijzonder voor haar zal zijn. Dat haar gevoel voor hem nooit zal verdwijnen. Jean Marc begreep het. Dat is het fijne aan mannen die iets meer levenservaring hebben. Die weten hoe het kan zijn.

'Wat is het? Ik heb zoveel pijn! Wat gaan ze met me doen?'
Kris heeft medelijden met het achttienjarige meisje dat ligt te kronkelen van de pijn in een ziekenhuisbed in een vreemd land, ver weg van haar ouders en vrienden.
'Je hebt een acute blindedarmontsteking. Niets engs, maar wel heel pijnlijk. Dokter Savorgny hier...' Kris wijst op de arts, die ze

inmiddels goed kent. '... gaat je zo opereren. De onderzoeken die je nu krijgt, zijn voor de anesthesie, de narcose die je krijgt. Ze gaan je wat vragen stellen. Probeer zo goed mogelijk antwoord te geven. Ik help je. Goed?'

Nadat ze de vragenlijst met het meisje heeft doorgenomen, haar heeft gevraagd wie ze moest bellen in Nederland en haar kon vertellen dat haar ouders die avond nog in de auto stappen en morgenochtend in Cannes zullen arriveren, wenst ze haar veel succes, belooft ze de volgende dag terug te komen, geeft ze haar mobiele nummer voor als ze vragen heeft en neemt ze afscheid.

Vijf over acht is ze thuis. Vroeger dan gepland. Jean Marc is er nog niet. Die maakt 'Franse' uren. Vroeg op, om twaalf uur 's middags stoppen voor de lunch en een siësta, om dan van vier tot een uur of negen door te werken. Kris schenkt zichzelf haar dagelijkse glas pastis in en zet zich dan voor de televisie, die tegenwoordig godzijdank Nederlandse zenders kan ontvangen.

JEF EN BARBARA / WOONKAMER + KEUKEN + HAL

CROSS CUT

CATCH & MATCH / ALBERTS & ALBERTS

BARBARA ZIT IN DE KEUKEN ALLEEN AAN DE ROMANTISCH GEDEKTE TAFEL EN SCHEPT WAT ETEN OP HAAR BORD. ZE NEEMT EEN HAP. HET TIKKEN VAN DE KLOK KLINKT DOOR DE STILLE KEUKEN.
BARBARA KIJKT OP DE KLOK. ZE AARZELT. ZE PAKT DE TELEFOON EN NEEMT DE HOORN VAN DE HAAK. ZE AARZELT OPNIEUW. DAN LEGT ZE DE HOORN WEER OP DE HAAK.
JEF EN ANOUK ZITTEN ACHTER HUN BUREAU IN ALBERTS & ALBERTS TE WERKEN.

                    JEF
     Die knalroze achtergrond is het helemaal.

                    ANOUK
    Ja. Ziet er goed uit.

JEF GLIMLACHT. HIJ DOET OPGEWEKT.

                     JEF
    Ik weet niet of ik dat warenhuis snel
    zou binnenlopen. Maar dit moet jonge-
    ren toch aanspreken.

**JEF STAAT OP. HIJ LOOPT NAAR EEN KAST EN TREKT
EEN LA OPEN. HIJ ZOEKT TUSSEN DE STAPEL PAPIE-
REN.**

                     JEF
    Waar zijn die foto's van de modellen?

                    ANOUK
    Die heb ik in de la gelegd.

                     JEF
    Ik zie ze niet.

**ANOUK STAAT OP. ZE LOOPT NAAR JEF. ZE KIJKT IN
DE LA. HUN GEZICHTEN ZICH VLAKBIJ ELKAAR. JEF IS
AFGELEID.**

                    ANOUK
    Oh wacht. Deze.

**ANOUK TREKT DE BOVENSTE LA OPEN. JEF KAN ZIJN
OGEN NIET VAN HAAR AFHOUDEN. ANOUK MERKT HET. ZE
HAALT EEN MAP MET FOTO'S TEVOORSCHIJN EN GEEFT
DEZE AAN JEF. ZE IS TERUGHOUDEND.**

                    ANOUK
    Alsjeblieft.

ANOUK WIL ZICH OMDRAAIEN, MAAR JEF KAN ZICHZELF
NIET MEER BEHEERSEN. HIJ PAKT ANOUK VAST EN KUST
HAAR OP HAAR MOND.
ANOUK IS OVERROMPELD. ZE KIJKEN ELKAAR AAN. DAN
KUST JEF ANOUK OPNIEUW. EN ANOUK KUST HEM TERUG.
ZE ZOENEN HARTSTOCHTELIJK. JEF LAAT DE MAP MET
FOTO'S UIT ZIJN HANDEN VALLEN.

BARBARA ZIT EENZAAM AAN DE KEUKENTAFEL. VOOR
HAAR LIGT EEN BRIEFJE. ZE STAAT OP EN ZET EEN
SCHAAL MET ETEN IN DE KOELKAST. DAN BLAAST ZE
DE KAARSEN UIT. ZE LOOPT DE KEUKEN UIT. OP HET
BRIEFJE LEZEN WE: 'BEN VAST NAAR BED.'

'Wat een lul,' mompelt Kris. 'Heeft ze helemaal lekker eten voor
hem gekookt…'
Over eten gesproken. Kris kijkt naar de klok. Ze heeft honger. (in
haar hoofd hoort ze haar vader: 'Honger? In de oorlog hadden
mensen honger. Jij hebt trek.')
In de koelkast staat een heerlijke salade met garnalen, die ze vanmiddag heeft klaargemaakt. Toen ze hier net woonde, moest ze erg
wennen aan het twee keer per dag warm eten. Ze had het gevoel
dat ze de hele dag in de keuken stond! Gelukkig bleek de supermarkt een uitstekende traiteur te hebben. Je kan er alles kopen.
Alles is even lekker. Én alles is kant en klaar. Alleen maar even
opwarmen. Kris staat op en pakt haar telefoon. Ze zoekt het nummer van Jean Marc op.
'Allo?'
'Ha schat, met mij! Waar ben je?'
'Nog steeds op Port Cros, het wordt laat.'
Kris baalt. Dat doet hij altijd. Niet zelf bellen om te zeggen dat hij
later komt, maar wachten tot zij belt en dan net doen alsof hij er
nu pas achter komt dat hij te laat is. Port Cros. Dan is hij met de
boot. En zeker niet voor middernacht thuis.
'Met wie ben je daar dan?'
'Met klanten. Wacht maar niet op mij, schat.'
Kris antwoordt niet. Met klanten. Wat doe je op een piepklein,

paradijselijk eilandje met klánten? Hij heeft een prachtig kantoor-
pand in het oude centrum van Saint Tropez. Een vervelend jaloers
gevoel bekruipt haar.

'Kris?'

'Ja, ik ben er nog. Dan ga ik eten, goed? Tot straks.'

'Tot straks, ma chérie.'

Ze legt neer. Ziet vanuit haar ooghoek dat Goede Tijden weer is
begonnen en pakt snel de salade uit de koelkast. Mes, vork, glas
wijn, zitten. Terwijl ze zich weer installeert, probeert ze het vervelende gevoel van zich af te zetten. Het komt door die stomme Jef.
Jean Marc gaat niet vreemd. Die vindt het juist heerlijk om bij haar
thuis te komen. Hij fêteert zijn klanten vaak op een uitstapje met
de boot, of een etentje in een chique restaurant, om ze het laatste
duwtje te geven in de richting van de aankoop van een miljoenen-
villa. Heel normaal, niks mis mee. Hij moet voortaan alleen wat
eerder bellen.

JEF & BARBARA / WOONKAMER + KEUKEN + HAL

JEF ZIT AAN DE KEUKENTAFEL EEN BOODSCHAPPEN-
LIJSTJE TE SCHRIJVEN. BARBARA KOMT THUIS. ZE
ZIET JEF EN VOELT ZICH ONGEMAKKELIJK.

                    BARBARA
        Jij was laat gisteravond.

JEF ZWIJGT. BARBARA IS ONZEKER. ZE LOOPT DE KEU-
KEN IN.

                    BARBARA
        Hebben jullie alles op tijd af gekre-
        gen?

                     JEF
        Hm... Wil je tonijn of zalm vanavond?

BARBARA GAAT BIJ JEF AAN TAFEL ZITTEN.

Beslis jij maar. Jij doet de boodschappen.

**JEF STAAT OP EN DOET ZIJN JAS AAN. BARBARA KIJKT
NAAR HEM. JEF WIL VERTREKKEN.**

BARBARA

Jef?

JEF WACHT. HIJ KIJKT BARBARA NIET AAN.

BARBARA

Over gisteravond...

JEF ZWIJGT.

BARBARA

Ik was een beetje... Ik zal echt proberen wat aardiger te doen, okay?

JEF

Bar...

BARBARA

Je hebt het al druk genoeg om die klus
op tijd af te krijgen en dan zit je
echt niet te wachten op mijn gezeur.

JEF DURFT NIETS TE ZEGGEN.

Dit is wel echt pijnlijk. Gaat Barbara zich verontschuldigen, terwijl
hij echt vreemd is gegaan! Wat doen mensen elkaar toch aan soms?
Zo moeilijk is het toch niet om met je handen van een ander af
te blijven? En als je dat echt niet kunt, moet je geen verbintenis
aangaan met iemand. Daar is Kris heel straight in.
Behalve dan die keer met Michel. Michel aan wie ze haar

maagdelijkheid wilde schenken, terwijl ze diezelfde avond met Mick stond te zoenen. Dat was vreemdgaan. Niks anders van te maken. Maar ze was zestien. En het was met Mick. Kris glimlacht als ze zich die avond herinnert. Zij in haar lingeriesetje, de stukken taart nog in haar haren... Wat kon hij zoenen. Wat konden ze samen zoenen. Wat was het leven leuk en ongecompliceerd.

BARBARA

```
Het is logisch dat je met haar moet
samenwerken. Ik zal er niets meer over
zeggen. En ook niet meer jaloers zijn.
```

JEF KIJKT HAAR AAN.

JEF

```
Barbara...
```

BARBARA KIJKT HEM AAN. JEF GAAT WEER TEGENOVER HAAR ZITTEN. HIJ ZOEKT NAAR WOORDEN. HIJ HEEFT HET MOEILIJK.

BARBARA

```
Je hoeft niets te zeggen.
```

JEF

```
Jawel. Ik geloof... Ik ben verliefd op
Anouk.
```

BARBARA IS GESCHOKT.

Aftiteling. Kris stopt een garnaal in haar mond, zich verbazend over het feit dat Jef dus echt bereid is om zijn huwelijk met Barbara op het spel te zetten voor zijn flirt met deze Anouk. Ze had een beetje gedacht dat hij na een potje buitenechtelijke seks wel weer bij zinnen zou komen.
Pling.
Kris staat op en loopt naar haar computer. Ze grist een vest van de

stoel en trekt het aan. De avonden worden nu echt kil.

Mick zegt: ben je online?

Kris zegt: voor jou altijd.

Mick zegt: ik glimlach.

Kris zegt: ik ook. De vierde avond op een rij die ik in mijn eentje doorbreng.

Mick zegt: kom dan ook terug naar Amsterdam.

Kris zegt: over twee weken.

Mick zegt: jopie.

Kris zegt: jopie?

Mick zegt: joepie.

Kris zegt: haha! Ga toch eens op typecursus.

Mick zegt: ik heb wel betere dingen te doen.

Kris zegt: zoals?

Mick zegt: ik heb vanavond een afspraakje.

Kris zegt: Cool! Met wie? Vast niet zo knap en leuk en grappig en onhandig als ik. (geintje)

Mick zegt: met Annemarie.

Kris zegt: oh?

Mick zegt; oh, wat leuk? Of: oh, wat stom?

Kris zegt: dat weet ik eigenlijk niet. Ik dacht dat jullie geen contact meer hadden.

Mick zegt: we zagen elkaar vorige week. Bij de notaris. Voor de verkoop van het huis. Toen smste ze me gister. Dat ze wat wilde drinken.

Kris zegt: spannend.

Mick zegt: heel spannend. Ze zag er goed uit. Geen pukkels meer door de hormonen. Helaas ook niet meer van die grote tieten.

Kris zegt: seksist!

Mick zegt: geintje. Mail je me wanneer je precies aan komt? Dan ga ik bij Bart pitten, kun jij op je eigen kamer.

Kris zegt: die nu van jou is. En ik ga bij mijn ouders logeren en bij Céline, dus ik weet niet wanneer en hoe lang ik in Amsterdam ben. Blijf maar fijn in je eigen hol.

Mick zegt: hebben we het nog wel over.

Kris zegt: ik moet gaan. De honden willen worst.

Mick zegt: en die zijn belangrijker. Ik moet ook gaan.

Kris zegt: wil Annemarie ook worst?

Mick zegt: haha!

Kris zegt: veel plezier en hou me op de hoogte!

Mick zegt: kus.

Kris zegt: kus.

Jeetje. Mick en Annemarie weer samen. Wat zou ze daarvan vinden? Ze denkt hier over na, terwijl ze de computer uitzet en twee speciaal voor de honden bestemde worstjes pakt uit een tupperwarebakje dat ze altijd in de groentela verstopt. Ze heeft Jean Marc belooft ermee op te houden, maar ze vindt het zulke leuke beesten. Ze opent de verandadeuren en de twee honden springen blaffend tegen haar op. Ze knuffelt een tijdje met ze. Mick en Annemarie. Ze krijgt een lik over haar gezicht. Weer samen. Ze wordt omver geduwd door de grootste van het stel. Mick die weer de saaie lul van toen wordt. Ze giechelt als ze een zwiepende staart onder haar oksel voelt. Annemarie die niet wil dat Mick contact heeft met Kris. Weer een natte tong op haar wang. Mick en Annemarie die straks in een restaurantje eten, elkaar verliefd in de ogen kijken, bij het licht van een kaarsje, onder het genot van een wijntje. Zullen ze straks in bed belanden?

Kris staat op, geeft de honden een laatste kus en stuurt ze dan terug naar hun baas, de buurman. Ze sluit de deuren van de veranda. Ze is moe.

Het is twee uur 's nachts als Jean Marc thuiskomt. Ze slaapt nog steeds niet, maar dat hoeft hij niet te weten. Ze hoort hoe het flesje water, dat hij elke avond naast zijn bed heeft staan, uit de koelkast pakt. Ze hoort zijn adem, als hij zo zacht mogelijk zijn kleren uittrekt. Ze hoort de vloer kraken als hij naar de badkamer loopt om zijn tanden te poetsen. Dan komt hij terug. Hij kruipt naast haar in bed. Net als ze denkt dat hij slaapt, voelt ze hoe hij zijn arm om haar lichaam heen slaat. Zijn vingers die zich heel zacht kriebelend een weg naar haar borst banen. Zijn warme lippen op haar rug, zijn heupen drukken tegen haar billen. Ze kan zich niet langer slapende houden en draait zich naar hem toe.

'Zou je het vertellen als je een ander hebt?'

Jean Marc, die duidelijk in een hartstochtelijke bui is, moet even omschakelen.

'Eh… Bien sur. Waarom vraag je dat?'

'Omdat ik vandaag opeens… Je bent zo vaak weg de laatste tijd. 's Avonds ook. En op televisie ging Jef vanavond vreemd, dus…'

Hij lacht zijn brommende, ingehouden lachje, dat ze altijd zo sexy vindt.

'Goede Tijden, Slechte Tijden in Saint Tropez?'

'Zoiets.'

Hij rolt op haar en kust haar.

'Niet bang zijn. Ik heb mijn wilde tijd gehad. Nu ben jij er en ik zou het niet in mijn hoofd halen om iets te doen waarmee ik ons huwelijk op het spel zou zetten. Jamais.'

Kris kijkt hem aan en ziet in zijn ogen dat hij het meent. Ze slaat haar armen om hem heen en kust hem vol overgave terug.

DE ROZENBOOM / RESTAURANT + GANG

JEF ZIT AAN DE BAR EN NEEMT DE LAATSTE SLOK UIT ZIJN WHISKYGLAS. BARBARA KOMT BINNEN EN GAAT NAAR JEF TOE.

JEF
(TEGEN DE BARMAN)
Doe nog maar een dubbele.

BARBARA KOMT NAAST JEF STAAN. JEF IS VERRAST.

JEF
Hoe wist je dat ik hier was?

BARBARA
Op kantoor was je in elk geval niet.

BARBARA PAKT HET GLAS DAT DE BARMAN VOOR JEF
NEERZET EN DRINKT HET IN ÉÉN TEUG LEEG.
JEF VOELT ZICH ONGEMAKKELIJK.

                        JEF
        Ben je bij Anouk geweest?

                      BARBARA
        Ik ben bij A&A geweest.

JEF IS ONGERUST.

                      BARBARA
        Waas maar niet bang. Ze leeft nog.

                        JEF
        Bar…

BARBARA WORDT BOOS.

                      BARBARA
        Niks Bar. Hoe noem je háár eigenlijk?
        Noukie? Ankie?

JEF IS WANHOPIG.

                        JEF
        Alsjeblieft. Ik heb het je proberen
        uit te leggen. Ik weet niet eens wat
        ik van haar wil.

                      BARBARA
        Zij weet dat anders heel goed van jou.

JEF IS AANGENAAM VERRAST.

JEF

Zei ze dat?

BARBARA

En ze is vastberaden je te krijgen
ook.

**JEF ZWIJGT. HIJ IS HEIMELIJK VEREERD. BARBARA
ZIET HET EN WORDT NOG BOZER.**

BARBARA

Het is nu afgelopen. Mijn geduld is
op. Je hebt een week.

JEF

Een week voor wat?

BARBARA

Om te beslissen of je met mij verder
gaat. Of met Anouk.

BARBARA VERTREKT. JEF SCHRIKT.

'You go, girl!' zegt Kris hardop, terwijl ze op haar overvolle koffer gaat zitten en hem dichtritst. Net goed voor Jef, die al tijden van twee walletjes eet. Barbara durft eindelijk voor zichzelf op te komen.

Getoeter klinkt van buiten. Verdorie, de taxi is er al.

'Jean Marc!!!' gilt ze, terwijl ze naar de voordeur loopt, hem opent en naar de taxichauffeur gebaart dat ze er aan komt. Jean Marc komt roffelend van de trap af. Hij is bezweet en in sportkleding. Sinds hij een gym in hun huis heeft laten bouwen op verzoek van Kris, heeft zij er twee keer gebruik van gemaakt en hij minstens honderd.

'Ik krijg mijn koffer niet dicht.'

'Gek hè?' plaagt hij. En natuurlijk heeft hij hem in één handbeweging dicht geritst en opgetild. Als het roze bakbeest in de kofferbak ligt (hoe krijg ze hem er in godsnaam weer uit?), neemt hij haar in zijn armen.

'Dag ma petite Néerlandaise. Heb heel veel plezier. Geef iedereen een kus van me en bel me heel, heel vaak.'

Ze knikt. En kust hem.

'Als die kids van je zich echt onuitstaanbaar gedragen -'

'Neem ik het eerste vliegtuig naar Nederland.'

Na nog een kus, stapt ze in de taxi.

Het regent. Het stormt. Het is ijzig koud. Op straat is iedereen chagrijnig om de kerstinkopen te moeten doen onder deze barre omstandigheden. In de tram stinkt het naar muffe regenjassen. Haar ouders draaien overuren om alle klanten, die een dag voor kerstmis nog besluiten hun feestkleding te laten stomen, tevreden te stellen. Oma moppert omdat de kalkoen die ze heeft gekocht te groot blijkt voor haar oven en ze hem niet mag ruilen voor een kleiner exemplaar. Céline werkt haar kop eraf om alle pubermeisjes die kerstgala op school hebben van een filmsterren make-up te voorzien. Er staan overal files vanwege omgewaaide bomen. Iedereen klaagt over de euro, die bijna een jaar geleden is ingevoerd, maar waar nog steeds niemand aan gewend lijkt te zijn. En oma en Ralph zijn verguld met de geboorte van prinses Amalia, het eerste kindje van Willem-Alexander en zijn Maxima. Oma heeft zelfs een foto van haar in een lijstje gedaan, waar ze elke avond voor het slapengaan een kusje op geeft. Schattig.

Kris heeft de tijd van haar leven. Ze helpt haar ouders als vanouds in de wasserette. Ze koopt zich suf aan alle kleding die op de valreep voor de feestdagen nog eens extra is afgeprijsd (zoals haar oma zegt: 'je bent en blijft een Nederlander, hè?). Ze bezoekt al haar vrienden, slaat geen uitnodiging voor een feest af en gaat met haar moeder naar de nachtmis.

Ze glundert als iedereen eerste kerstdag aan de mooi gedekte tafel zit en, traditioneel, vertelt wat zijn of haar hoogtepunt van het jaar was.

Oma: 'De bruiloft van Kris.'

Mama: 'De bruiloft van Kris.

Papa: 'De dolfijnen die we zagen op de boot van Jean Marc.'

Martijn: 'Waterskiën in Saint Tropez.

Ralph: 'Mag het een dieptepunt zijn? Dat ik niet meekon naar de bruiloft van Kris.'

Kris: 'Natuurlijk mijn bruiloft. Maar met stip op nummer twee: deze dag. Hier weer te zijn. Thuis.'

STRAND

ANOUK WACHT AAN DE VLOEDLIJN. ACHTER HAAR KOMT JEF VANUIT DE DUINEN NAAR HAAR TOE LOPEN. ANOUK DRAAIT ZICH OM. BEIDEN VOELEN ZICH OPGELATEN EN ONHANDIG. ZE RAKEN ELKAAR NIET AAN.

> **ANOUK**
> Zullen we een stukje lopen?

JEF KNIKT. ZE LOPEN LANGS DE VLOEDLIJN.

> **JEF**
> Bedankt voor je brief. Het heeft me veel duidelijk gemaakt.

> **ANOUK**
> Maar?

JEF KIJKT HAAR AAN. HIJ HEEFT HET MOEILIJK.

> **JEF**
> Maar ik blijf bij mijn besluit.

ANOUK KNIKT. ZE BLIJFT STAAN EN KIJKT OVER DE ZEE.

> **ANOUK**
> Ik dacht, voordat je net kwam: we kunnen ook in een bootje naar de andere kant van de wereld varen.

We zouden binnen de kortste keren ver-
drinken.

ANOUK KNIKT. ZE VEEGT EEN TRAAN WEG. JEF ZIET
HET.

ANOUK

Komt door de wind.

JEF GLIMLACHT. ANOUK LOOPT VERDER. JEF VOLGT
HAAR.

JEF

Ik zou willen dat het anders was.

ANOUK KIJKT HEM AAN. ZE IS GEËMOTIONEERD.

ANOUK

Beloof je me dat je gelukkig wordt?
Anders is dit allemaal voor niets.

JEF KNIKT. HIJ KUST HAAR TEDER. ZE KIJKEN ELKAAR
DIEP IN DE OGEN. DAN MAAKT ANOUK ZICH LOS. ZE
KIJKT JEF NOG EEN KEER AAN. DAN LOOPT ZE WEG VAN
HEM. JEF LAAT HAAR GAAN. HIJ HEEFT HET MOEILIJK.

'Nou,' zegt oma. 'Ik hoop dat hij een goed pak slaag krijgt van
Barbara. De schoft.'
'Hij heeft het nu toch uitgemaakt met die Anouk?' neemt Kris'
moeder het voor Jef op.
'Hij had er nooit aan moeten beginnen,' vindt oma.
'Soms… Soms kun je het niet tegenhouden.' Kris heeft spijt van
haar woorden, zodra ze ziet dat iedereen haar aan zit te staren.
'Je bent nog geen jaar getrouwd!' zegt haar moeder verontwaar-
digd.
'Ik heb het ook niet over mezelf. Maar gewoon. In het algemeen.

Niet elke situatie is het zelfde...'

De dagen vliegen voorbij en voordat Kris het door heeft is het 2 januari. Nog katerig van oud en nieuw, dat ze in Utrecht met Céline, de masseur en een heleboel oude vrienden heeft gevierd, arriveert ze bij haar oude huis. Morgen vliegt ze terug. Vanavond gaat ze koken met Rogier voor Bart, Gerard en Mick. Ze heeft een boodschappenlijstje doorgemaild en hoopt maar dat Rogier alles in huis heeft kunnen halen. Ze haalt het stomme regenkapje van haar hoofd voordat ze aanbelt. Ze heeft voor haar doen veel aandacht aan haar uiterlijk besteed en Céline bijna een klap verkocht, toen die zei dat ze er bijzonder cockteaserig uit zag voor een respectabele getrouwde vrouw. (Céline had wel een beetje gelijk. Maar dat zou ze natuurlijk nooit toegeven. Ze wilde er mooi uit zien. Indruk maken. Op alle jongens. En op Mick in het bijzonder. Stom. Onverstandig. Zinloos. Maar ze kon zichzelf niet bedwingen.)

Ze drukt op de bel. De bekende geluiden. De voetstappen op de trap. De lichtkop, waar nog steeds een paar keer op geramd moet worden voordat hij het doet. De deur van de garage, die volautomatisch zou moeten zijn, maar altijd een handje moet worden geholpen.

'Hai!' roept Mick haar al toe, voordat de deur helemaal open is. Ze ziet aan zijn afgetrapte Adidasschoenen dat hij het is. Ze kruipt onder de deur door om zo snel mogelijk uit de regen te zijn. Opgewonden en blij en emotioneel laat ze zich door hem omhelzen.

'Krissie!'

'Wanneer koop je nou eens nieuwe schoenen?'

'Heb ik al. Zes paar. Maar deze lopen het lekkerst.'

Hij grijnst naar haar en ze lacht terug. Het verleden neemt de controle een moment over. Dan pakt hij haar hand en trekt haar mee de trap op. Terwijl ze achter hem aan loopt, zegt hij: 'Bart en Gerard konden kaarten krijgen voor een of ander sportfestijn, dus die komen niet.'

'Oh, jammer. Ik hoop dat Rogier daar met het boodschappen doen rekening mee heeft gehouden.'

Ze komen boven aan de trap. Daar draait Mick zich naar haar om. Hij pakt een briefje van het prikbord, waar iedereen belangrijke mededelingen op prikt. Hij geeft het aan haar. Ze leest:

Hey guys, hey Kris!
Het spijt me vreselijk, maar ik kan er van-
avond niet bij zijn. Moet voor een spoed-
zaak naar Peru, waar een cliënt van me
is opgepakt. Ga op mijn kosten uit eten.
Have fun. Rogier.

'Waar wil je naar toe? Le Garage? De Kersentuin? Het Amstelhotel? Rogier betaalt!'

Het wordt het kleine eetcafé op de hoek, waar Kris en Mick zich helemaal achterin aan een klein, knus tafeltje installeren. De jongen in de bediening herkent Mick uit het ziekenhuis. Het is een tweedejaarsstudent die een paar weken met Mick heeft meegelopen.
'Respect voor je werk, man. Hoe jij onder die tijdsdruk toch rust uitstraalt naar je patiënten toe en gewoon echt het beste wilt voor ze, dat heb ik nog niet vaak meegemaakt. Zo'n dokter wil ik ook worden.'
Kris kijkt naar Mick, die zich niet zo goed raad weet met dit compliment. Ze barst van trots bijna uit elkaar.
'Vertel, wat kan ik voor jullie inschenken? Rondje van mij.'
Als de drankjes op tafel komen (droge witte wijn voor Kris en een biertje voor Mick) is Kris over haar eerste onwennigheid heen. Ze is al zo lang niet meer samen geweest met Mick. Niet meer alleen met hem. Er waren altijd anderen bij. Ze weet niet hoe hij er in staat. Of hij ook elke keer weer even van slag is als ze elkaar hebben gesproken of gemaild. Ze hoopt eigenlijk van niet, want ze wordt er soms gek van. Maar aan de andere kant hoopt ze het natuurlijk wel. En daar wordt ze ook gek van.
Maar nu vergeet ze alles en bestaat alleen dit moment.

'Wat heb je met de kerst gedaan?'
'Ik ben bij mijn tante geweest. We hebben het graf van mijn ouders bezocht. En van mijn oom. Best zwaar dus.'

Kris weerstaat de aandrang om haar hand op die van hem te leggen.

'Jij?'

'Bij oma met de hele familie. Eerst de hele keuken verbouwd, want de kalkoen was te groot voor de oven en toen heeft ze een nieuwe oven gekocht, maar die bleek niet te passen op de plek van de oude oven en toen heeft ze de vaatwasser eruit gesloopt en die op de overloop geplaatst en toen konden we eindelijk aan tafel. Laat dus.'

'En gezellig dus,' grinnikt Mick.

Een half uur later:

'Mmm... Die soep is echt heerlijk. '

'Wel veel uien.'

'Ja troela, het is ook uiensoep!'

Kris lacht. Mick ook. Ze plukt een sliertje gesmolten kaas uit zijn mondhoek.

'Ik moet opeens denken aan die vrouw die bij me op het spreekuur kwam. Moddervet.'

'Nog dikker dan oma?'

Mick lacht.

'Dat is bijna onmogelijk. Maar ze was echt heel dik. En ze had al tijden last van haar darmen. Die kronkelden de hele tijd, zo omschreef ze het. Nou had ze die dag daarvoor uiensoep gegeten en nog veel meer last dan anders. Dus ze kwam bij mij.'

'De geluksvogel,' grapt Kris.

'Ik maak een echo van haar kronkelende darmen en kon alleen maar zeggen: mevrouw, in uw buik is geen uiensoep te zien, maar wel een bijna voldragen baby.'

'Echt?!' gilt Kris.

Mick knikt. 'Ze is drie weken later bevallen. Van een meisje. Soepie.'

'Niet waar. Heeft ze haar echt Soepie genoemd?'

'Nee. Zo noemen we haar op de afdeling nog steeds.'

'Wat een dombo. Hoe kun je nou dertig weken zwanger zijn en het niet door hebben? '

Mick haalt zijn schouders op.

Een half uur later:

'Ik weet het niet. Daar hebben we het eigenlijk nooit over gehad. Is dat stom?'

'Nee. Natuurlijk niet. Als je niet het gevoel hebt dat je iets mist, of dat je perse moeder wilt worden… Jij bent natuurlijk nog jong. En hij heeft al twee kinderen.'

Kris knikt.

'Hoe oud is Annemarie nu?' wil ze voorzichtig weten.

'Zesendertig.'

Mick lijkt te aarzelen. Kris kijkt hem vragend aan.

'Bij haar gaat het niet lukken. Ze heeft een paar weken geleden te horen gekregen dat ze zich erbij moet neerleggen dat ze onvrucht-baar is. Ook al is er geen duidelijke oorzaak te vinden.'

Kris slaat haar hand voor haar mond. Wat erg moet dat zijn voor iemand die zo ontzettend graag kinderen wil. Dat verdriet kan ze zich nauwelijks voorstellen.

'Oh Mick, wat vind ik dat vreselijk. '

Mick knikt. Kris probeert wanhopig iets positiefs te bedenken.

'Maar jullie kunnen… Ik bedoel, je kan een kindje adopteren, toch? Of een draagmoeder! Ja, een draagmoeder, dat is ook een goed idee.'

Mick glimlacht.

'Zover zijn we nog helemaal niet. We weten niet eens of we wel met elkaar… Of we weer opnieuw met elkaar willen beginnen.'

'Oh…' zegt Kris bedremmeld en een tikkeltje verrast. 'Ik dacht, omdat je de vorige keer zei dat jullie afspraak zo gezellig was…'

'Dat was het ook. Maar ik weet niet of…'

Mick kijkt Kris aan.

'Ik wil heel graag kinderen. Een gezin. En ik weet niet of… Dat klinkt misschien heel hard, maar ik weet niet of ik wel genoeg van Annemarie hou om dat offer te brengen. Om nooit vader te worden.'

Kris knikt, niet in staat iets te zeggen. En dan legt ze toch haar hand op die van Mick. Met haar duim streelt ze zacht over zijn pols.

'Twee maal de biefstuk met pepersaus en huisgemaakte friet!'

Een uur later:

'Nee, Mick! Jij mag hem geen opa noemen! Ten eerste is hij feitelijk gezien geen opa, en ten tweede is hij nog niet eens vijftig!'

'Hij verft zijn borsthaar,' daagt Mick haar uit.

Kris hapt naar adem.

'Heeft hij dat verteld?'

Mick knikt grijnzend.

'Dat heeft hij nog nooit aan iemand verteld.'

'Eerlijk. Is het nooit een probleem?'

Kris denkt na. Schudt haar hoofd. En knikt dan toch.

'Ja, natuurlijk wel. Soms. Die kinderen van hem zijn… '

Ze maakt een snijgebaar langs haar hals.

'Ik bedoel, als het nou twee schattige onuitstaanbare peutertjes waren, dan kon je nog denken: dat is een fase. Maar die twee zijn volwassen en echt… Oef!'

Nu maakt ze een wurggebaar. Mick lacht en gebaart naar de ober dat ze nog een fles rode wijn willen.

'En hij… Ga ik dit echt zeggen?'

Mick knikt, hij zit te genieten. Zij trouwens ook.

'Hij slaapt met een snurkbeugel in.'

Mick ligt onder tafel van het lachen. Kris voelt zich nu toch een beetje schuldig tegenover Jean Marc en probeert het te verzachten.

'Omdat hij… Wat ouder is, is zijn huig verslapt en daarom ratelt dat een beetje als hij slaapt.'

Mick lacht zo mogelijk nog harder.

'Dat is helemaal niet grappig, want ik lig de hele nacht wakker van dat gesnurk. Ik heb al een tennisbal in zijn slaapshirt genaaid, maar – '

'Wat?! Een tennisbal?'

Chris probeert nu ook haar lachen in te houden.

'Ja! Op zijn rug. Want als hij op zijn rug is, snurkt hij het hardst. Dus ik dacht; als ik daar nou een tennisbal opnaai, ligt het niet lekker en draait hij vanzelf op zijn zij. '

Mick verdwijnt nu letterlijk onder de tafel.

'Mick! Mick, doe niet zo flauw!'

Kris pakt een servetje om de tranen van het lachen die over haar wangen stromen af te vegen. Dan komt er een rozenverkoper langs, die ook een polaroidcamera om zijn nek heeft hangen. Kris slaat haar armen om de nek van Mick heen. De verkoper drukt af op het moment dat Kris naar Mick kijkt om te checken of hij wel lacht naar de camera. De ondeugende sprankeling in hun ogen spat van de foto af.

Een half uur later:
'Denk je dat Rogier het goed vindt als we nóg een cognacje nemen?'
Mick knikt. Hij ligt met zijn hoofd op tafel en kijkt Kris loom aan. 'Rogier vindt alles goed. Als wij maar samen zijn.'
Op slag is Kris weer nuchter. Nou ja, niet helemaal, eigenlijk helemaal niet, maar ze is wel wat helderder.
'Wát zei je nou?'
'Je hoorde me wel.'
Kris kijkt Mick aan. Hij tilt zijn hoofd op. Ook plotseling wakker.
'Sorry,' zegt hij. 'Had ik niet moeten zeggen. Stomme cognac ook.'
'Vindt Rogier dat echt?'
Mick realiseert zich dat hij nu niet meer terug kan krabbelen en knikt. Kris laat dit even bezinken.
'Heeft hij dit dan... Is dit in scene gezet door hem?'
Mick gebaart dat hij het niet weet.
'Hij is wel echt in Peru. Ik heb hem zijn ticket horen boeken.'
Kris weet even niet wat ze moet zeggen. Mick slaat zijn arm om haar heen en trekt haar tegen zich aan.
'Niet doen. Niet piekeren. '
Kris kijkt Mick aan. Haar gezicht zo dicht bij dat van hem.
'Ik ben getrouwd, Mick.'
'Ik weet het.'

Anderhalf uur later:
'Welterusten.'
'Welterusten.'
Kris, dronken van de wijn, de cognac en het geluksgevoel dat ze heeft na deze avond met Mick, gaat op haar tenen staan en geeft hem een kus. Op zijn mond. Net iets te lang, maar zeer zeker niet aanstootgevend voor een getrouwde vrouw. Vindt ze zelf.

Toen ze het café werden uitgebonjourd hebben ze thuis (zijn huis, het hare natuurlijk niet meer) nog een fles wijn opengetrokken. Muziek geluisterd. Gekletst. Nog een scene van Jiskefet gekeken, vreselijk gelachen. Het was een bijzondere, memorabele, heerlijke avond. En nu moet ze naar bed, anders valt ze pardoes omver.

Ze waggelt naar Rogiers kamer, waar ze in goed (maar niet al te helder) overleg met Mick heeft besloten te slapen.

'Kris?'

Ze draait zich om. Moet zich vasthouden aan de deurpost.

'Even los van... Van alles,' zegt Mick met dubbele tong. 'Los van alles hou ik gruwelijk veel van je.'

Kris kijkt hem aan. Houdt zich nu niet meer vast om niet om te vallen, maar om niet toe te geven aan de aandrang om naar hem toe te lopen, hem vast te pakken en hem nooit meer los te laten. De tranen schieten in haar ogen als ze zegt: 'Ik ook van jou. Gruwelijk veel van jou.'

'Welterusten.'

'Welterusten.'

'Grmphfff...'

Ze tast naast zich, op zoek naar de wekker. Glasgerinkel klinkt. Huh? Ze opent haar ogen, heel even, net lang genoeg om zich te realiseren dat ze niet in haar eigen bed in Frankrijk ligt. Een vaas op de grond. Kapot. Van Rogier. Van Rogier? Oh ja. Mick. Goed gedaan, Kris. Goed gedaan. Niets verkeerd gedaan. Helemaal goed. Ze moet plassen. Maar haar ogen vallen weer dicht. Wil niet opstaan nu. Straks. Straks ga ik plassen. Nu slapen. Lekker verder slapen.

'Kris?'

Ze kreunt. Hou op.

'Krissie?'

Ze komt heel, heel langzaam uit een diepe slaap.

'Wat?'

'Wat doe je hier?'

Ze opent haar ogen. Mick kijkt haar slaperig aan. Mick. Wat doet ze in bed met Mick?

'Wat… Wat doe je in mijn bed?'

'Je ligt in míjn bed, Kris.'

'Maar…'

Ze kijkt om zich heen. Zijn kamer. Vroeger haar kamer. Het grijze ochtendlicht komt achter de niet perfect sluitende gordijnen (kant en klaar van Ikea, ze weet nog precies hoeveel ze ervoor betaald heeft) de kamer in. En dan weet ze het weer.

'Ik moest plassen.'

Mick grinnikt.

'Net zoals de eerste keer.'

Ze knikt. Verdomme. Heeft ze weer een wandeling gemaakt in haar slaap.

'Net zoals de eerste keer,' zegt ze.

Ze rekt zich uit. Mick kijkt naar haar. Ze kijkt hem aan. Zijn haar zit door de war. In een automatisch gebaar strijkt ze een krul van zijn voorhoofd.

'Je hebt je mascara er niet afgehaald,' zegt hij met schorre stem.

'Nee… Dat eh… Dat was ik vergeten.'

'Dat vergeet je altijd. '

Hij glimlacht naar haar. Zij naar hem. En dan gebeurt het. Hij kust haar. Niet als een vriend, niet als een ex-vriend, maar hoe Mick Kris altijd kuste. Zijn handen zijn overal, alsof hij alle verloren tijd wil inhalen, elke millimeter van haar lichaam weer wil verkennen, weer wil herkennen. Ze klampt zich aan hem vast, totaal overweldigd door het gevoel, door zijn gretigheid, door haar eigen gretigheid. Hij kreunt als ze hem bij zijn billen pakt en hem tegen zich aandrukt alsof ze hem door haar eigen lichaam heen wil trekken. Hij rukt haar nachthemd uit en snuift haar geur op. Zij zet haar nagels in zijn rug en vergeet alles. Dit kan niet fout zijn. Wat ze voelen kan niet verkeerd zijn. Als hij in haar komt, gehaast, alsof het elk moment kan ophouden, lijkt ze te exploderen. Ze kust hem en ze streelt hem en ze knijpt in hem en ze roept zijn naam. Mick.

'Waarom doe je zo?'

Kris zit bovenop haar koffer en probeert hem dicht te krijgen. Ze kan hem niet in zijn ogen kijken. Kan niet toegeven aan het gevoel. 'Hoe doe ik dan?'

'Beleefd. Alsof ik je nieuwe overbuurman ben.'

Ze blijft aan haar koffer sjorren. Wat moet ze anders? Ze vliegt over twee uur terug naar haar leven. Vannacht was… Jezus. Het was zo ongelooflijk heftig. Ze heeft niet meer geslapen daarna. Hij ook niet. Ze lagen naast elkaar, probeerden te bevatten wat er was gebeurd. Ze is volslagen in de war. Dit was wat ze niet wilde, maar tegelijkertijd wat ze zo ontzettend graag wilde. Maar nu? Wat nu?

'Sorry. Ik eh… Ik weet niet zo goed…'

Ze barst in huilen uit. Ook dat nog. Mick loopt naar haar toe en tilt haar kin omhoog.

'Hé… Niet huilen. Het komt goed. Hoe dan ook, het komt goed.'

'Hoe dan?' snikt Kris.

'Dat weet ik niet,' geeft Mick toe. Hij omarmt haar.

'Maar vannacht was… Was magisch. Daar kan niets slechts uit voort komen. Toch?'

Ze kijkt in zijn ogen. Zijn lieve, oprechte, mooie ogen. En ze weet dat hij gelijk heeft.

'Maar ik moet weg, en ik… Ik weet niet wat ik… Dit wilde ik niet, maar ik wilde het wel en ik- '

'Kris?' onderbreekt hij haar. Ze kijkt hem aan.

'Neem de tijd. Ik hou al twaalf jaar van je. Dat stopt niet zomaar. Neem de tijd.'

Als het vliegtuig zich losmaakt van de startbaan en ze Nederland ziet veranderen in een Madurodam-landschap, denkt ze terug aan zijn woorden. En ze weet dat haar leven drastisch zal veranderen. Weer.

Sommige mensen hebben twee gezichten.

(Janine Elschot, 2004-2005)

'Trut! Je werkt gewoon voor hén! Je wilt me er in luizen!'
Kris probeert uit alle macht haar kalmte te bewaren tegenover het meisje dat tegenover haar staat in haar minuscule bikini, klappertandend van de kou, door de airconditioning die altijd hoog staat in het politiebureau van Cannes.
'Ik werk hier inderdaad. Als tolk. Ik luis je er niet in, ik ben hier om je te helpen begrijpen wat er aan de hand is.'
Het meisje schopt tegen een stoel aan, die omvalt. Ze is hier al een paar uur en heeft tot nu toe tegen niemand willen zeggen wie ze is of waar ze vandaan komt. Aan haar zachte g te horen komt ze uit Brabant of Limburg, maar ze weigert er iets over los te laten. Kris pakt de stoel, zet hem rechtop en kijkt even naar de agent, die achter het bureau zit. In het Frans zegt ze dat het meisje niet wil praten. De agent maakt Kris duidelijk dat ze haar dan zullen moeten opsluiten. Hij staat op, meldt koffie te gaan halen en zo terug te zijn.
Als de agent weg is, gaat Kris op de stoel zitten en kijkt naar het meisje, dat hooguit vijftien, zestien jaar kan zijn.
'Je bent opgepakt omdat je wiet bij je had. Niet veel, in Nederland ook geen enkel probleem, maar hier wel. Dat je die politieman toen ook nog tegen zijn schenen hebt geschopt maakt de zaak er nog wat erger op.'
Het meisje haalt haar schouders op en kijkt stuurs voor zich uit.
'Luister, ik wil je helpen, maar dan moet je wel een beetje meewerken.'
Het meisje wendt haar blik af. Net als Kris de moed wil opgeven,

begint het meisje te huilen.

'Ik wil niet terug.'

'Niet terug waarheen?' wil Kris weten, blij met deze opening.

'Naar het instituut. Ik wil er nooit meer naar toe.'

'Welk instituut?'

Het meisje aarzelt. Ze vecht tegen haar argwaan jegens Kris en haar behoefte om iemand in vertrouwen te nemen.

'In Zwolle. Ik moest er naar toe omdat mijn ouders... Die kunnen niet meer voor me zorgen, zeg maar. Drugs enzo. Heb een tijdje in een pleeggezin gezeten, maar die vonden me onhandelbaar. Toen moest ik naar dat instituut. Voor ontspoorde jongeren.'

Nu het meisje niet meer zo boos kijkt en agressief schreeuwt, valt het Kris op hoe jong ze eigenlijk is. Een gevoel van medelijden voor haar overvalt Kris.

'Hoe oud ben je?'

'Dertien,' mompelt het meisje.

Zo jong. En dan al zoveel meegemaakt. Kris ziet dat het meisje weer rilt en trekt haar vest uit. Ze houdt het naar haar op. Het meisje doet alsof ze het niet ziet. Kris staat op en legt het vest om de schouders van het stuurse meisje.

'Doe nou maar aan, het is hier ijskoud.'

Kris glimlacht als ze ziet dat het meisje haar vest toch aantrekt en het dicht om zich heen slaat.

'Hoe heet je?'

'Maria,' zegt ze heel zacht.

'Wat een mooie naam.'

Het meisje snuift neerbuigend. 'Een naam uit de Bijbel. Past niet echt bij me, hè? Mijn ouders waren vast stoned toen ze het verzonnen. '

Er valt een korte stilte. Kris kijkt zo nonchalant mogelijk op haar horloge. Ze wil het beginnende vertrouwen van het meisje niet beschamen door haar het gevoel te geven dat ze op moet schieten, maar ze zou met Jean Marc bij de buren gaan eten. Als ze op tijd wil komen, moet ze uiterlijk over een half uur weg.

'Maria? Hoe ben je hier terecht gekomen? Ben je op vakantie met eh... Het internaat?'

Maria schudt haar hoofd.

'Met familie? Of vrienden?'

Maria schudt haar hoofd weer.

'Gaan ze me opsluiten?' wil ze weten.

'Ik denk het niet,' stelt Kris haar gerust. 'Je had maar heel weinig drugs bij je, ze weten dus dat je geen dealer bent ofzo. Ik denk dat je er met een boete vanaf komt.'

Maria haalt diep adem, ze is vreselijk opgelucht.

'Had je het meegenomen uit Nederland?'

Maria knikt.

'Ik was helemaal niet van plan om helemaal hier naar toe te gaan, maar de vrachtwagenchauffeur die me een lift gaf, moest hierheen. En ik wilde wel eens zien of het echt zo mooi was. Zuid Frankrijk.'

'Ben je hierheen komen liften?' wil Kris ontsteld weten. Maria knikt.

'In je eentje?'

'Ja. Wat ik net zei: ik hield het daar niet meer uit. Toen ben ik weggelopen.'

Dan zullen ze daar in Holland vreselijk bezorgd om je zijn, denkt Kris. Terecht. Een kind van dertien! Kris denkt na. Wat moet ze hiermee doen? Wat kan ze voor het meisje doen? En wil ze dat überhaupt wel? In principe is ze hier om te tolken en valt het meisje onder de verantwoordelijkheid van de politie. Maar ze kan haar hier toch niet zomaar aan haar lot overlaten?

'Weet je, Maria? Ik ga even overleggen met wat mensen hier. Proberen of ze je laten gaan, goed?'

Maria kijkt haar dankbaar aan.

'Zou je ook wat te eten voor me kunnen regelen? Ik heb al drie dagen niet gegeten…'

'Doe ik.' Kris aarzelt even. 'Hoe heet dat instituut in Zwolle?'

'Waarom wil je dat weten?' Maria is meteen weer op haar hoede.

'Omdat we ze wel moeten bellen. Ze maken zich vast zorgen om je. Ik laat ze weten dat je hier bent, dat je okay bent en dan gaan we daarna een plan maken, okay?'

Maria denkt na. Ze gaat op de stoel zitten en begint op haar nagels te bijten.

'Je bent nog maar dertien, Maria. Hoe denk je hier te kunnen overleven?'

Maria haalt haar schouders op.

'Ik vind wel ergens een baantje.'

'Dat denk ik niet.'

Maria kijkt haar aan. 'Mag ik niet een tijdje bij jou wonen?'

Kris is ontroerd door het kinderlijke aanbod, maar moet haar lachen inhouden als ze denkt aan het gezicht van Jean Marc, als hij begrijpt dat deze pittige tante bij hun in huis komt wonen. Onmogelijk. Ze glimlacht naar Maria.

'Dat kan niet,' zegt Kris. 'Je moet toch ook naar school enzo.'

Maria bijt met haar tanden een stuk nagel af, spuugt het op de grond en mompelt dan: 'De Zwaluwhoeve.'

'Dank je wel. Ik kom zo bij je terug.'

Na overleg met de agent die ze zaak van Maria behandelt, besluit Kris het instituut te bellen. Daar maken ze zich grote zorgen om Maria, die al een week vermist blijkt te zijn. Er is aangifte van vermissing gedaan bij de Nederlandse politie. Ze melden haar dat ze er alles aan zullen doen om Maria daar zo snel mogelijk op te halen. Tot die tijd zal ze op het politiebureau moeten blijven, om ervoor te zorgen dat ze niet weer weg loopt. Nadat de Nederlandse politie contact heeft opgenomen met de Franse politie, een gesprek waarbij Kris vertaalt, wordt besloten om Maria de volgende dag onder politiebegeleiding terug te laten vliegen naar Nederland. Haar ticket wordt geregeld. De aangifte wordt in orde gemaakt. Kris regelt dat haar spullen, die ze achter een rots op het strand waar ze al een week slaapt heeft verborgen, worden opgehaald. Dat ze een maaltijd krijgt, waar Maria gretig op aanvalt. En al die tijd houdt Kris Maria op de hoogte en maakt ze zich zorgen om het meisje, dat steeds meer in zichzelf gekeerd raakt, zo ziet ze er tegen op om weer naar het instituut te moeten. Kris spreekt zichzelf toe als ze merkt hoe ze zich persoonlijk betrokken voelt bij dit zielige kind. Dit is je werk. Hou afstand. Maar dat is dit keer wel heel moeilijk. Met pijn in haar hart neemt ze een paar uur later afscheid van Maria, die de nacht in een Franse cel door zal moeten brengen. Ze schrijft haar telefoonnummer voor haar op en zegt dat ze moet bellen als er iets is, of als ze nog wat wil vragen.

Het huis ziet er verlaten uit als ze de oprit oprijdt. Jean Marc zal vast al bij de buren zitten. En boos zijn. Terecht, ze heeft door alle consternatie niet eens gebeld dat ze zo laat zou komen. Ze dacht er pas aan toen ze in de auto zat, maar hij neemt zijn telefoon niet op. Ze gaat naar binnen, gooit haar spullen op de bank en loopt dan naar de buren. Tot haar verbazing wordt er niet opengedaan. Ze loopt om het huis heen, wordt begroet door de twee vrolijk kwispelende honden en ziet dat de beveiligingsluiken voor alle ramen zijn bevestigd. Ze zijn dus echt niet thuis. Nog een keer Jean Marc bellen. Voice mail.

'Lieffie, ik ben nu bij Valerie en Christian, maar daar zijn jullie niet. Zijn jullie naar een restaurant gegaan? Laat me weten waar jullie zijn, dan kom ik er aan.'

Dankbaar voor het moment van rust, waarvan ze denkt dat het niet lang gaat duren, ploft Kris op de bank neer met een stuk oud stokbrood om haar ergste honger te stillen. Acht uur. Perfecte timing.

DE ROZENBOOM / KAMER NICK

SJORS ONDERSTEUNT DE DRONKEN NICK, ALS ZE NICKS KAMER BINNEN KOMEN. ZODRA NICK ZIJN BED ZIET LAAT HIJ ZICH EROP VALLEN.

NICK
Bed! Waar was je toen ik je nodig had?

NICK OMHELST ZIJN KUSSEN EN SLUIT ZIJN OGEN. SJORS WEET NIET WAT ZE MOET DOEN.

SJORS
Nick?

NICK REAGEERT NIET. HIJ LIJK ALSOF HIJ SLAAPT.

                          SJORS
              Nick! Zo kun je niet gaan slapen.

**NICK KREUNT. HIJ IS AL BIJNA IN SLAAP. SJORS
TWIJFELT OF ZE ZAL VERTREKKEN. ZE DOET HET NIET.
ZE GOOIT HAAR TASJE OP HET BED, WAARDOOR HAAR
MOBIELE TELEFOON ERUIT VALT. ZE TREKT NICKS
SCHOENEN UIT EN MAAKT VERVOLGENS ZIJN STROPDAS
LOS.**

**SJORS WIL WEGGAAN, MAAR DAN HOEST NICK. SJORS
BESLUIT DE BOVENSTE KNOOPJES VAN ZIJN OVERHEMD
OPEN TE MAKEN. DE KNOOPJES ZIJN KLEIN EN HET
LUKT SJORS NIET METEEN. NICK BEWEEGT MET ZIJN
HOOFD.**

                          SJORS
              Hou je hoofd even stil, ik krijg dat
              knoopje niet los.

**NICK SLAAT LOOM ZIJN OGEN OPEN EN KIJKT NAAR
SJORS. HIJ BRENGT ZIJN HANDEN NAAR HAAR MIDDEL.
SJORS GIECHELT OMDAT HET KIETELT.**

                          SJORS
              Wat doe je nou?

**NICK TREKT HAAR OP ZICH EN KUST HAAR PLOTSELING.
SJORS SCHRIKT.**

                          SJORS
              Nick!

**NICK WEET ERVOOR TE ZORGEN DAT HIJ BOVENOP SJORS
KOMT TE LIGGEN. SJORS PROBEERT ZICH VERGEEFS AAN
ZIJN GREEP TE ONTWORSTELEN.**

SJORS

    Hé!?

**NICK SCHEURT SJORS' BLOUSE KAPOT. SJORS IS VER-
STIJFD VAN ANGST. NICK KLIMT OP HAAR EN GRAAIT
NAAR HAAR BORSTEN.**

SJORS

    Nee! Nick! Nee!

**SJORS PROBEERT ZICH VERGEEFS TE VERZETTEN. ZE
GRIJPT NAAR HAAR MOBIELE TELEFOON, TERWIJL NICK
HAASTIG ZIJN BROEK UITTREKT EN HAAR BELET TE
ONTSNAPPEN. ZE KRIJGT HET TELEFOONTJE TE PAKKEN,
DUWT NICK VAN ZICH AF, MAAR VERLIEST DAARDOOR
DE GRIP OP HET TELEFOONTJE. ANGSTIG KIJKT ZE
WAAR HET TERECHT IS GEKOMEN. ZE PROBEERT ERBIJ
TE KOMEN MET HAAR HAND, MAAR KAN ER NIET BIJ.
NICK KLIMT WEER BOVENOP HAAR. DE ANGST STAAT OP
SJORS' GEZICHT.**

Wat een ongelooflijke lul, denkt Kris. En net met Sjors. Sjors die
omwille van haar geloof maagd wilde blijven tot ze getrouwd was.
Die altijd zo het goede probeert te doen. Hij verkracht haar. Ze
had niet gedacht dat hij zo ver zou gaan. Wat heftig. Haar telefoon
gaat. Dat zal Jean Marc zijn. Ze neemt op. Het is iemand van
de politie. Ze hebben een dronken Nederlandse toerist opgepakt,
die zijn auto tegen de gevel van een café heeft geparkeerd. Of ze
beschikbaar is om te tolken. Nee. Nu even niet. Ze heeft een lange dag gehad en is een beetje klaar met alle ellende van anderen.
Ze geeft het telefoonnummer van een Nederlands meisje dat een
stukje verderop op een camping werkt, misschien kan zij helpen.
Ze vraagt hoe het met Maria gaat. Maria ligt te slapen. Kris is
opgelucht.

Als Jean Marc om middernacht nog steeds niets van zich heeft laten horen en ze de rest van hat stokbrood heeft opgegeten, besluit

Kris te gaan slapen. Ze moet de volgende dag veel doen, omdat zij en Jean Marc een paar vrienden hebben uitgenodigd op de boot. Ze moet boodschappen doen, koken, de boot een beetje gezellig maken…

Ze klikt het licht in de slaapkamer aan. Ze is verbaasd als ze haar laptop op het bed ziet staan. Haar laptop, die ze vanochtend heeft opgeborgen in de kast, waar hij altijd staat. Ze loopt er naar toe. En ziet dan de polaroidfoto van haar en Mick op het toetsenbord liggen. De foto die acht maanden geleden gemaakt is op de avond dat zij en Mick uit eten gingen. De bewuste avond. Wat is dit? Waarom ligt die foto hier? En haar laptop? Een heel naar voorgevoel maakt zich van haar meester. Ze haalt de laptop uit de standbystand. En haar hart staat even stil. De brief. Jean Marc heeft de brief gelezen.

De brief die ze aan Mick schreef na hun nacht samen. De brief die ze had opgeslagen in haar computer, tussen allemaal onzinnige bestanden met de naam: sinterklaasgedicht mama. Ze kon er geen afstand van doen. Het was de afsluiting van… Van haar liefde met Mick. Ze kan de tekst dromen.

Mijn liefste Mick.

Ik ben nu drie dagen thuis. Drie dagen waarin je voortdurend in mijn gedachten bent. Je laatste woorden door mijn hoofd spoken. 'Neem de tijd. Ik hou al twaalf jaar van je. Dat stopt niet zomaar. '

Dat stopt inderdaad niet zomaar. Ik hou ook van jou. Veel meer dan ik ooit had verwacht toen ik je knock out sloeg in de wasserette. Nog steeds. Met heel mijn hart.

Ik ben in paniek. Ik ben in de war. Ik ben gelukkig. Maar vooral ben ik heel erg boos. Boos op de situatie. Het lijkt wel alsof we niet samen mogen zijn. Alsof iemand daar boven aan de touwtjes trekt en er een duivels genoegen aan beleeft om ons elke keer uit elkaar te trekken.

Het was hemels om weer in je armen te liggen, om je te voelen, te kussen, met je te vrijen. Alsof er niets was veranderd. Alsof we weer samen waren. Mick en Kris. En ik weet niet of ik nu het juiste doe, het juiste bestaat niet nu. Ik wil niets liever dan samen met je zijn, dan

---

doorgaan waar we zijn opgehouden. Je bent mijn grote liefde. Dat zul je ook altijd blijven.

Maar ik ben getrouwd. Ik heb Jean Marc de belofte gedaan dat ik in voor- en tegenspoed zijn vrouw zal zijn. En ik hou van hem. Niet op de manier waarop ik van jou hou, maar de liefde is er, solide en oprecht. Ik ben het aan hem én aan mijn eigen schuldgevoel verplicht om ons huwelijk een kans te geven. Om uit te zoeken of deze verwarde gevoelens wegebben en ik hem weer recht in de ogen kan kijken als ik zeg dat ik van hem hou. Op dit moment wil ik vluchten in jouw armen en wegduiken voor de realiteit, maar dit is mijn leven. Dit is de keuze die ik heb gemaakt.

Ik moet je loslaten. Als ik mijn huwelijk een eerlijke kans wil geven, moet ik dat doen. Hoe moeilijk ook. Hoeveel spijt ik daar misschien van zal krijgen.

Lieve, lieve Mick, ga door met je leven. Laat me los. Ik laat jou los. Ik zal nooit stoppen met van je te houden, maar dit is wat ik moet doen. Het spijt me. Ik huil.

Kus op je mond.

Kris.

Kris huilt. Om de brief, om het gemis van Mick, om het feit dat ze na deze brief nooit meer wat van hem heeft gehoord. Om Jean Marc, die de brief heeft gelezen. Om haar huwelijk, waar ze zo vreselijk haar best voor heeft gedaan, maar waarin iets kapot is na haar nacht met Mick. Ze heeft het Jean Marc nooit verteld, maar ze weet dat hij voelt dat ze is veranderd. Dat is ook zo. Wat ze aan Mick schreef was waar, ze houdt van Jean Marc. Maar Jean Marc is Mick niet. Daar kan hij niets aan doen, daar kan zij niets aan doen, maar het is zo. Ze had zo gehoopt dat de twijfel over zou gaan, dat haar herinneringen aan de nacht met Mick zouden vervagen, dat ze zich vol overgave aan Jean Marc zou kunnen geven, maar dat is niet gebeurd.

BENG!

Kris schrikt. De voordeur. Jean Marc is thuis. Ze haalt diep adem. Wou dat ze hier niet was. Maar weet dat ze dit aan moet gaan. Hij weet het. Hij weet dat ze met Mick heeft gevreeën. Hij heeft gelezen hoeveel ze nog van hem houdt. Er is geen ontkomen aan. Ze heeft dit zelf veroorzaakt. Ze moet dit zelf oplossen.

Ze klapt de laptop dicht. Pakt de polaroidfoto. Legt hem weer terug. Het maakt niet meer uit. Dan loopt ze langzaam, met lood in haar schoenen naar beneden.

De kamer is donker. Jean Marc zit aan de eettafel en trekt zijn schoenen uit. Ze knipt een lichtje aan. Hij kijkt niet op. Hij ziet er vreselijk moe uit. Oud. Alsof de lijnen in zijn gezicht in één dag dieper zijn geworden. Alsof de zon hem in de steek heeft gelaten. Alsof hij net een zware klap heeft gehad.

'Hé,' zegt ze.

Hij antwoordt niet.

'Waar was je?' vraagt ze. Het moment van confrontatie nog even voor zich uit schuivend.

Weer geeft hij geen antwoord.

Kris staat daar, te drentelen, zich voor te bereiden, te twijfelen, zich schuldig te voelen.

'Ben je boos?' vraagt ze dan maar, in een poging om deze afschuwelijks stilte te doorbreken. Hij kijkt even op.

'Zou jij dat zijn?'

'Ja,' zegt Kris in alle eerlijkheid.

Hij staat op. Loopt naar de koelkast en pakt een biertje. Houdt een geopende fles rosé met een vragende blik in zijn ogen naar haar op, ze schudt haar hoofd. Hij opent het flesje bier, schenkt het in een glas en gaat dan weer aan de tafel zitten. God, wat heeft ze medelijden met hem, wat voelt zich ze intens rot.

'En nu?'

Jean Marc reageert niet. Ze gaat tegenover hem zitten.

'Het spijt me. Het spijt me zo.'

'Mij ook.'

Nu kijkt hij haar eindelijk aan.

'Als ik had geweten dat ik me moest bewijzen, dan… Maar ik wist het niet. Ik wist niet dat je me in je hoofd vergeleek met een ander. Dat ik mijn best moest doen om je liefde weer te winnen.'

Jean Marc neemt een slok, Kris weet niet wat ze moet zeggen.

'Had het me verteld, Kris. Had het me verteld.'

Ze knikt. Ze weet dat hij gelijk heeft.

Jean Marc staat op. Ze ziet dat hij huilt. Hij loopt de kamer uit, maar komt na een kwartier terug. Ze praten. Ze huilen. Ze schreeuwen. Hij wil weten wat ze wil. Ze weet het niet. Zij wil weten wat hij wil. Hij weet het niet. Ze omhelzen elkaar, hij gooit een vaas naar haar hoofd, ze klampen zich aan elkaar vast, hij duwt haar van zich af. En dan, als de zon opkomt, de fles wijn leeg is en hij het laatste flesje bier opentrekt, vraagt hij het nog een keer. Wat wil ze?

'Ik weet het niet, Jean Marc, ik weet het niet.'

Ze weet het ook echt niet. Ze weet dat Mick in haar gevoel altijd een grote rol zal spelen. Ze weet dat ze het heerlijk vindt om bij Jean Marc te zijn. Maar ze weet ook, dat als ze nu zou moeten kiezen, ze zonder twijfel Mick zou kiezen. Het is zo oneerlijk. Zo fucking moeilijk.

Jean Marc kijkt haar aan. Zijn ogen vullen zich met tranen als hij zegt: 'Ik heb altijd geweten dat je niet zoveel van mij houdt als ik van jou. Ik heb het altijd geweten en het geaccepteerd.'

Ze wil protesteren, voor de vorm, want hij heeft gelijk. Maar hij heft zijn hand.

'Laat me even uitpraten. Met die gedachte kon ik leven. Maar met de wetenschap dat je liever bij hém wilt zijn, dat ik je op elk moment aan hem kan kwijtraken… Daarmee kan ik niet leven. Wil ik niet leven.'

Ze begrijpt het. Dat zegt ze ook. En ze zegt dat ze het zo graag zou willen veranderen, maar dat ze haar gevoel niet kan sturen. Ze omhelzen elkaar weer. Liggen een uur in elkaars armen te kijken hoe de zon op komt. Huilend. Soms over stompzinnige dingen als een blaadje in het zwembad pratend. Ze weten allebei dat ze het niet langer kunnen uitstellen. Het is onvermijdelijk.

'Ik wil dat je weggaat.'

Vier uur later gooit ze de laatste tas in haar auto. Kijkt ze nog één keer om naar het huis waar ze zo gelukkig is geweest. Jean Marc laat zich niet zien, kan het niet aan, zij ook niet, maar ze hoort zijn laatste woorden in haar hoofd: 'Word gelukkig, Kris. Écht gelukkig. Dat ben je aan me verplicht.'

Ze start de motor en rijdt weg. De tranen stromen over haar wangen.

'Céline? Met mij.'
'Hey lieffie! Ik zat net aan je te denken! Het is mooi weer daar, hè? Ik moet over een paar dagen naar Parijs voor mijn werk en ik dacht: zal ik even doorrijden en een weekje bij je logeren? '
'Lien, ik ben-'
'Zo cool! Ik ga een modeshow doen! Ik mag alle modellen opmaken voor een nieuwe ontwerper. Ik ben helemaal gek van de opwinding!'
Kris zet de auto langs de kant van de weg. Ze huilt te erg.
'Kris? Wat is er? Waarom zeg je niets?'
'Ik eh… Mag ik een paar dagen bij je logeren?'
'Ja, natuurlijk! Gezellig! Wanneer kom je?'
'Nu. Vanavond.'
'Kris? Gaat het wel goed?'
'Nee.'
Kris probeert te kalmeren.
'Hij weet het. Jean Marc. Van Mick. Hij heeft de brief gelezen.'
'Oh kut.'
'Ja. '
'En nu?'
'Het is over. Over en uit.'

Céline reageerde precies zoals Kris had gehoopt. En een beetje had verwacht. Toen Kris na tien uur rijden gesloopt en moe gehuild aan kwam in Utrecht, stelde ze geen vragen. Ze liet Kris praten, stuurde de masseur met wie ze inmiddels samenwoonde naar zijn vrienden, haalde shoarma bij Abdul voor haar, vond het niet erg dat Kris er geen hap van nam en bleef bij haar zitten tot Kris sliep.

De dagen erna kwam Kris stukje bij beetje tot zichzelf, met hulp van Céline begon ze haar leven weer vorm te geven, kon ze verder nadenken dan een uur later, of een dag later. Ze moest zich inhouden om Jean Marc te bellen, om hem te troosten, om te zeggen dat ze terug zal komen als hij dat wilt. Ze moest zich inhouden om Mick te bellen, om te zeggen dat ze er weer is. Ze moest eerst tot zichzelf komen. Eerst ten volle beseffen dat haar hele leven op z'n kop staat. Rogier komt langs en hij mag van Lien pas binnen komen nadat hij heeft beloofd het niet over Mick te hebben, daar wil Kris nog niets over weten. Oma komt langs, biedt haar een slaapplek aan in haar huis, maar dat is de kamer waar Mick zo lang in heeft gewoond, waar Kris haar maagdelijkheid aan heeft had verloren, dat ziet ze niet zitten, hoe blij ze ook is met oma's steun en betrokkenheid. Haar ouders komen. Zeggen dat ze altijd thuis mag komen. Dat ze haar oude kamer weer mag betrekken. Natuurlijk. Maar Kris moet nadenken. Nadenken wat ze met haar leven wil. Wat ze gaat doen nu haar hele toekomst er opeens weer anders uitziet. Bij haar ouders zou ze binnen no time weer terug-vallen in de kinderrol, zou ze weer gaan helpen in de wasserette en zou het alleen maar moeilijker worden om dat weer te doorbreken. En dan komt Rogier weer. Lieve Rogier. Die zijn hele grote huis voor zich alleen heeft. Bart is geëmigreerd naar Zweden. Gerard woont samen met zijn vriendinnetje. En Mick…

'Nee, Rogier, ik geloof dat ik dit niet wil horen…'

Rogier zwijgt.

'Okay, vertel maar.'

'Mick en Annemarie wonen weer samen. Sinds een maand.'

Au. Heel erg au. Maar ze kan het erbij hebben. Ze moet wel.

Nog even niet naar Amsterdam. Niet naar het huis waar de herin-nering aan haar laatste nacht met Mick nog rond waart. Ze blijft bij Céline. Céline, die haar huisje nu deelt met de masseur. Freek, heet hij. Dat wist Kris wel, maar in gedachten heeft ze hem altijd alleen maar de masseur genoemd. En nooit zoveel met hem gehad. Hij blijft afstandelijk. Hij werkt veel, is weinig thuis en als hij thuis is, zit hij meestal in de werkkamer achter de computer.

Kris weet dat Céline soms twijfelt, dat Céline hunkert naar iets meer passie, iets meer spanning in haar leven. Freek is heel braaf, zoals Céline het noemt. Hij eet vegetarisch, sport elke dag ander-half uur en wil dat Céline dat ook doet. Hij drinkt geen alcohol, moet elke nacht minimaal 8 uur slapen en slikt elke morgen 11 pillen. Voedingssupplementen.

Als Céline dronken is (wat ze sporadisch stiekem is, dan belt ze steevast Kris en bezweert haar giechelend het niet aan Freek te vertellen), biecht ze op dat Freek saai is in bed, dat ze hunkert naar spanning, dat ze helemaal gek wordt van de discipline die Freek zichzelf en haar oplegt.

Maar Céline houdt van Freek. Is bang om hem te verlaten. Bang om alleen te zijn. Bang om alleen te blijven.

SANDERS / WOONKAMER

ROSA EN SJORS KOMEN DE KAMER IN.
NICK LIGT OP DE BANK TE TELEFONEREN. HIJ LACHT.

> NICK
> Waarom kom je niet hier naar toe, dan praten we verder onder het genot van –

SJORS LOOPT NAAR NICK TOE EN PAKT ZIJN MOBIEL
UIT ZIJN HAND. ZE DRUKT HET GESPREK WEG.
NICK IS OVERDONDERD.

> ROSA
> Mevrouw, u kunt niet zomaar –

> NICK
> Dank je wel, Rosa. Je kunt gaan.

NICK STAAT OP. ROSA VERTREKT.

> NICK
> Wat heeft dit te betekenen?

> SJORS
> Ik verpest jouw gesprek. Jij verpest mijn leven.

                    NICK
Krijgen we dit weer. Misschien moet
jij een met een therapeut gaan praten,
meisje.

                    SJORS
Dat is helemaal geen gek idee. Maar
eerst ga ik naar de politie.

'Yes!' roepen Céline en Kris in koor. Ze geven elkaar een high five. Kris kijkt naar Freek, die achter zijn computer zit en zich ergert aan het lawaai van de televisie en de meisjes.

'Vindt hij het niet vervelend dat ik hier ben?' fluistert ze tegen Céline. Céline kijkt even om naar Freek, die een koptelefoon opzet.

'Hij zei van niet.'

'Jullie huisje is zo klein. Ik kan me voorstellen dat hij er niet op zit te wachten dat ik hier nog heel lang blijf.'

'Zo lang je niets anders hebt gevonden, blijf je lekker hier. Ik woon hier het langst. Ik ben de baas.'

Céline trekt een arrogant gezicht. Kris lacht. Dan wordt Céline weer serieus.

'Weet je zeker dat je niet je oude kamer bij Rogier terug wil?'

Hier heeft Kris de paar dagen dat ze weer in Nederland is natuurlijk heel vaak over nagedacht. Het is een heerlijk huis, op een mooie plek in de stad, met een van haar beste vrienden.

'Nee, zeker weten doe ik het nog niet. Maar weet je? Ik word dit jaar dertig. Ik geloof dat ik toe ben aan iets voor mezelf. Ik heb nog nooit echt alleen gewoond. Altijd maar met anderen. Ik moet mijn leven maar eens op orde krijgen.'

Céline glimlacht naar haar en kruipt tegen haar aan.

'Je bent een held, Kris.'

NICK SCHRIKT, MAAR HOUDT ZICH GROOT.

                    NICK
Om wat te zeggen?

SJORS

Ik ga ze precies vertellen wat jij
gedaan hebt. Ik haal je naam door
het slijk, zodat niemand meer met je
gezien wil worden. Morris niet, Charlie niet, je zakenpartners niet. Niemand!

NICK LOOPT OP SJORS AF.

NICK

Wie zal jou nou geloven? Er is immers
helemaal geen sprake van verkrachting.

SJORS DEINST TERUG.

SJORS

Jij hebt mij verkracht!

**NICK PAKT HAAR VAST. HIJ BRENGT ZIJN GEZICHT
DICHT BIJ DAT VAN SJORS.**

NICK

Als jij die leugen rond blijft strooi-
en...

SJORS IS BANG.

NICK

Word ik heel kwaad. En ik denk niet
dat je het leuk vindt als ik heel...
Heel... Kwaad... Ben.

SJORS IS BANG.

'Wat een eikel!' roept Céline uit. Ze wil de zak watten die ze in
haar handen heeft (waarmee ze net de nagellak van Kris' tenen

heeft verwijderd) naar de beeldbuis gooien, maar Kris kan haar nog net lachend tegenhouden.

'Het is maar soap, Lien!'

'Helemaal waar, maar er lopen zoveel van dit soort rotzakken rond… Een op de drie vrouwen heeft te maken gehad met seksuele intimidatie. Een op de drie, Kris!'

Hier kijkt Kris van op. Gelukkig heeft ze zelf nooit zoiets meegemaakt. Ze weet echter wel zeker dat als er ooit zoiets gebeurt, ze onmiddellijk naar de politie zal stappen. En niet weken wachten, zoals Sjors heeft gedaan.

SANDERS / WOONKAMER

MORRIS EN NICK STAAN IN DE KAMER. MORRIS HEEFT ZIJN JAS AAN.

> ### MORRIS
> Waarom geef je het niet gewoon toe? Je hebt haar bedreigd.

> ### NICK
> Ik heb haar te kennen gegeven dat ze me met rust moet laten. Kennelijk heeft zij dat opgevat als een bedreiging.

CHARLIE KOMT LANGZAAM DE TRAP AF LOPEN.

> ### CHARLIE
> Wat is er?

> ### NICK
> Sjors heeft weer iets nieuws bedacht om ons dwars te zitten. Nu heb ik haar weer bedreigd.

CHARLIE IS VERBIJSTERD.

CHARLIE

Houdt ze dan nooit op?

NICK

Eerst die vermeende verkrachting, nu dit weer. En weet je?

NICK KIJKT MORRIS AAN.

NICK

Ik ga ook geen moeite doen om me te verdedigen. Niemand heeft ooit de moeite genomen om naar míjn kant van het verhaal te luisteren.

MORRIS AARZELT HEEL EVEN.

MORRIS

Wat is jouw kant van het verhaal dan?

NICK

Ik was dronken. Sjors bracht me naar mijn kamer. Ze heeft me uitgekleed. Ik kietelde haar, zij moest lachen. En voordat we het wisten…

MORRIS KIJKT NICK AAN.

NICK

Zij wilde het ook.

MORRIS GELOOFT HEM NIET.

NICK

De volgende dag heb ik zelfs nog mijn excuses aangeboden omdat het er nogal wild aan toe was gegaan. Ik bedoel…

        Ik was dronken. En zij was nog máágd.

MORRIS AARZELT.

                        NICK
        Denk je nou echt dat ik trots ben op
        wat er is gebeurd? Nee. Maar ik heb
        haar niet gedwongen.

NICK SPEELT ZIJN SPEL ZO OVERTUIGEND MOGELIJK.

                        NICK
        Het was een uit de hand gelopen vrij-
        partij. Zij heeft daar verkrachting
        van gemaakt en er is niemand die ook
        maar een seconde aan haar verhaal
        heeft getwijfeld.

                        CHARLIE
        Ik geloof jou.

NICK GLIMLACHT NAAR CHARLIE.

                        NICK
        Je bent de enige.

NICK KIJKT MORRIS AAN.

                        NICK
        Het kan me niet schelen of je me ge-
        looft of niet. Ik heb het niet gedaan.

MORRIS IS VERTWIJFELD.

'Nu gelooft Morris Sjors ook al niet meer. Al haar vrienden worden
ingepalmd door die Nick. Ik ga bezwaar aan tekenen.'
Céline staat verontwaardigd op.

'Waar?' wil Kris lachend weten. 'Bij de producers?'

Céline lacht nu ook. Ze pakt een doos bonbons en maakt hem open, terwijl ze de manende blik die Freek haar toewerpt negeert.

'Hij vindt me te dik,' fluistert Céline tegen Kris.

'Te dik? Sorry, hoor. Maar als hij jou te dik vindt heeft hij echt een afwijking.'

'Heeft hij ook. Wel meerdere,' grinnikt Céline.

JANINE / APPARTEMENT

MORRIS EN SJORS KOMEN PRATEND DE KAMER IN LOPEN.

> **SJORS**
> Waarom heb je je mond niet gehouden?
> Nu Nick weet dat ik jou in vertrouwen
> heb genomen, zal hij —

> **MORRIS**
> Sjors, ik…

MORRIS ZOEKT NAAR DE JUISTE WOORDEN.

> **MORRIS**
> Wat er tussen jou en Nick is gebeurd…
> Ik kan me voorstellen dat je daar heel
> erg in de war van raakte.

SJORS IS VERBIJSTERD.

> **SJORS**
> Je gelooft me niet.

> **MORRIS**
> Dat zeg ik niet.

ER VALT EEN KORTE STILTE. SJORS IS GEÏRRITEERD.

SJORS

Hij was dronken. Ik bracht hem naar zijn kamer.

MORRIS

Heb je zijn kleren uitgedaan?

SJORS

Ja. Ik kon hem toch niet zo laten liggen?

MORRIS

Waarom niet?

SJORS

Wat is dit?

SJORS IS DIEP GEKWETST.

MORRIS

Ik weet hoe belangrijk het voor je was om maagd te blijven tot het huwelijk.

SJORS VECHT TEGEN HAAR TRANEN. MORRIS IS MET HAAR BEGAAN.

MORRIS

En ik kan me voorstellen dat je je schaamt.

SJORS

Ga weg.

MORRIS

Sjors, alsjeblieft.

Ik dacht dat jij een vriend van me
was.

Dat ben ik ook!

Ik wil niets meer met je te maken hebben.

**MORRIS KAN NIET ANDERS DAN WEGGAAN. SJORS KIJKT
HEM IN TRANEN NA.**

'Kom,' zegt Céline. We gaan je nagels lakken en dan moet ik als de
donder mijn koffer pakken. Morgen om acht uur vertrekt de trein.
Naar Paris! Ohh Champs Élysées!'

De volgende ochtend vroeg zwaaien Freek en Kris Céline uit en
wensen haar alle succes van de wereld toe met deze prestigieuze
klus. Terwijl Kris de ontbijttafel afruimt, kijkt ze naar Freek, die
zich klaar maakt om naar de sportschool te gaan.
'Zou ik vandaag even op jouw computer mogen? Mijn computer
ligt nog in Frankrijk en die wordt pas volgende week gebracht.'
Kris had een mail gekregen van Jean Marc. Er stond helemaal niets
persoonlijks in. Alleen maar dat hij de rest van haar spullen door
een verhuisbedrijf naar Nederland zou laten vervoeren en dat het
volgens zijn advocaat een kwestie van weken was om officieel te
scheiden. Ze had heel erg gehuild om de mail, waaruit zoveel bit-
terheid en verdriet bleek. Ze lag elke nacht wakker. Vroeg zich
elke nacht opnieuw af of ze het juiste had gedaan. Of ze hem niet
had moeten smeken om te mogen blijven. Voelde zich ontzettend
schuldig. Ze had misschien nooit met hem moeten trouwen. Ze
wist dat haar liefde voor Mick veel dieper ging. Maar Mick was
niet beschikbaar. Moet ze dan haar hele leven alleen blijven?
'Wat wil je op mijn computer doen?' vraagt Freek en doorbreekt
hiermee de onophoudelijke gedachtestroom die ze sinds haar

vertrek uit Frankrijk heeft.

'Op zoek naar een huis. En een baan.'

Freek zet de computer aan.

'Ga maar zitten, dan leg ik je even uit hoe hij werkt.'

'Dat weet ik wel, hoor. Ik geloof zelfs dat ik de eerste Nederlander was die een computercursus heeft gevolgd.'

Maar als Kris ziet dat Freek het echt wil uitleggen, gaat ze zitten. Hij staat achter haar, in een sportsinglet. Ze kan zijn aftershave ruiken. Jakkes. Hij buigt zich van achteren over haar heen om de muis te pakken. Een lichte rilling gaat door haar lijf. Ze wil niet dat hij zo dichtbij komt.

'Kijk, zo open je het internet.'

Alsof ze dat niet weet. Hij buigt nog verder over haar heen, om iets op het toetsenbord in te tikken.

'Mijn wachtwoord is STOUTBOEFJE.'

Kris schiet in de lach. Hij kijkt haar aan. Zijn gezicht heel dichtbij dat van haar. Ze onderdrukt de neiging om terug te deinzen, hem weg te duwen.

'Als je wat documenten wilt bewaren, moet je dat in deze map doen.'

Hij klikt een map open en prompt verschijnt er een beeldvullende naaktfoto. Van Freek. Met een enorme (ze moet het toegeven) erectie.

'Oeps!' lacht Freek en klikt de foto weg, nadat hij zich ervan heeft vergewist dat Kris hem heeft gezien.

'Je kunt het beste een nieuwe map aan maken. Zal ik even laten zien hoe het moet?'

Kris schudt haar hoofd. Ze wil absoluut geen seconde langer dat lijf tegen zich aan voelen. Wat is hij in hemelsnaam aan het doen?

'Nee, ik weet hoe dat moet. Ga jij maar snel naar je werk.'

Kris schuift demonstratief haar stoel naar achter en staat op.

'Okay. Zie je ik straks weer. Zullen we gezellig samen koken?'

'Ja. Gezellig,' weet ze eruit te persen.

Als Freek verdwenen is, blijft ze een half uur roerloos naar de deur staren. Gebeurde dit nou echt? Verbeelde ze zich het? Ja. Ja, dat moet haast wel. Hij zou wel behoorlijk gestoord zijn om de beste vriendin van zijn liefje te versieren. Het zit tussen haar oren. Ze zit niet lekker in haar vel en dan dat verhaal van Sjors en Nick… Kris schudt het nare gevoel van zich af en gaat achter de computer zitten.

Als ze de computer zeven uur later uitzet, heeft ze vier afspraken om een huis te bezichtigen, heeft ze haar oude baan bij het evenementenbureau terug (Alexandra was dolblij), heeft oma haar beloofd om borg te staan bij de bank voor een hypotheek en heeft ze met Rogier een afspraak gemaakt om de volgende avond samen te gaan eten. Productief dagje.

Voor het eerst sinds de breuk ziet Kris de toekomst weer wat minder somber in. Ze gaat er bovenop komen. Ze is sterk genoeg. Een huis, een baan, lieve vrienden… Wie heeft er een man nodig?

'Honey, I'm home!'
Kris schrikt. Zo vroeg? Ze komt net uit bad en staat in haar ondergoed thee voor zichzelf te maken. Freek bekijkt haar van top tot teen en grijnst dan.
'Zo. Dat noem ik nog eens een warm welkom.'
Kris haast zich naar de logeerkamer, terwijl ze iets mompelt over aankleden en te vroeg thuiskomen. Ze hoort zijn lach door de gesloten deur van de logeerkamer heen.

'Nee, wacht. Laat mij dat maar even doen.'
Freek pakt het fruitmesje uit haar handen en legt zijn handen op haar heupen om haar een stukje opzij te duwen. Kris kijkt hem aan. Wat wil hij toch van haar? Freek begint de appel die in de sla gaat vakkundig te snijden.
'Sport jij eigenlijk?'
'Eh… Niet echt,' zegt Kris. 'Ik zwom natuurlijk elke dag in Frankrijk, maar sporten als in naar de sportschool gaan is niet echt mijn ding.'
'Dat zou je niet zeggen. Dat je niet sport. Je hebt een behoorlijk strak lijf.'
Kris weet niet wat ze moet zeggen. Freek pakt haar bovenarm vast.
'De meeste vrouwen krijgen hier van de flubbertjes rond hun dertigste jaar. Céline ook. Maar bij jou…'

Gadverdamme! Hij begint nu haar arm te strelen. Snel trekt Kris zich los.

'Freek, ik eh… Niet doen. Okay? Niet doen.'

'Relax,' zegt hij lachend. 'Ik doe helemaal niets.'

En dan gaat hij weer door met zijn appel.

De hele avond hangt er een gespannen sfeer. Kris is als de dood dat hij iets van haar wil, denkt er zelfs over om haar spullen te pakken en naar haar ouders toe te gaan. Maar als ze hebben gegeten, pakt hij tot haar grote opluchting zijn sporttas en meldt dat hij nog even gaat trainen.

Kris neemt zichzelf voor om naar bed te gaan voordat hij thuiskomt, zodat ze hem niet meer hoeft te zien. Wat een enge griezel. Waarom is Céline nog bij hem?

SANDERS / WOONKAMER

CROSS CUT

JANINE / APPARTEMENT

IN DE WOONKAMER VAN SANDERS ZITTEN CHARLIE EN NICK TE ONTBIJTEN. ER LIGGEN DIVERSE FOLDERS OP TAFEL. NICK PAKT EEN FOLDER EN GRINNIKT.

                    NICK
        Hier laat je je ergste vijand nog niet
        trouwen. Ik dacht dat 'eiken' uit was.

                  CHARLIE
            (SOMBER)
        Het is altijd beter dan een cel.

                    NICK
        Wat een vertrouwen.

DE BEL GAAT.

CHARLIE

In jou wel, maar in het rechtssysteem
niet. Sjors heeft er natuurlijk flink
veel tranen uitgeperst en zich opgesteld als de hulpeloze non.

**ROSA KOMT BINNEN MET EEN POLITIEAGENT. NICK
SCHRIKT. CHARLIE IS BANG.**

**IN HET APPARTEMENT VAN JANINE DOET SJORS DE DEUR
OPEN. ZE IS GESPANNEN ALS ER EEN POLITIEAGENT
NAAR BINNEN STAPT.**

SJORS

Hebben jullie hem opgepakt?

DE AGENT SCHUDT ZIJN HOOFD.

POLITIEAGENT

De bewijslast tegen meneer Nick van
der Heyde is niet toereikend om tot
vervolging over te gaan.

SJORS IS VERBIJSTERD.
JANINE KOMT BIJ HAAR STAAN.

JANINE

Dit is belachelijk. Iedereen weet wat
hij haar heeft aangedaan.

POLITIEAGENT

Als u direct na de verkrachting
aangifte had gedaan, was de kans veel
groter geweest dat we hem hadden kunnen oppakken. Nu is er geen bewijs
dat er überhaupt seksueel contact is
geweest.

SJORS
(WOEDEND)
Zal ik volgende keer zijn sperma voor
jullie bewaren? Nemen jullie me dan
wel serieus?

SJORS RENT OVERSTUUR WEG.

**BIJ SANDERS WORDT EEN FLES CHAMPAGNE OPEN GE-
TROKKEN.**

CHARLIE
Eindelijk gerechtigheid.

NICK
En eindelijk genoegdoening. Als dit
bekend wordt, schaamt iedereen zich
kapot, omdat ze me maandenlang door
het slijk hebben gehaald.

CHARLIE
Precies. En iedereen die dat heeft gedaan, moet zijn excuus aanbieden.

ZE PROOSTEN EN DRINKEN. NICK IS TEVREDEN.

Kris staat op en zet de televisie uit. Ze hoopt vanuit de grond van
haar hart dat Nick hier uiteindelijk toch voor gestraft gaat worden.
Dat zou pas gerechtigheid zijn.

Na tienen hoort ze Freek thuiskomen. Ze kruipt wat dieper onder
haar dekbed.
'Kris? Kris, ben je nog wakker?'
Ze zwijgt. Houdt zich slapende. Zachtjes gaat de deur van de logeerkamer open. Een bundel licht valt over haar heen. Ze probeert
zo stil mogelijk te liggen, zo zacht mogelijk te ademen.
'Kris, slaap je?' fluistert hij.

Na een tijdje gaat hij weg. Opgelucht haalt ze adem.

Een kwartier later ligt ze nog steeds in het donker te staren. Ze hoort hem rommelen. De computer aan zetten. De tv aan, maar vrijwel meteen daarna weer uit. En nu gaat zijn telefoon over.

'Hey lieffie!' hoort Kris hem zeggen. Dat zal Céline zijn om te vertellen hoe de eerste dag in Parijs verlopen is.

'Nee, die slaapt, de kust is veilig.'

'Ja, ik ook. Heel erg. Volgende week weer, toch? En dan misschien wat langer…'

Kris hoort Freek kreunen. Ze is bevreemd. Ze gaat rechtop zitten om het beter te kunnen horen.

'Mmmm… Wat ik dan met je ga doen? Eerst ga ik heel lang je natte, warme kutje likken, net zoals ik dat vanavond heb gedaan…'

Kris schrikt zich wild. Vanavond? Maar Lien zit in Parijs! Zal hij… Nee. Nee, Freek is de saaie lul zelve…

'Daarna steek ik mijn harde pik in je lekkere mondje, zodat je…'

Kris slaat haar handen voor haar oren. Ze kan dit niet aan horen. Ze hoort van Céline alleen maar verhalen over het saaie seksleven dat ze met Freek heeft. Geen wonder. Hij neukt elke week met een ander. Opeens wordt ze woest. Wat denkt hij wel? Dat broeierige geflirt met haar vandaag, zijn neerbuigende toontje naar Céline… En nu dit?!

Kris slaat de dekens open, stapt uit bed en beent de kamer uit.

Hij ligt languit op de bank. Met zijn ene hand houdt hij zijn telefoon aan zijn oor. Zijn andere hand zit in zijn broek op zijn kruis.

'Vuile klootzak! Wie heb je aan de telefoon?!'

Hij schiet geschrokken overeind.

'Nog even trainen? Noem je dat zo? Ik noem dat neuken. Neuken met iemand anders dan je eigen vriendin!'

Hij verbreekt de telefoonverbinding en wil wat zeggen, maar Kris is zo kwaad dat ze hem de kans niet geeft.

'Ontken maar niet. Ik heb alles gehoord. En als jij het niet zelf aan Céline verteld, zodra ze thuiskomt, doe ik het voor je! Heb je me gehoord?'

'Het is niet wat je denkt dat-'

'Heb je me gehoord?' schreeuwt Kris.

'Ja,' zegt hij, overrompeld door haar woede. Kris loopt woedend terug naar haar kamer. Vlak voordat de deur dichtvalt, hoort ze hem zeggen: 'Moet je horen wie het zegt. Wie ging er vreemd toen ze nog in haar wittebroodsweken zat? Hypocriete trut.'

De volgende dag wordt ze verliefd op het derde appartementje dat ze bezichtigt. Een klein, licht huisje, vlakbij de Jordaan. Een piepklein tuintje, waar een stenen pizza-oven in staat. Een woonkamer met open keuken. En op de tweede verdieping zijn drie kleine kamertjes en de badkamer. Het is net gerenoveerd, ze kan er zo in. Ze neemt een optie op het huis en maakt een afspraak bij de bank. Daarna tekent ze haar nieuwe contract bij Alexandra en stapt dan in haar overvolle auto naar Rogier, bij wie ze gaat logeren tot de koop definitief is en ze in haar eigen huisje kan. Voor geen goud slaapt ze nog een nacht bij de griezel in huis.

Het gaat akelig snel. Ze krijgt twee dagen later, met hulp van oma, te horen dat de bank akkoord gaat met de hypotheek en weer een dag later zit ze bij de notaris, waar de koopakte in orde wordt gemaakt. Die avond steekt ze de sleutel in het slot van háár huisje. Haar eerste, echte huis voor haar alleen. Ze gaat midden in de lege kamer staan en fantaseert over hoe ze het gaat inrichten, waar ze haar meubels gaat neer zetten. Ze ziet zichzelf al met vrienden in de tuin zitten, die dan vol met bloemen staat, waar het hout in de oven een heerlijke geur verspreidt. Maar voordat ze dat allemaal kan doen, moet er nog veel werk verzet worden. Ze beult drie dagen achter elkaar door om al haar spulletjes in haar huis te zetten. Om de nieuwe IKEA-kast in elkaar te krijgen. Om alles helemaal schoon te soppen. Zich in te schrijven bij de gemeente. Adreswijzigingen te sturen. Ze koopt gordijnstof op de Noordermarkt, een fruitschaal bij een keramiekwinkeltje op de hoek en ze krijgt van oma een bont servies. Na drie dagen en nachten is ze klaar. Ze kijkt om zich heen. Er branden kaarsjes, er staat muziek op, alles is schoon en gezellig. Het is af. Op één ding na. Ze pakt haar tas en haalt er het zilveren naamplaatje uit dat ze van Rogier kreeg. Ze pakt haar nieuw verworven boormachine en loopt ermee naar de voordeur. Daar. Precies onder de bel moet het komen. Kris de

Ridder. Zichtbaar voor iedereen. Net als ze de eerste schroef wil boren, hoort ze:

'Mag mijn naam daar ook op?'

Ze kijkt om. Céline stapt uit haar auto, die afgeladen ligt met spullen.

'Ik geloof dat ik een tijdje bij je kom logeren.'

Céline heeft gehuild en Kris weet precies waarom. Ze omhelst haar vriendin.

'Kris?'

Kris maakt zich los uit de omhelzing. Ze herkent de stem vaag. Waar komt hij vandaan? Dan ziet ze het. In de schaduw van de rij geparkeerde auto's voor de deur staat ze. Zonder bikini, maar nog steeds veel te koud gekleed voor de tijd van het jaar. En weer klappertandend.

'Jij had gezegd dat ik je moest bellen als ik je nodig had, maar een man nam op en zei dat je dat nummer niet meer had. Toen gaf hij je adres, 'zegt Maria.

'Ik ben weer weggelopen.'

Een half uur later plopt de kruk van de fles champagne. Maria proost met haar champagneglas gevuld met cola tegen de glazen van Kris en Céline.

'Op onze vrouwenclub,' zegt Maria glunderend. 'Wij hebben niemand nodig. Lekker puh.'

Kris schiet in de lach. 'Op onze vrouwenclub.'

Ik weet dat we nog een lange weg te gaan hebben, maar zolang de liefde er nog is, is het de moeite van het proberen waard.

(Jef Alberts, 2005-2006)

'In de glooooriiiiiiaaaaa! In de glooooooriiiiiiaaaaaa!'
Maria straalt als ze de kaarsjes op de door oma gebakken appeltaart uitblaast. Veertien in totaal.

'Hieperdepiep, hoera!' zingt Kris, die zich al dagen verheugt op het blije koppie van Maria als ze zo haar cadeau gaat uitpakken. Maar eerst pakt Maria het cadeau uit dat ze van Céline in haar handen krijgt gedrukt. Kris ziet meteen dat het van het schoonheidsinstituut komt, waar Céline tegenwoordig als consulente werkt. Kris is dolblij dat haar beste vriendin niet meer in het verre Utrecht bij die griezel woont, maar bij haar om de hoek op de Brouwersgracht een knus huisje heeft gevonden.

'Yes!' roept Maria, als ze de grote, duur uitziende (en waarschijnlijk ook duur zijnde) make-updoos uitpakt, waar honderden kleuren lippenstift, oogschaduw, nagellak en blusher in zitten.

'Dit is zo cool! Dank je wel!'

Onstuimig omhelst Maria Céline, waarbij haar lange, donkere krullen in de bak met slagroom dreigen te belanden. Gelukkig kan Kris' moeder hem net op tijd wegschuiven.

'Je kent de regels, hè?' waarschuwt Kris.

'Jahaa, niet doordeweeks, zeker niet opgemaakt naar school en als jij het te hoerig vindt, moet ik het eraf halen,' dreunt Maria met een verveeld toontje op, tot hilariteit van iedereen.

Maria is dolblij met de nieuwe schooltas van Kris' ouders en moet lachen om oma's cadeau: een handboek voor pubermeisjes, met alle informatie over seks, ouders, verliefdheden, maandgeld en huiswerk die je maar kunt bedenken.

'Haha, tips om te spijbelen. Goeie, oma!'

Kris glimlacht naar oma, die als enige haar hele stuk taart al op heeft. Rogier en zijn vriend James geven Maria een gesigneerde CD van Ali B, haar grote held. Kris weet dat Rogier er bijna twee uur voor in de rij heeft gestaan en is opgelucht dat Maria er net zo hysterisch blij mee is als Rogier en James hadden gehoopt.

'En nu mijn cadeau. Naast je nieuwe horloge, je verjaardagsjurk en die afgrijselijk zoete parfum van Britney Spears....'

Kris pakt een plat, mooi ingepakt cadeautje van de tafel en geeft het aan Maria.

'Dit is voor jou. In de hoop dat je je veertiende verjaardag nooit zult vergeten.'

'Oh, dat doe ik nu al niet! No way!'

Kris kijkt gespannen toe hoe Maria het papier verwijdert. Onder tafel legt oma een hand op Kris' knie, wetende hoe belangrijk dit moment voor haar kleindochter is. Maria haalt de simpele, zilver-kleurige fotolijst uit het papier. Ze kijkt even bevreemd als ze ziet dat er geen foto in zit.

'Lees maar,' zegt Kris.

Snel gaan de ogen van Maria over de ingelijste brief. Iedereen is doodstil. Dan kijkt Maria op.

'Is dit...?' vraagt ze zacht. Kris knikt. Ze is ontroerd als ze ziet hoe Maria's ogen vochtig worden.

'Je mag officieel bij me wonen.'

Alsof het nog helemaal niet tot haar doordringt, zo kijkt Maria van de brief naar Kris, naar de brief, weer naar Kris.

'Dus ik hoef na de vakantie...?' Ze durft het bijna niet te vragen. Bang voor het antwoord, voor weer een teleurstelling.

'Niet terug naar het internaat. Ik heb het Lyceum om de hoek helemaal gek gebeld en uiteindelijk een plek voor je weten te be-machtigen. Bij Fleur in de klas.'

Maria en Fleur, de dochter van de buren waar ze in de weekenden en vakanties die ze bij Kris doorbracht mee bevriend is geraakt, gillen en vallen elkaar dramatisch om de hals, zoals meisjes van die leeftijd dat kunnen doen.

'Oh my god, oh my god, dit is de mooiste dag van mijn leven!'

Maria kijkt Kris aan.

'Mag ik ook op zangles? Please?'

's Avonds, als Maria eindelijk in bed ligt en al het bezoek weg is, ruimt Kris de bende op. Ze is bekaf, heeft de hele dag in de keuken gestaan om iedereen van voedsel te kunnen voorzien (volgende keer bestelt ze Chinees) en het kostte haar heel veel moeite om Maria ervan te overtuigen dat twaalf uur een prima bedtijd is voor een jarig meisje. Maria was zo door het dolle heen, Kris was bang dat ze zou imploderen, zo druk was ze. Maar toen Maria eindelijk in bed lag, in de kamer die nu eindelijk echt van haar zou worden, sloeg ze haar armen om Kris heen.

'Ik hou van je,' zei ze gesmoord, Kris voelde aan het schokken van haar tengere schouders dat ze huilde. En ze knuffelde haar nog wat harder.

'Ik ook van jou, meissie.'

'Ik beloof echt dat ik me aan alle regels zal houden.'

Kris glimlachte. Toen ze Maria voor het eerst een week in huis had genomen, omdat ze vakantie had, liep het volledig uit de hand. Maria had een ontzettend grote mond, zat uren achter elkaar te bellen, vertrok wanneer ze daar zin in had en kwam thuis wanneer het haar uit kwam. Kris wist niet wat haar over kwam. Op aanraden van oma had ze toen een lijst gemaakt van Tien Gouden Huisregels, waar iedereen die in haar huis was, inclusief uiteraard zij zelf, zich aan moest houden. Het had gewerkt.

'Je bent een puber. Pubers moeten soms de regels overtreden, anders heb ik helemaal niets meer te doen.'

Maria grijnst. Kris geeft haar een kus op haar mond, een gewoonte die ze al heel snel na die eerste week hadden aangenomen.

'Welterusten.'

'Jij ook.'

En nu staat ze hier, tussen de restanten van het verjaardagsfeest van haar pleegdochter. Ze denkt terug aan het moment dat Maria opeens op de stoep stond. Vond het zo zielig om haar na twee dagen Amsterdam terug te brengen naar het instituut. Had haar daarom de belofte gedaan dat ze in de paasvakantie een week mocht komen logeren. Na die week belde Maria elke vrijdag of ze het weekend mocht komen. En elke vrijdag zei Kris ja. Ze hield er al snel rekening mee en Maria's bezoekjes werden een vast onderdeel van haar leven. Stukje bij beetje brak het meisje open en vertelde over haar jeugd. Waarin ze door haar ouders van hot naar her werd gesleept, waarin ze als peutertje rondliep tussen heroïnespuitende junks, waarin ze nooit van tevoren wist waar ze die avond zou slapen. Op haar achtste was ze door Jeugdzorg bij haar ouders weggehaald. Haar moeder had bedacht dat het een goed idee was als ze hun schamele appartementje in de fik stak, om zo het verzekeringsgeld te kunnen opstrijken en in drugs om te zetten. Ze was alleen vergeten dat haar dochter er nog in lag te slapen. Maria werd op het nippertje gered. En is daarna nooit meer teruggegaan naar haar ouders. Voor zover ze weet zit haar vader in de gevangenis en zwerft haar moeder op straat. Ze heeft geen enkele behoefte aan contact en Kris heeft het gevoel dat dat wederzijds is.

En nu woont ze hier officieel. Het was een lang traject. Kris werd aan allerlei interviews onderworpen, ze moest zelfs een medische test ondergaan en mensen van het pleegouderbureau kwamen bij haar thuis, om de situatie persoonlijk te aanschouwen. Kris had het gevoel dat ze opnieuw eindexamen moest doen. Maar ze was geslaagd. Het document in de fotolijst die ze nu in haar handen heeft, is haar diploma.

Dus nu is ze een alleenstaande pleegmoeder. Kris grinnikt. Klinkt best stoer.

Aan de lange, warme zomer komt een einde. Kris moet zichzelf bekennen dat ze uitkijkt naar de regelmatigheid van het 'gewone' leven. De zomer was heerlijk, maar ook hectisch. Ze heeft de kamer van Maria helemaal opgeknapt, zodat ze zich er helemaal thuis voelt. Ze zijn naar Zuid-Frankrijk afgereisd om de scheiding in orde te maken. Dolblij dat Jean Marc zich erbij neergelegd had en zelfs al een nieuwe vlam had, besloten zij en Maria er nog een paar daagjes vakantie aan vast te plakken. Bij thuiskomst moest er van alles worden geregeld worden voor de verhuizing van Maria. Schoolboeken, inschrijvingen bij gemeente, muziekschool en op de valreep ook een tennisclub waar ze graag op wilde. Kinderbijslag, een mobiele telefoon (met de daarbij horende afspraken!), een hele dag shoppen voor nieuwe schoolspullen en dito outfit, twee dagen boeken kaften en een halve dag ruziemaken over een nieuwe fiets versus een tweedehands exemplaar. Het werd een nieuwe. Met dank aan oma, die zich voorgenomen lijkt te hebben om haar eerste achterkleinkind tot op het bot te verwennen.

Gelukkig breekt dan de eerste schooldag aan. Een dag die Kris aangrijpt om ook weer aan het werk te gaan, na een te lange, onbetaalde vakantie. Ze fietst met Maria mee naar school. Maria, die om zes uur 's ochtends al voor de spiegel stond en wel zeven verschillende kledingsets aan heeft gehad. Ze doet heel stoer, maar Kris kent haar inmiddels goed genoeg om te weten dat ze hartstikke zenuwachtig is. En terecht. Kris weet nog dat zij voor het eerst naar haar nieuwe school in Alkmaar moest, waar ze niemand kende. Gelukkig was daar Michel. Met zijn brommer. Wat lijkt dat allemaal lang geleden.
'Je gaat niet mee de klas in, hoor.'
'Waarom niet? Ik wil even zien wie er allemaal bij je in de klas-'
'Echt niet. Ik schaam me kapot! Niemand neemt z'n moeder mee.'
Kris wordt helemaal warm van binnen. Hoe makkelijk Maria nu al aan haar refereert als moeder, maakt haar trots. Ze geeft haar een aai over haar donkere krullen.
'Heel veel plezier. Ik wacht straks met thee en koekjes op je, kun je alles vertellen.'
'Thee en koekjes. Muts.'
Kris lacht, geeft Maria een klap op haar billen en fietst dan weg.

Als Kris had gedacht dat met de aanvang van Maria's school en haar eigen werk de rust zou wederkeren in haar leven, had ze zich vergist. Maria had binnen no time een hele schare vrienden en vriendinnen, die zich om wat voor reden dan ook het liefst in haar huiskamer verzamelde. Ze kon de zakken chips en flessen cola nauwelijks aanslepen en dacht soms met weemoed terug aan de eenzame avonden voor de televisie. Ze zit tegenwoordig zelden met minder dan vier mensen op de bank. Toch geniet ze van de drukte. Ze is heel blij dat Maria zo snel haar draai in haar nieuwe leven heeft gevonden. Dat ze een hele gelukkige indruk maakt.

Kris was er tijdens de gesprekken met Jeugdzorg keer op keer op gewezen dat het een moeilijke klus zou worden, dat Maria een getraumatiseerd meisje was, dat een hele lastige puber kon worden, maar tot nu toe bleef de schade beperkt tot gekibbel over wel of geen groenten, tijdstippen van thuiskomen en overmatig telefoongebruik. Kris bleef natuurlijk wel alert en stelde daarom al snel de donderdagavond als thuisavond in. Geen vrienden, geen afspraken, geen televisie of computer aan, maar gewoon Kris en Maria. Dan kookten ze samen, kletsten over van alles en nog wat en maakten vaak nog een lange wandeling door de Jordaan. Kris koesterde die avonden en volgens haar deed Maria dat ook.

'Kris?'
'Ja?'
'Die jongen, die gisteravond langs kwam, die die film voor me had gekopieerd…'
'Die de hele avond zijn zwarte muts op hield?'
'Hoe vond je die?'
Kris glimlacht. Ze had al gezien dat Maria stuntelig begon te stotteren zodra deze knul wat aan haar vroeg. Ze zet het laatste bordje in de afwasmachine en wacht tot Céline het poeder er in doet, voordat ze hem dichtdoet en aanzet.
'Hij leek me wel aardig. Zei alleen niet zoveel.'
Maria glimlacht verliefd.
'Dat vind ik juist zo cool.'
'Hoe heet hij?'
'Hugo.'
Kris moet lachen. Maria is beledigd.
'Wat nou?'
'Keurige naam, is hij ook verliefd op jou?'
'Ik ben echt niet verliefd op hem, hoor!' roept Maria verontwaardigd. 'Jezus, jij overdrijft alles altijd zo!'
En weg is Maria, de trap op, haar kamer in, deur dicht. Twee minuten later klinkt de keiharde muziek van De Jeugd van Tegenwoordig. 'Watskeburt!'
Kris besluit Maria even te laten uitrazen. Hormonen hebben ruimte nodig. Ze zet een kop koffie en geniet van de rust, die

waarschijnlijk niet lang zal duren.

JANINE / APPARTEMENT

BARBARA ZIT AAN TAFEL TE TELEFONEREN.

BARBARA
We eten vanavond om zes uur. Als jul-
lie dat niet halen, hoor ik het graag.
Dag, Florien.

**BARBARA VERBREEKT DE VERBINDING. JANINE KOMT MET
EEN STAPEL KOOKBOEKEN DE KAMER IN LOPEN.**

JANINE
Sjors heeft me dit vegetarische kook-
boek gegeven. Er staan best lekkere
gerechten in.

BARBARA
Als prinses Florien het lekker vindt,
vind ik het al lang best.

BARBARA KIJKT HET BOEK IN.

JANINE
Pak je dit wel helemaal goed aan?

BARBARA KIJKT HAAR VRAGEND AAN.

JANINE
Ze zegt dat ze je haat en je nooit zal
accepteren. En wat doe jij? Je beloont
haar met een vegetarisch dineetje.

BARBARA

(LACHT)

Ik zou haar eigenlijk een kilo braad-
worsten moeten voorschotelen.

JANINE

Wel een manier om te laten merken wie
de baas is.

ZE LACHEN. DAN WORDT BARBARA WEER SERIEUS.

BARBARA

Ze heeft haar moeder verloren. Ze voelt
zich in de steek gelaten door haar vader. Ze is doodongelukkig en reageert
dat op mij af. Ik begrijp dat wel.

JANINE

Ja, wij moeders begrijpen en pikken
alles.

BARBARA

Nina is ook flink aan het puberen, hè?

JANINE

Pffft. Het woord kostschool heb ik
deze week meerdere malen in de mond
genomen. Ze komt thuis wanneer ze in
heeft, ze heeft een grote mond, ze
lacht me uit als ik een serieus gesprek met haar wil voeren…

BARBARA

Herkenbaar.

JANINE

Ik weet dat het erbij hoort, maar ik

vind het wel jammer. Toen ze nog jong
was luisterde ze altijd naar me, ik
kreeg al haar kleine geheimpjes als
eerste te horen.

BARBARA

(LACHT)
Nu ze ouder zijn zijn het geheimpjes
die je liever helemaal niet wilt weten.

JANINE

Ik was als puber nooit zo lastig.

BARBARA SCHIET IN DE LACH.

BARBARA

Janine, jij bent op je veertiende begonnen met roken om je ouders te trei-
teren. Toen zij zeiden dat ze het helemaal niet erg vonden, hield je er
meteen mee op omdat de lol eraf was.

JANINE EN BARBARA LACHEN.

'Sorry.'
Kris kijkt op. Maria draalt bedremmeld in de deuropening. Ze
houdt Kris' jas omhoog.
'Stukkie lopen?'

Kris besluit even niets over het onderwerp Hugo te zeggen. Ook
niet over de grote mond die Maria haar gaf. Ze heeft sorry gezegd.
Het is okay. Ze wandelen over de grachten, kletsen over het klassenfeest dat Maria over twee dagen heeft en verbazen zich er over
dat er uit elk café muziek van Andre Hazes schalt. Hij is al een jaar
geleden overleden en het lijkt wel alsof half Nederland nog steeds
Hazesfan is.

'Hij heeft gevraagd of ik met hem mee wil naar de bioscoop morgen.'

'Wie?' houdt Kris zich van de domme.

'Hugo.'

'Oh? Wat leuk.'

Kris' hart slaat over. Begint dat nu al? Maria is veertien. Kan een meisje dan wel alleen de grote stad in met een jongen die ze nauwelijks kent? Is dat verantwoord?

'Mag het?'

Kris gaat op een bankje zitten en gebaart Maria naast haar te komen zitten.

'Wil je het graag?'

Maria knikt.

'Je moet de volgende dag naar school.'

'We gaan naar de vroege film. Dan ben ik om een uur of half elf al weer thuis.'

'Dat is te laat. Je hebt de dag daarna ook al een schoolfeest.'

'Ik ga toch,' zegt Maria koppig. 'Anders klim het wel uit het raam ofzo.'

Kris lacht als ze denkt aan het beeld van Maria, die uit haar raam klimt.

'Waarom gaan jullie zondagmiddag niet? Kunnen jullie daarna nog ergens een frietje eten ofzo. Krijg je van mij geld om hem te trakteren.'

Maria moet hier lang over nadenken.

'Overdag naar de film is niet zo…'

'Romantisch?' helpt Kris haar. Onwillig knikt Maria.

'Het is buiten misschien licht, maar in de bioscoopzaal is het donker.'

Maria zegt niets. Kris besluit niet verder te pushen, bang dat het gesprek in een ruzie ontaardt. Ze staat op.

'Denk er maar over na. Kom. We gaan een ijsje eten.'

'Waarom heb ik me laten over halen?' jammert Kris, als ze door het raam ziet hoe Maria opgedoft en bloednerveus op haar fiets stapt, op weg naar haar bioscoopdate met Hugo. Céline komt naast haar staan en zwaait vrolijk naar Maria.

'Ze moet morgen gewoon naar school, ze heeft ook nog een feest morgen, straks raakt ze oververmoeid en-'

'Kris!'

Kris kijkt Céline vragend aan.

'Hou op met dat gelul over vermoeidheid. Wat is nou echt het probleem?'

Kris gaat aan de eettafel zitten, waar Rogier en James het dessert op dienen.

'Ik vind het gewoon heel lastig om te bepalen in hoeverre ik een moeder moet zijn en in hoeverre een vriendin.'

'Dat begrijp ik wel,' zegt Rogier. 'Maar weet je? Volgens mij kan dat best samen gaan.'

'Als ik haar iets verbied wordt ze woedend. Laatst wilde ze extra zakgeld, om deodorant te kopen, maar ze had een week daarvoor ook al een bus deo gekocht, dus ik vond het onzin. Het huis was te klein. Ze heeft drie dagen niet tegen me gepraat en uiteindelijk kwam ik er achter dat ze zelf nog genoeg geld had om die deo te kopen. Maar ook daar was ze woest over. Dat ik het lef had om in haar portemonnee te kijken.'

Rogier, James en Céline lachen.

'Dat is echt niet grappig! Ze speelt met me en ik laat het gebeuren.'

'Dat heb je zelf in de hand,' vindt Céline. 'Het kost misschien een beetje moeite, maar als jij je grenzen stelt, en je daar ook aan vasthoudt…'

'Dus niet zoals vanavond,' vindt Rogier.

'Dan ziet ze snel genoeg in dat het geen zin heeft om tegen je aan te blijven schoppen.'

Kris zucht. Ze weet het wel. Maar ze vindt het zo lastig. Ze gunt het Maria zo om nog een paar gelukkige, onbekommerde jeugdjaren te hebben…

'Dit is nog maar het begin,' zegt James met een grijns. 'Voor je het weet heb je gesprekken over seks, condooms en vriendjes mee op vakantie.'

Kris kreunt. 'Waarom heb ik niet gewoon een ontspoorde peuter in huis genomen?'

'Omdat Maria op je pad kwam,' stelt Céline heel simpel. En dat is ook zo. Ondanks het puberale gedrag, houdt ze echt van dat dwarse grietje. Terwijl ze een hap tiramisu in haar mond stopt neemt ze zich voor om strenger te zijn. Consequenter. Meer een moeder, minder een vriendin.

BARBARA & ROBERT / WOONKAMER + KEUKEN

FOS EN FLORIEN KOMEN BINNEN.
BARBARA STAAT TE TELEFONEREN.

> ### BARBARA
> (IN TELEFOON)
> Laat maar. Ze komen net binnen.

BARBARA HANGT OP. FOS EN FLORIEN SLENTEREN DE KEUKEN IN. DE TAFEL IS GEDEKT, ER STAAN PANNEN OP HET VUUR.

> ### FOS
> Jij had toch doorgegeven dat we ergens een pizza gingen eten?

> ### FLORIEN
> Vergeten.

FLORIEN GAAT DE WOONKAMER IN EN WIL DOORLOPEN NAAR HAAR KAMER.

> ### BARBARA
> Ik wil even met jullie praten.

FLORIEN GAAT ZITTEN.

> ### BARBARA
> Heb je mijn bericht niet gehoord?

ER VALT EEN STILTE. FLORIEN PAKT EEN TIJDSCHRIFT EN BEGINT ER DOORHEEN TE BLADEREN.

BARBARA

Ik praat tegen je.

FOS

We waren het vergeten. We zagen een
pizzeria.

FLORIEN

En we hadden honger.

BARBARA

Jullie zouden hier om zes uur zijn.

NIEMAND GEEFT ANTWOORD.

Céline: 'Haha, Kris! Je bent gelukkig niet de enige!'
Rogier: 'Dat zouden mijn kinderen niet moeten flikken. Ik zeg:
tuchtcollege!'
James: 'Ik zeg: blij dat je geen kinderwens hebt, schat.'
Kris: 'Zo erg is het toch niet als die kinderen een keertje de tijd
vergeten?'
James, Rogier en Céline kijken Kris aan.
'Met die instelling kweek je kleine monsters, die op hun zestiende
hun kont met je afvegen,' waarschuwt Rogier.
'Helemaal mee eens. Afspraak is afspraak,' vindt James.
'Als je ze dat nu niet leert, hoe moeten ze dan weten hoe ze zich
in de grote boze buitenwereld moeten handhaven?' Céline zet een
hoog meisjesstemmetje op. 'Oh, sorry meneer de baas, het was
zulk mooi weer, ik wilde liever naar het strand dan naar kantoor.'
Iedereen lacht. Rogier kijkt naar Kris.
'En hoe denk je dat meneer de baas zal reageren? Geen probleem,
kind. Geniet jij er maar lekker van. Nee, meneer de baas zal zeggen:
je hebt je niet aan de regels gehouden en nu word je ontslagen.'
Kris moet nu ook lachen.

BARBARA
(TEGEN FLORIEN)
Waarom zeg je niets?

FLORIEN
Jezus, doe niet zo opgefokt!

BARBARA
Ik heb twee uur in de keuken gestaan
om een vegetarische maaltijd klaar te
maken. Speciaal voor jou.

FOS
We zullen de volgende keer afbellen.

BARBARA
Ik heb liever dat jullie er gewoon
zijn.

FLORIEN
Zijn we uitgepraat?

**ZONDER ANTWOORD AF TE WACHTEN STAAT FLORIEN OP
EN LOOPT NAAR HAAR KAMER. BARBARA KIJKT FOS AAN.**

BARBARA
Als je nog honger hebt...

FOS
Ik hou niet van vegetarisch.

**OOK FOS VERTREKT NAAR ZIJN KAMER. BARBARA VOELT
ZICH MACHTELOOS.**

'Les nummer één: kook nooit vegetarisch voor Maria,' zegt Rogier.
Kris moet lachen.
'Als er iets groens te bespeuren is in het eten, hoeft madame het al

niet meer.'

'Meteen door naar les twee: word zelf vegetarisch en dwing Maria om met de pot mee te eten.'

'Grapjas,' zegt Kris.

Na Goede Tijden gaat de tv uit en komt de Triviant op tafel. James en Céline kibbelen over wie er bij Rogier in het team mag, die wint immers altijd. Rogier onttrekt zich aan de discussie en staat op de gang te bellen. Als hij binnen komt, is hij opgetogen.

'Hou even op met dat gemierenneuk, ik zit bij Kris in het team, zoals altijd. Maar…'

Rogier doet alsof hij op een trommel roffelt, met bijbehorende geluiden.

'Ik heb een offer you can't refuse!'

Iedereen kijkt Rogier verwachtingvol aan.

'Ik krijg net een telefoontje uit Frankrijk. Ik had een bod gedaan op een groot chalet, met zwembad in de tuin, aan de rand van het meer van Annecy. En ze hebben het geaccepteerd.'

James springt juichend op en omhelst Rogier. Kris is blij voor hem, ze weet hoe dol hij is op Frankrijk en de bergen.

'Dat betekent dat jullie dit jaar allemaal zomervakantie gaan vieren in Frankrijk, chez moi! Ik word dan achtendertig en ik kan me geen mooiere verjaardag wensen dan dat!'

Rogier knipoogt naar Kris. 'En als dat monster van jou zich gedraagt mag ze mee.'

Nadat ze de foto's van het chalet hebben bekeken en hebben geproost op de nieuwe aanwinst van Rogier, gaan Céline en James een sigaretje roken in de tuin. Rogier helpt Kris de keuken schoon te maken.

'Vind je het een probleem als ik Mick en Annemarie ook vraag?'

God. Mick. Met Annemarie. Daar had ze niet aan gedacht. Vindt ze het een probleem? Ze heeft Mick tot nu toe kunnen ontlopen. Feestjes waar hij ook is uitgenodigd belt ze met een smoes af. Rogier, die veel contact met hem heeft, weet dat Kris het moeilijk vindt om dingen over hem te horen, dus ze zwijgen het onderwerp dood. Tot nu.

'Dat eh… Dat vind ik wel lastig.'

Rogier zwijgt. Dat antwoord had hij verwacht.

'Maar Mick is een van je beste vrienden, dus… Nodig hem uit, dan kom ik later wel een keertje langs,' zegt Kris.

'Mag ik wat vertellen? Over Mick?'

Kris aarzelt, maar knikt dan.

'Toen je hem die brief schreef, dat je je huwelijk met Jean Marc een kans wilde geven en hem los moest laten… Ik heb hem nooit zo mee gemaakt. Hij heeft drie maanden gezopen, tegen alles en iedereen aangetrapt, was helemaal de weg kwijt. Hij dacht echt, na die ene nacht samen, dat jullie weer samen zouden komen.'

Kris knikt. Ze voelt de tranen in haar ogen opwellen als ze hoort hoe moeilijk Mick het ermee heeft gehad.

'Na drie maanden dreigde hij geschorst te worden in het ziekenhuis, omdat hij zo ontzettend chagrijnig was, zijn afspraken niet na kwam. Toen ging de knop om. Hij gaf zichzelf een schop onder zijn kont en pakte de draad van zijn leven weer op. Inclusief zijn relatie met Annemarie.'

Er valt een stilte.

'Waarom vertel je me dit?' vraagt Kris met een door emoties dichtgeknepen stem.

'Hoe lang draaien jullie al om elkaar heen?'

Kris weet het precies, maar haalt haar schouders op.

'Jij bent getrouwd geweest met je op één na grootste liefde, hij probeert nu een leven op te bouwen met zijn op één na grootste liefde… Ik denk dat het nu tijd wordt om knopen door te hakken. Worden jullie vrienden? Prima. Maar dan bel je geen feestjes meer af met kutsmoesjes. Worden jullie geliefden? Fantastisch. Zielig voor Annemarie, maar that's life.'

'Mick heeft voor Annemarie gekozen. Het is onzin om te zeggen dat ik nog steeds zijn grote liefde ben.'

'Dat kan ik beter bepalen dan jij. Ik ben zijn beste vriend,' zegt Rogier.

Kris kijkt Rogier ongelovig aan.

'Als jij hem morgen vertelt dat je hem terug wilt, is hij overmorgen weg bij Annemarie.'

Kris schudt haar hoofd. Dat kan niet. Dat wil ze ook helemaal niet. Ze wil het leven van Annemarie niet verpesten. Niet nog een keer alles overhoop gooien.

'Kris, ga mee naar Frankrijk. Zoek uit wat jullie nog voor elkaar voelen. En laat dan het noodlot zijn werk doen.'

Het is elf uur. Rogier, James en Céline zijn weggegaan, na Kris op het hart te hebben gedrukt om in elk geval na te denken over de vakantie en het plan niet meteen af te schieten. Kris loopt door haar huiskamer heen en weer te dolen. Te wachten op Maria, die om half elf thuis zou zijn. Die morgen het eerste uur een biologieproefwerk heeft, dat ze echt niet kan verknallen omdat ze er al een vijf voor staat. Dan schieten haar gedachten weer naar Mick. Twee weken lang elk uur van de dag met hem geconfronteerd te worden. Kan ze dat aan? Zou het echt waar zijn wat Rogier zei? Dat Mick nog steeds net zoveel van haar houdt als Kris van hem? Maar waarom heeft hij dan geen contact met haar opgenomen? Hij weet dat ze weer in Nederland is. Hij weet dat ze gescheiden is. Dat moet hij wel weten, ze hebben zoveel gezamenlijke vrienden. Haar hoofd duizelt van alle gedachten die er in haar opkomen. Zal Annemarie de reis niet afblazen als ze weet dat Kris komt? Dat zou zij doen, als ze in Annemaries schoenen stond. Maar van de andere kant, zou zij samen willen zijn met iemand die liever met iemand anders wil zijn? Jezus, waarom is het na zoveel jaar nog steeds zo ingewikkeld?

Half twaalf. Kris heeft haar nachthemd aangetrokken en zit in een verduisterde kamer op de bank op Maria te wachten. Ze heeft haar net weer gebeld. Voor de honderdste keer. Er zal toch niets gebeurd zijn? Zal ze de politie bellen? Ze besluit te wachten tot twaalf uur. Als ze er dan nog niet is, belt ze de politie. Ze vervloekt zichzelf dat ze Maria toch toestemming heeft gegeven om te gaan. Ze neemt zich voor om de volgende keer in elk geval de jongen met wie ze uitgaat beter te leren kennen. Volgende keer? Er komt voorlopig helemaal geen volgende keer.

Twaalf uur. Kris zit achter het bureau in Maria's kamer en gaat door de slordige stapel papieren heen op zoek naar de klassenlijst waar Hugo's telefoonnummer op moet staan. Zullen zijn ouders het wel okay vinden dat ze om middernacht op straat zwerven?

Of god weet waar? Ze kan het zich niet voorstellen. De telefoon gaat. Ze rent naar beneden. Alles schiet door haar hoofd heen. Dat is de politie, ze zijn betrokken geraakt bij een vechtpartij. Of het ziekenhuis, ze hebben een ongeluk gehad.

Het is Hugo's moeder. Ze maakt zich net zoveel zorgen als Kris en wil weten of Kris weet waar de kinderen uithangen. De film waar ze naar toe gingen was al om negen uur afgelopen. Hugo's moeder heeft hetzelfde idee gehad als Kris en de politie gebeld, maar die namen haar niet echt serieus. Ze beloven elkaar op de hoogte te houden.

Zodra ze heeft neergelegd trekt Kris haar jas aan. Ze legt een briefje op tafel dat Maria haar onmiddellijk moet bellen als ze thuiskomt en slaat dan de deur achter zich dicht. Het is koud buiten. De ijzige wind waait dwars door haar jas heen. Wat doet ze hier? Wat is haar plan? Ze heeft geen idee, maar ze kan ook niet niets doen. Ze pakt haar fiets en besluit de meest logische route van hun huis naar de bioscoop te rijden. Het is rustig op straat. Bij elk geluid, bij elke figuur op straat kijkt Kris op, is het Maria? Ze wordt steeds ongeruster.

Na een uur rondjes gefietst te hebben, staat ze op het Leidseplein, waar alle cafés nog vol zitten. Dit is onbegonnen werk. Waar moet ze zoeken? In cafés? In discotheken? Op straat? Kris heeft het stervenskoud en draait om. Terug naar huis.

Terwijl ze voor de zoveelste keer (nu niet eens meer boos, maar in paniek) de voicemail van Maria inspreekt, passeert ze het kleine speeltuintje om de hoek van hun huis. Het is verlaten. Ze ziet dat er een nieuw klimtoestel wordt gebouwd. Daar had ze al een brief over gekregen van de gemeente. Dan ziet ze dat er op het klimtoestel, onder een afdakje twee mensen zitten. Ze zoenen. De rode sjaal die Maria van haar heeft gekregen wappert in de wind.

'Maria!' schreeuwt Kris. Woedend en intens opgelucht.

De twee innig omstrengelde kinderen laten elkaar geschrokken los. Kris laat haar fiets op de grond vallen en beent naar Maria toe.

'Ben je helemaal gek geworden?!'

Maria (met een bleek koppie van de kou, maar rode konen van de opwinding) klimt van het toestel af. Ze kijkt Kris niet aan en wil meteen naar haar fiets doorlopen, die tegen de glijbaan staat. Kris grijpt haar bij haar arm.

'Weet je hoe laat het is? Bijna twee uur!' Dan kijkt Kris naar Hugo, die nog steeds op het toestel zit en bedremmeld naar de grond kijkt.

'Jouw moeder maakt zich ook vreselijk veel zorgen. We hebben de politie zelfs al gebeld.'

'Wat een bullshit!', gooit Maria eruit.

Met alle kracht die ze in zich heeft, maant Kris zichzelf rustig te blijven, hoewel ze op dit moment het liefst zou gillen en schreeuwen dat Maria geen idee heeft hoeveel zorgen ze zich heeft gemaakt en hoe boos ze op haar is.

'Mee. Nu.'

Kris kijkt om naar Hugo, terwijl ze haar fiets van de grond pakt.

'Ik bel je moeder over een kwartier om te checken of je thuis bent, dus ik zou een beetje haast maken als ik jou was.'

'Heb je geblowd? Drugs gebruikt? Gedronken?'

Terwijl ze gehaast, met de fietsen in de hand, het laatste stukje naar huis lopen, kijkt Kris onderzoekend naar Maria, op zoek naar verwijde of vernauwde pupillen, een alcoholadem, een vleugje sigarettenrook.

'We hebben gepraat!' bijt Maria haar toe. 'Ik ben echt niet de debiel waar je me voor houdt.'

Voordat Kris nog wat kan zeggen, gaat Maria verder.

'Het was de leukste avond die ik ooit in mijn leven heb gehad en die laat ik niet door jou verpesten!'

Verder zwijgt Maria, ondanks de pogingen van Kris een gesprek aan te gaan. Zodra Kris de voordeur heeft geopend, stuift Maria naar boven en smijt de deur van haar kamer dicht.

Het duurt die nacht heel lang voordat Kris de slaap kan vatten.

BARBARA & ROBERT / WOONKAMER + KEUKEN

FOS EN FLORIEN ZITTEN AAN DE KEUKENTAFEL. ZE BEKIJKEN EEN AANTAL FOLDERS.

FOS

Als je dit abonnement neemt, krijg je
er een gratis TV bij.

**BARBARA KOMT BINNEN. FOS VOELT ZICH METEEN ON-
GEMAKKELIJK EN KIJKT FLORIEN AAN. FLORIEN GEEFT
HEM MET EEN BLIK TE KENNEN DAT HIJ HAAR MOET
HELPEN.**

BARBARA

Hoi.
    (TEGEN FOS)
Is er iets met je mobiel? Ik kan je
niet bereiken.

FOS

Afgesloten.

BARBARA

Gebruik de vaste telefoon voortaan wat
vaker. Dat is veel goedkoper.

BARBARA AARZELT.

BARBARA

Ik betaal je rekening voor deze ene
keer wel. Hoeveel is het?

BARBARA PAKT HAAR PORTEMONNEE.

FOS

Honderdveertien euro en-

FLORIEN ONDERBREEKT FOS.

FLORIEN

Je gaat haar toch niet je rekening laten betalen? Dan heeft ze je helemaal

in de tang. Ik regel wel wat.

BARBARA
(CYNISCH)
Ga je een baantje zoeken?

FLORIEN ZWIJGT EN KIJKT HAAR NIET AAN.

BARBARA
Ik hoop dat het vanavond aan tafel wat
gezelliger is.

BARBARA WIL WEGLOPEN. FLORIEN STOOT FOS AAN.

FOS
Wij eten vanavond niet mee.

BARBARA
Oh. Gaan jullie wat leuks doen?

FOS
(ONGEMAKKELIJK)
We koken voor onszelf.

**BARBARA IS VERBAASD. FLORIEN PAKT EEN BRIEF UIT
HAAR TAS EN GEEFT HEM AAN BARBARA.**

FLORIEN
We hebben een gedragscode opgesteld.
BARBARA GAAT ZITTEN.

BARBARA
(LEEST VOOR)
Regel 1. Wij willen komen en gaan wanneer we willen. Regel 2. We maken zelf
ons eten klaar.

FOS VOELT ZICH ONGEMAKKELIJK.

BARBARA
Regel 3. We ontbijten, lunchen en dineren op onze eigen kamer.
Regel 4. Onze kamers zijn verboden
terrein voor alle andere bewoners. Regel 5...

BARBARA KIJKT FOS EN FLORIEN AAN.

BARBARA
Dit is een grapje, hoop ik.

FLORIEN
Als je deze lijst niet accepteert, ac-
cepteer je ons niet en moeten wij het
huis helaas verlaten.

BARBARA SCHAMPERT.

BARBARA
Helaas. En waar gaan jullie dan heen?
Jullie kunnen de telefoonrekening niet
eens betalen.

ZE GEVEN GEEN ANTWOORD.

BARBARA
Ik ga hier over nadenken en ik kom
erop terug.

BARBARA IS VASTBERADEN.

Wat frappant dat Barbara in precies dezelfde situatie zit als zij,
bedenkt Kris zich. Maar dan met twee kinderen. Ook opeens ver-
antwoordelijk voor een pubermeisje dat niet bij haar is opgegroeid.

Het scheelt natuurlijk wel dat Barbara zelf ook kinderen heeft. Ze is een ervaren moeder. Dat is Kris niet. Moedeloos denkt ze terug aan vanochtend. Maria weigerde met haar te praten. Ze propte haar brood staande aan het aanrecht naar binnen en vertrok toen. Kris liep in haar ochtendjas achter haar aan en vertelde haar, terwijl Maria haar fiets losmaakte, dat ze die avond naar het klassenfeest mocht, maar alleen omdat ze een duet met Fleur zou zingen en Kris het sneu vond voor Fleur. Dan zouden al die repetitie-uren voor niets zijn geweest. Ze had tegen Maria gezegd dat ze haar om negen uur op zou halen. Waarop Maria woest werd. Het feest duurt tot twaalf uur!

'Negen uur,' had Kris nogmaals gezegd. Toen ging ze naar binnen.

's Middags had ze een SMS gekregen van Maria, met de mededeling dat ze bij Fleur ging optutten en niet thuis zou eten.

Kris vraagt zich af hoe ze in godsnaam de touwtjes weer in handen kan krijgen, zonder het risico te lopen dat Maria weer wegloopt, of de sfeer in huis te snijden is. Oma, die ze net heeft gebeld, was heel duidelijk: grenzen aangeven, bij overtreding daarvan een passende straf. Niet te zwaar, maar ook zeker niet te licht. En humor. Humor doet het altijd heel goed bij pubers.

BARBARA & ROBERT / WOONKAMER + KEUKEN

BARBARA KOMT MET EEN VOLLE BOODSCHAPPENTAS BINNEN. ZE OPENT DE KOELKAST.
OP EEN KOELVAK IS EEN STICKER GEPLAKT MET DE TEKST: AFBLIJVEN. VAN FOS EN FLORIEN.
FOS EN FLORIEN KOMEN BINNEN.

FOS
Wij willen graag om half zes koken. We zijn in een half uurtje klaar, dus kun jij zo lang wachten?

FLORIEN
In de kamer graag. Zoals afgesproken.

BARBARA

Ik heb helemaal niets afgesproken.

BARBARA PAKT EEN LIJST UIT HAAR TAS.

BARBARA

Ik heb een alternatieve lijst opgesteld.

FLORIEN IS ONAANGENAAM VERRAST.

BARBARA
(LEEST VOOR)

Regel 1. Jullie mogen zelf je eten
klaar maken, maar we eten gezamenlijk
aan tafel.
Regel 2. Jullie hoeven tijdens het
eten niet met ons te praten, maar het
is verboden om vervelende opmerkingen
te maken.
Regel 3.

BARBARA BEDENKT ZICH.

BARBARA

Nou ja, lees zelf maar even.

**BARBARA GEEFT FOS HET BLAADJE EN WIL WEGLOPEN.
IN DE DEUROPENING DRAAIT ZE ZICH OM.**

BARBARA

Oh trouwens… Jullie willen je eigen
eten koken, maar jullie deel van de
koelkast is helemaal leeg. En het geld
is op. Ik zou maar akkoord gaan met
mijn tegenvoorstel. Regel tien beslist
namelijk dat het toegestaan is geld

aan te nemen van huisgenoten.

BARBARA VERTREKT.
FLOS EN FLORIEN ZIJN OVERDONDERD.

Ook Barbara doet het. Humor. Zal het werken? Kris krijgt een ideetje en pakt de telefoon.
'Rogier? Ben je over een kwartiertje thuis? Ik heb je nodig.'

Kris belt aan. Zo te horen is het feest in volle gang. Ze voelt even aan haar plaksnor. Die zit nog recht. Mooi zo. De deur wordt open gedaan. De mentor van Maria's klas kijkt haar uitermate bevreemd aan. Niet zo gek. Zij zou ook raar opkijken als er een als man verklede vrouw met plaksnor in een veel te groot zwart pak op de stoep stond tijdens een klassenfeest. Ze zet een zware stem op.
'Hallo. Ik ben de privéchauffeur van Maria. Ik kom haar ophalen.'
De mentor ziet de roze Rolls Royce nu pas. Hij lacht en wisselt een blik van verstandhouding met haar. Gelukkig, hij is bereid het spel mee te spelen.
'Ik zal haar roepen. Ze had al gezegd dat ze eerder opgehaald zou worden. '
Kris loopt terug naar de Rolls, pakt er een krant uit die ze speciaal voor dit doel heeft meegenomen, leunt nonchalant tegen de Rolls aan en slaat de krant open. Ze glimlacht als ze opgewonden stemmen hoort.
'Wat is dit?'
'Wat een coole bak!'
'Maria? Is die auto van je pa, ofzo?'
'Wow!'
Ze gluurt even over de rand van haar krant heen. Maria staat met open mond tussen haar klasgenoten, die door het dolle heen zijn. Ze lopen nu allemaal op Kris en de auto af. Kris slaat haar krant dicht en kijkt naar Maria.
'Ready to go, miss Maria?' bast ze.
Het werkt. Godzijdank. Maria barst in lachen uit en loopt naar haar toe.
'Je snor zit scheef,' fluistert ze, terwijl ze hem snel recht trekt. Met

een galant gebaar opent Kris het portier van de auto. Maria stapt in. Ze wuift als een filmster naar haar klasgenoten, die diep onder de indruk zijn en er niets van begrijpen. Kris neemt plaats achter het stuur, start de auto en rijdt weg.
'Je bent gek,' zegt Maria.
'Zin in een ijsje?'

Zonder tegen elkaar te schreeuwen of met deuren te slaan, bedenken Maria en Kris samen een passende straf voor haar nachtelijke avontuur. Maria heeft drie weken huisarrest op schooldagen. In het weekend niet. En ze belooft dat ze Kris voortaan zal bellen als ze later komt. Ook als ze bang is dat Kris boos wordt. Maria stelt bovendien voor dat ze elkaar het time-out teken geven als ze het gevoel hebben dat het uit de hand gaat lopen, zodat ze allebei even rustig kunnen nadenken, voordat ze dingen gaan roepen die ze niet menen. Kris is opgelucht en blij. Maria ook.
Dan wil Kris alles weten over Hugo. Maria begint te praten en blijft praten. Net zo lang tot haar ijsje helemaal is gesmolten en ze Kris moet overhalen een nieuwe voor haar te kopen. Maria is verliefd. Tot over haar oren.

Van: rogier@vanbommeladvocaten.nl
Aan: krisderidder@hotmail.com

Mijn zeer lieve vriendin,
Tot mijn grote verdriet moet ik je meedelen dat onze gewaardeerde vriendin Annemarie deze zomer niet naar Annecy zal komen, omdat zij de voorkeur geeft aan een twee maanden lang verblijf bij haar ouders op het zonnige Curaçao. Wat hierbij natuurlijk heeft geholpen is dat zij niet op de hoogte is van jouw vermoedelijke komst naar mijn chalet, aangezien ze haar geliefde Mick anders nooit toestemming zou hebben gegeven om mijn verjaardag te komen vieren.
Ik verwacht dat je je eerdere bedenkingen omtrent je verblijf naar aanleiding van dit bericht laat varen. Ik stuur je hierbij een routebeschrijving.

'Maria? Wakker worden. We zijn er.'

Via haar achteruitkijkspiegel ziet Kris hoe Maria in beweging komt op de achterbank. Ze heeft bijna de hele rit liggen slapen. Logisch, omdat ze Hugo de hele zomer niet zou zien, mocht hij een nachtje bij Maria logeren (in de logeerkamer!) en Kris hoorde ze om drie uur 's nachts nog met elkaar kletsen.

Maria richt zich op en slaakt een verrukte zucht als ze het heldere meer van Annecy in al zijn schoonheid bij het licht van de ondergaande zon ziet liggen.

'Ik ga zo meteen zwemmen. Denk je dat Rogier een surfplank heeft? Of een boot? In elk geval wel luchtbedden, toch? Oh shit, er zitten toch geen enge beesten in het water? Dan ga ik niet, hoor! Dan blijf ik in het zwembad.'

Kris glimlacht, terwijl ze haar ogen op de weg houdt. Hier moet het zijn. Nummer vierentwintig. Er staat een groot hek omheen. Met een gesloten toegangspoort. Kris zet de auto stil voor het hek en draait haar raampje open om op de bel te drukken. Niet lang daarna hoort ze Rogiers blikkerig klinkende stem door de intercom.

'Hallo?'

'Goed volk!' roept Kris. De poort zwaait open. Kris rijdt naar binnen. Haar hart klopt in haar keel. Ze kreeg gisteravond nog heel laat een SMS van Rogier. Mick was aangekomen. Hij weet dat Kris ook komt en verheugt zich er op. Kris niet. Kris is nu alleen maar heel, heel zenuwachtig.

'Krissie!'

Kris stapt uit en kijkt naar waar de stem vandaan komt. Rogier komt in zwembroek, druipend van het zwembadwater, op blote voeten en met wijd open gespreide armen op haar aflopen.

'Nee, niet doen, Rogier! Dan word ik zeik-'

Te laat. Rogier omhelst haar en Kris is zeiknat. Vanuit haar ooghoeken ziet ze nu meer mensen aan komen. Ze herkent hem meteen. Mick. Ook in zwembroek. Ook zeiknat. Lachend komt hij op haar aflopen.

'Hé.'

'Hé.'

Hij omhelst haar.

'Fijn je weer te zien,' fluistert hij in haar oor. Ze knikt. Dit wordt een fantastische vakantie.

's Morgens, aan de ontbijttafel onder de pergola:

'Jak! Wat doe jij nou op je brood?' vraagt Maria vol afkeer aan Mick (die ze overigens de mooiste, oude man op aarde vindt en waanzinnig grappig).

'Pindakaas met hagelslag,' antwoordt Kris voor Mick, aangezien die net een hele grote hap neemt.

'En als je geluk hebt maakt hij een Marstosti voor je, twee broodjes met een in stukken gesneden Marsreep ertussen in het tostiapparaat.'

Kris kijkt Mick lachend aan.

'Of ben je inmiddels over die verslaving heen gegroeid?'

Grijnzend schudt Mick zijn hoofd. Hij heeft eindelijk zijn hap doorgeslikt.

'Zeg jij maar niets, met je ei-afwijking.'

Vragend kijken Rogier en Maria naar Kris, die Mick quasi-verwijtend aan kijkt, alsof ze boos is dat hij haar geheim verraden heeft.

'Dat doe ik al heel lang niet meer.'

'Ik geloof er niets van. Maar we gaan het vanavond meemaken.'

Mick kijkt Rogier en Maria samenzweerderig aan.

'Als Kris een wijntje heeft gedronken, wordt ze altijd wakker, nadat ze precies een half uur heeft geslapen. En dan wil ze een gekookt ei. Acht minuten, vanaf het moment van koken, met een snufje zout. En een plastic lepeltje! Ik waarschuw je, geef haar een metalen ei-lepeltje en ze slaat je hoofd ermee in.'

Maria lacht.

'Ik ga opblijven vanavond!' Dan kijkt ze Rogier bezorgd aan. 'Hebben we wel eieren in huis?'

Iedereen lacht. Mick staat op. Kris wendt haar blik af, beschaamd over haar niet al te preutse gedachten bij het zien van zijn gebruinde torso. Hoe kan het dat die man elk jaar knapper wordt?

'Maria, meekomen. Nu,' zegt Mick alsof hij een strenge generaal is. Hij duwt haar een groot waterpistool in haar handen.

'We gaan die lamzakken wakker maken.'

Drie minuten later klinken er luide protesten vanuit de slaapvertrekken.

's Middags, in het meer van Annecy:

'Kris, doe niet zo mutserig, ga gewoon op die plank staan.'

Kris gilt als Mick haar bij haar heupen pakt en haar op de wiebelige surfplank zet.

'Ik kan het niet en ik wil het niet!'

'Je hebt het Maria beloofd. Hier, het touw.'

'Ik heb niks beloofd, ik heb een weddenschap verloren.'

'Daarom moet je nu leren surfen. Zet je voeten wat uit elkaar, dan heb je meer grip op de plank. En nu trekken aan dat touw.'

Kris trekt aan het touw en het zeil komt langzaam uit het water omhoog.

'Goed zo. Nu blijven staan en met je linkerhand de giek vastpakken.'

Kris kijkt om naar Mick, die naast haar in het water staat. 'De giek?'

'Dat is dat ding waarmee je–'

Met een gil belandt Kris in het water, tegen Mick aan, die haar vastpakt en belet kopje onder te gaan. Hij kijkt haar lachend aan.

'We gaan het anders doen. Ga achter op de plank liggen. Op je buik.'

Kris doet wat hij zegt. Mick klimt op de plank, trekt het zeil omhoog, laat de wind erin komen en surft weg, met Kris achterop.

'Je hebt nu wel je weddenschap verloren.'

'Kan me niets schelen.'

Kris kijkt op naar de gespierde benen van Mick, naar zijn lijf dat een gevecht met de wind levert. Op dit moment kan niets haar schelen. Alleen dit. Hier zijn. Met hem.

's Avonds, rondom de nasmeulende barbecue:

'Wat een leuk grietje, die Maria van jou.'

Kris houdt haar wijnglas op naar Mick, die hem weer volschenkt en glimlacht naar hem.

'Zeker omdat ze je heeft laten winnen met pingpongen.'

'Ik heb gewonnen omdat ik simpelweg beter was, zoals altijd. En ze is echt leuk. Spontaan. Zit lekker in haar vel. Zie je niet vaak bij meiden van die leeftijd.'

'Ik ben ook hartstikke trots op haar,' zegt ze.

'Dat had ik niet van jou verwacht. Dat je dat zou doen. Pleegmoeder worden.'

'Hoezo niet?'

'Omdat je… Hoe ga ik dit zeggen zonder je te beledigen?'

Kris glimlacht.

'Omdat je nogal impulsief bent. En nu moet je rekening houden met iemand. Je kunt haar niet zomaar weg sturen.'

'Dat wil ik ook niet.'

Kris denkt even na.

'En dat impulsieve… Dat heb ik nog steeds wel, maar ik weet nu geloof ik wat beter dan vroeger waar ik happy van word. Dat onrustige gevoel van altijd meer, altijd anders, altijd beter is een beetje weg.'

Mick kijkt haar heel lang aan. Kris vindt het moeilijk om te bepalen waar hij aan denkt, wat hij precies ziet. Het is een intense blik, met een soort verwondering erin. Het moment wordt verbroken door de terugkomst van Maria, Rogier, Gerard, Bart en hun vriendinnen, die in het maanlicht hebben gezwommen.

'Ja, jongens! Daar zijn we weer!'

's Nachts, aan de oever van het rimpelloze meer:

'Ben je hier?'

Kris, die in de grote hangmat ligt te staren naar de lichtjes aan de overkant van het meer, kijkt op. Haar hart maakt een sprongetje als ze Mick aan ziet komen lopen.

'Ik zag je door de tuin lopen,' zegt hij.

'Ik kon niet slapen.'

'Ik ook niet. Schuif eens op.'

Kris schuift op. Hij gaat naast haar liggen. Hij schuift zijn arm onder haar nek, haar hoofd rust op zijn schouder. Zo liggen ze heel lang. Stil naast elkaar.

'Wat moeten we nou?' vraagt hij dan.

'Waarmee?'

'Met ons.'

Kris kijkt hem aan.

'Ik eh... Ik weet het niet.'

'Wat wil je?'

'Maakt dat uit? Wat ik wil is onmogelijk.'

'Dit is ook onmogelijk.'

Mick slaakt een diepe zucht. Dan kijkt hij Kris weer aan. Hij streelt zachtjes de binnenkant van haar arm.

'Het stopt niet,' zegt hij dan.

'Wat niet?'

'Ik ben nog steeds zo ontzettend verliefd op je.'

Kris sluit haar ogen even. Nog nooit in haar hele leven is ze zo dolblij geweest. Zo vreselijk opgelucht en gelukkig.

'Kris?'

Ze opent haar ogen, kijkt hem aan. Heel kort maar, omdat hij haar precies op datzelfde moment kust.

'Kom,' zegt hij. Hij wurmt zich uit de hangmat en helpt haar er ook uit.

'Wat eh... Wat ga je doen?' vraagt Kris, die nog helemaal van de wereld is door zijn kus, die wat haar betreft de hele nacht had mogen duren. Mick pakt de onderkant van haar shirtje en trekt het over haar hoofd.

'We gaan zwemmen.'

Hij trekt zijn eigen shirt ook uit.

'Ik haal mijn bikini even.'

'Waarom?' grijnst hij.

'Ja. Waarom eigenlijk?' giechelt ze.

Ze kleden zich uit. Dan pakt hij haar hand en samen lopen ze het water in. Als ze allebei tot aan hun schouders in het water staan, omhelst hij haar. Ze voelt zijn handen op haar billen, zijn mond op de hare. Ze beginnen langzaam, aftastend, gepassioneerd met elkaar te vrijen.

Later, als ze zich in elkaars armen laten opdrogen op het strandje, waarvan de kiezels nog warm zijn van de zon die er de hele dag op heeft geschenen, zegt Mick het eindelijk.

'Krissie?'

Kris kijkt hem aan.

'We zijn het aan onszelf verplicht.'

'Wat?'

'Om het nog een kans te geven. Een échte kans.'

Kris kan alleen maar knikken, zo geëmotioneerd is ze. Hij kust haar.

'Ik wil het zo graag. Het hele pakketje. Huisje, boompje, beestje, kindje. Met jou.'

'Verdorie, doe nou niet zo romantisch, dan ga ik weer janken.'

Mick glimlacht en streelt over haar wang.

'Je huilt al. Kan ik dat opvatten als een Ja?'

'Ja,' zegt ze uit de grond van haar hart. 'Ja.'

Ik ben er helemaal niet klaar voor.
Voor een leven zonder hem.

(Charlie Fischer, 2006-2007)

'Hoe lang nog?'
Kris kijkt op haar horloge, terwijl ze het antwoord al min of meer weet. Maria stelde deze vraag een kwartier geleden ook al. En een half uur geleden.

'Nog twintig uur, vierendertig minuten en een paar seconden.'

Maria springt op, waardoor de thermodeken die om haar lijf heen gedrapeerd is om de modder waar ze mee in is gesmeerd goed warm te houden op de grond valt.

'Dan moeten we nu echt de stad in, Kris. Je weet nog niet eens wat je aan doet!' roept Maria, nog net niet in paniek.

'Maria, blijf liggen! Het wordt een smeerboel zo!' waarschuwt Céline, die er in de witte jas van het schoonheidsinstituut bijna als een dokter uit ziet. Het brilletje op haar neus (dat ze niet nodig heeft, maar waarvan ze het idee heeft dat het haar aantrekkelijker maakt voor de wat intelligentere mannen waar ze tegenwoordig naar op zoek is) draagt natuurlijk bij aan dat beeld. Céline helpt Maria terug in de behandelstoel en legt de deken weer over haar heen.

'Niet stressen. Dit moet nog een half uurtje intrekken. Daarna afspoelen, gezichtsbehandeling en massage.'

'Daar hebben we allemaal geen tijd voor,' meent Maria en kijkt voor bijval naar Kris.

'Na deze behandeling ziet Kris er zelfs in een afgetrapte spijkerbroek nog totally stunning uit, geloof me.'

Céline glimlacht ter geruststelling naar Maria, die mokkend weer gaat liggen.

'Even wat dingen klaarzetten. Ik ben zo terug,' zegt Céline.

Kris sluit haar ogen. Morgen. Morgen gebeurt het. Morgen ziet ze Mick weer en beginnen ze aan de rest van hun leven. Samen.

'En wat als hij het nou toch niet heeft uitgemaakt met Annemarie?' vraagt Maria, de dramaqueen.

'Dat gebeurt niet. Geloof me,' verzekert Kris haar. Ze weet het ook zeker. Na een paar bijzondere weken in Annecy hebben ze afscheid van elkaar genomen en een datum afgesproken waarop ze elkaar weer zouden zien. Annemarie is inmiddels teruggekomen uit Curaçao en Mick heeft haar nu dus verteld dat hij niet met haar verder wil. Hij zag er vreselijk tegenop en ook Kris voelt zich schuldig, maar ze troostten zich met de gedachte dat het voor Annemarie ook niet eerlijk is als Mick bij haar blijft, terwijl zijn hart bij een andere vrouw ligt. Kris heeft de afgelopen dagen heel veel aan hem gedacht. Hoe zal het gaan? Zal Annemaries wereld instorten? Zal hij Kris net zo missen als zij hem? Zal hij niet wat meer tijd nodig hebben voordat hij meteen in een nieuwe relatie duikt? Zal Annemarie kwaad op haar zijn? Kan ze lek gestoken banden verwachten? Of juist emotionele smeekbedes?

Kris weet het niet. Morgen. Morgen weet ze het allemaal.

'Au!'

Beschermend slaat Kris haar handen om haar pijnlijke borsten. 'Die beha zit veel te strak!'

Céline, die tussen Kris en de dunne wand van het veel te kleine pashokje staat maakt de rugsluiting beha geschrokken snel open.

'Vreemd. Het is toch echt jouw maat.'

'Dat verschilt per merk. Trouwens, ik ga zo'n push-up toch niet aan doen. Zo lelijk, van die opgeduwde ballen die bijna uit mijn truitje floepen!'

Céline kijkt onzeker naar haar eigen decolleté, waar het opbollende resultaat van haar eigen push-upbeha prominent aanwezig zijn. Kris realiseert zich dat ze er weer iets heel onhandigs heeft uitgeflapt en probeert te sussen.

'Bij anderen vind ik het wel mooi. Maar niet bij mij. Past gewoon niet bij me. Snap je?'

'Snap ik,' zegt Céline glimlachend en kijkt naar Kris' borsten in de spiegel. 'Een eerlijk gezegd, je hebt het ook niet echt nodig! De liefde doet je goed.'

De vriendinnen glimlachen naar elkaar in de spiegel. Céline slaat van achteren haar armen om Kris heen en geeft haar een kus op haar wang.

'Had ik al gezegd hoe blij ik voor je ben?'

'Al honderd keer. Minstens.'

'Nummer honderd-één dan. Ik ben vreselijk, grenzeloos blij voor je.'

Kris straalt.

'Ik ook.'

Twaalf uur. Ze moet gaan slapen. Maar ze weet nu al dat ze veel te onrustig is. In gedachten gaat ze nog één keer haar lijstje na.

Haar hele huis is van boven tot onder gesopt, gezogen, gestoft en gedweild. Kris kon oma wel zoenen, toen die vanochtend op de stoep stond met een hele tas vol schoonmaakspullen, oma's doortastende Poolse werkster en Kris' ouders. Binnen een paar uur had haar vader alle achterstallige klusjes geklaard, trok haar moeder het laatste onkruid tussen de tuintegels uit, stond de Poolse vrouw de ramen te lappen en haalde oma een heerlijk geurende taart uit de oven, waar Mick ooit over heeft verklaard dat hij een moord zou plegen om dat recept te bemachtigen. Oma heeft dat recept nu aan Kris gegeven, met de woorden: 'De liefde van de man gaat door de maag, meiske. Mest hem maar lekker vet, dan zal hij je nooit verlaten.'

Ze weet wat ze aan gaat doen. Céline heeft haar geleerd hoe ze zich zo subtiel kan opmaken dat ze onopgemaakt, maar beeldschoon lijkt. Haar haren zijn gewassen, geknipt, gekleurd.

De cd die ze op wil zetten (de nieuwe van John Mayer, waar Mick de hele zomer naar heeft geluisterd) zit al in de cd-speler. Ze heeft wijn, bier, frisdrank, Marsrepen, eieren, een gegrilde kip (kwam oma ook mee aanzetten) en een pastasalade (kwam Rogier mee aanzetten) in de koelkast staan. Haar bed is verschoond en ze kon Maria nog net tegenhouden om alvast een kast vrij te maken voor Micks spullen.

Ze is er klaar voor.

Na een nacht waarin ze verrassend goed heeft geslapen en verrassend fijn heeft gedroomd, stapt ze onder de douche, kleedt ze zich aan, ontbijt ze samen met Maria, die er helemaal vanuit gaat dat Mick mee komt naar de uitvoering van haar zangschool, en drukt ze haar nogmaals op het hart om niet voor etenstijd thuis te komen. Kris wil eerst in alles rust Micks verhaal horen en hem niet meteen opzadelen met een van opwinding stuiterende puber. Dan gaat Maria naar school en begint het wachten. Twee uur. Om twee uur komt hij.

13.15 uur:
Ze eet een broodje, om ervoor te zorgen dat haar maag straks niet gaat knorren. Ze poetst voor de derde keer die dag haar tanden.
13.30 uur:
Ze zet de CD-speler alvast aan, zodat hij niet denkt dat ze hem speciaal voor hem heeft aangezet.
13.35 uur:
Ze is misselijk van de zenuwen. Is bang dat ze moet overgeven. Rent naar de wc, maar er komt niets.
13.40 uur:
Nog een keer haar tanden poetsen. Extra deodorant opspuiten. Taart in oven zetten, zodat haar huis er naar gaat ruiken.
13.45 uur:
De bel! Ze loopt zo rustig mogelijk naar de deur en… Neemt een pakketje voor de afwezige buurvrouw van de postbode aan.
13.50 :
Iets doen. Ze moet de indruk wekken dat ze iets aan het doen is als hij komt. Een tijdschrift lezen? Te wijverig. Was opvouwen? Te huishouderig. Eh… De computer. Ze zou Maria helpen met haar werkstuk over tsunami's. Ze opent haar laptop, legt er een notitieblok naast en constateert heel tevreden dat ze er heel arbeidzaam uitziet.
13.55 uur:
Zal ze alvast koffie zetten? Ze staat op. Maar goed dat ze keuken inloopt, want de taart is bijna aan het aanbranden. Nog net op tijd haalt ze hem uit de oven. Dan gaat de bel. Adem in. Adem uit. Rustig loopt ze naar de deur. En opent hem.

Ze ziet meteen dat het niet het uitbundige, gelukkige weerzien gaat worden waar ze stiekem op had gehoopt. Mick ziet er grauw uit. Hij heeft diepe, donkere wallen onder zijn ogen en zijn krullen hangen futloos langs zijn gezicht. Zijn ogen staan dof. Kris' hart breekt voor hem.

'Hai.'

Ze kijkt hem verwachtingsvol aan, maar hij blijft staan. Zijn schouders hangen naar beneden. Ze aarzelt, in de war door zijn afstandelijke lichaamshouding, maar slaat dan een arm om hem heen.

'Hé… Wat is er?'

Hij laat zich door Kris naar binnen leiden. Hij gaat op de bank zitten. Kijkt niet eens om zich heen, heeft geen interesse in haar huisje, dat hij nog nooit heeft gezien. En ook niet in haar. Een angstig voorgevoel bekruipt Kris. Ze wordt weer misselijk. Hij zal toch niet…?

'Wil je koffie?'

'Lekker,' zegt hij, zijn stem klinkt schor.

Ze maakt koffie, terwijl alle rampscenario's door haar hoofd schieten. Hij heeft toch voor Annemarie gekozen. Hij houdt toch niet zoveel van Kris als hij dacht. Hij ziet het niet zitten om een puber in huis te hebben. Annemarie heeft met zelfmoord gedreigd als hij haar verlaat. Annemarie is zwanger. Oh god, dat zal toch niet? Niet nu! Met trillende handen neemt ze de koppen koffie mee naar de kamer. Ze geeft hem een kop, maar hij zet hem meteen op tafel. Ze gaat naast hem zitten. Waarom zegt hij nou niets?

'Dit eh… Dit voelt niet echt goed, Mick.'

Hij kijkt haar aan. En omhelst haar plotseling. Nee, het is geen omhelzing. Hij klampt zich aan haar vast, klauwt zijn handen in haar kleren, drukt zijn neus in haar hals.

'Het is ook niet goed. Het is helemaal niet goed.'

'Wat is er? Zeg nou wat er is!' vraagt Kris wanhopig. Hij maakt zich los uit de omhelzing. Staat op. IJsbeert een beetje doelloos heen en weer en schopt dan, totaal onverwacht, keihard tegen de tafelpoot.

'Godverdomme!' schreeuwt hij. Nu wordt Kris echt bang. Ze staat op. Pakt hem vast. Probeert hem te kalmeren.

'Mick, lieverd, rustig.'

Hij pakt haar vast. Ze voelt dat hij begint te huilen. Ze aait hem over zijn rug.

'Lieffie, als je je toch hebt bedacht... Het is niet erg. Ik begrijp het.'

Hij kijkt haar aan, pakt haar gezicht vast, zijn ogen intens verdrietig.

'Ik heb me niet bedacht. Het is... Ze heeft kanker. Annemarie heeft kanker.'

Een mokerslag. Een allesverwoestende mokerslag.

'Ik kan haar nu niet in de steek laten.'

Hij vertelt alles. Hoe Annemarie tijdens haar verblijf in Curaçao een knobbeltje in haar borst ontdekte. Dat de arts die ze daar bezocht had gezegd dat het waarschijnlijk niets was, maar dat ze het wel moest laten onderzoeken als ze weer terug was in Nederland. Dat Mick had besloten om het onderzoek af te wachten, voordat hij Annemarie mee zou delen dat hun relatie over was. Hoe het van een mammografie, naar een echo, naar een punctie was gegaan, met een pijnlijk biopt als sluitstuk. En hoe ze gisteren de uitslag kregen. Kwaadaardig. Met uitzaaiingen. Volgende week een operatie, daarna chemo, de hele rambam. Hoe bang Annemarie is. Hoe wanhopig ze zichzelf belooft dit te overleven. Hoe ze zich aan hem vastklampt. Hem nodig heeft. Hem. Mick.

Ze huilen. Ze troosten elkaar. Ze beloven elkaar dat ze ooit samen zullen zijn. Kris is woedend, maar niet op Mick. Mick is woedend, maar niet op Annemarie. Ze zijn woedend op de situatie, op die rotziekte, op het noodlot dat hen elke keer uit elkaar lijkt te drijven. Geen enkel ogenblik vindt Kris dat Mick toch met Annemarie moet stoppen. Hoe graag ze ook met haar geliefde samen wil zijn, dit kan ze niet over haar hart verkrijgen. Op geen enkele manier zou ze dat aan zichzelf kunnen verantwoorden. Annemarie heeft hem nodig. Meer dan ooit. Dit offer moeten ze brengen. Geen twijfel. Verdriet, frustratie, wanhoop, maar geen twijfel.

Maria komt thuis. Ze wil Mick enthousiast om zijn nek vliegen, maar ziet meteen dat de situatie daar niet naar is. Ze vraagt dan aarzelend of het goed is als ze bij Fleur eet. Ze voelt aan dat Mick en Kris hun tijd samen nodig hebben. Dankbaar knikt Kris haar toe. Het is goed.

Het wordt donker. Mick bedankt voor een derde biertje. Hij wil zijn hoofd erbij houden. Dat moet ook. Het moment waar Kris al de hele dag, sinds ze het dramatische nieuws heeft gehoord, tegen op ziet, breekt aan. Mick gaat. Ze hebben afgesproken dat ze elkaar niet zullen zien. Niet zolang Annemarie ziek is. Dat zou het alleen maar moeilijker maken en bovendien oneerlijk zijn tegenover Annemarie. Ze weten niet voor hoe lang dit afscheid zal zijn. Ze hopen allebei, voor Annemarie en voor hen zelf, dat ze elkaar heel snel weer gaan zien.

Ze loopt met hem mee naar de deur. Geeft hem zijn jas. Omhelst hem.

'Jij hebt het ooit tegen mij gezegd. Ik zeg het nu tegen jou. Neem alle tijd.'

Mick knikt, overmand door emoties. Ze aait hem over zijn gezicht, zoent hem liefdevol op zijn mond, veegt zijn tranen weg.

'Als je me nodig hebt… Je weet waar ik ben.'

'Ik hou van je.'

'Ik ook van jou. Zielsveel. En ik wacht op je, Mick.'

Ze kussen elkaar. Dan laat hij haar los. En loopt weg. De donkere nacht in. Kris sluit de deur achter hem en laat zich op de grond zakken. Ze huilt tot haar ogen geen tranen meer bevatten, tot haar keel rauw is, tot haar hart en haar hoofd volkomen uitgeput en leeg zijn.

De wereld gaat aan haar voorbij. De hulptroepen staan paraat. Céline. Maria. Rogier. Oma. Haar ouders. Iedereen praat haar moed in. Annemarie zal beter worden. Mick en Kris zullen samen komen. Ze is moe. Uitgeput. Werken, koken, voor Maria zorgen, slapen, simpelweg functioneren… Ze leeft op de automatische piloot. Klampt zich vast aan de hoop. Liefdesverdriet, terwijl je geliefde dolgraag bij je wil zijn. Wat een kutzooi. Haar stopwoordje tegenwoordig. Kutzooi.

'Mag ik een tampon van je pikken? Mijne zijn op,' vraagt Maria, die met haar broek op haar hielen de wc uit en de kamer in hinkt. Kris kijkt op van haar computerbeeldscherm, waar ze de afgelopen weken elke dag, elk uur checkt of er een mail is van Mick. De laatste mail is van een week geleden. De operatie was zwaar, ze hebben meer weefsel weg moeten halen dan verwacht, er is een ontsteking bij gekomen, ze kunnen pas beginnen met de chemotherapie als Annemarie is aangesterkt.

'Een tampon? Tuurlijk. Er ligt een doosje op het bovenste plankje van de kast in de badkamer.'

Tegen beter weten in checkt Kris nog een keer of er nieuwe mailtjes zijn. Niets. Ze maakt zich zorgen. Om Mick. Om Annemarie.

'Daar heb ik net al gekeken. Doosje is leeg. Was het trouwens een maand geleden al.'

'Oh?' zegt Kris verbaasd. En dan daalt het in. Een maand geleden. Maria had tampons op het boodschappenlijstje gezet. Ze heeft ze niet gekocht. Maar is ze dan… Heeft ze dan geen… Haar hele lichaam voelt opeens ijskoud aan. Ze wordt licht in haar hoofd. Haar hart bonkt alsof er een op hol geslagen pacemaker in haar lijf zit. Ze is niet ongesteld geweest. Dwars door alle chaos in haar hoofd probeert ze te focussen. In Annecy? Nee. Bij thuiskomst? Nee. Voor Annecy? Eh ja, maar wanneer dat precies was… Ze weet het niet meer.

'Oh Jezus,' prevelt ze.

Wat?' wil Maria weten.

'Niks. Ik eh… Ik moet toch de stad nog in. Gebruik even een maandverbandje, dan ben ik over tien minuten terug met tampons.'

In paniek en in de war springt Kris op haar fiets. Ze rekent vijf minuten later een doosje tampons en een zwangerschapstest bij de drogist af.

Waarom gaat dat kloterige plasticje er niet af? Kris besluit een van haar weinige principes overboord te gooien en opent de verpakking van de test hardhandig met haar tanden. Ze zit op de wc. Deur op slot. Moet ze plassen? Maakt niet uit, ze perst er wel een paar druppels uit. Ze weet hoe het werkt. Ze heeft talloze testen gedaan toen ze bij de KLM te horen had gekregen dat ze zwanger was. Weggegooid geld. Maar haar spilzucht werd ingegeven door de hoop dat de medische staf van de KLM een fout had gemaakt. Kris trekt het beschermkapje van het staafje af. Houdt het tussen haar benen. Nu goed mikken. Ze voelt een warme stroom urine naar buiten komen. Deels over het staafje (hoopt ze), deels over haar handen (who cares?). Als ze de laatste druppels eruit heeft geperst, doet ze het kapje er weer op. Het kapje met het schermpje. Vier minuten. Vier minuten wachten of het leven echt een loopje met haar neemt. De pijnlijke borsten. De misselijkheid. De moeheid. Vier minuten. Ze dwingt zichzelf niet te kijken. Legt de test met het schermpje naar beneden in het gootsteentje. Trekt haar broek omhoog. Doet een schietgebedje. Kan zich dan niet langer inhouden en pakt de test. Er is amper een minuut voorbij. Ze kijkt naar het schermpje. Wordt duizelig. Grijpt zich aan de deurpost vast. En dan wordt alles zwart.

'Kris? Kris?'
Gebonk op de deur. Heel erg uit de verte dringt de stem van Maria tot Kris' bewustzijn door. Ze opent verdwaasd haar ogen.
'Kris? Als je geen antwoord geeft, breek ik de deur open, hoor! Je zit er nu al meer dan een kwartier!'
Kris krabbelt overeind. Wat is er gebeurd? Dan ziet ze de lege verpakking van de zwangerschapstest op de grond liggen. De test in haar handen. Het dringt ten volle tot haar door. Ze is zwanger.
'Ik eh... Ik ben okay, Maria! Geen zorgen. Beetje buikkramp. Ik kom er aan.'
'Sure?'
'Sure.'
Kris stopt de test in haar broekzak. De lege verpakking propt ze in het pedaalemmertje, veilig weggeborgen onder lege toiletrollen en stukgelezen weekbladen.

'Ik ben het. Doe open.'
Ze hoort de zoemer. Staat haar fiets wel op slot? Ze checkt. Ja. Kris rent de trap op naar Célines appartement. Céline staat al in de deuropening.

Wat is er?'

Kris drukt de test in Célines hand en loopt de kamer in zonder haar reactie af te wachten. Ze gaat in de stoel zitten waar Céline een fortuin voor heeft betaald, schopt haar schoenen uit en trekt haar benen onder zich, naar de grond kijkend. De stilte lijkt eindeloos te duren. Ze hoort hoe Céline vanaf de deur ook de kamer in loopt, maar ze durft haar niet aan te kijken. Ze kan er niet meer omheen als Céline op de grond voor haar hurkt, de test in haar schoot legt en haar beide handen vastpakt.

'Van Mick?'

Kris knikt. Natuurlijk van Mick. Ze heeft het afgelopen jaar met niemand anders gevreeën dan met Mick.

Célines gezicht lijkt open te breken. Ze lacht. Ze straalt. Ze is oprecht heel erg blij.

'Wat een wonder. Wat een onverwacht cadeautje.'

'Cadeautje? Doe niet zo achterlijk! Het is een ramp!' valt Kris uit. 'Mick en ik kunnen niet samen zijn. Zijn vriendin vecht voor haar leven. Heeft zelf nooit kinderen kunnen krijgen. En ik… Ik ben weer zo stom om godverdomme zwanger van hem te raken! Kom op, Céline! Dit is geen cadeautje!'

Vreemd genoeg wordt Céline rustiger naarmate Kris zich meer en meer opfokt.

'Een kindje van jou en Mick. Verwekt met zoveel liefde. Dat is geen ramp. Dat is fantastisch.'

En:

'Krissie, er groeit nu een babytje in je buik. Natuurlijk zijn de omstandigheden niet optimaal, maar daar kan dat wurmpje toch niets aan doen?'

En:

'Wat is het alternatief? Wéér een abortus?'

Dat is de trigger voor Kris. Ze legt onwillekeurig beschermend haar handen op haar buik.

'Nee!' zegt ze fel. 'Dat nooit meer.'

Céline haalt zichtbaar opgelucht adem. Er valt een lange stilte.

'Ik kan het Mick niet aan doen,' zegt Kris, vechtend tegen haar tranen.

'Het is zo oneerlijk. Hij wil dolgraag kinderen. Maar hij en

Annemarie… En nu is ze zo ziek en…'

Kris komt niet meer uit haar woorden. Céline pakt haar vast. Zegt lieve woorden tegen haar. Zet een kopje thee voor haar. Een doos tissues. Komt grappend aan met een pot augurken, die Kris walgend van zich af schuift. En Céline troost haar weer.

'Luister, Kris. Je hóeft het hem niet te vertellen.'

Kris kijkt op.

'Natuurlijk wel. Het is zíjn kind.'

'Maar hij is op dit moment met hele andere dingen bezig. Als je hem nu vertelt dat hij vader wordt, dan… Dan ben je hem kwijt. Of Annemarie is hem kwijt. Dat is geen optie.'

'Wat dan? Ik kan niet voor hem verbergen dat ik zwanger ben.'

'Voorlopig zie je hem niet.'

'Maar als de baby er is…' Kris kan het nauwelijks bevatten. Als de baby er is. Een baby. Ze krijgt een baby.

'Dan zeg je dat het… Weet ik veel. Van een one night stand is.'

Kris kijkt Céline aan, niet wetend of ze nu in de lach moet schieten of in tranen moet uitbarsten.

'Totdat Annemarie beter is. Totdat jij en Mick weer samen kunnen zijn.'

Kris schudt haar hoofd. Een absurd idee. Maar ergens… Ergens is het ook de perfecte oplossing. Voelt het als een opluchting. Een bevrijding. Mick kan zich volledig op Annemarie concentreren, terwijl zij… De gedachte aan het laten weghalen van dit kindje is onverdraaglijk.

'Dan moet ik liegen. Tegen iedereen. Ik bedoel, iedereen kent Mick, Mick kent iedereen, er wordt geluld…'

Céline knikt. Ze heeft zo met haar vriendin te doen. Ze omhelst haar. Legt haar hand op Kris' buik.

'Ik help je.'

'Dit voelt even koud aan.'

De verloskundige, die Marieke heet zoals ze tijdens het introductiegesprek had verteld, smeert een klodder gel uit over Kris' ontblote buik. Kris glimlacht dankbaar naar Céline, die naast haar staat en haar hand vastpakt.

'Nou, dan gaan we eens even kijken hoe lang je al zwanger bent.'

Marieke zet de monitor aan en beweegt de sensor van de echo over Kris' buik. Gespannen turen Kris en Céline naar de monitor.

Kijk, dat is je baarmoeder en daar… ' wijst Marieke aan. 'Daar zien we iets. Even kijken of we dat beter in beeld kunnen krijgen.' Marieke duwt de sensor wat harder in Kris' buik. Kris wil net zeggen dat ze helemaal niets ziet behalve wat grijze, zwarte sneeuw, maar dan opeens…

'Kijk. Daar is hij. Of zij natuurlijk.'

Vol ontzag en verwondering staart Kris naar het kleine schepseltje dat ze op het beeldscherm ziet.

'Is dat… Zit dat echt in mijn buik?'

'Ja,' zegt Marieke glimlachend. 'Kijk, zie je dat kleine bewegende ding? Dat is het hartje.'

Tranen springen in Kris' ogen, van blijdschap, van opluchting, van het besef dat dit kleine wurmpje dat in haar buik groeit is gemaakt door haar en Mick.

'Het heeft al armpjes. En beentjes. Wow, Kris,' verzucht Céline, diep onder de indruk.

'Ja. Alles zit er al op en aan. Ik ga even meten, dan weten we hoeveel weken je bent.'

Terwijl Marieke aan het werk gaat, kan Kris haar ogen niet afhouden van haar kindje. Het kloppende hartje, de kleine schokkende bewegingen die het maakt, het hoofdje, waar een armpje omheen ligt. Wat een wonder.

'Ik hou het op vijftien weken,' zegt Marieke, terwijl ze dit in het zojuist aangelegde dossier van Kris noteert. Kris heeft haar in het gesprek dat ze voor de echo hadden uitgelegd wat de situatie was. Dit omdat Marieke naar de vader vroeg en er min of meer vanuit ging dat Kris en Céline een lesbisch stel waren. Maar ook omdat Kris het belangrijk vindt dat degene die haar tijdens haar zwangerschap en bevalling gaat begeleiden op de hoogte is van de ingewikkelde situatie. Marieke reageerde fantastisch. Ze begreep Kris' keuze volkomen en sprak de hoop uit dat zij en Mick snel weer samen kunnen zijn.

'Vijftien weken al?' stamelt Kris. Ze maakt een razendsnelle rekensom. Dan moet het die eerste keer in Annecy geweest zijn. In het meer. Vijftien weken. Vijftien weken zwanger en ze had geen flauw idee.

'Ik heb wijn gedronken,' biecht ze angstig op. 'En rauw vlees. Filet American. En sushi. Dat mag ook niet, toch?'

'Dat zou ik van nu af aan inderdaad allemaal maar even laten staan. En maak je over die wijn geen zorgen. Het kindje ziet er perfect gezond uit. Zijn hartje klopt stevig en voor zover ik kan zien zijn alle organen prima in orde. Nou, zeg maar: tot de volgende keer.'

Kris glimlacht naar het scherm. Dan haalt Marieke de sensor van haar buik af en maakt haar buik schoon.

'Beloof je me dat je nu de knop omzet?'

Kris, die al haar nieuwe aankopen (foliumzuur, vitaminetabletten, een zwangerschapsdagboek, een boek waarin per week wordt beschreven hoe de foetus zich ontwikkelt en een piepklein, té snoezig wit kruippakje) voor zich uitstalt op het tafeltje in het café waar ze koffie drinken, kijkt Céline vragend aan.

'Geen gepieker, geen zorgen, geen twijfel. Vanaf nu ga je je helemaal suf genieten en je verheugen op je kleine kindje.'

'Ik hoop dat ik dat –'

'Ja, dat kun je,' onderbreekt Céline haar streng. 'Je hebt gehoord wat Marieke zei: stress in de zwangerschap is net zo slecht als roken tijdens de zwangerschap.'

Kris knikt. Ze legt haar hand op haar buik. Kijkt naar het echofotootje dat ze van Marieke kreeg. En voelt de aangename kriebels in haar buik weer terugkomen..

'Kun je het je voorstellen? Nog maar vijfentwintig weken! Dan komt het. Dan ben ik moeder.'

Meteen als ze het zegt, schiet ze weer in de stress.

'Ik moet het Maria vertellen. En papa en mama. Oma. Die schrikken zich natuurlijk helemaal wild.'

'Dat hangt er helemaal vanaf hoe je het brengt,' vindt Céline. Daar heeft ze wel gelijk in.

'Ik moet het zo snel mogelijk doen. Dit weekend. Ik ga dit weekend een rondje maken langs iedereen en het vertellen.'

Céline legt haar hand op die van Kris en kijkt haar liefdevol aan.

'Doe even rustig. Je hebt een dag vrij. Ga in bad. Doe een middagdut. Staar desnoods drie uur lang verliefd naar het fotootje van je ukkie.'

Kris knuffelt Céline.

'Ik ben zo blij met je. En je gaat wel mee naar zwangerschapsgym, toch? Ook als ze denken dat we lesbo's zijn.'

'Juist dan!'

'En de bevalling. Als Mick en ik dan nog steeds niet… Dan ben jij er bij, okay?'

'Natuurlijk.'

'Jij bent straks de enige die het weet,' zegt Kris dan serieus. 'Weet je wel zeker dat je met zo'n groot geheim opgezadeld wilt worden?'

'Ik kan nu niet meer terug,' lacht Céline.

Ze stapt uit het bad, waar ze meer dan een uur in heeft liggen dobberen. Ze droogt zich af en gaat dan bloot voor de spiegel staan. Ze bekijkt haar lijf. Haar borsten zijn groter. Haar tepels steken meer uit en hebben een donkerbruine kleur gekregen. Ze kijkt kritisch naar haar gezicht. Dat lijkt wat voller, zachter. Ze draait zich opzij en kijkt onderzoekend naar haar buik. Ja. Onmiskenbaar. Vlak boven haar schaamheuvel is een lichte bolling zichtbaar. Heel klein, alsof ze de avond daarvoor iets te veel kaasfondue heeft gegeten, maar wel absoluut aanwezig. Snel loopt ze naar haar kamer en pakt haar fototoestel. Ze gaat alles vastleggen. Voor Mick. Ze gaat elke week een foto van zichzelf maken, alles wat ze doet en voelt opschrijven in het dagboek dat ze heeft gekocht, zodat ze hem later kan laten zien hoe het was. Giechelend om het feit dat ze zichzelf bloot gaat fotograferen neemt ze plaats voor de spiegel. En drukt af.

De knop om. Ze heeft de knop om gezet, zoals Céline haar had laten beloven. Voor het eerst in weken voelt ze zich licht in haar hoofd. Heeft ze vertrouwen in de toekomst. Zelfs ontzettend veel zin in de toekomst. In die roes pakt ze de telefoon en belt iedereen op. 'Ik geef zaterdag een soort eh… Borrel. Kom je?' Iedereen belooft te komen.

'Wat doe jij nou?'

Geschrokken kijkt Kris om. Oma staart naar het lege wijnglas in Kris' handen. Waarom deed ze het dan ook? Ze had het glas wijn dat Rogier haar in haar handen drukte ook gewoon op tafel kunnen laten staan.

'Waarom schenk je je glas leeg in die prachtige plantenbak die je net van je ouders hebt gekregen?'

Kris voelt hoe haar wangen zich kleuren. Oma kijkt haar onderzoekend aan. Kris ziet hoe oma's blik naar haar buik gaat. Ze weet het. Oma weet altijd alles. Nu is het moment. Ze hikt er al een uur tegen aan, maar nu moet ze het doen.

'Wacht heel even, oma. Ik moet… Wacht maar. Dan begrijp je het.'

Kris loopt naar het kleine tuintje, waar Martijn, Céline en James koukleumend staan te roken.

'Kunnen jullie even binnen komen? Ik eh… Ik moet wat vertellen.'

Céline werpt Kris een bemoedigende blik toe. Dan loopt Kris weer naar binnen. Haar ouders zitten op de bank met Maria te kletsen. Bart, Gerard en Rogier staan te kibbelen over of Saddam Hoessein wel of niet moet worden opgehangen. En oma… Oma staat nog steeds bij de plantenbak naar haar te staren. Kris wordt er nerveus van. Zodra ze ziet dat Céline, Martijn en James naar binnen lopen, pakt ze haar lege glas en tikt er met een pen tegenaan. De pen maakt nauwelijks geluid en niemand schenkt enige aandacht aan Kris. Behalve oma, die een geamuseerd glimlachje niet kan onderdrukken. Ze weet het.

'Eh… Kan iedereen even stil zijn?'

Haar ouders kletsen door. De rest ook.

'Joehoe!' roept ze hard. Nu is iedereen stil. Ze kijken allemaal naar haar. Zo stoer en zelfverzekerd als ze de afgelopen dagen is geweest, zo onzeker voelt ze zich nu worden.

'Ik eh… Ik heb jullie niet voor niets uitgenodigd. Ik moet jullie wat vertellen. Ik ben zwanger.'

Stil. Het blijft stil. Iedereen staart haar stomverbaasd, overrompeld of ongelovig aan. Behalve Céline, die gebaart: verder gaan.

'Al vijf-, ik bedoel negentien weken. Het was niet helemaal de bedoeling, maar… Nou ja…'

Kris probeert zich niets aan te trekken van de nog steeds verbijsterde gezichten van de roerloze aanwezigen. Ze lacht zo vrolijk als ze onder deze omstandigheden kan.

'Ik ben er heel blij mee. Dus…'

Weer die stilte.

'Waarom is Mick hier niet?' wil oma weten.

'Omdat… Dat weet je toch? Die is bij Annemarie,' zegt Kris nerveus.

'Was hij er wel blij mee?'

Kris wisselt een gespannen blik met Céline en glimlacht dan naar oma.

'Het is zijn kind niet. Het is… Het is gebeurd voordat ik naar Annecy ging. Twee weken daarvoor. Een one night stand. Een eh… Italiaanse toerist. Ik weet niet eens meer hoe hij heet, erg hè?'

Niemand lacht met Kris mee.

'Bullshit,' zegt oma.

Ze ziet aan oma dat ze niet met nog meer leugens aan hoeft te komen.

'Een toerist? Je vindt Italianen opgefokte machodwergen!' zegt Maria, die er niets van begrijpt.

'Kind, een onenightstand, en het dan ook nog onveilig doen… Heb ik je zo opgevoed?' jammert haar moeder.

Kris voelt zich steeds ellendiger, vooral omdat de priemende blik van oma onophoudelijk op haar gericht blijft.

Rogier staat op, hij loopt naar haar toe en slaat een arm om haar heen.

'Als jij dit wilt doen zonder de vader erbij te betrekken, wie dat dan ook is, dan heb je daar ongetwijfeld een hele goede reden voor. Gefeliciteerd, Krissie.'

Rogier omhelst Kris, die over Rogiers schouder naar Céline kijkt: wat moet ik doen?

Oma loopt nu naar Kris toe en omhelst haar ook.

'Waarom vertrouw je ons niet?' fluistert ze. Dan breekt Kris. Alle spanning komt eruit. Iedereen kijkt onthutst toe hoe Kris met lange uithalen en veel snot probeert de huilbui onder controle te krijgen. Oma wrijft over haar rug, Céline komt met een glas water en murmelt iets over hormonen, Rogier en James bieden haar hun zijden zakdoek aan.

'Ik vertrouw jullie wel…' snikt Kris. 'Maar het is… Ik wil echt niet dat Mick het weet.'

'Hij is dus wel de vader?' vraagt oma, terwijl ze Kris liefdevol over haar rug blijft aaien. Kris knikt. Iedereen komt om haar heen staan. Haar moeder slaat een arm om haar vader heen. 'We worden opa en oma, schat.'

Maria glundert, ze is dol op Mick en kan niet wachten tot Annemarie beter is en hij eindelijk terug komt.

'Waarom wil je het hem niet vertellen?' wil Rogier weten.

'Omdat Annemarie hem nu zo hard nodig heeft. Ik wil het hem niet aandoen om hem dit te vertellen. Hij moet nu al zijn aandacht aan haar kunnen geven.'

'Hij zal er dolblij mee zijn,' weet Rogier.

'Dat weet ik! Daarom juist!' roept Kris wanhopig. 'Ik vind het gewoon niet eerlijk. Dat ik nu een kindje krijg, terwijl Annemarie… Ze heeft zoveel verdriet gehad toen ze niet zwanger kon raken en nu dit… Moet ik haar dan een trap na geven door met mijn geluk te koop te lopen? Dat kan ik niet. Dat wil ik niet.'

'Dat begrijp ik,' zegt Rogier. Haar ouders knikken instemmend. Zelfs Maria geeft blijk van haar goedkeuring door naar haar te glimlachen.

'Zodra Annemarie beter is, en Mick haar los kan laten, vertel ik het hem. En weet je?' Kris glimlacht door haar tranen heen. 'Dat is misschien wel sneller dan we allemaal hadden verwacht. Ik kreeg vandaag een mail van hem. Annemarie is begonnen met de chemo. Het gaat goed. Artsen zijn positief. Mick is positief. Dus het hoeft allemaal niet zo lang te duren, maar tot die tijd…'

Kris kijkt iedereen aan, ernstig.

'Wil ik jullie vragen om het stil te houden. Vertel Mick niet dat ik zwanger ben. Alsjeblieft. Ik weet dat ik heel veel van jullie vraag, maar ik hoop dat jullie ook begrijpen waarom.'

'Omdat je zoveel van hem houdt,' zegt oma zacht. Kris knikt.

'Zoveel dat je dit offer brengt. Zwanger zijn van je grote liefde, maar hem uitlenen aan een ander die hem harder nodig heeft. Ik vind het bewonderenswaardig. En ontzettend dapper.'

Wat is Kris blij met deze opmerking van oma. En zo te zien is iedereen het met oma eens.

'Beloven jullie me dat jullie niets aan Mick vertellen? Of aan mensen die hem kennen?'

Iedereen steekt twee vingers in de lucht. Ze zweren het. Als Maria door haar vingers heen wilt spugen om de belofte te bekrachtigen, kan Kris dat net op tijd beletten door de zakdoek van Rogier in haar mond te duwen.

'Vies kind!'

Dan worden de glazen wijn weer gepakt, wil iedereen weten hoe Kris zich voelt, of ze hoopt op een jongetje of een meisje, of ze gebruik wil maken van het familiewiegje, dat dan wel opgeknapt moet worden, of ze op yoga of mensendieck wil en hoe ze het gaat doen met haar werk. Het echofotootje gaat van hand tot hand. Het neusje van Mick wordt ontdekt, maar de mollige beentjes zijn van Kris. De handjes perfect om later piano te spelen, maar die teentjes zijn wel erg lang in verhouding. Bevallingsverhalen van oma en haar moeder worden uitgewisseld, er worden namen bedacht en haar moeder, die een gouden ketting boven Kris' buik laat schommelen is ervan overtuigd dat het een jongetje wordt. Maar dan heeft ze al bijna een hele fles wijn op en is ze in de zevende hemel met haar aanstaande omaschap.

'Goed dat je het toch hebt verteld,' zegt Céline, die Kris helpt met het opruimen van de bende, als iedereen eindelijk is vertrokken.

'Dat verhaal over die hitsige Italiaan had ik nooit nog zes maanden vol kunnen houden.'

Céline schudt lachend haar hoofd.

'Toen ik zag hoe blij iedereen was, dat iedereen naar dat fotootje keek... Ik miste hem zo. Hij maakt dit allemaal niet mee.'

Céline heeft medelijden met Kris.

'Ik schrijf alles voor hem op. Alles. De eerste keer bij de verloskundige, die keer dat ik moest kotsen toen ik jouw koffie rook... Ik schrijf het op en ik neem foto's. Van mezelf. Van de positieve zwangerschapstest. Ik wil een geluidsopname van het hartje maken volgende keer. Zodat hij er toch een beetje bij kan zijn. Als alles achter de rug is.'

'Wat een mooi idee, Kris,' zegt Céline ontroerd. 'Ik ben zo trots op je.'

Als ze een uur later in bed stapt, ziet ze dat Maria in haar bed ligt te slapen. Ze heeft haar duim in haar mond, wat ze altijd doet als ze onzeker is, en haar van ouderdom uit elkaar vallende konijnenknuffel dicht tegen zich aangedrukt. Wat is het toch eigenlijk nog een klein meisje. Ontroerd drukt Kris een kus op haar wang.

'Niet bang zijn, lieverd,' fluistert ze. 'Niet bang zijn dat ik nu minder van jou hou.'

Maria opent haar ogen en draait zich naar Kris om.

'Echt niet?' vraagt ze, een beetje bibberig.

'Echt niet. Je krijgt er een broertje of zusje bij. We worden een echt gezin. En daar hoor je bij. Nu, straks, later.'

'Ik was bang.'

'Dat weet ik. Dat begrijp ik. Maar het is echt niet nodig.'

'Dank je wel,' fluistert Maria, intens opgelucht.

'Ga maar lekker verder slapen.'

Kris geeft haar nog een kus en nestelt zich tegen Maria aan. Alles komt goed, is de laatste gedachte die ze heeft voordat ze vredig in slaap valt.

BARBARA & ROBERT / WOONKAMER + KEUKEN

FLORIEN ZIT MET OPGETROKKEN BENEN OP DE BANK. ZE IS EMOTIONEEL.

> #### BARBARA
> Wanneer vertelden je vader en moeder het aan jullie? Dat je moeder ziek was?

> #### FLORIEN
> Een paar weken nadat ze het zelf hadden gehoord. Maar ik wist het eigenlijk al. Ik voelde het gewoon.

BARBARA ZET IETS TE DRINKEN NEER VOOR FLORIEN EN GAAT DAN NAAST HAAR ZITTEN.

> #### FLORIEN
> Mama was altijd zo vrolijk. Ze zong de hele dag mee met de radio. En dansen, als we de afwasmachine inruimden

of als ik uit school kwam. Ze zat met
papa op salsales. Wist je dat?

BARBARA KNIKT.

               FLORIEN
Ineens ging ze niet meer. Was het stil
in huis. Zaten papa en mama zachtjes
te praten. Ik kon zien dat ze gehuild
had. Ik durfde niet te vragen waarom.

**BARBARA PAKT FLORIENS HANDEN EN STREELT ZE
TROOSTEND.**

               FLORIEN
En toen vertelde papa het. Dat mama
zieke cellen had in haar borst. Maar
dat ze weer beter zou worden.

Verdorie. De tranen stromen nu al. Ze is een emotioneel weekdier
geworden sinds ze zwanger is en het wordt alleen maar erger. Maar
dit is natuurlijk ook wel een verhaal waar ze eigenlijk niet naar zou
moeten kijken. Het raakt veel te dicht aan haar wereld, brengt haar
veel te dicht bij Micks situatie, bij de angst en de pijn die Annemarie en al haar naasten moeten voelen.
Als Kris rechtop gaat zitten om een tissue te pakken lijkt het alsof
er in haar buik een aardverschuiving plaatsvindt. Ze kijkt naar haar
buik, die inmiddels behoorlijk uitpuilt en ziet een soort golfbeweging van de rechterkant naar de linkerkant. Dit is anders dan de
schopjes en het gekriebel, waar ze aan gewend is geraakt. Dit is
een baby, die zich om zijn as draait in haar buik. Ze kijkt naar het
plakboek, dat op tafel ligt, waarin ze alles opschrijft voor Mick. Dit
moet erbij. Straks. Eerst dit afkijken.
BARBARA VINDT DIT MOEILIJK OM TE HOREN.

               FLORIEN
Ze ging naar het ziekenhuis. Daarna

had ze nog maar één borst. En pijn. Ze
moest steeds terug voor de bestraling
.en na een tijdje ging alles goed. Ze
ging ook weer naar salsales met papa.

FLORIEN VECHT TEGEN HAAR TRANEN.

FLORIEN
Op een nacht werd ik wakker omdat mama
zat te gillen in bed. Ze was helemaal
overstuur omdat ze knobbeltjes in haar
oksel voelde. Papa wist niet wat hij
moest doen.

BARBARA WORDT EMOTIONEEL.

FLORIEN
Ze moest meteen in het ziekenhuis worden opgenomen. Weer geopereerd. Anders
borst ook weggehaald. En bestraling.
En chemotherapie. Maar ze had overal
uitzaaiingen.

**BARBARA KAN HET NIET MEER AAN HOREN. ZE STAAT
OP.**

BARBARA
Ik ben vergeten het ijs in de vriezer
te leggen.

FLORIEN IS VERWARD.
**BARBARA VLUCHT NAAR DE KEUKEN. HET LUKT HAAR
NAUWELIJKS NOG HAAR TRANEN TE BEDWINGEN. DAN
HOORT ZE FLORIEN NAAR HAAR TOE KOMEN. ZE BE-
GINT SNEL DE BOODSCHAPPEN UIT DE TAS TE HALEN
EN HOUDT ZICH GROOT. ZE PAKT EEN BAK IJS UIT DE
TAS.**

BARBARA

Half gesmolten. Zie je wel?

FLORIEN

Geef maar.

BARBARA GEEFT HET IJS AAN FLORIEN. FLORIEN KIJKT ER NAAR.

FLORIEN

Op het einde wilde mama niets meer eten. Kon ze ook niet. De dag voordat ze dood ging zaten we rond het bed en hebben we een hele bak ijs leeg gelepeld.

FLORIEN ZET HET IJS IN DE VRIEZER. BARBARA WEET NIET WAT ZE MOET ZEGGEN.

FLORIEN

Het is gewoon niet eerlijk. Ze was zo mooi. Voor ze met de chemo begon liet ze haar haar helemaal kort knippen. Ik wil niet dat het uitvalt, zei ze. Het heeft niks geholpen. Ze ging toch dood. Kaal en moe. Ik was zo kwaad. Nog steeds. Niet op haar. Op die rottige kankercellen.

BARBARA KIJKT WEG VAN FLORIEN. ZE KAN HET NIET MEER AAN.

De telefoon gaat. Zonder te kijken wie het is, neemt Kris op.
'Zit je te kijken?' vraagt de bekende stem van Céline.
'Ja,' zegt Kris snikkend.
'Daar was ik al bang voor. Moet je eigenlijk niet doen, Kris.'
'Weet ik, maar… Ergens helpt het ook wel. Om te begrijpen wat

zich in Micks leven afspeelt. Snap je dat?'

Het blijft even stil aan de andere kant van de lijn.

'Ja,' zegt Céline dan. 'Dat snap ik wel. Heb je nog wat van hem gehoord?'

'Nee. Niet na vorige week.'

'Ze heeft deze week haar laatste chemo gehad, toch?'

'Ja.'

'Ik hoop zo dat hij bij de bevalling kan zijn.'

'Ik ook,' glimlacht Kris. 'Hoewel ik er zelf steeds meer tegenop ga zien. Uk besloot net een soort pirouette in mijn buik te maken en toen kon je zo goed voelen hoe groot hij al is. Als ik er aan denk dat dat er uit moet… Help.'

Céline lacht.

'Je hebt nog zes weken om je daarop voor te bereiden.'

'In de laatste weken krijgen baby's ook nog een groeispurt. En mijn buik knapt nu al bijna uit elkaar!'

'Als het maar niet een miniatuur oma Poedel is. Dan heb je echt een probleem bij de bevalling!'

Maar dat was het niet. Toen ze 25 weken zwanger was, heeft ze weer een echo laten maken. Voor zichzelf, om alles te laten controleren, maar ook voor Mick. Het kindje in haar buik groeit volgens het boekje, niet te dik, niet te dun, niet te lang, niet te kort. Alles erop en eraan. Maria, die mee was, beweert bij hoog en laag dat ze een piemeltje heeft gezien, maar omdat Kris had aangegeven dat ze het geslacht nog niet wilde weten, bevestigde, noch ontkende Marieke dat.

'Kris, ben je er nog?'

'Ja!'

'Ik ga hangen. Wil verder kijken. Beloof je me dat je de televisie uitzet als je er van moet huilen?'

'Nee,' zegt Kris, die nu al wist dat ze dat niet zou doen. Ze hoort Céline lachen.

'Stijfkop. Ik zie je morgen!'

'Goed. Kus.'

Kris verbreekt de verbinding. Ze gaan morgen weer naar

zwangerschapsyoga. Niet dat ze de groep daar een plezier mee doen, Céline en zij worden vooral ontzettend melig van het gezever over 'contact maken met je ongeboren kind door vanuit de buik adem te halen', maar morgen zouden ze eindelijk toekomen aan het echte werk: de bevalling. Voor de zekerheid zat Kris ook nog op zwangerschapsgym, voor het geval ze het tijdens de bevalling niet op kon brengen om haar yoga mantra's op te lispelen. Plan B was dan: puffen, tanden op elkaar en volhouden. Ze wist nu eigenlijk al dat het het laatste zou worden.

BARBARA & ROBERT / WOONKAMER + KEUKEN

BARBARA ZIT OP DE BANK. VOOR HAAR, OP DE SALON-TAFEL, LIGT EEN BRIEFJE WAAROP STAAT: ZIEKEN-HUIS, MET EEN TELEFOONNUMMER ER ACHTER. ZE IS AAN HET TELEFONEREN.

> **BARBARA**
> Ik weet dat het avond is, maar dit is
> dringend. (…) Spoedeisende hulp? Nou
> ja, dat… (…) Okay.

BARBARA STAAT OP. ZE LOOPT ONGEDURIG HEEN EN WEER.

> **BARBARA**
> Hallo, met Barbara Fischer. Ik heb een
> paar dagen geleden een knobbeltje in
> mijn borst ontdekt en nu- (…)

Oh jee. Daarom reageerde Barbara net zo emotioneel op het verhaal van Florien. Ze is bang dat ze het zelf ook heeft. Dat zou toch echt wel hartverscheurend zijn. Voor Barbara, maar vooral ook voor Florien, die net haar moeder heeft verloren en in Barbara een soort moederfiguur heeft gevonden. Kris' gedachten dwalen even af naar Annemarie. Dit heeft zij ook mee gemaakt. De ontdekking van het knobbeltje. De afspraak in het ziekenhuis. De onderzoeken.

Wat ze uit de mails van Mick begreep, is dat Annemarie heel dapper is. Vastberaden dit gevecht te winnen. Wat hoopt Kris dat dat ook gebeurt. Dat Annemarie beter wordt.

BARBARA GAAT WEER ZITTEN.

BARBARA

Het afsprakenbureau is dicht en ik (…)
Nee, niet ophangen!

BARBARA STAAT WEER OP. ZE IS NU ECHT IN PANIEK.

BARBARA

Mijn moeder is aan borstkanker overleden en mijn schoonzusje. Ik… Misschien ben ik wel te laat. U moet me helpen.
(…) Het kan echt niet vanavond?

BARBARA GAAT WEER ZITTEN.

BARBARA

Morgenochtend. Dat ik goed. En waar moet ik dan zijn?

BARBARA LUISTERT EN MAAKT AANTEKENINGEN OP HET BRIEFJE.
FLORIEN KOMT BINNEN VIA DE VOORDEUR.
BARBARA SCHRIKT.

BARBARA

(IN TELEFOON)
Dank u wel. Echt heel erg… Dank u.

BARBARA LEGT HAASTIG DE TELEFOON NEER EN STAAT OP. FLORIEN KOMT DE KAMER IN LOPEN.

BARBARA

(GEFORCEERD OPGEWEKT)

En? Welke film heb je uitgekozen?

FLORIEN ZOEKT IN HAAR TAS NAAR DE DVD.

FLORIEN

Hij is al heel oud, maar mama vond hem
heel erg mooi.

**BARBARA ZIET HET BRIEFJE OP TAFEL LIGGEN. ZE
PAKT HET ZO ONOPVALLEND MOGELIJK OP EN STOPT HET
IN HAAR TAS. FLORIEN HEEFT NIETS IN DE GATEN.**

Mijn allerliefste Kris,

Vanavond ben ik voor het eerst sinds alle ellende even de kroeg
ingedoken met Rogier. Wat een heerlijkheid om even geen zieken-
huislucht in te ademen, om te lullen over voetbal en wijven. En
jou natuurlijk. Hij vertelde me dat je heel hard aan het werk bent.
Dat is goed. En dat je me mist. Dat is nog beter.
Ik mis jou ook. Ik herlees je mailtjes bijna elke dag en vind het
steeds bewonderenswaardiger dat je dit allemaal vol kunt houden. Maar je bent ook bijzonder. En ik nu een beetje aangeschoten, dus wat sentimenteel. Vergeef me. Mijn lieve Krissie. Wat
verlang ik er naar om hand in hand met je langs de grachten te
slenteren. Om samen met je te overleggen of Maria's vriendje wel
of niet mag blijven slapen. Om een vakantie te boeken en er een
dag voor vertrek achter te komen dat jouw paspoort is verlopen.
Het einde is in zicht. Denk ik. Hoop ik. Annemarie is thuis. We
logeren bij haar ouders, omdat ik natuurlijk ook nog moet werken
en ze dag en nacht verzorging nodig heeft. Ze is nog heel erg
moe. Ik trouwens ook. Over twee weken hebben we weer een
controle, maar zoals het er nu naar uit ziet, hebben we de strijd
gewonnen. Ik ben stiekem al een beetje aan het bedenken hoe
en wanneer ik het haar zal vertellen. Eerst die onderzoeken maar
eens afwachten. Ik hou je op de hoogte, lief.

Met heel mijn hart,
Mick.

Liefste Mick,

Wat fijn dat je je weer eens dronken hebt laten voeren door Rogier. Hij heeft je hopelijk niet onzedelijk betast? (Ik kan maar
niet uit mijn hoofd krijgen dat hij in Annecy heeft opgebiecht dat
hij ooit stiekem verliefd op je was. Ik hoop maar dat James hem
daarvan heeft genezen. Ik kan alleen met grote zekerheid zeggen
dat dat bij mij niet gelukt is en ook niet gaat lukken. Ik ben nog

steeds, tot over mijn oren, verliefd op je.)

Wat een goede berichten allemaal. Goed te horen dat jullie bij Annemaries ouders logeren en dat de verzorging dus niet helemaal op jouw schouders terecht komt. Ik steek vanaf nu elke avond een kaarsje aan, tot aan de controle. Misschien helpt het niet, maar de piepkleine kans dat dat het wel doet, maakt me religieuzer dan ik tot nu toe ooit ben geweest. Ik hou het een beetje kort, ik moet aan het werk. Ik schrijf je snel weer en denk 24 uur per dag aan je. Ik hoop dat je dat soms voelt.

Dikke kus op je mond,
Kris.

Dat ze aan het werk moet, is een leugen. Ze moet naar een controle bij de verloskundige. Ze is sinds een paar weken met zwangerschapsverlof. Het werd te zwaar om de hele dag op hoge hakken te glimlachen en bereidwillig te zijn. Alexandra begreep het gelukkig en heeft haar zwangerschapsverlof eerder laten ingaan. Door het verlof heeft ze nu alle tijd om de babykamer af te maken (alleen nog het familiewiegje opnieuw in de lak zetten en dan is het af), de laatste inkopen te doen (waarbij ze de aanschaf van de aambeienzalf, die ze volgens Marieke na de bevalling met grote zekerheid nodig zal hebben, voor zich uit schuift), Maria te helpen met haar proefwerkweek en na te denken over haar toekomst. Als de baby er is, wordt haar baan wel erg ingewikkeld. Niet alleen omdat ze hele onregelmatige werktijden heeft, maar ook omdat Kris niet weet of ze er alleen voor zal staan of niet. Als ze de eerste periode in haar eentje de zorg voor de baby op zich moet nemen, wil ze niet full time aan het werk gaan. Wat moet ze dan met haar kindje? Vijf dagen per week naar de crèche sturen?

Ze vindt haar werk best leuk, maar dat heeft ze er niet voor over. Ze kijkt op als Céline, die nog geen enkele controle heeft overgeslagen, op het raam tikt. Moeizaam komt ze overeind, haar dikke buik begint nu echt zwaar te worden. Ze kan alleen nog maar als een zwaarlijvige bouwvakker wijdbeens zitten en wordt 's nachts om de seconde wakker als ze kramp in haar kuit heeft, zich op een andere zij wil draaien of weer eens moet plassen. Dat moet ze nu trouwens ook. Terwijl ze naar het toilet waggelt, legt ze haar handen op haar buik en zegt: 'Van mij mag je komen. Maar alsjeblieft, blijf nog heel even zitten. Totdat papa er is.'

ZIEKENHUIS / KAMER + GANG

ROBERT EN BARBARA ZITTEN OP DE STOELEN TE WACH-
TEN. ZE ZWIJGEN. ROBERT HOUDT BARBARA'S HAND
VAST. ER KOMT IEMAND UIT EEN DEUR GELOPEN. ZE
KIJKEN OP, MAAR ZIEN DAT HET EEN VERPLEEGKUNDIGE
IS, DIE ERGENS ANDERS HEEN LOOPT.

> ROBERT
> Wil je iets hebben? Thee misschien?

BARBARA SCHUDT HAAR HOOFD. HET IS WEER EVEN
STIL.

> BARBARA
> Ik moet Charlie bellen. Ze gaat zich
> ongerust maken.

> ROBERT
> We wachten eerst dit even af.

BARBARA KNIKT.
DAN KOMT DE DOKTER UIT DE KAMER. HIJ HEEFT EEN
DOSSIER IN ZIJN HANDEN.

> DOKTER
> Mevrouw Fischer, ik vrees dat ik geen
> goed nieuws heb.

> BARBARA
> Nee?

DOKTER

De tumor in uw borst is een lobulair
carcicoom.

BARBARA KIJKT DE DOKTER ANGSTIG AAN.

DOKTER

U heeft borstkanker.

BARBARA EN ROBERT INCASSEREN DE KLAP.

Kris herschikt de kruik die ze op haar buik heeft gelegd en probeert
zich niets van de pijnsteken, die ze nu al de hele dag heeft, aan te
trekken. Ze heeft Marieke gebeld, die zei dat het weeën konden
zijn, of voorweeën, maar ook net zo goed harde buiken. Ze moest
zich rustig houden, terugbellen als het erger werd of als haar vliezen breken. Voor de zekerheid heeft ze Maria toestemming gegeven om bij Hugo te logeren ('Maar wél in de logeerkamer, ik check
het bij zijn ouders!') en Céline heeft haar bazin ingelicht dat ze
elk moment opgeroepen kan worden. Het is drie dagen voor de
uitgerekende datum.

DOKTER

Ik weet het, dit komt heel hard aan.

BARBARA KAN HET NIET GELOVEN.

ROBERT

Lieverd, er is nog niets verloren. Ze
kunnen vast nog heel veel doen.
    (TEGEN DE ARTS)
Toch? Er is heel veel mogelijk, qua
behandeling?

DOKTER

Dat zal ik later uitvoerig met u bespreken.

ROBERT SLAAT EEN ARM OM BARBARA HEEN. BARBARA
HAALT DE ARM WEG.

                    BARBARA
    Even niet.

ER VALT EEN LANGE STILTE.

                    BARBARA
    Okay. Duidelijk. Borstkanker.

BARBARA KIJKT NAAR DE DOKTER.

                    BARBARA
    Hoe groot zijn mijn kansen? Heb ik een
    kans? Of ga ik sowieso dood?

Met een druk op de afstandsbediening zet Kris de televisie uit.
Even niet. Even niet die ellende. Niet nu ze al drie weken niets van
Mick heeft gehoord. Ze heeft Rogier gebeld, die wist ook niet meer
dan dat Annemarie en Mick moesten wachten op de testuitslagen.
Ze wil nu niet horen dat Barbara doodgaat. Ze wil nu niet denken
aan de mogelijkheid dat Annemarie doodgaat. Ze wil zich nu even
concentreren op dat kleine etterbakje in haar buik, dat steeds feller
(en hardhandiger, oef!) laat merken dat hij er genoeg van heeft om
in vruchtwater rond te dobberen. Hij wil de wijde wereld in.
Ze staat op van de bank en loopt naar de computer. Kijken of
ze het verschil kan opzoeken tussen voorweeën en gewone wee-
en. Google. Verdorie, wat is dat internet vandaag weer traag. Ze
schrijft op haar to do lijstje dat ze contact op moet nemen met de
provider. Ja, eindelijk. Meteen even mail checken. 2 nieuwe berichten. Haar moeder, die vraagt of ze al wat voelt. Dat doet ze vier
keer per dag, dus Kris besluit het te negeren. En een van… Jezus,
wat is dat ding langzaam! Een van Mick.
Ze opent hem snel.

Lieve Kris.

We komen net terug uit het ziekenhuis. Ik weet niet hoe ik je dit
moet vertellen. Het is rampzalig. Er zitten overal uitzaaiingen. In
haar lever. Haar botten. De artsen gaan nu overleggen over de
beste behandeling, maar hebben ons te kennen gegeven dat een
operatie geen zin meer heeft. Ik ben zelf arts, ik weet dat dit soms
de harde realiteit is, maar ik wilde die man op dat moment over
zijn bureau heen trekken en helemaal kapot beuken. Annemarie
gaat dood. Zoveel is zeker. Niet wanneer. Niet waar. Maar het gaat
gebeuren.
Ik kan nu niet helder denken, Kris. Ik heb alleen het gevoel dat ik
je niet langer mag claimen. Jij hoeft dit niet met ons door te maken. Weet dat ik het je niet kwalijk neem als je niet langer wacht.
Mijn leven staat op dit moment stil. Het jouwe moet doorgaan.
Ik hou met alles in me van je, maar ik moet dit afmaken. Voor
mezelf. Voor Annemarie. Misschien zelfs wel voor ons. Ik weet
niet meer wat ik verder nog moet schrijven. Sorry. Zit er helemaal
doorheen.

Mijn hart bloedt.
Mick.

Kris staart naar het scherm. Is in shock. Annemarie gaat dood.
Annemarie gaat dood. Annemarie gaat dood. Al die keren dat ze
de vrouw die haar Mick had ingepikt heeft dood gewenst flitsen
door haar hoofd heen. Nu gebeurt het echt. Jezus. Kris schuift haar
stoel naar achteren en staat op. Ze moet Céline bellen. Dan, plop!
Alsof er iets in haar breekt. Een warme golf gutst langs haar benen,
sijpelt aan de onderkant van haar joggingbroek over de vloer. Het
gaat zo ontzettend snel dat het even duurt voordat ze zich realiseert
wat er gebeurt. De pijn in haar buik. De plop. Het water. Ze pakt
de telefoon en belt Céline.
'Hé zwangere walvis!'
'Lien? Mijn vliezen zijn gebroken. Het gaat beginnen.'

Ik had ook niet gedacht dat er zoveel in je los komt als er ineens zo'n klein mensje bestaat dat van jou is.

(Nick Sanders, 2007-2008)

0.40 uur:

Céline kwam gelukkig meteen. Ze kreeg de slappe lach toen ze me zag staan, de telefoon nog in mijn hand. Mijn joggingbroek kleddernat, een grote plens vruchtwater op de vloer. Ik durfde me niet te bewegen, bang dat de baby er dan uit zou floepen. Achteraf denk ik: was dat maar gebeurd! Dat had me een hoop gepuf en pijn en gepers bespaard.

'Je moet een beetje vruchtwater oppakken. Om te zien of het bruin is.'

Céline keek even kritisch naar de plas water op de vloer.

'Dat ziet eruit als gewoon doorzichtig water, Kris.'

'Doe het nou! Het is belangrijk. Kijken of uk erin gepoept heeft.'

Céline trok haar bepoederde neusje op.

'Kun je zelf niet-'

Op dat moment kreeg ik een wee. En realiseerde ik me dat alle andere pijnscheuten slechts voorspel waren geweest. Ik klapte bijna dubbel. Het is moeilijk uit te leggen hoe het voelt. Niet als een stomp in je maag, zoals ik me had voorgesteld. Ook niet als een hele erge menstruatiekramp, zoals oma had gezegd. Het komt op vanuit heel diep onder in je buik, het wordt steeds erger in een soort golfbeweging, het neemt bezit van je lichaam, je voelt alleen nog maar die pijn, het beneemt je de adem. Ik begreep opeens waarom er altijd zoveel heisa wordt gemaakt over dat pufgedoe. Als je dat niet doet, haal je geen adem en val je flauw.

'Kris?'

Céline pakte me vast. Dwong me haar aan te kijken.

'Heb je Marieke al gebeld?'

Ik schudde mijn hoofd. De pijn ebde weg, net zo plotseling als hij was gekomen. Ik durfde weer normaal adem te halen. Voelde hoe mijn sokken doorweekt waren. Ging op de grond zitten. Kon maar aan één ding denken: die sokken moeten uit. Céline deed paniekerig.

'Kris, wat doe je nou? Je moet Marieke bellen!'

'Zo. Eerst die sokken uit.'

Ik kon er niet bij. Mijn buik zat in de weg. En ik voelde dat ik met mijn dikke kont midden in de plas vruchtwater was gaan zitten.

'Help me even. Mijn sokken. Ik kan er niet bij.'

Céline ging door haar knieën en trok mijn sokken uit. Opeens had ik een helder moment.

'Lien, pak een bakje. Daar moet je ze in uitknijpen. Dan kunnen we zien of het helder is. Bellen we daarna Marieke.'

Lien wilde protesteren, maar ik geloof dat ik toen heb geschreeuwd dat ze moest doen wat ik zei. En ze deed het. Het was helder. Ze vroeg waar ik het nummer van Marieke had. En opeens wist ik dat niet meer. Ik wist nog dat ik het heb opgeschreven en op een logische plek had gehangen. Op een plek die ik meteen zou weten als het eenmaal was begonnen. Maar ik had een gat in mijn geheugen.

'Eh... op het prikbord in de keuken?'

'Nee.'

'Op het schoolbord in de gang?'

'Nee.'

'Op een geeltje op mijn computer?'

'Nee.'

'In mijn mobiel.'

'Onder welke naam dan?'

'Marieke natuurlijk!'

'Nee.'

'Eh... Verloskundige?'

'Nee. Wat is haar achternaam?'

Ik had geen idee. En als ik dat wel had gehad, had ik het Céline niet kunnen vertellen, want er kwam er weer een. Nog heftiger dan de vorige. Céline, de held, kroop achter mijn computer om Mariekes telefoonnummer op te zoeken. Het mailtje over

Annemaries doodvonnis stond nog open. Ze las het snel door, terwijl ik vergeefs probeerde de pijn de baas te blijven. Ze keek even naar me. Zag dat ik wist dat zij het wist, maar dat ik er even niets over kon zeggen. Ze klikte de mail weg en begon te googelen.

'Hier. Haarlemmerdijk. Waar is de telefoon?'

Die had ik nog in mijn handen. Terwijl de ergste pijn langzaam weer verdween, krabbelde ik overeind en wist ik mijn logge lijf op de bank te krijgen.

'Niet doen! Je bent kleddernat!' gilde Céline.

Het kon me niet schelen. Terwijl Lien Marieke belde, ging ik languit op de bank liggen en sloot mijn ogen. Het was begonnen.

21.30 uur:

'Waar blijft ze?'

'Ze heeft een andere bevalling. Ik moet bellen als de weeën om de twee minuten komen.'

'Dat doen ze.'

'Nee. Om de vier minuten. Kris, ga nou even zitten ofzo…'

Ik wilde niet zitten. Ik liep. Zodra ik een wee voelde opkomen stond ik op en begon ik aan mijn rondje. Om de bank, langs de tafel, naar de plantenbak, naar de keuken, langs het aanrecht, terug de kamer in, de gang in… Bij de voordeur aangekomen wist ik dat ik over het pijnlijkste punt van de wee heen was en begon ik aan de terugtocht. Door de gang, de kamer in, om de tafel heen, naar de bank. Bij de bank was de wee weg en ging ik zitten, om op adem te komen. Dit was serieus. Dit was heel erg serieus. Ik schaamde me voor al die keren dat ik had geklaagd over pijntjes. Dit was pas echt pijn.

'Is hij voorbij?' vroeg Céline. Ik knikte. Ze hield een nachthemdje omhoog. We hadden dit een week daarvoor gekocht. Speciaal voor dit doel. Céline kon zelf nauwelijks naar de foto's kijken van toen ze zelf was geboren, omdat haar moeder er bij lag in een bloedbesmeurde pyjama, die ze onhandig en zeer onflatteus tot onder haar kin op had getrokken om Céline haar eerste slokjes moedermelk te geven. Dat wilde Lien mij, de baby en natuurlijk Mick niet aandoen, dus gingen we shoppen. Op zoek naar een shirt waarin ik mijn borsten makkelijk kon ontbloten, zonder meteen mijn hele uitgelubberde pas bevallen buik te showen. We hadden er twee gekocht. Twee identieke. Eentje om in te bevallen (die zou smerig worden en in de vuilnisbak belanden) en een voor vlak daarna. Voor de foto's. Nu wilde Céline dat ik hem al aantrok en opeens drong het ten volle tot me door. Ik ging bevallen. Over een paar uur (hopelijk sneller) zou ik mijn baby'tje hebben. Al die maanden dat ik van dit moment had gedroomd… Alle fantasieën die ik over dit moment had… Dit was het moment. Het duurde nog een wee en weer hetzelfde loopje tot ze me uit mijn kleddernatte kleren en in mijn nachthemd had weten te wurmen.

Er klinkt geruis uit de babyfoon. Kris weet wat dat betekent. Beweging in de kinderkamer. Ze stopt met typen en luistert geconcentreerd in de hoop dat die kleine haar nog even in alle rust aan haar dagboek laat werken. Maar nee. Het gejammer begint zacht, maar wordt al snel zo meelijwekkend dat Kris op staat en naar de babykamer loopt. Zoals elke keer als ze er binnenkomt, glimlacht ze bij het zien van de overwegend lila kamer. Ze heeft hier zo vaak gestaan, haar handen om haar dikke buik, fantaserend over het kindje dat daar in de wieg zou liggen. Ze had zich er geen voorstelling van kunnen maken. Niemand kan je voorbereiden op de geboorte van een kind, op de onvoorstelbaar intense gevoelens die dat teweeg brengt.
'Ssstt…. Mama is er, moppie. Stil maar.'
Die grote kraaloogjes, die haar betraand aankijken. Dat warrige bosje zwarte krullen, als een pruikje op dat kleine koppie. De ongecontroleerde bewegingen van de armpjes en beentjes, zoekend naar maar één ding. Mama. Eten. Ze tilt het kleine schepseltje op en drukt het tegen zich aan.
'Ssstt… Kom maar. Mag je lekker drinken. Kom maar.'
Met een geroutineerd gebaar (wonderbaarlijk hoe snel je moederinstinct en daarmee je noodzakelijke moederlijke vaardigheden zich ontwikkelen) steekt ze haar vinger tussen de rand van het rompertje en de luier. Niet te nat, zeker geen poep. Ze loopt naar beneden, gaat op de bank zitten en ontbloot haar borst. Ze krimpt even ineen als het gretige mondje zich aan haar tepel vastzuigt, maar voelt al snel de melk toeschieten.

Ze voelt hoe ze zich ontspant, zoals altijd als ze borstvoeding geeft. Volgens Marieke komt dat door een hormoon dat aangemaakt wordt zodra het kindje begint te drinken. Hormoon of niet, Kris kan zich geen intiemer gevoel voorstellen dan dit. Ze kijkt naar het harige koppie, dat gulzig klokkend haar borst leeg drinkt. Ze denkt aan Mick, die er geen weet van heeft dat ze op dit moment hun baby aan het voeden is. Die er zelfs geen weet van heeft dat hij vader is. Hij is op dit moment waarschijnlijk in het ziekenhuis, waar Annemarie sinds een week weer is opgenomen. De hormoonkuur die ze heeft gekregen, heeft nauwelijks effect gehad. Haar lichaam is verzwakt. De kanker heeft terrein gewonnen. En Annemarie haar strijdlust verloren. Het laatste mailtje dat ze van Mick kreeg was hartverscheurend. Ze heeft nog niet geantwoord. Ze voelt zich schuldig, omdat ze zich zo heeft overgegeven aan de liefde voor haar kindje, zich zo volledig heeft onder gedompeld in haar prille moederschap, terwijl, op drie kilometer afstand, Annemarie aan het vechten was voor haar leven. 'Geboorte en dood liggen dicht bij elkaar,' had oma een paar dagen geleden gezegd, toen ze haar achterkleinkind weer kwam bewonderen. En dat is ook zo. Maar dat wil niet zeggen dat het eerlijk is.

Ze voelt hoe de zuigbewegingen langzaam lomer worden. Terwijl ze met haar vingers over het kleine koppie aait, de zachte wangetjes streelt, vallen de oogjes van haar baby weer dicht, laten de kleine lipjes haar tepel los. Behoedzaam staat ze op, ze weet dat ze eigenlijk nog haar andere borst moet aanbieden, maar ze kent haar kindje na acht weken goed genoeg om te weten dat dat zinloos is. Ze slaat een dekentje om het kleine lijfje heen en legt het voorzichtig in de box. Ze draait het mobile, dat ze van Rogier en James heeft gekregen, weg, zodat haar kindje ongestoord verder kan slapen. Ze drukt een zachte kus in de naar Zwitsal geurende haartjes. Dan loopt ze weer naar haar computer.

23.30 uur:
'Kris, luister even naar me.'
Ik probeerde naar Marieke te kijken, maar de noodzaak om te lopen, om op die manier de pijn onder controle te houden, was te groot. Marieke wachte tot de wee afgelopen was en probeerde het

toen opnieuw.

'Ik weet dat je net heel slecht nieuws hebt gekregen. Céline heeft het me verteld.'

Ik keek even naar Céline, die hulpeloos en heel aandoenlijk klaar stond met een flesje energydrink en een mueslireep, voor het geval ik dorst of honger zou krijgen.

'Ik weet dat je je schuldig voelt. Dat je verdrietig bent dat de vader van je kindje hier nu niet kan zijn…'

Een steek van pijn schoot door me heen. Niet door een wee. Maar door de gedachte aan Mick. Fuck, waarom was hij er niet?!

'Je moet je nu concentreren op de bevalling, Kris. Je houdt het tegen door zo te piekeren. Laat het even gaan. Denk aan wat je aan het doen bent. En waar je het voor doet.'

Ik raakte in paniek. Ik kan het niet, dacht ik. Plotseling was Céline daar. Ze pakte me vast en liet me tegen zich aanleunen.

'Denk aan Mick, lieffie. Denk aan hoe trots hij op je zal zijn. Denk aan jullie kindje, dat er zo graag uit wil. Denk aan hoe het eruit ziet, hoe het ruikt, hoe graag het nu bij je wil zijn. Kom op, Kris. Focus!'

Er kwam er weer een. Een wee. Een hele gemene. Céline, die naar alle cursussen was mee geweest, leek de leiding over te nemen. En ik liet het toe. Dankbaar en willoos.

'Komt er weer een?'

Ik knikte.

'Voel wat er gebeurt in je lijf, Kris. Voel wat er moet gebeuren. Concentreer je op de pijn. Die is niet voor niets. Je lichaam maakt zich klaar voor je kindje. Niet bang zijn.'

Elke keer als ik het wilde uit gillen van de pijn , als ik wilde roepen dat ik een keizersnede wou, als ik ermee wilde stoppen, praatte Céline rustig en kalmerend op me in.

'Ik weet dat het pijn doet. Ik weet dat je ermee wilt stoppen. Maar je kindje wil naar je toe. Voel je het? Het komt steeds dichterbij. Concentreer je op de opening die je voor je kindje moet maken. De pijn is niet voor niets. Je moet voor je kindje de weg vrij maken, Kris. Kom. Pak me. Knijp me. Maak de weg vrij voor je kindje.'

Als ik er nu weer aan denk, schiet ik in de lach. Moet ik denken aan al die keren dat Céline en ik ons moesten inhouden tijdens de yogacursus, toen de lerares in soortgelijke taal begon te vertellen hoe belangrijk het was om te focussen tijdens een bevalling. Maar nu... Nu hielp het me. Nu liet ik me volledig door haar en Marieke leiden. Ik vergat alles. Ik concentreerde me alleen maar op de baby, die zich een weg uit mijn lichaam probeerde te banen.

Kris gaapt. De gebroken nachten beginnen haar parten te spelen. Ze heeft sinds de bevalling nooit langer dan drie uur achter elkaar geslapen. Ondanks de hulp die ze van iedereen krijgt, is ze moe. Verlammend moe. Ze strekt zich even uit, werpt een blik op het snel ademende wezentje dat in de box ligt te slapen, alsof het er altijd is geweest. Ze werpt een blik op de klok. Al bijna zeven uur. Ze moet eten maken. Waar is Maria? Dan herinnert ze zich dat Maria vanavond bij Fleur eet. De meiden hebben het zich in hun hoofd gehaald om auditie te doen bij Idols en zijn dag en nacht aan het zingen. Kris kijkt naar de foto die ze boven haar computer heeft hangen. Een foto van Maria, met dat piepkleine pasgeboren mensje in haar armen. Maria, die als eerste aan haar kraambed stond, die een prachtig symbolisch schilderijtje voor in de kinderkamer had gemaakt, die 's nachts ook wakker wordt van de kleine en dan een flesje water komt brengen voor Kris, die geen kant op kan door dat drinkende monstertje aan haar borst. Maria, die Mick zonder aansturing van Kris een mailtje stuurde, om hem alle sterkte van de wereld te wensen. Maria, haar grote kind dat zich groots gedraagt en dolblij is met de gezinsuitbreiding. Kris legt haar hand even op de foto. En weet dat, hoewel ze Mick nu meer dan ooit mist, ze er wel gaan komen.

HOTEL BRUSSEL / KAMER ANITA EN RIK

RIKKI

Feest!

RIKKI STUIFT DE KAMER BINNEN. ZE HEEFT EEN GROTE 1E PRIJS ROZET OP HAAR JAS EN IN HAAR HAND EEN TROFEE. ANITA EN RIK KOMEN ACHTER HAAR AN DE KAMER IN. ZE ZIJN UITGELATEN. RIKKI ZET DE TV AAN

EN ZOEKT EEN MUZIEKKANAAL OP. ZE STUIT OP EEN
VIDEOCLIP VAN EEN NOGAL RAUWE HIPHOPGROEP.

                        RIK
          Wacht! Ik weet iets beters.

RIK OPENT ZIJN KOFFER, DIE NOG MAAR HALF UITGE-
PAKT IS. HIJ HAALT ER ZIJN I-POD UIT, DIE HIJ
AANSLUIT OP EEN PAAR BOXJES,. HIJ ZET HET GELUID
VAN DE TV UIT.
EVEN LATER KLINKT 'WE ARE THE CHAMPIONS' DOOR DE
KAMER. RIKKI SPRINGT OP HET BED EN MAAIT MET
HAAR ARMEN DOOR DE LUCHT TERWIJL ZE MEEZINGT.
ANITA EN RIK BEGINNEN OOK MEE TE ZINGEN.

                        RIKKI
              (PLAGERIG)
          Jullie niet! Alleen ik heb gewonnen!

                        ANITA
          Oh ja? Dat zullen we nog wel eens zien!

ANITA GRIST TWEE KUSSENS VAN HET BED, DUWT ER
EENTJE IN RIKKE'S HANDEN EN BEGINT MET HAAR EI-
GEN KUSSEN TE MEPPEN.
RIKKI 'VECHT' TERUG. ZE GILT VAN PLEZIER.

                        RIK
          Hup, Rikki! Maak gehakt van die moeder
          van je!

ANITA SLAAT QUASI-BOOS MET HET KUSSEN IN RIKS
RICHTING.
RIK PAKT HET KUSSEN VAN ZIJN EIGEN BED EN BEGINT
TERUG TE MEPPEN.

                        ANITA
          Help!

RIK WERKT ANITA MET ZIJN KUSSEN TEGEN DE MUUR.

                    ANITA
    Genade!

                     RIK
    Geef je je over?

**ANITA DOET ALSOF ZE UITGEPUT IS. ZE LAAT ZICH
LANGS DE MUUR OP DE GROND VALLEN.**

                     RIK
    Zo, dat is één.
         (TEGEN RIKKI)
    Nu jij nog.

**RIK GAAT RIKKI TE LIJF MET ZIJN KUSSEN. RIKKI,
DIE NOG STEEDS OP HET BED STAATB TE SPRINGEN,
SLAAT ZO GOED ALS ZE KAN TERUG, TOT RIK OPEENS
'GEWOND' RAAKT EN MET VEEL GEVOEL VOOR THEATER IN
ELKAAR ZAKT.**

                    RIKKI
    Gewonnen! Ik heb weer gewonnen!

**ANITA KRABBELT OVEREIND EN PROBEERT RIK OMHOOG
TE HIJSEN. RIK KREUNT.**

                     RIK
    Water… Nee… Een dubbele whisky met
    ijs…

RIKKI ZET HAAR VOET OP RIKS BORST.

                    RIKKI
    En wat krijg ik?

RIK

Een ijsje. Het allergrootste, aller-
lekkerste, allerduurste ijsje dat ze
in dit hotel hebben.

RIKKI

Echt?

**RIK KIJKT NAAR ANITA. ANITA GLIMLACHT EN WENDT
ZICH TOT RIKKI.**

ANITA

Ga maar halen. Op rekening van kamer
honderdachtentwintig, zeg dat maar.

**RIKKI HUPPELT DE KAMER UIT.
ANITA BUIGT ZICH OVER RIK HEEN, DIE NOG STEEDS
OP DE GROND LIGT.**

ANITA

(SPOTTEND)

Gaat het weer een beetje, meneer de
Jong?

**RIK GRIJNST EN KIJKT ANITA AAN.
ANITA LACHT OOK. DAN KOMEN HUN GEZICHTEN HEEL
DICHT BIJ ELKAAR. ANITA AARZELT, MAAR KUST RIK
DAN. RIK SLAAT ZIJN ARMEN OM HAAR HEEN. ZE ZOE-
NEN HARTSTOCHTELIJK.**

Yes! Ze heeft een fles wijn gewonnen! Kris kijkt vertederd naar de
zoen van Rik en Anita. Dat heeft lang geduurd. En het wordt nog
lastig, want Anita is met Dennis en Rik heeft ook een nieuw liefje,
Vera. Maar deze twee mensen moeten gewoon samen zijn. Rik en
Anita zijn voor elkaar gemaakt. Goed dat ze hen weer samen laten
komen. En al helemaal dat ze hiermee de weddenschap met Céline
heeft gewonnen, die ervan overtuigd was dat Anita nooit vreemd

zou gaan, zelfs niet met Rik. Maar Kris wist het. Kris geloofde erin. Net zoals ze er nog steeds in gelooft dat ooit, in de verre toekomst, zij en Mick samen zullen zijn.

Kris staat op en loopt naar de box. Nog steeds in dromenland. Ze had zich nooit gerealiseerd dat baby's zo vaak sliepen. Behalve 's nachts dan, maar op het consultatiebureau hadden ze gezegd dat de meeste kindjes na drie maanden wat langer achter elkaar gaan slapen. Ze kan niet wachten. Nu even efficiënt gebruik maken van de rust. Kris loopt naar de keuken en smeert een boterham voor zichzelf. Ze loopt met het bord naar de computer. Ze wil haar bevallingsverhaal eindelijk af schrijven, zodat ze weer helemaal bij is. Ze bladert door het dikke plakboek waarmee ze is begonnen toen ze net wist dat ze zwanger was heen. Echofoto's, bonnetjes van babywinkels, felicitatiekaartjes, foto's van haar steeds dikker wordende buik, foto's van de bevalling, gemaakt door Maria, die er per se bij wilde zijn. Nu ze weer naar de foto's kijkt, komt alles weer terug. De pijn, de oerkracht, de overweldigende ontlading toen ze dat glibberige wezentje in haar armen kreeg. Het verdriet dat Mick dit niet kon mee maken. Dat ze alle eerste keren niet met hem kon delen. De eerste keer in bad, de eerste keer aan de borst, het eerste lachje, met dat gekke scheefgetrokken bekkie, de eerste keer naar buiten (wat bijna op een drama was uitgelopen. Kris was naar de markt gegaan en stond een pond tomaten af te rekenen, waardoor ze de kinderwagen even los moest laten. Het waaide en een windvlaag kreeg grip op de kap van de kinderwagen. Kris schrok toen mensen opeens begonnen te roepen en keek om. De wagen, met haar pasgeboren baby, zoefde als een zeilboot met hoge snelheid over het marktplein. Godzijdank was er een alerte meneer, die de wagen te pakken kreeg voordat hij zich in een viskraam boorde. Een half uur daarna stond ze nog te trillen op haar benen. Dit zou haar nooit meer gebeuren. Een van de vele lessen die ze de afgelopen twee maanden heeft geleerd.).

Kris gaat weer achter de computer zitten. Ze neemt een hap brood en begint weer te typen.

00.30 uur:

Ik lag op mijn bed, dat Rogier twee dagen geleden volgens de aanwijzingen van Marieke heeft opgehoogd. Het zeiltje dat tussen mijn laken en het matras lag kraakte als ik bewoog. Maar bewegen deed ik liever niet. Ik was, sinds Marieke en Céline me naar boven hadden geholpen en in bed hadden gelegd, helemaal in mezelf gekeerd. De weeën bleven komen, steeds feller, steeds frequenter. De pijnvrije momenten die ik tussen twee weeën in had om even op adem te komen worden steeds korter. Ik concentreerde me op mijn lichaam, ik verzette me niet meer tegen de pijn, maar liet het over me heen komen, terwijl ik ritmisch probeerde mijn ademhaling te sturen. Céline pufte met me mee. Later lachen we daarom. We hadden elkaar gezworen dat dat een ding was voor halfzachte kerels met geitenwollen sokken, meepuffen. Maar nu was ik blij dat mijn beste vriendin de rol van halfzachte kerel op zich nam en me houvast gaf als de pijn me weer overviel.

Maria kwam de slaapkamer in. Ze was gebeld door Céline, dat het ging gebeuren. Ze wilde in de buurt zijn. Ze deinsde even terug toen ze me zag. Marieke stelde haar gerust. Ik scheen het fantastisch te doen. Een beetje schuchter vroeg Maria of ik het erg vond als ze erbij zou blijven. Ik was alleen maar blij dat ze de geboorte van haar broertje of zusje mee zou maken en liet haar beloven dat ze weg zou gaan als ze het niet meer trekt. Terwijl ik me weer in mijn eigen wereld terugtrok, stak Maria overal in de kamer kaarsen aan, zette ze een pot thee voor iedereen en legde ze de babykleertjes klaar die zij en ik samen hebben uitgezocht.

Ik keek op mijn wekker, zag hoe laat het is. Ik wist dat een eerste bevalling gemiddeld negen uur duurt. Dat betekende dat ik dit nog vijf uur moest volhouden. Niet aan denken. Laat het gebeuren. Shit, daar kwam er weer een.

'Je doet het heel goed, Kris,' moedigde Marieke me aan. 'Bij de volgende wee ga ik kijken hoe ver je bent, goed?'

Ik knikte. Het was goed. Niet fijn, maar het moest. Toen ik de volgende wee voelde opkomen, bracht Marieke voorzichtig haar vingers bij me naar binnen. Ik zag dat Maria haar blik afwendde, dat Céline juist geïntrigeerd keek en ik voelde geen schaamte. Mijn lijf stond nu in dienst van de natuur, mijn lijf deed waar het voor gemaakt is.

'Fantastisch, Kris. Je bent er bijna.'

'Hoeveel centimeter nog?' wist ik uit te brengen.

'Nog maar eentje.'

Dat gaf moed. Dat ging snel. En opeens, alsof mijn lijf deze aanmoediging nodig had om op volle toeren te gaan werken, voelde ik dat de weeën anders werden. Ze begonnen bovenin, net onder mijn borsten en trokken naar beneden toe. Alsof ik een tandpastatube was die werd opgerold en uitgeknepen.

'Ik moet poepen,' schreeuwde ik. Want zo voelde het. (Dat wist ik, ik had elk zwangerschapsboek gelezen dat ik te pakken kon krijgen en ik wist dat als ik riep dat ik moest poepen, dat een teken voor de verloskundige was dat ik mocht gaan persen. En dat wilde ik zo graag. Persen. Weg met die pijn. Kom maar op met dat kind. Ik was er klaar mee. Het was dus een beetje theater van me. Maar tegelijkertijd, op het moment dat ik het strategisch riep, voelde ik het echt. Alsof ik moest poepen.)

Het werkte wel. Marieke voelde aan mijn buik bij de volgende wee en keek tevreden.

'Bij de volgende wee mag je meepersen, Kris. Neem een hap lucht zodra je hem voelt aankomen en druk dan met alle kracht die je in je hebt. Naar beneden. Alsof je moet poepen.'

Marieke wenkte Céline, die liep te klungelen met een nat washandje, waarvan ik al minstens zeven keer had gezegd dat ik het niet op mijn voorhoofd wilde. Toch bleef ze hem maar nat houden, in een poging om zich nuttig te voelen, me te helpen.

'Als jij haar nek vastpakt en die een stukje omhoog duwt tijdens het persen…'

Céline knikte. Ik zag aan haar dat ze nerveus was. Ze schoof haar hand alvast onder mijn nek, terwijl ze naar Maria keek.

'Maria, wil je filmen? En foto's maken? Denk je dat dat lukt?' vroeg ze aan Maria, die zichtbaar blij was met de afleiding.

Daar kwam weer een wee. Ik nam een hap lucht. Céline duwde mijn hoofd omhoog van het kussen, tot mijn kin op mijn borstbeen lag.

'Goed zo, Kris. Zet je benen uit elkaar.'

Ik probeerde te doen wat ze zei. Jezus, wat deed dit pijn. Maar ik perste en ik perste en ik perste.

'Ik zie wat!' gilde Maria, die er met de camera bovenop stond.

Toen zakte de wee langzaam weg.

'Kom even op adem, Kris. We doen het zo nog een keer. Het hoofdje staat al. Je bent er bijna.'

Shit. Weer een. Nu al? Ik hapte naar adem en deed het trucje nog een keer. Kin op de borst, benen omhoog, uit elkaar. Duwen, persen, duwen, persen. Het paste niet! Het was te groot! En toen, met een ongelooflijke vanzelfsprekendheid, voelde ik het uit me glijden. Weg was de spanning. Weg was de aandrang om te poepen. Weg was de pijn. Voordat ik besefte wat er was gebeurd, dat mijn kindje was geboren, drukte Marieke een bloederig, slijmerig, rood aangelopen baby'tje tegen mijn borst. Ik huilde en ik hijgte na en mijn benen trilden en ik durfde het kindje nauwelijks aan te raken. Het keek me aan. En ik keek terug.

'He,' was alles wat ik uit kon brengen. Ik rook en ik snuffelde en ik begon nog harder te huilen.

'Het is een jongetje,' zei Marieke, terwijl ze de hydrofiel luiers die ik van tevoren zorgvuldig heb gewassen (met speciaal wasmiddel zonder parfum) en gestreken (om alle resterende bacteriën te doden) om mijn baby heen drapeerde. Een jongetje.

'Een jongetje,' zei ik, volledig overbodig, tegen Maria (die onophoudelijk fotografeerde) en Céline, die ook huilde.

'Een jongetje,' zei ik tegen mijn kindje, dat nog steeds met wakkere oogjes naar me lag te staren. Ik kuste hem op zijn voorhoofd, pakte zijn kleine vuistjes. 'Mickey.'

Terwijl ik de placenta eruit moest werken, werd kleine Mickey gewogen, gemeten en bekeken. Hij scoorde op alle fronten een tien. Mijn kleine held. Marieke kleedde hem aan, zette hem een mutsje op om zijn lichaamstemperatuur hoog te houden en legde hem toen weer bij me. Die nacht sliep ik niet meer. Ik staarde in totale verwondering naar dat kleine mannetje dat Mick en ik samen hadden gemaakt. Het was het mooiste exemplaar dat ik ooit had gezien.

Dat mooie exemplaar begint nu wakker te worden. Kris loopt meteen naar de box om te zien hoe haar kleine zoon ontwaakt. Soms, als hij lang ligt te pitten, moet ze zich echt inhouden om hem niet wakker te maken. Ze vindt het heerlijk om hem te voeden, met hem te spelen, tegen hem te praten. Ze tilt hem nu uit de box. Hij kijkt haar met grote ogen aan en maakt kleine smakgeluidjes met zijn lipjes. Hij heeft honger.

'Ha kleine man, wil je lekker eten? Kom maar, schatje. Kom maar.' Ze gaat op de bank zitten, ontbloot haar borst en laat hem drinken.

'Kris? Kris?'

Kris schiet overeind.

'Pas op!'

Maria pakt Mickey uit Kris' handen, om te beletten dat Kris hem plet. Mickey begint even te huilen, maar als Maria geroutineerd het speentje in zijn mondje duwt, sabbelt hij er vredig op en geeft hij zo zijn moeder de kans om wakker te worden.

'Ik was in slaap gevallen.'

'Ja duh, alsof ik dat niet zag,' lacht Maria, die naast Kris op de bank gaat zitten, met Mickey in haar armen.

'Ga dan naar bed als je zo moe bent,' zegt ze.

'ik was niet moe,' protesteert Kris. Maria grinnikt en kietelt Mickey op zijn bolle buikje.

'Jij put mama uit, hè? Kleine stouterd. Wanneer ga je eindelijk eens lekker slapen 's nachts?'

Kris wordt overweldigd door een immens gevoel van liefde als ze ziet hoe Maria en Mickey naar elkaar lachen. Mickey met zijn gekke hiklachje en dat tandenloze bekkie, Maria met haar sprankelende giechel.

Kris springt op en pakt haar fototoestel.

'Even doorgaan. Voor in het boek.'

Een dag later, Mickey ligt in zijn bedje te slapen en Kris zet thee voor haar en Maria.

'Word je helemaal gek als ik vraag of ik aan de pil mag?'

Met een ruk draait Kris zich van de waterkoker om naar Maria, die haar schaapachtig vanaf de bank toelacht.

'De pil? Dé pil?'

Maria knikt. Kris schenkt het kokende water in de theepot en hangt er een theezakje in. Hoe is ze in dit leven beland? Aan de ene kant Mickey, die in alles van haar afhankelijk is, aan de andere kant Maria, die steeds onafhankelijker wordt.

'Waarom wil je aan de pil?' vraagt ze zo nonchalant mogelijk, terwijl haar hart breekt bij de gedachte dat Maria, haar kleine Maria, zich overgeeft aan de vleselijke lusten, waarvan Kris nu al ruim een jaar van verstoken is.

'Omdat mijn borsten daarvan groeien, nou goed?'

Kris loopt met de theepot naar Maria, pakt twee mokken en gaat dan naast haar zitten.

'Sorry. Ik… Ik moet even wennen aan het idee dat je… Nou ja, je weet wel.'

'Hugo en ik zijn al twee jaar samen. Zo gek is het niet.'

'Nee, dat bedoel ik ook niet,'zegt Kris gehaast. 'Het is volkomen normaal dat jullie… '

Kris kijkt Maria aan.

'Hebben jullie al… '

Maria schudt haar hoofd.

'Maar we willen het wel heel graag.'

Het duizelt Kris een beetje. Ze willen het heel graag. Maria is zestien. Nog maar zestien.

'Kunnen jullie niet nog even wachten? Ik bedoel, je bent wel heel jong en… Nou ja, ik wil gewoon niet dat het… Dat je er nog niet aan toe bent.'

'Hoe oud was jij? De eerste keer?' wil Maria weten.

Tja. Moet ze de waarheid vertellen?

'Net zeventien,' biecht Kris op. 'Maar dat was met Mick. Dat was anders.'

'Hoezo anders?'

'Nou eh… Ik wist dat Mick en ik… Dat het niet zomaar een bevlieging was.'

'Dat weet ik ook. Hugo en ik… Het voelt zo goed.'

Kris kijkt naar Maria en realiseert zich dat Maria gelijk heeft. Het is alleen zo anders om aan de zijlijn te staan. Toen zij zestien was, voelde ze zich heel volwassen. Terwijl nu, nu ze vierendertig is, weet ze dat ze helemaal niet volwassen was. Maar dat wil niet zeggen dat het niet bijzonder was, haar eerste keer. Het was heel bijzonder. Het was zelfs, tot op de dag van vandaag, de fundering van haar liefdesleven. Ze houdt nog steeds van Mick. Nog net zoveel en met nog net zoveel overtuiging als die eerste keer dat ze met hem vree. Dus waarom zou ze Maria nu als een klein kind behandelen en haar gevoel voor Hugo afdoen als kalverliefde?

Kris kijkt naar Maria, die drie scheppen suiker in haar thee doet. Zoals vaak de laatste tijd, vooral als Maria zich onbespied waant, wordt Kris getroffen door haar beeldschone, regelmatige gelaatstrekken, haar meisjeslichaam, dat met de dag vrouwelijker wordt, een proces waarvan Maria zich niet van bewust lijkt te zijn. Dat zal niet lang meer duren. Laat haar dus in godsnaam nu genieten van haar jeugd, haar eerste liefde.

'Als je dat echt wilt, gaan we morgen naar de dokter om een recept voor de pil te halen.'

Maria kijkt haar verrast aan.

'Maar de pil beschermt alleen maar tegen zwangerschap. Niet tegen allerlei ziektes. Zou je niet liever een condoom willen gebruiken?'

Maria's wangen kleuren rood, maar ze heeft zich op dit gesprek voorbereid en ploetert dapper voort.

'We zijn niet bang voor ziektes. Het is ook voor Hugo… Zeg maar, de eerste keer.'

'Spannend,' glimlacht Kris.

Maria knikt.

'Vond jij het eng?' wil ze weten.

'Ja,' zegt Kris, terugdenkend aan die eerste keer. 'Maar ik was verliefd, ik wist zo zeker dat ik het met hém wilde, dat het goed was… Ik vond het doodeng. Was bang dat hij me niet mooi zou vinden, dat het pijn zou doen, dat ik iets stoms zou doen… Maar het was… Bijzonder. Ik heb er geen moment spijt van gehad.'

Maria kijkt haar onderzoekend aan.

'Denk je dat… Wat jij en Mick hebben… Dat jullie nog steeds samen willen zijn, ondanks alles wat er is gebeurd. Is dat zeldzaam? '

Hier moet Kris lang over nadenken. Is dat zo? Als ze naar iedereen in haar omgeving kijkt… Ja, misschien is dat wel zo. Misschien vormen zij en Mick wel een uitzondering op iedereen. Voor haar gevoel is het niet bijzonder, zeker geen zeldzaam verschijnsel, ze houdt gewoon van die vent en ze heeft hem nu eenmaal al op haar zestiende ontmoet. Maar in deze tijd… Ja, in deze tijd is het bijzonder. Zeldzaam.

'Ik denk het wel, Maria. En soms is het ook heel ingewikkeld. Soms zou ik willen dat het anders was. Dat ik nu niet alleen zou zijn. Dat we al dat gedoe niet hadden gehad. Maar als het gevoel er is, is het er. Dat kun je niet negeren. Of veranderen.'

Maria knikt. Kris legt een arm om haar schouders heen.

'Jij hebt het ook, hè? Met Hugo.'

'Ik denk het.' biecht Maria op.

'Dan mag je van mij aan de pil. Hoewel ik nog steeds denk dat condooms-'

'Condooms stinken,' zegt Maria.

Kris moet lachen.

'Van de pil kun je dikker worden. En haargroei krijgen. En huilbuien en depressies en… Heel belangrijk: je kunt minder zin in seks krijgen.'

'Dat meen je niet!' roept Maria geschokt. Kris doet moeite haar lachen in te houden, haar truc lijkt te werken. Ze kijkt zo serieus mogelijk als ze zegt: 'Dus misschien moeten jullie tock maar condooms overwegen.'

'Ja,' zegt Maria, geheel overtuigd. 'Dat ga ik echt met Hugo bespreken.'

Kris is trots op zichzelf, weer een mijlpaal met goed resultaat behaald. Maria schenkt thee in.

'Is Goede Tijden al begonnen?'

DE ROZENBOOM / KAMER ANITA

ANITA LAAT DENNIS BINNEN. DE SFEER IS ONGEMAKKELIJK. ZE KIJKEN ELKAAR LANGDURIG ZWIJGEND AAN.

DENNIS

Nou, zeg het maar. De vraag is simpel. Heb je iets met Rik? En zo ja: hoe lang?

ANITA AARZELT. DAN KIJKT ZE DENNIS AAN.

Ja. We hebben iets. Weer iets. Sinds
kort.

DENNIS

Kijk aan. Wat een eerlijkheid ineens.

ANITA VINDT HET MOEILIJK.

ANITA

Sorry. Ik kan me voorstellen hoe je
je voelt.

DENNIS

Met mij gaat het prima.

ANITA IS VERBAASD.

DENNIS

Echt. Ik ben opgelucht. Alles is duidelijk. Kan ik weer verder met mijn
leven.

ANITA
(AARZELEND)
Okay. Nou ja, gelukkig maar dat je er
zo tegen aan kunt kijken. Ik hoop ook
echt dat je het meent.

DENNIS

De enige die zich nu nog zorgen hoeft
te maken ben jij.

ANITA

Want?

DENNIS

Je bent naïef. Je gelooft in een jeugdliefde. Hoe vaak gaat zoiets goed, denk je?

ANITA IS PIJNLIJK GETROFFEN.

Kris kijkt naar Maria. Maria kijkt naar Kris.

'Zoiets kan goed gaan, toch?' vraagt Maria onzeker.

'Zeker wel.'

'Maar jij en Mick... Hoe lang ga je op hem wachten, denk je?'

Die vraag heeft Kris zichzelf ook vaak gesteld de afgelopen weken. Het antwoord weet ze niet. Ze mist hem vreselijk. Ze vindt het afschuwelijk dat hij zoveel mist van Mickey. En Mickey van zijn vader. Maar ze weet ook dat ze hem een belofte heeft gedaan. De belofte dat ze op hem zal wachten. Dat ze hem de tijd geeft om alles af te ronden met Annemarie. Nu ze echter weet dat Annemarie een bij voorbaat verloren strijd levert, vraagt ze zich vaak af of Mick het nog wel wil. Nog wel kan. Ze kan zich voorstellen hoe intensief Mick dit alles moet ervaren, hoe hij het stervensproces van een dierbare van heel dichtbij meemaakt. En dat maakt haar bang. Bang dat hij hierna misschien anders in het leven staat. Dat hij helemaal niet zit te wachten op haar. Laat staan op een baby, een zoon die Annemarie hem nooit heeft kunnen geven. Ze betrapt zichzelf er steeds vaker op dat ze begint te twijfelen aan haar geloof op een goede afloop. Dat ze er diep in haar hart rekening mee houdt dat Mick misschien wel... Dat hij veranderd is.

Ze voelt dat Maria vragend naar haar kijkt.

'Ik weet het niet, Maria. Ik weet niet hoe lang ik op hem ga wachten. Ik hoop met mijn hele hart dat het goed komt, maar... Soms twijfel ik er aan. Ben ik bang dat het te lang duurt. Dat de verschillen tussen onze levens te groot worden.'

'Je mag het niet opgeven, Kris,' zegt Maria, met een veel te volwassen toon in haar stem.

'Dat doe ik ook niet,' probeert Kris haar gerust te stellen. Maar de angst dat het misschien wel allemaal heel anders uit zou kunnen pakken dan ze verwacht kan ze niet onderdrukken.

TELUMA / WOONRUIMTE

RIK KIJKT NAAR EEN PRACHTIG GEDEKTE TAFEL. HIJ VOELT ZICH ELLENDIG.

> **VERA**
> Wat? Overdonder ik je? Het is maar een etentje, hoor.

> **RIK**
> We kunnen hier niet mee doorgaan. Met ons. Met het samenwonen enzo.

VERA KIJKT HEM VRAGEND AAN.

> **RIK**
> Ik ben bij Anita geweest.

> **VERA**
> (RATELT)
> Ik heb vier gangen voor je gekookt. Lekkere wijn… Ga zitten.

> **RIK**
> Ik hou nog van Anita.

ER VALT EEN STILTE. VERA PROBEERT HET TOT ZICH DOOR TE LATEN DRINGEN.

> **VERA**
> Maar we wonen hier net. We zouden alles gaan schilderen. We zouden op vakantie gaan. We zouden…

VERA VECHT TEGEN HAAR TRANEN.

                              RIK

    Ik heb dingen beloofd die ik niet waar
    kan maken.

                              VERA

    Waarom gebeurt dit ineens? Jij en Ani-
    ta… Ik bedoel… Anita is met Dennis
    getrouwd.

                              RIK

    Ik werd verliefd op jou. Anita werd
    verliefd op Dennis. We dachten allebei
    dat we elkaar konden vergeten. Maar
    dat is niet zo. Het spijt me zo…

**VERA BEGINT TE HUILEN. RIK VOELT ZICH ROT, MAAR
IS VASTBERADEN.**

'Nu zijn ze allebei vrij,' zegt Maria verguld. 'Nu kunnen ze eindelijk samen zijn.'
Kris knikt. Ze probeert te verbergen dat ze wordt overmand door
emoties. Dat ze zou willen dat het voor haar en Mick ook zo een-
voudig was. Een mens kan tegen een stootje. Iedereen kan over
liefdesverdriet heen komen. Maar niet als je weet dat het de laatste
liefde is die je in je leven zult mee maken. Zoals Annemarie.

**DE ROZENBOOM / KAMER ANITA
ANITA IS AAN HET OPRUIMEN. ZE PAKT WAT TIJD-
SCHRIFTEN BIJ ELKAAR EN LEGT ZE OP EEN STAPETJE.
DAN KOMT RIK BINNEN.**

                              ANITA

    He.

RIK LOOPT NAAR HAAR TOE. ZE OMHELZEN ELKAAR.

ANITA

Hoe was het?

RIK

Heftig.

STILTE. ZE BLIJVEN ELKAAR VASTHOUDEN.

RIK

Met jou?

ANITA

Dennis kwam langs. Over heftig gesproken.

RIK

Nu kan het alleen maar beter worden.

ANITA GLIMLACHT EN KNIKT.
DAN KOMT RIKKI BINNEN.

RIKKI

Mam, weet jij waar mijn zwemspullen-

**RIKKI STOKT ALS ZE RIK EN ANITA IN OMHELZING
ZIET.**

RIKKI

Wat doen jullie?

ANITA

We omhelzen elkaar.

RIKKI LACHT.

RIKKI

Waarom doen jullie dat?

**ANITA EN RIK WETEN NIET GOED WAT ZE MOETEN ZEG-
GEN.**

RIKKI

Zijn jullie weer verliefd?

ANITA EN RIK KIJKEN ELKAAR AAN.

RIK

Ja. Ja, we zijn weer verliefd.

RIKKI

Echt?

ANITA

Echt.

RIKKI

   (TEGEN RIK)
Ga je nu niet meer weg?

RIK

Nee. Ik blijf. Bij jou en bij mama.
Ik geloof niet dat ik ooit nog ergens
anders wil zijn.

**RIKKI SLAAT EEN VREUGDEKREETJE. ZE RENT NAAR RIK
EN ANITA TOE EN OMHELST ZE.**

RIKKI

Ik ben blij!

RIK / ANITA

Wij ook.

**RIK EN ANITA KIJKEN ELKAAR AAN. ZE ZIJN GELUK-
KIG.**

'Huil je nou?' vraagt Maria bezorgd.

Kris schudt haar hoofd en veegt haar tranen weg.

'Natuurlijk niet.'

Maria zegt niets. Ze omhelst Kris en knuffelt haar en dat is precies wat Kris nodig heeft.

De weken vliegen voorbij. Worden maanden. Kris schrijft nog steeds alles op. Elk klein detail. Ze schrijft, fotografeert en filmt. Alles wordt vastgelegd. Het eerste fruithapje, dat meteen werd uitgespuugd. Het eerste tandje dat doorkomt. De eerste keer dat Mickey zich zelfstandig kan omrollen. Zijn eerste dag op de crèche, als Kris weer aan het werk moet. Van maatje 56 naar 62, van 62 naar 74. Mickeys eerste kennismaking met de zandbak, waar hij vol afschuw zijn voetjes terugtrok en ervoor zorgde dat hij niet in aanraking kwam met het enge zand. Zijn eerste woordje ('ei', hij was dol op gekookte eieren, van wie zou hij dat hebben?), zijn eerste frietje en zijn eerste poging tot kruipen. Ze houdt het allemaal bij, ze schrijft alles op, maar ze merkt aan zichzelf dat ze het nu vooral voor hem doet. Voor Mickey.

Het is geleidelijk ontstaan. Ze doet het al zo lang alleen. Kan zich nauwelijks nog voorstellen dat Mick ooit deel van hun leven zal uit gaan maken. Ze stelt zich onbewust steeds meer in op het idee dat dit het is. Dit is haar leven. Ze wil niet meer het gevoel hebben in de wachtkamer van het geluk te zitten. Wil niet langer elke beslissing die ze neemt laten afhangen van een man van wie ze niet weet of hij ooit nog komt.

Ze hoort niets meer van hem. De laatste mail die hij schreef, waarin hij haar liet weten dat ze niet op hem hoefde te wachten, heeft ze nooit beantwoord, simpelweg omdat ze toen aan het bevallen was en ze de eerste weken haar handen vol had aan het wennen aan haar nieuwe leven als moeder. Na een paar weken heeft ze hem een mail gestuurd, maar daar heeft hij nooit op geantwoord. Volgens Rogier is hij bang om haar met zijn probleem te belasten, wil hij zich niet langer schuldig voelen naar Kris toe, maar diep in haar hart is Kris bang. Bang dat Mick nooit meer onbezorgd, zonder schuldgevoel jegens Annemarie met haar samen zal kunnen zijn. Ze wapent zich er tegen. Ze bouwt een schildje om haar hart om zich erop voor te bereiden dat ze misschien wel nooit meer met Mick samen zal zijn. Dat maakt haar sterker. Zorgt ervoor dat ze zichzelf niet vergeet, haar kinderen niet vergeet, dat ze nadenkt over de toekomst, in plaats van te dromen over een leven met hem dat misschien wel nooit realiteit zal worden. Als ze hier over nadenkt, wordt ze heel verdrietig, maar ze beseft ook dat ze niet anders kan. Mickey wordt bijna 1 jaar. Zal snel leren praten. Zal zich bewust worden van het feit dat andere kindjes niet alleen een moeder en een zus hebben, maar ook een vader. Ze moet zich voorbereiden op de dag dat Mickey er naar zal vragen. En ze moet zich erop voorbereiden dat Mick dan nog steeds geen deel uit maakt van hun leven. Hoe onrechtvaardig en verdrietig ook. Ze moet door.

De dag voor Mickeys eerste verjaardag is een stralende zomerdag. Het tegenovergestelde van de dag dat hij geboren werd. Toen regende het en was het minimaal tien graden kouder dan nu. Kris raapt voor de zoveelste keer het petje, dat hij de hele tijd van zijn hoofd trekt, van de straat op en neemt zich voor om de volgende keer zijn zonnehoedje op te zetten, omdat ze dat met een elastiekje vast kan maken op zijn hoofd. Niet dat hij dat er niet kan aftrekken, Mickey heeft een bijzonder talent voor net zo lang pielen tot hij iets voor elkaar krijgt. Zijn luiers trekt hij los, het mobile boven zijn bed wist hij vakkundig te slopen en hij heeft de peperdure zonnebril die ze Maria voor haar verjaardag heeft gegeven zo bewerkt met zijn houten blokken dat zelfs een leek kon zien dat een reparatie niet eens de moeite van het proberen waard was.
'Mickey, hou je petje nou op!'
Kris zet de kinderwagen op de rem, pakt het petje van de grond, slaat het grind er af en besluit het niet meer op zijn hoofd te zetten. Als meneer het niet wil, dan maar niet. Maar dat is ook niet naar Mickeys zin. Gillend graait hij naar zijn petje. Zuchtend geeft Kris hem de pet terug en wandelt verder, in de hoop dat hij even in slaap valt en zij nog wat laatste inkopen kan doen voor het feestje morgen. Maar het Vondelpark is allesbehalve een slaapverwekkende plek voor Mickey, die aandoenlijk en eigenwijs 'waf waf' roept zodra hij een hond ziet. En dat zijn er best veel op deze warme dag. Mickey wordt woest als hij zijn wagen niet uit mag om mee

te voetballen met de groep jongens op het grote veld. (Hij kan nog niet lopen, maar met achter een voetbal aan kruipen vult hij tegenwoordig het grootste deel van de dag.) Hij schrikt als er een vogel rakelings langs zijn hoofd vliegt en wijst vol bewondering naar het met talloze vlaggetjes versierde ijscokarretje. Kris hurkt naast hem neer en wijst hem op alle vlaggetjes, ze benoemt de kleuren en vraagt dan of hij met mama een ijsje wil delen. Dat wil hij wel. Ze koopt een bakje aardbeienijs en loopt naar een bankje. Daar blijkt Mickey het verkeerd begrepen te hebben. Hij dacht: eitje. Wat Kris hem nu in zijn mond probeert te stoppen is koud en zoet en zeker geen hardgekookt ei. Kris eet het ijsje snel op en probeert haar krijsende kindje af te leiden met haar sleutelbos (stom), haar portemonne (niet interessant) en haar mobiele telefoon. Dat vindt hij wel aardig. Het maakt geluid en het heeft lichtjes. Ze staat op om het lege ijsbakje in de vuilnisbak te gooien, die naast het ijscokarretje staat. Ze duwt de kinderwagen voor zich uit, zichzelf onderwijl vervloekend omdat ze nu al weet dat haar telefoon op de grond belandt en Mickey het niet zal accepteren als ze hem zijn speeltje ontneemt.

Dan staat ze stil. Verstijfd. Daar is ze. In het zonnetje. In een rolstoel. Annemarie. Kris duikt geschrokken weg achter de vrolijk wapperende vlaggetjes van de ijscokar en houdt haar adem in als ze de zo bekende stem hoort.

'Twee bakjes, elk twee bolletjes. De eerste chocola en caramel, de tweede alleen vanille.'

Mick. Net op dat moment kiest Mickey ervoor om met haar telefoon hard tegen de achterkant van het karretje te slaan. Shit. Ze kan nu niet ingrijpen, bang als ze is dat ze Micks aandacht zal trekken. Terwijl Mickey haar telefoon kapot slaat, ziet Kris hoe Mick terug loopt naar Annemarie en haar het bakje ijs geeft. Kris' hart breekt. Annemarie is uitgemergeld. Bleek. Ze heeft ondanks de hitte een dikke deken om zich heen. Een infuus in haar arm. Een doekje om haar hoofd gebonden. De holle ogen. Geen kracht meer om het bakje ijs vast te houden. Mick die het van haar overneemt en haar hapjes voert. Hij lijkt wel tien jaar ouder.

'Waf waf!' roept Mickey. Een grote hond komt enthousiast kwispelend op de kinderwagen af lopen. Dat vindt Mickey toch te eng en hij zet het op een krijsen. Dat vindt de hond weer eng en die zet het op een blaffen. Weg hier. Ze moet weg. Snel kijkt ze om zich heen. een groepje scholieren komt aanslenteren. Ze pakt de kar, grist haar telefoon en de losliggende batterij van de grond en duikt in het groepje, zodra ze de ijscokar passeren. Zonder om te kijken loopt ze haastig weg van Mick en Annemarie. Vechtend tegen haar tranen.

Drie dagen na Micks eerste verjaardag gooit de postbode het in haar brievenbus. De rouwkaart. Annemarie heeft haar strijd verloren.

Ik blijf altijd vinden dat jullie bij elkaar horen. Toen was het blijkbaar niet het goede moment. Nu misschien wel. Of binnenkort.

(Nina Sanders, 2008-2009)

'Nee, ik heb geen journalistieke ervaring, maar ik schrijf wel heel erg veel. Dus toen Céline, mijn vriendin die wel eens visagie doet bij jullie reportages, me vertelde dat jullie op zoek zijn naar een redacteur, dacht ik: 'ik ga het gewoon proberen.'

Zenuwachtig kijkt Kris naar de vrouw die tegenover haar zit. Anna de Jong heet ze. Hoofdredacteur van Uk en Ik, een populair, hip tijdschrift voor moderne ouders. De map met artikelen en colums, die Kris speciaal voor deze sollicitatie heeft geschreven, ligt voor haar. Anna, die een jaar of vijftig is en er precies uitziet zoals Céline had beschreven ('een kruising tussen Monique van de Ven en je moeder'), zet haar leesbril af en kijkt Kris vriendelijk, maar afstandelijk aan.

'Heb je zelf kinderen?'

'Twee. Maria, die bijna zeventien is. En Mickey. Die is anderhalf.'

'Dat is nogal een leeftijdsverschil,' zegt Anna glimlachend.

'Maria is mijn pleegkind.'

'En Mickey? Is die wel van je zelf?'

Kris knikt glunderend.

'Dus je hebt affiniteit met het onderwerp.'

'Ja. Zodra ik wist dat ik zwanger was, heb ik een abonnement genomen. Elke maand kijk ik er naar uit. En dat zeg ik niet om te slijmen ofzo,' haast ze zich te zeggen. 'Ik vind het echt leuk. Verrassende onderwerpen, niet elke maand weer wat te doen bij buikkrampjes, of hoe kalmeer ik mijn driftige peuter. Ik vind het onderhoudend, humoristisch en informatief.'

'En jij denkt dat je een aanwinst zal zijn voor ons team?'

Kris hoort de bemoedigende woorden die oma een half uur geleden sprak in haar hoofd. 'Niet te bescheiden zijn. Verkoop jezelf. Ervaring is minder belangrijk dan talent.'

'Ja,' zegt Kris, met opgeheven hoofd en hopelijk genoeg overtuigingskracht in haar stem.

Anna pakt de map en bladert er even doorheen. Dan kijkt ze op naar Kris.

'Ik denk het ook.'

'Echt?'vraagt Kris verheugd.

'Je schrijft heel goed. Lekker snel, korte zinnen, niet te veel ingewikkelde vergelijkingen die alleen maar afleiden van het onderwerp. En je hebt humor.'

Kris heeft zin om Anna te omhelzen, maar dwingt zichzelf te volstaan met een verheugde glimlach.

'Dus we gaan het met je proberen. Je weet dat het een functie is voor drie dagen per week?'

Kris knikt, dat is juist het geweldige aan deze baan. Mickey hoeft maar twee dagen per week naar de creche, haar moeder neemt de derde dag op zich. Ze kan veel thuis werken, ze heeft flexibele werktijden en ze verdient net genoeg om rond van te kunnen komen.

'Dan stel ik voor dat je aanstaande vrijdagmiddag naar de wekelijkse borrel op de redactie komt. Kan ik je informeel aan iedereen voorstellen, zodat je wat mensen kent als je maandag je eerste redactievergadering bijwoont.'

'Super. Helemaal super!'

Ze viert het door Céline en Maria op een lunch te trakteren. Daarna gaan ze naar de bioscoop, omdat Céline perse naar de Sex and the City film wil. Na afloop is Céline door het dolle heen, vond Maria het oppervlakkig en voor rijke verveelde huisvrouwtjes en heeft Kris er geen mening over, omdat ze tijdens de reclame al in slaap viel en wakker werd gemaakt toen de aftiteling over het scherm rolde. Met dank aan Mickey, die die nacht on drie uur besloot dat het ochtend was en met geen mogelijkheid meer in slaap te krijgen was.

Maar haar moeheid kan haar goede humeur vandaag niet verpesten. Ze heeft een nieuwe baan! Een droombaan! Ze fantaseert over reportages die in het buitenland worden opgenomen, over uitnodigingen voor interessante feestjes met interessante mensen, over haar naam in het colofon. Een nieuwe tijd breekt aan.

Haar geluk lijkt nog niet op te zijn voor die dag. Als ze thuiskomen heeft haar moeder Mickey in bad én in bed gedaan en is Kris stomverbaasd als haar moeder vertelt dat Mickey een heel bord spinazie heeft opgegeten. Hij heeft ooit één hap genomen en gooit sindsdien zijn bord tegen de muur als hij ook maar een greintje twijfel heeft over de substantie op zijn bord.

'Oma's recept. Vond jij ook altijd heerlijk,' zegt haar moeder.

'Doe mij dat recept en nu meteen, omaatje!' zegt Kris, terwijl ze haar oma, die in de keuken in een heerlijk geurende pan roert, een kus geeft.

'Sudderlapjes?' vraagt ze verheugd. Oma knikt. Maria, die geheel volgens de familietraditie ook verslaafd is geraakt aan oma's sudderlapjes, juicht.

Terwijl Céline en Maria de tafel dekken, sluipt Kris op haar tenen naar boven. Even bij Mickey kijken. Heel zachtjes doet ze de deur open.

Hij ligt op zijn buikje. Zijn armpjes boven zijn hoofd. Zijn beentjes opgetrokken. Zo ligt hij altijd. Haar lieve ventje. Kris legt voorzichtig het dekentje weer over zijn bloot gewoelde lijfje. Mickey heeft het 's nachts altijd warm. Slaapt het liefst in zijn blootje, trapt de dekens in zijn slaap altijd van zich af. Net zoals zijn vader. Kris gaat in de schommelstoel zitten, die naast het bedje staat. Ze vraagt zich af hoe het met Mick gaat. Ze is niet naar de begrafenis gegaan. Dat voelde te hypocriet. Van Rogier, die er natuurlijk wél bij was, hoorde ze dat het een prachtige dienst was. Iedereen was in het rood, de lievelingskleur van Annemarie. Haar zus speelde een stuk van Chopin op de piano. Haar ouders gaven een afscheidsspeech. Mick had samen met alle neefjes en nichtjes van Annemarie de kist beschilderd. Hij zag er kleurig uit, bijna vrolijk. Er werd veel gehuild. Ze was te jong. Ze had zelf ook nooit gedacht dat ze de ziekte niet de baas zou worden. Ze wilde nog zoveel uit het leven halen. Na de dienst hebben ze met z'n allen gegeten. In

Annemaries favoriete Thaise restaurant op de Nieuwmarkt.

Annemaries ouders hebben Mick emotioneel bedankt voor alle steun en zorg die hij aan hun dochter heeft gegeven. Na het etentje zijn Rogier en Mick de stad in gegaan en zo ladderzat geworden dat Rogier er drie dagen van moest bij komen.

Kris herinnert zich de brief, die ze een week na de begrafenis van Mick kreeg, woord voor woord. Ze leest hem bijna dagelijks.

Liefste Kris.

Het is gebeurd. Het is klaar. Ik ben leeg. Het is zo ontzettend intensief geweest, vooral de laatste weken. Ik moet opladen. Nadenken. De richting van mijn leven opnieuw bepalen. Daarom ga ik een tijdje weg. Ik ga terug naar Ghana. Werken. Mijn hoofd leeg maken. Ik weet niet of ik je hiermee pijn doe, of je het begrijpt, of dat je misschien wel kwaad wordt. Ik weet alleen maar dat ik nu op dit moment alleen wil zijn. Moet zijn. Ik denk continu aan je en heb zo vaak op het punt gestaan om naar je toe te rennen, maar zoals altijd bij ons: het is niet het goede moment. Ik ben te zuinig op ons om het te verknallen door de chaos in mijn kop.

Ik hou van je. Mick.

Mickey kreunt in zijn slaap. Waar zal hij van dromen? Van zijn groene loopfietsje misschien, dat hij van oma heeft gekregen. Of van Jet, zijn favoriete juf op de crèche. Kris staat op en aait hem heel licht over zijn bolletje. De zwarte donshaartjes zijn inmiddels uitgegroeid tot een dikke bos stugge krullen. Net als zijn vader. Zijn vader die nu al vier maanden in de jungle zit. Die er nog steeds geen idee van heeft dat hij een zoon heeft. Soms raakt Kris in paniek bij het idee dat ze het Mick ooit moet gaan vertellen. Het heeft veel te lang geduurd. Maar het moet. Ooit. Als ze ooit nog samen wil zijn met Mick moet het. En niet alleen daarom. Rogier en de jongens vinden het lastig om te moeten liegen tegen hun vriend. Ze proberen het onderwerp Kris zoveel mogelijk te vermijden, maar Mick vraagt geregeld naar haar. Dus worden ze gedwongen om te liegen. Of te verzwijgen, zoals Rogier het juridisch verwoordt.

Kris sluipt het kamertje weer uit. Geen sombere gedachten nu. Je hebt een nieuwe baan en Mickey eet spinazie! Partytime!

Volgegeten met sudderlapjes, rode kool met appeltjes en de net niet uit elkaar vallende kruimige aardappelen, zetten ze zich voor de televisie. Koffie op schoot. Koekjes en chocola binnen handbereik.

DE KONING

JEF ZIT AAN DE BAR. HIJ VOUWT SERVETTEN
EN ZINGT MEE MET DE MUZIEK. HIJ IS VROLIJK.
TWEE AGENTEN KOMEN HET CAFE IN. JEF IS VERBAASD.

                        JEF
    Goedenavond,kan ik iets voor u doen?

                      AGENTE
    Bent u de eigenaar?

JEF KNIKT. DE AGENTEN WISSELEN EEN BLIK MET ELKAAR. JEF MERKT DAT ER IETS IS.

                      AGENTE
    En bent u de echtgenoot van Dorothea
    Grantsaan?

JEF KNIKT GESPANNEN.

                        JEF
    Mijn vrouw ligt boven te slapen.

DE AGENTEN WISSELEN EEN BLIK.

JEF

Ik wilde haar net wakker maken.

AGENTE

Meneer…

JEF

Alberts. Jef Alberts. Gaat u even zitten. Wilt u iets drinken?
    (TEGEN LORENA, DIE ACHTER DE BAR
    STAAT)
Schenk jij wat voor ze in?

LORENA KNIKT.
DE AGENTEN WISSELEN WEER EEN BLIK. JEFS NERVOSI-
TEIT GROEIT.

JEF

We gaan zo uit. Een duizend en één
nacht feest.

JEF WIL WEG LOPEN.

JEF

Ik ga haar even wakker maken. Zo terug.

AGENTE

Meneer Alberts, het spijt me, maar…

JEF BLIJFT STAAN, KIJKT GESPANNEN NAAR DE AGEN-
TE.

AGENTE

Uw vrouw heeft een ongeluk gehad. Ze
is overleden.

JEF IS GESCHOKT.

De vier vrouwen zitten naast elkaar op de bank, die daar eigenlijk net iets te krap voor is. Niemand zegt wat. Ze staren naar het verbijsterde gezicht van Jef. Proberen zich voor te stellen wat er door je heen moet gaan als je zulk nieuws, pats boem, op een totaal onverwacht moment krijgt.

Oma. Oma denkt aan opa. Opa, die met een volle wasmand door de wasserette liep en opeens neerviel. Dood. Het heeft een jaar geduurd voordat oma zich realiseerde dat hij echt nooit meer terug zou komen.

Kris' moeder. Die denkt ook aan opa. Aan haar vader, waar ze vroeger mee wilde trouwen en die er opeens niet meer was. Ze wist niet waar ze het moest zoeken van verdriet, maar omdat ze voor twee kleine kinderen moest zorgen, ging ze door.

Maria. Maria denkt aan de angst die ze haar hele leven al heeft gehad. De angst dat er op een dag ook twee agenten voor háár deur staan. Dat haar vader of haar moeder, of allebei, een overdosis hebben genomen. Hoezeer ze het hen ook kwalijk neemt dat ze zo'n ellendige jeugd heeft gehad… Het blijven je ouders.

Céline. Céline denkt aan haar buurjongetje. Het was haar beste vriendje. Elke dag zat ze door de brievenbus naar de straat te turen om te zien of hij al uit school kwam. Op een dag wilde hij een vogeltje pakken, dat in de dakgoot lag met een gebroken vleugeltje. Hij viel uit het raam. Hij was elf jaar. Céline heeft het gedichtje dat ze voor zijn begrafenis schreef ingelijst. Het hangt in haar kamer.

Kris. Kris denkt aan Mick. Natuurlijk denkt Kris aan Mick. Aan dat kleine jochie dat zijn beide ouders verloor. Aan dat jongetje dat op zijn twaalfde de kerk in sloop en aan de priester vroeg of hij hem wilde leren bidden, want dan kon hij zijn ouders misschien terug vragen van God. Aan de grote jongen die een tattoo laat zetten op zijn schouders, om zijn ouders te gedenken. Die huilde toen hij zijn bul in ontvangst nam en hem opdroeg aan zijn vader. Die zijn oom verloor. Zijn oom die hem in zijn gezin heeft opgenomen nadat Micks ouders waren overleden. Mick. Die nu in Ghana prikken uitdeelt aan kinderen, om ze voor de dood te behoeden. Die daar is omdat hij weer een dierbare heeft verloren.

Ondergedompeld in rouw. Wat zou ze hem graag troosten. Helpen. Bij hem zijn. Maar hij moet dit alleen doen. Ze hoopt maar dat het hem lukt.

ZIEKENHUIS / GANG + KAMER

JEF STAAT AAN HET VOETENEIND VAN HET BED. WE
ZIEN DOROTHEA NOG NIET. JEF KIJKT ONAFGEBROKEN
NAAR HAAR. HIJ KAN NOG STEEDS NIET GELOVEN DAT
ZE DOOD IS. LANGZAAM ZIEN WE STEEDS MEER VAN
DOROTHEA. UITEINDELIJK ZIEN WE HAAR GEZICHT.
JEF SCHUIFT EEN STOEL BIJ EN GAAT NAAST HET BED
ZITTEN.
OP DE ACHTERGROND GAAT DE DEUR OPEN.
LAURA KOMT ZACHTJES BINNEN. ZE BLIJFT BIJ DE
DEUR STAAN. ZE KIJKT NAAR DOROTHEA EN VECHT TE-
GEN HAAR TRANEN.
JEF BUIGT NAAR VOREN. LIEFDEVOL LEGT HIJ EEN
HAARLOK GOED EN STREELT DOROTHEA'S WANG. DORO-
THEA'S GEZICHT IS KALM EN VREDIG.

Aftiteling. Oma huilt. Haar moeder huilt. Maria huilt. Céline huilt. Haar eigen wangen zijn ook nat. Ze zet de televisie uit.
'Dit vraagt om wijn. Wie?'
Allevier steken ze hun hand op. Kris kijkt waarschuwend naar Maria.
'Eentje maar.'
Kris pakt vier glazen uit de kast. Als ze de kamer weer inloopt, ziet ze de vier huilende vrouwen op haar bank. En barst ze in lachen uit. Wat een komisch gezicht. Snel zet ze de glazen neer en pakt haar camera. Voordat iedereen doorheeft wat Kris doet heeft ze afgedrukt.
Een memorabele foto.

's Avonds, als Maria in bed ligt, haar moeder en oma weer naar huis zijn en ze Céline de deur uit heeft geschopt, zit ze nog een uur achter haar computer om het boek bij te werken. Mickey heeft een 'ik wil niet'- fase en gaat heel dramatisch op de grond liggen, met gebalde vuistjes en schoppende beentjes als hij zijn zin niet krijgt. Mickey is door een wesp gebeten, midden op zijn neus. Hij was overstuur, maar moest keihard lachen toen Kris de angel eruit probeerde te zuigen en deed alsof ze zijn neus ging opeten. Mickey heeft ontdekt hoe hij het traphekje moet openmaken. Kris heeft voor meer dan honderd euro een nieuw, veiliger exemplaar gekocht, waarvan hij het systeem een uur nadat het geinstalleerd was ook had ontdekt. Mickey kan eindelijk de G zeggen, zodat hij niet meer klote mama zegt, maar grote mama. Mickey eet spinazie. Kris print het uit en legt het vel in het boek. Het tweede plakboek is bijna vol. Ze moet een nieuwe kopen. Niet vergeten.

ZIEKENHUIS / GANG + KAMER

BING KOMT AANRENNEN DOOR DE GANG. JEF RENT ACHTER HEM AAN. BING KLAMPT EEN ARTS AAN.

BING

Waar ligt mijn moeder? Mevrouw Grantsaan. Dorothea Grantsaan.

ARTS

Uw moeder ligt hier. We konden helaas niets meer-

BING DUWT DE ARTS OPZIJ EN STORMT DE KAMER BINNEN.
BING LOOPT NAAR HET BED EN KIJKT NAAR ZIJN MOEDER.
JEF KOMT DE KAMER IN. HIJ BLIJFT IN DE DEUROPENING STAAN.

BING

Mam?

BING RAAKT HAAR GEZICHT AAN. DAN HAAR HANDEN.

HIJ KIJKT WANHOPIG OM NAAR JEF.

                    BING
        Ze moeten iets doen!

DAN DRAAIT HIJ ZICH WEER NAAR DOROTHEA.

                    BING
        Mama?

HIJ LOOPT NAAR DE DEUR EN SCHREEUWT TEGEN EEN
ARTS OP DE GANG.

                    BING
        Doe iets! Zo'n apparaat. Haar hart. Je
        kunt haar een shock geven. Wat sta je
        daar nou?

HIJ DUWT DE ARTS DE KAMER IN.

                    BING
        Help haar!

JEF PAKT BING VAST EN PROBEERT HEM TE KALMEREN.

                    JEF
        Hij kan niets doen. Ze was al dood
        toen ze hier werd binnen gebracht.

BING LAAT DE ARTS LOS. HIJ KIJKT NAAR DOROTHEA.
HIJ SCHUDT ZIJN HOOFD.

                    BING
        Nee.

BING LOOPT NAAR DOROTHEA EN PAKT HAAR VAST. JEF

EN DE ARTS KIJKEN TOE.

                    BING

    Nee!

BING SCHUDT DOROTHEA ZACHTJES HEEN EN WEER.
DAN LAAT HIJ HAAR MET EEN SCHOK LOS EN DEINST
ACHTERUIT. HIJ LEGT ZIJN HOOFD IN ZIJN NEK EN
SCHREEUWT HET UIT.

                    BING

    Nee!

'Waarom kijken we hier eigenlijk naar?' vraagt Maria, die haar
neus snuit en doet alsof ze verkouden is om maar niet te laten
merken dat ze weer huilt.
'Dat vraag ik me al bijna negentien jaar af,' glimlacht Kris. Negentien jaar. De eerste aflevering van Goede Tijden werd uitgezonden
op de avond dat ze Mick voor het eerst zag. Toen ze dacht dat ze
hem had vermoord. En slaapwandelend bij hem in bed was gekropen. Wat hebben ze daar later om gelachen.

DE KONING

HET CAFE IS LEEG. JEF STAAT BIJ DE BAR. HIJ
KIJKT LANG NAAR DOROTHEA'S FOTO OP DE BAR. HIJ
PROBEERT ZICH GROOT TE HOUDEN. HIJ VERMANT ZICH.
DAN LOOPT JEF HET CAFE IN EN BEGINT RUSTIG DE
KAARSEN, KLEEDJES EN BLOEMEN OP TE RUIMEN DIE NA
DE HERDENKINGSDIENST ZIJN BLIJVEN LIGGEN. HIJ
ZET TAFELS EN STOELEN WEER OP HUN JUISTE PLEK.
HIJ GAAT AAN TAFEL ZITTEN EN KIJKT HET LEGE CAFE
ROND: HIER ZAL HIJ DOROTHEA NOOIT MEER ZIEN.

ZIJN OOG VALT WEER OP DE FOTO VAN DOROTHEA. HIJ
KRIJGT EEN IDEE. HIJ LOOPT NAAR DE KEUKEN EN
KOMT TERUG MET EEN LADDERTJE. HIJ LOOPT ERMEE
NAAR DE BAR. HIJ HAALT IETS VAN DE MUUR DAT ER

AL TIJDEN HANGT. HIJ PAKT DOROTHEA'S FOTO VAN DE
BAR EN HANGT DIE AAN DE MUUR, ZODAT ZE OVER HET
HELE CAFE KAN UITKIJKEN.

JEF KOMT VAN HET LADDERTJE AF EN GAAT AAN DE BAR
ZITTEN. HIJ KIJKT NOGMAAL NAAR DE FOTO. INEENS
OVERVALT HEM HET VERDRIET. HIJ BEGINT GELUID-
LOOS, RADELOOS TE HUILEN.

'Dat is goed,' merkt Kris op. Maria kijkt haar vragend aan.
'Dat hij huilt. Mannen kroppen hun verdriet heel vaak op. Maar
het is veel beter om het te laten komen. Dan schijnt het rouwproe-
ces beter op gang te komen.'
'Ik vind huilende mannen altijd een beetje... Ik word er een beetje
zenuwachtig van,' zegt Maria.
'Waarom?'
'Weet ik niet. Ik kan er niets mee. Ik heb liever dat ze een gat in de
muur beuken als ze verdrietig zijn. Zoiets.'
Kris glimlacht.
'Heb je Hugo wel eens zien huilen?'
'Toen ik per ongeluk met mijn fonduevork in zijn oog prikte.
Maar dat was een medisch geval van huilen.'
Kris lacht. Ze was erbij. Die arme Hugo heeft drie weken met een
verband op zijn oog gelopen.
'En Mick?'
'Mick huilt wel eens. Hij heeft in elk geval niet de opvatting dat
mannen niet mogen huilen ofzo. Hij schaamt zich er niet voor.'
'Dan zal zijn rouwproces nu wel goed op gang zijn gekomen.'
'Ik hoop het,' zegt Kris. 'Ik hoop het echt.'

Haar nieuwe baan blijkt de beste beslissing te zijn die ze in lange
tijd heeft genomen. Het team waarin ze werkt is geweldig. Allemaal vrouwen van haar leeftijd, die allemaal kinderen hebben en
waarmee ze tijdens de lunch soms dubbel ligt van het lachen om
de herkenbare situaties. Na een inwerkperiode waarin ze assistent
op de redactie was, mocht ze van Anna haar eerste artikel schrijven.
Dat ging zo goed dat ze inmiddels een hele reeks artikelen op haar

naam heeft staan. Ze heeft al een reportage gemaakt over verschillende soorten moeders (mijn moeder is een heks, mijn moeder is vrachtwagenchauffeur, mijn moeder een helderziende) vanuit het perspectief van de kinderen, die met veel enthousiasme werd ontvangen. Ze heeft een reportage gemaakt over bevallen in het buitenland, waarvoor ze naar Brazilie, Groenland, Japan en Indonesie is geweest. Ze schrijft veel thuis, bedenkt nieuwe reportages als ze op de fiets zit, of door de supermarkt loopt of in de speeltuin met Mickey.

Haar nieuwste idee, om een stinkend rijke moeder uit het Gooi samen met een alleenstaande bijstandsmoeder in de zandbak te zetten met hun kinderen, terwijl ze probeert uit te vinden of de vrouwen ook significant verschillen in hun opvoedingsmethode, is goedgekeurd en nu fietst ze dus naar het Vondelpark, om daar de zandbak in te duiken met Marie-Therese en Roxy.

Het wordt een geweldig interview. De dames verschillen als dag en nacht van elkaar (de fotograaf ging helemaal uit zijn dak), maar hun kinderen (de een in een Tommy Hilfiger hansopje, de ander in een Zeeman-shirt) konden het meteen goed met elkaar vinden. Kris' eerste vraag, of de kinderen zich realiseren in welk milieu ze opgroeien, was dus meteen beantwoord. Nee. (Hoewel Lodewijk al best wat woordjes Thais spreekt, maar dat heeft hij van zijn au pair geleerd.)

De dames bleken veel meer raakvlakken te hebben dan ze aanvankelijk dachten en al snel waren er drie uren verstreken, was het interview af en zat Kris gezellig na te babbelen in de zandbak. Haar moeder was bij Mickey en Maria en ze had alle tijd van de wereld. Toen barstte het los. Ineens. Binnen vijf minuten was de eerst zo stralende lucht donker en grijs en begon het te regenen. Een stortbui. Marie-Therese en Roxy pakten zo snel ze konden hun kinderen op, zeiden gedag en renden het park uit. Kris verborg haar laptop onder haar jas om hem niet nat te laten regenen en pakte haar fiets. Dit was zinloos. Het regende keihard. Het begon te bliksemen. Ze kon nog geen meter voor zich uit kijken, zo dicht was het regengordijn, zo donker was het. Ze kon niet naar huis fietsen. Rogier. Rogier woont om de hoek. Hij is in Amerika, om een Nederlandse drugssmokkelaar vrij te pleiten en plakt er een paar dagen New york met James aan vast. Maar ze heeft de sleutel van zijn huis. Sinds Bart en Gerard hun eigen huis hebben, woont Rogier hier alleen met James en verzorgt Kris hun kat en de planten als zij naar het buitenland moeten. Met gebogen hoofd om de striemende regen niet vol in haar gezicht te krijgen, loopt ze met de fiets aan de hand naar Rogiers huis.

Het is donker. Kris drukt lukraak op de talloze knopjes en af-standsbedieningen, zonder enig resultaat. Die verdomde knopjes-fetisj van Rogier ook. Gelukkig weet ze de weg in het huis goed te vinden en ze steekt wat kaarsen aan. Dan trekt ze haar kleddernatte kleren uit, terwijl de kat om haar heen krioelt, blij met wat gezel-schap.
'Ha tuttifrutti, daar ben ik weer. Dat is leuk, he? Kom ik vandaag twee keer langs!'
In haar ondergoed aait ze de kat, terwijl het buiten alleen maar harder lijkt te onweren.
'Ik ga even mijn kleren in de droger gooien, schoonheid. Zo terug.'
Kris loopt met het druipende bundeltje kleren naar de droger en zet hem aan. Dan belt ze haar moeder. Ze legt uit dat ze de bui afwacht en wil weten of haar moeder kan blijven tot Maria thuis is. Dat kan. Dan belt ze Maria, om te vragen of zij wat eten wil maken voor Mickey en thuis wil blijven tot Kris er is. Dat kan ook. Gerustgesteld opent ze de koelkast en kijkt of er wat te eten is. Rogier en James stellen haar nooit teleur. Smulpapen. Ze pakt een bakje gemarineerde Griekse olijven, wat Italiaanse oregano-crackers en een stukje stilton, gerijpt in port. Daar hoort wijn bij.

Een half uur later zit ze geconcentreerd achter haar laptop het in-terview uit te werken. Buiten is het nog steeds noodweer. Het on-weer leek weg te trekken, maar is nu weer terug. En hoe. Af en toe kijkt ze bezorgd naar buiten, in de volle overtuiging dat de bliksem nu toch echt ergens ingeslagen moet zijn. Op het moment dat ze twijfelt of ze Roxy letterlijk moet quoten ('Ik werk me helemaal de tering om mijn allesje elke dag te geven wat dat etterbakkie nodig heb') of haar taalgebruik iets moet nuanceren, gaat de bel.

Ze kijkt op de klok. Zeven uur. Wie zal dat zijn? Nog een keer de bel. Ze staat op, maar realiseert zich dan dat ze in haar ondergoed loopt en eruit ziet als een verzopen kat. Ze gaat weer achter haar computer zitten en tiept verder. Drie minuten later hoort ze gerammel van sleutels. De deur gaat open. Ze springt weer op, stoot haar glas wijn om en zoekt iets om haar lichaam mee te bedekken. Niks. Shit, haar kleren zitten in de droger. Ze grist een theedoek en houdt hem, totaal niet doeltreffend, voor haar blote buik. Voetstappen klinken. De deur van de kamer gaat open. Ze hapt naar adem.

'Mick!'

Hij kijkt naar haar alsof ze een geestverschijning is. Hij is doorweekt. In het kaarslicht ziet ze druppels van zijn hoofd op de eiken parketvloer van Rogier vallen. Zijn haar is lang. Langer dan ze ooit bij hem heeft gezien. Hij is poepbruin. Logisch, Ghana. En hij staart naar haar zoals zij naar hem staart.

'Wat doe jij hier?' wil hij weten, zijn stem onvast.

'Schuilen. Voor de regen. Het regent,' stamelt ze.

'Klopt,' zegt hij. Ze staren elkaar weer aan. Flabbergasted.

'Wat doe jij hier?' vraagt ze.

'Ik ben net aangekomen. Mijn huis is nog onderverhuurd, dus ik hoopte dat Rogier een logeerbed voor-'

Ze verstaat hem niet meer. Een lichtflits verlicht de kamer voor een moment, dan klinkt meteen daarna de oorverdovende donder. En dan gebeurt het. Hij lacht naar haar. Hij rent naar haar toe, pakt haar vast, omhelst haar, drukt haar tegen zich aan, tilt haar op, zet haar weer neer en herhaalt alles nog een keer.

'Kris, Krissie, Kris!' roept hij uit, telkens weer.

Kris lacht en huilt tegelijk, sluit hem in haar armen, trekt zich niets aan van zijn kletsnatte kleren, ze wil hem overal tegelijk voelen, pakken, horen.

Dan kijken ze elkaar aan. Allebei overweldigd door hun liefde voor elkaar. Hij lacht, hij pakt haar hoofd tussen zijn handen en dan kust hij haar. Kris sluit haar ogen. Wat heeft ze naar dit moment verlangd. Gehoopt dat dit zou komen. Al die tijd… En het was het allemaal waard.

'Je bent er,' zegt ze.

'Ja,' zegt hij.

Ze heeft zijn natte kleren bij die van haar in de droger gegooid en loopt terug naar de kamer, waar hij in zijn boxershort haar glas volschenkt en een glas voor hemzelf. Ze blijft in de deuropening staan. Daar is hij. Haar man. Hij kijkt op. Hij zet de fles wijn neer en loopt naar haar toe. Hij pakt haar vast.

'Ik kan je niet meer loslaten, Kris.'

'Dat hoeft ook niet.'

Ze laat hem praten. Ze liggen in elkaars armen, allebei in hun ondergoed, op de bank en hij praat. Hij vertelt over de laatste weken van Annemaries ziekte. De woorden die de arts gebruikte toen hij vertelde dat ze opgegeven was. De angst van Annemarie om dood te gaan. De medicijnen die hij haar elke dag gaf. De vele nachten dat hij naast haar zat en niets anders kon dan haar hand vasthouden, terwijl ze gilde van de pijn. Het moment waarop hij voorzichtig probeerde de mogelijkheid van euthanasie aan te kaarten. Haar radeloze verzet daartegen. De omslag. Het besef dat ze op moest geven. Haar geest wilde verder, wilde zo graag door. Maar haar lijf gaf het op. Het bepalen van het tijdstip. De datum. De laatste dagen. Het ijsje in het Vondelpark. Haar laatste keer buiten.

'Ik heb jullie gezien,' fluistert Kris, terwijl ze hem over zijn hoofd streelt. 'Ik was daar.'

De dag waarop het moest gebeuren. Annemarie, die afscheid nam van haar neefjes en nichtjes. Van haar ouders. En van Mick.

'Ze zei: dankzij jou kan ik het loslaten. Elke andere jongen was gevlucht voor deze hel, maar jij bleef. En ik hoop, ik hoop vanuit de grond van mijn hart dat je daar beloond voor gaat worden. Door een leven dat bol staat van geluk. Zoek het op. Beloof je dat? Zoek het geluk op.'

Kris veegt een traan weg. Mick ook. Dan kijkt hij haar aan.

'Jij bent mijn geluk.'

Mick vertelt dat Freddie in Ghana maar bleef doorzagen over Kris, over de grootse liefde die ze voor Mick had. Hij vertelt over hoe het werk daar de storm in zijn hoofd langzaam maar zeker afzwakte. En hoe hij, al die tijd, elke dag, aan Kris heeft gedacht. Niet bij machte om haar te zien, of te spreken, bang dat hij het dan niet meer zou volhouden. Ze was bij hem. En hij bij haar, verzekert ze hem.

Ze openen een nieuwe fles wijn. Kris smst Maria dat ze moet gaan slapen als ze moe is, dat ze wat later thuiskomt. Maria smst terug dat Mickey heerlijk ligt te slapen en dat zij dat ook gaat doen. Mickey. Ze moet het hem vertellen.

'Nu jij. Vertel me alles,' zegt Mick, terwijl hij met zijn mond, die koel is van de wijn, kusjes geeft op haar buik.

En ze vertelt. Over Maria's eindexamen, waar ze volgende week uitslag van krijgen. Over haar nieuwe baan. De interviews die ze heeft gedaan. De uitstapjes met Maria die ze heeft gemaakt. De nieuwe vlam van Céline, die ze nog nooit heeft gezien, maar waarvan ze vermoedt dat het wel eens de ware zou kunnen zijn. Over haar huisje, haar tuintje, de pizza-oven... Ze ratelt door, bazelt over onzinnige dingen, totdat ze er opeens, midden in haar verslag van haar eerste redactievergadering uitflapt: 'Ik moet je wat vertellen, Mick.'

Hij haalt diep adem.

'Ik weet het.'

'Wat?' vraagt ze geschrokken.

'Je hebt een ander.'

Ze moet omschakelen. Een ander. Nee. Maar voordat ze hem tegen kan spreken, gaat hij verder:

'Het is okay, Kris. Ik had gehoopt, ik had zo gehoopt dat je... Maar dat kon ik niet van je verlangen.'

Hij kust haar. Hij is geëmotioneerd.

'Het is okay.'

'Ik heb helemaal geen ander,' zegt ze bijna verontwaardigd.

'Maar je wilde me wat vertellen?'

'Ja, maar dat...'

Ze zoekt naar woorden.

'Je keek er zo serieus bij.'

'Het is ook serieus.'

Ze verzamelt moed. Waar moet ze beginnen? Hoe kan ze de schok die Mickeys bestaan bij Mick teweeg gaat brengen zoveel mogelijk verzachten? Hij heeft geen idee. Hij heeft Mickey nooit gezien. Hij weet van zijn bestaan niet af. Hoe kan ze beschrijven wat voor topjochie ze samen hebben? Hoe hij op zijn vader lijkt? Hoe lief hij op zijn buik ligt als hij slaapt? Hoe zijn ene oogje een fractie groter is dan het andere en hoe dat hem een lekkere ondeugende uitstraling geeft. Hoe hij ruikt als hij net wakker wordt? Hoe het voelt als hij zijn armpjes om je nek heen slaat en met zijn mollige mondje een natte kus op je lippen drukt? Hoe blij zijn hikkende schaterlach haar maakt? Hoe kan ze hem dat uitleggen.

Opeens weet ze het. Ze staat op en strekt haar handen naar hem uit.

'Wat doe je nou?' kreunt hij. 'Ik lag net zo lekker tegen je aan.'

'Kom. We gaan onze kleren aantrekken.'

Ze loopt naar de droger, haalt hun kleren eruit, loopt terug naar de kamer en drukt hem zijn kleren in de hand.

'Wat gaan we doen?'

'Ik moet je wat laten zien.'

Het regent niet meer. Het waait nog wel heel hard. Kris zit op de bagagedrager van haar fiets en heeft haar armen stevig om Mick, die flink door moet trappen, heen geslagen. Ze begraaft haar gezicht in zijn jas, snuift zijn geur op. Ze voelt zijn stevige billen, die in al die jaren niet veranderd zijn. Ze barst haast uit elkaar van geluk, wil dwars door de harde wind heen schreeuwen hoe ontzettend blij ze op dit moment is.

Ze komen aan bij haar huis. Hij zet de fiets tegen de voorgevel. Merkt niet het kleine loopfietsje op dat vastgemaakt is aan de lantaarnpaal. Waarom zou hij ook. Ze pakt zijn hand en neemt hem mee naar binnen. Het huis is donker. Stil. Ze schuift met haar voet een brandweerauto die op de grond ligt opzij. Besluit het licht niet aan te doen.

'Doe je jas uit,' fluistert ze. Hij doet het. Ze hangt hem op. Trekt haar eigen jas uit en hangt hem op. Dan pakt ze zijn hand en leidt hem naar de trap.

'Is Maria thuis?' vraagt hij.

'Ja,' fluistert ze. Ze kan nauwelijks nog ademhalen van de zenuwen.

Ze lopen de trap op.

Ze kijkt even om. Hij kijkt om zich heen, neemt haar huis in zich op. Vangt dan haar blik en glimlacht. Verliefd. Dat geeft haar genoeg vertrouwen om de deur van Mickeys kamer te openen. Hun ogen moeten wennen aan het licht. Mick kijkt om zich heen. in het zachte schemerlicht van het nachtlampje komen de lila muren goed tot hun recht. Micks ogen gaan langs de commode, langs het schilderijtje dat Maria voor Mickey heeft gemaakt, langs de ingelijste foto van Mick en Kris, samen op het strand, langs de plank met knuffels. Dan ziet hij het bedje. Kris pakt hem vast. Hij loopt er langzaam naar toe. Mickey ligt op zijn buik. Zijn krullen warrig om zijn hoofdje heen. Hij heeft zijn Bob de Bouwerknuffel stevig in zijn rechterhandje geklemd, zijn pyjamaatje met de ufo's aan. Kris kijkt naar Mick. Mick kijkt naar Mickey. Zijn ogen staan verward, bijna verwilderd.

'Wat is dit?' fluistert hij. Kris haalt diep adem, pakt hem nog steviger vast.

'Dit is Mickey. Onze zoon.'

Ze voelt hoe zijn lijf verstart. Hoe zijn ademhaling stokt. Hij blijft naar Mickey kijken. Alsof hij zichzelf in het ventje probeert te herkennen. Alsof hij zoekt naar een aanknopingspunt om dit te bevatten. Dan wendt hij zijn blik abrupt af. Hij rukt zich los van Kris en beent de kamer uit. Geschrokken rent Kris hem achterna. Hij dendert de trap af, zoekt in het donker naar zijn jas. Ze grijpt hem vast.

'Wat is dit voor stomme grap?' schreeuwt hij overstuur.

'Oh shit, Mick. Sorry, ik wilde niet… Maar het is geen grap. Alsjeblieft, laat het me uitleggen.'

Hij wijst met zijn arm naar boven.

'Is dat mijn zoon?'

'Ja,' zegt Kris, aangeslagen.

Hij is volledig in de war. Pakt zijn jas, trekt hem aan, trekt hem weer half uit.

'Maar hoe…? '

'Ik kwam er achter dat ik zwanger was toen je net had gehoord dat Annemarie ziek was. Ik kon… Ik kon het je niet vertellen.'

'Wat… Waarom niet?' Mick kijkt weer langs de trap omhoog.

Alsof hij zich ervan wil vergewissen dat het er echt is. Het kamertje. Met zijn kind in dat bedje. Hij ziet er hulpeloos, verward uit.

'Omdat ik dacht dat Annemarie snel beter zou worden! Dat je er dan weer zou zijn! Ik wilde je niet lastigvallen, je had het zo moeilijk. En ook voor haar... Het kon niet!'

Mick blijft naar de trap staren. Hij kan het niet bevatten. Dat kan ze ook niet van hem verwachten. Ze pakt zijn hand. Kijkt hem aan.

'Lieverd, kom even mee. Ik weet dat het voor jou... Maar ik moest het je vertellen.'

Kris begint te huilen.

'Het kon niet eerder. Snap je? Misschien heb ik het verkeerd gedaan, maar... Ik dacht dat dit de enige goede oplossing was.'

De blik in Micks ogen verzacht enigszins. Alsof de situatie nu pas tot hem doordringt. Hij laat zich door Kris mee de kamer in nemen. Ze knipt wat lampjes aan. ziet hem verdwaasd naar al het rondslingerende speelgoed kijken. Ze probeert zich voor te stellen hoe hij zich nu moet voelen.

'Ga even zitten. Zal ik thee zetten? Koffie?'

'Wijn?' zegt hij, met een heel licht glimlachje. Ze glimlacht terug, pakt een fles en twee glazen en loopt dan naar de bank, waar hij is gaan zitten. Ze schenkt de glazen vol. Geeft hem er een. Hij drinkt. De stilte die valt is lang en beladen.

'Mickey? Heet hij echt Mickey?'

Ze giechelt, nerveus, opgelucht dat hij niet boos is.

'Ik kon geen andere naam bedenken. Maar we kunnen het veranderen, als je wilt. Ik denk dat dat wel kan.

'Nee, Mickey is goed. Mickey,' laat Mick de naam nog een keer uit zijn mond rollen.

'Hoe oud is hij?'

'Anderhalf.'

Micks oog valt op de ingelijste foto van Mickey aan de muur, die Kris een maand daarvoor heeft gemaakt. Hij zit op zijn loopfietsje, blote voetjes, kort broekje. Hij lacht naar de camera alsof hij er smoorverliefd op is.

'Het is het leukste jochie van de wereld, Mick. Hij heeft een heel grappig stemmetje, een beetje alsof het een oud mannetje is. En als hij lacht heeft hij altijd een heel gek hikje, iedereen krijgt altijd de slappe lach als ze hem horen lachen. En hij zegt iedereen altijd gedag, ook in de supermarkt, dan zwaait hij met dat mollige handje…' Kris doet het na. 'Dag mevrouw, dag meneer.'

Mick glimlacht, terwijl hij naar de foto blijft staren.

'En elke avond, voordat ik hem in zijn bedje leg, kijken we samen naar jouw foto. Die hangt in zijn kamertje. Dan zeggen we papa welterusten.'

Mick kan het niet langer onderdrukken. Hij slaat zijn handen voor zijn gezicht en begint te huilen. 'Ik heb het allemaal gemist. Terwijl jij, hier, met ons kind… Ik heb het allemaal gemist.'

'Mick?'

Mick kijkt Kris aan. Ze staat op en pakt de twee uitpuilende plakboeken die ze bij heeft gehouden.

'Ik heb het allemaal voor je bijgehouden. Ik heb alles opgeschreven. Van alles foto's gemaakt. Kijk.'

Ze laat het hem zien. De foto's van haar groeiende buik. De echofoto's. De groeicurve. Het bevallingsverhaal. Ze heeft zelfs een foto gemaakt van zijn eerste poepluier. Het navelstrengstompje bewaard. Mick leest alles. Bekijkt alles. Huilt soms. Omhelst Kris en bedankt haar voor dit boek, voor de ruimte die ze hem en Annemarie heeft gegeven. Mick lacht als hij leest hoe Kris liep te klungelen met het kolfapparaat toen ze dat voor de eerste keer moest gebruiken. Stelt bezorgde vragen als hij hoort dat Mickey bronchitis heeft gehad. Na een paar uur, midden in de nacht, staat hij op en loopt hij naar boven. Daar gaat hij zitten in de schommelstoel. Kijkt naar zijn slapende zoon. Kris kijkt naar hen, de twee mannen die ze zo lief heeft en bedenkt zich dat dit het meest dierbare, meest gelukkige moment uit haar leven is.

Ze gaan weer naar beneden. Kris bakt eieren voor hem, kookt eieren voor zichzelf en ze praten verder. Als de onweersbuien al lang zijn weggetrokken en de zon opkomt, weet Mick alles. Hij leunt achterover en kijkt Kris glimlachend aan.

'Zo gek. Dat je nu moeder bent. Ik kan me helemaal niet… Ben je streng?'

'Soms.'

'Knuffel je hem veel?'

'Veel te veel,' grijnst ze.

Dan pakt hij haar vast en kust haar, gretig en bijna te hard. Hij trekt haar op zijn schoot, zijn handen onder haar shirt, op haar blote rug. Hij houdt haar vast alsof hij haar nooit meer los wil laten.

'Ik hou zoveel van je, Kris,' kreunt hij. 'Zo ontzettend veel.'

Kris kijkt hem aan. weet niet wat ze moet zeggen. Stroomt over van geluk. Dan horen ze het. Heel uit de verte.

'Mama?!'

Mick is even verbaasd. Ze horen het weer.

'Mama?!'

Mick grinnikt.

'Je hebt gelijk. Een oude mannetjes stemmetje.'

'Kom, voordat hij de driftkikker uit gaat hangen.'

Mick loopt achter haar aan de trap op. Vlak voordat Kris de kamer in wil gaan, pakt Mick haar hand. Hij kijkt haar onzeker aan.

'Zal ik beneden wachten? Ik wil niet dat hij schrikt…'

Kris schudt haar hoofd en trekt Mick mee de kamer in.

Mickey staat rechtop in zijn bedje. Zijn haartjes staan alle kanten op, zijn wangetjes zijn nog roze van de slaap en hij strekt zijn handjes uit naar Kris. Hij lacht.

'Mama,' zegt hij. 'Mickey wakker.'

Dan ziet Mickey Mick. Even lijkt het erop dat hij gaat huilen. Hij kijkt angstig naar zijn moeder. Dan weer naar Mick.

'Is papa,' zegt hij. Kris lacht door haar tranen heen.

'Ja, is papa.'

Kris tilt het jongetje uit zijn bedje en loopt met hem op haar arm naar Mick toe. Mick, die niet weet waar hij naar moet kijken. Naar dat lieve koppie, naar die kleine voetjes, naar die iets te wijd uitstaande oortjes. Hij heeft hem de hele nacht op foto's gezien, maar dit overtreft alles.

'Mag papa jou zo een broodje voeren?' vraagt Kris.

Hier moet Mickey even over nadenken. Mick schiet in de lach als hij ziet hoe dat kleine mannetje ernstig fronst en hem uitermate kritisch bekijkt. Zodra Mick lacht, breekt er een grote grijns door op Mickey's gezicht.

'Ja,' zegt hij dan met volle overtuiging.

De eerste foto in het derde plakboek, is er een van Mick en Mickey. Mickey, die een stukje brood met jam voert aan zijn vader.

**Schattebout, wat hopeloos ouderwets.
Hij wil jou, jij wilt hem. Niks afwachten,
kansen grijpen.**

(Maxime Sanders, 2009-2010)

Ze hoort gestommel op de trap. Gerinkel van servies. Onderdrukt gegiechel. Ze wil nog niet wakker worden. Ze
trekt het dekbed over haar hoofd heen. Dat verhindert niet
dat ze hoort hoe de deur van de slaapkamer open gaat. Dat ze voetstappen hoort op de krakende vloer. Ze doen hun best. Maar het is
weer mislukt. Ze weet wat er gaat komen en steekt zo nonchalant
mogelijk een blote voet onder het dekbed uit.
'Kijk. Mickey, kijk.'
Weer een zacht gegiechel. Met een hikje. Ze voelt hoe kriebelende
vingertjes onder haar voetzool kietelen. Met een gilletje trekt ze
haar voet terug. Mickey schatert het uit van het lachen. Dan wordt
het dekbed van haar af getrokken. Razendsnel komt ze overeind en
grist Mickey van de vloer, die gilt van plezier.
'Kleine dondersteen! Ging jij mama kietelen?'
Ze legt Mickey op haar bed neer en kietelt hem overal.
'Zal ik jou eens kietelen? Zal ik jou eens plagen?'
'Nee! Nee!'
Ze kietelt door, wisselt een geamuseerde blik met Mick, die in zijn
ochtendjas het dienblad met ontbijt op het voeteneinde zet.
'Ganada!' roept Mickey. Mick en Kris schieten in de lach.
'Het is ge-na-de,' zegt Mick, die er een sport van maakt om Mickey
zoveel mogelijk woordjes te leren. Uren kan hij er mee bezig zijn.
Kris stopt met kietelen en kust Mickey.
'Niet kussen, mama. Je stinkt!'
Kris doet alsof ze heel erg beledigd is.
'Wát zeg je daar?'

Mickey kijkt pedant naar Mick, die naast Kris op het bed gaat zitten.

'Mama tanden poetsen.'

Mickey laat zich van het grote bed afglijden en loopt met zijn waggelende luierkontje de kamer uit.

'Wat ga je doen, Mickey?' roept Kris hem achterna.

'Borstel pakken.' En weg is hij.

Mick kust Kris.

'Goedemorgen, lief.'

'Goedemorgen.'

Kris rekt zich loom uit, terwijl ze de liefdevolle blik van Mick op zich gevestigd voelt.

'Wil je me voortaan niet meer zo laat belagen? Slaapt mijn kind eindelijk door, krijg ik een man die me midden in de nacht seksueel intimideert.'

'Je lokte het zelf uit. Met dat nachthemdje. En die billen die onder de deken uitstaken.'

'Daar kon ik niets aan doen. Ik sliep!'

'Ik niet,' grijnst hij.

Mickey komt terug de kamer in dribbelen. Hij heeft een tandenborstel en een tube peutertandpasta bij zich en geeft die aan Kris.

'Mondje open.'

'Ik denk dat we je mama eerst een kop koffie moeten geven, kleine.'

Mickey kijkt zijn vader ernstig aan.

'Waarom, papa?'

'Daarom, Mickey.'

Daar neemt Mickey geen genoegen mee.

'Waarom, papa?'

'Omdat mama koffie heel lekker vindt.'

'Mickey niet.' zegt hij met een vies gezicht.

'Nee, voor jou hebben we chocomel.'

Dankbaar neemt Kris een kop koffie van Mick aan.

'Waar is Maria?'

'Die eh... Die moest wat dingen doen.' zegt Mick.

'Wat voor dingen?'

'Gewoon. Dingen.'

'Je doet vaag.'

'Ja?' vraagt hij met zijn onschuldigste gezicht.

'Wat voor dingen?'

'Dat zeg ik niet,' zegt Mick met een uitgestreken gezicht. Kris, die het niet kan uitstaan als Mick een geheim voor haar heeft, wendt zich met haar liefste glimlach tot Mickey, die een bruine chocolademelksnor afveegt met de mouw van zijn pyjama.

'Mickey? Waar is Maria?'

'Is weg. Voor feessie.'

Kris kijkt Mick streng aan.

'Feessie?'

'Kleed je maar mooi aan. We gaan er een leuke dag van maken.'

'We? Jij moet werken.'

'Is dat zo?'

Terwijl ze zich afdroogt, nog nagenietend van de douche, die eindelijk een volle straal geeft en niet meer lekt, dankzij de handige klusjesman die tegenwoordig bij haar inwoont, vraagt ze zich af wat Mick voor plannen heeft die dag. Ze kent hem goed genoeg om te weten dat ze het niet uit hem gaat krijgen, dus ze neemt zich voor om Maria te bellen, waar die dan ook uithangt, om te vragen of zij iets weet.

Mick steekt zijn hoofd om de hoek van de deur. Hij laat zijn ogen even verlekkerd over haar naakte lichaam gaan.

'Als je het maar uit je hoofd laat,' waarschuwt Kris.

'Doe je die nieuwe jurk aan? Die roze? We moeten over een half uurtje weg.'

Voordat ze kan antwoorden, heeft hij de deur al weer dicht gedaan. Ze weet precies welke jurk hij bedoelt. De jurk die hij een maand geleden voor haar in Londen heeft gekocht, toen Anja en Rogier hen trakteerden op een gratis vlucht. Een prachtige, oudroze zijden jurk, met een strak lijfje en een soepel vallende wijde rok. Hij stond haar fantastisch, maar was niet echt geschikt voor een dagje pretpark ofzo. Waar gaan ze heen?

Met de handdoek om zich heen geslagen loopt ze naar de slaapkamer, pakt haar mobiel en toetst Maria's nummer in. Ze laat hem een paar keer overgaan, maar Maria neemt niet op. Gefrustreerd legt ze de telefoon weg. En ziet dan dat Mick haar roze jurk al op het bed heeft klaar gelegd. Met bijpassende schoenen. En een prachtige ketting met steentjes in precies dezelfde kleur.

'Mick?' roept ze. Geen antwoord. Ze loopt de trap af, zoekend naar Mick en Mickey.

'Mickey?'

Het huis is leeg. Wat had Mick nou gezegd? Een half uur? Ze rent naar boven. Ze moet haar haren föhnen, zich opmaken, bodylotion op haar benen smeren, die prikken na de scheerbeurt. Nagels lakken. Jezus, ook dat nog!

Twintig minuten later zit ze in haar mooie jurk op de bank met een kop koffie in haar hand. Te wachten. Ze weet alleen niet waarop. Net als ze haar eerste slok wil nemen, klinkt er van buiten luid getoeter. Ze herkent het specifieke geluid meteen en loopt naar het raam. Rogiers roze Rolls staat voor de deur.

Kris grist haar tas van tafel en haast zich naar buiten.

'Mama mooi!' roept Mickey, die voor het open raampje bij Mick op schoot zit.

'Mama zeker mooi.' zegt Mick glimlachend.

Rogier, die waarschijnlijk net van zijn werk komt, hij heeft zijn pak tenminste nog aan, houdt galant het portier voor haar open. Voorzichtig, om haar jurk niet te kreuken stapt ze in de Rolls, waar ook Maria en Hugo in zitten.

'Jongens , ik vind dit niet leuk meer, waar gaan we naar –'

Ze stokt als ze ziet dat Mick in pak is, hij heeft nooit een pak aan. Alleen op bruiloften en begrafenissen. Ze slaat vol bewondering haar hand voor haar mond als ze ziet dat ook Mickey een pak aan heeft. Met een strikje!

'Lieffie, wat zie je er stoer uit!'

'Voor feessie,' zegt hij.

'En jij dan,' zegt Kris tegen Maria, die haar krullen hoog opgestoken heeft en een lange, vrouwelijke rode jurk aan heeft met een duizelingwekkend decolleté. 'Je ziet eruit als een filmster.'

Maria glundert en pakt Hugo's hand. Ze fluistert hem wat in zijn oor.

'Wat zei je?' wil Kris weten.

'Niets.'

De auto start. Kris houdt het niet meer.

'Nu wil ik het weten! Waar gaan we heen?'

Alle aanwezigen, zelfs Mickey die zijn vader imiteert, glimlachen schijnheilig, met hun lippen stijf op elkaar.

'Ik haat jullie,' zegt Kris, maar haar gezicht verraadt dat ze het heerlijk vindt om door haar gezin te worden verrast.

Na een half uurtje rijden parkeert Rogier de auto op een pleintje naast een kerk. Kris kijkt om zich heen om te zien of ze kan raden waar ze naar toe gaan, maar ziet niets anders dan een uitgestorven plein en dito kerk. Rogier zet de motor af.

'Eindelijk,' verzucht Maria. 'Als ik nog één keer naar Dikkertje Dap moet luisteren, kun je me opsluiten in een gesticht.'

(Rogier had de cd van Michael Bublé opgezet, maar daar protesteerde Mickey zó luidkeels tegen dat iedereen het er over eens was dat ze hem voor deze ene keer zijn zin zouden geven. Het gevolg was dat ze een half uur lang naar een schel zingend kinderkoor hadden geluisterd dat Dikkertje Dap zong. Zijn lievelingsliedje.)

Als iedereen de auto uit is, kijkt Kris Mick vragend aan.

'En nu?'

Mick pakt haar hand, knipoogt naar Rogier en vergewist zich ervan dat Maria Mickey een handje geeft. Ze lopen naar de kerk. Als ze de hoek om komen, waar de ingang van de kerk is, zien ze dat hij feestelijk versierd is. Er staan veel mooi aangeklede mensen bij de deur en vlak voor de ingang staat een witte trouwauto.

'Een bruiloft! Er is een bruiloft,' zegt Kris opgewonden. Ze houdt zich een beetje in, Mick moet niet denken dat ze té enthousiast is. Ze heeft al een paar keer een balletje opgegooid, maar tot nu toe lijkt Mick niet echt happig om te trouwen. Dat had ze ook wel kunnen weten. Hij heeft er een hekel aan om zich in een pak te moeten hijsen. Hij vindt witte, traditionele trouwjurken aseksueel en veel te duur. Er is geen haar op zijn hoofd die er over denkt om een ring te gaan dragen en hij gaat liever met z'n allen een week op vakantie van het geld dat zo'n bruiloft kost.

Kris kijkt naar hem. Een glimlachje om zijn lippen als hij naar de vrolijk uitgedoste bruiloftsgasten kijkt. Kris volgt zijn blik. En ziet dat er een grote camera staat opgesteld voor de ingang van de kerk. Zo, denkt ze. Die pakken het meteen goed aan.

'Moet je die camera zien,' fluistert ze. Tegen Mick. 'Stelletje patsers.' En op het moment dat ze dat zegt, ziet ze Nina. Nina Sanders. Ze staat te kletsen met Charlie Fischer. Kris grijpt Micks arm vast. 'Kijk!' sist ze. 'Kijk dan!' Ze kijkt om naar Maria en Hugo, die Mickey tussen hen in laten lopen. Kris gebaart opgewonden dat Maria moet kijken. Glimlachend knikt Maria: ze heeft het gezien. Mick loopt naar het groepje mensen bij de ingang en trekt Kris met zich mee. Kris wordt een beetje nerveus.

'Wat gaan we doen, Mick? We kunnen toch niet zomaar op de bruiloft van wildvreemde men-'

Ze stokt als er een grote jongen met uitgestoken hand op hen afloopt. Hij ziet er hip uit, maar is zeker niet gekleed voor een bruiloft en valt een beetje uit de toon.

'Ha Mick! Goed dat je er bent, man.'

Mick en de jongen schudden elkaar de hand. Dan kijkt de jongen naar Kris.

'Hallo. Ik ben Kennard. Jij moet Kris zijn.'

Kris knikt en schudt Kennards hand, maar heeft geen flauw idee wie hij is.

'Pak koffie, of een broodje, we gaan over een half uurtje beginnen. Ik zie jullie zo nog wel.'

Kennard loopt weg. Naar Charlie en Nina, die moeten lachen om iets wat hij tegen hen zegt. Kris trekt Mick aan zijn mouw en sist hem toe: 'Wát begint over een half uurtje? En wie is die Kennard?'

'De bruiloft begint over een half uurtje. En Kennard is... Hé! Hallo!'

Mick zwaait enthousiast. Kris draait zich om en valt bijna om van verbazing. Oma, Ralph, Céline, haar vader en moeder, Anja en Lucas met hun kleintje, ze komen allemaal op haar af lopen. Iedereen ziet er feestelijk uit. Zelfs oma ziet er voor haar doen bijzonder chique uit in een zalmkleurig mantelpakje waar ze wel tien kilo slanker in lijkt dan in de wijde gewaden die ze doorgaans draagt.

'Wat doet iedereen hier? Mick? Wie gaat er trouwen?'

'Laura,' zegt Mick.

Kris denkt razendsnel. Scant in haar hoofd alle mensen die ze kent.

'Ik ken geen Laura.'

'Kennard is de producer van Goede Tijden, Slechte Tijden.'

Met een ruk draait Kris haar hoofd in de richting van Kennard, die nog steeds met Charlie en Nina staat te praten. De camera. Ze ziet nu ook een cateringbusje, waar wat mensen staand een broodje eten en koffie uit plastic bekertjes drinken. Beetje armoedig voor een bruiloft. Maar dit is geen echte bruiloft. Is dit...?

'Laura Selmhorst? Is dit háár bruiloft?'

Mick knikt, in zijn nopjes als hij ziet dat zijn verrassing is gelukt: Kris is zelden zo opgewonden geweest.

'En gaan wij daar naar toe?'

'We mogen figureren. Als huwelijksgast.'

Kris slaakt een gil en springt Mick om zijn nek.

'Dit is leuk, dit is leuk, dit is leuk!'

Kris rent naar Céline, die haar ziet aankomen en voor de zekerheid haar dure zonnebril afzet.

'We gaan figureren! Is dat niet cool?'

Dan kijkt ze Céline plotseling geschrokken aan.

'Maar met wie gaat ze dan trouwen? Ze heeft helemaal geen vriend. En ik heb echt geen aflevering gemist dit jaar.'

'Ze nemen alles ver van tevoren op. Dit wordt pas volgend jaar uitgezonden. Ik weet dus ook niet met wie ze gaat trouwen, maar het zal vast... Kijk! Ome Willem!'

Kris grijpt de arm van haar vriendin stevig vast als ze zien hoe hun jeugdheld een kop koffie pakt en in een broodje hapt.

Twee koppen koffie, een broodje rosbief en drie koekjes later hebben ze ook Jef Alberts gezien (die volgens oma in het echt veel knapper is dan op televisie), Rik de Jong (waar Céline acuut verliefd op werd), Noud Alberts (die met Mickey ging voetballen) en Lucas Sanders (die met Rogier een geanimeerd gesprek over de roze Rolls Royce begon).

Kris komt te weten dat Kennard en Mick elkaar van de sportschool kennen en dit plannetje al een tijdje geleden hebben beraamd. Ze kijkt met Céline bij de meisjes van de make-up die in een bus een hoekje hebben ingericht om alle acteurs te schminken. Ze gaat met haar moeder de kerk in en ziet dat er setdressers heel hard bezig om de kerk voor het huwelijk te versieren. Ze bewondert Laura, die er waanzinnig uitziet en straalt alsof het haar eigen bruiloft is.

Kris gaat achter in de kerk op een bankje zitten en zuigt alles in zich op. Ze heeft het gevoel alsof ze opeens in de wereld van Goede Tijden, Slechte Tijden is, een wereld die voor haar alleen maar op televisie bestaat. Ze weet wel dat het allemaal acteurs zijn, dat ze een rol spelen, maar vandaag... Vandaag is zij, met alle mensen die haar lief zijn, ook even acteur. Is ze even in Meerdijk. Ze geniet van elke seconde.

Pas na een tijdje heeft ze door dat Mick van een afstandje naar haar staat te kijken. Dat doet hij altijd. Naar haar kijken als ze niet doorheeft dat hij kijkt. Hij zegt dat hij haar dán het allermooist vindt. Als ze zich onbespied waant. Nu loopt hij naar haar toe en gaat naast haar zitten in het kerkbankje.

'Mick?'

'Ja?'

'Ik hou van je.'

Terwijl de geluidsmannen hun apparatuur uitpakken en de cameraman samen met de lichtjongen de lampen goed afstelt, kussen Mick en Kris elkaar.

'Dames en heren! We gaan beginnen! Dus als jullie zo vriendelijk willen zijn...'

Kennard gebaart naar de ingang van de kerk. Iedereen schuifelt naar binnen. De regisseur zet de acteurs op hun plaats. De opnameleider wijst de figuranten een plek. Kris en Mick zitten vooraan in de kerk, Mickey zit bij Mick op schoot. Kris kijkt haar ogen uit en Mickey is gefascineerd door de grote camera, die de beweging oefent die hij straks gaat maken: hij rijdt door het gangpad, naar de ingang van de kerk, waar Laura staat te wachten op haar bruidegom. De opnameleider roept: 'Dames en heren, we gaan opnemen. Iedereen op zijn plek?'

Iedereen knikt.

'Camera?'

'Loopt,' zegt de cameraman, terwijl hij zijn blik op zijn camera gericht houdt.

'Vijf, vier, drie, twee, een... Actie!'

INT. KERKJE

**LAURA STAAT ACHTER IN DE KERK MET NOUD TE WACH-
TEN.
DE REST VAN DE GASTEN ZIT IN DE VERSIERDE BANKEN
AF TE WACHTEN, TERWIJL ZE AF EN TOE OM KIJKEN
NAAR LAURA, MET EEN BLIK VOL MEDELIJDEN.**

Op het teken van de regisseur, kijken alle figuranten om naar Laura. Kris hoeft nauwelijks moeite te doen om haar met een blik vol
medelijden (dat was de opdracht) te bekijken, want Laura speelt
haar wanhoop zo goed, dat Kris vergeet dat het maar een rol is.

**LAURA ONTWIJKT DEZE BLIKKEN, IS ERG GESPANNEN.
ZE VREEST HET ERGSTE.
SIL KOMT VAN BUITEN AANGELOPEN. HIJ BERGT ZIJN
MOBIEL WEG.
LAURA KIJKT HEM AFWACHTEND AAN. SIL SCHUDT ZIJN
HOOFD.
LAURA VECHT TEGEN HAAR TRANEN.
NOUD GEBAART SIL WEER NAAR BUITEN TE GAAN.**

NOUD

Blijf het dan proberen!

SIL

Ik heb zijn voicemail al drie keer ingesproken.

NOUD

Jef kennende heeft hij waarschijnlijk niet eens door dat hij op trillen
staat.

LAURA

Misschien... Zeg anders tegen iedereen
dat ze naar huis kunnen.

NOUD

    Oma, relax. Hij is pas
        (KIJKT OP ZIJN HORLOGE)
    een kwartier te laat.

DAN GAAT SILS MOBIEL.
LAURA KIJKT TOE ALS SIL OPNEEMT.

SIL

    (IN TELEFOON)
    Jef!

Jef? Jef? Gaat Laura met Jef trouwen? Nee, toch? Ze kijkt even snel naar Céline, die gebaart dat ze er niets van begrijpt.

LAURA HEEFT HET NIET MEER VAN DE ZENUWEN.

SIL

    (IN TELEFOON)
    Ja, nogal.
    (PAUZE)
    Oh, okay. Zien we jullie zo.

LAURA DURFT HET BIJNA NIET TE GELOVEN.
SIL BERGT ZIJN TELEFOON OP.

SIL

    Ze zijn er bijna. Driehonderd meter.

LAURA IS ENORM OPGELUCHT. EEN GROTE GLIMLACH VERSCHIJNT OP HAAR GEZICHT.
LUCAS, WIET EN NINA KOMEN GEHAAST DE KERK IN.

NOUD

    (GRAPT, TEGEN WIET)
    Je durft wel, te laat komen op de brui-
    loft van je baas.

                        WIET
     Fashionably late.

                        LUCAS
     Net als de bruidegom, we zagen hem net
     zijn auto parkeren.
          (TEGEN LAURA)
     Wat ziet u er fantastisch uit.

LAURA GLIMLACHT NOG STEEDS.
DAN KOMEN JEF EN RUTGER BINNEN.

Gaat ze met hém trouwen? Shit, ze wil overleggen met Céline,
maar ze moet haar mond natuurlijk houden. Wat is het bijzonder
om hier te zijn. Om in een scene van Goede Tijden, Slechte Tijden
te zitten. Oh, daar is de regisseur weer, opletten nu.

LAURA IS DOLGELUKKIG ALS ZE RUTGER ZIET. ER GAAT
EEN GOLF VAN OPLUCHTING DOOR DE KERK HEEN.

Blij kijken, blij kijken. Kris lacht en straalt en pakt Micks hand.

RUTGER PAKT LAURA'S HANDEN.

                        RUTGER
     Je ziet er beeldschoon uit. Toch een
     soort wit.

LAURA KIJKT RUTGER LIEFDEVOL AAN.

                        LAURA
     Speciaal voor jou.

ALLE GENODIGDEN KIJKEN NAAR RUTGER EN LAURA.
RUTGER DOET ALSOF HIJ HET HEEL MOEILIJK HEEFT.

Lieve Laura, deze dag moet een sprookje worden, maar... Ik...

LAURA

Wacht even, lieverd. Er is iemand anders die ook wat wil zeggen.

Kris schrikt zich dood als Laura en Rutger haar recht aan kijken en zelfs hun richting op komen lopen. Mick gaat staan. Waarom gaat Mick staan? Wat doet hij nou? Hij verpest de hele opname! Laura steekt haar hand uit naar Mick, die met Mickey op zijn heup met haar meeloopt naar het altaar. Oh shit. Jef komt op háár af! Kris raakt in paniek. Dit kan de bedoeling niet zijn. Straks wordt de producer hartstikke kwaad. Ze kijkt achterom, naar Céline en oma, die achter haar zitten. En breed grijnzen. Ze kijkt naar Mick, die gebaart dat ze moet komen. Ze schudt angstig haar hoofd. Ze wil niet.

'Kom maar,' zegt Jef dan tegen haar met zijn vaderlijke stem. Voor ze het weet, legt ze haar trillende hand in de zijne en laat ze zich door hem naar het altaar voeren.

'Mick, wat... Wat gebeurt er?'

Ze ziet dat alle mensen in de zaal, alle crewleden, alle acteurs gaan staan om niets te missen van wat komen gaat.

Mick pakt haar hand.

'Lieve Kris. Lieve mama van Mickey.'

Mick kijkt even naar Maria, die vlakbij het altaar zit.

'En van Maria.'

Mick kijkt weer naar Kris, rustig en zelfverzekerd.

'Twintig jaar geleden zeiden we het al tegen elkaar, aangespoord door die gekke oma van je. Wij gaan met elkaar trouwen.'

Kris knikt, ontroerd. En stomverbaasd. Hij zal toch niet...? Maar dan... Waarom gaat hij dan nu door zijn knieën? Oh god...

Iedereen lacht als Mickey, die door Mick op de grond is gezet zijn handjes naar Kris opsteekt.

'Mama dragen.'

Kris pakt hem op.

'Doe niet zo gek, ga staan,' fluistert ze tegen Mick.

Maar Mick blijft op één knie zitten.

'Twintig jaar. Ik hou al twintig jaar van je.'

'Ik ook van jou,' fluistert Kris, die uit alle macht probeert niet te huilen.

'We zijn elkaar bijna kwijt geraakt. Dat wil ik niet nóg een keer meemaken.'

Kris schudt haar hoofd. Dat wil zij ook niet.

'Ik ga geen apenpakje aan doen, jij mag niet in een witte troelajurk en onze wittebroodsweken brengen we in Italië door op de camping, met het hele gezin.'

Het lukt niet meer. Ze huilt. Vol verwondering kijkt Mickey naar zijn moeder en veegt met een klein vingertje haar traan weg. Iedereen is ontroerd.

'Als je daarmee kunt leven...'

Ze knikt. Mick haalt een doosje uit zijn zak.

'Dan wil ik je vragen of je alsjeblieft, alsjeblieft met me wilt trouwen.'

Hij opent het doosje. Er zit een witgouden ring in, met een klein diamantje. Simpel. Precies zoals ze het mooi vindt. Ze kijkt om zich heen. Iedereen pinkt een traantje weg, iedereen lacht naar haar.

'Is dat nou?' Voor ze doorhebben wat er gebeurt, grist Mickey het doosje met de ring uit Micks handen. Iedereen lacht. Mick komt overeind.

'Dat is mama's verlovingsring.'

Mick kijkt Kris aan. Hij pakt haar handen.

'Als ze tenminste ja zegt...'

Kris kijkt naar Mick. Naar de man die ze zo liefheeft. De man die haar hart gebroken heeft, maar dat nu meer dan goed maakt. De man waar ze als zestienjarig meisje verliefd op werd. Die ze haar maagdelijkheid schonk. De man die elke ochtend naast haar wakker wordt, haar dan kust en vraagt of ze mooi heeft gedroomd. De man die uren achter elkaar met zijn zoon, met hún zoon door het bos slentert, op zoek naar beukennootjes die ze kunnen roosteren. De man die haar nog steeds begeert en beweert dat hij daar nooit mee zal ophouden. De man die zich er niet voor schaamt zijn vrienden een kus te geven. De man die Maria ervan kan overtuigen dat een wenkbrauwpiercing haar niet zal staan. De man die haar waarschuwt als ze haar auto moet laten keuren, maar haar verjaardag vergeet. De man die elke dag met cadeautjes thuiskomt van dankbare patiënten. De man waar ze al twintig jaar tot over haar oren verliefd op is.

'Ja.'